중국문명사

중국문명사

초판 1쇄 인쇄 2019년 4월 29일
초판 1쇄 발행 2019년 5월 3일
지 은 이 탄종(譚中)
책임편집 [한] 김승일(金勝一)
[중] 통멍(佟萌), 펑위예멍(冯悦萌)
옮 긴 이 김승일(金勝一), 전영매
발 행 인 김승일(金勝一)
펴 낸 곳 경지출판사
출판등록 제2015-000026호

주소 경기도 파주시 산남로 85-8
Tel : 031-957-3890~1 Fax : 031-957-3889 e-mail : zinggumdari@hanmail.net

ISBN 979-11-88783-92-2 03820

중국문명사

탄종(譚中) 지음 · 김승일(金勝一) · 전영매 옮김

경지출판사 | 新世界出版社 NEW WORLD PRESS

서 언

'중국 중심론'을 경계하고 중국문명사를 새롭게 읽자

지난 10여 년간 필자는 약 50개 나라를 두루 방문하여 배우는 한편 조사연구를 진행했다. 매번 현지 학자 · 매체 · 정부 관원 · 젊은이들과 교류하는 과정에서 대화가 몇 마디 오고간 뒤에는 언제나 비슷한 난처한 상황에 빠지곤 했다. 그 난처한 상황이란 필자가 가장 기초적인 지식에서부터 시작해서 상대에게 중국에 대해 새롭게 소개해야 하는 상황이었다.

예를 들어 중국은 전 세계에서 민족 구성이 가장 복잡하고, 여러 지역 간 문화 차이가 가장 큰 나라 중의 하나라는 것, 5천 년간 중국문명이 본토에서는 한 번도 끊겼던 적이 없다는 것, 총 인구수가 서양의 30여 개 나라 인구를 합친 수의 두 배에 이른다는 것, 중국은 지난 30년간 단 한 번도 전쟁을 일으키거나 전쟁에 참가한 적이 없는 평화대국이라는 것 등 수없이 많은 내용들이었다. 그러나 그렇게 입이 닳도록 말해도 중국의 발전에 대한 상대의 몰이해와 오해를 대하면서 심지어는 두렵기까지 하여 이들 문제를 모두 해소시키기에는 너무나 어려움이 크다는 것을 알고는 곤혹스럽기까지 했다.

이와 같은 난처한 상황이 생기게 되는 것은 실제로 중국이 처한 비참한 현실에 대한 전 세계 지식계 · 언론계 · 정책계의 전면적이고 객관적인 이해가 장기간 따라가지 못하였다는 사실을 반영하는 것이라고 생각했다. 그뿐만 아니라 일부 국가들에서는 '중국 위협론'이 여기저기서 끊임없이 터져 나오고 의론 또한 분분했다. 그중의 근본 원인은 탄종(譚中) 선생이 『간명 중국문명사』 서론에서 지적하였다시피 "국제적으로 오로지 외국인만이 중국의 이야기를 하고 있기 때문에"중국의 이미지가 늘 왜곡되었다는데 있었음을 알게 되었다.

1883년 미국 선교사 사무엘 웰스 윌리엄(Samuel Wells Williams, 중국명 衛三畏)이 쓴 『중앙의 왕국』이라는 저서를 지으면서부터 중국에 대한 전 세계의 인식이 서방 학술계의 "중국=중앙왕국"이라는 민족주의 제국적인 심층 서사 논리에 의해 지배되기 시작했다. 이런 잠재적인 논리에 대한 서술은 20세기 중엽에 이르러 서양의 1호 '중국통'으로 꼽히는 하버드대학의 존 킹 페어뱅크(John King Fairbank, 중국명 費正清) 교수의 논술을 통해 한층 더 강화되었다. 그는 자신의 대표작 『중국: 전통과 변천』 제1장에다 바로 이렇게 썼다. "그들은 스스로를 '중국'이라고 자칭한다.

이는 '중앙국가'라는 뜻으로서 지금도 쓰이고 있는 명칭이다. 그들에게 이른바 '천하'란 중국에 예속되어 있으면서 중국을 섬기는 여타 지역에 불과할 뿐이다."탄종 선생은 페어뱅크의 '중국 중심론'이 오늘날 국외에서 중국의 굴기를 두려워하고 있는 주요 이론적 근원이라고 보고 있다. 그래서 "중국의 5천 년 문명 발전에 대해 분명하게, 객관적으로, 정확하게 소개한 훌륭한 책"을 써내는 것이 바로 탄종 선생의 큰 소원이었다.

필자가 이러한 탄종 선생의 서론을 펼쳐보고는 바로 이 책을 위해 서평을 길게 써달라는 부탁을 흔쾌히 받아들이게 되었고, 또 기꺼이 각 계에 이 책을 추천하기 위해 전력을 다하게 된 마음이기도 했다. 이에 필자는 탄종 선생의 믿음에 특히 감사하며, 필지에게 미리 책의 원고를 삼가 읽을 수 있는 행운을 주신데 대해 감사를 드린다. 2017년 춘제(春節, 구정,

음력설)에 사람들이 떠들썩한 폭죽소리 속에서 설을 쇠고 있을 때, 필자는 동남아의 어느 한 작은 섬에서 탄종 선생의 대작에 대해 자세한 읽기를 끝냈으며, 이에 앞서 필자가 내린 결정의 정확성에 확고한 마음을 굳히게 되었다.

이는 "평범한 역사 도서가 아니라 중국문명사에 대해 새롭게 논평한, 후세에 널리 전해질 작품이며, 더욱이 페어뱅크의 『중국: 전통과 변천』과 황런위(黃仁宇)의 『중국 대역사』에 이어 전 세계인의 중국관에 대해 영향을 줄 수 있는 대표작이 될 것이다."라고 믿게 되었던 것이다.

이 도서가 훌륭할 수 있는 근원은 중국이야기를 잘하려는 데 뜻을 둔 탄종 선생의 학술적 이상에 있을 뿐 아니라, 특히 탄종 선생이 중국과 서양의 학문에 통달한 깊은 학술적 조예가 있으며, 그리고 그의 아버지 탄윈산(譚雲山) 선생이 중국 · 인도의 우호관계를 촉진시키고 동양 문명을 재정립하는 데 주력해오면서 이뤄낸 깊은 가전 학문을 잇고 있다는데 있는 것이다.

정말로 많은 독자들이 잘 알고 있다시피 중 · 인 당대 문화교류사에서는 탄윈산과 탄종 두 선생의 이름을 피해갈 수가 없다. 마찬가지로 미래 중국문명사 관련 학술문헌은 어쩌면 이 『간명 중국문명사』를 피해갈 수 없다고 감히 말할 수 있을 것 같다.

이 책의 가장 큰 사상적 기여는 오랜만에 중국적인 감성으로 세인들에게 중국이야기는 중국역사의 기원에서부터 새롭게 서술하기 시작해야 한다고 알려주고 있다는 데 있다. 만약 "중국이 어떻게 왔는지?"에 대한 기본 인식조차 잘못되었다면 첫 단추를 잘못 끼우면 마지막 단추를 끼울 구멍이 없게 되는 것처럼 마지막까지 잘못된 인식을 가지게 되며 결국 서양 언론의 함정에 빠져들게 된다.

세계에서 중국에 대한 대량의 서술은 교과서 아니면 대학교 수업 어느 것을 막론하고 모두 China의 중국말 뜻인 '중국'은 즉 '중앙왕국'혹은 '중앙제국', 심지어 '세계의 중심'과 같다는 것에서부터 시작된다. 이는 '중국'이라는 두 개의 한자에 대해 글자만 보고 대강의 뜻만을 짐작해서 말하는 데에 원인이 있는 것이 아니라, 1648년의 '베스트팔렌조약'의 체결로 민족국가체계를 다진 뒤 동양문명사에 대한 서양의 지연정치학적인 언론의 오도 때문이다.

사실상 오늘날 '중국'이라는 두 자는 '중화인민공화국'의 약칭이다. '중국'이라는 단어의 근원을 탐구해보면 '중국'이라는 단어가 가장 일찍 나타난 시기는 서주(西周) 초기로 천자가 사는 '나라(國)'를 가리키며, 즉 '수도(京師)'라는 뜻이다. "중원(中原) 성 안 민중에게 은혜를 베풀어 사방을 안정시키도록 하라(惠此中國, 以綏四方)"라는 구절에서 알 수 있다. 기원전 771년에 주 평왕(周平王)이 낙읍(洛邑, 낙양[洛陽]의 옛 이름)으로 천도한 뒤부터 원래의 수도 풍호(豊鎬)는 '중국'의 지위를 상실했다.

거자오광(葛兆光) · 쩡이(曾亦) 등 여러 명의 유명한 학자들이 모두 '중국'이라는 단어의 유래에 대해 고증했었다. 즉 '중국'이라고 자칭한 것은 지리적 인식 정도가 세계화에 이르기 전의 방위(方位)를 가리키는 것이라는 의견이었다. 100여 년 전에 캉유웨이(康有爲)는 다음과 같이 설명했었다.

"우리나라는 원래부터 동아시아에서 제일 큰 나라이다. 그때 당시 지구가 개척되지 않아 주변 지대를 둘러보면 모두 작은 오랑캐나라들 뿐이었기 때문에 지리적 방위를 보고 스스로 중국이라고 자칭했다." 장타이옌(章太炎)은 지리적 방위로 보면 '중국'이라고 자칭한 나라 중에는 인도의 마가다 · 일본의 산요도 있다고 지적했다. 이와 비슷한 방위 중심

의식을 가진 민족으로는 고대 바빌론인, 고대 이집트인, 고대 아테네인 등도 있다.

'중국'이라는 지리적 방위에 대해 중국인들이 이해하는 바는 서양 학계 중국연구서들에서 '중앙왕국'에 대해 주장하는 것과는 전혀 다르다. 서양 학계에서는 중국인을 민족국가 세계관을 바탕으로 한 '종족 중심 논자'로 바라보고 있으며, 중국인들이 스스로를 뼛속까지 '일등국민'으로 여기고 있다고 주장하고 있다.

중국에 대해 이미 '중앙왕국'이라는 선입견이 박혀버린 상황에서는 아무리 부드러운 서술일지라도 계속해서 중국을 '종족주의적 우월감에 사로잡힌 국가'쪽으로 생각하기 마련이다. 예를 들면 페어뱅크의 중국역사 관련 서술을 보면 중화제국이 치세에서 난세에 이르고, 또 난세에서 치세에 이르는 과정이었다고 서술하였다면서 "중국은 자고로 본 민족을 세계 중심으로 삼는 전통이 있고", "문화와 종족 영역에서 민족주의 감정을 가지고 있다"고 주장했다. 이런 논리로 추리해 나가다나면 당면한 '중화민족의 위대한 부흥'을 '중화 제국주의'라는 위협감 속으로 끌어가기 쉽다. 탄종 선생은 이러한 서사의 함정을 훤히 꿰뚫어보았다. 『간명 중국문명사』는 처음부터 마지막까지 민족국가(nation state) 개념의 틀에서 중국을 분리시키려는 그의 노력으로 관철되었다. 탄종 선생은 민족국가의 발전은 '굴기 - 전성기 - 쇠퇴'의 3단계를 거치지만 중국은 예외라면서 중국의 경우는 지리 공동체를 기반으로 형성된 중국문명공동체라고 주장했다. 수많은 고고학 유적을 통해 보면 '히말라야 권'은 중국문명이 탄생한 요람이다. 창장(長江) · 황허(黃河) 2대 문명의 강이 중국의 '지리적 공동체'를 구분하였다.

중국은 공동의 경제생활과 "천하는 만인의 것(天下爲公)"이라는 식의 공동문화를 바탕으로 수천 년의 역사 발전 속에서 '문명 공동체'의 형태를 갖추어 왔다. 이후에는 정치체제가 통일됨에 따라 중국판 '운명공동체'가 점차 형성되고 발전하기 시작했다.

탄종 선생은 "요(堯) · 순(舜) · 우(禹) 임금이 최초로 세습 대신 적임자에게 왕위를 선위하기 시작할 때부터 중국은 이미 '민족국가'와 같은 역사적 기원이 아니었다. 그 뒤 진(秦)나라가 중국을 통일하면서 고대 부족 간의 차이도 모두 사라졌다. 진 · 한(漢)나라시기 전국적인 통일을 이룬 중국의 사회 · 정치 · 경제 · 문화는 '운명공동체1.0'을 형성했고, 수(隋) · 당(唐) · 송(宋) 나라시기에는 '운명공동체 2.0'을 형성했으며, 원(元) 나라에 이르러서는 중국운명체를 개조했고, 명(明) · 청(淸)나라 때에 이르러서는 중국의 '문명의 길'과 서양의 '민족국가'발전 궤도가 엇갈려 나아가기 시작했다. 1901년 '신축조약(辛丑條約)'의 체결은 중국 '문명형태 발전의 길'이 종말을 고하였음을 상징한다. 그러나 19세기말과 20세기 초에 다사다난한 역사의 우여곡절을 겪어낸 중국은 다시금 전 세계를 향해 '운명공동체'건설을 부르짖고 있다. 미래의 가장 이상적인 모습은 모든 이웃 국가와 중국이 함께 손을 잡고 '문명의 길'을 걸으면서 중국 주변의 '민족국가'라는 사막을 '문명국가'라는 오아시스로 변모시키는 것이다."라고 말했다.

탄종 선생은 민족국가가 전쟁과 동란의 근원이라고 주장한다. 그는 중국과 서양 민족국가의 발전 역사와 관련된 내용을 자주 삽입하고 비교하면서 논술을 진행했다. 예를 들면 "진 · 한 · 수 · 당 · 송시기 민족 간 문명의 융합과 거의 비슷한 시기에 유럽에서는 로마제국 통치하에 민족의 대 이주가 진행되고 있었다. 슬라브족 · 고트족 · 반달족 · 부르군트족 · 랑고바르드족 · 프랑크족 및 기타 민족이 유럽으로 대거 진출함에 따라 로마제국이 무너졌으며 그 뒤 수천 수백 년간 유럽대륙은 민족국가로 변화하는 과정을 거치면서 '전쟁대륙'으로 변해갔다."고 했던 것이다.

미래세계에 대해서 탄종 선생은 다음과 같이 예측했다. 즉 "세계의 '민족국가'상황이 심상치 않다. 강권이 바뀔 것이며 미국이 몰락할 것이다. 비록 전성기의 광희를 느낄 수도 있겠지만 이따금씩 동란의 아픔도 동반될 것이다. 이에 비해 문명의 발전을 기반으로 하는 '세계 운명 공동체'만이 미래 민족국가를 대체할 수 있는 발전의 길이다. 먼저 '상하이 협력기구 운명공동체' · '중국 · 인도 운명공동체' · '중국 · 남아시아 운명공동체'……의 형성을 시행하다가 전 세계로 확산하는 것이다. 그래서 21~22세기에 '대도가 행해져 천하가 모든 사람의 것이 되는(大道之行也, 天下爲公)'사회를 실현하게 되면 지구는 틀림없이 새롭게 다시 태어날 수 있을 것이다."라고 했던 것이다.

솔직하게 말하면, 이 책의 첫 독자(작자와 편집인원을 제외하고)로서 필자는 이러한 '서사혁명'이 모종의 '학술적 탐험'으로 간주될까봐 걱정된다. 현 시대 중국 학계의 분위기는 단락마다 인용구가 있고, 구절마다 출처를 밝히는 것만이 이른바 '가장 규범적인'연구방식이라고 인정한다. 그러나 월러스타인(Wallerstein)의 저서 『사회과학으로부터의 탈피』에서 말한 것처럼 "이전에 확정되었던 사상해방이 오늘날에 이르러서는 흔히 역사 · 사회 연구에 대한 주요 걸림돌로 간주되곤 한다."학술적으로 지나치게 규범을 갖춘 서술은 오히려 당대 중국이야기를 서술하는 면에서 표현상의 어려움을 조성하며 독자들에게도 지식의 시달림을 받게 하는 것과 마찬가지이다.

책을 읽는 내내 필자는 탄종 선생이 중국 역사에 대해 서술한 문자들에서 설레는 마음을 느낄 수 있었으며, 그 문자들이 가져다주는 즐거움과 사상적 위력을 느낄 수 있었다. 그는 중국 · 인도 · 미국 등 가장 대표성을 띤 문명대국 세 나라를 드나들었던 연장자로서 중국문명사 발전의 득과 실 및 다른 나라 발전의 역사적 교훈에 대해 비교하고 논술했다. 독자들이 필자의 관점에 공감하건 안 하건 이 책은 탐험이 아니라 오랜 만에 나타난 혁신이라고 말하고 싶다.

이 책은 중국 역사 서술에서 장기간 독점적 지위를 차지해온 '민족국가론'에 대한 중대한 비판이고, '중국 중심론'에서 비롯된 '중국 위협론'을 근원적으로 해소하기 위한 힘겨운 탐색이며, 당대 중국이 제기한 '인류운명공동체'형성에 대한 근원을 탐구하는 서술이기도 하다.

니체는 "역사는 이미 사라져버린 사물이 아니라 일약 현실로 되돌아올 수 있는 무한한 잠재적 재능과 미래를 창조할 수 있는 무궁무진한 잠재력을 가졌다." 라고 말한 바 있다. 탄종 선생의 이 새로운 저서가 바로 그런 기능을 갖추었다. 이 저서는 니체의 말을 현실적으로 바꾸어 놓은 것이다.

이상에서 서술한 글은 이 도서를 위한 서문이 아니라 한 후배 독자의 학습 소감이라고 보아주면 하는 바람이다.

중국인민대학 총양(重陽) 금융연구원 집행원장 교수

왕원(王文)

서 론

여러분들이 이 책을 펼쳐든 것에 감사합니다. 필자는 동년과 청년 시절을 중국에서 보내면서 중국문명의 지혜에서 많은 영향을 받았습니다. 그 뒤에는 또 인도에서 45년간 교사직에 종사하면서 필자가 물려받은 부분의 중국문명 유산을 인도의 젊은 벗들에게 전수했으며, 또 그 유산을 중국과 인도 간 문화교류를 증진하는 데 활용했습니다. 퇴직한 뒤 미국으로 돌아가서도 계속해서 중국문명 발전의 맥락을 탐구해왔습니다.

십 년간 여러 나라에서 생활한 경력, 그리고 중외 전문가들과의 직간접적인 대화 과정에서, 필자는 일부의 문제들을 발견하였으며 에들에 대한 해결방안도 일부 생각을 해 봤습니다. 그래서 이 책을 써야겠다는 생각을 하게 되었던 것입니다. 먼저 이 책을 쓰게 된 목적에 대해서 독자 여러분께 설명 드리고자 합니다.

미국 선교사이고 외교관이며 학자인 사무엘 웰스 윌리엄(1812~1884)이 1883년에 『중앙 왕국: 중국제국과 인민의 지리 · 정부 · 교육 · 사회생활 · 예술 및 역사에 대한 조사』(The Middle Kingdom : a survey of the geography, government, education, social life, arts, and history of the Chinese Empire and its inhabitants)라는 명작을 써낸 이후, 서양세계에서는 중국에 대해 전반적으로 소개한 내용 있고 비중이 있으며 영향력 있는 영문 도서들을 적지 않게 출판해 왔습니다. 그중에서 컬럼비아대학교의 고 후창두(胡昌度, CT Hu, 1920~2014) 교수의 영문도서 『중국: 그 인민, 그 사회,

그 문화(China: Its people, Its Society, Its Culture)』를 제외하면,[01] 모두 외국인이 쓴 것들입니다. 후창두의 저서는 지명도가 별로 높지 않기 때문에 세계 학계에서의 영향력은 거의 없다고 할 수 있습니다. 이렇듯 국제사에서는 오로지 외국인들만이 중국 이야기를 하고 있습니다. 그런데 외국인은 또 중국에 대해 제대로 알지 못하고 있기 때문에, 국제적으로 중국의 이미지가 늘 왜곡되곤 하는 것도 전혀 이상할 것이 없는 상황입니다.

2015년 11월 22일 상하이의 현지 신문은 제6회 세계중국학포럼(상하이) 개막식에서 필자가 했던 연설 중의 일부 내용을 보도했습니다.

> ……이 자리에 계신 학자 여러분은 모두 중국학에 뛰어난 기여를 하였습니다. 그럼에도 제가 오늘 여러분을 대표해서 상을 받기 위해 이 자리에 올라와 황송하기 그지없습니다. 해외에서 중국학 연구에 참가하다 보면 이런 느낌이 들곤 합니다. 미국의 경우를 예를 들면, 러시아에 대해 연구하는 사람은 주로 러시아인이 쓴 책을 보고, 프랑스에 대해 연구하는 사람은 주로 프랑스인이 쓴 책을 보며, 인도에 대해 연구하는 사람은 주로 인도인이 쓴 책을 봅니다. 그런데 이상하게도 중국에 대해 연구하는 사람은 중국인이 쓴 책을 보지 않고, 미국인이 쓴 책을 보고 있습니다. 예를 들면 미국 하버드대학의 고 페어뱅크 교수가 쓴 책을 보곤 한다 이겁니다. 그의 저서는 전 세계적으로 유명합니다. 만약 그가 살아 있다면 이 포럼에서는 반드시 그에게 걸출한 공로상을 수여했을 것입니다. 그만큼 중국학의 권위자라 할 수 있는 중국인 학자가 없기 때문에 많은 외국인 학생들이 중국인학자의 이론을 볼 수가 없기 때문에 국제적으

---

01) 필자는 린위탕(林語堂)의 『나의 나라와 나의 국민(My Country and My people)』을 포함시키지 않았는데, 이는 최근 20년 동안 중국학자의 외국어 저서에 대해 필자가 알고 있는 것이 부족해서 일 수 있다.

로 중국에 대한 오해가 존재하는 것입니다. 예를 들면, 현재 중국은 평화적으로 굴기하고 있는 것이 맞느냐 아니냐에 대해 의론이 분분한데, 많은 사람들은 종종 페어뱅크의 말을 인용하고 있습니다. 페어뱅크는 중국의 세계 질서에 대해 소개한 매우 유명한 저서를 한 권 썼습니다. 그것이 바로 중국 중심론입니다. 그런데 현재 국제적으로 중국에 대한 오해가 매우 많이 존재하고 있으며, 중국의 이미지가 왜곡되어 있습니다. 이는 페어뱅크를 원망할 일이 아닙니다. 일부 방면에서 잘하지 못한 우리 자신을 탓해야 합니다.

우리 중국학자들이 영어나 다른 외국 언어로 페어뱅크처럼 전 세계적으로 환영 받는 중국에 대한 훌륭한 책을 써내지 못한 탓입니다. 중국인은 2008년 베이징(北京) 올림픽, 2010년 상하이(上海) 세계 박람회, 2014년 베이징 APEC 정상회담을 훌륭하게 개최하였으며, 2016년 9월 중국은 또 항쩌우(杭州)에서 G20정상회담을 개최할 예정입니다. 머지않은 장래에 반드시 중국인 학자가 영문 혹은 기타 외국 언어로써 전 세계에서 환영 받는 중국에 대한 저서를 써낼 수 있으리라 굳게 믿어 의심치 않습니다. 그것이야말로 중국학에 대한 진정한 공헌이라고 할 수 있을 것입니다.[02]

주어진 연설시간이 3분으로 제한되어 있어 미리 준비했던 8분짜리 연설문을 다 읽을 수 없었기 때문에 즉흥적으로 몇 마디만 했을 뿐입니다. 이러한 보도 내용은 아마도 정확할 것입니다. 그러나 필자가 마음속으로 표현하고 싶었던 모든 의미를 다 표현하지는 못했습니다. 필자는 페어뱅크(John King Fairbank, 1907~1991)의 '중국 중심론(Sinocentrism)'이 당

02) 상하이 『사회과학보』 2015년 11월 23일 1면 참고.

대 국외에서 중국의 굴기를 두려워하는 주요 이론적 근원이라고 줄곧 주장해오고 있습니다.

이 부분에 대해 중국 학계의 일부 사람들은 명확히 보지 못하고 하는 말이라고 비평하기도 합니다. 더 심각한 것은 중국 국내의 여론(수많은 권위성 있는 이론도 포함)이 페어뱅크의 '중국 중심론'을 위해 방증을 제공하고 있는 것 같다는 사실입니다. 그로 인해 사람들에게 중국이 굴기한 뒤 중국도 미국처럼 세계 패권을 누릴 수 있을 것이라는 느낌, 심지어 미국을 대체해 세계 1호 슈퍼대국이 될 수 있을 것이라는 느낌을 줄 수 있다는 사실입니다. 이는 매우 심각한 문제입니다.

이 문제에 대해 해결하기 전에는 중국과 미국이 '신형의 대국관계'를 수립할 수 없을 것이고, 중국의 이웃 국가들은 중국의 발전이 그들의 안전에 '위협'을 조성할 것이라고 느끼게 될 것이며, 세계에서 중국은 '경외(敬畏)'의 대상일 뿐 '경애(敬愛)'의 대상이 될 수는 없을 것입니다. 그렇기 때문에 '중국 중심론'에 대해 반박하는 저서를 많이 출간하여 중국의 5천년 '문명'의 발전을 명확하고도 객관적으로 정확하게 소개함으로써, 중국의 굴기에 대한 외국 친구들의 두려움을 해소시켜주어야 할 것입니다.

필자는 중국 출판계에 중국의 5천년 '문명'의 발전에 대해 명확하고도 객관적으로 정확하게 소개한 훌륭한 저서는 드물다고 생각합니다. 어떤 책들은 과시하는 요소가 너무 많은데다 우물 안 개구리가 "우물 안에 들어앉아서 하늘을 쳐다보며 하늘이 작다고 말하는 것"과 같은 사고방식이 보입니다. 또 어떤 책들은 국제 여론의 주요 관심사에 초점을 맞춰 중국의 각도에서 외국 여론과 대화를 진행해 그들의 논단에 답변하는 형식으로 변해버려 설득력이 크게 떨어지고 있습니다. 또 중국학자들은 흔히 외국인들이 중국을 알지 못한다고 생각하고 있습니다. 그럼 그렇게 말하는 중국학자들은 진정으로 중국을 잘 알고 있다는 것입니까?

이 또한 큰 의문이 아닐 수 없습니다. 그래서 우리가 써낼 중국 5천 년 '문명'의 발전에 대한 책은 외국 친구들이 읽을 수 있는 것이어야 할 뿐 아니라, 중국의 광범위한 독자들(중국의 엘리트도 포함)도 대상으로 해야 합니다. 중국의 엘리트들은 먼저 중국문명에 대해 알아야만 중국의 이야기를 잘할 수가 있습니다. 필자가 중국의 이야기를 잘해야 한다고 말하는 것은 본래의 모습을 볼 수 있도록 해야 한다는 것이지, 좋은 것만 말하고 나쁜 것은 말하지 않아야 한다는 뜻이 아닙니다. 나쁜 것을 좋은 것이라고 말해야 한다는 뜻은 더더욱 아닙니다.

페어뱅크의 '중국 중심론'의 주요 논점은 또 다른 미국 학자의 말로 개괄할 수 있습니다.

> "중국인은 아마도 세계에서 자신을 중심 지위에 올려놓는 것에 가장 능한 인종인 것 같다. 그들은 자국의 국토를 우주의 중심 - 중앙의 국가(Middle Kingdom)로 간주한다. 그들은 자국의 것과 다른 문화를 비천한 것의 상징으로 보고 있다. 무릇 중국인이 아닌 인종은 모두 오랑캐임이 분명하다고 본다. 구미 사람들이 아시아 주 내부에 있는 부락과 다른 점은 그들이 북부 초원에서 온 것이 아니라, 동쪽 바다에서 왔다는 것이다. 중국인은 오랑캐들이 중국에 문명을 베풀어줄 것을 요구해 오는 것에 습관이 되었으며, 관대하게 대해주는 것을 기쁘게 생각한다. 오로지 외래자들이 적당하게 순종해오기만 한다면 말이다……"[03]

---

03) 이 말의 원문 출처는 콩화뤈의 『중국에 대한 미국의 응답: 중미관계의 역사에 대한 서술』, 1971년 뉴욕 출판, 2~3쪽. 탄종의 저서 『해신과 용』(Triton and Dragon: Studies on Nineteenth Century China and Imperialism), 1986년, 델리 지혜출판사(Gisn Publishing House), 337~338쪽.

이 말은 미국 메릴랜드 대학의 유명한 역사학자 겸 중미관계 전문가 콩화륀(孔華潤, Warren I. Cohen)의 명작 『중국에 대한 미국의 응답: 중미관계의 역사에 대한 서술(America's Response to China: An Interpretative History of Sino-American Relations)』[04]을 번역 인용한 것이다. 콩화륀이 여기서 "북부 초원에서 온 아시아 내부 부락이 중국에 문명을 베풀어 줄 것을 요구했다"라는 말을 얼마나 편하게 하고 있음을 볼 수 있다. 그는 2천 여 년 간 흉노족의 잦은 중원(中原) 침략과, 중국에 대한 원나라와 청나라의 통치, 그리고 수천수만 명의 목숨을 앗아가고 억만 재산을 약탈해간 참혹한 역사를 완전히 잊고 있는 것이다. 중국인이 "관대하게 대하는 것을 기쁘게 생각할 수 있는 것"은 이런 야만적인 행위를 참고 용서할 수 있었기 때문만이 아니라, 그들이 "동쪽 바다에서 온" 구미 인사들이 중국에 가져다준 고통도 전면 용서할 수 있었기 때문에 가능했던 것이다. 그러나 콩화륀이 중국문명의 조우에 대해 '역지사지'(empathetic)하지 못했다는 것을 지적하는 한편, 차분하게 생각해보면 그의 이 말은 어느 정도 과장된 부분이 있긴 하지만 사실이 아니라고는 할 수 없다는 것이다. 이 말은 19세기 청나라 통치자들이 서양의 외교사절을 대할 때의 거만한 태도를 반영하고 있다. 그렇다면 우리는 왜 '중국 중심론'을 반박하고 있는 것일까?

문제의 매듭은 콩화륀과 많은 서양학자들의 사유에 출발점에 있다는 것이다. 원문에서는 중국인들이 세계에서 'ethnocentric/종족 중심적 경향'이 가장 강하다고 했다. 그가 말하는 이런 경향은 '민족국가'세계에서 가장 보편적이며, 유럽의 수백 년 역사에도 줄곧 존재해왔고 현 시대 미

04) 1971년 초판, 현재 제5판까지 출판됨.

국에도 존재한다는 점이다. '민족국가'세계의 '종족 중심적 경향'에서 다른 나라를 '오랑캐'로 간주하는 것도 아주 보편적으로 존재하는 현상이다. 콩화뤈은 원문에서 'barbarian/오랑캐'라는 표현을 썼는데 이는 로마제국이 '외국인'을 지칭하는 표현이다. 사실 2천 여 년 간 중국인이 외국인을 '호(胡, 옛날 중국 북방과 서방 민족의 총칭)'혹은 '이(夷, 오랑캐)'라고 불러왔지만, 로마인들의 'barbarian'이라는 표현처럼 모욕성을 띠지는 않는다. 당 · 송정부가 외국인을 환대하여 머물게 했던 객관을 '이관(夷館)'이라고 했다. 청나라 때 양광(兩廣) 총독 기선(琦善, 1786~1854)이 1843년에 홍콩을 방문했을 때, 홍콩의 영국 총독이 연회를 베풀어 그를 환대했다. 후에 그는 황제에게 자신이 '이연(夷宴)'에 초대되었다고 아뢰었다.

그가 스스로 '이(夷, 오랑캐)'라는 표현을 써 자신을 모욕했을 리가 있겠는가? 이 같은 사실로 보아도 외국인들이 중국역사를 이해하지 못하고 있음을 알 수 있다. 중국은 무슨 '민족'이 아니기 때문에 중국인들에게는 애초에 'ethnocentric/종족 중심적 경향'이 존재할 수가 없었다.(중국인에게 'civilizational-centric/문명 중심적 경향'이 존재한다고 말할 수는 있다.) 더욱 중요한 것은 'ethnocentric/종족 중심적 경향'이 존재하는 '민족국가'는 본분을 지킬 줄 모르고 툭하면 무력을 써서 'barbarian/오랑캐'를 정복하고 지배하거나 영향을 주곤 했다. 그러나 중국은 한 번도 그렇게 한 적이 없었다. 이런 점은 수많은 외국인 전문가들도 명확히 보았을 것이다. 다만 이런 것으로 중국을 도와 '중국 중심론'의 오명을 씻어주고자 하는 사람이 너무 적을 뿐이다.

오늘날 전 세계가 서로 연결되고 서로 통하는 시대에 여전히 '중국 중심론'을 믿는 사람들이 있다면 그들은 중국을 신뢰하지 않을 것이며, 중국인 심지어 중국 물건이 들어오는 것에 대해서도 신경이 민감해질 것이며, 그들의 이익과 안전에 손해를 끼칠까 두려워할 것이다. 필자가 익숙히 알고 있는 인도와 미국에는 모두 그런 정서가 존재한다.

'중국 중심론'은 중국을 '중심화'시키고 다른 나라를 '비주류 화'시키려는 논리로서, '중국'이라는 이름이 방사성을 띠게 함으로써 다른 나라들이 감히 건드리지 못하게 한다는 것인데, 이는 현 시대 국제교류에서 중국에 매우 불리한 요소로 작용하고 있다. 바로 '중국 중심론'의 작간(作奸, 간악한 꾀를 부리는 것 - 역자 주)으로 이미 중국과 달성했던 일부 협의가 갑자기 취소되기도 했다. '중국 중심론'의 작간으로 다른 나라들이 외자유치와 외국회사 입찰에 대해 고려할 때 순수하게 경제적 이익에서 출발하는 것이 아니라, 중국 정부와 개인 회사에 대해 근거도 없는 정치적 의심을 품게 하기도 한다. 세계적으로 수많은 큰 회사들이 모두 본국 정부와 밀접히 연결되어 있어 어디서나 환영을 받고 있지만, 오로지 중국의 화웨이(華爲) 회사만은 예외다.

이는 화웨이 회사가 정말로 '군대배경'이 있어서가 아니라, '중국 중심론'이 중간에서 훼방을 놓고 있기 때문이다. 종합적으로 당면한 정세는 중국이 천진스럽게 '민족국가'의 글로벌화를 흔쾌히 받아들이고 있는 반면에, '민족국가'세계에는 중국에 이의를 품고 있는 이들이 너무 많다. 이는 전적으로 중국이 '중국 중심론'이라는 짐을 짊어지고 있기 때문이다.필자는 이 책을 써냄으로써 중국문명 5천 년 역사에서 '민족국가'발전을 넘어선 '문명의 길'을 보여주고자 한다. 이는 무엇보다도 중요한 일이라고 생각한다. 세계 역사를 펼쳐보면 인류는 처음부터 지금까지 줄곧 '민족국가'의 리듬에 따라 발전해왔음을 발견할 수 있다.

상고시대에 활기차게 발전해온 민족은 마치 무대를 설치하고 공연을 하는 것처럼 공연을 잘할수록 관중이 많아지고 더 많은 땅을 차지할 수 있어 강대한 '민족국가'로 발전할 수 있었다. 그들은 열 중 아홉은 침략적 성격을 띠고 전쟁을 일으키기를 좋아하며 대외적으로 확장하고 이웃 나라를 압박했다. 그들 사이에는 전쟁이 끊이지 않았으며 승자는 제국으로 발전했다가 결국 멸망에 이르곤 했다.

'민족국가'개념은 1648년 유럽 '베스트팔렌조약'(Peace of Westphalia)의 산물로서 '외교적'수단을 통해(공식적으로는 우호적으로 초대해 연회를 베풀어 술잔을 부딪치고 무도회를 열면서 암암리에는 정보를 도취하고 스파이를 수매해 전복활동을 전개하는 것) 극히 악명 높은 '전쟁 대륙'인 유럽을 "웃음 속에 칼을 품은 평화의 세계"로 둔갑시켰다. 진보적인 국제 전문가들은 이런 국제질서를 '베스트팔렌 통치/Westphalian Regime'라고 부른다. 현재 세계 각국(중국 제외)의 발전은 모두 유럽에서 유전된 '민족국가'의 길을 걷고 있다. '민족국가'의 기본 특성은 개인 영웅주의를 격려하는 것으로 그 문화는 시장법칙 · 자유경쟁과 우열승패에 의존하며 국민경제가 크게 발전할수록 빈부격차가 더 심각하다. 그리고 대외적으로는 무력을 과시하고 위세를 부리며, 영토를 빼앗아 확장하면서 다른 나라(특히 인접국)를 경쟁상대와 잠재적인 적수로 간주한다.

'민족국가'의 대국발전의 뚜렷한 특성은 '굴기 - 전성기 - 쇠퇴'의 3단계를 거치는 것이다. 대영제국은 '해가 지지 않는 나라'(영국국기인 유니언잭[Union Jack]이 지구의 동양과 서양에서 어느 한 순간도 햇빛 아래서 펄럭이지 않는 순간이 없었음을 가리킴)로 불릴 만큼 찬란한 전성기가 있었지만, 현재는 세 개의 섬에 은거해 지내고 있다. 독립 초기에 대통령을 두는 것을 두려워하던 '자유'의 미국이 대영제국의 뒤를 이어 안하무인격이 되었지만 이제는 서산에 기울기 시작한 해요, 포물선 궤도의 후반에 접어들었다. 세계 최초로 무산계급혁명운동이 일어난 소련도 '민주국가'의 길을 걷기 시작했으나 결국 일장춘몽으로 부질없는 것이 되어버렸다.

백 여 년 전 막 떠오르는 '민족국가'였던 일본도 중국의 어질고 뜻이 있던 유지인사(손중산[孫中山] · 루쉰[魯迅]을 포함)들의 허리를 굽히게 했었으나 동아시아를 초토화한 뒤 할복자살하고 말았다. 그리고 이제 다시 권토중래하려는 야심을 품고 사람들을 두려움에 떨게 하고 있다. 이처럼 '민족국가'의 길을 따라 가면 결국에는 좋은 결말을 볼 수 없는 것이다. 이러한 필자의 말에 찬성하십니까?

앞에서 언급했다시피 인류는 처음부터 현재까지 수십만 년간 도처에서 '민족국가'의 길을 따라 발전해왔지만 중국만은 예외였습니다.

인류 문명은 제일 먼저 강을 따라 흥기하기 시작했습니다. 세계에서 가장 긴 강인 나일강은 아프리카 중남부에서 발원해 북으로 흘러 지중해에 흘러듭니다. 상류지역에 물이 많아 하류지역에서는 강물이 자주 범람해 강 양안지역에 기름진 땅이 형성되었습니다. 그에 따라 이집트 문명이 생겨났으며 세계에서 가장 빠른 밀 농업이 발전하기 시작했으며, 또 아시아에서 물소를 들여갔습니다. 이집트 문명의 문자 · 건축 · 조각은 모두 중국보다 훨씬 역사가 빠르며 지구상의 인류문명 역사에서 가장 일찍이 나타난 밝은 별이라고 할 수 있습니다. 고대 그리스인들은 이집트의 번영을 보면서 침을 흘리기 시작했습니다. 그리스 역사학자 헤로도토스(기원전 484 ?~기원전 425년)는 이집트가 "나일강이 준 선물"이라고 표현했습니다. 애석하게도 후에 이집트는 유럽 민족국가의 거듭되는 정복에 시달려오다가 쓰러진 뒤 결국 다시는 일어서 못했습니다.

세계에서 가장 긴 5대 강 중 1위인 아프리카의 나일 강을 제외하고는 아메리카의 아마존 강과 미시시피 강이 각각 2위와 4위를 차지하며 중국의 창장(長江)과 황허(黃河)가 각각 3위와 5위를 차지하고 있습니다. 중국문명은 세계 3위 창장과 5위 황허가 준 선물로서 최초로 벼 농사가 발전했으며 5천 년 동안 흥성 발전해왔습니다. 현재 중국과 이집트는 세계에서 차지하는 지위가 하늘과 땅 차이라고 할 수 있습니다.

이 두 개의 서로 다른 발전 결과는 이집트가 '민족국가'세계에서 약자이고, 중국은 예로부터 '민족국가'발전의 길에서 벗어나 '문명의 길'을 걸어온데 그 원인이 있습니다. 왜 그렇게 되었을까요? 이는 창장과 황허의 특수성과 연관이 있습니다. 지구상의 10대 강은 모두 수많은 지류가 있어 강마다 하나하나의 독립된 큰 나무와 같지만 유독 창장과 황허만은 예외입니다. 창장과 황허는 칭짱(青藏)고원의 동일 지대에서 발원해 지구 위에 불규칙적인 동그라미를 그린 뒤 하나의 화환을 형성한다. 그 화환이 하나의 '지리적 공동체'를 이루는 것입니다.(이는 나일강과 세계의 다른 큰 강에는 존재하지 않는 현상이다.)

중국은 먼저 이러한 '지리적 공동체'를 이룬 뒤 사람들은 그 '지리적 공동체'내에서 하나의 '문명 공동체'를 창조해냈습니다. 이것이 바로 중국문명이 처음부터 '민족국가'의 길을 걷지 않고 '문명의 길'을 걸을 수 있었던 주요한 원인입니다. 중국은 '문명 공동체'로 발전해오면서 2~3천 년을 거친 뒤 한 걸음 더 나아가 통일된 '운명공동체'로 발전하면서 '민족국가'와 완전히 길을 달리해 제 갈 길을 가기 시작했습니다. 중국 본토에 창설된 통일된 '운명공동체'내에는 송나라에 이를 때까지 줄곧 '민족'의 표지와 분쟁, 압박과 모순이 전혀 존재하지 않았었습니다. 송나라의 멸망이 중국 본토에서 창설되었던 통일된 '운명공동체'가 일단락되었음을 상징합니다. 송나라와 같은 시기에 존재했던 요(遼) · 금(金), 그리고 송나라 후의 원 · 청 4개 조대에 '민족'의 표지(標識)와 분쟁, 압박과 모순이 도입되었습니다. 중국은 비록 여전히 '문명의 길'을 걷고 있었지만, 그 '문명의 길'은 좁은 갈림길이었으며, 진 · 한 · 수 · 당 · 송시기에 통일되었던 '운명공동체'가 걸었던 탄탄대로와 같은 논리적인 발전이 아니었습니다.

청나라 말기에 이르러 중국은 서양 제국주의의 침략을 받았고, 청나라가 멸망한 뒤 세워진 중화민국은 또 군벌통치시기와 일본 군국주의의 광란의 침략을 받았으며, 최종적으로 중화인민공화국이 건국됨으로써 이 모든 간섭이 끝나게 되었습니다. 오늘날 중국의 평화와 번영은 마치 또 천 년 전의 당 · 송시대로 돌아간 것 같습니다. 중국에는 또 과거 그런 문명의 대로를 따라 기세당당하게 발전하는 현상이 나타나고 있습니다. 우리 중국인과 외국인 친구들은 반드시 위에서 말한 경력과 전환을 통해 분석해야만 중국을 이해할 수 있고 중국 이야기를 잘할 수 있는 것입니다.

우리는 과거 중국이 세상 물정을 모르는 우물 안 개구리와 같은 모습을 보였던 것은 'ethnocentric/종족 중심적 경향'때문이 아니라, 'civilizational-centric/문명 중심적 경향'때문이라는 사실을 외국 친구들에게 알려야 합니다.

중국문명의 수천 년 발전 역사과정에서 '민족주의'를 발전시키지 않았을 뿐 아니라, 오히려 줄곧 중국 경내 민족의 표지와 차이를 꾸준히 해소해왔기 때문입니다. 서양은 '민족국가'의 세계여서 모두가 '민족국가'적 사고방식을 가지고 있기 때문에, '국가'(country)와 '민족'(nation)이라는 단어를 서로 통용하고 있습니다. 중국도 현재 세계와 서로 연결되어 있다 보니 '국가/country'와 '민족/nation'을 혼동해 쓰는데 습관이 되었습니다. 그러나 우리는 억지로 남의 흠을 들추어낼 것도 없이 사상적으로 중국과 '민족국가'의 경계를 분명히 가를 수만 있으면 됩니다. 만약 경계를 분명히 가르지 않는다면 현재 우리가 제기한 '중화민족 중흥'의 구호는 '중국 중심론'에 증거를 제공하는 격이 되어버리고 말 것입니다. 그리 되면 외국 친구들은 "그것 봐. 지금 중국이 '중화민족의 진흥'만을 위해 애쓰고 있는데, 이것이 그래 'ethnocentric/종족 중심적 경향'이 아니고 뭔가?"라고 말할 것입니다.

앞에서 논했던 'civilizational-centric/문명 중심적 경향'도 비평을 받게 될 것입니다. 수천 년간 중국의 '천하'는 황허와 창장유역에 국한되었기 때문에 진정 넓은 세계를 보지 못했으면서도 스스로 잘난 척 해온 것은 사실입니다. "우물 안에 앉아서 하늘을 쳐다보며 하늘이 작다고 말하나 실은 하늘이 작은 것이 아니라 그가 본 것이 작을 뿐이다.(坐井觀天, 曰天小者, 非天小也, 其所見小也)"(한유[韓愈]의 「원도(原道)」) 이런 우물 안 개구리 같은 식견이 중국인의 머릿속에 깊이 뿌리내려 아무 생각 없이 외국을 본받는 데 걸림돌로 작용하고 있습니다.

이 책을 쓰게 된 동기는 한편으로는 국제적으로 왜곡되어 있는 중국의 이미지를 바로잡기 위한 것이고, 다른 한편으로는 독자들이 나와 함께 바다 개구리 같은 식견으로 중국을 바라볼 수 있게 하기 위함입니다. 장점도 짚어내야 하지만, 단점도 반드시 지적해야 합니다. 중국문명이 5천 년에 걸쳐 날이 갈수록 발전해온 것은 세계적으로도 드문 일로서 찬양할 일입니다. 그러나 그 5천 년 '문명의 길'을 너무나도 힘겹게 걸어왔습니다. 중국문명은 자체적인 약점으로 인해 몇 번이나 훼멸의 변두리까지 이르렀는지 이루 다 헤아릴 수도 없습니다. 이제는 특별히 그러한 일이 되풀이 되지 않도록 신중해야 한다. 한 번 발을 잘못 내딛어서 천추의 한이 되게 해서는 안 된다는 말입니다. 이상에서 말한 것처럼 중국을 이해하고 중국 이야기를 잘하려면, 반드시 '민족국가'라는 렌즈를 벗어버리고 문명이라는 렌즈를 쓰고 문제를 봐야 한다는 사실을 알 수 있을 것입니다. 그렇게 하는 것은 사실 어려운 일은 아닙니다.

자고로 중국에는 '민족'이라는 관념이 존재하지 않았습니다. 옛날에 사용했던 '동이(東夷)' · '서융(西戎)' · '남만(南蠻)' · '북적(北狄)'이라는 명칭은 다만 중국 사방의 이웃이 서로 다른 민족의 속성을 띠고 있음을 표현한 말입니다. 여기서 '이' · '융' · '만' · '적'은 모두 구체적인 민족을 가리키는 말은 아닙니다. 중국 자체에는 더욱이 민족의 표지가 존재하지 않습니다. 이른바 '당요(唐堯, 당나라 요임금) · 우순(虞舜. 우나라 순임금) · 하우(夏禹, 하나라 우임금) · 상탕(商湯, 상나라 탕임금)'중에서 요 · 순 · 우 · 탕은 유명한 인물이고, 당 · 우 · 하 · 상은 문명의 부호이지 민족의 부호가 아닌 것입니다. 누가 기어이 이 4개의 명칭을 민족의 부호로 삼더라도 중국의 '민족국가'윤곽을 구성할 수는 없을 것입니다. 당요가 우순에게 선위하고, 우순이 하우에게 선위했습니다.

세계적으로 어디에 이런 '민족국가'발전 역사가 존재한단 말입니까? '민족국가'의 발전역사에서 한 민족의 지도자가 자신의 왕위를 다른 한 민족의 지도자에게 선위한 경우가 어디 있습니까? 이는 말도 안 되는 일이었습니다. 이로부터 '민족국가'라는 렌즈를 착용하면 중국을 이해할 수 없고 중국 이야기를 잘할 수 없다는 것이 증명되지 않았나요? 진(秦) 왕조는 진나라가 세웠기 때문에 '진'이라고 불렀습니다. 진나라는 민족의 표지와 차이를 없앤 '중국문명권'내의 한 나라일 뿐 최초에는 약소하고 낙후하던 나라가 후에 강대해져 중국을 통일하기에까지 이른 것입니다. '진'은 애초에 민족의 표지가 아닙니다. 마찬가지로 진 왕조 이후의 한(漢) · 진(晉) · 수(隋) · 당(唐) · 송(宋) · 명(明)에도 모두 민족이라는 표지는 없었습니다. 몽골족이 중국을 통치하면서 중국문명의 발전에 '민족국가'라는 요소의 간섭이 있었지만, 중국에서 몽골족의 통치도 몽골속의 민족 표지를 사용한 것이 아니라, 중국 고전에서 '원(元)'이라는 문명 부호를 따서 지은 왕조의 명칭으로 명명하였던 것입니다. 이는 그들도 '민족국가'요소를 지양하려는 의사가 있었음을 설명하는 것입니다. 원조(元朝)의 통치자마저도 '문명의 길'과 '민족국가'의 리듬이 서로 많이 다르다는 것을 알고 있었다는 말인데, 오늘날 우리는 왜 '민족국가'라는 렌즈를 버리고 문명이라는 렌즈를 들고 중국을 이해하고 중국 이야기를 잘할 수 없다는 말입니까?

현 시대 국제 형세는 3대 특징을 띠고 있습니다.

첫째, '민족국가'세계는 상황이 매우 좋으면서도 심상치 않습니다. 대영제국이 무너진 뒤에 소련도 무너졌습니다. 미국이 비록 대영제국을 대체해 세계 패권을 장악했고, 또 냉전시기에 소련을 무너뜨렸지만, 그 자신은 하버드대학 교수 새뮤얼 헌팅턴(Samuel Huntington, 1927~2008)이 말한 '문명충돌'(clash of civilizations)의 함정에 빠져들었습니다. 먼저 조지 워커 부시(George W. Bush) 대통령이 두 차례의 대 전쟁(아프가니스탄전쟁과 이라크전쟁)을 일으켜 잠재되어 있던 이슬람 반미 '성전(聖戰)'의 원한을 불러일으켰으며, 중동과 북아프리카 사회 정치의 안정을 깨뜨렸습니다. 이어 오바마 대통령이 이집트 · 리비아 · 시리아 등 국가의 정권쟁탈에 간여함으로써 대량의 난민이 유럽으로 대거 몰려들어오는 결과를 초래했습니다. 현재 미국은 국제적으로 자신이 초래한 어수선한 국면을 수습할 수 없을 뿐 아니라, 국내 치안도 갈수록 통제가 어려워지고 있습니다. 총격 참사가 끊이지 않고 있는데다 '국산'반미 '성전'테러의 불씨가 잠복해 있어 막으려고 해도 막을 수가 없는 상황입니다.

둘째, 정보기술의 발전으로 인해 전 세계가 유무상통하고, 온 사방에 지기가 있으며, 서로 멀리 떨어져 있어도 가깝게 지낼 수 있게 되었습니다. 제2차 세계대전 후 '민족국가'의 고향 유럽에서는 꾸준히 연합을 강화하고 있습니다. 독일과 프랑스 두 나라간의 역사적 숙적이 이제는 '유럽연합'의 기둥이 되었으며, 유럽은 세계 '운명공동체'수립의 시범지역이 되었습니다. 아시아도 유럽이라는 본보기에 고무되어 '아세안'(동남아국가연합) · '상하이협력기구'등의 조직이 잇달아 출범되었습니다. 이 모든 현상은 사람들이 '민족국가'라는 사막을 '공동체'라는 오아시스로 변화시키고 있음을 설명해주도 있습니다.

셋째, 중국은 개혁개방정책을 실행한 후 국민경제 발전이 쾌속도에 들어섰으며, 세계경제의 성장을 이끄는 강대한 엔진으로 되었습니다. 국제정치계와 기업계는 모두 중국의 발전에 관심을 집중시키고 있습니다. 중국발전의 전초 앞에 나타나고 있는 길흉 징조가 뉴욕 · 런던 · 도쿄 등 주식시장의 바로미터가 되고 있습니다. 중국 발전 자체에 두 가지 추세가 나타났습니다. 한 가지는 계속하여 "사자가 잠에서 막 깨어 노하여 울부짖는 것과 같은 것"으로서 마치 '민족국가'세계의 패권다툼에 참가해 맹주의 보좌를 빼앗을 것 같은 추세입니다.

이는 중국이 5천 년간 걸어온 '문명의 길'에서 벗어나 세계무대에 올라 굴기 - 전성기 - 쇠퇴의 3부곡을 연주하는 것으로서 평온하던 중국이라는 큰 배를 태풍의 한가운데로 몰아가고 있다는 것입니다. 이는 비록 '전성기'를 맞아 광희를 느낄 수 있게 하기도 하겠지만, '쇠퇴기'의 고통이 뒤따르게 될 것입니다. 게다가 보좌에 앉기 전에는 온몸으로 무장된 미국과 실전을 통해 참 승부를 가려야 하기 때문에 위험이 너무 큽니다.(헌팅턴이 2010년에 일어날 것이라고 예언했던 '단층선 전쟁/fault line war'이 초래될 수도 있다는 말임.) 그로 인해 중국은 1900년 '8개국 연합군'의 침략을 받았던 고통을 다시 한 번 되풀이 할 수가 있습니다. 다른 한 가지 추세는 중국의 5천 년 발전을 이룬 '문명의 길'을 계속 이어가는 것으로서,

현재 중국의 발전에서 '민족국가'사유를 철저히 없애고, '세계 운명공동체'를 수립하는 것을 중심 임무('일대일로[一帶一路]' 등 창의를 모두 이 임무에 포함시킴)로 삼아 먼저 '상하이협력기구 운명공동체', '중국-인도 운명공동체', '중국-남아시아 운명공동체', '중국-동남아 운명공동체', '동아시아 운명공동체', '브릭스 5개국 운명공동체' 등을 시험적으로 수립한 다음 점차 전 세계로 널리 확대하여 21~22세기에 "대도가 행해져 천하가 모든 사람의 공동의 것이 되는 사회(大道之行也, 天下爲公)"를 실현시킴으로써, 고난에 시달리는 우리 지구가 새로운 삶을 맞이해 번영 발전할 수 있게 해야 하며, 전 세계 인민의 눈가에 맺힌 눈물을 말끔히 닦아주어, 아득히 멀고 구석진 곳에도 복숭아꽃이 만개해 봄바람 속에서 웃을 수 있도록 해야 하는 것입니다.

이것이 바로 필자가 이 책을 쓰게 된 의도입니다. 독자 여러분의 많은 가르침을 바라는 바입니다.

제1장

'지리공동체'에서 '정치공동체'로 나아가다

제1장
'지리공동체'에서 '정치공동체'로 나아가다

우주의 천체는 끊임없이 돌고 있다. 지구는 자전할 뿐만 아니라 태양을 에워싸고 공전하고 있다. 그래서 지구상에서 고정된 것으로 보이는 모든 사물은 실제상에서는 모두 움직이는 상태에 있다. 운동은 지구상의 인류 · 문명 · 국가 · 사회 · 집단 · 개인이 생존하는 기본 법칙이다. 중국은 바로 그 기본 법칙 속에서 탄생되고 발전해 왔다. 이는 탐구할 가치가 있는, 그리고 풍부한 내용과 곡절이 많은 과정 · 복잡한 문제 · 다분한 특색 등을 띠었을 뿐 아니라, 전 세계의 발전에서 참고할만한 가치와 시사하는 바가 있는 이야기이다. 그 이야기에 대해 어떤 사람은 과시하고 어떤 사람을 비하하며 또 어떤 사람은 의혹스러워하고 있는 것에 대해 많은 사람들은 이해를 하지 못하고 있는 것 같다. 이제부터 이에 대해서 필자가 차근차근 이야기를 해나가려고 한다. 독자들은 필자의 안내를 받으며 중국 5천 년의 발전과정을 한 번 전체적으로 둘러보았으면 한다.

1. 중국문명은 '히말라야권'이라는 요람 속에서 태어났다

전통적인 지혜는 언제나 중국의 탄생을 중원과 연결시키곤 하는데 이는 착각이다. 실제로 중국 이야기가 특수성을 띠는 것은 중원과 멀리 떨어진 히말라야 때문이다. 그곳 지각의 운동이 중국 이야기를 감동적으로 엮어내고 있다. 지구는 태양계에서 유일하게 물이 존재하는(물이 있어야 생물이 존재할 수 있다) 천체이다. 지구의 자전과 공전은 지각의 상전벽해와 같은 변천의 선율을 합주하고 있는 것이며, 히말라야의 형성은 그 선율의 최고 높은 곡조라고 할 수 있다.

'히말라야권'은 인류의 요람이다

억만 년 전에 지구상에는 오직 두 개의 대륙이 존재했다. 하나는 '로라시아 고대륙'(Laurasia)인데, 오늘날 유라시아대륙과 북미주의 전신이고, 다른 하나는 '곤드와나 고대륙'(Gondwana)인데 오늘날에는 아프리카주 · 대양주 · 남미주 세 개의 대륙으로 분열되었다. 후에 남미주와 북미주가 서로 연결되고, 아프리카주와 유라시아대륙의 서쪽 부분이 서로 연결되었다. 인도 판은 원래 아프리카주의 일부였는데, 후에 아프리카주에서 분리되어 '고(古) 테티스 대양'(Paleo-Tethys Ocean)을 지나 중국판과 서로 끌어안았다.

인도판의 앞부분이 중국 판의 밑으로 들어가 중국판의 지각을 떠받쳐 올려 윈꿰이(雲貴)고원 · 히말라야산맥 · 칭짱(靑藏)고원 등 세 개의 새로운 지세를 형성했다. 히말라야산맥과 칭짱고원은 하나인 것 같으나 둘이고 둘인 것 같으나 하나인 일체이다. 중국 지질학자들은 이 3개 3지세의 탄생을 통틀어 '히말라야조산운동'이라고 부른다.

히말라야 산의 중앙부를 중심으로 삼아 하나의 거대한 컴퍼스로 지도 위에 큰 동그라미를 긋는다고 상상을 해보자. 그 동그라미 남부는 전체 남아시아 준 대륙이 포함되고, 동남부는 동남아시아가 포함되어 있다. 동부와 북부는 창장과 황허유역의 대부분 지역이 포함되고, 서부는 오늘날 중앙아시아 · 중동의 대부분 지역이 포함되었다. 그중에는 '비옥한 초승달 지대'(the Fertile Crescent, 서아시아의 고대 문화 발원지)도 있다. 이러한 '히말라야 권'이 망라한 지역은 지구상의 절반을 차지하는 동식물의 고향이며 인류의 발상지라는 사실을 우리는 알고 있다. 인도는 9만 종의 식물과 4만 5천 종의 동물의 고향이고, 북반구의 대부분 식물은 중국에서 찾을 수 있다. 인류의 생존과 밀접한 연관이 있는 동식물문화(쌀 문화 · 밀 문화 · 면포 문화 · 실크 문화 · 소 문화 · 돼지 문화 등)는 모두 '히말라야 권'내에 분포되어 있다. 중국문명과 인도문명은 '히말라야 권'의 2대 쌍둥이 문명이다.

국제학계의 여론은 인류가 아프리카에서 가장 먼저 탄생했다고 주장한다. 이에 대한 연구가 부족한 필자는 감히 그 주장에 찬성하거나 반박할 수는 없다. 그러나 필자는 중국과 기타 나라의 고고학자들이 '히말라야 권'에 대한 발견을 근거로 이곳이 인류와 문명의 요람이라고 자연스럽게 생각하게 되었다. "인류는 원숭이에서 진화되었다"는 것은 사회진화론적인 정론이다. 그러나 다른 지역에서는 구체적인 예증을 찾아볼 수 없지만, '히말라야 권'은 우리에게 명확한 인식을 제공하고 있다. 장기간 사람들은 그 '원숭이'를 '라마피테쿠스'(Ramapithecus)라고 불렀다. 그것은 그 원숭이 뼈 화석이 제일 처음 발견된 곳이 네팔의 라마(Rama)마을이기 때문이다. 최근 수십 년간 고고학자들은 또 그 원숭이에게 '시바피테쿠스'(Sivapithecus)라는 새 이름을 지어주었다. '시바'(Siva)는 힌두교 신의 이름이다. 그 원숭이 이름이 '라마피테쿠스'건 '시바피테쿠스'건 간에 '원숭이가 인류로 진화한 것'은 아프리카가 아닌 '히말라야 권'내에서 발생했음을 설명한다.

유명한 고고학자 우루캉(吳汝康, 1916~2006)은 중화 인종의 선조가 '라마피테쿠스'나 '시바피테쿠스'보다 더 진화한 윈난(雲南)에 뿌리를 내린 '카이위안[05] 루펑(祿豐)피테쿠스(Lufengpithecus Kaiyuansis)'[06]라고 인정했으며, 그 원숭이는 1000만 년에서 800만 년 전에 생존했을 것으로 추정했다. 윈난의 카이위안(開遠)시 · 루펑(祿豐)현 · 위안머우(元謀)현에는 모두 인류 선조와 관련된 수많은 고고학 발견이 존재한다.

추슝(楚雄) 이족(彝族)자치주에 속하는 위안머우 현에서는 중국 최초의 직립원인 중의 하나인, 학명으로는 '위안머우 직립원인(Homo erectus yuanmouensis)'이라고 부르는 '위안머우 원인'의 유적이 발견되었을 뿐 아니라, 그 선조 '원숭이'인 '위안머우 피테쿠스'도 발견되었다. 다시 말하면 위안머우 현이 바로 지구상에서 '원숭이가 인류로 진화한'확실한 지점 중의 하나라는 말이다. 오늘날 우리가 알고 있는 지구상 최초의 3대 '원인'으로는 첫 번째가 총칭(重慶) 시내 창장 우산샤(巫山峽)에서 발견된 200만 년 전에 살았던 '우산 원인(巫山猿人)'이고, 두 번째가 인도 중앙부에 위치한 마디아프라데시 주의 호샹가바드(Hoshangabad) 현에서 발견된 '호샹가바드 원인'으로서 180만 년 전에 살았으며,[07] 세 번째가 바로 '위안머우 원인'으로서 170만 년 전에 살았었다. 첫째로, 이는 지구상에서 현재까지 발견된 것 중에서 가장 이른 시기의 이름이 분명한 '자

---

05) 카이위안 : 중국 윈난 성(雲南省) 남부에 있는 현. 해발 고도 1,050미터의 고지이며, 사탕수수를 산출하며, 농업이 발달하였다.

06) 루펑(祿豐)피테쿠스 : 중국의 루펑(祿豐)이라는 유적에서 라마피테쿠스의 턱뼈가 발견된 바 있는데, 대략 8백 만년으로 추정(推定)되고 있으며, 송곳니가 유인원 것보다도 작아서 인류의 조상과 연결될 가능성이 제시되고 있다.

07) 탄종、경인쩡(耿引曾)이 공동 집필한 India and China: Twenty Centuries of Civilizational Interaction and Vibrations(『인도와 중국: 20개 세기의 문명 교류와 설렘』), 뉴델리 문명연구센터(Centre for Studies in Civilizations) 출판, 2005년, 37쪽.

바 원인', '베이징 원인', '남전인' 등보다도 더 이른 원인이라는 점이다. 이는 아프리카와 그 외 다른 지역의 고고학연구에서 발견된 바 없는 것이라는 사실과, 둘째로 지구상에서 가장 이른 시기의 3대 인류 선조가 '히말라야 권'안에서 세 갈래의 세력이 정립하는 국면을 형성하였다는 사실에 주목할 필요가 있다. 이는 '히말라야 권'이 인류의 요람이라는 사실을 증명해주고 있는 것이다. 이 3대 인류 선조는 거의 동시에 나타났다. 그 중 둘은 오늘날의 중국에서, 하나는 오늘날의 인도에서 나타났다. 세 선조는 모두 히말라야산과 칭짱고원과 가까운 곳에서 나타났으며 모두 '히말라야 권'에 속한다.

앞으로 더 많은 고고학 발견이 '우산 원인' · '호샹가바드 원인' · '위안머우 원인'의 선두주자 지위를 앗아갈 것이라고 필자는 믿는다. 필자는 또 앞으로 나타날 가장 이른 시기의 인류 선조가 대부분 '히말라야 권' 내에서 나타나게 될 것이라고 믿는다. 그것은 '히말라야 권'이 인류 요람에 관련된 가장 풍부한 정보를 이미 제공하였을 뿐 아니라, 앞으로도 더 많은 정보를 제공할 수 있는 잠재력을 갖추었기 때문이다. 가장 오래된 그 세 원인의 분포를 보면 그들은 겨우 '히말라야 권'을 인류의 요람으로 삼은 극소수의 대표일 뿐이다. 고고학의 발전에 따라 더 전면적이고 더 완전한 그림이 반드시 나타나게 될 것이다.

아프리카 원인의 화석이 발견된 것과 비교할 때, '우산 원인' · '호샹가바드 원인' · '위안머우 원인'은 오늘날 중국 · 인도의 문명과 직접 연결되어 있다. 다시 말하면 3대 고대 원인의 후대들은 세세대대로 끊임없이 이어져오고 있음을 인정할 수 있는 것이다. 그러나 아프리카 고대 원의 후대들이 어떻게 발전해왔는지에 대해서는 분명하게 아는 바가 없다. 앞에서 언급한 인류의 3대 선조 중에서 '우산 원인'의 후대가 발전한 것이

유력하다는 것이다.

최근 몇 년간 중국과 세계를 들썩이게 했던 쓰촨(四川)성 성도인 청뚜(成都)에서 삼성퇴(三星堆) 고대문명유적이 발굴된 것이 바로 그 두드러진 사례이다. 고고학자들은 삼성퇴 유적군의 연대를 위로는 신석멸시대 말기(기원전 2800년)에서 아래로는 기원전 1000년 좌우로까지 약 2000년간 이어졌던 것으로 고증했으며, 5000년에서 3000년 전의 고대문명이라고 추정하고 있다. 삼성퇴 고고학 발굴 작업이 끝나려면 아직도 멀었다. 현재 작업장이 두 곳에 나뉘어 있는데 한 곳은 쓰촨 성 성도인 청뚜에서 40㎞ 떨어진 광한(廣漢)시 경내에 있는 삼성퇴이고, 다른 한 곳은 청뚜 시내에 있는 진사(金沙)이다. 진사는 겨우 10분의 1정도 발굴된 상태임에도 벌써 수많은 놀라운 발견이 이루어졌다. 앞으로 완전히 발굴한 뒤에는 더욱 상상할 수 없는 수확이 있을 것으로 보인다.

삼성퇴 문명도 중원의 양사오(仰韶)·롱산(龍山) 농업문명보다 진보한 청동멸시대 문명으로 최근에는 단일 건물 유적이 발견되었는데, 궁전 건물의 유적일 가능성이 크다고 한다. 삼성퇴 유적에서는 또 '창바오바오(倉包包)성벽'과 '전우궁(眞武宮)성벽'으로 불리는 유적도 발견되었다. 사람들은 앞으로도 더욱 고급 무덤이나 왕릉이 발굴되기를 기대하고 있다.

쓰촨성 사회과학원 역사연구소 소장이며 쓰촨 사법대학 파촉문화(巴蜀文化)연구센터 주임인 뚜안위(段渝) 교수는 1983년부터 이 과제에 대해 연구해오고 있다. 그의 저서 『족장사회와 국가의 기원: 창장유역 문명의 기원 비교 연구』[08]에서는 '우산 원인'에서 시작해 삼성퇴 문명에 이르기까지, 또 7400~4500년 전에 창장 싼샤(三峽)지역에 존재해온 '청베이시문

08) 뚜안위(段渝), 『족장사회와 국가의 기원: 창장유역 문명의 기원 비교 연구』, 2007년, 북경, 중화서국(中華書局).

화(城背溪文化)'와 '다시문화(大溪文化)'를 결부시켜 창장유역 고대문명의 발전에 대해 탐구했으며, 중국 학계와 문화계가 경시해온 중화문명의 발전에 대한 창장유역의 중요성 문제에 대해 바로잡았다.

삼성퇴에서 보이는 고대문명의 미스터리

2012년에 필자는 청뚜에서 열린 제3회 '중국 - 남아시아 문화포럼'에 참가했다. 포럼 주최 측인 쓰촨(四川)대학 남아시아연구소는 포럼에 참가한 중국과 인도 양국 대표들을 조직해 삼성퇴 고고학문물전시관을 참관시켰다. 문물 중에는 사람의 동상이 아주 많았다. 전시관 해설자가 동제 탈에 대해 설명할 때 필자가 그 자리에 있던 주중 인도대사관의 문화참사관 사후(R. Sahu) 선생에게 그 탈 옆에 서보라고 말했다. 그 자리에 있던 사람들은 영문을 알아차리고 빙그레 미소 지었다. 그 탈은 눈이 크고 코가 높은 사후 선생의 판박이였던 것이다. 전시관 내에 전시된 사람 조각상 모두가 오늘날 인도인을 닮았으며, 오늘날의 중국인과 닮은 곳은 전혀 없었다. 이에 대해 어떻게 설명해야 할까?

청산유수 같이 말을 잘하는 젊은 해설자가 우리에게 지름이 85센티미터인 바퀴 모양의 '태양형태의 물체(太陽形器)'에 대해 설명할 때 재미는 있으나 얼토당토않은 말을 했다. 그녀가 말했다. "이 문물은 태양을 대표합니다. 그런데 태양에 어찌 긴 가시(그녀는 바퀴에 붙은 5개의 바퀴살을 가리킴)가 돋아 있는지 이상하게 생각할 것입니다."라고 말했다. 그러면서 그녀도 줄곧 이해할 수 없었다고 덧붙였다. 그런데 마침 전날 밤 어느 한 선생님이 강의를 하면서 그에 대해 설명했다면서 말했다. "그 선생님은 사막에서 살아가는 사람들이 태양을 너무 미워했기 때문에, 그 동상의 태양에 가시가 돋게 해 태양에 대한 사람들의 저주를 대표한 것이다"

라고 했다는 것이었다.

필자와 동행한 인도 친구들은 그녀의 망론에 반박하지 않았다. 우리는 모두 그 '태양형태의 물체'가 고대 인도의 '일륜'(日輪, surya-cakra, 수르야는 태양을 의미하고 차크라는 불의 수레바퀴 · 원반을 의미한다 - 역자 주)을 대표하는 개념임을 알고 있었으며, 그 5개의 바퀴살이 태양에 가시가 돋았음을 묘사하는 것이 아님을 알고 있었다.

나는 속으로 "삼성퇴 문명에서 태양숭배가 포인트이고, 그 동상들(상기의 '태양형체'를 포함) 모두가 태양숭배의 산물이라는 사실과 삼성퇴의 태양신을 숭배하는 사람들이 어찌 '태양을 저주할 수 있었을까?'에 대해 해설자가 말한 그 '선생님'은 어찌 잘 생각해보지 않았을까? 그리고 또 청뚜 일대는 애초에 사막이 아닐 뿐만 아니라, 매년 해를 볼 수 있는 날이 많지 않아 사람들은 해를 보면 반겨도 모자랄 판에 어찌 저주할 수 있었는가?"하고 되물었다.

당대의 중국인들은 태양신 숭배가 익숙지 않았지만, 인도에는 수천 년간 태양을 숭배해온 문명이 존재했다. 사실 고대 인도의 '일륜'(surya-cakra)의 개념은 오래 전에 이미 중국으로 전파되었다. 당나라 재상이면서 문인이었던 한유(韓愈)의 「혜사를 보내다(送惠師)」라는 시에 이런 구절이 있다. "밤중에 일어나 내려다보니 바다 물결이 태양을 머금었네. (夜半起下視, 溟波銜日輪)" 9세기 당나라 시인 독고현(獨孤鉉)의 「일남장지(日南長至)」라는 시에는 이런 구절이 있다. "햇살이 점점 짧아져 아쉽기 그지없는데, 해시계의 그림자는 길어만 지는구나.(輪輝猶惜短, 圭影此偏長)"라는 구절이 있다. 여기서 '윤휘(輪輝)'로 햇살을 표현했다. 송태조(宋太祖) 조광윤(趙匡胤)의 「아침 해를 읊다(詠初日)」라는 시에는 "붉은 해가 순식간에 하늘로 솟아올랐다(日輪頃刻上天衢)"는 구절이 있다. 오늘날 사람들은 흔히 "붉은 해가 서서히 솟아오른다"라고 묘사하곤 한다. 현 시대의 중국인(그 고고학 전문가 '선생님'을 포함해서)들이 삼성퇴의 '태양형태의 물체'를 보고 사상적 혼란이 나타난 것에서도, 그들이 중국문명 역사에 대해 기억이 희미해져가고 있음을 반영헤 주고 있는 것이다.

삼성퇴의 전시를 둘러보면서 가장 인상 깊었던 것은 청동기 속에 그려져 있는 새 형상이 특별히 두드러져 있다는 사실이었다. 그 새의 형상은 흔히 짐승의 모습과 서로 결합되어 있었는데, 짐승 머리에 새의 몸통, 사람의 머리에 새의 몸통 모양의 동상이었다. 전시관 홍보물에는 그 두드러진 현상에 대해 설명하고 있지는 않았지만, 필자는 그 동상들을 보면서 인도 신화 속의 '대붕금시조'(大鵬金翅鳥, garuda, 가루다)[09]를 떠올렸다. 그 '대붕금시조'는 인도신화에서 '용뱀'(naga, 나가)과 공생하고 있으며, 불교 신화에서는 그들을 호법신으로 묘사하고 있다. 그들은 바로 '천룡팔중(天龍八衆의 신(naga는 '용중[龍衆]'으로, garuda는 '가루라[迦樓羅]')으로 중국에 전파되었다. 힌두교 신화에서 그 '대붕금시조'는 '비슈누'(Vishnu)의 탈것이며, 또 '일조(日鳥)'이기도 하다. '일조'의 형상은 삼성퇴 고고문물 중에서 매우 두드러지게 나타났다. 필자가 받은 종합적인 인상은 '대붕금시조'가 삼성퇴 문물 예술의 영혼과 같은 격이라는 것이었다. 그리고 '대붕금시조'의 형상을 반영한 문물이 인도의 여러 박물관에도 매우 많지만, 그 시기가 삼성퇴에 비해 2~3천 년이 늦은 상황이다. 다시 말하면 삼성퇴 문물 중에는 전 세계에서 가장 오래된 '대붕금시조'신화의 예술품문물이 보존되어 있다는 것이다. 이러한 사실에 대해 인도의 고고학자들은 애당초 알지 못하고 있다. 그런 점에서 쓰촨성 고고학 연구기관은 인

---

09) 대붕금시조 : "경새(瓊鳥)", "붕조(鵬鳥)", 가섭라(迦樓羅), 가루라조(加樓羅鳥)、가유라조(留羅鳥)、가루라조(伽婁羅鳥)、게로도조(揭路荼鳥)라고 불리우는 신화속의 상상의 새.

도의 고고학 전문가들을 초청해 많은 교류를 진행하면서 서로가 이에 대해 상통할 필요가 있다.

사실 상고시대에 중국에서는 태양신 숭배가 매우 보편화되었을 것이다. 『상서 · 요전(尙書 · 堯典)』에는 "희화가 해를 목욕시키다(羲和沐日)"는 전설이 있다. 중국 전설 중에 '염제(炎帝)'가 있는데, 그 '염(炎, 불 '화(火)'자가 두 개 겹친 자)이 바로 태양의 부호이다. 전설 속의 '염제'는 창장유역문화에 속하며, 삼성퇴 고대문명과 밀접한 관계가 있을 가능성이 크다. 필자의 본적인 후난(湖南)성 차링(茶陵)현은 유명한 '염제'의 고향으로('차링'의 옛 명칭은 '차왕청[茶王城]'이며, '차왕[茶王]'신농[神農]이 바로 '염제'이다) '염제묘'의 유적도 있다. 1970년대 초에 출토한 '창사(長沙) 마왕퇴(馬王堆) 1호묘'문물 중 길이 205㎝, 윗부분 폭 92㎝, 아랫부분 폭 47.7㎝인 T형백화(그림1)의 오른쪽 위에 일조가 있고, 중앙부분에 '신금비렴(神禽飛廉)'으로 불리 우는 짐승 머리에 긴 날개를 가진 새가 있다.

그림1 창사 마왕퇴 1호묘에서 출토한 백화.

현재까지 그 새가 바로 '대붕금시조'의 또 다른 형태임을 가려낸 사람은 아무도 없다.(궈뭐뤄[郭沫若]는 그 새가 죽음의 신을 대표한다고 말함.) 그 도안 속의 형태를 보면 태양신을 숭배했음이 매우 분명하다. 고고학적으로 꾸준히 새로운 발견이 드러남에 따라 중국 고대의 태양신 숭배에 대해 우리는 더욱 명확한 인식을 얻을 수 있으리라고 믿는다.

이런 점으로 미루어보아 삼성퇴에서 발견한 고고학적 수확은 또 '우산 원인'과 '호샹가바드 원인'간의 친척 관계가 반영되었다는 점을 확인할 수 있다는데 있다. 5000~3000년 전에 존재했던 삼성퇴에서 발견된 고대문명은 중국과 인도에서 표시가 나타난 시기보다도 훨씬 먼저 생겨났음을 보여준다. 그 당시에 '히말라야 권'내 중국 쓰촨에서부터 인도까지 사이에는 공동의 태양신 숭배문화가 존재했을 가능성이 매우 크다는 점이 그것이다. 삼성퇴 고대문명의 발굴은 또 상고대문명의 발전에 대해 우리가 미처 모르고 있었던 맹점을 알려주었다. 앞에서 언급했다시피 삼성퇴문명이 존재했던 시대는 중국에도 없고 인도에도 없었던 것이다.(중국과 인도의 표시가 삼성퇴문명보다도 훨씬 늦게 나타났다는 것을 가리킴) 만약 삼성퇴문명이 인도 땅에서 발견되었다면, 인도학계에서는 분명 그것을 인도 고대문명의 유적으로 삼아 크게 떠들어댔을 것임이 틀림없다. 그런데 삼성퇴 고대문명이 중국 쓰촨에서 발견된 것이다. 쓰촨에서 인도 고대문명 유적이 나타나리라는 것은 상상조차 하기 어려운 일이다. 그래서 중국학계와 지식계에서는 삼성퇴 고대문명을 중국문명의 기원으로 보는 것에 적극적일 수 없는 것이다.(오직 뚜안위를 위수로 하는 쓰촨성의 일부 역사학자들만이 그것을 '고대 촉(蜀)나라'문명으로 간주해 널리 알리고 있을 뿐이다.)

그러고 보면 필자가 말한 '히말라야 권'의 발전역사에 대한 연구를 진정으로 해야 할 만한 가치가 있다는 것이 아니겠는가? 앞으로 연구를 거쳐 다음과 같은 긍정적인 결론을 얻을 수 있을 것이라고 생각된다. 오래전 중국문명과 인도문명이 발전하기 이전에는 '히말라야 권'문명의 기나긴 발전시기였을 것이며, 그 시기는 중국문명의 계몽단계였을 것이라는 점이다. 종합해서 볼 때 우리는 '히말라야 권'이 중국문명 탄생의 요람이라고 인정할 수 있다는 것이다.

여기서 언급할 필요성이 있는 것은 후난 성 창사시 닝샹(寧鄕)현 황차이(黃材)진에 위치한 도로 건설공사 때문에 파괴되었다가 최근 중시를 받기 시작해서 현재 개발 작업을 진행 중인 '탄허리(炭河里)유적'이 삼성퇴 고대문명과 마찬가지로 상 · 주(商周)시기의 창장유역의 문명 중심이었다는 사실이다. 이미 잇달아 출토한 300여 점(한 점은 홍수에 밀려 옴)의 청동기 중에는 세상에서 드문 진귀한 보물(예를 들어 사양방존[四羊方尊]과 인면문방정[人面紋方鼎] 등)이 있다. 그 인면문방정은 높이가 38.5m, 무게가 12.85kg인데 사면에 모두 똑같이 생긴 사람의 얼굴이 있는 것이 인도에서 흔히 볼 수 있는 브라흐마 신상(四頭神像)을 떠올리게 한다. 힌두교 '창조의 신'인 브라흐마(Brahma)는 온 몸이 네 개의 방향에 똑같이 생긴 형상을 하고 있는데, 어떤 사람에게도 등을 보이지 않는다. '탄허리유적'의 인면문방정이 바로 이와 같은 설계로 되어 있다.(그런 점에서 중국 고대의 브라흐마신이었을 가능성이 있다.) 이 곳의 고대문명에서는 이미 궁전과 청동멸시대의 경제가 나타났었다. 탄허리와 삼성퇴 두 개의 미스터리가 앞으로 중국 역사를 고쳐 쓸 것이며 전통적인 두뇌를 새롭게 바꾸게 될 것이다.

2. '지리공동체'가 중국 '문명공동체'를 잉태하다

왜 외국 친구들은 중국역사를 이해하지 못하고, 중국인은 스스로 중국 이야기를 잘하지 못하는 것일까? 그것은 세계 모든 국가가 '민족국가'의 법칙에 따라 발전해왔지만, 오로지 중국과 인도만 예외라는 사실을 모두

들 인식하지 못하고 있기 때문이다. 중국은 '민족국가'법칙에 따라 발전해온 것이 아닌데, 사람들이 '민족국가'법칙에 따라 중국문명의 발전을 보고 있으니 당연히 알아볼 수 없는 것이다. 우리가 '히말라야 권'이라는 렌즈를 이용하면 4대 문명을 잉태함 강(인더스강 · 갠지스강 · 창장 · 황허)이 인도와 중국문명을 부각했음을 분명하게 볼 수가 있다.

히말라야(겸 칭짱고원)는 갠지스강을 잉태해 벵골만으로 흘러들게 하고, 인더스강을 잉태해 아라비아해로 흘러들게 했다. 그들이 인도양과 함께 지구상에 인도 '지리공동체'를 형성한 다음 인도아대륙(印度次大陸)[10]의 서로 다른 부락과 민족이 공동으로 인도 '문명공동체'를 창조하도록 했다. 인도아대륙은 문명이 싹트기 시작한 계몽시기부터 시작해 영국 식민주의 통치 전까지 '민족국가'발전의 길을 걷지 않았다. 그것은 인도아대륙의 '문명 공동체'가 어느 한 민족이 횡적인 확장을 통해 '민족국가'를 세우는 것을 허용하지 않았기 때문이다. 그와 같은 상태가 영국 식민주의자의 통치가 시작되기 전까지 이어졌다.

두 갈래의 큰 강이 형성한 중국 '지리공동체'

중국도 인도와 마찬가지로 먼저 '지리공동체'를 형성한 뒤 다시 아대륙의 서로 다른 민족어를 사용하는 집단이 '문명공동체'를 이루는 두 개의 단계를 거쳤다. 중국의 2대 문명의 강인창장과 황허는 그 발원지가 같다. 황허의 발원지인 바옌카라산(巴顔喀拉山)과 창장의 발원지 탕구라산(唐

10) 인도아대륙(印度次大陸)은 남아아대륙(南亞次大陸) 혹은 인파멍아대륙(印巴孟次大陸)이라고도 칭하는데, 히말라야산맥 이남의 반도형 지역을 말한다. 대체적으로 북위 8도-37도, 동경 61도-97도에 위치하고 있다. 히말라야산맥에 가로막혀 있어 상대적으로 독립적인 위치에 있으나 면적이 작아 통상적 의의인 대륙보다는 작아서 아대육(次大陸)이라 칭한다. 총면적은 430만㎢이고 인구는 17,5억 명이다.

古拉山)은 지척에 있다. 이 두 강은 발원한 뒤 서로 갈라져 황허는 북으로 흘러 쓰촨 · 간쑤(甘肅) · 닝샤(寧夏) · 네이멍구(內蒙古) · 산시(陝西) · 산시(山西) · 허난(河南) · 산동(山東)을 흘러지나 바다로 흘러들고, 창장은 남으로 흘러 청하이(青海) · 시짱(西藏) · 쓰촨 · 윈난 · 후베이(湖北) · 후난 · 장시(江西) · 안훼이(安徽) · 장쑤(江蘇) · 상하이를 지나 바다로 흘러든다. 특이한 것은 그 두 갈래의 강이 바다로 흘러들기 전에 또 화이허(淮河) 강 유역에서 이어진다는 것이다. 이 두 갈래의 강은 각각 남과 북으로 갈라져 제 갈 길을 가면서 유라시아대륙 동부지역에서 별로 미끈하지 않은 타원형을 그린 뒤 중국의 연해지역에서 다시 만난다. 그렇게 중국 '지리공동체'가 형성되었는데, 이는 인더스강과 갠지스강, 그리고 해안선이 형성한 인도 '지리공동체'와 방법은 다르지만 결과는 같은 절묘함이 있다. 역시 인도와 마찬가지로 창장과 황허유역에 거주하는 서로 다른 부락과 민족이 이 중국 '지리공동체'내에서 중국 '문명공동체'를 형성하고 있는 것이다.

독자들은 이 중국 '지리공동체'의 문명 기능에 주목하였으면 한다. 먼저 이 '지리공동체'는 인류가 나타나기 이전에 형성된 것으로서 사람의 의지에 따라 생겨난 것이 아니라, 하늘의 혜택으로 자연적으로 이루어진 것이라는 점을 보아야 한다. 다시 말하면 중국에서 인류가 세상에 나타나기 전에 지구가 이미 사람들에게 반드시 '공동체'를 건설하라는 뜻을 전한 것이다. 바꾸어 말하면 중국의 이 '지리공동체'는 사람의 의지로 바꿀 수 있는 것이 아니며, 그 어떤 사람도 파괴할 수 없다는 것이다. 이러한 전제에 대해 인식한 뒤에야 우리는 왜 창장과 황허유역에서 인류가 나타난 뒤 그 어떤 강대한 '민족국가'도 나타나지 않고 서로 다른 부락과 민족이 그 '지리공동체'내에서 중국의 '문명공동체'를 형성할 수 있었는지에 대해 이해할 수가 있다. 지리환경이 곧 경제생활 환경이다. 중국 '지리공동체'는 경제의 공동발전에 알맞은 환경을 창조하였으며, 사람들은 그 경제의 공동발전이라는 대 환경 속에서 자연스럽게 문명의 공명을 이룰 수 있었던 것이다. 이는 앞에서 토론한 바 있는 삼성퇴 · 탄허리 · 마왕퇴의 사례를 통해 이미 증명되었다.

하천은 모두 생명을 창조하는 기능을 갖추었다. 창장과 황허가 중국 생명에 대한 창조 기능은 더욱 위대하다. 지구상에 인류가 나타난 뒤로 창장과 황허유역은 살기 좋은 곳이 되었으며, 지구상에서 줄곧 인구가 가장 많은 곳이었다. 그리고 창장과 황허유역에 거주하는 사람들은 아주 일찍부터 유목 시대에서 벗어나 재배업과 목축업에 종사해왔다. 중국 문자 중에서 '혈(穴)'자가 일정한 지위를 차지하고 있음을 보아낼 수 있다. 이는 혈거가 중국 고대인의 특성임을 증명해준다.

그들은 '정(穽)'자('정'자의 도형은 짐승을 포획하는 함정을 묘사한 것이다. '정[穽]'자의 위쪽은 동굴 '혈[穴]'자이고, 아래쪽은 우물 '정[井]'자로서 동굴 위에 나뭇가지들을 엇갈리게 놓은 뒤 동굴 입구를 풀로 덮어 짐승들이 알아채지 못하게 했음을 가리킨다)를 발명했다. 중국 고대인은 유목민족의 경력을 피해감으로써 '민족국가'가 생겨날 수 있는 근원을 단절해버렸던 것이다.

우리는 초기 고대인의 생활에 대해 묘사한 것을 볼 수 없지만, 중국 문자의 도형을 통해 실마리를 엿볼 수 있다. 중국 문자 중에는 '犭'(犬, 개 견)자 변이 들어가는 글자가 많은데, 고대인들이 개를 길러 사냥하는 데 도움을 받았음을 설명한다. 중국 문자 중에는 또 '牛(소 우)' · '馬(말 마)' · '羊(양 양)' · '豕(돼지 시)' · '隹(새 추)' · '魚(물고기 어)'자 변이 들어가는 글자가 많은데, 이는 고대인들이 말 · 소 · 양 · 돼지 등 가축과 닭 · 오리 · 거위 등 가금을 사육하고 물고기를 길렀음을 설명한다. 중국 문자 중에는 또

'禾(벼 화)'자 변과 '艹(草, 풀 초)'자 윗머리 부수가 들어가는 글자가 많은데, 이는 고대인이 재배업에 주력했음을 설명한다. 갑골문의 '土'(흙 토)자는 '⊥ '도형으로 표기해 땅 위에 식물이 자라고 있음을 묘사했다.

갑골문의 '生(날 생)'자는 '𡴀'도형으로 표기해 역시 같은 의미를 나타냈다. 이 두 가지는 모두 고대인이 창장과 황허유역에서 농업을 발전시켰음을 설명한다. "하늘과 땅의 가장 큰 덕행은 만물이 끊임없이 생장하고 번성하게 하는 데 있다(天地之大德日生)"(『주역 · 계사전[周易 · 系辭傳]』)라는 구절은 더욱이 재배업이 중국 두 하천 유역문명의 영혼에 대해 설명해주고 있다. 이 모든 것이 창장과 황허 2대 하천이 창조한 '지리공동체'가 '민족국가'의 발전 선율이 존재하지 않는 '문명공동체'를 잉태하고 양성시켰음을 분명하게 반영하고 있다.

문자 그대로 '지리공동체'는 지리적 요소로부터 생겨난 공동의 경제생활과 '천하는 모든 사람의 것'이라는 형태의 공동문화이다. '지리공동체'는 '민족국가'의 발전법칙을 배제하고 중국 '문명공동체'가 되었다. 이 부분에 대해 우리는 고대인의 '오복(五服)'개념으로 증명할 수 있다. '오복'의 개념은 매우 오래된 개념으로 『서경(書經)』 · 『순자(荀子)』 · 『국어(國語)』 등 고전에서 각기 달리 해석했으며, 그 후에는 또 5가지 서로 다른 등급의 의례복장(儀禮服裝)으로 발전하며 갈수록 원래의 사고방식에서 멀어지는 추세를 보였다. '오복'에는 '전복(甸服)' · '후복(侯服)' · '수(빈)복(綏[賓]服)' · '요복(要服)' · '황복(荒服)'등 다섯 가지 개념이 포함된다. 이 5개 명칭은 3천 년 전(어쩌면 이보다 더 이른 시기가 될 수도 있다.)의 사고방식으로 우리는 현대 문자지식으로 정확하게 해독할 수가 없다. 우리는 다만 두 가지 방면으로 인식하는 수밖에 없다.

첫째, '오복'은 한 중심에서 출발해 '천하'를 안에서 밖으로 5개의 원으로 나누어 매개 원이 하나의 지대를 대표한다는 사고방식이다. 중앙의 원 '전복'은 중국문명의 핵심을 대표하고, 가장 밖의 원 '황복'은 문명의 영향력이 먼 곳까지 미치지 못한다는 의미를 포함하고 있는 것처럼 보인다. 독자들이 이 '오복'을 '민족국가'지연정치의 '중심/종주' · '변두리'라는 것과 절대 혼돈하지 말아야 한다. 누가 아무리 왜곡해도 이 '오복'을 식민주의 개념으로 묘사할 수는 없다. 상고대에 중국에 어찌 식민지가 있었겠는가? 그 시기에는 모두 하나의 '지리공동체'내에서 문명을 발전시켰다. '오복'은 중원의 고대인이 중국의 '지리공동체'안에서 문명을 발전시킨 구체적 사고방식이라는 사실은 인정할 수 있다. 둘째, '오복'의 논리로 추론하면 비록 중원 문명이 스스로 중심이라고 여겨왔을지라도 사람들 마음속에는 확고한 '지리공동체'개념이 뿌리내렸을 것이다. 그들도 '지리공동체'를 '문명공동체'로 변화시키길 원하고 있었을 것이기 때문에, 가장 외곽의 원을 '황복'이라고 불렀을 것이다.

이상의 토론을 통해 중국문명은 하나의 '지리공동체'에서 잉태된 '문명공동체'라는 사실을 인정할 수 있다. 그러나 일반적으로 중외 학계에서는 중국의 초기 문명의 이러한 발전을 보기가 쉽지 않다. 그들의 눈에 보이는 고대문명의 발전 패턴은 먼저 하나의 핵심 민족이 주변으로 확장하다가 마지막에 국가의 판도를 그려내는 것이다. 그 예로 다음과 같은 말을 인용하고자 한다.

> 중국문명의 발원지는 황허유역이다. 그 후 창장유역으로 길게 이어졌다. 다시 말하면 우리가 말하는 중원지역이다. 그 지역은 지연적으로 극히 특이하다. 중원에서 북으로 가면 겨울철 기후가 몹시 추운 초원으로 인류의 경작에 맞지 않다. 서북으로 가면 또 망망한 큰 사막과 초목이 자라기 힘든 고비사막이다. 서쪽으로 가면 넘을 수 없는 히말라야 산이

다. 서남으로 가면 또 너무 습하고 무더우며 모기와 학질이 기승을 부리는 아열대밀림으로서 더욱 문명의 형성에 적합하지 않다. 그리고 동남쪽과 동쪽으로 가면 끝이 보이지 않는 망망한 바다이다. 이처럼 특수한 지연 현상으로 인해 그때 당시 중국인들은 자연스럽게 "중원은 세계의 중심이 되었고, 기타 지역은 세계의 변두리가 되었다. 이 때문에 중심으로 갈수록 부유하고 변두리로 갈수록 곤궁하다"라는 세계관에 대한 결론을 얻었던 것이다.[11]

이러한 내용은 앞에서 언급했던 '히말라야 권'개념 및 '지리공동체'가 '문명공동체'를 잉태했다는 이론과는 물과 불처럼 서로 어울리지 않게 되었던 것이다.

첫째, "중국문명의 발원지는 황허유역이며 그 뒤 창장유역까지 이어졌다"라는 말은 중국인 최초의 선조인 '우산 원인'과 '위안머우 원인'의 존재를 부정한 것과 같다.(삼성퇴 문명은 더욱이 그 시야 안에 들 수 없다) 둘째, 이렇게 묘사한 중원지역은 "지연적으로 극히 특이하다"는 말도 이해하기가 너무 어렵게 했다. 여기서 말하는 '중원'이 대체 뭔지 사람들은 이해하지 못하기 때문이다. '중원'이라는 지리적 개념이 어떻게 "북으로 가고", "서북으로 가며", "서쪽으로 가고", "서남쪽으로 가며", "동남 및 동쪽으로 갈 수 있을까?"여기서 말하는 '중원'이 문명 혹은 문화의 발전과 확산을 가리키는 것일까? 어쩌면 아닐 수도 있다.

문명과 문화의 발전과 확산은 추위, 사막, 히말라야산 및 기타 자연환경 요소로 인해 지장을 받을 수가 없기 때문이다. 그렇다면 여기서 말하

---

11) 쩌우샤오핑(周小平), 「미국에서 부서진 꿈」. 중국 전역에서 이름난 이 글은 인터넷상에서 많은 곳에서 검색이 가능하다.

는 '중원'은 '민족국가'처럼 수평으로 확장하는 정치세력과 같은 것이다. 다만 그렇게 묘사하지 않았을 뿐이다. 이 책의 관점으로 보면 그런 정치세력은 존재하지 않았다. 셋째, 이상의 내용에서 "중원은 세계의 중심이고 기타 지역은 세계의 변두리"라고 말했는데, 이는 "중국 중심론"을 도와 중국인이 세계에서 가장 'ethnocentric/종족 중심적 경향'이 있다고 홍보하는 격이 아니고 무엇인가?

물론 이러한 내용이 구구절절 역사적 진실이라면, 그 내용들을 써내 미국의 우호적 인사인 콩화륀이 자신의 학설을 그럴듯하게 꾸며댈 수 있도록 돕는다고 해도 크게 비난할 바가 못 되는 것이다. 그러나 위기 내용은 애초에 역사적 근거가 없는 말이다. 중국문명이 언제 중원에서 "서남으로 가다가", "습하고 무더운 날씨, 모기와 학질"에 부딪쳐 되돌아왔단 말인가? 이는 어느 역사문헌 혹은 고고학 발견에서 얻어낸 결론이란 말인가? 여기서 말하는 중원의 서남쪽은 쓰촨과 윈난이 아닌가?

분명한 것은 이 말을 한 작자는 '우산 원인'과 '위안머우 원인'에 대해 아예 알지 못하며, 삼성퇴는 더욱 말할 필요도 없는 것 아닌가? 당대 중국의 사고방식 중에서 이처럼 '민족국가'발전패턴에 의해 오도된 사례는 매우 많다. 이런 오해는 마땅히 하루 빨리 해소해야 된다고 필자는 주장한다.

서론에서 이집트는 나일강이 준 선물이고, 중국은 창장과 황허가 준 선물이라고 언급했었다. 양자를 비교해보면 차이가 매우 크다. 나일강은 겨우 한 갈래의 띠로서 하류에 형성된 이집트는 면적이 매우 작아 변통의 여지가 없다. 따라서 외부 침략을 받거나 커다란 자연재해를 받게 되면 물러나거나 피할 수 없다. 창장과 황허는 지구상에서 중국인들이 '천하'로 간주하고 있는 엄청 큰 공간을 구성했으며, '지리공동체'를 사람들이 공동으로 생존하는 영역으로 발전시켰다. 이처럼 엄청나게 큰 '천하' 공간에서 사람들이 공동으로 생존하게 되면 아무리 큰 자연재해가 와도 그다지 두렵지 않은 것이다. "동쪽이 밝지 않을 때면 서쪽이 밝다"는 속담이 있는 것처럼, 이쪽이 자연재해를 입었으나 저쪽이 풍년이 들면 변통할 여지가 매우 크기 때문이다. 중국문명 초기에 공동 생존의식이 형성되었기 때문에 연합해서 외부 침략에 공동으로 대처할 수 있었다. 이런 부분은 고대 이집트 · 고대 바빌론과 같은 고대문명에는 없는 우월한 조건이었다.

필자가 말하는 중국 초기 문명이 외부의 침략에 대해 이길 수 있었다는 것은 중국 '지리공동체'밖의 민족이나 집단이 중국 '문명공동체'에 참가한 것을 예외로 하지 않았다. 실제로 인류는 처음부터 꾸준히 유목민족이 원근 각지에서 창장과 황허유역으로 와 본 지역의 주민들과 함께 중국 '문명공동체'를 건설했던 것이다. 바꾸어 말하면 중국 '문명공동체'는 공동체 내부와 주변의 민족 및 집단이 공동으로 형성한 것이다. 이러한 발전법칙은 앞에서 인용한 인용문의 내용 중 "중원에서 걸어 나가는" 패턴과 정반대로 밖에서 안으로 들어와 내부와 외부가 결합된 종합적인 발전법칙이었던 것이다.

3. 중국문명권 초기의 백화제방

세계적으로 중국처럼 고고학 발견이 많은 나라는 그 어디에도 없다. 그 원인은 한편으로는 중국문명이 5천 년간 끊임없이 이어져온 역사발전을 이뤄왔기 때문이고, 다른 한편으로는 '중국 지리공동체'가 창장과 황허가 형성한 환환(華環)으로서 그 공동체 내에 수많은 하천들이 아득히 멀고 구석진 곳까지 분포되어 중국 초기 구석멸시대와 신석멸시대 문명이 사처에서 피어날 수 있었기 때문이다. 우리는 중원문화의 기여를 돋보이게 해 그 백화제방(百花齊放) 현상을 '중원'과 '비(非)중원' 2대로 귀납하여 토론을 진행할 수 있다.

중원 문화의 꽃봉오리가 피어나기 시작하다

사람들이 왜 "중국문명의 발원지는 황허유역이다"라는 착각을 하게 되는 걸까? 이는 중국문명 발전에 대한 중원문화의 특별한 공헌과 떼어놓을 수 없다. 그 특별한 공헌은 주로 문자의 발명에서 비롯된다. 중국 최초의 문자 체계는 허난(河南)성 안양(安陽)에서 발견된 '갑골문(甲骨文)'을 주체로 한다. 진(秦)나라의 이사(李斯, 약 기원전 284~기원전 208년)가 소전(小篆)을 제정해 진시황(秦始皇)의 '서동문(書同文)'정책을 관철시킴으로써 한자를 진일보적으로 보완시켰다. 한(漢)나라 허신(許愼, 58? ~ 147?)의 저서 『설문해자(說文解字)』가 소전을 중국문명의 바탕 체제의 지위까지 끌어올렸다. 허신은 고대 중국학 대가로서 중국문명의 기반을 이루는 면에서 그의 저서 『설문해자』의 공헌은 '사서오경'에 못지않다. 『설문해자』의 '서언'에서 "문자는 경사백가 저서의 바탕이고, 왕도를 널리 시행하는 선제 조건이다. 전대의 사람들은 문자를 이용해 자신의 경험을 후세 사람들에게 전하여 알리고, 후세 사람들은 또 그 문자에 의지해 고대 역사를 알 수 있게 된다.(蓋文字者, 經藝之本, 王政之始。前人所以垂后, 后人所以識古)"라고 썼다. 이는 문자의 문명 기능을 매우 투철하게 설명한 말이다.

중국이 '민족국가'세계에 속하지 않는 것과 마찬가지로 중국의 문자는 세계에서 독특하게 표음문자가 아닌 도형이다.

문자가 문명의 토대가 된다는 것은 세계 학계가 공인하는 바이다. 단 중국 문자의 문명 전파 기능은 매우 특별해서 서양 언어학자들은 흔히 이해하기 어려워한다. 그들은 사람들이 얼굴을 맞대고 직접 소통할 때 사용하는 청각부호는 언어인데, 녹음설비가 없었던 옛날에는 사람들이 얼굴을 맞대고 직접 소통할 수 없는 상황에서 문자라는 시각부호를 사용함으로써 상대방이 보게 되면, 시각부호가 청각부호 역할을 하게 된다면서 문자는 이런 기능 이외에 다른 기능은 없다고 주장하고 있다.

그들의 이런 관점은 세계적으로 통용되는 여러 가지 표음문자에 적용된다. 그러나 중국 문자는 독특한 비(非)표음문자로서 언어의 시각부호로서는 표음문자보다 편리하지 않을 수 있지만, 표음문자가 갖추지 못한 문명의 발전에 도움이 되는 사유부호의 특성을 갖추고 있다. 예를 들면, 공자와 맹자의 기본 교의인 '인(仁, 어질다, 왼쪽 부수는 사람 인[人]자이고, 오른쪽은 둘 이[二]자임)'자가 집단을 '자기(己)'와 '남(人)'두 사람의 집합으로 분석해 사람들이 보고 바로 "자기의 마음으로 미루어 남을 헤아린다(推己及人)"는 도리를 알 수 있는 것처럼 말이다.

중국 문자 '왕(王, 세 개의 가로획은 각각 하늘 · 땅 · 사람을 대표하고, 세로획은 일종의 인위적인 요소가 하늘 · 땅 · 사람을 하나로 융합시켰음을 표현한다)자 는 '왕자(王者)'의 임무를 형상적으로 정의하고 있다. 고문(古文) 쓰기 법에서 가로획 하나를 '대(大, 인[人])자의 머리 위에 얹으면 하늘 '천(天)'자가 되고, 발밑에 놓으면 설 '입(立)'자가 된다(갑골문에서 '천'자의 도형은 , '입'자의 도형은). 중국의 전통에 따라 이런 문자를 '표의문자(會意文字)'라고 부른다. 많은 서양 언어학자들은 이러한 정의에 찬성하지 않고 기어이 중문을 '기호문자(符號文字, logographic script)'라고 형용한다.

허신은 문자가 "경사백가 저서의 바탕"이며, "후세 사람들이 고대 역사에 대해 알 수 있는"수단이라고 말했다. 문자가 없기 때문에 삼성퇴 고대문명에 대해 이해하는 데서 어려움이 매우 크다. 중원에는 문자가 있었기 때문에 중원의 초기 발전에 대해 후세 사람들이 인식하기가 더 쉬울 수 있었다.

앞에서 언급한 바 있는 현재까지 알려진 중국 최초의 선조인 '우산 원인'과 '위안머우 원인'에 대해 그들의 불완전한 유적을 발견한 것 외에 더 많은 정보가 없는 상황이다. 그러나 그들에 비해 수십 만 년이나 늦게(115만~70만 년 전에 생존했음) 산시 성 란텐(藍田)현 공왕령(公王嶺)에서 발견된 '란텐원인(藍田人)'에 대한 정보는 생생한 편이다. 고고학자들은 그들이 생활했던 지역은 초목이 우거지고 큰 팬더곰 · 동양 스테고돈(Stegodon Oriental) · 꽃사슴(Cervus [Pseudaxis] cf. C.[P.]grayi Zdansky) · 검치호랑이(saber-toothed tiger) 등 동물이 있었다는 사실을 발견하였다. 그들은 그때 벌써 투박한 석기를 만들어 사용할 줄 알았으며, 산짐승을 사냥하고 열매와 종자 및 덩이줄기 등 먹이를 채집할 줄 알았다.

'란텐 원인'에 대한 발견은 황허유역 구석기문화 역사의 새로운 한 페이지를 열어놓았다. 신석멸시대에 이르러 중원 고대문명의 발전은 황허 중하류에 분포되어 지속적인 발전단계에 들어섰으며, '양사오문화(仰韶文化)'에서 '룽산문화(龍山文化)'에 이르고 또 계속하여 '안양문화(安陽文化)'에 이르는 역사 전반의 발전과정을 형성하였다. 이 또한 사람들에게 "중국문명의 발원지는 황허유역"이라는 착각을 주게 된 원인이기도 하다.

'양사오문화'는 기원전 5,000년에서 3,000년까지 사이에 간쑤성에서 허난성에 이르는 황허 중류지역에 분포된 신석멸시대 문명으로서, 이미 발견된 1천 여 곳 유적 중 절반 이상이 허난과 산시 두 개의 성에 분포되어 있다. 그 문명은 조와 기장이 주요 농작물인 농업과 양돈 위주의 목축업이 상당히 발전했음을 반영한다.

'롱산문화'는 약 4,350년 전부터 3,950년 전까지 황허 중하류의 산시 · 허난 · 산시 · 산동 등 성에 분포된 신석멸시대 말기의 문명이다. 그 문명의 산동성 지난(濟南)시에서 제일 처음 발견되었으며, 그 발견으로 중원의 고대문명을 연해지역으로까지 밀고 나갔다. 고고학 종사자들은 산동성 타이안(泰安) 성(城)의 남쪽 30㎞ 되는 곳의 다원허(大汶河) 강변에서 또 5,000년 전부터 4,000년 전까지의 '다원커우문화(大汶口文化)'를 발견하였는데, 고대인이 콰이륀(快輪) 도자기 제조 기술을 갖고 있었던 것이 특징이다. '롱산문화'의 모든 유적에서 그 기술이 보편적으로 이용되었음을 볼 수 있으며, 얇고도 반짝반짝 윤택이 도는 흑도자기를 제조할 수 있었음을 알 수 있다.

고고학의 관습에 따라 역사 고적이 제일 처음 발굴 발견된 주소로 고대문명을 명명하곤 한다. 이른바 '양사오문화'라고 한 것은 바로 그 문화가 허난성 산먼샤(三門峽)시 미엔츠(澠池)현 양사오 마을에서 최초로 발견되었기 때문이고, 이른바 '롱산문화'라고 한 것도 그 문화가 산동성 지난시 장치우(章丘)현 롱산 주민센터(원 지난시 리청[歷城] 현 롱산진[鎭])에서 최초로 발견되었기 때문에, 최초로 발견된 곳의 지명을 따서 그렇게 명명한 것이지, '양사오문화'의 중심이 허난성의 양사오 마을이거나 '롱산문화'의 중심이 산동성의 롱산진인 것은 아니다. 우리가 고고학의 틀에서 벗어나 '양사오문화'와 '롱산문화'를 하나의 통일된 중원 고대문명으로 보는 것도 또한 논리적으로는 부합되는 일이다.

'안양문화'는 세 가지 측면에서 중국 고대문명 발전의 이정표적 기반을 닦아놓았다. 첫째, '안양문화'는 '양사오문화'와 '롱산문화'를 계승하고 석멸시대를 끝냈으며, 더 선진적인 청동기 시대와 철멸시대에 들어서게 했다. 둘째, '안양문화'는 문헌에 기록된 중원의 문화 전통이 황제(黃帝)에서 당 · 우 · 하 · 상 · 주(唐虞夏商周)를 거치는 역사시기 구간의 은 · 상(殷商)의 도성에 존재한다는 사실을 발견함으로써 중국의 문헌기록과 실증적인 고고학 발견을 연계시켰다. 이는 인류문화사에서 미담으로 전해지고 있으며, 또 문헌에 기록된 중국전통의 신뢰성을 높여주었다. 셋째, '안양문화'는 '갑골문'의 고향인 중국 문자의 요람이라는 점이다.

창장유역 고대 문화의 흔적

창장유역의 특징은 지류가 많고 범위가 넓은 것이다. 유역의 총면적은 180만㎢로서 오늘날 중국 국토 총면적의 18.8%에 달한다. 창장은 후베이(湖北)에서부터 연해지역에 이르는 구간이 한 갈래의 곧은 물길이며, 강이 넓고 깊어 수상교통을 이용한 운송에 편리해 '황금수로'라는 명성을 누리고 있다. 문명이 하천에서 발원했다는 논리에 따라 유추하면 창장유역의 신 · 구석멸시대의 고대문명은 분명히 황허유역과 기타 지역을 훨씬 초월했을 것이라는 결론이 얻어진다. 그런데 만약 중국 고고학 보고서를 꼼꼼히 읽어보지 않는다면, 이러한 인상은 받을 수 없을 것이다.

창장유역의 신석멸시대는 매우 큰 비중을 차지한다. 그러나 고고학 연구 보고서에서는 "중국 신석멸시대 초기에는 주로 장시(江西) 완녠센런동(萬年仙人洞) 제1기 문화, 후난다오(道)현 위찬옌(玉蟾岩) 유적, 후베이성의 펑터우산(彭頭山)문화와 청베이시(城背溪)문화, 및 창장하류의 허무두(河姆渡)문화와 마자빈(馬家浜)문화 등만 존재했으며, 중기와 말기에는 오직 다시(大溪)문화와 마자빈문화 등만 존재했다."라고 했다. 그러나 역사 고고학자들은 또 창장유역에서는 신석멸시대 중기부터 이미 벼를 보편적으로 재배하였고. 관개농업 단계에 들어섰으며. 목축업도 상당히 발달하였고, 타이후(太湖)유역은 이미 밭갈이 농업단계에 들어섰을 가능성이 크다는 점을 인정했다.

창장유역은 황허유역에서 발견된 '란톈원인'보다 수십만 년이나 이른 중국 최초의 조상인 '우산원인'과 '위안머우원인'의 유적이 발견되긴 했지만, 황허유역 고고학 연구에서 나타난 양사오 – 룽산 – 안양처럼 석멸시대에서 청동멸시대로의 집중적이고 연속적이며 힘찬 발전은 없었으며, '갑골문'과 같은 문자체계가 나타나지 않았다. 이에 따라 객관적으로 오늘날 사람들은 중국문명의 요람으로서 창장유역의 중요성에 대한 기억이 희미해지게 되었다. 그래서 중국 역사고고학 연구에서 창장유역의 중요성을 경시한 잘못된 길을 걸었던 사실도 알아두어야 한다. '황금수로'로 불렸던 창장의 수상 교통운수가 발달함으로써 고대 창장유역은 문명이 보편화되었다. 이는 통항이 불편한 황허유역에는 없었던 현상이었다. 중국 고고학의 연구방법은 서양의 잠자리가 수면을 스치듯, 수박 겉핥기식을 본받아 나무만 보고 숲을 보지 못하는 근시안적이다.

중원의 문화는 양사오 – 룽산 – 안양 고적이 밀접하게 연결되어 있어 나무와 숲을 모두 드러내 보여주었지만, 고고학자들이 발굴한 창장유역 신석멸시대의 유적은 외로운 고목처럼 나타나 숲이 보이지 않기 때문에, 창장유역 문명 진화의 맥락을 읽을 수가 없었던 것이다. 한때 고고학자들은 창장 하류에서 새롭게 발견된 '량주문화(良渚文化)'와 '칭롄강문화(靑蓮崗文化)'를 '룽산문화'의 연장 부분으로 간주했던 적이 있다. 1977년에 유명한 고고학자 샤나이(夏鼐, 1910~1985)가 난징(南京)시 베이인양잉(北陰陽營) 하층 고분과 타이후 주변의 '량주문화' · '칭롄강문화'는 중원 신석멸시대 문화와 직접적인 관계가 없다고 지적했다. 그의 창의에 따라 '칭롄강문화'의 강남 유형을 '마자빈문화'로 개명하면서 '룽산문화'가 창장유역까지 연장되었다는 의논을 끝내었다.

이쯤에서 역사고고학계가 창장유역 역사 고적의 분포에 대해 거시적으로 분석하기 시작하면서, 창장유역 문화에 속하는 '장한(江漢)지역'을 돋보이게 하였고, '장한지역'에 장한평원과 후난 · 후베이 두 개 성 전역 및 쓰촨 · 산시 · 허난의 일부가 포함되었음을 분명히 밝혔으며, '대계문화' · '취자링문화(屈家嶺文化)' · '스자허문화(石家河문화)'등을 표본으로 삼고 있다는 사실을 발견할 수 있었으며, 이에 대해 필자는 기쁘게 생각하고 있다.

1993년에 난징시 탕산(湯山)에서 '난징원인'의 화석이 발견되면서 50만 년 전에 창장하류지역에 인류의 활동이 이미 존재하였다는 사실이 증명되었다. '난징원인'은 78만~68만 년 전의 '베이징 원인'보다 고작 20만 년 늦었을 뿐이며, 창장 중상류에 200만 년 전에 존재했던 '우산원인'과 170만 년 전에 존재했던 '위안머우원인'과 서로 연계되고 있다. '난징원인'이 발견됨에 따라 중국 조기문명의 분포가 서남('우산원인'과 '위안머우원인') · 서북('란톈원인') · 동북('베이징원인') · 동남('난징원인') 등 네 모퉁이까지 이르게 됨으로써 중국 고대문명 발전에 대한 황허와 창장유역의 기여가 균형을 이룰 수 있게 되었다.

창장유역 고대문명의 가장 주요한 성과 중의 하나가 바로 인류의 '쌀문화'발전의 급선봉 역할을 했다는 것이다. 1만3천 년 전의 인류생활을 반영한 후난 남부 다오현의 '위찬옌동굴'유물은 사람들이 야생 벼를 채집하던 데서 벼를 재배하는 데로 과도하는 과정을 보여주었으며, 1만 년 전에 중국 후난에서 '쌀 문화의 새로운 장을 열었음을 증명하였다. 고금을 막론하고 인류의 절반은 쌀이 먹여 살리고 있다. 창장유역 신석멸시대의 모든 고고학 발견이 창장유역은 중국(세계에서도)에서 가장 중요한 쌀 산지임을 증명하고 있다. 오늘날 중국은 전 세계 최대의 쌀 생산과 소비국으로서, 그 총생산량이 전 세계의 3분의 1을 차지하고 있다. 이는 이미 1만 여 년간 유지해온 전통의 유산이다. 벼를 위주로 하는 창장유역 농업은 신석멸시대 말기부터 밭갈이와 관개를 시작했으며, 깊이 갈고 알뜰하게 가꾸는 중국의 농업패턴을 창조하였다. 이야기하는 김에 창장유역의 두드러진 '돼지문화'에 대해서도 겸해서 이야기하겠다. 중국은 당대 세계 최대의 돼지고기 생산과 소비대국(돼지고기 소비량이 전 세계의 절반을 차지함)이며, 돼지는 중국문명 중 인류와 가장 친밀한 동물이었다.

그림2 갑골문의 '가(家)'자.

갑골문 최초의 집 '가(家)'자(그림2)가 바로 집 안에 돼지 한 마리가 있는 도안이 이를 증명해 준다. 그 후 소전(小篆)이 나타나면서 그 도안을 '[illegible]/家'(위에 지붕 '宀'이 있고 아래에 '豕(돼지 시)'가 있는 표의문자임)로 간략화 했다. 이 모든 것이 3000여 년 전 중국 고대인의 '집(家)'에 대한 관념은 농업과 돼지를 위주로 하는 목축업이 있는 안거 생활이었음을 설명해준다. 그러나 중국 최초의 '돼지문화'는 창장유역에서 시작되었다.

그림3 9,000~7,000년 전 저장성 '허무두문화' 흑자기 위의 돼지 도안.

이 같은 사실은 왼쪽 도안(그림3)을 통해 증명할 수 있다. 얼마나 아름다운 돼지인가? 이 아름다운 도안은 창장유역 신석멸시대 돼지에 대한 사람들의 특별한 감정을 생동적으로 설명해주고 있으며, 그 감정은 갑골문 최초의 '가(家)'자에 대한 감정과 똑같은 것이었다. 물론 '양사오문화'와 '룽산문화'에서도 모두 돼지를 사육했지만 그것은 창장유역에서 황허유역으로 전파되어 간 것이다.

'쌀문화'와 '돼지문화'가 결합되어 고대 농업과 목축업을 겸한 자급자족하는 생활양상을 형성하였기 때문에, 창장유역의 문화는 상대적으로 "본고장에 안주하며 살던 곳을 쉽게 떠나는 것을 원치 않는 문화의 성격"을 띠며 황허유역에 비해 능동성이 떨어진다고 하겠다. 쌀밥과 돼지고기로 영양을 공급 받으며 살아온 사람들은 장기적으로 유목 부락의 집단거주 방식에서 벗어나 인가가 밀집된 마을을 형성하였다. 이러한 경향 또한 중국 '문명공동체'내에 횡적으로 확장하는 '민족국가'가 나타날 수 있는 '비옥한 토양'이 존재할 수 없게 만들었다. 인류가 현대 문명단계에 들어 이전에(서양의 세례를 받은 일본 군국주의가 궐기하기 이전에) 쌀밥과 돼지고기를 먹고 자라난 무리 중에 확장주의 국제 침략자로 변한 이는 아무도 없었다.

4. 중국 조기 문명의 정치 발전

중국문명은 돼지가 '집'을 이루는 점이 유난히 특별하다. 그리고 또 집 '실(室)'자의 갑골문 도형은 ''(윗부분은 ''로서 집의 상형 부호이고, 중간과 아랫부분은 ''로서 새 한 마리가 내리꽂히는 모양을 그려놓은 것으로 새의 머리가 땅에 닿은 모양임)이다. 이 표의문자가 묘사하는 풍경은 봄이 오니

제비가 집안으로 날아 들어와 (지붕 아래 혹은 대들보 위에 둥지를 트는) 모습이다. 사람들은 아내를 얻어야 하고 새 방을 한 칸 준비해야 한다는 것을 의식하였다. 그래서 집 '실(室)'자는 방이라는 뜻도 있고, 아내라는 뜻('처실[妻室]')도 있다. '가(家)'와 '실(室)'이 두 문자 부호는 고대 중국문명의 농업과 목축업을 겸한 특색을 생동감이 넘치게 묘사하고 있으며, 천시(天時) · 지리(地利) · 인화(人和)의 정서 및 사람과 가축이 모두 왕성하고 가문이 번창하기를 바라는 소구가 깃들어 있음을 볼 수 있는 것이다.

쓰촨 강족(羌族) 대우(大禹)는 2대 운동의 유대역할을 하다

중국문명의 진화는 '히말라야 권' 중심 지대에서부터 동북방향으로 밀고 나가는 운동이고, 중국 정치의 통합은 황허유역 중하류의 중원지대에서 서남방향으로 밀고 나가는 운동이다. 하(夏)나라의 시조 대우(大禹)는 그 두 운동 사이에서 유대역할을 하였다. 이는 수천 년간 아는 이가 매우 적었으며 최근에 이르러서야 비로소 정식으로 확인된 특이한 이야기다.

인도의 서사시 『라마야나』(Ramayana)는 신화이지만 고대 한 국왕의 사적을 기록하였다. 라마(Rama)는 신이기도 하고 또 고대의 역사인물이기도 하다. 대우의 전설은 라마와 매우 비슷하다. 인도문화는 신에 대해 경건한 마음으로 정성을 다하며 신화에 대해서도 꼬치꼬치 캐묻지 않는다. 그러나 중국인은 다르다. 고대에 벌써 대우에 대한 이의가 있었다.

『사기 · 육국연표 서(史記 · 六國年表序)』에는 "동방(東方)은 만물이 처음 나는 곳이며, 서방(西方)은 만물이 성숙하는 곳이다. 무릇 먼저 일을 시작하는 사람은 반드시 동남(東南)에서 일어나고, 실제적인 효과를 거두는 곳은 언제나 서북(西北)이다. 그러므로 우(禹)는 서강(西羌)에서 일어났고, 탕(湯)은 박(亳)에서 일어났으며, 주 왕조는 풍(豐)과 호(鎬)를 근거로 해 은(殷)을 정벌했으며, 진(秦)나라의 제왕들은 옹주(雍州)에서 일어났고, 한(漢)나라가 일어난 곳은 촉(蜀)과 한(漢)이었다."라고 기록되어 있다. 『신어(新語)』에는 "문왕(文王)은 동이(東夷)에서 태어났고, 대우는 서강(西羌)에서 태어났다"는 기록이 있다. 애석하게도 2천 년간 사람들은 모두 이러한 단서에 대해 주의를 기울이지 않고 전통적으로 "대우는 중원에서 태어났다"는 사유를 이어왔을 뿐이다.

옛날부터 시작해 오늘에 이르기까지 중원문명에서 상고대 문화의 영웅인 대우에 대한 전설은 쓰촨의 강족과 다소 구별된다. 1980년대에 필자가 청두로 가서 소수민족의 풍토인정(風土人情)에 대해 답사할 때 쓰촨성 민족연구소 소장인 쩌우시인(周錫銀) 교수에게서 대우가 쓰촨의 강족이라는 사실을 알게 되었으며, 그의 저서 『강족』[12]을 선물로 받았다. 그 후 필자는 국제학술세미나에서 대우가 쓰촨에서 태어났으며 강족이라고 말했다가 해외 중국인 학자들의 격한 반박을 받아야 했다.

다년간 강족의 민간 풍정에 대해 익숙한 쩌우시인 교수의 "대우는 강족 조상"이라는 관점은 국내에서 오랫동안 학자들의 보편적인 인정을 받지 못하였다. 2008년 원촨(汶川) 대지진이 사람들이 품고 있던 '중원(中原)' 꿈에서 깨웠다. 지진 복구작업을 지원하기 위해 원촨으로 갔던 여러 지역 사람들이 대우에 대한 강족 인민들의 특별한 감정에 대해 전국에 알렸던 것이다. 한동안은 많은 사람들이 받아들이기 어렵다는 반응이었다. 수천 년간 '허난(河南) 사람'이었던 대우가 어찌 하룻밤 사이에 쓰촨 사람으로 바뀔 수 있단 말인가?

한편 쓰촨성 미엔양(綿陽)시 산하의 베이촨(北川) 강족 자치현은 약 30

12) 쩌우시인(周錫銀)、류즈룽(劉志榮) 공동 저서, 『강족』, 1993년, 베이징, 민족출판사.

년간 대우의 고향이라는 본 현의 역사적 자원을 대대적으로 이용해 학술 연구와 관광개발을 동시에 추진하였으며, 하얼빈(哈爾濱)의과대학의 쓰위안이(姒元翼) 교수가 '대우의 142대손'임을 확인하였다. 1991년 중국공산당 베이촨 현위원회 선전부와 베이촨현 정부 관광판공실이 『대우의 고향 - 베이촨』을 공동 출판하였다. 1991년 11월 베이촨현 정부는 역사적으로 전례가 없었던 '쓰촨성 대우 연구회'를 정식 설립하고, '대우는 강족'이라는 이론의 합법적인 지위를 확립하였다. 이와 함께 또 '대우는 중원에서 태어났다'는 전통 관점은 과학적 근거가 없다고 공개적으로 밝혔다. 2000년 11월 파촉서사(巴蜀書社)가 리사오밍(李紹明) · 탕젠빈(湯建斌) · 탄지허(譚繼和) · 왕춘(王純)이 책임 편집한 논문집 『하우(夏禹)문화연구』를 출판하면서 "대우는 강족"이라는 이론을 더욱 권위 있게 인정하였다.

대지진으로 인해 강족의 역사문물이 심각하게 파괴되었다. 이에 중앙정부는 강족문화를 특별한 중시하고 중원의 고정관념을 시정할 수 있도록 도와주었다. 현재 전국 각지는 관점을 거의 통일하여 중국 고대문화유적 중에 두 개의 '우혈(禹穴, 하우의 장지)'이 존재한다고 주장한다. 그 중 하나는 쓰촨성 베이촨현 지우룽산(九龍山) 아래에 위치한 대우가 태어난 곳이고, 다른 하나는 저장(浙江)성 사오싱(紹興) 콰이지산(會稽山) 기슭에 위치한 대우의 장지인 위릉(禹陵)이다. 2007년에 베이촨은 중국 민간 예술가협회로부터 '대우문화의 고향'으로 선정되었다. 2011년 '대우의 전설'이 국가급 무형문화유산에 등재되었다.

중원에서 탄생한 중국 정치사의 시조 대우가 뜻밖에도 중원에서 천리나 떨어져 있는 강족 가정에서 태어났다는 사실은 '민족국가'발전 사유를 가진 사람으로서는 상상조차 할 수 없는 일이다. 이는 중국 정치의 발전이 애초부터 세계 '민족국가'의 발전 선율과는 전혀 다름을 증명한다.

앞에서 중국문명의 진화는 '히말라야 권'중심지대에서 동북방향으로 밀고 나가고, 중국 정치의 통합은 황허유역의 중하류에 위치한 중원에서 서남방향으로 밀고 나간 두 방향을 향한 2대 운동이지만, 양자는 대우라는 황금 유대에 의해 서로 연결되었다고 서술하였었다. '히말라야 권' 중심에 가까운 '우산원인'의 후예인 대우가 중원으로 와서 중국 정치사를 처음 개척한 그 특이한 역사는 다음과 같은 세 가지 사실을 설명한다.

첫째, 중국의 문명 발전이건 대통일의 정치 발전이건 모두 대우가 관련되어 있고, '우산 원인'과 관련되어 있으며, '히말라야 권'과 관련되어 있다. 중국의 정치 발전을 논함에 있어서 '히말라야 권'을 반드시 잊어서는 안 된다.

둘째, 대우는 '온 천하'의 정신으로 중국 '지리공동체'범위 내에서 사면팔방에 중국 '문명공동체'를 건설하는 산발적인 운동을 통합시킴으로써 중국 '문명공동체'를 '정치공동체'방향으로 발전시켰다.

셋째, 대우는 중국 최초의 수리 분야 엔지니어이다. 그는 수리자원이 풍부한 창장 중류지역의 쓰촨에서 태어나 치수가 되어 있지 않은 황허유역으로 가서 자연재해지역을 농업과 목축업 지역으로 바꿔놓았다. 이런 일을 한 사람은 절대 대우 한 사람뿐이 아니었을 것이다. 분명 수많은 그와 같은 무명 영웅들이 있었을 것이다. 그렇지 않다면 황허가 포효하는 중하류에 위치한 중원지역은 두 강 유역에서 가장 발전하고 번영한 지대가 될 수 없었을 것이며 중국 발전의 선두주자가 될 수도 없었을 것이다.

문명을 응집력으로 삼아 흩어져 있는 것을 한데 모으다

창장과 황허가 창설한 중국 '지리공동체'가 하나의 공동 발전의 '권(圈)'

을 형성하였다. 권 내의 사람들은 문명 건설을 통해 중국의 '문명공동체'를 점차 발전시켰다. 구석멸시대와 신석멸시대에 수많은 흩어져 있는 '문명공동체'를 하나의 큰 '중국문명권'으로 통합하였다. 그 '문명권'개념의 2대 원소는 각각 '문명'과 '권'이다. '문명'은 평화롭고 온화한 정신의 난류처럼 엄동설한의 대지를 녹이고 만물을 소생시켰다. '권'은 평면 공간의 극한이다. 바꾸어 말하면 중국문명은 오직 창장과 황허가 지구상에서 형성한 윤곽 범위 내에서만 발전하였으며 무절제한 식민주의적 확장을 진행하지 않았다. 물론 2대 문명의 강이 이룬 '권'자체가 넓은 공간이다. 창장유역의 총면적은 180만㎢이고, 황허유역 총면적은 79.5만㎢로서 두 면적을 합치면 259.5만㎢에 달한다는 사실을 우리는 알고 있다. 이 두 하천 유역의 면적 범위가 약 300만 ㎢로서 매우 큰 공간을 이룬다. 현대 교통 수단이 없었던 시대에는 그야말로 끝이 없는 '천하'였을 것이다.

그 '중국문명권'의 구체적인 형성과정에 대해서는 아직 분명히 알 수가 없다. 아래에 한 학자의 말을 인용해 그 발전의 윤곽을 보여주고자 한다.

> 중국 고대의 역사 문헌자료를 통해 보면 3대 이전에 중국에는 이미 수많은 부락이 존재하였다. 갑골문에 '방(方)'자가 반복적으로 나타나고 있으며, 그 쓰는 법도 다양한 양상을 띤다. '방'은 즉 작은 '나라 방(邦)'이며, 학자들은 이를 씨족의 별칭이라고 확정짓고 있다. 이른시기의 고적 『상서 · 요전(尙書 · 堯典)』에는 "온 천하의 국가들이 서로 단합하고 평화 공존한다.(協和萬邦)"라고 하였고, 『좌전 · 애공칠년(左傳 · 哀公七年)』에는 "대우가 여러 제후들을 도산(塗山)에 집결시켰는데, 만국의 제후들이 옥과 비단을 가져왔다(禹合諸侯于塗山, 執玉帛者萬國)"라고 하였으며, 『전국책 · 제책사(戰國策 · 齊策四)』에는 "옛날 대우 통치

시기에는 제후국이 1만 개에 달하였고…… 탕(湯)임금 통치시기에 이르러서는 제후국이 3천 여 개로 줄었다(古大禹之時, 諸侯萬國……及湯之時, 諸侯三千)"라고 하였고,『여씨춘추 · 용민(呂氏春秋 · 用民)』에는 "우임금 통치시기에 천하에 만국이 있었으나, 탕임금 통치시기에 이르러서는 3천 여 개로 되었다(當禹之時, 天下萬國, 至於湯而三千余國)"라고 하였으며, 『신서(新書)』에는 "대우가 천하를 다스릴 때 제후가 만 명에 달했다(大禹之治天下也, 諸侯萬人)"라고 하였다. '만방(萬邦)''만국(萬國)'이라는 표현에 대해 우리는 물론 지나치게 구애를 받아 '만(萬)'을 실제 숫자로 간주하면 안 된다. 그러나 기왕 '천'도 '백'도 아닌 '만'이라고 말하였다면 그때 당시 부락의 수가 수천 이상에 달했음이 틀림없다.[13]

필자는 고전에서 말하는 숫자에 구애 받지 말아야 된다는 이 학자의 관점에 찬성한다. 이른바 대우의 하나라 초기 중국에 '만국'이 있었으나 상나라 탕임금 시대에 겨우 3천 여 개 나라가 있었다고 하는 것은, 중국 '문명공동체'내에서 흩어져 있던 것이 통합되는 정치발전추세를 설명할 뿐이다.

상기의 인용문 중『여씨춘추』의 말을 인용한 부분에서 몇 글자가 빠졌다. 마땅히 "우임금 통치시기에 천하에는 만국이 있었으나 탕임금 통치시기에 이르러서는 3천 여 개 나라로 되었으며, 현재는 존재하는 나라가 없다(當禹之時, 天下萬國, 至於湯而三千余國, 今無存者矣)."라고 되어 있다. 여기서 '천하'는 바로 창장과 황허가 지구상에서 형성한 '중국 지리공동체'를 가리키며, 앞에서 논한 바 있는 황허유역과 창장유역 신석멸시대

13) 샤오옌중(蕭延中),『중국 상고 시대의 '공동체' 의식의 축적』, 2009년 7월 13일, 톈이왕(天益網), "펑황왕(鳳凰網)"news.ifeng.com, 2014년 7월 10일 열람.

의 문화와 정치발전을 가리킨다. 여불위(呂不韋)의 이 말과 상기의 인용문 중에서 제기된 다른 문헌이 제공한 정보를 결합시키게 되면 중국문명 발전에 대한 인식을 더 깊게 할 수 있다. 여불위는 진(秦)나라 재상으로서 진나라가 중국 '천하'를 통일시키는 과정에 참여하였다. 그가 말한 '천하'의 천만 개 나라가 "현재는 존재하는 나라가 없다"라는 말은, 중국이 '지리공동체'와 '문명공동체'에서 진일보적으로 발전해 '정치공동체'가 형성되었음을 가리킨다. 이는 진나라의 공헌이다. 그러나 중국이 '문명공동체'에서 '정치공동체'로 발전한 것은 매우 긴 과정이었으며, 대우의 통치시대에 이미 시작되었던 것이다.

우리가 더 깊이 탐구해야 할 것은 그 과정에서의 대우의 지위이다. 상기 인용문 중에서 "대우가 여러 제후들을 도산(塗山)에 집결시켰는데, 만국의 제후들이 옥과 비단을 가져왔다(禹合諸侯于塗山, 執玉帛者萬國)"라는 중요한 역사사건에 대해 『좌전』을 제외하고 다른 춘추전국시기의 문헌에는 제기된 바가 없다. 『사기』에도 제기된 바가 없다. 물론 우리는 방증이 없다고 해서 그 역사적 사실을 의심해서는 안 된다. 그러나 독자들은 상기의 인용문을 통해 대우가 마치 그때 당시 이미 '천하만국'의 정상이 된 것 같은 인상을 받을 수가 있다. 거기에다가 그때 당시 그가 도산에서 '천하만국'의 지도자들을 집결시켜 회의까지 열었다면, 그때 당시 중국은 이미 '정치공동체'가 형성되었음을 말해준다.

앞에서 우리는 대우가 쓰촨에서 중원으로 가서 황허를 다스림으로써 중원이 흥성하기 시작했다는 사실을 이미 인정하였다. 그는 일생 동안의 치수 공적 덕분에 노년에 왕위를 얻어 10년간 국왕직에 앉았다가 세상을 떴다. 그 시기까지도 겨우 신석멸시대 후기였을 뿐인데 그가 무슨 재주로 그렇게 짧은 시간 내에 '천하'만국의 제후들을 모두 도산에 집결시킬 수 있었겠는가? 그러니 도산의 역사사건은 의심할 만하다. 만약 대우가 정말 도산 집회를 조직하였다면, 그것은 겨우 작은 범위 내에서 일부 작은 부락과 작은 집단 지도자들의 집회였을 뿐, 황허와 창장 '지리/문명공동체'범위 내의 모든(혹은 대다수) 지도자의 집회는 아니었을 것이다. 앞에서 우리는 대우를 '히말라야 권'중심지대에서 동북방향으로 밀고 나간 문명발전과 황허유역 중하류에 위치한 중원에서 서남으로 밀고 나간 중국 정치통합의 2대 양방향운동의 황금유대라고 형용하였다. 이는 중원에서 서남으로 밀고 나간 중국 정치통합 운동이 대우 통치시대에 찬란한 성과를 거두었다는 뜻이 아니며, 더욱이 큰일을 이루었다고는 할 수 없다.(큰일은 진시황이 이룬 것이다)

『여씨춘추』에서 "우임금 통치시기에 천하에 만국이 있었다"는 표현은 대우가 '천하만국'의 지도자라는 뜻이 아니다. 마찬가지로 "탕임금 통치시기에 이르러 3천여 개의 나라가 되었다"라고 한 표현도 탕이 중국 '천하'의 지도자라는 의미가 아니다. 이 말들은 중국의 두 가지 기본 역사 현실을 반영하고 있다. 한 가지는 이른바 하 · 상 · 주 삼대에 중국은 정치적으로 느슨한 연맹이었을 뿐이고, 하 · 상(및 그 후의 주)의 '천자'(우와 탕의 후계자)는 맹주에 불과할 뿐이며, 그 연맹에 가입한 것은 수많은 자주적인 '나라'였을 것이라는 점이다. 다른 한 가지는 하 · 상 · 주 삼대에 중국은 정치적으로 흩어져 있던 것들이 통합되는 추세가 나타났으며, 그 추세는 진 나라에 이르러 '천하 통일'이 이루어질 때까지 지속되었다. 이들 '나라'가 『여씨춘추』가 쓰여진 진나라 때에 모두 없어진 것("현재는 존재하는 나라가 없다")은 진시황이 중국을 통일하였기 때문이다. 중국의 정치 통합은 2천 년이 걸려서야 비로소 완성되었다. 짚고 넘어가야 할 것은 하 · 상 · 주 삼대에 창장과 황허 2대 하천유역의 모든 자주적인 '나라'

가 모두 느슨한 '중국'연맹에 가입한 것이 아니며, 심지어 '천하 통일'을 이룬 뒤 진 · 한과 수 · 당 · 송 등 조대를 거치는 동안에도 창장과 황허 2대 하천유역에는 여전히 '중국'범위 밖에 흩어져 있는 자주적인 '나라'들이 많이 있었다는 사실이다. 예를 들어 말하자면, 앞에서 우리가 토론한 바 있는 "인류와 중국의 선조"의 심장지대인 윈난이 한나라와 위 · 진(魏晉)나라 시대에 이르러서도 여전히 '중국'의 판도에 들어오지 않았다.

『사기』에서는 윈난을 '서남이(西南夷)'지역 내에 포함시켜 "야랑(夜郎) · 전(滇) · 공(邛) · 수(巂) · 곤명(昆明) · 사(徙) · 착도(筰都) · 재방(再駹) · 백마(白馬)"등 9개 구역으로 구분해 소개하였다. 이렇게 보면 중국 초기문명시기 서남쪽에 있던 2대 선조 중의 하나인 '위안머우원인'의 고향도 중국 정치공동체 1단계 밖에 흩어져 있었다. 더 중요한 것은 앞에서 '히말라야 권'이 중국문명 탄생의 요람이라고 강조하였는데, 히말라야 - 칭짱고원에 위치한 시짱은 장기간 중국 밖에 방치되어 있었다는 사실이다(현재까지도 국제적으로 그렇게 보고 있는 사람이 매우 많다).

중국 본토를 통치했던 왕조는 진 · 한시기에서 송 대에 이르기까지 줄곧 그 오류에 대해 바로잡지 않았다. 이 책에서 앞으로 언급하게 되겠지만 시짱 민족 자신이 자발적으로, 그리고 중국에 대한 몽골과 만주족의 통치가 추진되면서 시짱은 비로소 중국 운명공동체로 돌아왔으며, 중국은 비로소 문명의 어머니인 강(창장과 황허)의 발원지를 소유하게 되었던 것이다.

대우가 서남에서 동북으로 발전한 문화운동을 대표할 뿐 아니라, 중원에서 변두리로 발전한 정치운동도 대표한다고 앞에서 언급한 바 있다. 그가 임금이 되어 중국을 통치할 때 "나라 체제가 어떠하였는지?"그리고 "그때 당시 전 중국의 '천하'형세가 어떠하였는지?"에 대해 우리는 아직 분명하게 알 수 없다. 우리는 전설과 고전에서 드러나는 단편적인 기록을 더듬어 다음과 같은 두 가지 상황을 모색해낼 수 있다.

첫째, 그때 당시 중원에서는 선양제도를 널리 시행하였다는 점이다. 당요(唐堯)가 우순(虞舜)에게 왕위를 선양하고, 우순이 왕위를 우(禹)에게 선양하였다. 순이 세상을 뜬 뒤 우가 순의 아들 상균(商均)에게 선위하려고 하였으나 제후들의 반대로 그만두었다고 전해지고 있다. 우는 세상을 뜨기 전에 줄곧 선위할 의향이 있었지만, 그가 죽은 뒤 제후들이 그의 아들 계(啓)를 추대해 왕위를 잇게 하였다. 그때부터 중원의 정치는 조대의 세습체제가 시작된 것이다. 그러한 정치발전은 매우 특별하며 '민족국가' 세계에서는 보기 드문 상황이다.

둘째, 서양사회의 진화이론은 원시인류가 먼저 모계사회에서 부계사회로 바뀌고, 다시 씨족으로 발전하였다가 또 다시 '민족국가'로 발전하였다고 주장한다. 중원의 정치발전사를 보면 먼저 '요'가 '우'에게 선위하고, 다음 '우'가 죽은 뒤에 세습하는 왕조가 나타났다. 그리고 또 쓰촨 강족인 '우'가 중원으로 와서 하 · 상 · 주 삼대의 정치발전의 역사를 개척하였다. 이 모든 과정에서 우리는 서양사회의 진화이론이 주장하는 과정을 볼 수가 없다. 중국에서 '민족국가'가 발전했다는 단서가 사라진 것이다. 민족의 표지는 중국 고대에 사라졌다. 대우 통치시대에 중국에는 이미 '천자'밑에 여러 제후가 있었으며, 중국은 이미 다민족이면서도 그러나 '민족'표지가 없는 '대가정'이었음이 틀림없는 것이다.

하 · 상 · 주 삼대가 중국의 정치 토대를 마련했다

인터넷상에서 '화하(華夏)'라는 칭호의 유래를 검색하면 찾아볼수록 어리벙벙해진다. 그중에 '하(夏)'가 꿩이라고 한 내용도 있다.[14] 일반적인 이론에 따르면 '화하'는 중국 최초의 민족 칭호이며(중국인은 최초에 스스로 '화하인'이라고 부름) 후에 '한인(漢人)'으로 대체되었다. '한인'에 대해서는 제2장에서 탐구하게 된다. '화하인'관련 이론에 대해서는 우선 적당히 말해 두고, 또 우선 말하는 대로 적당히 들어 두도록 하자.

중국에는 한 핵심 민족이 나서서 전국을 통치했던 적이 한 번도 없기 때문에, 하나의 확정된 민족 칭호도 물론 있을 수 없다. 그러나 '화하'라는 칭호의 '하'가 하 · 상 · 주 삼대의 '하'와 어원이 같다는 것만은 확정할 수 있다. 하(夏)나라는 현재 우리가 긍정할 수 있는 중국의 첫 정체(政體)의 이름이다. 앞에서 두 가지 서로 다른 설에 대해 언급하였었다. 한 가지 설은 대우가 "만방을 단합시키고 평화 공존할 수 있게 하는 역할"을 해 황허와 창장유역의 천만 개 '나라'를 느슨한 연맹으로 단합시켰다는 설이고, 다른 한 설은 그런 연맹이 존재하지 않았다는 설이다. 아무튼 대우가 세운 하 나라가 '중국문명권'에서 하나의 뚜렷한 정치체제임은 확정지을 수는 있지만, 그 하 나라가 바로 전 '중국문명권'의 정치형태라고는 말할 수 없는 것이다. 마찬가지로 '탕'이 세운 상나라도 전 '중국문명권'을 대표할 수가 없다.

하 나라가 존재하였다는 증거가 고대 문헌 속에 드문드문 흩어져 있긴 하지만, 그 문헌들이 하나라가 존재하였던 2천 년 뒤에 나타난 것이어서 그 진실성이 크게 떨어진다. 그러나 1952년에 발견되어 그 후 꾸준히 개발해온 허난성 덩펑(登封)현(현재는 허난성의 수부(首府,, 스도)인 정쩌우[鄭州]시 산하의 현급 시)의 '얼리터우문화(二里頭文化)'유적에서 하나라(및

14) 「화하민족-바이두 백과」, baike.baidu.com/view/51845.htm, 2016년 3월 15일 검색 열람.

상나라)와 관련된 많은 정보를 얻을 수 있다. 현재까지 약 200곳에 이르는 유적이 개발되었는데 그 유적들은 서남부에서부터 허난성의 서부까지 흩어져 분포되어 있고, 정쩌우와 뤄양(洛陽) 두 곳이 중점 분포지역이다. 얼리터우문화는 4기에 걸쳐 개발되었는데, 1, 2기에 고증해낸 시간은 기원전 2080년에서 기원전 1590년까지이고, 3, 4기에 고증해낸 시간은 기원전 1590년에서 기원전 1300년까지이다. 그 700년에 물론 하(夏)나라도 포함되었을 수 있다. 고고학자들은 목표를 명확하게 정한 뒤 깊이 있게 개발해 하나라와 관련된 정보를 얻고자 하였다. 애석하게도 문자가 발견되지 않아 긍정적인 결론을 얻을 수는 없었다.

서양에서 중국으로 전파된 고고학의 수박 겉핥기식 연구방법은 나무만 보고 숲을 보지 못하는 결함이 존재한다고 앞에서 언급하였었다. 얼리터우문화와 양사오 · 룽산문화 사이에는 밀접한 관계가 있다. 전반적으로 보면 중국문명은 부락이라는 소국 단계를 건너뛰어 느슨한 연맹형태의 공동체 단계에 들어섰던 것이다. 그렇게 되면 문자기록에 있는 하 · 상 · 주 삼대와 맞아 떨어진다.

허난 성 옌스(偃師)시는 벌써 궁전식 건물이 있었던 걸로 봐서 아마도 하나라 도성 소재지였을 것으로 보인다. 얼리터우문화 유적에서 대량의 나무와 뼈, 돌로 만든 병기가 발굴된 사실은 그때 당시 전쟁이 잦았음을 설명해준다. 얼리터우문화 유적에서는 또 악기와 예기(禮器)가 발견되었는데, 이는 중국 '의례지국(儀禮之邦)'의 윤곽이 최초로 드러나기 시작한 것이다. 고고학자들은 얼리터우문화가 동아시아에서 최초로 청동멸시대에 들어선 지점이라고 주장한다. 이는 삼성퇴문화의 존재를 고려하지 않은 관점일 수 있다.

얼리터우문화와 삼성퇴문화의 차이는 전자가 꾸준히 진화하는 과정이 돋보인다면, 후자는 마치 외계에서 날아온 '무릉도원'과 같아 중국문명발전 과정 속에서의 맥락을 볼 수 없다는 것이다.

중국에서 문자기록이 있는 수많은 전쟁(예를 들면, 황제[黃帝]와 염제[炎帝]의 전쟁, 황제와 치우[蚩尤]의 전쟁)들은 모두 전설에 속하며 상세한 정보가 결여되어 있다. "상나라 탕임금이 걸임금을 정벌한 것(商湯伐桀)"은 실물적인 증거를 볼 수 없지만, 정보는 구체적인 편이다. 그래서 상나라가 하나라를 교체해 중국의 느슨한 연맹의 맹주가 되었다는 이야기는 이제 더 이상 미스터리가 아니다. 상나라의 탕임금과 관련해서는 『탕임금이 욕조에 새긴 잠언(湯之盤銘)』이라는 전고(典故)가 있다.(『대학[大學]』에서는 『탕임금이 욕조에 새긴 잠언』인 "만약 하루를 새롭게 만들 수 있다면 마땅히 매일매일 새로움을 유지할 수 있어야 한다. 새로워진 후에는 또 더 새로워지게 해야 한다.[苟日新, 日日新, 又日新]"라는 말을 인용함)이 있다. 비록 '탕임금의 욕조'가 실전되어 물질적 증거는 사라졌지만, 감히 그것이 후세 사람들이 만들어냈다고 말하는 이는 아무도 없을 것이다.

『탕임금이 욕조에 새긴 잠언』에 대한 전고는 더욱이 상나라 때 이미 문자가 존재하였음을 설명해주고 있다. 상나라 초기에는 도읍을 자주 옮겼었다. 반경(盤庚, 상나라 제20대 군주, 기원전 1300년 전과 후에 28년간 재위함)의 통치시대인 기원전 1300년 전과 후, 도읍을 은(殷, 현재의 허난 성 안양 시)으로 정하였다. 그래서 사람들은 상나라를 '상은(商殷)'(혹은 '은상') 이라고 부른다. 은허(殷墟)와 갑골문의 발견으로 기원전 1300년 이후의 중국문명역사에 근거를 제공해 주었다.

기원전 약 1046년에 주 무왕(周武王, 기원전 1087년~기원전 1042년)이 상은의 마지막 군주인 주(紂, 기원전 1075년~기원전1046년 재위)를 토벌하여 상은을 멸망시키고 주나라(周, 기원전 1046년~기원전 256년)를 세웠다. 주나라 군주는 여전히 중국의 느슨한 연맹의 맹주였다.(주나라 군주를 '천자[天子]'라고 부르며 그 아래 제후들은 '공[公]'혹은 '왕[王]'으로 불렀다) 그러나 주나라 말기 춘추전국시대(기원전 770년~기원전 221년)에 이르러 주나라 '천자'의 맹주 지위가 유명무실해졌다.

하 · 상 · 주 삼대의 중요성은 느슨한 정치연맹을 형성하여 중국 '지리공동체'내에서 하나의 정치공동체를 발전시킨 것이다. 그 정치공동체는 문명공동체를 토대로 수립된 것으로서 '민족국가'발전의 결과는 아니었다. 우리는 이렇게 중국의 발전에 대해 인식해야만 오류를 범하지 않을 수 있는 것이다. 애석하게도 이는 사람들의 공통된 인식이 아니다. 외국의 친구들이 이에 대해 이해하지 못할 뿐 아니라, 중국의 역사 전문가들도 이에 대한 인식이 몹시 모호하다. 필자는 어느 한 책에서 다음과 같은 말을 인용해 토론하고자 한다.

> 중국문명은 중국 역사의 주인인 중국인, 중화민족이 창조한 것이다. ……상고대에서 기원전 20세기경까지는 중화 집단 · 중화 추장국(酋邦) · 중화 문명이 잉태되고 싹 튼 단계이다. 오늘날 중국판도 내의 광활한 땅 위에서 혈연적인 원시 집단 · 씨족 · 부락이 점차 합쳐져 더 큰 규모의 집단들을 이루었는데, 고대 전설에 등장하는 화하(華夏)집단 · 동이(東夷)집단 · 서융(西戎)집단 · 삼묘(三苗)집단 · 남만(南蠻)집단 등에 이에 해당하며 정치적 관리의 성질을 띤 추장국(酋邦)이 형성되기 시작하였다. …… 기원전 20세기경부터 기원전 3세기 중기까지는 중화 집단 · 중화 조기국가 · 중화문명의 기본 틀이 형성되는 단계이다. 하족(夏族) · 상족(商族) · 주족(周族)이 잇따라 굴기하였다.

이상의 내용은 서양 인류학이론을 인용한 것으로서 민족의 발전에 대해 '혈연적 원시 군단'으로 거슬러 올라가 서술하면서도 이는 중국 고대 문명이 가장 제창하지 않는 것이라고 밝히지는 않았다. 고대문헌에 등장하는 '이(夷)'(외국/외국인)와 구별하기 위한 '화(華)'혹은 '하(夏)'는 모두 중국 자체에 대한 총칭으로서 그 어떤 '원시 군단'의 이름도 아니다.

'화하'라는 명칭은 『상서 · 주서 · 무성(尙書 · 周書 · 武成)』에 최초로 등장하며 "중원의 화하족이건 편벽한 지역에 있는 소수민족이건 (주 무왕)에게 순종하지 않는 이가 없었다.(華夏蠻貊, 罔不率俾)"(중국 국내와 국외에서 모두 주 무왕을 지도자로 떠받들었다는 뜻)라고 하였다. 여기서 '화하만맥(華夏蠻貊)'은 네 개의 서로 다른 일반적인 형용사일 뿐으로 '화하'라고 부르는 하나의 특별한 집단과 '만맥'이라고 부르는 또 다른 특별한 집단이 존재한다는 말이 아님을 바로 알 수 있다. 중국 자신을 일컫는 '하(夏)'라는 범칭이 대우의 국호인 '하(夏)'에서 왔다는 사실은 앞에서 이미 언급한 바 있다. '화(華)'가 어떻게 중국의 별명이 되었는지에 대해서는 아직까지 명확하게 알 수 없다. 긍정할 수 있는 것은 '화'건 '하'건 그 어떤 '원시 군단'의 이름이 아니며, '화하'는 더욱이 그렇지 않다는 사실이다.

물론 상기의 인용문에서도 '화하'가 '원시 군단'이라고 하지는 않았다. 다만 수많은 '원시 군단'이 합쳐서 '좀 더 큰 집단'을 이루었다고 말하였을 뿐이다. 그러나 그러한 분석도 중국문명 발전의 사실과 부합되지 않는다는 사실은 앞에서 이미 토론한 바 있다. 특히 대우가 '강'족이면서 또 '화하'의 시조가 된 사실은 더욱이 상기의 인용문이 사실과 어긋남을 드러낸다. 그리고 상기의 인용문에는 수많은 새로운 명사가 등장한다. 예를 들면 '화하집단' · '동이십단' · '사융집단' · '삼묘집단' · '남만집단'과 같은 명사들이다.(마치 상고대 사람들이 앞다투어 현대기업을 창설하였던 것처럼) 심지어 '하족' · '상족' · '주족'도 일반적인 역사서적에서는 찾아볼 수 없는 표현들이다.

상기의 내용이 들어있는 책들의 주요 목적은 '민족부흥'의 과제를 발휘하여 고대의 사물 전체에 '민족'이라는 옷을 입히려는 것이 분명하다. 그런 옷을 입힌 뒤에는 중국역사에 대해 알아보기가 어렵게 된다. 하 · 상 · 주 세 조대는 상이 하를 멸하고 주가 상을 멸하였지만, 중국 정치체제의 성격은 바뀌지 않았다. 상기의 인용문에 제기된 명사를 인용해 '상족'이 '하족'을 멸하고, '주족'이 '상족'을 멸하는 것으로 내용이 바뀌게 되면 역사사실에 어긋날 뿐 아니라, 인용문 자체의 '화하집단'논리에도 저촉된다. '화하(민족)집단'이 존재한다면, 하 · 상 · 주 세 조대가 모두 동일한 '집단'내에 존재하는 것인데, 어떻게 한 민족이 다른 민족을 멸하는 일이 일어날 수 있단 말인가? 앞에서도 이미 언급했다시피 하나라의 시조 대우는 쓰촨의 강족이다. 그의 자손들이 세습 제도를 수립해 '하(夏)'라고 명명하였다. 여기서 '하'는 종족의 이름이 아니라 문명의 부호이다. 마찬가지로 상나라의 '상'과 주나라의 '주'도 모두 민족의 표지가 아닌 문명의 부호이다. '하나라'를 '하족'으로, '상나라'를 '상족'으로, '주나라'를 '주족'으로 바꾼 것은 얼핏 보기에는 사소한 부분인 것 같지만, 실제로는 하 · 상 · 주 삼대가 문명의 길을 걸었다는 중요한 줄거리를 덮어 감추고, 그 대신 있지도 않은 '민족국가'의 발전으로 대체해버린 것으로서 이는 역사에 대한 중대한 왜곡이다. 이로부터 '민족국가'의 사고방식과 단어로써 중국의 역사 이야기를 한다면 잘할 수가 없음을 알 수 있다.

'천하'와 '중국'

'문명의 길'을 걷는 중국의 발전이 '민족국가'의 선율과 구별된다고 주장하는 필자의 관점에 누군가 필자에게 중국학자 자오팅양(趙汀陽)의 '천하'관련 이론을 참고할 것을 권했다. 필자는 오래전부터 서양학자들이 자오팅양의 '천하'관에 대해 좋아하는 한편 비판하고 있다고 전해 들었으며, 또 인터넷에서 일부 토론한 글도 본 적이 있다. 이에 대해 사람들은 현재 중국의 학술연구가 세계와 연결되어 '영어/Anglophone'와 '중국어/Sinophone'학파가 쟁명을 이루는 현상이 나타났다고 여기고 있지만, 필자는 그렇게 생각하지 않는다. 필자는 서양의 '민족국가'세계와 연결되는 것(더욱이는 '연결'이라는 명분 아래 실제로 '서양화되는 것'을 원치 않음)을 절박하게 요구하지 않는다. 게다가 이러한 '영어/Anglophone'학파와 '중국어/Sinophone'학파의 쟁명은 오로지 서양의 '국제관계학'(studies of international relations, IR) 범주에 국한되어 있을 뿐이다. 자오팅양의 '고대천하체계'이론은 영국인 토마스 홉스(Thomas Hobbes, 1588~1679)를 기어이 끌어들여야만 했던 모양이다.

마치 서양의 학술적 권위를 지팡이로 삼아 의지하지 않으면, 스스로는 바로 설 수 없다는 것을 대변하는 것 같다. 필자는 또 중국의 '천하'라는 관념을 '무외(無外, 모든 것을 포함한다는 뜻, inclusive)'라고 하는 그의 관점에도 찬성하지 않는다. 마치 세계질서를 유지하기 위한 본보기를 세우는 것 같기 때문이다. 앞에서 이미 언급한 바와 같이 중국의 '천하'는 '경계'가 있으며, 창장과 황허가 그어놓은 윤곽 안에서 발전하였다는 점을 강조하고자 한다. 이 같은 관점은 한편으로는 중국이 '천하'밖에 또 다른 세계의 공간이 존재한다는 사실을 인정하는 것이고, 다른 한편으로는 중국이 세계의 모범 혹은 리더가 되기를 원치 않으며, 더욱이 그 어떠한 다른 나리의 생존공간에 침입하고 간섭하거나 개조할 의도가 없음을 보여준다. 어쩌면 필자와 자오팅양의 공통점은 '영어/Anglophone'학파와 '중국어/Sinophone'학파의 쟁명이 아니라, 우리 모두가 세계 학술연구(중국 연구도 포함)에 대한 '민족국가'세계인 영어권의 '글로벌화/Anglobophone' 학파의 난폭한 지배에 반대하고 있다는 점이다. 자오팅양의 사유는 중국 발전의 '문명의 길'과 '민족국가'선율 사이의 경계선을 분명히 가르지 않은 사유라고 필자는 생각한다.

앞에서 중국문자는 언어시각 부호이기도 하고, 문명사유 부호이기도 하며, 문명건설의 기능을 갖추었다고 언급한 바 있다. 중국이 중원문화를 둘러싸고 대통일의 정치체계를 이룰 수 있었던 것은, 문자가 매우 큰 역할을 하였기 때문이다. 앞에서 갑골문 '천(天)'자의 두 개 도형 과 '입(立)'자의 도형 의 구별 점에 대해 제기한 바 있다. '입(立)'자는 사람(人)의 발 밑에 '땅'을 나타내는 가로 획을 하나 그은 것이고, '천(天) '자는 사람(人)의 머리 위에 가로 획을 하나 혹은 두 개 그어 '천'자를 나타냈다. 이것이 바로 중국 고대인의 세계관의 정수이다. 이는 다음과 같은 세 가지 방면으로 이해할 수 있다.

첫째, 이 세계관에서는 '천지인(天地人)'의 전체적인 개념을 볼 수가 있다. 고대인은 '천지인'의 전체를 중시하였다. 『역경 · 설괘(易經 · 說卦)』에는 "하늘을 정립하는 요소는 음과 양이고, 땅을 정립하는 요소는 부드러움(柔)과 꿋꿋함(剛)이며, 사람을 바로세우는 도리는 어진 것(仁)과 의로운 것(義)이다. 천지인 삼재의 도리를 모두 갖추고 또 두 개씩 서로 합쳐지기 때문에 '역경'은 6개의 효획(爻畵)이 괘(卦)를 이루고 있다.(立天之道, 日陰日陽; 立地之道, 日柔日剛; 立人之道, 日仁日義; 兼三才而兩之, 故《易》六畫而成卦.)"라고 하였다. 고대의 '팔괘(八卦)'는 천변만화하는 우주를 그린 것이다.

그 팔괘도 중에서 긴 가로획은 '양(陽)'을 나타내고 짧은 가로획은 '음(陰)'

을 나타내며, 길고 짧은 가로획 세 묶음이 한조를 이루고, 두 조가 합쳐서 한 괘를 이룬다. 『역경 · 설괘』에서는 왜 음양을 대표하는 긴 가로획과 짧은 가로획 세 묶음을 한조로 삼는지에 대해 명확하게 설명하였는데, '천지인'은 세 개의 요소이기 때문에 그들을 '삼재'(세 개의 능동적인 요소)라고 부르는 것이다. 바꾸어 말하면 '팔괘'에 그려져 있는 과거와 현재 · 미래에 대한 변화와 흉조와 길조는 기본상 '천지인'3자 사이에서 서로 마찰을 거쳐 빈틈없이 맞물려가는 천변만화의 과정인 것이다.

둘째, '천지인'의 우주 전체 속에서 사람은 하늘과 땅을 떠나 독립적으로 생존할 수 없다는 점이다. 『맹자(孟子)』에서 '삼재'에 대해 더 한층 깊이 설명하였는데, 그들을 '천시(天時)', '지리(地利)', '인화(人和)'로 각자의 지위를 확립하였다. 다시 말하면 사람은 우주 속에서 '천지인'이라는 세 가지 능동적인 요소를 조화롭게 서로 작용할 수 있는 것으로 만들기 위해 애써야 한다. 다른 한 각도에서 보면, 상기의 『역경 · 설괘』의 말에서 3개의 '입(立)'자를 지워버리면 "하늘의 이치는 음과 양이고, 땅의 이치는 부드러움과 꿋꿋함이며, 사람의 도리는 어진 것과 의로운 것이다(天之道曰陰曰陽, 地之道曰柔曰剛, 人之道曰仁曰義)"로 바뀌는데, 이것이 더 논리적인 것 같아 보인다. 인도문명의 이념으로 비교해보면 더 명확하게 인식할 수 있다.

인도문명의 전통은 우주에서 가장 중요한 것은 '브라만/최상의 자연의 이치'(brahman)로서 모든 우주현상과 법칙이 그 범주에 속하며, 인도의 '하늘의 이치'라고 말할 수 있다. 인도에서 사람으로서의 도리를 'tapasya'라고 하며, '자율'이라고 번역할 수 있다. 이는 사람의 사유와 행위가 시시각각 '브라만/최상의 자연의 이치(brahman)'에 어긋나지 않거나 혹은 초월하도록 하는 능력이다. 인도문명도 우주적이고 무한한 '대아(大我, 최고의

아[我]인 paramatman'가 개체의 '아(我, atman)'를 포함하고 덮고 있다고 주장한다. 이러한 사유가 '하늘의 이치'와 '사람의 이치'(인도문명에는 상응하는 '땅의 이치'가 없음)에 동시에 관철되어 있다.

인도문명의 가치체계에는 '하늘의 이치'만 있을 뿐 '하늘을 정립하는 도리'가 없음이 분명하다. 바꾸어 말하면 중국 고대문명에는 절대적인 '하늘의 이치'가 없고, 오로지 사람의 능동적인 요소가 참여하는 '하늘을 정립하는 도리'만 있을 뿐이다. 갑골문의 '입(立)'자 도형으로 『역경 · 설괘』에 제기된 '입천(立天, 하늘을 정립)', '입지(立地, 땅을 정립)', '입인(立人, 사람을 바로 세움)'의 도리를 펼쳐 보이면, ' 天(천)' · ' 地(지)' · ' 人(인)'이 된다. 이로부터 '사람 인( )'은 중국 고대문명의 세계관 중 가장 능동적인 요소임이 두드러진다. 만약 갑골문의 '천(天)'자 도형도 사용한다면, '하늘을 정립하는 도리(立天之道)'는 ' 의 도리'로 바꿀 수 있어 '인(人)'자가 둘인 형상을 더 두드러지게 한다. 갑골문의 '천(天)'자 도형 ( )과 '입(立)'자 도형 ( )이 나타내는 의미가 바로 중국 속담 중의 "하늘을 떠받치고 땅 위에 우뚝 선(頂天立地)"사람인 것이다.

셋째, 우리는 갑골문의 '천(天)'자 도형( )과 '입(立)'자 도형( )을 키로 삼아 중국 고대인의 '천하'미궁의 문을 열 수 있다. 갑골문의 '천'자 도형( )은 '사람이 하늘 아래(천하)에 있는 모습'을 그렸다. 바로 앞에서 우리는 중국 고대문명과 인도문명의 가치체계의 공통점과 차이점에 대한 비교를 통해 중국의 "사람이 하늘 아래 있는 모습"과 인도의 "사람이 하늘 아래 있는 모습"은 모두 '사람'과 '하늘'이 조화를 이루는 공통점이 존재한다는 결론을 얻었다.

인도에서는 "범아일여(梵我一如, brahmatmakya, 우주의 최고 원리인 범[梵, brahman]과 개인의 본질인 아[我, ātman]는 같다는 우파니샤드(upaniṣad)의 중심 내용 – 역자 주)"라고 하고, 중국에서는 "천인합일(天人合一, 하늘과 사람은 하나라는 말. – 역자 주)"이라고 한다. 중국 고대문명의 '천명(天命)'은 앞에서 언급하였던 인도의 '브라만/최상의 하늘의 이치'(brahman)와 '대아'(paramatman)와 서로 맞물린다. 그러나 인도문명에는 오로지 이 두 가지 '하늘의 이치'라고 불리는 이념밖에 없으며, 중국의 '하늘을 정립하는 도리'는 인도문명에는 없다. '하늘을 정립하는 도리' 관념은 『노자(老子)』의 말을 이용해 더 한층 발휘할 수 있다.

『노자 · 사십이(老子 · 四十二)』에는 "도는 하나를 낳고, 하나가 둘을 낳으며, 둘이 셋을 낳고, 셋이 만물을 낳는다(道生一, 一生二, 二生三, 三生萬物)"라는 말이 있다. 조금은 오묘한 말이긴 하지만, 우리가 탐구하는 범위 안에 들어서면 일목요연해진다. 도가 낳은 '하나'는 곧 우주이고, 하나가 낳은 '둘'은 바로 음과 양이며, 둘이 낳은 '셋'은 바로 천지인이다. 『노자』에 있는 "도가 하나(우주)를 낳고, 하나(우주)가 둘(음과 양)을 낳으며, 둘(음과 양)이 셋(천지인)을 낳고, 셋(천지인)이 만물을 낳는다"는 말은 곧 『역경 · 설괘』 중의 '입천(立天)''입지(立地)''입인(立人)'의 도리에 대해 진일보적으로 설명한 것이다. 중국 고대인들에게 있어서 '천하'가 바로 천 · 지 · 인의 '공동체'인 것이다. 그 '공동체'개념이 황허와 창장유역의 헤아릴 수 없이 많은 서로 다른 부락과 종족 · 집단이 자체의 인종과 언어 · 문화의 특성을 융합시켜 동일한 문명을 형성할 수 있도록 하였으며, 나아가 동일한 정치체제에 속할 수 있도록 하였다. 그렇게 되어 중국 '천하'의 관념은 '민족'과 '민족국가'의 발전을 훨씬 초월한 것이 되었던 것이다.

이러한 '천하'공동체가 공동체 내에서 『탕임금이 욕조에 새긴 잠언』처럼 "하루를 새롭게 만들 뿐 아니라 마땅히 매일매일 새로움을 유지하며 새로워진 후에는 또 더 새로워지게 해야 한다(苟日新, 日日新, 又日新)"는 말을 실현하는데 중국문명의 모든 정력을 쏟을 수 있도록 이끌었다고 서슴없이 말할 수 있는 것이다. 중국문명이 '천명'을 받아들여 창장과 황허가 구분한, '지리공동체'에서 발전한 '정치공동체'내의 "음과 양, 천 · 지 · 인 및 만물"에 모든 정력을 집중시켰다고 말할 수 있다. '천하'에 대한 우리의 이런 이해는 자오팅양의 학설과 매우 큰 차이가 있다.

미국의 중국학 권위자이며, 이미 고인이 된 존 킹 페어뱅크(John King Fairbank) 하버드대학 교수를 위수로 하는 서양학자들은 '천하' · '천자' · '천명'등의 개념을 통해 중국에 대해 알아가는 것을 좋아한다. 심지어 '중국'이라는 이름마저 끌어들여(중국 고대인의 '중국'개념에 따르면 '중국'이 세계의 중심이라고 주장함) '중국 중심론'(Sinocentrism)을 도출해내기까지 하였다. 수많은 중국학자들(특히 중국 대만과 해외의 중국인 학자)도 거기에 영합하곤 했다. 그 '중국 중심론'(Sinocentrism)은 오늘날 중국에 대한 세계의 인식적 맹점의 가장 고질적인 이론적 근거로서 변론을 통해 제거하기가 너무 힘든 부분이다. 독자들은 이 책을 읽은 뒤면 존 킹 페어뱅크 등이 중국에 대해 인식함에 있어서 오류와 왜곡이 존재한다는 사실을 알 수 있을 것이며, '중국 중심론'도 더 이상 설 자리가 없어질 것이다.

앞에서 서술하였다시피 하 · 상 · 주 삼대에 느슨한 '중국'연맹이 이미 형성되었으며, 그 연맹의 지도자를 '천자'라고 부른다. 현 시대 사람들은 그 명칭의 유래와 이론에 대해 그 까닭을 파악하지 못하고 있다. 존 킹 페어뱅크 등도 주관적인 판단으로 으레 그러려니 여기고 그 명칭을 '천하'와 연결 지었을 뿐이다. 당나라의 경학 대가인 공영달(孔穎達, 574~648)의 저서 『오경정의(五經正義)』에서는 '천자'에 대해 "하늘을 아버지로 삼고 땅을 어머니로 삼으며 천자는 백성을 먹여 살리는 사람"이라고 해석하였는데, 이는 새로운 의미로서 '천자'의 본뜻으로는 삼을 수가 없다.

갑골문 '혹(或)'자의 도형 (왼쪽은 입 '구[口]'자이고, 오른쪽 도형 은 창 '과[戈]'자임)은 무기로 인구를 보위한다는 개념을 포함하고 있다. 후에 '혹(或)'은 또 도형이 서로 다르나 뜻이 비슷한 두 개의 문명 부호로 발전하였다. 그 두 문명 부호는 땅의 경계인 '역(域)'과 나라 '국(國)'으로 발전하였는데, 전자는 흙 '토(土)'자를 붙이고, 후자는 담으로 둘러싼 것이다. 현대 용어로 말하면 '역'은 '지역'의 개념이고, '국'은 '국가'의 개념이다. 고대에는 담을 쌓아 한 나라를 둘러싸는 것이 매우 어려운 일이었다. 그런 나라는 반드시 매우 중요하고 또 면적이 너무 크지 않았을 것이다. 중국 최초로 그런 담을 쌓아 둘러싼 '나라'는 아마도 주나라 초기 천자가 직접 통치한 영토였을 것이며, 당연히 '중국'이었을 것이다. 그때 당시에는 '세계중심'이라는 개념이 애초에 존재하였을 리가 없다. '중국'이라는 명사는 '중토(中土)'·'중원'과 친족관계였다. 이들 명사는 주나라 문헌에 최초로 등장하며, '천자'의 소재지인 '주(周)'의 정치중심 지위를 두드러지게 한다.[15] 1963년에 산시성에서 출토한 서주(西周)시대의 청동기 허준(何尊) 밑바닥에 새겨져 있는 명문(銘文)에는 "주무왕이 상나라를 멸한 뒤 하늘에 제를 지내 고하기를 '이 곳을 천하의 중심으로 삼고 민중을 통치할 것이다.'(惟武王既克大邑商, 則廷告於天, 曰 : '餘其宅兹中國, 自兹乂民。')"라고 하였다.

주 무왕은 스스로 '천자'라고 선포하고, 자신의 "주택은 중국(宅兹中國,

15) 1970년대에 필자는 존 킹 페어뱅크의 '중국 중심론'(Sinocentrism)을 비판하는 글을 쓰면서 주나라 문헌에서 상은(商殷)시기 '주'를 '서토(西土)'로 정하였으나 주나라가 세워진 후에 '주'는 '천자'의 세력 범위로서 '중토'로 변하였다는 사실을 발견하였다. 이는 지리적인 변화가 아니라 정치적인 변화이다. 탄종(譚中), 『해신과 용: 19세기 중국과 제국주의에 대한 탐구』(Triton and Dragon: Studies on Nineteenth Century China and Imperialism), 1986년, 델리, 지혜출판사(Gian Publishing House), 45~109쪽.

중국을 주택으로 삼을 것이라는 뜻)"이라고 형용하였는데, 이는 '중국 중심론'과는 전혀 상관이 없는 것이다. 이밖에 고대의 중국문헌을 펼쳐 보다 보면 '중국'이라는 명사는 대부분 불교학자들이 인도 명사 'Madhyadesa/마디야데사(가운데 있는 나라라는 뜻)'을 번역할 때 사용하였음을 발견할 수 있다. 예를 들면 당나라 불학 대가인 도선(道宣, 596~667)의 저서 『석가방지(釋迦方志)』에는 "설산(히말라야) 이남을 중국이라고 불렀다"고 하였다. 주지하다시피 예전에 중국의 매 조대에는 모두 조대 명칭만 썼을 뿐 '중국'이라는 명사를 쓰지 않았다. '중국'이라는 명사는 아편전쟁 때 중국이 치욕을 당하는 나라로 변한 뒤부터 비로소 중국인이 통용하는 명사로 되었다. 그러니 어찌 '중국이 세계의 중심'이라고 말할 수 있겠는가 말이다. 존 킹 페어뱅크와 다른 외국의 친들이 '중국'의 뜻을 잘못 읽는 것에 대해 우리는 양해할 수가 있다. 그런데 지금 중국에도 중국이 세계의 중심 – 신경 중추 · 문명 중심 · 경제 중심 · 발전패턴 등 – 이라고 여기거나 혹은 그렇게 되길 희망하는 이들이 있다. 이는 한편으로는 '중국 중심론'의 해를 입었기 때문이고, 다른 한편으로는 중국문명발전의 역사를 읽고 이해하지 못했기 때문이기도 하다.

이상의 토론을 통해 보면 '중국' · '중토' · '중원'과 같은 고대인의 개념은 모두 중국 '공동체'내부 발전의 일부 사소하고 지엽적인 것으로서 중국 세계관의 구성부분이 될 수는 없는 것이다. 중국에 도선과 같은 지식계의 걸출한 인물이 있어 인도를 '중국'이라고 정론을 내린 사실에서, 중국문명에는 '중국 중심'의 관념이 없음을 설명해준다. '중국 중심론'은 외국 학자들이 억지로 중국인의 머릿속에 심어준 것이다.

공자와 맹자의 도는 깊이 이해할 필요가 있다

앞에서 언급하였던 나라 '국(國)'자와 갑골문 '혹(或)'자의 도형 이 반영하는 무기로 인구를 보위한다는 개념으로부터 우리는 다음과 같은 사실을 알 수 있다. 『여씨춘추』에서 말한 바와 같이 중국 공동체 내 '천하' 나라의 숫자가 갈수록 줄어든 것은 평화와 문명의 발전과정을 완전히 거스르는 것이 아니라며 무력을 이용한 정치 합병의 경우도 적었을 리 없다. 마지막에는 유럽 중세기와 같은 '춘추전국'시기까지 발전하였다.

500여 년(기원전 770~기원전 221)을 거친 '춘추전국'시기는 매우 특별하다. 한편으로 그 시기는 중국 정치의 대통일을 이루기 직전이었고, 다른 한편으로 그 시기는 유럽의 '문예부흥'시기처럼 사상이 활발한 국면 – 중국 역사상 극히 드문 '제자백가(諸子百家)'시대 – 이 나타난 것이다. 중국 문명에 특대 공헌을 한 공자(기원전 551~ 기원전 479) · 노자(약 기원전 571~기원전 471) · 맹자(기원전 372~기원전 289)는 모두 그 시기의 대표적 인물이다.

앞에서 문명을 선양하는 기능을 갖춘 표의문자에 대해 논할 때 공자와 맹자의 기본 교의인 '어진 것(仁)'에 대해 중점적으로 언급하였었다. 갑골문에 이미 '인(仁)'자가 있음을 볼 수 있다. 그 도형은 이다. 이로부터 '인(仁,)'의 개념은 공자와 맹자가 발명한 것이 아니라 상은 시대, 심지어 더 이른 이전 시대에 이미 있었음을 설명한다. '인(仁,)'의 개념에서는 두 사람이 함께 지내는 것을 집단생활이라고 종합한 것이며, 어느 특정 시간과 공간에서 처세란 대체로 '기(己, 자기)'와 '인(人, 다른 한 사람)'의 관계를 화목하게 하는 것임을 강조하였다. 『논어 · 이인(論語 · 里仁)』의 기록에 따르면 공자가 제자들에게 강의를 하면서 "내가 말하는 도는 하나의 기본 사상을 처음부터 마지막까지 관철하는 것(吾道一以貫之)"이라고 말하였다.

수업이 끝난 뒤 수업 내용을 이해하지 못한 학생이 공자의 애제자인 증삼(曾參)에게 여기서 '하나'는 무엇을 가리키느냐고 물었다. 뜻밖에도 증자(曾子)는 "스승이 말하는 도는 곧 충성과 용서일 뿐이다(夫子之道, 忠恕而已矣)."라고 말하였다. 현재 사람들은 이 전고에 대해 각자 나름대로 해석하고 있다. 어떤 사람은 "내가 말하는 도는 하나의 기본 사상을 처음부터 마지막까지 관철하는 것(吾道一以貫之)"이라는 말에서 '하나'는 '천지만물의 시작'을 가리키는 것이라고 말하는데, 필자가 보기에는 터무니없는 것 같다. 공자의 가르침은 '어진 것(仁)'을 근본으로 해야 한다는 것이다. '어진 것(仁)'이 공자 교의의 정수임은 모든 사람이 다 아는 사실이다. "내가 말하는 도는 하나의 기본 사상을 처음부터 마지막까지 관철하는 것(吾道一以貫之)"이란 말은 사회의 질서와 사람됨의 도리는 '어진 것(仁)'으로 일관되어야 한다는 공자의 이념을 명확하게 설명하였다.

증자가 한 걸음 더 나아가 '충서'로 '인'을 해석하였는데 바로 현재 모두가 말하는 '충서지도(忠恕之道)'이다. '충성(忠)'과 '용서(恕)'에 대해서도 사람들은 각자 나름대로 해석하고 있다. 어떤 사람은 '충성'이 적극적인 방면으로 인간관계를 탐구한 것이라고 하고, '용서'가 소극적인 방면으로 인간관계를 탐구한 것이라고 말하는데, 필자는 이것도 너무 터무니없는 주장이라는 생각이 든다.

'충성'은 자신에 대한 도리로서 자기 행위를 단정하게 하는 학문이고, '용서'는 자기와 남 사이의 '용서'의 도리인데 서양 문화의 'empathy'와 비슷하다. '입장을 바꾸어 생각하다/자기의 마음으로 미루어 남을 생각하다'와 '자기가 싫은 것은 남에게 강요하지 마라(己所不欲勿施於人)'라는 것은 중국과 서양 도덕의 공통점이다. 공자는 고대의 훌륭한 사상가이며 남을 가르침에 있어서 싫증을 내지 않는 모범 교사이다. '사서(四書, 『대학[大學]』『중용[中庸]』『논어』『맹자』)'중 『맹자』를 제외하고는 모두 다 공자의 어록이다. '오경(五經, 『시경[詩經]』『서경[書經]』『역경』『예기[禮記]』『춘추』)은'모두 공자의 참여로 편성된 중요한 문헌이다. 중국문명을 연구함에 있어서 공자를 배제하면 아무 것도 이룰 수 없다. '문화대혁명'시기에 '4인방'이 바로 그런 시도를 한 적이 있는데 그로 인해 중국 정신문명이 막심한 손해를 입었으며 지금까지도 회복되지 못하고 있다.

각도를 바꿔 살펴보면 중국은 2천여 년 간 공자의 사상을 더 널리 발양시켜 빛나게 하지 못하였던 것이다.

첫째, 공자와 같은 위대한 사상가가 제자들을 가르치는 데 온갖 심혈을 기울여왔으나 그의 언론은 완전하게 발표되지 않았다. 2천여 년 간 사람들은 그의 어록 중 일부를 끊어 본의와는 달리 제멋대로 앵무새처럼 인용만 하였을 뿐, 그의 사상에 대해서는 제대로 이해하지 못했다. 예를 보도록 하자. 『논어 · 이인(論語 · 里仁)』에서 공자는 "만약 한 나라에서 한 사람이 줄곧 갈망해오던 이상을 하루아침에 실현하여 자신의 정치적 주장(곧 어진 정치, [仁政])을 실시하게 된다면, 그는 저녁에 죽어도 보람이 있다"라고 말하였는데, 많은 사람들이 문자 표면의 뜻만 보고 이 말을 "아침에 진리인 '도'를 듣게 되면 저녁에 죽어도 여한이 없다"라고 얕은 의미로 해석하곤 한다. 그러나 이런 이해는 요점을 파악하지 못한 것이 분명하다. 매일과 같이 '도'에 대해 말하면서 말끝마다 '도'를 떠나지 않는 공자가 어찌 이런 말을 할 수 있었겠는가? 그의 이 명언을 진정으로 이해하려면 그의 말 속에서 '도'가 대체 무엇을 가리키는지에 대해 진지하게 생각해야만 한다. 예를 들어 『논어 · 옹야(論語 · 雍也)』에서 공자는 "제나라는 한번 변하면 노나라와 같은 나라가 되고, 노나라는 한번 변하면 도가 있는 나라가 된다.(齊一變至於魯, 魯一變至於道)"라고 하였으며, 『예기 · 예운 · 대동(禮記 · 禮運 · 大同)』에서 공자는 "큰 도가 행해지면 천하가 모든 사람의 것이 된다(大道之行也, 天下爲公)"라고 하였다.

만약 우리가 "노나라가 한번 변하면 도가 있는 나라가 된다"라는 말에서의 '도'와 "큰 도가 행해지면"이라는 말에서의 '도'의 의미를 통해 "조문도석사가의(朝聞道夕死可矣)"라는 말을 음미해보게 되면 공자가 이상적인 경지를 동경하였음을 느낄 수 있으며, 또 그가 처한 처지가 이상적인 경지와 너무 멀리 떨어져 있음을 간접적으로 감탄하고 있음을 느낄 수 있다. 중국문화 발전에 대한 공자의 가장 큰 공헌은 바로 그가 『대학』에서 개인과 집단의 발전을 이끌 수 있는 '수신(修身, 심신을 닦는 것)', '제가(齊家, 집안을 다스리는 것)', '치국(治國, 나라를 다스리는 것)', '평천하(平天下, 천하를 평정하는 것)'의 규범을 제정했다는 점이다. 그의 이 규범은 개인의 진보와 발전을 격려하고 있다. 그러나 개인의 발전과 동시에 가정을 경시하거나 가정을 벗어날 것이 아니라 가정의 행복을 추진할 것을 요구하고 있다. 한 가정에는 적어도 두 세대, 즉 부모와 자녀가 살고 있다.

그들 사이에는 반드시 깊은 사랑과 따스함이 존재해야 한다. 공자는 또 '가정'과 '나라'는 동일한 성질을 띤 집단이라고 주장하였다. '가정'은 작은 집단이고 '나라'는 큰 집단이다. 개인은 이 두 집단에 의지해야만 전도가 유망하며 또한 그래야만 행복할 수 있다. 개인은 이 두 집단에 대해 건설하고 공고히 하며 유지하고 보호하는 역할을 해야 한다. 공자는 또한 걸음 더 나아가서 '천하', 즉 이 책에서 말하는 '지리공동체'에 눈을 돌렸다. 공자가 말하는 '평천하'가 바로 창장과 황허가 창조한 '지리공동체'를 '문명공동체'와 '운명공동체'로 발전시키는 것이다. 필자는 공자의 이와 같은 도리에 대해 매우 쉽게 이해할 수 있음에도 많은 중국 지식인들은 기어이 그렇게 이해하지 않고 있다고 생각된다. 어떤 학자들은 공자의 어록을 달달 외우면서도 더 깊은 차원에서 이해하려고 하지 않는다. 그래서 공자가 중국문명을 '운명공동체'목표를 향해 발전하도록 이끈 중요한 지시에 대해서 경시하였던 것이다.

둘째, 오늘날 우리가 '유학(儒學)'을 제창하더라도 공자의 사상을 널리 발양하고 빛나게 하는 목표에 이를 수는 없을 것이다. 춘추전국시기에 이른바 '제자백가'가 있었지만, 다만 그때 당시 사람들이 자유사상을 충분히 발휘할 수 있었음을 반영할 뿐 중국 고대문명을 산산이 흩어지게 하여 사분오열할 것을 촉구했던 것은 아니다. 동양문명과 서양문명의 가장 기본적인 큰 구별은 전자가 전체적인 관념을 중시한 반면, 후자는 전체적인 관념을 경시했다는 점이다.

인체 해부와 핵분열에 습관화 된 서양의 두뇌들은 중국의 이른바 '제자백가'와 '유(儒)' · '도(道)' · '석(釋)'3가의 연의를 가장 좋아한다. 해외에서 필자는 스스로 치켜세우기를 좋아하는 '도학(道學, Taoism)'전문가들을 자주 만날 수 있었다. 그들은 하나같이 하찮은 일에 끝까지 매달리는 자들로서 중국 민간의 정보를 '도학'의 골동품으로 삼아 저들이 쌓아두었던 진기한 물건을 홍보하곤 했다. 필자는 중국 도교넷(道教網)에서 위안칭샹(袁清湘)이 쓴 「도사 이백이 속한 도교 종파에 대한 연구」[16]라는 글을 읽으면서 울지도 웃지도 못할 느낌이 들었다. 혹시 중국문화시장에 사재기 열풍이 불고 있는 것은 아닐까 하는 생각까지 들었다. 오늘은 이백이 '중국 도교'에 의해 사재기로 넘어가고, 내일은 공자가 '중국 유교'에 사재기로 넘어가는 격이었다. 이렇게 발전해 나가게 되면 중국에서 신앙

16) www.chinataoism.org/showtopic.php?id=9216, 2015년 12월 8일 조회함.

생활을 하지 않는 대규모를 차지하는 사람들이 중국문화유산을 하나도 받지 못하고 마는 빈털터리로 변해버리고 말 것이다.

중국에 유명한 유학의 대가 한 분이 있는데, 필자는 인도와 중국에서 그의 연설을 들은 적이 있다. 필자는 그에게 "유가문화가 인도문화의 영향을 받은 적이 있느냐"는 문제에 대해 두 차례나 질문을 한 적이 있는데 모두 정확한 대답을 듣지 못하였다. 필자는 그의 저작에서 송명(宋明) 성리학의 대가 주희(朱熹) · 왕양명(王陽明) 등의 이론과 어록을 대량으로 인용한 것을 발견하였다. 그러나 주희 · 왕양명의 사유가 모두 '중국과 인도의 장점을 결합한 것'이라는 점과 '성리학(理學)'과 '심학(心學)'이라는 이름을 유가 전통의 근원 속에서는 찾을 수 없다는 사실을 필자는 증명할 수가 있다. 공자와 맹자가 살았던 시대에는 '이치/이론(理/理論)'의 개념이 없었다. 이 개념은 어쩌면 인도문화의 'yukta'[17]가 중국에서의 화신일 수도 있다. 공자와 맹자는 송명 성리학자들처럼 '마음(心)'의 중요성을 강조한 적이 단 한 번도 없다. '마음/보리심'(bodhicitta)은 더욱이 인도에서 온 박래품임이 틀림없다. 내친 김에 소개하도록 하자. 이백은 스스로 '청련거사(青蓮居士)'라고 자칭하였는데 그의 시 「이백이 누구냐고 묻는 호주의 가협 사마에게 답함(答湖州迦葉司馬問白是何人)」에는 이렇게 썼다.

> 청련거사 적선인이, 술집을 집 삼아 술로 낡은 세월이 어언 30년이거늘. 호주의 사마께서는 뭐 하러 묻는 게요, 금속여래는 내생의 내 모습이라오.

---

17) 육타(yukta) : 신과 교감하는 존재

(青蓮居士谪仙人, 酒肆藏名三十春。

湖州司馬何须問, 金粟如来是后身。)

'금속여래'는 인도 불교의 신화 인물인 'Vimalakirti/유마거사(維摩詰)'에 대한 미칭이다. 이백의 벗인 왕유(王維)의 별명이 바로 '마힐(摩詰)'인데 왕유의 이름 두자를 합치면 '왕유마힐(王維摩詰)'이 된다. 따라서 명실상부한 '금속여래'의 화신이 되는 것이다. 중국 도교넷에서 이 모든 내용을 '도교'에 귀속시킨 이가 있는지에 대해서 찾아보았으나 필자는 찾지를 못했다. '유학'이건 '도학'이건 이처럼 서양의 인체 해부와 핵분열 식의 연구방법을 베껴다 중국학에 적용한다면, 중국문명은 산산조각이 나고 말 것이다. 공자이건 이백이건 중국문명에 속하는 인물로서 그들이 이룬 성과는 신앙과 이념이 서로 각기 다른 광범위한 중국 인민이 누려야 마땅한 것이다. 우리는 서로 다른 신앙과 다른 이념의 각도에서 공자에 대해 연구해야 하며, 중국문명 전반의 각도에서 공자의 학설을 널리 발양하고 빛나게 해야 한다. 애석하게도 옛날 사람들은 공자의 모든 언론을 아주 잘 보존하지 못하였으며, 그 언론들을 완벽하게 기록하지 못하였다.

오늘날 우리가 볼 수 있는 '공자왈', '자왈'등은 모두 산산조각이 난 어록들로서 그 어록들을 온전한 글로 편찬할 수가 없다. 더 애석한 것은 2천여 년 간 중국의 엘리트들이 공자에 대해 배움에 있어서 전체적인 학설에 주의를 기울이지 않는 '어록문화'를 형성시켰던 것이다. 그래서 공자의 학설이 "매일매일 새로움을 유지할 수 있고, 새로워진 후에는 또 더 새로워지게(日日新, 又日新)"할 수 없게 되었다. 우리는 하루 빨리 학술계의 '어록문화'속박에서 벗어나 번영 발전적이고 꿀을 빚는 것과 같은 새로운 방법으로 공자의 학설을 널리 발양하고 빛나게 해야 할 것이다.

공자가 말한 "제나라는 한번 변하면 노나라와 같은 나라가 되고, 노나라는 한번 변하면 도가 있는 나라가 된다.(齊一變至於魯, 魯一變至於道)"라는 말에는 정치사회진화론이 포함되어 있으며, 또 무력을 남용하여 전쟁을 일삼고, 위세를 부리며 패권을 부르짖는 국제경향은 끝이 좋지 않을 것이며, 필연적으로 평화를 열애하는 문명의 길에 의해 교체되고 말 것이라는 의미가 포함되어 있다. 이 말에서 '제나라'와 '노나라'는 두 개의 현실과 두 갈래 발전의 길을 대표한다.

'제나라'는 자기의 강대함을 믿고 약자를 괴롭히며, 다수가 소수를 능욕하는 전쟁 · 침략 · 정복 · 합병이라는 현실과, 무력을 남용하여 전쟁을 일삼고, 위세를 부리며 패권을 부르짖는 '민족국가'발전의 길을 대표하고, '노나라'는 평화적이고 친선적이며 공존하는 현실과 '문명의 길'을 대표한다. 이 말은 또 '노나라'가 안정적이지 못할 것과 오래 가지 못할 것임을 미리 예견한 공자가 한 걸음 나아가 반드시 '도'의 이상적인 경지로 발전해야 한다고 제시하였음을 반영한다. 이 말은 공자가 죽은 뒤 중국의 정치 운명이 거쳐야 할 과정에 대해 예측한 셈이다.

춘추전국 시기는 '제나라'를 대표로 하는 '민족국가'발전의 길로서 진시황이 이를 끝내고 진(秦)나라를 세웠다. 진나라는 우담화처럼 잠깐 나타났다가 바로 사라져버렸다. 한(漢)나라가 그 뒤를 이었는데 한나라는 '민족국가'발전의 길을 따라 계속 앞으로 나가지 않고 '노나라'를 대표로 하는 평화적이고 친선적이며 공존하는 현실과 '문명의 길'로 방향을 바꾸었다. 400년 뒤 한나라는 또 인접한 역외 민족의 공격을 받았다. 그로 인해 중국에는 오호 십육국(304~439)과 남북조(420~589)의 분열 국면이 나타났다. 수 · 당(隋唐)시기에 중국이 재차 통일 된 후 여전히 '노나라'를 대표로 하는 문명의 길를 걸었다. 송나라 정권이 들어선 뒤 또 북방의 역외 민족인 거란(契丹)의 '요(遼)' · 여진(女眞)의 '금(金)' · 몽골의 '원(元)'의 공격을 받아 멸망하고 말았다.

중국을 통일시키고 중국의 판도를 확장시킨 원나라는 중국문명의 일부가 되어버렸기 때문에 '노나라'를 대표로 하는 문명의 길에서 벗어날 수 없었으며, 그 후 명(明)나라를 멸망시킨 청(淸)나라도 역시 마찬가지였다. 그렇게 아편전쟁을 거쳐 중국이 '반식민지'국가로 전락하기에 이르기까지 중국은 여전히 안정적이지 않고 오래도록 지속될 수 없는 '노나라'의 상태에 처해 있었다.

중국은 민족이 세운 나라가 아닌 문명이 세운 나라이다

그대들은 이제는 이 책의 두 가지 핵심적인 논점이 무엇인지 어느 정도 익숙하게 되었을 것이다. 첫 번째의 논점은, 중국이라는 '국가'가 문명에서 발전해 온 것으로서 문명을 영혼으로 삼고 있음을 강조한 것이고, 두 번째 논점은 중국이라는 '국가'의 입국(立國)의 이치는 단 한 번도 '민족국가'와 뒤섞였던 적이 없음을 강조한 것이다. 필자는 한 걸음 더 나아가서 이론적으로 중국의 영혼으로서의 '문명'과 국가의 개념과 밀접한 연계가 있는 '민족'이 두 개념에 대해 구별 짓고자 한다. 이를 위해 아래에서 세 개의 부분으로 나누어 논하고자 한다.

첫째, 사람들이 일반적으로 논하는 국가는 '민족'이 세운 것이다. 영국은 앵글로-색슨 민족이 강대해져 형성된 국가이다. 독일은 독일 민족이 숱한 우여곡절을 거친 뒤 형성된 국가이다. 러시아는 러시아 민족의 산물이다. 심지어 국제주의와 공산주의를 제창하던 소련시기에도 러시아 민족은 여전히 핵심적 지위를 차지하고 있었다.

중국의 기원은 이들 국가들과는 전혀 다르다. 중국에서는 '지리공동체'가 형성된 후 본토와 외부에서 온 서로 다른 '민족'이 모두 공동체의 구심력의 영향을 받아 각자 '민족'의 발전을 포기하면서 공동의 '문명'이 잉태된 것이다. 바꾸어 말하면 '민족국가'는 하나의 '민족'이 발전하여 하나의 정치체제인 '국가'를 형성한 뒤 대외적으로 확장하여 다민족의 종합체를 형성한 것이다. 중국은 헤아릴 수도 없이 많은 민족이 융합되어 하나의 '문명'을 이루면서 '민족'의 표지가 없는 '국가'를 형성한 것이다.

'민족국가'에서는 어느 한 '민족'이 '국가'위에 군림하지만, 중국에서는 '문명'이 '국가'위에 있으며 그 어떤 '민족'도 통치적 지위를 차지하는 것을 허용하지 않았다. 사람들이 보통 말하는 '한족(漢族)'은 근본 '민족'이 아니다. 이 부분에 대해서는 뒤에서 구체적으로 설명할 것이다. 둘째, 서양에는 '피는 물보다 진하다'(blood is thicker than water)라는 속담이 있는데 이는 혈연적 친족관계를 강조한 말이다. 이 말은 한편으로는 동일 혈연을 응집시키려는 의지를 보여주었고, 다른 한편으로는 대인관계와 처세에 있어서 평등하지 않은 문화를 형성한 것이다. '국가'내부에서 '민족'을 제창하게 되면 민족 갈등과 민족 압박을 초래하게 된다. 그로 인해 엄청난 피해를 본 미국의 수많은 진보적 인사들은 민족의 표지를 극구 피하고 있다. 미국 매체들은 총기 범죄에 대해 보도할 경우 용의자의 종족 소속에 대해 극구 은폐하는데 이는 민족의 갈등을 격화시킬까 걱정되어서이다. 중국에서는 창장과 황허의 강물이 '민족'의 표지를 물속에 매몰시켰다.('물이 피보다 진하다'고 말할 수 있다.) '문명'을 영혼으로 삼은 중국은 애초에 그 화근을 뽑아버린 셈이다. 공자와 맹자가 제창하는 '인(仁)"의(義)'도덕이 바로 '민족'개념을 제거하고, '문명'을 영원히 유지할 수 있게 하는 문화의 힘인 것이다.

셋째, '민족국가'는 언제나 '민족주의'를 제창한다. '민족주의'는 위세를 부리는 문화의 일종이다. 외국의 침략과 압박에 저항할 때는 이런 문화가 '민족국가'의 자위를 도울 수 있지만, 나라가 강성할 때는 다른 나라를 침략하고 위협을 가하게 된다. 중국의 영혼은 '민족'이 아니라 '문명'이기 때문에 한편으로는 다른 나라를 침략하지 않을 것이고, 다른 한편으로는 외국의 침략과 압박에 저항할 때도 연약해 보이게 된다. 이 부분에 대해서는 뒤에서 중점적으로 설명할 것이다. 하 · 상 · 주 시대에 중국은 '문명의 길'을 선택하였으며, 문명공동체의 사회 · 정치구조를 선택하였다. 가까운 이웃 중에서 가장 발달한 문명(즉 인도문명)이 중국의 발전에 도발하지 않았고, 북방의 침략성을 띤 민족 부락은 기껏해야 소규모로 일시적으로 소란을 피웠을 뿐 별로 큰 영향을 미치지 못하였다. 이런 환경은 '중국문명권'의 지속적인 발전을 추진하였으며, 따라서 중국은 '민족주의'와 관계를 끊고 '문명'을 뜨겁게 끌어안을 수 있었던 것이다.

중국이 '문명'을 뜨겁게 끌어안은 것은 문명을 위한 문명이 아니라, 천시(天時, 하늘의 도움이 있는 시기)와 지리(地利, 땅의 이로움)를 받아들여 생명에 영양을 공급하는 창장과 황허의 물로써 두 하천 유역에서 살아가는 인민을 도와 농업과 목축업을 발전시킨 것이다. 앞에서 '문명'은 중국의 영혼이라고 말하였는데, 실제로는 중국인민이 생활에 매진하여 경제의 번영을 위해 힘써 생활에서의 향수를 풍부히 하였다고 말할 수 있는 것이다. 중국 인민의 본성은 '오랫동안 살아온 곳을 쉽게 떠나지 않는 것(安土重遷)'과 '편안히 살면서 즐겁게 일하는 것(安居樂業)'이다. 집안을 일으켜 부유하게 하는 것은 중국의 영혼이고 태평한 세상도 중국의 영혼이다. '민족국가'발전의 길을 흔히 한 가지 종교의식형태와 결합시키고 있지만, '중국문명권'내에는 종교의식형태의 발전이 존재하지 않음을 보아야 한다. 중국 최초의 시가는 아마도 「격양가(擊壤歌)」('요[堯]'임금 통치 시대 사람들이 불렀던 것으로 전해지고 있음)일 것이다.

해가 뜨면 밖에 나가 일하고 해가 지면 집에 돌아와 쉬고
우물을 파서 물을 마시고 밭을 갈아서 먹고 사니
신의 힘이 내게 무슨 상관이냐?
(日出而作, 日入而息
鑿井而飮, 耕田而食.
帝力於我何有?)

마지막 구절 "신의 힘이 내게 무슨 상관이냐"라는 말은 "나는 신의 도움에 의지하지 않는다"라는 뜻으로, 고대 중국문명에서 농업을 적극 발전시킴으로써 '자력갱생'의 사유가 형성되었음을 뜻한다. 공자는 『논어 · 선진(論語 · 先進)』에서 "삶을 제대로 알지 못하면서 어찌 죽음을 알리요(未知生焉知死)"라고 말하였으며, 또 『논어 · 옹야(論語 · 雍也)』에서 "귀신을 공경하되 멀리하라(敬鬼神而遠之)"고 말하였는데, 이로부터 공자가 무신론자였음을 알 수 있다. 어떤 해외 인사들은 공자의 학설을 '공교(孔敎)'(Confucianism)라고 부르면서 종교와 동일시하려고 한다.(헌팅턴의 '문명 충돌론'이 바로 그 중의 한 예이다) 이는 분명 '민족국가'의 사고방식을 통해 중국 '문명의 길'의 발전을 탐구하려 했지만 아무런 성과도 없이 헛수고만 했음을 알게 해준다.

앞에서도 언급한 바 있지만 한 번 더 강조하고자 하는 것은, '중국문명권'내에는 지배적 지위에 있는 핵심 민족이 존재하지 않는다는 것이다. 이른바 '염황자손(炎黃子孫, '염제[炎帝]'와 '황제]黃帝]'를 공동의 조상으로 섬김)이라는 개념은 매우 추상적인 개념이다. 첫째, '염제'와 '황제'는 모

두 전설 속의 인물로서 그들이 어느 곳에서 나타났는지에 대해서는 확실하게 밝히지 못하고 있으며, 아직까지 고고학적 증거를 찾지 못하였다. 앞에서 '염제'에 대해 언급한 바 있는데, 중국에는 후난성과 산시성에 각각 하나씩 두 개의 '염제'능'이 존재하고 있어 진실을 알 수 없다는 느낌을 준다. '황제'의 능은 하나뿐이라고는 하나 '황제'가 어찌 된 영문인지는 마찬가지로 분명하지 않다. 둘째, 전설에서 전해지는 것처럼 '염제'와 '황제'가 서로 다른 두 개의 부락의 두령이라 할지라도, 그 둘은 서로 불구대천의 원수 사이이기 때문에 한 '민족'이 될 수 없는 것이다. 셋째, '염제'는 창장유역의 전설적 인물이고, '황제'는 황허유역의 전설적 인물이다. '염황자손'이라는 말이 존재하는 사실을 통해서도 이는 민족의 개념이 아닌 문명의 개념임을 설명해주고 있다. 어찌 되었건 오늘날 전 세계의 '염황자손'은 모두 '민족국가'와 전혀 관계가 없는 '중국문명권'선조의 후대들로서, '민족'의 친족관계가 아니라 '문명'이 그들을 단합시켰음을 알아야 할 것이다.

중국은 창장과 황허가 형성한 '지리공동체'윤곽 내에서 발전된 '중국문명권'으로서 '권(圈, 범위)'의 사유를 갖고 있다. 그 공동체의 '권'에는 일정한 경계가 존재한다. 그 '권'이 중국의 '천하'를 둘러막아 아늑하고도 천륜지락을 누릴 수 있는 하나의 대 가정을 형성한 것이다. 이로부터 우리는 '태극(太極, 이는 중국과 인도의 장점이 결합된 문화이다)'을 연상하게 되며, '태극도'(☯)를 연상하게 된다. '태극도'에서 '음'과 '양'을 상징하는 백과 흑, 서로 끌어안은 두 마리의 물고기('음양어[陰陽魚]'라고 부름)가 바로 '중국문명권'내 '문명의 길'발전에 대해 묘사한 것이다.

첫째, 중국분명의 발전은 대외로 확장하지 않았다는 것과 '민족국가'세계의 발전과는 다르다는 것을 설명한다. 둘째, '태극도'에서 묘사한 '중국문명권'은 '태양계'가 아니므로 행성이 태양을 에워싸고 도는 구도가 존재하지 않는다. 이 또한 '민족국가'세계의 발전과는 다른 점이다. '중국문명권'의 특성에 대해 이런 정도로 인식한 뒤에 다음 장절에 가서 진 · 한(秦漢)시기에서 현대중국의 발전에 이르기까지 역사에 대해 토론하면 이해하기가 쉬울 것이다.

종합적으로 중국문명 발전의 특점은 창장과 황허가 창조한 '지리공동체'속에서 '민족국가'발전의 선율이 존재하지 않는 '문명공동체'가 형성되었다는 것이다. 그 '문명공동체'는 처음부터 '경제공동체'와 '사회공동체'의 성격을 띠었다. 춘추전국시대에 이르러 그 중국 '문명공동체'는 또 '정치공동체'의 조건까지 갖추어 진 · 한 대통일의 국면을 위한 기반을 갖추게 되었다. 이 모든 발전은 '민족국가'발전의 선율을 초월한 것이다. 이는 우리가 '민족국가'의 렌즈를 버리고 '문명의 길'의 렌즈로 중국역사를 읽고 이해할 것을 요구하고 있으며, 중국의 이야기를 잘할 것을 요구하고 있다.

제2장

진 · 한시기: 대통일을 이룬 중국 운명공동체의 제 1판

제2장
진 · 한 시기 : 대통일을 이룬 중국 운명공동체의 제1판

자고로 광활한 중국 '지리공동체'내에서의 문명의 발전은 마치 온 천지에서 반짝이는 수많은 점점의 불꽃과 같았다. 위 장절에서는 중국 최초의 직립원인인 '우산원인'과 '중국'의 표지가 확정되기 전에 나타난 태양신을 숭배하는 삼성퇴문명, 그리고 또 황허 중하류 및 기타 지역에서 치수에 나선 대우에 이르기까지 모두 창장과 황허의 발원지와 가까운 쓰촨에서 나타났다고 언급하였다. 그러나 성인 공자는 황허가 바다로 흘러드는 '노나라(魯)'(산동)에서 태어났으며, 게다가 공자는 "제나라가 한번 변해 노나라와 같은 나라가 되고, 노나라가 한번 변해 도가 있는 나라가 되게 해야 한다(齊一變至於魯, 魯一變至於道)"는 이상을 품고 있었다. 이런 측면에서 볼 때 황허와 창장 두 끝이 능동력이 뛰어난 반면에, 이른바 중원은 상대적으로 평온하였다고 할 수 있다. 기원전 3세기에 이르러 또 황허의 발원지와 가까운 간쑤 · 산시 일대에서 중국 '문명공동체'를 대통일된 정체로 만든 강대한 동력인 진나라가 나타났다. 창장과 황허가 창조한 지리환경 속에서 발전한 '사람 됨됨이의 도'가 바로 '민족국가'의 길을 피하고 '문명의 대로'를 걷게 했던 것이다.

중국은 기원전 221년부터 대통일의 국면을 이루기 시작하였다. 이는 로마제국보다 200여 년이 앞선 것이며, 그때 당시 세계에서 가장 강대한 정치집단이었다. 만약 세계 '민족국가'발전의 길을 따라 걸었다면 끊임없이 대외적으로 확장해 다른 나라를 정복하였을 것이며, 결국 굴기 - 전성기 - 쇠퇴의 3단계를 거쳤을 것이다. 그러나 중국은 그렇게 하지 않았다. 한걸음 더 나아가 살펴보면 진나라가 천하를 통일한 후 2200여 년 동안 중국 본토의 통치 과정에서 대외적 침략확장의 실력을 갖추었던 강대한 국면은 오직 진(15년) · 한(422년, 말기에 나타난 '삼국'으로 분열되는 20년을 뺀 시기) · 수(38년) · 당(288년) 4개 조대에 걸쳐 나타났으며, 총 743년에 걸쳤다.

명나라(268년)의 군사실력은 그때 당시 세계에서 패권자라고 칭하기가 어려웠고, 송나라는 제 몸도 보전하기 어려웠으며, 영토를 잃지 않았던 시기는 겨우 전기의 168년간뿐이었다. 그밖에 1000년간 중국은 완전히 외부 민족의 통치를 받지 않으면 창장 이남지역까지 밀려나 방어하는 태세를 취하는 바람에 화북(華北)지역은 중국 본토 정부가 다스리는 영토가 아닌 땅으로 바뀌었다. 객관적으로 볼 때 중국은 '민족국가'세계의 무대에 올라 굴기 - 전성기 - 쇠퇴의 3부곡을 연주할 수 있는 조건을 갖추지 못하였음을 이 부분의 역사가 명확하게 설명해준다. 기원전 4세기 후반에 그리스의 위대한 철학가 아리스토텔레스의 제자 알렉산더 왕(기원전 356~기원전 323)이 유사 이래 가장 유명한 '정복자'가 되어, 인류역사상에서 무력을 휘둘러 전쟁을 일삼으며 위세를 부리고 패권을 부르짖는 '민족국가'발전의 길을 열었다. 알렉산더가 본보기가 되어 2천여 년간 서양의 수천 수백만 야심가들을 부추긴 탓에 기원 원년부터 4세기말까지 로마제국이 전 유럽을 '전쟁대륙'과 지구의 '탄약고'로 몰아넣었다. 그렇게 21세기에 이르러서 유럽연합이 공고해진 뒤에야 비로소 '평화 유럽'이라는 칭호를 얻을 수가 있었다. 서반구는 알렉산더시기부터 유럽연합이 견고해지기까지 2천여 년 동안 유라시아대륙 양쪽 끝에 각각 위치하여 서로 대칭되어 있던 '서양'유럽과 '극동'중국은 완전히 반대되는 방향으로 달려왔다.

중국은 서양세계가 이해할 수 없는(심지어 중국인 스스로조차도 아리송한) 매우 특별한 '문명의 길'을 걸어왔다. 필자가 그 중국의 길을 '문명의 길'이라고 부르는 이유는 주로 그 길이 전쟁 · 침략 · 정복 · 합병을 동반한 무력을 휘둘러 전쟁을 일삼으며 위세를 부리고 패권을 부르짖는 '민족국가'발전의 길과 서로 반대되는 방향으로 향했기 때문이었다. 물론 그 길에 한 번도 무력을 사용하지 않았거나 전쟁이 없었다는 말은 아니다. 더욱이 중국은 외딴 섬이 아니라 지구의 유기적인 구성부분이라는 사실도 보아야 한다. '민족국가'발전의 길이 지배적인 지위를 차지한 지구상에서 중국의 '문명의 길'은 매 순간 '민족국가'발전의 길에서 오는 도발과 제약을 받았으며, 끊임없이 위기 상황에 직면하였다.

1. 진나라는 중국문명 발전의 이정표

앞에서 언급하였던 전 세계에서 가장 이름난 정복자 알렉산더의 이름은 세계 각국의 수많은 일반인들에게 채용되었다. 2천여 년 간 사람들은 그를 줄곧 '위대한 알렉산더'라고 불렀다. 그리스 민간에서는 천년 이상 전해져 내려오고 있는 전설이 있다. 바다에서 배가 풍랑을 만나게 되면 인어가 나타나 배 위에 탄 사람들에게 "알렉산더 왕이 아직 살아 계시느냐?"라고 묻는다고 한다. 만약 "알렉산더 왕이 아직 살아 계시고 매우 건강하며 세계를 통치하고 있다."라고 대답하면, 바로 바람이 잦아들고 파도가 멎는다고 한다. 그러나 만약 그렇게 대답하지 않는다면, 인어는 배를 뒤집어엎어 배와 배 위에 탄 사람을 모조리 바다에 빠뜨려버리곤 한다는 이야기이다.

중국을 통일시킨 진시황의 전적은 알렉산더 왕에 견줄 수 있고, 그의 정치적 업적은 알렉산더 왕을 훨씬 능가하지만, 진시황을 '위대한 진시황'이라고 부르는 사람은 없으며, 더욱이 "진시황이 아직 살아 계시는지" 관심을 기울이는 인어는 더더욱 없다. 진시황이 6국을 멸했던 전쟁의 규모는 비록 크지만 사람들은 그저 '중국문명권'내의 정치적 조정으로 간주할 뿐이다. 이는 중국문명 발전에 대한 인식이 부족하기 때문이다. 중국 발전의 3부곡은 먼저 '지리공동체'가 생긴 다음 '문명공동체'가 형성되고, 한걸음 더 나아가 사회 · 정치 · 경제 · 문화가 일체화된 대통일의 '운명공동체'를 창조한 것이다. 그 마지막 단계이면서, 또 최고의 단계는 5천 년 중국문명 발전 과정에서 최대의 포인트였던 것이다.

진나라가 돌연 흥기해 중국을 통일하다

초기에 진나라는 주나라의 느슨한 연맹 중 보잘 것 없는 나라에 불과하였으며 중원이 아닌 서부 변경(오늘날 간쑤 · 산시 일대)에 위치해 있었다. '진'은 민족의 표지가 아니며, 진시황이 멸한 6국(한[韓] · 조[趙] · 위[魏] · 초[楚] · 연[燕] · 제[齊])도 모두 민족의 표지가 아니다. 진나라 민족의 유래에 대해서 학자들 사이에서도 의견이 서로 엇갈리고 있다. 진나라 사람이 '동이(東夷)'의 후예라는 주장이 보편적이다. 그러나 진나라 민족의 유래에 대해 연구한 적 있는 현대 역사학자 멍원통(蒙文通, 1894~1968)은 진나라 사람이 강(羌)족의 후예일 가능성이 있다고 주장하였다. 이는 제1장에서 논한 바 있는 대우가 강족에 속한다는 사실과 서로 맞물린다. 산시(陝西)성의 '병마용'에서 발굴한 토우(土偶, 흙으로 만든 사람이나 동물의 상)를 보면 얼굴형과 머리 모양이 다양한 것을 발견할 수 있다. 이는 진시황의 군대가 서로 다른 여러 인종으로 구성되었으며, 어느 한 '민족국가'의 무장 세력이 아니었다는 사실을 설명해주고 있다.

주나라시기 느슨한 연맹 중 진나라는 원래 낙후하고 약소한 나라였다. 진나라가 흥기한 데에는 진목공(秦穆公, ?~기원전 621) · 진효공(秦孝公, 기원전 381~기원전 338) · 상앙(商鞅, 기원전 390~기원전 338) 등 세 인물의 공적이 크다. 진목공 영임호(嬴任好)는 춘추시기 이름이 널리 알려진 지방 통치자 5인('춘추오백[春秋五伯]'혹은 '춘추오패[春秋五覇]'로 불림) 중 한 사람으로 인정받았다.

이들 '춘추오패'는 그들이 나타난 순서에 따라 차례로 제환공(齊桓公) 강소백(姜小白, 기원전685~기원전643년, 제나라를 통치함) · 송양공(宋襄公) 자자보(子茲甫,기원전650~기원전637년, 송나라를 통치함) · 진문공(晉文公) 희중이(姬重耳, 기원전636~기원전628년, 진(晉)나라를 통치함) · 초장왕(楚莊王) 미려(羋旅, 기원전613~기원전591년 초(楚)나라를 통치함) · 진목공 영임호(기원전659~기원전621년, 진나라[秦]를 통치함)이다. 진효공 영거량(嬴渠梁, 기원전361~기원전338년 진나라(秦)를 통치함)은 4명의 무능한 통치자 이후에 진나라를 부흥시킨 진나라 왕이다. 그는 기원전 361년에 즉위한 뒤 반포한 유명한 「구현령(求賢令)」에서 이렇게 말했다. "빈객과 뭇 신하들 중 기묘한 책략을 내 진나라를 강성하게 하는 이가 있다면, 짐은 그를 높은 벼슬을 주고 그에게 땅을 나눠줄 것이다.(賓客群臣有能出奇計強秦者, 吾且尊官, 與之分土。)" 상앙(공손앙[公孫鞅]이라고도 불림, 기원전390~기원전338)이 바로 진효공의 「구현령」에 호응해 위나라(衛國)에서 진나라로 가서 '진나라의 강성'을 도운 정치가이다. 그는 진효공의 중용을 받아 일련의 법률제도를 제정하였는데, 역사상에서 이를 '상앙변법(商鞅變法)'이라고 부른다.

그는 "백성이 약해지면 나라는 강해지고, 백성이 강해지면 나라는 약해진다(民弱國强, 民强國弱)"는 사유에 따라 법령을 제정하여, 그 법령을 엄히 집행함으로써 귀족들이 무법천지로 행사하는 현상을 제지시키고 나라의 통치효력을 강화하였다. 상앙을 '법가(法家)'의 선두주자로 보는 사람들이 매우 많은 이유이다. 그는 "농업을 중시하고 상업을 억제하는(重農抑商)"정책을 펴 남정네들은 농사를 짓고, 여인네들은 천을 짜도록 권장하였다. 상앙이 있어 진나라는 충분한 실력을 갖춘 강국으로 일약 성장하였다. 만약 구체적인 인물에 주목하지 않고 진나라가 갑자기 흥기해 중국을 통일한 것을 중국문명 발전의 필연적 법칙이라고 볼 때, '상앙변법'은 마치 먼저 진나라에서 시행된 뒤 2대 강에 의해 윤곽이 형성된 '천하'로 널리 보급된 것과 같다. 이로 볼 때 공자가 말한 "제나라는 한번 변해 노나라와 같은 나라가 되고, 노나라는 한번 변해 도가 있는 나라가 된다는 것"은 신기루에 불과할 뿐이며, 진나라의 흥기와 진시황의 중국 통일은 현실 속에서 구체적으로 이루어진 것으로, 공자가 제시한 방향에 따라 실질적으로 앞으로 나아간 것이었다.

기원전 259년에 태어난 영정(嬴政)은 13세에 진나라 왕에 즉위하여, 39세에 전 중국의 '황제'가 되었으며, 세계 최초로 천신(옛날 중국의 삼황오제[三皇五帝])의 이름으로 군주를 자칭하였다. 그가 '시황제(始皇帝)'를 자칭한 것은 자손만대로 그의 존위와 대업을 영원히 이어갈 수 있기를 바라는 마음에서였다고 전해지고 있다. 그런데 결국 그의 아들인 '2세'가 즉위한 지 3년 만에 무너지고 말았다. 그러나 역사는 그가 '시황제'임이 틀림없음을 증명해주고 있다. 그는 중국의 '시황제'일 뿐만 아니라 세계의 '시황제'이기도 했다. 그는 중국문명사에 새로운 한 장을 열어놓았던 것이다.

진시황은 중국의 대통일을 이룬 시조로서 중국의 정치형세에 천지개벽의 변화를 가져다주었으나 악명도 얻게 되었다. 새 중국 건국 초기에 중국공산당을 진시황과 같다고 비평하는 민주 인사들의 말에 마오쩌둥(毛澤東)은 공산당이 진시황을 백배 초과했다고 유머러스하게 받아넘겼다. 중국공산당은 중화인민공화국을 세우면서 중국의 정치형세에 또 다른 천지개벽의 변화를 가져다주었다. 중국문명의 전반적인 발전을 볼 때, 진시황이 세운 통일된 중국과 공산당이 세운 중화인민공화국은 두 차례의 역사의 변곡점이라고 할 수 있다.

위의 장절에서 진나라 때부터 중국은 '제나라'를 대표로 하는 '민족국가'식 발전의 길을 피해 '노나라'를 대표로 하는 문명발전의 길에 들어섰다고 언급했었다. 진나라는 전쟁과 정복의 과정 속에서 세워진 것이며, 건국 후에도 정복전쟁이 여전히 끊이지 않은 것은 마치 '제나라'를 대표로 하는 '민족국가'식 발전의 길과 별반 차이가 없어 보인다. 그러나 이는 표면적인 현상일 뿐, 진나라가 중국의 대통일된 국면을 창조한 것은 중국 정치의 대혁명이라고 할 수 있다. 그리고 또 '진 · 한(秦漢)'두 조대는 갈라놓기가 매우 어렵다.

한나라는 진나라가 창조한 중국 모젤을 토대로 개선되었다. 그래서 우리는 중국의 "제나라가 한 번 변해 노나라와 같은 나라가 되는 과정"에 대해 논할 때 진나라를 제외할 수 없는 것이다. 진 · 한은 동일한 단계라 할 수 있다. 마치 수 · 당(隋唐)이 동일 단계였던 것과 마찬가지였다.

중국의 대통일은 의미가 뛰어나다

'천고일제(千古一帝, 천년에 한번 나올까 말까한 황제 - 역자 주)'로 불리는 진시황이 대통일의 중국을 실현해 쌓은 위대한 업적에 대해 강조할 필요가 있다. 중국 대통일의 중요한 의미는 다음과 같은 세 가지로 종합할 수 있다.

첫째, 수천만 년을 거쳐 중국이라는 '지리공동체'가 '문명공동체'로 서서히 발전하였고, 진시황은 짧은 몇 십 년 안에 '문명공동체'를 또 진일보적으로 사회 · 정치 · 경제 · 문화의 '운명공동체'로 발전시켰는데, 이는 비약적인 발전이라고 할 수 있다. 사람들은 '중국문명권'내에서 '입천(立天)의 도리' · '입지(立地)의 도리' · '입인(立人)의 도리'를 널리 시행하였다. 진시황이 세운 대통일된 '중국'은 '입인의 도리'를 힘써 행하였음을 상징한다. 그는 '서동문(書同文,통일된 문자)', '거동궤(車同軌, 통일된 교통운송 환경)', '행동륜(行同倫, 통일된 윤리도덕과 행위규범)'이 일체화된 나라를 세웠다.

위 장절에서 공자에 대해 논할 때도 그가 '자연적으로 이루어져 더 다듬을 필요가 없는"입천의 도리'와 '입지의 도리'를 토대로 하여 '입인의 도리'를 추가하였다고 주장하였다. 더욱이 공자의 '수신', '제가', '치국', '평천하' 이론을 '운명공동체'를 건설하는 가르침으로 해석하였다. 이로 볼 때 진시황과 공자는 서로 다른 측면에서 중국문명건설 대업에 기여하였음을 알 수 있다. '문명의 길'의 각도에서 보면 진시황과 공자는 상부상조했던 것임을 알 수 있는 것이다. 선진(先秦)시기에 토지 소유권은 '왕의 소유(王有)'였는데, 진나라 때에 이르러 '나라 소유(國有)'로 바뀌었다. 얼핏 보기에 매우 간단해 보이는 개혁이 관념의 진화를 상징하고 있음을 알 수 있다. 『대학(大學)』에 따르면 '수신 - 제가 - 치국 - 평천하' 과정이 춘추전국시기에는 여러 '왕'이 통치하고, '왕'의 가문의 세습이었으며, '제가 – 치국' 단계에 머물러 있었다고 말할 수 있다. 진시황은 '왕의 소유'를 '나라 소유'로 바꾸고 중국을 통일하였으며, 또 선진시기의 추상적인 '천하'를 자신의 통치영역으로 바꿈으로써 이미 '치국 – 평천하'단계에 들어섰다고 말할 수 있는 것이다.

선진시기에 '천명(天命)'은 매우 추상적인 것이었다. 진시황이 전국 옥새를 만들어 옥새에 "수명어천, 기수영창(受命於天, 既壽永昌, 하늘로부터 명을 받아 [황제가 되었으니], 마땅히 백성들이 장수하고 국운이 영원히 오래오래 번창하게 하리라는 뜻)"이라고 새겼는데, 이는 자신이 '천명'을 손에 쥐고 있음을 의미한다고 전해지고 있다. 옥새에는 진시황의 승상인 이사(李斯)가 쓴 "수명어천, 기수영창"이라는 전서체 여덟 자가 새겨져 있다. 진나라가 멸망한 뒤, 중국 군주들은 서로 다투어 그 전국 옥새를 차지하려고 하였는데 결국 실전되고 말았다. 그러나 그 인감 도형은 사서에 남아 진시황의 "하늘의 명을 받아"라는 관념을 이어오게 했다.(그림4)

그림4 인터넷상에서 전해지고 있는 전국시대의 옥새

위의 장절에서 우리는 갑골문의 '천(天)'자 도형 (𠀘) 과 '입(立)'자 도형 (立)에 대해 탐구하면서, 중국의 '천하'가 "사람이 천하에 존재하는 것(人在天下)"일 뿐 아니라 '사람에게 달린 천하(人爲天下)'라는 것, 중국문명은 '자유로운 문명(自在的文明)'일 뿐 아니라 '자발적 문명(自爲的文明)'이라는 결론을 얻어냈다. 진시황의 전국 옥새는 이 결론을 증명할 수 있는 증거를 보태주었다. 다시 말하면 진시황이 대통일의 중국을 세운 위대한 업적을 통해 중국의 '자발적 문명'을 형상적으로 펼쳐보였던 것이며, 대통일의 중국은 '문명의 길'을 걸어왔음을 설명하는 것이다.

둘째, 진시황은 춘추전국시기 중원을 근거지로 삼아 지키던 국한성을 타파하였다. 그는 초나라를 멸한 뒤 한 걸음 더 나아가 창장유역 대면적의 지역을 중국 판도에 포함시켰으며, 더욱이 기원전 218년에 파병해 영남(嶺南, 현재의 광동[廣東] · 광시[廣西] 일대)을 정복하였다.

전쟁 중에 군대는 군량과 마초의 공급이 어려운 상황에 처하게 되자 기원전 217년에 이름이 '녹(祿)'인 감어사(監御史, '사록[史祿]'이라고 불림)를 파견해 오늘날 광시 궤이린(桂林)시 싱안(興安)현 경내에서 샹장(湘江)과 리장(漓江) 두 강을 잇는 링취(靈渠)운하를 건설하는 공사를 진행하도록 함으로써, 양광(兩廣, 광동과 광시)의 주장(珠江)을 창장의 지류로 만들어 창장유역을 광시와 광동까지 연장시켰다.

이는 세계 최초의 운하이며, 오늘날 전국 중점 문물 보호기관이 지정한 문물보호지역이 되어 관광명소가 되었다. 기원전 214년~기원전 213년 사이에 진시황은 장기간 중국의 북부지역을 침범해 소란을 피워오던 흉노족을 정벌하고자 파병해 북벌전쟁을 일으켰다. 그리고 장성을 건설하였는데 그 목적은 흉노족 경기병이 네이멍구(내몽고)에서 간쑤에 이르는 화북지역을 시간과 장소를 가리지 않고 멋대로 침범하는 것을 막기 위해서였다. 진나라는 중원과는 멀리 떨어진 서북에서 흥기하였으며, 진시황이 셴양(咸陽, 오늘날 산시성 경내)을 수도로 정하고, 또 중원의 세력가들을 수도 부근으로 이주시켰다.

한나라는 진나라를 본받아 산시성의 새 도성인 장안(長安, 오늘날 시안[西安])을 개발해 수도로 정하고, 중국의 정치 중심을 서부로 옮겼다. 진시황도 통치를 쓰촨으로 연장하였다. 분명한 것은 진시황이 일으킨 진 · 한 정벌전과 영토 확장은 세계에서 패권을 부르짖으며 악성적인 팽창을 일삼는 '민족국가'의 길과는 다른 것이었으며, 창장과 황허가 지구상에서 형성한 범위에 따라 '중국문명권'(혹은 중국 '문명공동체')을 충실히 하고 공고히 하였으며 강성하게 했던 것이다.

셋째, 우리가 살아가는 세계가 '민족국가'발전의 지배를 받고, 강자가 약자를 괴롭히고, 머릿수가 많은 집단이 머릿수가 적은 집단을 업신여기며, 큰 물고기가 작은 물고기를 잡아먹는 국제관계의 주선율 속에서 흔들리고 있는 이상, 중국이 통일되고 방대해질수록 우위를 차지할 수 있다. 그렇지 않으면 중국은 불쌍한 약자가 되어 도태되어 버려질 수가 있다. 중국이 확장과 정복 · 병탄의 잘못된 길만 걷지 않는다면, 남들이 방대한 중국을 멸망시키는 것은 불가능한 일일 것이다. 이는 즉 중국이 대통일의 선결조건을 갖추었기 때문에 2천여 년의 발전 역사가 한 번도 중단되지 않고 꾸준히 이어질 수 있었음을 말해준다.

우리가 위의 장절로부터 꾸준히 강조해온 "자연적으로 이루어져 더 다듬을 필요가 없는 (창장과 황허가 형성한 중국의 윤곽)", '입천', '입지', '입인'의 도리는 선진시기 수 천 년에 걸쳐 축적해온 지혜로써 모든 일이 다 준비되었는데, 다만 동풍이 불지 않았을 뿐이라고 말할 수 있다. 결국 진시황이 나타나 '천하'를 대통일을 이룬 중국으로 바꾸어놓음으로써 비로소 동풍이 불어 큰일을 성사시킬 수 있었던 것이니, 곧 진시황이 큰 공을 세운 것이라 할 수 있다.

진시황이 중국을 통일한 후 방대한 판도가 중앙집권의 가족통치에 속하게 되었다. 현재 일반론자들은 모두 그 정치체제를 '제국'이라고 부른다. 그들은 그 '제국'이 세계상의 기타 제국, 예를 들면 로마제국 · 러시아제국 · 대영제국 등과 본질적인 차이가 있다는 점을 미처 발견하지 못하고 있다. 그 주요 차이는 로마 · 러시아 · 대영제국 등은 모두 "나라 안에 나라가 존재하는 것"으로서, 모두 하나의 통치 민족이 기타 부속 민족국가를 지배해 하나의 정치체제 속에서 발전하는 형태이다. 그러한 정치체제는 높은 등급과 낮은 등급의 복합체로서 '중심/종주'(centre/metropole)와 '변두리'(periphery) 두 개의 세계가 존재한다. 민족에 대한 압박과 민족 간 갈등이 그런 '민족국가'제국의 주선율이 된다. 중국에서 진시황시기에 시작된 제국은 "나라 안에 나라가 있는 것"이 아니며, 한 민족이 기타 부속 민족국가를 지배해 하나의 정치체제 속에서 발전하는 형식이 아니었다. 중국의 제국 정치체제는 높은 등급과 낮은 등급의 복합체가 아니며, '중심/종주'와 '변두리'라는 두 개의 세계가 존재하지 않으며, 민족에 대한 압박과 민족 갈등은 더욱이 존재하지 않는 것이다.

앞에서 기원전 217년에 진시황의 군대가 샹장과 리장 두 강 사이를 뚫어 서로 통하게 함으로써 '주장'을 '창장'의 지류로 만들었다고 언급하였다. 이는 진시황이 창장과 황허에 의해 자연적으로 중국의 윤곽을 형성하려는 의도를 현실로 바꾸었을 뿐만 아니라, 그 윤곽을 중국 남부 해안선까지 확대하였음을 상징한다. 그렇게 되면 원래는 그 윤곽이 산동과 장쑤(江蘇) 두 개의 성에서만 해안선에 닿게 되었는데, 진시황 시대에는 또 그 윤곽이 광시와 광동 두 개의 성까지 해안선이 이어지게 되었던 것이며, 중국 동남부의 저장과 푸젠 두 개 성의 해안선은 자연스럽게 그 윤곽에 포함됨으로써 창장과 황허가 형성한 중국의 윤곽이 태평양 서해안까지 연장되었던 것이다.

기원전 200여 년 시대에는 각성한 '민족국가'가 별로 많지 않았기 때문에 중국은 안정 속에서 태평양 서해안의 최대 국가로 될 수 있었으며, 세계 10대 하천 중 2갈래(사실은 세계 5대 하천 중의 2갈래)를 단독으로 소유할 수 있었다. 이는 매우 중요한 지리적 이점이었다. 중국은 '히말라야권'과 '중국문명권'의 '천명'을 받아 2갈래의 큰 강을 품에 안았으며, 전 세계의 양해와 승인을 받았다. 이는 매우 예사롭지 않은 일이다. 중국은 마땅히 하늘과 땅에 감사해야 하고 세계 인류에게 감사해야 하며, 또 진시황에게 감사해야 한다. 예사롭지 않은 이들 현상은 모두 그의 공덕이었던 것이다.

진시황이 중국의 사회 · 정치 · 경제 · 문화의 공동체를 수립한 후, 지구상에는 자각적으로, '문명의 길'을 걷는 '천하'식 대국이 나타났다. 그 대국의 독특한 점은 창장과 황허유역에 형성된 '지리공동체'안에서 종적으로만 발전할 뿐, '민족국가'들처럼 국경 밖으로 횡적인 영토 확장을 진행하지 않았다는 점이다. 그 대국도 주변의 인접 국가들과의 사이에서 가끔씩 모순과 전쟁이 일어날 때가 있었지만(주로는 인접 국가들의 도발로 인해 발생함), 대체로 평화적으로 공존해 왔다.

앞으로 탐구 과정에서 인접 국가들이 중국을 침범한 경우가 중국이 인접 국가를 공격한 경우보다 많았다는 분명한 현상을 발견할 수 있을 것이다. 본 장절 앞부분에서도 언급했다시피 중국이라는 '운명공동체'는 자신을 정확히 알고 있기 때문에, 대외 확장 동력과 능력이 부족함을 알고 '민족국가'의 정복의 길을 걷지 않았던 것이다. 그렇기 때문에 2200여 년간 그 대통일된 중국은 세계무대 위에서 굴기 – 전성기 – 쇠락이라는 3부곡을 단 한 번도 연주한 적이 없었던 것이다.

진시황은 '폭군'이었는가?

진시황은 생전에 인간세상에서 최고의 권위를 누렸지만 그가 죽자마자 사람들은 그의 말을 따르지 않았다. 그의 부하들(승상 이사와 조고[趙高] 등)은 공자 부소(扶蘇)에게 수도로 돌아와 후사를 치르게 하라는 그의 유조(遺詔, 임금의 유언)를 불살라 버리고 막내아들 호해(胡亥)에게 왕위를 물려준다는 조서를 위조하였다. 가장 불쌍한 것은 진시황이 세상을 뜬 소식을 감추기 위해 사구평대(沙丘平臺. 오늘날 허베이[河北]성 싱타이[邢臺]시 광종[廣宗]현)에서 붕어해 심장이 멎은 진시황을 여전히 의관을 단정히 하게 하여 임금이 타는 수레에 앉혀 무더운 날씨에 허베이에서 밤낮을 이어 달려 산시까지 서둘러 돌아온 것이다. 그의 시신을 뉘여 안장할 때 온 몸이 이미 부패가 심해 썩은 내가 진동하였다고 한다. 그에게는 너무나도 어울리지 않는 결말이었다. 무릇 위대한 인물들에게는 어려운 일이 하나씩 있는 법인 것 같다. 진시황도 "황금 가운데 순금은 없고, 사람 가운데 완벽한 사람은 없다"는 속담을 피해갈 수 없었을 것이다. 앞에서 필자가 진시황의 위대한 업적에 대해 강조하였다 하여 그가 저지른 잘못까지 용납하는 것은 아니다.

중국 사서에서 전해지고 있는 진시황의 가장 중대한 잘못은 바로 '분서(焚書)'와 '갱유(坑儒)'이다. '분서'는 기원전 213년에 일어난 일이며 주로 '유가'의 경전을 불살라 버린 것이다. 경전들을 불살랐을 뿐 아니라 '협서령(挾書令)'까지 반포해 민간에서 경전을 소장하는 것을 금지시켰다.

그 '협서령'은 한고조(漢高祖)시기에도 여전히 존재하였으며, 후에 한 혜제(漢惠帝)가 폐지하였다. 한문제(漢文帝) 때에 일부 노학자들이 옛 경전을 외워 새로 통용되던 문자(소전[小篆]과 예서[隷書])로 베껴내 '금문경(今文經)'을 만들었다. 그 후 오래 된 가옥을 허물면서 진시황 '분서'의 화를 모면한 춘추전국 시대 문자로 된 경전들이 발견되었는데 이를 '고문경(古文經)'이라고 불렀다. 그렇게 하여 비로소 공자 · 맹자와 같은 성인들의 경전을 회복할 수 있었다. 그 '분서'의 난을 겪으면서 틀림없이 수많은 문명의 유산들이 상실되었을 것이지만 그 상세한 상황에 대해 조사한 사람은 아무도 없다. '갱유'는 기원전 212년에 발생하였으며, 역사적으로 "금기를 범한 자 460여 명"이 생매장당한 것으로 알려져 있다. 그 사건에 대해 줄곧 쟁의가 존재하는데, 사실 여부를 의심하는 사람도 있다. 매장당한 피해자에 대해서도 여러 가지 설(매장당한 이들이 영약과 법술로 진시황을 속인 적이 있는 '술사'들이라는 설도 있고, 피해자가 '모두 공자를 칭송하고 본받은 유생들'이라는 설도 있음)이 있다. 진실이 무엇인지를 불문하고 '갱유'는 잔인한 처벌로서 중국문명사에서 하나의 큰 오점으로 남았다.

진시황이 폭군이냐 아니냐는 질문에 '옳다'혹은 '아니다'로 단순하게 대답하기가 매우 어렵다. 거시적이고 전면적인 각도에서 시대적 정치배경과 연결시켜 보아야 할 것이다. 다음과 같은 네 가지 방면에서 탐구해 보도록 하자.

첫째, 중국 최초의 위대한 사학자 사마천(司馬遷)은 『사기 · 진시황본기(史記 · 秦始皇本紀)』에서 진시황에 대해 다음과 같이 평론하였다. "진시황은 탐욕스럽고 비열한 심성을 지녔으며, 개인적인 의견만 내세우며 공신을 신임하지 않고, 백성을 가까이 하지 않았으며 인의치국의 원칙을 포기하고, 개인의 권위를 수립하였으며, 고전서적이 널리 전파되는 것을 금지시키고, 잔혹한 형법을 적용하였으며, 권모술수와 폭력을 앞세우고, 인의를 뒷전으로 하였으며, 천하를 통치함에 있어서 포학함을 앞세웠다.(秦王懷貪鄙之心, 行自奮之智, 不信功臣, 不親士民, 廢王道, 立私權, 禁文書而酷刑法, 先詐力而后仁義, 以暴虐為天下始。)"

그는 『사기 · 이사열전(史記 · 李斯列傳)』에서 "법률제도를 명확히 하고 법령을 제정한 것은 모두 진시황 때부터 시작되었다.(明法度, 定律令, 皆以始皇起。)"라고 했다. 서로 모순되는 이 두 단락은 변증법적 관점을 말해준다. 당나라의 유종원(柳宗元)이 쓴 「봉건론(封建論)」이라는 글에는 이런 구절이 있다. "진나라가 천하를 통일한 후 제후국을 두지 않고 군현(郡縣)을 설치하였으며, 제후를 폐지하고 군현 장관을 파견 임명하였다. 진나라는 천하의 험요한 지세를 차지하고 전국의 상유(上游)에 수도를 세우고 전국을 통제하면서 전체적 국면을 장악하였다. 이는 진나라의 긍정적인 일면이다. 그런데 몇 년이 지나지 않아 천하가 크게 어지러워졌는데 거기에는 원인이 있다.

진나라는 여러 차례나 정벌전쟁을 일으켜 만을 헤아리는 백성을 징용해 전쟁으로 내몰았고, 형법이 갈수록 잔혹해졌으며, 재력을 다 소비하였다. 결국 징벌을 받아 국경지역을 지키게 된 호미와 막대기를 든 사람들은 서로 눈빛만 교환해도 연합하여 무리를 지어 분노의 함성을 지르며 진나라 통치에 반기를 들기에 이르렀다. 그때 당시에는 반란을 일으킨 백성만 있을 뿐 모반을 일으킨 관리는 없었다. 백성들은 사회 최하층에서 진 왕조를 증오하였고 관리들은 상위층에서 조정을 두려워하였다. 전국 곳곳에서 서로 단합해 군수(郡守)와 현령(縣令)을 죽이고 약탈하는 사건들이 사처에서 잇달아 일어났다. 그 잘못은 백성의 원한을 불러일으킨 것이며 군현제의 잘못은 아니었다."이 또한 진시황에 대해 변증법적으로 평가한 구절이다. 전체적인 관념에서 볼 때 진시황의 사적은 '대단하다'고 말하는 한편 진시황의 일부 방법은 '취할 바가 아니다'라고 말할 수 있다.

둘째, 진시황의 통치시기에는 6국 군주의 후대가 고용한 자객들을 대처해야 하였는데, 그 위험은 전무후무한 것이었다. 진시황이 한 일은 천지개벽의 사업으로서 전통적인 기득권층의 이익에 손해를 끼쳤고 파괴하였다. 따라서 사활이 걸린 투쟁과 폭력은 불가피한 것이었다. 진시황이 통치과정에서 폭력을 사용한 것과 그가 직면한 첨예한 정치투쟁 사이에는 상호작용하는 힘이 존재하였다. 물리의 기본법칙은 내리 누르는 힘이 클수록 반발력도 크다는 것이다. 진시황 통치기의 큰 특점 중의 하나가 바로 범죄자가 많았다는 것인데, 감옥이 죄수들로 넘쳐날 지경이었다.

한나라의 창시자 한 고조(漢高祖) 유방(劉邦)은 원래는 진시황이 관리하던 지방의 작은 관리였는데, 죄수들을 압송하는 과정에서 직책을 다하지 못해 맡은 바 임무를 완성하지 못하게 되자 아예 죄수들을 모두 풀어주고 자신은 진나라에 반기를 든 봉기군에 의탁하였다. 그리고 또 서생 정막(程邈, 기원전 3세기)은 진시황의 비위를 거슬러 옥살이를 하게 되었는데 옥중에서 하급 관리들이 이사(李斯)가 창조한 그림과 같은 소전(小篆)을 사용하면서 너무 고생스러워하는 것을 보고 쓰기도 쉽고 알아보기도 쉬운 예서(隸書)를 창조해냈다. 이는 마침 진시황이 정부의 업무 효율을 높이는 데 절박하게 필요한 일이었다. 진시황은 예서를 채택하였을 뿐 아니라, 정막을 감옥에서 빼내 옥리들을 관리하는 어사에 봉했다. 그 에피소드는 진시황이 폭군이 아니라 훌륭한 군주임을 설명해준다.

셋째, 진시황이 죽자 천하가 크게 어지러워진 사실은, 한편으로는 진시황이 비범한 통치능력을 갖추었음을 설명하고, 다른 한편으로는 그가 실행한 강압정책은 파멸로 향하는 길임을 설명해준다. 한나라는 진나라가 통일시키고 건설한 구조와 체제를 답습한 뒤 진나라가 실패한 교훈을 받아들여 백성들을 압박하던 여러 가지 조치를 완화함으로써 중국의 대통일 국면을 안정시키고 공고히 하였다. 한나라가 완화 조치를 실행하자 진나라 통치의 포학함이 더욱 뚜렷하게 드러났다.

이 또한 역사적으로 진시황의 '폭군'이미지가 형성된 객관적인 원인이기도 하다. 이는 중국문명 발전에서의 자아갱신 현상이다. 한나라는 계승자로서 선인의 경험과 교훈을 거울로 삼아 지혜로워질 수 있었던 것이고, 진나라는 창시자로서 오로지 자신의 성공과 잘못으로 후세 사람들을 위해 길을 개척하였던 것이다.

넷째, 진시황은 정치를 함에 있어서 무슨 일이나 뭇 신하들에게 맡겨 의논하고 책략을 내놓도록 한 뒤 신하들이 올린 의견을 듣고 자신이 선택하고 결정하곤 하였는데 강직하고 과단성이 있었다. 그 시기에는 종이가 없었으므로 죽편이나 목편 위에 글을 쓰거나 새긴 뒤 끈으로 한데 꿰었는데(갑골문의 '책(冊)'자 가 바로 그 도안이다) 이를 '죽서(竹書)'라고 불렀다.

진시황이 정무를 보는 책상 위에 놓여 있던 문서가 바로 그런 죽서로 된 것이었다. 진시황은 정무을 보는데 부지런하였으며, 매일 문서를 한 '석(石, 약 60kg)'을 다 보기 전에는 휴식을 취하지 않았다. 진시황의 행위는 그 개인의 의욕에서 출발한 것으로서(어느 한 이익집단을 대표한다고 말할 수도 있음) 광범위한 인민대중의 이익에서 출발한 것은 아니었지만 그가 한 일은 바로 중국문명을 한 걸음 크게 추진한 위대한 사업이었다.

변증법적 관점으로 보면, 중국 역사상의 모든 제왕은 모두 흉악하고 잔인한 일면이 있어 모두 '폭군'이라고 말할 수 있다. 평론계에서 진시황에 대해 다른 황제들과 다르게 유난히 돋보이는 '폭군'으로 보고 있는 데서, 진시황의 잔인하고 흉포한 정도가 중국의 일반 제왕들을 초월하였음을 인정할 수 있다. 그러나 앞에서 언급한 '갱유'사건을 제외하고 진시황이 유난히 잔인하고 흉포하였다는 것을 설명할 수 있는 충분한 증거는 없다. 진시황의 독재는 의심할 나위가 없는 사실이다. 그런데 중국의 모든 제왕이 독재자였다는 사실도 의심할 나위가 없는 사실이다. 그래도 진시황의 독단전행으로 이룬 공적과 그의 독재가 중국의 발전에 대한 기여는 일반 제왕보다 훨씬 많다. 객관적으로 말하자면 패기가 있고 매사에 확실한 독재자 진시황은 무능하고 아무 공적도 없으며 중국의 발전에 대한 기여가 크지 않은 독재자들에 비해 훨씬 훌륭하다고 할 수 있다. 그렇기 때문에 역사평론가들의 비난을 받을 것이 아니라 찬양을 받아야 마땅하다고 생각된다. 독자들은 필자의 말에 찬성하는가, 아닌가?

2. 한나라는 확고하게 '문명의 길'을 걸었다

중국이 황허유역의 작은 범위에서 벗어나 창장유역을 판도에 포함시킬 수 있었던 데는 진시황의 공이 컸다. 진나라의 뒤를 이은 한나라는 제일 처음 창장유역에서 흥기하였다. "초나라가 오직 3개 씨족만 살아남아도 진나라를 멸할 수 있다.(楚雖三戶, 亡秦必楚)"이 말은 사마천이 『사기 · 항우본기(史記 · 項羽本紀)』에 쓴 평어로서 진나라를 뒤엎은 초패왕(楚霸王) 항우(기원전 232~기원전 202)를 찬양한 것이다. 이어 창장유역에 속하는 한중(漢中)의 유방(劉邦, 기원전 256~기원전 195)이 항우를 쳐서 물리치고 한나라를 세웠다. 이는 중국 역사에서 통치 기간이 가장 긴 통일된 왕조(기원전 202~ 220)로서 총 29명의 황제가 재위하였다. 다라서 한나라에 대한 토론을 통해서 역사적으로 생긴 일부 오해를 시정하고 중국문명에 대해 더 깊이 이해할 수 있도록 도움을 줄 수 있는 것이다.

앞 장절에서 중국은 역대로 '중국'이라는 이름을 쓰지 않고 본 조대의 이름을 표지로 삼았다고 언급한 바 있다. 진나라가 스스로 '진'이라고 부르면서 외국에서도 중국을 '진'이라고 불렀으며, 중국인이 국외에서는 '진인(秦人)'으로 불렸다. 한나라시기에 이르러 중국의 국호는 '한(漢)'으로 바뀌었다. '한인(漢人)'이라는 이름은 국외에서 먼저 불리기 시작하여 후에 중국인 스스로도 '한인'으로 불렸다. 특히 5호16국 시대에 호인(胡人)이 화북으로 대거 모여들면서 '한인'과 '호인'의 경계가 분명해졌다. 한나라 시기에는 '한인'을 창조해냈을 뿐 아니라, '한문(漢文)' · '한자(漢字)' · '한어(漢語)/말'등의 관념도 창조해냈으며, 한나라 때부터 오늘에 이르기까지 줄곧 바뀌지 않았다. 대체로 손중산(孫中山)시기부터 '한인종(漢種)'과 '한민족'의 개념이 보편화되기 시작하였는데, 사실 이는 과학적이지 않다. 고대 중국에는 '한(漢)'이라는 이름으로 불린 종족이 존재한 적이 없으며, 민족은 더욱 말할 필요도 없었다. 가장 얕은 상식에 따르면 민족의 표지는 원시 친족관계(일반적으로 한 지역의 명칭 · 토템의 명칭, 혹은 기타 돋보이는 사물을 표지로 삼음)로 이어진 작은 집단으로 거슬러 올라가야 하며, 그 작은 집단이 민족으로 발전한 것이다.

중국의 역사발전 과정에서 '한'이라는 이름으로 불린 작은 집단은 애초에 없었을 가능성이 크며, 있었다 하더라도 오래 전에 역사에서 잊혀졌을 것이다. 중국의 지역 이름에서 '한'이 돋보이는 것은 한강(漢江)뿐이다. 이는 수많은 부락과 집단이 흥기한 지대이지만, '한'이라는 이름을 가진 집단은 형성되었던 적이 없다. 그리고 또 중국은 대우 통치시대부터 원시민족의 표지와는 그 차이가 점차 사라졌고, '중국문명권'내에 융합되기 시작하였는데, 한나라시기에 이르러 문명 표지에 민족의 표지가 융화되는 특징이 더욱 두드러졌으며, '한(漢)민족'은 애초에 존재하지도 않았다. 우리가 흔히 쓰는 '한족'이라는 말은 아마도 손중산의 '민족주의'의 영향과 청나라(清朝)를 뒤엎은 뒤 제기된 한 · 만 · 몽 · 회 · 장(漢滿蒙回藏) '5족공화(五族共和)'의 오도에서 비롯된 것일 수가 있다.

현대의 사회정치 생활면에서 볼 때, '한인(漢人)'이 없어야 하는 이유가 '한인'이 있어야 하는 이유보다 좋은 것이며, 중국 운명공동체의 단합을 증진하는 데 이롭다. 현재 시짱(西藏, 티베트)이 국외에서 독립운동을 전개하면서 "'한인'이 시짱에 와서 자원을 개발하고 시짱 사람의 자연 재부를 '앗아간다'"라고 외치고 있다. 실제로는 60여 년 간 중국정부와 전국 인민이 시짱을 지원해 가난하고 낙후한 시짱지역을 현대 도로와 철도 · 항공 교통운송 및 현대 상공업이 존재하는 번영한 낙토로 바꿔놓았다. '민족국가'적 사유가 '한인' · '장인(藏人)'으로 갈리게 하는 구실을 만들어냈는데, 이는 옳고 그림이 심각하게 전도된 것이다.

우리는 마땅히 '한인종'과 '한민족'의 관념을 중국 내부 단합을 방해하는 화근으로 봐야 한다. 사실 현대 장족(藏族)은 고대 강족(羌族)의 후예이다. 대우는 고대 강족에 속하며 오늘날 중국인(이른바 '한인'을 포함해서)은 모두 대우가 창조한 문명의 계승자이다. 만약 우리가 '민족국가'의 단어로 말하자면 중국 역사상 최초의 통치자는 '장족인'의 선조인 강족인 대우이며, 오늘날 '한인'은 '장족인'의 선조인 강족인 대우의 문명 계승자가 된다. 그러니 '한족과 장족은 한 집안'이 아닌가? 이참에 사람들이 착각하고 있는 또 다른 사실에 대해 바로잡고자 한다. 진시황에 대해 논하면서 진나라가 중외에 널리 이름을 날려 인도의 고대인들은 '진'으로 중국을 명명하여 범문으로 'Cina'이라고 하면서 그것이 현대 중국의 국제 명칭 'China'의 기원이라고 주장하는 사람도 있다. 이런 설의 뒷부분은 맞는 말이다. 단 고대 인도의 'Cina('진[錦]'으로 발음함)는 진나라 때문이 아니다.

필자는 많은 저작에서 마우리아 왕조의 재상인 카우틸랴(Kautilya) 혹은 차나키야(Chanakya)(기원전 350~기원전 275)의 저서 『아르타샤스트라(Arthashastra, 일반적으로는 『실리론[政事論]』으로 번역되며, 지셴린(季羡林)은 『치국평안술[治國安邦術]』이라고 번역함』)에 대해 자주 언급하곤 한다. 그 저서에는 지셴린이 자주 인용하나 정확하게 번역해내지 못한 말이 있다. "Kauseyam cinapattasca cinabhumijah."라고 하는 이 구절에는 세 개의 단어가 있다. 즉 'Kauseya/중국 누에고치(이는 지셴린이 이해하지 못한, 필자의 연구 발견임)', 'cinapatta/실크', 'cinabhumi/중국'이다. 이 구절의 정확한 번역은 "중국의 누에고치와 중국의 천(실크)은 모두 중국에서 온 것이다."이다.

이는 전 세계 문헌에 '중국'을 지칭하는 'Cina'라는 단어가 처음으로 나타난 것으로서 오늘날 국제 명사 'China'의 전신이다. 우리는 또 이 말 속에서 고대 인도인이 'Cina'라는 나라 이름을 발명해 누에고치와 실크의 원천지를 확정하였음을 볼 수가 있다. 실제로 '실크의 나라'라는 뜻이다. 카우틸랴/차나키야는 진시황보다 한 세기 남짓 더 이른 시기의 사람인데, 그가 창시한 'Cina'라는 국명이 어찌 진나라를 가리키는 것일 리 있겠는가?

문경의 치(文景之治)

한고조 유방(기원전206~기원전195년, 재위 전 4년간 그는 '한왕[漢王]'이었고 그 후 7년은 한 고조였음)의 아들 한문제 유항(劉恒, 기원전203~기원전157)은 한나라 제5대 군왕이다. 그는 한바탕 우여곡절을 겪은 뒤 천자의 보위에 오르게 되었다. 기원전 195년 한고조가 죽은 뒤 '여후(呂后)의 독재'사태가 나타났다. 여후 임종 시에 왕위가 유방의 가문을 벗어날 위험에 처하게 되자 조정의 대신들이 유항을 황제로 추대하였던 것이다. 그가 바로 한문제(기원전180~기원전157년 재위)이다.

한문제 유항은 장안의 황궁에 입궁한 뒤 되도록 검소하게 살려고 애썼다. 그의 조령에 따라 그가 죽은 뒤 임신하지 않은 모든 궁녀를 출궁시켜 자유로운 삶을 살도록 풀어주었으며, 종신 면세 혜택을 주었다. 그의 아들이자 왕위를 물려받은 한경제(漢景帝)도 그를 본받아 중국황제가 궁녀를 석방하는 선례를 열었으며, 후세에 양무제(梁武帝) · 당태종(唐太宗) 등 군주들도 이를 본받았다. 한문제는 재위 23년간 재질이 거친 검은색 비단 황포를 입었으며, 거마 등 어용 물품을 종래 추가하지 않았으며, 제후국이 진기한 보물들을 진상하지 못하도록 금하였다. 국고에 저장된 금전은 다년간 손대는 이가 없었다. 그는 중국역사에서 보기 드문 검소한 황제였다.

한문제의 뒤를 이어 왕위에 오른 한경제 유계(劉啓, 기원전188~기원전141)는 재위 기간(기원전157~기원전141)이 길지 않았다. 그는 부친의 검소한 정신과 애민정책을 계속 발양하였다. 반고는 『한서 · 본기 · 경제기(漢書 · 本紀 · 景帝紀)』에 이렇게 썼다.

"한나라가 흥기하여 가렴잡세를 없애고 백성들이 편히 쉴 수 있게 하였다. 효문(孝文, 한 문제의 시호)은 검소함을 숭상하였으며, 효경(孝景, 한 경제의 시호)이 그 유업을 이었다. 50~60년간 낡은 풍속을 고쳐 백성들은 순박하고 인정이 두터워졌다. 주나라(周朝)시기에는 주성왕(周成王)과 주강왕(周康王)을 찬미하였고, 한나라 시기에 이르러서는 한문제와 한경제를 칭찬하였다. 참으로 아름다운 성세가 아닌가?(漢興, 掃除

煩苛, 與民休息 ; 至於孝文, 加之以恭儉, 孝景遵業, 五六十載之間, 至於移風易俗, 黎民醇厚。周雲成康, 漢言文景, 美?)”

한문제와 한경제가 통치한 41년(기원전179~기원전141)을 역사상에서 ‘문경의 치’라고 부른다. 그 시기의 통치는 중국문명 역사에서 가장 부드럽고 백성을 가장 사랑한 문명통치였다고 할 수 있다.

사실상 한나라는 초기의 한고조와 여후가 집권하던 시기부터 회복기를 가지고 인구를 늘리는 정책을 널리 시행해왔다. 마치 오늘날 서양정치에서 제창하는 ‘작은 정부, 큰 사회’기풍과 비슷했다. ‘문경의 치’기간에 국민의 부담을 줄이고 생활을 안정시켜 원기를 회복한 최고의 회복기를 맞이하였다.

한문제의 중용을 받은 가의(賈誼, 기원전200~기원전168)가 쓴 『과진론(過秦論)』은 ‘문경의 치’의 이론저작이라고 할 수 있다. 그 글에는 이런 구절이 있다.

“군자는 나라를 다스림에 있어서 지난 역사에 대해 고찰하고 현시대의 상황에 비추어 검증하며, 또 인간사를 통해 검증함으로써 흥망성쇠의 법칙을 장악하고, 모략이 형세에 알맞은지 여부를 구체적으로 판단한 뒤 질서 있게 취사선택하고 적절하게 변통할 수 있다. 그래야만 나라의 장기적인 안정을 유지할 수 있는 것이다.(君子為國, 觀之上古, 驗之當世, 參之人事, 察盛衰之理, 審權勢之宜, 去就有序, 變化因時, 故曠日長久而社稷安矣。)”

이 글에서는 진나라의 교훈에 대해 다음과 같이 종합하였다.

"형벌이 지나치게 많고, 살육이 지나치게 가혹하며, 관리들이 정무를 봄에 있어서 너무 잔인하였다. 상과 벌이 적절치 않고, 세금을 무절제하게 징수하고, 나랏일이 너무 많아 관리들이 미처 관리할 수 없었다. 백성들이 극도로 가난하고 고달픈 삶을 살고 있지만, 군주는 그들을 구제하지 않았다. 그래서 간사하고 음험하며 사기를 일삼는 일들이 자주 일어났으며, 상하로 서로 기만하고 죄를 지어 형벌을 받는 사람이 너무 많았으며, 길에는 형벌을 받는 사람이 끊이지 않아 온 천하 사람들이 모두 고난에 빠져 허덕였다. 임금과 관직이 높은 관리에서 평민 백성에 이르기까지 모든 사람이 불안 속에서 살고 있었으며, 가난하고 어려운 경지에 처해 어디 가나 안정을 찾을 수 없어, 동란이 자주 일어나곤 하였다.(繁刑嚴誅, 吏治刻深；賞罰不當, 賦斂無度。天下多事, 吏不能紀；百姓困窮, 而主不收恤。然後奸僞並起, 而上下相遁；蒙罪者眾, 刑戮相望於道, 而天下苦之。自群卿以下至於眾庶, 人懷自危之心, 親處窮苦之實, 鹹不安其位, 故易動也。)"

그 글에는 또 이런 구절도 있다.

"제후국을 세우고 군주를 임명하며 천하의 현인을 예의로써 대우해주었다. 감옥의 죄수들을 풀어주고 형벌을 면제해주었으며, 범죄자의 처자식을 잡아다 관노와 관비로 삼던 것 등을 포함한 잡다한 형벌을 폐지하였으며, 형벌을 받은 죄인들을 각자의 고향으로 돌려보냈다. 국고를 열어 재물을 나눠줌으로써 가난하고 어렵게 사는 선비들을 구제해주었다. 세금을 경감해주고 노역을 줄였으며, 곤궁한 백성의 절박함을 해소해주었다. 법률을 간소화하고 형벌을 줄여 죄를 지은 자에게 다시 한 번

기회를 주어 온 천하의 사람이 모두 스스로 잘못을 고치고 새로운 삶을 살 수 있게 하였으며, 절개를 바로잡고 품행을 새롭게 닦을 수 있는 기회를 주어 각자 자신을 신중하게 대할 수 있게 하였다. 만민의 소원을 들어주고 신망과 인덕으로 천하 사람들을 대함으로써, 천하 사람들이 스스로 귀순하도록 하였다. 온 천하가 즐겁게 일하고 편안히 살면서 오로지 그런 태평한 세월이 바뀔까 걱정하게 되었다.(建國立君以禮天下；虛囹圄而免刑戮, 去收孥污穢之罪, 使各反其鄉里；發倉廩, 散財幣, 以振孤獨窮困之士；輕賦少事, 以佐百姓之急；約法省刑, 以持其後, 使天下之人皆得自新, 更節修行, 各愼其身；塞萬民之望, 而以盛德與天下, 天下息矣。即四海之內皆歡然各自安樂其處, 惟恐有變。)"

가의는 『과진론』에서 "백성을 다스리는 방법은 바로 그들을 안정시키기 위해 전심전력하는 것(牧民之道, 務在安之而已矣)"이라고 강조하였으며, "안정적인 상태에 있는 백성은 단합되어 인의도덕을 행하게 되지만(安民可與為義)", "위험과 재난에 처한 백성은 한데 모여 나쁜 일을 저지르기 쉽다(而危民易與為非)"라고 지적하였다. 다시 말하면 백성들은 '안정'을 느낄 때야만 문명을 통한 치세를 펴도록 군왕에 협조한다는 것이었다. 만약 백성이 '위험'을 느끼게 되면 정부에 저항하며 온갖 나쁜 짓을 저지르게 된다는 것이었다.

'문명의 치'는 일종의 '안민(安民)'정치라고 할 수 있다. 이로부터 또 한고조에서 한경제에 이르는 70년간 대통일된 중국은 위로부터 아래에 이르기까지 모두 동란을 혐오하는 정서를 띠고 있었음을 반영한다. 한문제가 가동하고 한경제가 답습한 신정(新政)은 노자(老子)의 "무위이치(無爲而治, 도가에서 인위를 가하지 않고 자연의 순리에 맡겨 천하를 다스리는 것)"를 실행하였다고 할 수 있다.

그 정책 내용에는 세 가지가 포함된다. 첫째, 조세부담을 경감한 것, 둘째, 법률 처분을 관대하게 한 것, 셋째, 경제에 대한 정부의 통제를 줄인 것이다. 한 문제는 기원전 178년과 기원전 168년 두 차례에 걸쳐 농지세를 낮추었으며(15분의 1에서 30분의 1로 낮춤), 기원전 167년에는 농지세를 전면 감면해주었다. 그는 "장정이 3년에 한 차례씩 부역에 참가하도록 하는(丁男三年而一事)"정책을 널리 실행하였는데, 이는 중국 제왕시대에 가장 가벼운 부역이었다. 그는 '육형(肉刑, 범죄자의 육체를 상해하는 여러 가지 형법)'을 금지시키고 민간에서 동전을 주조하는 것을 허용하였으며, 민간에서 소금을 만들고 광산을 채굴하며 고기잡이와 사냥을 할 수 있도록 허용하였다.

'문경의 치'에 대해 논함에 있어서 한문제 통치 시기의 실제적 통 정치 상황을 소개하고자 한다. 중국은 자고로 통치자들이 돈을 많이 쓰곤 하였다. 진 · 한시기부터 동전을 사용하기 시작하였는데 천 개의 동전을 끈으로 한데 꿰어 하나의 동전꾸러미(一串錢)가 되게 하였다. 한문제의 국고에는 이런 동전꾸러미가 대량 저장되어 있었다. 한문제는 지출을 절약하며 국고의 돈을 쓰지 않았다. 국고가 빈틈없이 봉쇄되어 공기가 통하지 않은데다, 오랫동안 국고의 문을 열지 않아 동전을 꿰었던 끈이 다 썩어버릴 정도였지만 여전히 동전에 손대지 않고 그대로 두었다.

정부가 그 정도로 지출을 절약한 것은 참으로 역사적으로 미담이 되었다. '문경의 치'는 그야말로 중국의 발전이 '문명의 길'을 걸은 훌륭한 본보기가 되어 후세에 훌륭한 황제가 통치할 때면 모두 그 시기를 본받곤 하였다.

한나라는 초기부터 농업의 발전을 격려하였다. '문경의 치'의 빼어난 특성이 바로 '중농(重農, 농업을 중시한 것)'과 '친농(親農, 농업을 가까이한 것)'이었다. 한문제가 농업에 종사할 것을 권장한 조서에서 말한 "농업은 천하의 근본으로서 백성들은 농업에 의지해 살아가야 한다(農, 天下之本也, 民所恃而生也)", "먹는 것은 백성의 근본이고 백성은 나라의 근본이다(食者民之本, 民者國之本)"등 이론은 이미 중외에 널리 알려져 있다. 한문제는 자신은 '친히 농업 노동에 참가할 것'이고, 황후는 '친히 누에치기 노동에 참가할 것'이라고 선포하였다. 그가 선두를 떼어서부터 황제가 궁에서 상징적으로 밭을 갈고 수확하는 전통은 청나라시기까지 줄곧 전해져 내려왔다.(황제가 베이징 선농단[先農壇]에서 농경과 수확의식에 참가함)

'문경의 치'시대의 '중농'과 '친농'에 대해 논하면서 세계적으로 중국에 대해 연구할 때 자주 거론하는 이른바 '농업을 중시하고 상업을 억제하는 과제'에 대해 언급하지 않을 수 없다. 미국 예일대학의 유명한 중국 연구 전문가인 고(故) 메리 라이트(Mary C. Wright) 교수의 주도하[18]에 서양학자들은 한문제가 제창한 중국문명의 뛰어난 치국이론을, 중국의 전통이 서양에 비해 낙후하게 된 하나의 큰 근원인 것처럼 왜곡해 놓았다. 이 부분에 대해서는 중국의 수많은 학자들도 명확하게 인식하지 못하고 있다.

'농업을 중시하고 상업을 억제하는 것'은 중국 역사책에서 표현한 것이지, 메리 라이트나 다른 그 어떤 서양학자가 날조한 것은 아니다. 그러나 서양학자들은 글자 표면 의미만 보고 중국이 '농업을 중시하는 것'

18) 메리 라이트의 명작 『중국 보수주의의 최후의 저항: 동치 중흥』(The Last Stand of Chinese Conservatism: The Tung-Chih Restoration, 1862~1874), 1957년 미국 스탠퍼드대학출판사(Stanford University Press)에서 출판함.

은 필연적으로 상업의 발전을 억제하게 되는 것처럼 이해해 서양 '중상주의(重商主義)'와 대립을 형성하는 것으로 생각하고 있다. 메리 라이트와 그녀의 관점에 찬성하는 학자들은 한문제의 '중농'정책에 대해 깊이 있게 연구하지 않고 중국의 '사농공상(士農工商, 선비 · 농부 · 공장[工匠] · 상인)' 전통을 인용해 상인이 중국 고대사회에서 가장 멸시를 받는 계급이었음을 증명하였다. 그러나 사실 전혀 그런 것은 아니었다. '사농공상'은 오직 과거 중국 상층사회의 일반적인 연공서열을 반영한 것이지 사회계급의 높고 낮음을 대표한 것은 아니었다. '사(士)'는 주로 벼슬을 하거나 관리사회와 밀접한 관계가 있는 고급 지식인을 대표하고, '농(農)'은 지주와 부농을 대표하며, '공상(工商)'은 상공업에 종사하는 사람들을 총괄적으로 일컫는 말이다.

새 중국 건국 전의 수천 년간 중국인이 가장 좋아하는 것은 토지와 부동산 재산이었다. 무릇 벼슬을 하거나 장사를 해 돈이 좀 있는 사람이면 바로 땅을 사들였다. 지주도 벼슬을 하거나 장사를 하곤 하였다. '사농상' 세 가지 신분을 한 몸에 갖춘 사람은 매우 많았다. 수천 년간 중국의 '상(商)'은 종래 사회의 최하층이었던 적이 없다. 이에 대해 수많은 서양학자들이 잘 알지 못하고 있는 것이다.

한문제와 한경제는 모두 "농업을 중시하고 상업을 억제한다"는 말을 한 적이 없다. 이는 역사서 평론가들이 생각해낸 말이다. 그들은 아마도 '문경의 치'의 '중농'조치 중에서 농업에 종사하는 자(지주를 포함)가 사리를 챙기는 상인으로부터 방해를 받지 않도록 보호하는 정부의 조치를 보았거나, 또는 일부 상인의 투기로 인해 "식량 가격이 떨어져 농업에 종사하는 자가 피해를 입는 현상"을 초래한 것을 보았을 수 있다. 최근 인터넷에서 춘추전국시기부터 한나라 초기에 이르기까지 줄곧 "상인과 국가

사이의 이익 다툼 상황"에 대해 논한 글을 한 편 본 적이 있다. 그 글에는 다음과 같은 내용이 있었다.

> 일부 거상들은 더욱이 거액의 재물을 소유하여 그 부가 한 나라에 견줄 만했다. 예를 들어 한나라 초기의 거상 조병씨(曹炳氏)는 막대한 자산을 소유하였고, 사씨(師氏)는 엄청난 재산을 소유하였으며, 조간(刁間)도 엄청난 부를 소유하였고, 완공씨(宛孔氏)는 자산이 수천만을 헤아린다. 상인들은 "장사를 해서 재물을 모으고 모은 재산으로 땅을 사 농업 경영을 해야만 모은 재산을 굳게 지킬 수 있다(以末致財, 以本守之)"는 전통 관념의 영향을 받아 부를 이룬 뒤 상업을 확대 발전시키는 것이 아니라, 서둘러 토지를 약탈하고 꾸준히 농민의 토지를 강점함에 따라 토지를 잃은 농민들이 대상인 밑으로 들어가 그들의 노예가 되곤 하였다. 농민에 대한 상인의 착취가 농민으로부터 얻는 나라의 이익에 손해를 끼쳤으며, 사회의 빈부격차를 더 악화시키고 토지와 인구자원이 부목한 모순이 더욱 불거져 나라의 장기적인 안정에 심각한 위협을 조성하게 되었다. 이에 따라 농업을 중시하고 상인을 억제하는 정책의 실행은 피할 수 없는 추세가 되었다.[19]

이에 대한 연구가 부족한 필자는 상기 글의 작자가 그때 당시 중국 상인을 두고 "국가와 이익을 다툴 수 있을 만큼"강대한 지위를 차지하였다고 말한 것에 대해 찬성하거나 반대할 수가 없다. 만약 정말 그런 상황이었던 것이 사실이라면 '문경의 치'시기에 최초로 출범한 '중농정책'에서

---

19) 가오환환(高歡煥), 「한나라시기 '농업을 중시하고 상업을 억제한' 정책의 등장 및 의의에 대한 약론(簡論漢代重農抑商政策的出現及意義)」, www.xueshiboke.com/post/253.html, 2015년 10월 4일 검색 열람.

'상업 억제'라고까지 말할 상황은 전혀 아니었다. 기껏해야 그때 당시 패권을 차지한 상인에 대한 약간의 제약이 있었을 뿐이었다.

종합적으로 서양학자들이 중국문명의 '농업을 중시하고 상업을 억제하는 것'에서부터 보수적이고 낙후하여 자본주의를 발전시킬 수 있는 기회를 잃었다고 강조하는 점에서 볼 때, 중국의 '문명의 길'발전에 대한 사람들의 인식이 매우 모호함을 알 수 있다. 필자는 이 책을 통해 광범위한 독자들에게 그 그릇된 인식을 시정할 수 있기를 희망한다. 중국은 농업국으로서 농업은 중국의 경제적 기반이며, 농민은 중국사회의 중견세력이다.(이 부분에 대해서는 이 책 뒤의 장절에서 점차 전개할 것이다) '중농'은 중국이 문명의 길을 걸을 수 있는 유일하게 바른 방향으로 자본주의 발전의 억제라는 과제와는 아무런 연관성도 없는 것이다.

한무제(漢武帝)의 공적과 과실

사람들은 중국 역사상의 영웅인물에 대해 논할 때면 흔히 '진황 · 한무(秦皇漢武)'로 서두를 떼곤 한다. '진황'은 진시황을 가리키고 '한무'는 한 경제의 아들이며 왕위를 물려받은 한무제 유철(劉徹)(기원전 157~기원전 87)을 가리키며, 그의 재위 기간은 53년(기원전 141~기원전 87)이다. 그의 통치 기간은 한나라의 전성기라고 할 수 있다. 논자는 '문경의 치'시기의 국민의 부담을 줄이고 생활을 안정시켜 원기를 회복하는 과정을 거쳐 나라의 잠재력을 강대하게 키운 덕분에 한무제가 재략을 마음껏 펼 수 있었던 것으로, 한무제의 공적을 강조하는 것은 한문제의 위대함을 인정하는 것과 같다고 주장한다.

한무제는 국내의 정치체제를 공고히 하고, 경제를 발전시켰으며, 문화교육을 강화하고, 또 주변관계를 중점적으로 정돈하였다. 그는 수백 년간 한나라의 안전을 심각하게 위협해오던 흉노를 공격하는 데 전력을 다함으로써 흉노의 기력을 크게 꺾어놓았다. 그는 또 조선도 정복시켰다. 이백(李白)의 시 「전성남(戰城南, 성남에서의 싸움)」에는 이런 구절이 있다.

> 조지(條支) 해변에서 병기에 묻은 피를 씻었고,
> 천산(天山)의 눈 덮인 초원에서 싸움에 지친 군마를 먹이고 쉬게 하였다.
> 불원만리 이 먼 곳까지 와서 정벌전을 벌이는 사이에
> 삼군(三軍, 주나라 제도에서 대제후[大諸侯]가 거느리는 군대로서 상군[上軍]·중군[中軍]·하군[下軍]의 총칭) 장병들 모두 청춘을 다 바쳐 더없이 노쇠하였다.
> 흉노족은 살육과 약탈을 업으로 삼았으니
> 예부터 얼마나 많은 사람이 황량한 사막에서 전사해 백골만 황사 위에 뒹굴 뿐이네.
> 진나라 때 장성을 쌓아 호인(胡人)의 침략을 막았으나
> 한나라 때가 되어서도 변방에는 봉화가 여전히 타오르고 있도다.
> (洗兵條支海上波, 放馬天山雪中草。
> 萬裡長征戰, 三軍盡衰老。
> 匈奴以殺戮為耕作, 古來唯見白骨黃沙田。
> 秦家築城避胡處, 漢家還有烽火然。)

이 시구에서 '흉노'·'장성'·'한나라 봉화'에 대해 언급하였으며, 또 동한(東漢)시기에 반초(班超)의 부하 감영(甘英)이 거느린 중국 군대가 지중해 연안의 '조지(條支, 오늘날 이라크 일대 - 역자 주)에 이르렀던 사실에 대해서도 언급하였다. 이는 한무제가 흉노에 반격을 가하게 되면서 한나라의 군사와 외교활동이 유라시아 서반부까지 뻗어나간 전고를 인용한

것이다.

흉노는 고대 동반구의 강대한 유목민족으로 민첩하고 용맹하며 싸움을 잘하였으며, 용맹한 경기병을 갖추고 있었다. 매번 실력을 충분히 키워 가지고 중국 북부지역을 침략하곤 하였는데 도저히 막아 낼 수가 없었다. 진시황이 장성을 건설하고 한나라 때에 계속 증축하였지만 흉노족 철기군(鐵騎軍)을 막아 낼 수는 없었다. 기원전 200년에 흉노족의 묵돌선우(冒頓單于)가 군사를 거느리고 등극한 지 2년밖에 안 된 한고조를 평성(平城)의 백등(白登)(오늘날 산시성 신쩌우[忻州]시 닝우[寧武]현)에 가두었다. 한고조는 흉노족 왕후에게 뇌물을 주고서야 비로소 빠져나올 수 있었다.

그 뒤 한나라는 흉노족과 '화친(和親, 흉노 왕에게 금전과 미인을 바침 – 역자 주)하며 타협정책을 실행하였다. '문경의 치'시기에 양보정책을 폈음에도 흉노의 침범은 여전히 피할 수 없었다. 한문제는 이광(李廣, 기원전 119년 사망)을 파견해 흉노를 반격하여 승리를 거둠으로써 짧은 기간이나마 평화를 유지할 수 있었다. 한무제는 장기적인 안정을 실현하기 위해 타협정책을 포기하고 출격하는 쪽으로 방향을 바꾸었다.

마읍(馬邑) · 하남(河南) · 안문(雁門) · 삭방(朔方) · 막남(漠南) · 하서(河西) · 준계산(浚稽山) · 주천(酒泉) · 여오수(余吾水) · 연연산(燕然山) 등 전투를 거치는 과정에서 흉노족은 막대한 인력과 물력, 재력을 소모함으로써 기세가 크게 꺾였다. 결국 기원전 36년에 한원제(漢元帝)가 서역국가들과 연합해 흉노족을 궤멸시켰다. 전후 합해서 100년간이나 크게 싸운 끝에 북부 변경지역이 비로소 안정을 실현할 수 있었다.

필자는 서론에서 미국 메릴랜드 대학교의 '중국통'콩화룬의 '중국중심론'평어를 인용하였는데, 그 내용에서는 중국이 수천 년간 거만한 태도로 북방 초원의 '만이(蠻夷)'와 교섭해왔다는 점을 강조하였다. 필자는 그가 자고로 중국에 대한 북방 초원의 '만이'의 피비린내 나는 침략에 대해 못 본 체하였다고 비평하였다. 독자들은 이 문제의 심각성에 대해 인식해주었으면 싶다. 서양 열강이 중국을 침략하기 이전에 중국의 생존과 발전에 대한 최대 위협은 북방 초원에 나타난 철기군이었다.

중국 '문명의 길'이 송나라 때에 이르러 황금기를 맞이하였으나, 북방 초원의 철기군에 의해 파괴되었으며 심지어 파멸의 변두리에까지 이르렀다고 할 수 있다. 만약 한무제가 2천 년 전에 모든 국력을 쏟아부어 흉노라는 외환을 철저히 부숴버리지 않았다면, 중국은 대통일된 수 · 당 · 송(隋唐宋)시기의 번영을 이룰 수 없었을 것이다. 역으로, 만약 송나라 정부초기에 한무제처럼 원대한 식견과 박력을 갖춰 북방 초원의 군사력이 발전하지 못하도록 애써 제지했더라면, 중국에는 지난 1천 년의 액운이 없었을 수도 있었다. 이 부분에 대해서는 앞으로 계속 토론하게 될 것이다.

한무제는 직접 흉노와 싸우는 한편 또 서부 중앙아시아의 민족국가들과 연합해 함께 흉노와 대적함으로써 흉노족을 먼 곳으로 쫓아버렸다. 중국은 흉노가 이제부터 지구상에서 사라지는 줄 알았지만 사실을 그렇지 않았다. 유럽의 역사를 보면 원래 카스피 해 연안에 거주하던 '훈/Hun'족이 150년경에 카프카스에 입주하였으며, 4세기에 로마제국 범주에 속한 동유럽에 매우 큰 왕국을 세웠는데 용맹하고 날쌘 로마군대도 그들과 싸워 이길 수 없었다. 이는 로마제국의 멸망을 초래한 원인 중의 하나였다. 근대 프랑스의 한학자(漢學家) 조셉 드 기네(Joseph de Guignes)(1721~1800)는 연구를 거쳐 그 '훈/Hun'족이 바로 고대 흉노족의 후예라는 사실을 증명하였다. 그러고 보면 한무제가 중국의 발전에 대해 매우 훌륭한 일을 한 셈이다. 따라서 얼마나 큰 대가를 치렀든 보람이 있는 일이었다. 가령 흉노가 먼 곳으로 쫓겨나지 않고 계속 중국 북부의 초원에 남아 있었다고 생각해 보면 중국의 여러 왕조가 평안하였을 리 있었겠는가 말이다.

한무제가 공자와 맹자의 사상을 중국의 지도사상으로 수립한 것도 중국문명 발전사에서는 하나의 대사였다. 이 책 앞 장에서 춘추전국시기의 제자백가는 다만 사상의식상에서의 백화제방에 대한 표현일 뿐, 중국문명이 사분오열되어 갑 · 을 · 병 · 정 여러 갈래가 된 것이 아니라고 말한 바 있다. 여러 가지 역사자료를 통해서 보면 한무제는 한 마디 말만 굳게 믿는 군왕이 아님을 알 수 있다. 그는 또 "백가를 배척하고 유가학설만 떠받든 것"으로 해석할 수 있는 그 어떠한 언론도 발표한 적이 없었다.

그러나 한무제 때부터 공자와 맹자학설의 사회적 영향력이 점차 커졌음을 볼 수 있다. 이런 변화를 일으킨 중요한 인물이 바로 동중서(董仲舒, 기원전179~기원전104)라는 것이 전통적인 주장이다. 기원전 134년에 그는 한무제가 진효공(秦孝公)을 본보기로 삼아 본받는 데 호응해 전국의 학자들로부터 책략을 수렴해 「거현량대책(擧賢良對策)」을 올려 신임을 얻었다. 한무제는 세 차례나 동중서를 만나 상세한 이야기를 나누었으며, 동중서가 제안한 내용은 '천인삼책(天人三策)'으로 불렸다. 비록 동중서는 그 후 두 차례나 정치에 참여하였으나 벼슬길이 순탄하지 않아 관직을 사퇴하고 집에서 양병(養病)을 하고는 있었지만, 조정에서 늘 사람을 파견해 그에게 가르침을 청하곤 하였다.

한무제 통치기간에 그는 위망이 매우 높았다. 그의 학술 저작인 『춘추번로(春秋繁露)』(다른 사람도 저작 편찬에 참여하였을 가능성이 있음)는 중국문명사상의 보고 중의 중요한 문헌이다. 『춘추번로』에 「산천송(山川頌)」

이라는 글이 한 편 있는데 그 전문은 다음과 같다.[20]

산은 우뚝 솟아 영원히 무너지지 아니하는 것이 마치 어질고 뜻이 있는 인사와도 같다. 공자가 이르기를 "강산에 신명이 존재하여 보물이 생겨나고 기물을 제공하며 굽은 것과 곧은 것이 모두 모여 있다. 큰 것은 궁실의 누각과 정자를 짓는 데 쓰이고 작은 것은 배나 수레를 만드는 데 쓰인다. 큰 것은 들어맞지 않는 것이 없고 작은 것은 들어오지 않는 것이 없다. 도끼로 찍고 낫으로 벤다. 산 사람도 들어가고 산짐승도 길들이며 죽은 자도 들어갈 수 있어 그 수많은 공은 이루다 말할 수 없는 것이 군자를 예로 든 것이다."

흙이 쌓여 산을 이루어 줄지를 않고, 그 높이에 이르러 해로움이 없으며, 그 크기에 이르러 모자람이 없다. 위쪽이 작고 아래쪽이 크니 오래오래 안정되어 후세에 그에 견줄 자가 없이 근엄하게 홀로 존재하는 것이 산이 갖는 의미라고 생각한다.『시경』에 이르기를 "저 높고 험한 종남산에는 거대한 바위가 우뚝 솟아 있다네. 유명한 권세가 태사와 사윤 두 사람만을 민중들은 바라보고 있다네."라고 한 것이 바로 이에 대해 설명해주는 대목이다.

물은 거침없이 출렁이며 밤낮없이 마를 줄 모르고 흐르는 것이 마치 힘을 상징하는 듯하다. 물이 흐를 때는 조금이라도 오목한 데가 있으면 우선 그곳을 가득 채우고 아래로 흘러가는데 마치 균형을 이루는 것인 듯하다. 물이 흐를 때는 자세하고 꼼꼼하게 작은 틈도 남기지 않고 채우면서 아래로 흘러가는데 마치 자세히 살피는 듯하다. 물이 흐를 때는 계곡에 매혹되지 않고 만 리를 흘러도 반드시 목적지에 이르게 되는데 마치

---

20) 장스량(張世亮)、중자오펑(鐘肇鵬)、쩌우구이뎬(周桂鈿) 역주,『춘추번로』, 2012년, 베이징, 중화서국, 578~582쪽.

지혜로움을 상징하는 듯하다. 물이 흐를 때는 앞에 산이 가로막혀도 여전히 깨끗함을 유지하는데 마치 지천명을 상징하는 듯하다.
물이 상류에서 맑지 않은 상태로 흘러들었다가도 하류에 이르면서 정화되어 맑은 상태로 흘러가니 개조 · 갱생 · 진화를 상징하는 듯하다. 깎아지른 듯 깊고 험한 골짜기를 흘러 지날 때도 의심하거나 주저하지 않고 흘러가는 것이 마치 용감함을 상징하는 듯하다. 모든 사물은 불을 두려워하지만 물만은 불을 이길 수 있는 것이 마치 용맹함을 상징하는 듯하다. 모든 사물은 물을 얻으면 살고 물이 없으면 죽어가는 것이 마치 덕을 갖춤을 상징하는 듯하다. 공자가 강가에 서서 이르기를 "흘러간 시간은 마치 이 강물과 같이 밤낮없이 쉼 없이 흘러간다." 이 말이 바로 그 뜻이다.

(山則巃嵸崔, 摧嵬嶉巍, 久不崩阤, 似夫仁人志士。孔子曰 : "山川神祇立, 寶藏殖, 器用資, 曲直合, 大者可以為宮室台榭, 小者可以為舟輿桴楫。大者無不中, 小者無不入。持斧則斫, 折鐮則艾。生人立, 禽獸伏。死人入, 多其功而不言, 是以君子取譬也。" 且積土成山, 無損也 ; 成其高, 無害也 ; 成其大, 無虧也。小其上, 泰其下, 久長安, 後世無有去就, 儼然獨處, 惟山之意。《詩》雲 : "節彼南山, 惟石岩岩, 赫赫師尹, 民具爾瞻。" 此之謂也。
水則源泉混混沄沄, 晝夜不竭, 既似力者 ; 盈科後行, 既似持平者 ; 循微赴下, 不遺小間, 既似察者 ; 循谿穀不迷或, 奏萬里而必至, 既似知者 ; 障防山而能清淨, 既似知命者 ; 不清而入, 潔清而出, 既似善化者 ; 赴千仞之壑, 入而不疑, 既似勇者 ; 物皆困於火, 而水獨勝之, 既似武者 ; 咸得之而生, 失之而死, 既似有德者。孔子在川上曰 : "逝者如斯夫, 不舍晝夜。" 此之謂也。)

이는 훌륭한 글이다. 얼핏 보기에는 '산'과 '하천'을 찬송한 글 같지만 실제로는 산천을 빌어 중국문명에 대해 논한 글이다. 필자는 그가 『논어 · 옹야』 중의 "지혜로운 자는 물을 좋아하고 어진 자는 산을 좋아한다(知者樂水, 仁者樂山)"는 정신을 발양하여 중국정치의 실제와 연결시켰다고 생각한다. 글에서 '물'을 찬양한 표현이 매우 절묘한데, 물은 "힘의 상징이다(似力)", "균형을 이루는 것이다(似持平)", "지혜로운 것이다(似知)", "지천명이다(知天命)", "개조 · 갱생 · 진화이다(似善化)", "용감한 것이다(似勇)", "용맹한 것이다(似武)", "덕을 갖춘 것이다(似有德)"라고 하였다. 물은 "상류에서 맑지 않은 상태로 흘러들었다가도 하류에 이르면서 정화되어 맑은 상태로 흘러갈"수 있다. 이것이 바로 인간됨의 도리인 것이다(성격적으로 더러운 부분을 제거하여 순결한 마음에 이르는 것). 물은 "얻을 수 있으면 살고 잃어버리면 죽는다"라는 말은 도덕이 정치의 생명임을 암시하고 있다.

후세 사람들은 "하늘과 사람이 서로 감응한다(天人感應)"라는 말로 동중서의 사유를 형용하였다. 동중서는 『노자(老子)』의 "상선약수(上善若水, 최고 경지의 선행은 물의 품성과 같다)"즉 "물은 만물을 촉촉이 적셔주면서도 만물과 다투지 않고 대다수 사람들이 좋아하지 않는 곳에 머물러 있기 때문에 '도(道)'에 가장 가까이 접근하였다. 최고 경지의 선행을 행하는 사람은 자신이 머물 곳을 가장 잘 선택할 수 있으며, 항상 차분한 마음을 유지하고 있어 깊은 속을 짐작할 수 없으며, 사람을 대함에 성실하고 우애로우며 사심이 없으며, 말하면 반드시 신용을 지키며, 정치를 함에 있어서는 간결하게 처리할 수 있어 나라를 잘 다스릴 수 있으며, 일을 처리함에 있어서 장점을 발휘할 수 있으며, 행동을 함에 있어서 시기를 잘 장악할 수 있다. 최고 경지의 선행을 행할 수 있는 사람은 모든 것을 행함에 있어서 다투지 않는 미덕을 갖추었기 때문에 실수를 하지 않으며 따라서 비난도 따르지 않는다.[水善利萬物而不爭, 處衆人之

所惡, 故幾於道。居, 善地 ; 心, 善淵; 與, 善仁 ; 言, 善信 ; 政, 善治 ; 事, 善能 ; 動, 善時。夫唯不爭, 故無尤。])라는 말에서 계발을 받은 것이 분명하다. 그러나 그는 '물'의 장점을 더 실제적으로 말하였으며, 인간세상과 더 잘 결합시켰다.

「산천송」을 읽은 뒤 동중서가 "백가를 배척하고 유가만을 떠받들 것"을 제창했을 리 없다는 느낌이 더 강하게 들었다. 「산천송」을 읽은 뒤 필자가 위의 장절에서 언급한 바 있는 『역경』 중 '입천(立天)''입지(立地)''입인(立人)'의 도리가 한무제 시기에 이르러 동중서에 의해 더 한층 발휘되었다는 느낌이 더 강하게 들었다. 비록 한무제가 무력을 휘두르고 전쟁을 일삼은 경향이 있기는 하지만, 중국문명은 '문명의 길'을 따라 발전하였음을 느낄 수 있는 것이다.

한무제도 만년에 이르러서는 자신의 잘못을 인정하였다. 기원전 89년에 그는 「윤대죄기조(輪臺罪己詔)」를 발표해 중국에서 임금이 자아비평을 행한 선례를 열었다. 글에서는 그가 흉노족을 공격해 흉노족의 횡포와 교만을 꺾어놓았다고 밝혔다. 그들은 말을 묶어 성벽 아래에 던져놓고 말했다. "중국 놈들아, 내가 말[짐승]인 셈 치자(진나라 사람들아, 나는 말과 같다.)"글에서는 "흉노족은 반드시 궤멸될 것이다. 기회는 두 번 다시 오지 않는다(匈奴必破, 時不可再得也)"라는 자신감을 보여주었다.

글에서는 군대가 전쟁에서 패한 사실에 대해 언급하면서 "군사가 많이 죽고 뿔뿔이 흩어져 짐은 비통한 마음을 금할 수 없었다(軍士死略離散, 悲痛常在朕心)."라고 하였다. 그는 자신이 "천하를 어지럽게 하였는데, 이는 백성을 걱정하는 소행이 아니다(是擾勞天下, 非所以憂民也)."라고 자책하였다. 그는 이제부터 정책을 바꾸고자 한다면서 "현재는 가혹한 정치를 금하고, 함부로 조세를 거둬들이는 것을 금하며, 농업생산을 근본으로 삼아 애써 발전시키는 데 주력할 것(當今務在禁苛暴, 止擅賦, 力本農)"이라고 했다. 그러나 여전히 국방안전에 주의를 기울여 "마복령(馬復令, 민가에서 말을 기를 경우 부역과 조세를 감면해준다는 정령)을 제정해 부족함을 메워 군비가 약화되지 않게 할 것(修馬復令, 以補缺, 毋乏武備而已"이라고 했다. 그의 말은 마음속에서 진심으로 우러나온 말로서 영명한 황제임이 틀림없음을 보여준다.

마오쩌동은 「심원춘 · 설(沁園春 · 雪)」이라는 제목의 사(詞)에서 "진시황과 한무제가 문학적 재능이 부족하다(惜秦皇漢武略輸文采)"라고 하였는데, 진시황이 "문학적 재능이 부족하다"는 것은 맞는 말이지만, 한무제를 그렇게 말하는 것은 잘못된 말이었다. 그는 역사적으로 공인하는 시인이기 때문이다. 기원전 113년에 그는 뭇 신하들과 하동군(河東郡) 분양현(汾陽縣)에 갔을 때, 분하(汾河)에 병선을 띄우며 연회를 연 자리에서 「추풍사(秋風辭)」라는 제목으로 다음과 같이 시를 지어 읊었다.

가을바람이 불고 흰 구름이 떠가는데 초목은 시들고 기러기는 남으로 날아가네.
아름다운 것은 난이요, 향긋한 것은 국화라 가인이 그리워 잊을 수 없네.
분하에 병선을 띄우고 강물을 헤치며 나아가는데 노 젓는 곳에 흰 물결이 이는구나.
퉁소를 불고 북을 치며 기쁨이 지나치면 슬픔이 따르는 법
젊은 시절은 빨리도 흘러가고 점점 늙어가는 데는 어찌할 도리가 없구나.
(秋風起兮白雲飛，草木黃落兮雁南歸。
蘭有秀兮菊有芳，懷佳人兮不能忘。
泛樓船兮濟汾河，橫中流兮揚素波。

簫鼓鳴兮發棹歌，歡樂極兮哀情多。

少壯幾時兮奈老何！)

시에서는 경물을 보고 감정이 북받쳐 '난의 아름다움'과 '국화의 향'으로 나라의 번영과 발전을 비유하였고, '가인'이라는 말을 이용해 그를 위해 충성을 다 바치고 공을 세운 뭇 신하들을 찬양하였으며, 또 세월이 빨리 흐르고 좋은 세월이 오래 가지 못함에 감개무량해하고 있음을 느낄 수 있다. 이로부터 존엄한 한 군왕의 낭만적인 내면을 엿볼 수 있는 것이다. 그야말로 천고에 길이 남을 훌륭한 작품이라고 할 수 있지 않은가? 전 인류사회를 놓고 보더라도 뛰어난 무예를 갖춘 제왕이 이처럼 감동적인 시를 지어낸 경우는 극히 드문 것이다.

"장건(張騫)이 실크로드를 개척하였다"는 말은 사실인가?

한무제는 흉노족에 대해 대대적으로 공격하는 한편 '한나라 외교사절(漢使)'를 파견해 외교활동을 벌이고 무역을 진행하였다. 『한서 · 지리지(漢書 · 地理誌)』에는 황지(黃支, 옛날 나라 이름)에 대해 묘사한 내용이 있는데 이는 한무제 시기부터 이미 이른바 '한나라 외교사절'이 항해를 통해 인도 아대륙과 아프리카에 이르렀음을 증명한다. 한무제가 파견한 '한나라 외교사절'중에서 가장 유명한 이가 장건(기원전 164~기원전 114)이다. 역사 서적에는 "장건이 서역과 상통하다"(또는 "한무제가 서역과 상통하다"라고도 함)는 내용이 등장한다.

인터넷에서 한무제의 사적을 검색해보면, 한무제 시기에 장건이 외교사절로 서역에 파견되어 유라시아대륙을 잇는 실크로드를 개척하였다는 내용을 흔히 접할 수 있다. 현재 국내에서 '일대일로(一帶一路)'에 대한 토론이 열렬히 전개되고 있는데 수많은 학자들은 역사에 대한 깊은 연구가 없이 남의 말에 덮어놓고 영합하고 있다. 이 부분의 역사에 대해 필자는 비교적 익숙한 편이어서 이번 기회를 빌려 분명하게 밝혀 많은 사람들이 오도되지 않도록 막고자 한다.

위 장절에서 '삼성퇴'고고학 발견에 대해 논한 바 있다. 그 고고학 발견에 5,000여 매의 인도양 뿔조개도 포함된다. 그것은 고대 인도와의 무역에 사용되던 화폐이다. 5,000여 매이면 매우 많은 돈인데 삼성퇴가 인도반도에 귀중한 물품을 수출하고 바꿔온 것임이 틀림없다. 필자는 본 장 앞부분에서 또 기원전 4세기~기원전 3세기 유명한 정치가 겸 외교가인 카우틸랴(Kautilya/Chanakya)의 『실리론』 중 "중국 누에와 중국 천(실크)은 모두 중국에서 온 것이다"라는 말을 인용하였다.

이 말을 '삼성퇴'에서 출토한 5000여 매의 인도양 뿔조개와 연결시켜 보면 3000~2300년 전에 쓰촨의 누에와 실크가 이미 인도의 갠지스강 유역까지 전파되었음을 알 수 있다(카우틸랴는 인도 마우리아 왕조의 재상이었으며 그 왕조의 수도는 오늘날의 비하르 주의 파트나이다). 바꾸어 말하면 쓰촨과 인도 갠지스강 유역 사이에 그때 이미 '실크로드'가 형성되었다는 뜻이다.

기원전과 기원후 그리스 상인이 인도로 가 중국의 실크를 구입하였는데 그 과정에서 카우틸랴가 최초로 창조한 '실크의 나라'(Cina/Cinabhumi)라는 개념도 가지고 귀국하였다. 그때부터 그리스에 'Seres/실크의 나라'라는 명칭이 생기게 된 것이다. 고대 인도의 '황금의 나라/황금의 땅'(Suvarnabhumi) 전설도 고대 그리스로 전파되었다는 사실도 알 수 있다. 유명한 지리학자 프톨레마이오스는 그 전설을 "Aurea Regio"라고 부른다. 프톨레마이오스는 그의 저서 『지리지』에 그 '황금의 나라'(Aurea Regio)가 방글라데시와 중국 사이에 있다고 했다. 고대 인도의 지나교 문헌 기록에 따르면 비하르에서 배를 타고 갠지스 강을 따라 내려오면 '황금의 나라/황금의 땅'(Suvarnabhumi)에 이를 수 있으며 방글라데시는 바로 갠지스 강이 바다로 흘러드는 곳에 위치해 있다고 했다.

인도의 대문호 타고르는 이런 전설에 대해 매우 익숙하게 알고 있다. 그는 방글라데시어로 「나의 황금 벵골」(Amar Shonar Bangla)이라는 시를 한 수 지었는데, 지금은 방글라데시라는 국가가 되었다. 이상의 정보들을 연결시켜 보면 고대에 쓰촨에서 윈난 · 미얀마를 거쳐 벵골만 서해안의 방글라데시에 이르렀고, 또 갠지스강 유역에 이르기까지 무역왕래가 있었으며, 경제가 번영하면서 '황금의 나라/황금의 땅'이라는 전설이 생겨났으며, 오늘날 방글라데시 인들이 매일 「나의 황금 벵골」이라는 국가를 부르기에 이르렀다는 사실을 알 수 있다.

장건은 중앙아시아 일대에서 활동하였으나 아주 멀리까지는 가지 않았다. 그는 사람을 파견해 '신독/인도'로 보냈으나 결과는 없었다. 그러나 그는 앞에서 언급한 바 있는 쓰촨에서 갠지즈강 유역에 이르는 활발했던 무역통로와도 관계가 있다. 그는 제일 처음 귀국하여 한무제에게 아뢰면서, 자신이 '대하(大夏, 오늘날 아프가니스탄 일대)'에서 '촉포(蜀布, 쓰촨의 천[실크])'를 보았다고 말하였다.

그는 조사를 거쳐 그 실크가 '신독/인도'상인이 구매해 들인 것임을 알아냈으며, 조사해낸 '신독(身毒)/인도'의 위치를 한무제에게 아뢰었다. 한무제는 장건이 아뢰는 말을 듣고 '신독/인도'에 매우 큰 흥미를 느껴, 특히 중앙아시아 및 쓰촨 · 윈난에서 '신독/인도'로 사람을 파견해 직접 교류하고자 하였다. 그때 당시 윈난은 한나라의 판도에 들어오기 전이었는데, 윈난의 통치자는 장안에 있는 한나라 조정이 '신독/인도'와 직접 왕래하는 것을 달가워하지 않았다. 그래서 한무제는 '신독/인도'와 소통을 이루지 못하였다. 이른바 "한무제/장건이 서역과 통했다"는 것도 한갓 빈말에 불과할 뿐이다.

우리는 엄격하게 역사적 사실에 따라 "장건이 실크로드를 개척하였다"는 설을 부정해야 한다. 장건이 한무제에게 '대하'에서 '촉포'를 보았다고 아뢴 말도 의심스럽다. 그는 왜 '실크'라고 하지 않고 '촉포'라고 말하였을까? 그 자신이 직접 본 것이 아니라 다만 실크에 대해 익숙히 알고 있지 않은 부하의 보고에만 따랐던 것은 아닐까? 종합해 말하자면, 장건이 한무제에게 아뢴 내용에 따르면 쓰촨에서 윈난 · 미얀마 · 방글라데시 · 갠지스강 유역을 거쳐 아프가니스탄까지 이르는 '실크로드'가 이미 존재하였음을 알 수 있는 것이고, 그렇기 때문에 장건은 오직 그 '실크로드'의 견증인일 뿐 창시자는 아니었다고 볼 수 있는 것이다.

왕망(王莽)의 권력찬탈과 광무(光武)의 중흥

고모 황태후 왕씨의 권세를 등에 업고 24살에 왕망(기원전 45~ 23)은 한성제(漢成帝) 통치기간인 기원전 22년에 조정에 들어가 벼슬을 하기 시작하였다. 그는 부지런하고 능력이 뛰어나고 임기응변과 권모술수에 능하였으며, 조정에서 인간관계가 좋고 위망이 높았다. 6년에 한평제(漢平帝)가 병으로 세상을 떠나자, 왕망은 독단적으로 2살밖에 안 된 유영(劉嬰)(역사에서 '유자영(孺子嬰)'이라고 부름)을 황태자로 세웠다. 왕망의 고모는 여전히 태황태후 자격으로 권위를 누리면서 왕망에게 천자를 대신해 조정의 정사를 주관할 것을 명하였으며, '가황제(假皇帝)'혹은 '섭황제(攝皇帝)'하고 불렀다.

왕망은 '여(予)'로 자칭하면서 연호를 '섭정'이라고 고쳤다. 7년에 동군

(東郡) 태수(太守) 적의(翟義)와 괴리(槐里) 사람 조명(趙明)·곽홍(霍鴻)이 군사를 일으켜 왕망에 반기를 들었다. 왕망은 반란을 평정한 뒤 천자로 즉위하여 국명을 '신(新)'이라고 고쳤다. 23년에 천하에 대란이 일어 봉기한 농민 '녹림군(綠林軍)'이 장안으로 공격해 들어와 왕망을 살해함으로써 '신'나라는 멸망하였다. 왕망의 반역은 비록 우담화처럼 잠깐 나타났다가 바로 사라져버렸지만, 왕망은 중국문명발전사에서 정치개혁의 추진과 권력 찬탈을 동시에 실행한 평범하지 않은 역할을 했으며, 또 중국 통치계급 내부의 변화를 촉진한 동력이 되어 중국의 평화적 왕조 교체의 선례를 열었다.

한나라 역사에서 왕망과 관련된 역사는 정치개혁으로 유명하다. '5.4운동'중에 나타난 새로운 조류를 따르면서도 전통적인 인물이었던 후스(胡適)(1891~1962)는 왕망의 억울한 누명을 벗겨준 유일무이한 학술적 권위를 지닌 인물이었다. 그의 견해가 국내에서는 성행하지 못하였지만 서양 학술계에서는 영향이 컸다.

그는 왕망이 1900여 년간 중국 사학계에서 '불충불효한 역신'으로 평가받고 있으나 아무도 나서서 바른 말을 해주지 않았다면서 매우 공평하지 않다고 주장하였다. 그의 이런 관점에 동의하는 것은 어렵지 않다고 생각된다. 그러나 후스가 그 자신은 '사회주의'에 썩 열성적이지 않았으면서 왕망의 개혁 중 토지국유화·평균 분배·노예제 폐지 3대 정책에 대해 찬양하면서 그가 '중국 최초의 사회주의자'라고 말한 것에 대해 사람들은 믿을 수 없다는 반응이다. 주요 원인은 왕망이 대권을 독점하고 '가황제'에서 진짜 황제가 되기까지 나라의 경제상황이 좋지 않았고, 천재와 인재가 끊이지 않은 데 있었다. 영국 옥스퍼드대·케임브리지대의 중국역사 학자들은 그 현상을 발견하였다. 중국 역사의 기나긴 과정에서 왕망의 '역신'의 이미지는 항상 '개혁가'의 이미지보다 컸던 것이다.

오히려 지적할 만 한 것은, 한나라 때 왕망과 관련된 역사가 중국과 인도 간 외교사에서 아무도 관심을 기울이지 않은 큰일을 써냈다는 사실이다. 『한서 · 지리지 · 황지(漢書 · 地理誌 · 黃支)』의 기록에는 왕망이 황지의 통치자와 왕래하고 있었으며, 왕망의 요구에 따라 황지의 통치자가 그에게 코뿔소 한 마리를 선물하였다고 적혀 있다.(이로써 그의 위망을 높여줄 수 있기를 바랐다) 동한(東漢)시기 장형(張衡)이 쓴 「서경부(西京賦)」에 장안의 상림원(上林苑)에 대한 묘사가 있는데, "이마가 높고 목이 짧은 것, 귀가 크고 코를 말아 올린 것, 괴이하고도 특별한 종류(修額短項, 大日折鼻, 詭類殊種)"라고 형용하였다. "大日折鼻"라고 한 것은 "大耳折鼻(귀가 크고 코를 말아 올린 것)"의 잘못임이 분명한데 동물원 내 "괴이하고 특별한 종류(詭類殊種)"인 열대 코끼리에 대한 묘사일 것이고, "이마가 높고 목이 짧은 것(修額短項)"은 당연히 "괴이하고 특별한 종류(詭類殊種)"로서 중국에서 찾아보기 어려운, 이마가 높고 목이 짧은 코뿔소에 대한 묘사일 것이다.

그 코뿔소는 분명 황지국에서 왕망에서 선물한 그 한 마리일 것이다. 인도양 옆에 위치한 황지국에서 살아 있는 코뿔소를 장안까지 운송하려면 그때 당시 낙후한 교통운수 여건에서 쉽지 않았을 것이다. 이로부터 왕망이 황지국과 외교활동을 활발하게 전개하였을 것이라는 사실과 황지국에 적지 않은 이득을 주었을 것이라는 사실을 알 수 있다. 애석하게도 역사서에는 이에 대한 상세한 기록이 없다.

황지국의 정확한 주소에 대해서는 정론이 나있지 않다. 다만 일반적으로 사람들은 글자 표기의 발음에 비추어 오늘날 남인도의 '타밀주 Kanjipuram/Kanjivaram'일 것이라고 추측하고 있을 뿐이다. 또 어떤 사람들은 황지국이 아프리카에 있다고 말한다. 이들의 추측은 모두 신빙성이 없는 상상일 뿐이다. 중-인 양국 교류의 역사배경에 비추어 보면, 황지국이 고대의 벵골(방글라데시)일 가능성이 크며, 고대 실크로드에서 반드시 거쳐야 하는 곳이며, 코뿔소와 코리끼, 그리고 진귀한 보물이 나는 곳이었을 것이다.

1천 년 뒤 정화(鄭和)가 서양 원정의 길에 오를 때 특별히 사자를 파견해 벵골(그때 당시는 '방갈랄(榜葛剌)'이라고 불렀음)을 방문하게 하였다. '방갈랄'국은 1414년과 1438년 두 차례에 걸쳐 명(明)나라에 '기린(麒麟)'(사실은 '기린(長頸鹿)'임)을 선물하였다. 이는 황지국이 왕망에게 코뿔소를 선물한 지난 일을 떠올리게 한다. 코뿔소는 전설 속의 상상 동물인 '기린(麒麟)'과는 비슷하지만 실존 동물인 '기린(長頸鹿)'과는 별로 비슷하지 않다. '기린(長頸鹿)'이 중국에 온 뒤 '기린(麒麟)'으로 바뀐 점으로 미루어볼 때 그때 당시 황지국도 코뿔소를 '기린(麒麟)'으로 생각하고 왕망에게 선물하였던 것일 수 있다. 이와 같이 연이은 두 차례 선물 기증을 통해 우리는 황지국이 바로 고대의 방글라데시였을 것이라고 더욱 믿게 된다.

왕망이 죽고 '신'조가 멸망함과 동시에 중국의 다른 한 정치가 유수(劉秀, 기원전 5~ 57)가 나서서 난국을 마무리하고 한나라의 대업을 진흥시킴으로써 중국 역사에서 유명한 '광무 중흥'의 역사를 써내려갔다. 한나라 광무제(光武帝)는 재위 기간이 33년(25~57)인데 초기의 4년간은 반란을 평정하고 천하를 새롭게 통일하였다. 그는 낙양(洛陽)으로 도읍을 옮기고 한나라 역사에서 동한(東漢)의 새장을 열었다. 그러나 서한(西漢)시기의 수도였던 장안은 여전히 정치 · 경제 · 문화의 중심으로서 낙양과 함께 '이경(二京)'으로 불렸다.

유수는 한 고조(漢高祖) 유방(劉邦)처럼 자신에게 반기를 든 여러 군대를 하나씩 격파하였을 뿐만 아니라, 또 '문경의 치'시기처럼 회복기를 가지고 인구를 늘리는 정책과 한무제 때처럼 대대적인 건설 정책을 겸행하였는데, 그 과정에 공자와 맹자의 사상이 한층 더 널리 발양되었다. 그는 농지세를 또 문경시대의 30분의 1 세율로 낮추었다. 그는 형벌을 경감시키고, 징역형을 판결 받은 죄인은 변경지역으로 보내 농경에 종사하는 서민이 되게 하였으며, 또 군대를 조직해 토지를 경작하게 하였다. 서한말기 외척들의 독재정치 폐단을 거울로 삼아 그는 황제의 집권체제를 강화하였으며, 서한시기 '삼공(三公, 일반적으로 3명 혹은 여러 명의 중신을 가리킴. 예를 들면 한무제 통치 시기의 승상[丞相]과 어사대부[御史大夫] 및 태위[太尉])의 권력이 집중되는 편향을 바로잡았다. '삼공'의 높은 지위는 여전히 보존하면서 별도로 황제가 직접 지휘하는 '상서대(尚書臺)'를 설치하여 황제와 대계를 의논할 수 있도록 하였으며, 권력을 하부로 이양하여 중신들을 실권을 잃은 허수아비로 만들었다.

그는 또 행정체제를 감축하고 군현(郡縣)을 합병하여 지출을 줄였다. 서한시기에 농민들이 고리대금의 압박을 받아 빚을 갚지 못해 노비로 전락하였는데, 그는 조서를 내려 노비를 석방하고 노비를 학대하는 것을 금지시켰다. 왕망이 집권하는 동안에 대량의 경전들이 훼손되거나 산실되었는데, 그가 명을 내려 장서고(藏書庫)를 건설함으로써 여러 지역에서 서책을 출판케 하여 출판업을 번영시켰다.

한명제가 꿈에 금 사람(金人)을 보다

한나라 광무제 유수의 아들이자 후계자인 한명제(漢明帝) 유장(劉莊)(28~75)이 집권한 18년(57~75)은 혁혁한 정치업적을 별로 쌓지는 못하였지만, 중국문명 발전에 매우 중요한 일을 한 가지 하였는데, 그 일에 대해서는 대서특필할 만하다. 그것은 바로 중국 정부와 권세가들이 인도문명이 전파되어 들어오는 것을 뜨겁게 환영한 선례를 열었다는 점이다. 그 이야기는 "한명제가 꿈에 금 사람을 본"데서부터 시작된다.

65년에 한명제는 꿈에 키가 1장 6척 3치에 이르는 금 사람을 보았다. 그 금 사람은 목에 일륜을 두르고 있었는데, 빛이 사방에 환하게 비치고 금빛을 번쩍이면서 궁전 안을 날아다녔다. 이튿날 아침에 태사(太史) 부의(傅毅)가 해몽을 하면서 그것은 서양의 신인데 이름은 '부처(佛)'라고 말하였다. 그 말에 한명제는 채음(蔡愔) 등 이들을 서역에 파견해 방문하도록 하였다. 그들은 중앙아시아에서 가섭마등(혹은 섭마등)(Kasyapa Matanga)과 축법란(다르마락사, Dharmaraksa/Dharmaratna) 두 명의 인도불교 고승을 찾아 그들을 낙양으로 청해왔다(그들에게 백마를 태웠음). 한명제는 백마사를 지어 그들이 그 절에 묵으면서 불경을 번역하게 하였다[그 두 사람은 『이십사장경(二十四章經)』을 번역하였으나 지금은 실전되었음]. 그것이 바로 중국불교의 시작이다. 그 역사적 사실의 특징은 정사에는 없고, 후세에 불교서적에 기록된 내용이다. 서양의 많은 사람들이 이 부분을 꼬집어 그 이야기에 대한 의심을 표하였다. 현대 서양 불교학 역사의 권위자인 네덜란드 라이덴대학 종교학 전문가 에릭 얀 취르허(Erik Jan Zürcher, 1928~2008, 중국명은 쉬리허[許理和]) 교수는 그의 유명한 저서 『불교가 중국을 정복: 중국에서 중고(中古)시기 초기 불교의 전파와 적응』(The Buddhist Conquest of China: The Spread and Adaptation of Buddhism)[21]에서, 그 이야기의 진실성에 대해 부정하였다.

---

21) 본 도서 중국어 번역본이 이미 출판되었다. (네덜란드) 쉬리허(許理和), 『불교가 중국을 정복: 중국에서 중고시기 초기 불교의 전파와 적응』[리쓰룽(李四龍) 등 번역], 2003년, 장쑤(江蘇)인민출판사.

필자는 1970년대부터 쉬리허의 이 책에 대해 비평하기 시작하였다. 9년 전에 필자는 라이덴대학에 열린 국제회의에 초청을 받고 참가하였는데, 필자보다 겨우 한 살 위이고, 그때 당시는 생전인 쉬리허를 만나지 못하였다. 그와 교류할 수 있는 기회를 잃은 것에 대해 필자는 너무 유감스럽게 생각한다.

필자가 쉬리허의 책을 비평한 것은 그가 전적으로 서양 '민족국가'의 렌즈를 통해 동반구에 위치한 중국과 인도 두 형제 문명 간에 장점을 취하여 단점을 보충하며 상부상조하는 문화 교류에 대해 설명하였기 때문이다. 서양의 천주교와 기독교는 "성경이 군기의 뒤를 따르는"(Bible follows the flag) 방법을 쓰는 것으로 유명하다. 먼저 무력으로 식민지를 조성한 다음 종교문화를 강요하는 것이었다. 불교의 영혼은 "폭력을 쓰지 않는 것/살생하지 않는 것/ahimsa"으로서 세계적으로 불교의 전파가 가장 평화적이라고 할 수 있다. 쉬리허가 책이름을 "불교가 중국을 정복"이라고 단 것은 반(反)불교의 사유방식으로 불교에 대해 연구했기 때문이다. 그렇게 해서 어찌 중국문명에 대한 인식에 도움이 될 수 있었겠는가?

"한명제가 꿈에 금 사람을 본 것"은 이야기이다. 그것은 꿈이기 때문에 그 이야기가 현실과 이성에 부합할 것을 요구할 수는 없다. 그 '금 사람'이라는 명칭은 한무제가 흉노를 토벌할 때 대장군 곽거병(霍去病, 기원전 140~기원전117)이 기원전 121년에 흉노 선우(單于, 한나라 때 흉노의 군주를 부르던 말)의 대본영을 쳐부수고, 흉노 선우가 "하늘에 제를 지낼 때 쓰는 금 사람"을 얻어 한무제에게 바친 전고에서 온 말이다. 그 "하늘에 제를 지낼 때 쓰는 금 사람"은 구리로 만들어진 인도의 작은 신불의 조각상이다. 인도의 석각과 동으로 주조한 신불의 조각상은 불교(지나교와 힌두교는 모두 늦었음)에서 시작되었다. 그때 당시 "하늘에 제를 지낼 때 쓰는 금 사람"은 불상이었음이 틀림없다. 단 그때 당시 이른바 '금'이란 금속이라는 뜻이며 '금 사람'은 사실 동상이었다.

인도는 금자원이 풍부한 나라로서 자고로 금을 찬양하는 문화가 존재한다. 중국은 금이 부족한 나라로서 중국에 존재하는 금 찬양 문화는 불교와 함께 전파되어 들어온 것이다. "한명제가 꿈에 금 사람을 본"이야기 속의 목에 일륜을 두르고 빛이 사방에 환하게 비치며 금빛을 번쩍이는 '금 사람'은 절대 금 찬양 문화가 없던 시대의 한명제의 느낌일 리가 없으며, 후세 사람들이 과장되게 묘사한 것이 아니다.

필자는 본인이 쓴 많은 책에서 당태종(唐太宗) 이세민(李世民)의 『대당삼장성교서(大唐三藏聖教序)』 중의 "대당 한나라 땅에 전파된 뒤 아름다운 꿈처럼(騰漢廷而皎夢)"이라는 구절과, 당 무후(唐武后) 무측천(武則天)의 『삼장성교서』 중의 "밤에 한나라의 꿈을 꾸다(宵通漢夢)"라는 구절, 또 『방광대장엄경서(方廣大莊嚴經序)』 중의 "백마가 동쪽 방향으로 오다(白馬東來)"라는 구절을 인용하곤 하였다. 이 여러 가지 증거들은 "한명제가 꿈에 금 사람을 본"이야기가 존재함을 인정해주고 있으며, 또 낙양에 백마사가 버젓이 존재하고 있으니 그 동안의 역사에 대해 부정할 사람은 아무도 없을 것이다.

우리가 한명제의 '꿈'에 대해 토론하는 것은 다만 그 꿈을 어떤 상징으로 삼으려는 것뿐이다. 한명제는 2천여 년 전의 역사 인물이지 현대 혹은 당대의 인물이 아니다. 기어이 그가 그 꿈을 꾸었는지 아닌지 변론하더라도 결과를 얻어낼 수는 없다. 설사 결과를 얻어낸다 해도 아무 의미도 없다. 문명이라는 렌즈를 통해 보면, 인도에서 가장 위대한 꿈은 부처가 어머니의 꿈속에서 태어난 것(옆구리에서 태어남)이고, 중국에서 가장 위대한 꿈은 “한명제가 꿈에 금 사람을 본”꿈 이야기 속에서 불교가 중국에 당도하고 널리 전파되었다는 점이다.

우리가 이렇게 ‘꿈’에 대해 이야기하는 것은 실제상에서 중국문명이 불교의 도래를 자발적으로 뜨겁게 맞이하였다는 사실을 돌출시키기 위해서다. 한명제가 그렇게 한 것은 중국문명의 이익을 위해서였다. 그는 가섭마등/섭마등과 축법란에게 낙양의 백마사에서 편히 머물 수 있도록 한 뒤 곧바로 그들에게 경서를 번역할 것을 청함으로써 인도문명의 정수를 중국문명의 문화재산으로 바꾸려고 하였다. 그것은 높이 서서 앞날을 멀리 내다본, 천추만대를 복되게 하는 천년 대계였다. 한명제가 선두를 훌륭하게 뗀 뒤 중국의 군왕들은 모두 그를 본받았는데, 마지막에 “중국과 인도의 문화를 서로 결합한”새로운 문화를 창조해냈다.

고대에 중국과 인도 2대 문명의 큰 차이는 인도가 ‘구전(口傳)’을 중시하였다면, 중국은 ‘문전(文傳, 모든 일을 문자로 기록해야 하며 그런 뒤 서책으로 인쇄해 전파함)’을 중시하였다. 현재 상황을 보면 불교경전은 중문 경전에 제일 많으며(인도의 산스크리트어와 팔리어보다 훨씬 많음) – 시기도 인도보다 이르다. 인도에 현존하는 불교경전 중 가장 이른 시기의 것이 7세기의 것인 반면에 중문으로 번역된 불경은 5세기의 것부터 보존되어 있다. 많은 중문 번역본 불경은 모두 인도의 고승이 구두로 전파한 것으로서 인도에는 필사본이 애초에 존재하지 않았을 수 있다. 한명제가 인도 고승을 열정적으로 중국에 초청해 인도의 구전 불교 사상을 중문 필사본과 인쇄본으로 만드는, 중국과 인도 간 문명 교류의 대업을 시작한 것은 인류문명역사상 일대 대사인 것이다.

3. 진 · 한시기에 형성된 중국 '운명공동체'제1판

중국의 대통일을 이룬 '운명공동체'는 진 · 한시기 통치자들이 발명 창조한 것이기도 하고, 또 중국문명 발전의 필연적인 결과이기도 한 것으로서 주로 다음과 같은 세 가지 방면에서 체현되었다. 첫째, 중국은 느슨하던 '문명권'에서부터 이미 한 걸음 더 발전해 대통일을 이룬 '나라' – 통일된 정권과 천하일가(天下一家, 천하가 통일되어 태평하게 잘 다스려짐)의 경제집단을 형성하였으며, 여러 지역 사회문화가 일치하는 방향으로 발전하였다. 둘째, 중국문명이 깊이 있게 발전하여 춘추전국시대의 평범한 '입천(立天)''입지(立地)''입인(立人)'의 도리가 현실생활속의 과제로 되었다.

한나라 서로 다른 시기의 정부는 형세 발전의 필요에 따라 정권과 민간의 관계를 꾸준히 조절하였는데, 농지세를 한나라 초기의 15분의 1에서 '문경의 치'시기의 30분의 1로 낮추었으며, 그 뒤 다시 올랐다가 광무제 때에 이르러서는 또 다시 30분의 1로 낮춘 사실이 바로 유력한 증거이다. 셋째, 진 · 한시대의 발전을 거쳐 창장과 황허유역에 중국 '운명공동체'가 이미 형성되었음을 단정 지을 수 있다. 그 운명공동체 안에는 진시황 · 한무제와 같은 '풍류인물'뿐만 아니라 – 옥중에서 예서(隸書)를 발명한 서생 정막(程邈)과 같은 인물도 있었다.

대통일을 이룬 중국 '운명공동체'는 황허와 창장유역에 뿌리를 내리고 그 후 2천 년간 그 어떤 폭풍의 시련이 닥쳐도 본토 민족의 통치 시기나 외래 민족의 통치시기를 막론하고 '중국'은 궤멸되지 않았을 뿐 아니라 더욱 강성해지고 지속적으로 발전하였다.

'운명공동체'는 중국문명의 일대 발명이다

'운명공동체'라는 명사는 최근 몇 년간 중국의 시진핑(習近平) 등 지도자들이 최초로 창조한 개념이다. 이 명사의 등장으로 중국문명 발전과정에 대한 탐구가 쉬워졌다. 필자는 다음과 같이 세 부분으로 나누어 중국 '운명공동체'의 의의에 대해 논하고자 한다.

첫 번째, 필자는 독자들이 "중국은 한 번도 '민족국가'였던 적이 없다"라고 한 필자의 말에 이미 찬성하였을 줄로 안다. 오늘날 중국에는 약 14억 인구가 거주하고 있고 해외에도 수천 만 명에 이르는 화인(華人, 중국인)과 화교(華裔)가 살고 있다. 그들이 중국과 세계 각지에서 행하고 있는 행위는 매우 큰 구심력 – 마음이 '화(華, 혹은 '중화')를 향하고 있다. 그러나 그 '화'(혹은 '중화')는 민족의 표지가 아니다. 전세계의 화인(중국인)과 화교는 공동의 원시 선조가 없다. 그럼 무슨 요소가 그러한 구심력을 형성시킨 것일까?

이는 참으로 이해하기 어려운 부분이다. 만약 중국의 상황을 러시아(소련 포함)와 비교해보면 그 의문이 바로 풀린다. 1950년대에 소련 가요가 중국에서 많이 유행했었다(필자도 그중 몇 곡을 배워 부를 수 있었다). 예를 들면 「조국 행진곡」에 "우리 조국은 얼마나 드넓은가? 가없는 들판과 수림이 있다네. 우리는 이곳을 제외하고 자유롭게 숨 쉴 수 있는 다른 나라를 본 적이 없다네……"라는 가사가 있다. 이 노래를 부르노라면 큰 감동을 받게 된다.

러시아인들은 조국을 노래하는 가요를 매우 잘 짓는다. 그러나 과거나 현재를 막론하고 러시아 내부에는 매우 큰 원심력이 존재하는데 이는 바로 민족 요소라는 점이다. 중국은 자신을 제대로 칭송한 적이 한 번도 없지만, 민족 요소라는 걸림돌이 없기 때문에 장구적인 구심력이 존재한다. 중국과 러시아(소련 포함)를 비교해보면 러시아에는 없는 중국만의 '공동체'적인 장점이 뚜렷하게 드러난다. 두 번째, 현재 소련은 더 이상 이 세상에 존재하지 않는다. 이제는 아무도 더 이상 "우리 조국은 얼마나 드넓은가?", "우리는 이곳을 제외하고 자유롭게 숨 쉴 수 있는 다른 나라를 본 적이 없다네"라고 노래하지 않는다. 사실 이 두 마디의 노래 가사는 중국인이 부르는 것이 가장 알맞다.

2천여 년 전에 이미 그렇게 노래했어야 하며, 지금은 더욱 그렇게 노래해야만 마땅하다. 진 · 한 시대에 세계 그 어느 나라든 중국보다 '드넓은' 나라는 없었으며, 중국인처럼 자기 땅에서 '자유롭게 숨 쉴 수 있는'국민은 없었다. 앞에서 언급한 바 있는 공손앙(公孫鞅)은 위(魏)나라 사람인데 진(秦)나라로 가서 '변법'을 실행하여 다른 나라가 강성하도록 도왔다(위나라와 진나라는 모두 '중국문명권'에 속함).

한무제는 진효공을 본받아 유능한 인재를 불러 모았는데 국내적으로 호응을 얻어 유능한 인재들이 대통일을 이룬 중국의 방방곡곡에서 모여들었다. 이것이 바로 '드넓은'중국에서 '자유롭게 숨 쉴 수 있는'증거이며, 대통일된 중국이 '운명공동체'라는 증거이다. 세계에서 인구가 가장 많은 집단이 황허와 창장유역에 집결하여 경제를 발전시켜 전 세계에서 가장 번영한 나라가 된 것이다. 진 · 한시기에 그랬으며, 수 · 당 · 송 시기에는 더욱 그랬다. 이것이 바로 중국 '운명공동체'의 증거이다.

세 번째, 중국 '운명공동체'의 주요 장점은 민족의 표지와 차이가 없고, 민족 모순과 압박이 없다는 것이다. 진 · 한시기에 그랬으며 수 · 당 · 송 · 명 시기에도 그랬다(원 · 청 두 조대는 달랐다). 그러나 소련은 민족의 표지와 차이 및 민족 모순과 압박이 존재하였다. 러시아인이 소련에서 '자유롭게 숨 쉴 수 있는 정도'는 러시아인이 아닌 사람들보다 컸다. 우리는 중국이 진 · 한시기에 이미 '운명공동체'가 형성되었음을 강조하고 있으며, 또 중국의 발전이 '민족국가'를 추월해 '문명의 길'을 걸은 것에 대해 더 분명한 인식을 갖게 되었다.

2015년 8월 23일 아시아대륙 최초로 전형적인 유럽풍의 제22회 '국제역사과학대회'(International Congress for Historical Sciences)가 산동(山東)성 지난(濟南)에서 개막하였다. 류옌동(劉延東) 국무원 부총리가 개막식에서 "중국 5천여 년 문명사는 자강불식하는 분투의 역사이고 평화를 추구하는 발전의 역사이며 서로 배우고 서로 본받는 교류의 역사로서 중화민족의 혈맥에 녹아든 문화 유전자를 창조하였으며, 당대 중국의 가치 이념과 제도의 선택 및 발전의 길을 형성하였다."라고 역설하였다. 이는 중국의 5천 년 발전에 대한 예리한 종합이었다.

필자가 쓰고 있는 이 책은 마치 류옌동 부총리의 그 간단명료한 종합에 대한 상세한 설명과 보충이라고 할 수 있다. 류옌동 부총리는 중국이 '자강불식하며 분투하였다'라고 말하였는데, 이는 진 · 한시기에 통일된 중국공동체를 구축한 것에 대한 가장 높은 평가였다. 중국문명은 5천여 년 간 처음에는 자연적으로 이루어져 아주 이상적인 '지리공동체'안에서 '입천(立天)"입지(立地)"입인(立人)'의 도리를 모색하는 과정에서 '지리공동체'를 '문명공동체'로 건설하였다.

진 · 한 시대에는 또 한 걸음 더 나아가 그 '문명공동체'를 사회 · 정치 · 경제 · 문화의 '운명공동체'로 건설하였다. 중국문명은 '자강불식하며 분투하는'정신에 따라 한나라 말기까지 발전하는 과정에서 '민족국가'를 초월하는 '문명의 길'을 개척하였으며, 4백 여 년의 분투과정을 거쳐 세계에서 매우 큰 실력을 갖춘, 총체적으로 하나로 뭉친 사회 · 정치 · 경제 · 문화의 '운명공동체'로 발전하였다. 여러 분야의 발전이 유럽의 로마제국에 견줄 만하다고 하겠다. 로마제국의 귀족들이 중국의 실크를 좋아하게 된 사실은 간접적으로 중국경제의 발전을 설명해주고 있다.

서양세계에서 '세계의 정복자'라는 명성을 얻은 로마제국은 그때 당시 한나라와 관련된 정보를 입수하지 못하였다. 로마제국의 사람들은 고대 그리스인에게서 '실크의 나라/Seres'라는 이름을 계승하고 전파하였다. 그러나 로마의 귀족들이 소비하는 중국의 실크는 모두 중간 상인의 손에서 사들인 것이었다. 중간 상인 중에는 중국과 인접한 중앙아시아 국가의 부호들이 많았다. 그들은 로마인들에게 한나라 관련 정보를 누설하지 않았다(로마제국이 한나라와 직접 왕래하게 되면 중간에서 실크 중계무역을 전담하고 있는 그들의 권리와 수익이 박탈당할까봐 두려웠기 때문이다). 심지어 어떤 중앙아시아의 부호들은 '실크의 나라/Seres'외교사절이라고 사칭하기도 하였다.

로마제국의 제1대 황제 아우구스투스(Octavian Augustus, 기원전 27년~14년 재위)는 바로 그런 외교사절을 접대한 적이 있다. 이밖에 중국의 역사서에도 로마제국과 관련한 정보가 없었다. 이른바 '대진(大秦)'이라는 단어가 있었는데, 중국 역사학자들은 그 단어가 '로마제국'을 가리키는 것으로 줄곧 생각하였다. 필자는 본인이 쓴 다른 책에서 그 정보의 혼란스러움에 대해 지적한 바 있다.[22] (예를 들면, 대진의 왕안돈[王安敦]이 한환제[漢桓帝]에게 상아와 물소의 뿔을 바쳤다고 하였는데, 대진과 인도를 혼돈했음이 틀림없다). 한나라와 로마제국은 서로 교류할 수 있었음에도 서로 격리되어 있었는데 참으로 아쉬운 일이었다.

한나라 때 중국은 로마제국이 로마를 '중심/종주'로 하여 대외로 확장

---

22) 탄종(譚中)、경인쩡(耿引曾),『인도와 중국—2대 문명의 교류와 설렘』, 2006년, 베이징, 상무인서관, 89~91쪽.

하면서 유럽과 아프리카 국가를 '비주류'로 만든 것과는 달랐다는 사실을 볼 수 있어야 한다. 로마는 기원전의 왕국과 공화국 시대를 거치는 내내 국민개병(전 국민 모두가 병사임) 민족이었다. 로마제국시대에는 그때 당시 세계 최강의 '로마군단'이 존재하여 로마제국을 공고하게 지탱해주는 기둥이 되었으며, 또 유럽의 압박받는 민족국가들이 통탄해하는 존재이기도 하였다. 그러나 한나라는 전혀 그렇지가 않았다.

이로부터 미루어 볼 때 중국문명이 "평화를 추구하는 발전의 역사"라고 한 류옌동 부총리의 표현은 중국 진 · 한시기의 발전 경력과 맞물리게 된다. 모든 일은 오직 비교를 거쳐야만 그 특색이 드러나게 된다. 진 · 한시기 중국의 통일공동체와 로마제국을 비교해보면 그 공동체의 평화와 문명의 특색이 분명하게 드러난다. 그렇기 때문에 그 공동체는 한나라가 소실된 뒤에도 여전히 중국 대지에서 이어져 왔으며, 계속 발전해왔다. 이는 제국이 사라진 뒤에 다시는 일어서지 못한 로마와는 다르다.

앞에서 언급한 바 있는 한명제 시기부터 중국과 인도문명의 교류대업 또한 "서로 배우고 서로 본받는 교류의 역사"라고 한 류옌동 부총리의 말에 사실적 증거를 제공해주고 있다. 류 부총리가 말한 바와 같이 중국이 5천여 년간 창조한 길이 바로 이 책에서 논술한 '민족국가'의 발전과 구별되는 '문명의 길'이다. 진 · 한시기는 그 발전과정에서 혁신의시기, 토대를 마련하는 중요한 작용을 한 시기였다. 진 · 한시기는 대통일을 이룬 중국의 초창기 단계이며, 이를 공고하게 다지는 단계였다.

진 · 한시기의 중국 '운명공동체'는 대담한 시도로서 나무랄 데 없이 완전무결하게 하기에는 너무 어려웠다. 중국처럼 이렇게 큰 나라에서 대통일된 통치를 공고히 하려면 반드시 현명한 황제가 있어야 했다. 한나라 황제 중에는 평범한 자와 아둔한 군주가 매우 많았다. 이것이 바로 중국 '운명공동체'의 치명적인 약점이었다. 황제의 쇠약함으로 인해 권신들이 제멋대로 날뛰고, 지방 세력이 독립을 선언하는 결과를 초래하였으며, 이것이 바로 한나라가 멸망하게 된 원인이었다. 이 때문에 중국 '운명공동체'제1판은 삼국시기에 끝나고 말았다.

삼국연의

동한(25~220)은 서한(기원전 206~ 25)의 211년 역사를 또 다시 195년 연장시켰으며, 한나라는 중국의 대통일 국면이 가장 오래 지속되고 발전을 이룬 왕조였다. 동한 말년에 위(魏) · 촉(蜀) · 오(吳) 삼국정립의 국면이 나타났다(위[220~265], 촉[221~263], 오[222~280]). 동한이 사라짐에 따라 중국 정치사상 4백 년 동안의 분열시기가 시작되었다. 나관중(羅貫中)(1280 ?~1360)이 14세기에 쓴 『삼국지통속연의』(『삼국연의』로 약칭) 제1회 첫머리는 이렇게 시작된다. "세상의 이치를 말하자면 이렇다. 천하의 대세는 나누어진 시간이 오래면 반드시 합쳐지고, 합쳐진지 오래면 반드시 나뉘게 된다.

주나라 말에 7개국이 서로 나뉘어 싸우다가 결국 진나라로 통합되었으나, 진나라가 멸망한 후 초 · 한 양국으로 다시 나뉘어 서로 싸우다가 또 다시 한나라로 병합되었다. 한나라 고조가 백사(白蛇)를 칼로 베어 죽이면서 무장봉기를 일으켜 천하를 통일하고, 후일 광무 황제 때 중흥을 맞이하였으나 헌제 때에 이르러 결국 다시 세 나라로 나뉘게 되었다.(話說天下大勢, 分久必合, 合久必分。週末七國分爭, 併入于秦。及秦滅之後, 楚、漢分爭, 又併入於漢。漢朝自高祖斬白蛇而起義, 一統天下, 後來光武中興, 傳至獻帝, 遂分為三國)" 6백여 년 간 사람들은 그가 말한 "나뉜 지 오래면 반드시 합쳐지고 합쳐진지 오래면 반드시 나뉘게 된다"는 말을 중국 역사발전의 법칙으로 삼아왔다. 그 법칙과 앞에서 인용한 류옌동 부총리의 종합은 동시에 존재할 수 없다. 그 법칙이 중국 '문명의 길'에 대한 사람들의 인식을 방해하고 있음을 어렵지 않게 볼 수 있는 것이다.

나관중 그리고 전통관점을 계승한 수많은 역사학자들의 큰 잘못은 중국을 당·우·하·상·주(唐虞夏商周)시기부터 하나의 통일체로 간주한 것이다. 그 후 "합친 지 오래면 반드시 나뉘게 된다"는 이치에 따라 주나라 말년에 춘추전국으로 분열되었다가 또 "나뉜 지 오래면 반드시 합쳐진다"는 이치에 따라 진·한시기에 중국이 통일되었다가 또 다시 "합친 지 오래면 반드시 나뉘게 된다"는 이치에 따라 삼국 및 위·진·남북조(魏晉南北朝)시기 국면을 이루게 되었다고 주장하는 것이다. 이런 관점은 중국문명이 시작 초기에는 겨우 두 강 유역의 각기 다른 곳에서 피어난 점점의 불꽃에 지나지 않다가 점차 합쳐져서 대 면적으로 발전하였다는 사실을 보지 못한 것이며, 중국의 통일된 국면은 진·한시기에 창조된 것이라는 이 중대하고 관건적인 역사적 사실을 간과한 것이다.

제1장에서 우리는 대우 통치 시기의 "천하는 만 개의 국가(天下萬國)"에 대해 언급하였는데, 중국문명은 흩어졌던 것이 한데 모이는 법칙에 따라 계속 앞으로 발전해 진·한시기 대통일의 국면을 이루기까지 걸어왔던 것이다. 바꾸어 말하면 하나라 때부터 진·한시기에 이르기까지는 "나뉜 지 오래어 반드시 합쳐진"경우만 존재하였을 뿐 "합친 지 오래어 반드시 나뉜"경우는 존재하지 않았다는 점이다. 이른바 '주나라'는 느슨한 연맹으로 초기에는 수 백 개의 나라가 있었는데, 마지막 전국시기에는 오직 "7개 나라가 할거하며 다투었을 뿐"이기 때문에 "합친 것"이지 "나뉜 것"이 아닌 것이다.

"나뉜 지 오래면 반드시 합쳐진다"는 법칙과 관련해서, 만약 창장과 황허가 지구상에서 중국의 윤곽을 형성한 시기부터 시작해 진시황이 중국을 통일한시기까지 살펴본다면 그 법칙은 존재한다. 그러나 "합친 지 오래면 반드시 나뉘게 된다"는 법칙의 경우, 비록 삼국시기에 그런 경향이 있기는 했지만, 중국이 '문명의 길'을 따라 발전함에 있어서 반드시 거쳐야 했던 단계인지 아닌지를 판단할 수 있는 충분한 역사적 증거는 아직 없는 것이다.

각도를 바꾸어서 생각해보면, 동한 말년에 삼국이 정립한 뒤 위나라는 황허유역의 정치세력이었고, 오나라와 촉나라는 창장유역에 위치해 중국 운명공동체의 주류에 참가해 들어온 정치적 각성세력이었다. 이는 분열의 흐름을 대표하는 것이 아니라 통합의 또 다른 표현방식이었다. 삼국 시기는 실제로 창장유역의 정치·경제·문화의 대 개발시기였고, '오(吳)'의 기치를 내세워 장쑤·저장·장시를 기지로 하는 '강남문화'의 발달시기였으며, '촉(蜀)'의 기치를 내세워 쓰촨·후베이·후난을 기지로 하는 광의적인 '파촉(巴蜀)문화'의 발달시기였다. 이러한 새로운 현상이 정사에서는 드러나지 않았지만, 14세기 나관중이 쓴 『삼국연의』에서는 남김없이 다 드러냈다. 『삼국연의』는 실제로 역사 서적이 아닌 소설이지만 민간에서는, 특히 창장유역의 민간에서는 진실한 역사로 간주하고 있다. 나관중의 명작은 '가짜를 진짜로 둔갑시키는'작용을 하였던 것이다.

훌륭한 역사서라면 역사적 정보를 제공해야 할 뿐 아니라, 후세사람들을 이끌어 선대 사람들의 경험과 교훈을 올바로 종합할 수 있도록 해야 한다. 서진(西晉)시기의 역사학자 진수(陳壽)(233~297)의 저서 『삼국지』는 비록 역사적으로 훌륭한 책으로 평가 받고는 있지만, 그 책보다 1천 년 뒤에 나온 『삼국연의』에 추월당하였다. 실제로 나관중의 저서 『삼국연의』는 민간에 알려진 삼국시기 일부 유명 인물을 근거로 쓴 것이다. 무릇 『삼국연의』를 자세하게 읽은 사람이라면 모두 삼국 중 가장 약소한 촉나라에 마음이 기울게 될 것이며, 위나라의 조조(曹操, 155~220)를 부정적인 인물로 보고, 촉나라의 유비(劉備, 161~223)를 완벽한 통치자로 보는 쪽으로 치우치게 되는데, 이는 역사 사실에 어긋나는 경향이다. 『삼국연의』의 영향으로 인해 중국 민간에는 두 명의 '문명 영웅'이 더 생겨났다. 한 사람은 관공(關公)이고 다른 한 사람은 공명(孔明)이었다.

관공은 촉나라 초기의 주장(主將)이며, 이름은 관우(關羽)(?~220)이고 자는 운장(云長)이다. 『삼국지』에서 그는 원래 '망명자'였으나 후에 유비에게 의탁해 유(비)·관(우)·장(비, 張飛)의 '도원결의(桃園結義)'이야기가 생겨나게 되었다. 그는 조조와 손권(孫權)에게 잡히기도 하였으며(마지막에 손권에 의해 처형됨) 특별히 뛰어난 전공은 세우지는 못하였다.

『삼국연의』에서 그의 역사와 관련해서는 기본상 바뀐 것이 없다. 그러나 관우가 죽은 뒤 민간에서 많은 사람들이 그를 기려 창장유역 일대에서 남조(南朝)의 진(陳)대부터 수·당시기에 이르기까지 "관우가 현령했다(關羽顯靈)"라는 전설이 점차 나타났다.

민간의 반응은 통치계급에도 영향을 주었다. 수문제(隋文帝) 양견(楊堅)(581~604년 재위)이 등극한 뒤 관우를 '충혜공(忠惠公)'에 봉하였다. 송나라 황제 중에서는 철종(哲宗) 조후(趙煦, 1086~1100년)가 앞장서서 관우를 '관공'·'숭녕지도진군(崇寧至道眞君)'·'소열무안왕(昭烈武安王)'·'장무의용무안왕(壯繆義勇武安王)'등으로 불렀다. 나관중이 처한 시대인 원나라 정부도 그에게 '현령의용무안영제왕(顯靈義勇武安英濟王)'이라는 칭호를 붙여주었다.

『삼국연의』에서는 관우를 아무도 당할 자 없는 용맹함과 지혜까지 갖춘 인물로 묘사하였다. 매번 정벌전쟁에서 승리를 거둔 것은 모두 그의 독창적인 '타도계(拖刀計, 말 등에 타고 적장과 몇 합을 싸운 뒤 패한 체 긴 칼을 끌며 도주하다가 적장이 바싹 뒤쫓아 오기를 기다려 불의에 말을 돌려 긴 칼로 적장의 머리를 후려치는 전술) 덕분이다.

관공은 팔에 독화살을 맞아 독이 온 몸에 퍼지게 되자 명의 화타(華陀, 145~208)가 칼로 살을 베고 뼈를 긁어 독을 제거하는 시술을 폈다. 수술이 진행되는 있는 동안 관공은 술을 마시며 바둑을 두고 있었는데 아픈 내색을 전혀 하지 않았다고 한다. 이는 역사의 미담으로 전해지고 있다(소설에서 이 이야기는 관공이 죽기 얼마 전에 일어난 일이다. 그러나 역사 기록에 따르면 그것은 화타가 죽은 지 십여 년 뒤의 일이 된다. 그렇기 때문에 그 이야기는 역사적 사실일 리가 없다). 더욱 중요한 것은 『삼국연의』는 많은 에피소드를 통해 관공의 '충의'있는 절개를 돋보이게 하였다는 점이다. 그런 과장(역사적 사실에서 벗어난 것은 긍정적이다)을 거쳐 관공은 민간에서 신격화되었다. 1613년에 명신종(明神宗) 주익균(朱翊鈞)(1563~1620)이 그를 '삼계복마대제신위원진천존관성제군(三界伏魔大帝神威遠鎭天尊關聖帝君)'에 봉하였다. 1828년, 1855년, 1879년에 청나라 정부가 세 차례에 거쳐 그에게 칭호를 추가로 봉하였다.

『삼국지』에서 빼어난 곳이 전혀 없는 장수인 관우가 마지막에는 "충의신무령우인용위현호국보민정성수정익찬선덕관성대제(忠義神武靈佑仁勇威顯護國保民精誠綏靖翊贊宣德關聖大帝)"라는 칭호까지 얻었다. 관공은 통치계층의 지도자들과 민간에서 신적인 존재가 되었을 뿐만 아니라, 유가·석가·도가 등 다양한 신앙집단 공동의 문화적 영웅이 되었다. 중국 각지에 있는 관공의 신묘는 다양한 이름으로 불리고 있다. '관제묘(關帝廟)"무묘(武廟)"무성묘(武聖廟)"문형묘(文衡廟)"협천궁(協天宮)"은주공묘(恩主公廟)'등이 있으며, 중국 홍콩·마카오·대만 등 지역에까지 널리 분포되어 있다. 중국 대만에서는 관공 숭배가 성행하고 있으며, 또 해외 중국인들에게까지 전파되었다. 일본 · 한국에도 관공 숭배가 존재한다.

'공명'제갈량(諸葛亮, 181~234)에 대해서도 비록 『삼국연의』에서 극적으로 과장했지만, 그는 실제로도 확실히 재능이 있고 지혜로우며 높이 서서 멀리 내다보는 안목을 갖춘 치국 인물이었다. 그는 나라 대업에 충성을 다 바쳤다. "죽을 때까지 몸과 마음을 다 바쳐 나라 일에 힘쓸 것이다(鞠躬盡瘁, 死而後已)"라는 말은 그의 명언이며 그 또한 그렇게 하였다. 이 말은 또 천여 년간 중국 지식인 엘리트의 좌우명이기도 했다. 신중국 개국 총리인 저우언라이(周恩來) 총리도 "죽을 때까지 몸과 마음을 다 바쳐 나라 일에 힘쓴"대표적인 인물이다.

제갈량이 227년과 228년에 쓴 두 편의 「출사표(出師表)」 문장은 중국 문학의 명작이 되었으며, 중학교 교과서에 수록되었다. 그중 첫 번째 문장 「전(前)출사표」에서는 "신은 본래 하찮은 평민으로 남양에서 밭이나 갈며 난세에 목숨이나 유지하며 지내기를 원할 뿐, 제후를 찾아가 일신의 영달을 구할 생각은 없습니다.(臣本布衣, 躬耕于南陽, 苟全性命於亂世, 不求聞達于諸侯.)"라고 하였다. 이는 마음에서 우러나오는 진심 어린 말이다. 제갈량은 '평민(布衣)'출신이다. 촉주(蜀主) 유비가 죽은 뒤 그가 승상(丞相)이 되어 대권을 장악하고 있었지만, 여전히 '평민'의 본색을 유지하였다. 그는 일생 동안 청렴하였으며 명예와 이익을 뜬구름같이 덧없는 것으로 여겼다.

제갈량은 사람을 쓸 줄 알았으며, 나라를 다스리는 데 일가견이 있었다. 촉나라 내부는 질서정연하고 일사분란하게 단합되었다. 그는 또 뛰어난 전략가였다. 그의 전략이 있었기에 원래는 입추의 여지도 없던 촉나라가 점차 강대해질 수 있었으며, 감히 위나라에 맞서 싸워 위나라의 영토를 점령할 수 있었던 것이다.

『삼국연의』에서 제갈량의 지모가 뛰어남에 대한 묘사 중 가장 멋들어진 부분은 바로 마속(馬謖, 190~228)이 가정(街亭)전투에서 패해 그의 전반적인 북벌계획이 파괴되어 퇴각하는 과정에서 일어난 일이다. 퇴각하는 총망 중에 그는 백성을 거느리고 행군하다가 행동이 굼떠 식량이 저장되어 있는 양평(陽平) 현성까지 퇴각하였을 때, 위나라 통솔자인 사마의(司馬懿, 179~251)가 거느린 15만 대군에 따라잡히고 말았다. 그런데 그에게는 병사가 고작 5000명밖에 없었다. 그 위기일발의 시각에 그는 모두들 침착함을 유지하고 성문을 활짝 열어젖힐 것을 명하였다. 그리고 그는 성루에 앉아 거문고를 타기 시작하였다. 의심이 많고 조심성이 많은 사마의는 제갈량의 매복에 빠졌다는 잘못된 판단을 하고 즉각 군대를 돌려 황망히 퇴각하였다. 제갈량은 이처럼 교묘하면서도 아슬아슬한 '공성계(空城計, 성을 비우는 계책)'를 써서 방대한 적군이 놀라 도망가게 함으로써 안전하게 이동하였다.

나관중은 『삼국연의』에서 이 이야기를 매우 생동감 있고 실감나게 묘사하였다. 그러나 진실한 사실을 날조하지는 않았다. 동진(東晋)시기 왕은(王隱)의 『촉서(蜀書)』(『삼국지』의 중요한 참고자료임)에서도 그런 사실이 있었다고 언급하였다. 오늘날 '공성계'는 이미 전 세계에 널리 알려졌으며, 영문으로는 "empty fort strategy/빈 성 전략"이라고 한다. '민족국가'세계에서는 사활을 건 지혜의 겨룸이 시시각각으로 존재했다. 따라서 '공성계'는 늘 군사 · 정치 심지어 경제적 전략에까지 응용되었다.

공명에 대한 숭배는 비록 관공 숭배보다 보편적이지는 않지만, 그래도 그 현상이 적지는 않다. 중국 전역에는 공명묘(孔明廟) · 무후묘(武侯廟) · 무후사(武侯祠) 등이 수 십 개에 이르며, 그중에서도 청두(成都)시 무후(武侯)구에 위치한 무후사(武侯祠)가 가장 이름났다. 그 사당은 223년에 지은 것으로 유비와 제갈량을 기념하는 사당이기도 하며, 또 중국 최대의 삼국유적박물관이기도 하다. 현재는 중국 중점 문물보호기관, 국가 1급 박물관, 국가 AAAA급 관광지로 되었으며 '삼국성지(三國聖地)'라는 명성을 누리고 있다.

오늘날 사람들이 청두에 가게 되면 짙은 '파촉문화'의 옛 풍모를 느낄 수 있는데, 주로 무후사를 비롯한 고적에서 풍기는 분위기 때문이다. 삼성퇴 고적이 발견되기 이전에 만약 삼국시기 촉나라의 존재가 없었다면, '파촉문화'에 관심을 기울이기 어려웠을 것이다. 만약 삼성퇴를 잠시 한쪽에 제쳐놓는다면, 삼국시기 촉나라는 쓰촨을 중국문명 무대에 등장시킨 시작점이라고 말할 수 있다. 다시 말하면 쓰촨이 중국문명의 주류에 포함될 수 있은 시작점이라고 할 수 있다는 말이다. 그렇게 되면 다시 돌이켜 볼 때, 나관중이 말한 "합친 지 오래면 반드시 나뉘게 된다"라는 말은 맞지 않은 것 같다. 삼국 시기는 대 통일을 이룬 중국이 '나뉜 것'이 아니라 오히려 '합친 것'이며, 이 책에서 서술한 '히말라야 권'에서 매우 중요한 쓰촨을 중국문명의 주류에 '합친 것'이 된다.

나관중의 『삼국연의』는 관우와 제갈량만 돋보이게 한 것이 아니라 위 · 촉 · 오 삼국의 수많은 인물과 그들의 생생한 사적을 글로 씀으로써 3세기 중국문화가 몹시 풍부하였다는 사실과 사처에 인재가 있었고, 그들의 활동이 사처에서 이야기로 넘치니 생기 있고 활기차게 발전하였다는 사실을 느낄 수 있게 한다. 그때 당시 중국은 이미 활력이 넘치는 운명공동체였다.

우리는 관공과 공명의 사적이 줄곧 전해져 내려온 사실을 통해서도 중국문명에는 "진(晉)나라의 얼마나 많은 왕족이 황폐해진 무덤으로 변한(晉

代衣冠成古丘)”현상이 존재하지 않음을 알 수 있으며, 중국이라는 운명공동체는 2천 년간 지속적으로 발전해왔음을 알 수 있다.

진시황이 중국을 통일한 뒤 2천여 년간 중국의 통치가족에는 본 지역과 외래 집단이 각각 절반씩 차지했다. 동한이 삼국의 내전에 의해 멸망되었다. 220년에 위나라 군주 조비(曹丕, 187~226)가 한헌제(漢獻帝, 189~220년 재위)를 압박해 '왕위를 선양'하게 한 뒤 한나라를 멸하고 '조위(曹魏)'국을 세웠다. 그러나 대권은 공을 세운 통솔자 사마의가 장악하였다. 265년 사마의의 손자 사마염(司馬炎)(236~290)이 위나라를 멸하고 서진(西晉)(265~316)을 세웠다.

그 시기 창장유역의 촉나라와 오나라가 잇달아 멸망하여 중국은 통일을 이루었다. 291~306년에 '팔왕의 난(八王之亂)'이 일어나 서진은 쇠락하였고, 그 후 외래 민족의 침입을 당해내지 못하여 5호16국(五胡十六國)시기가 시작되었으며, 그 이후에는 남북조의 국면이 나타났다.

4. 외래 민족이 중국 운명공동체 통합과정에 가입

5호16국시기는 중국 5천 년 역사에서 매우 오묘하고도 중요한 한 부분이다. 앞에서 인용한, 류옌동 부총리가 "중국 5천여 년 문명사는 자강불식하는 분투의 역사이고, 평화를 추구하는 발전의 역사이며, 서로 배우고 서로 본받는 교류의 역사"라고 한 말과 연결시켜 보면, 5호16국과 잇달아 나타난 창장 이북의 북조(北朝)는 바로 중국문명의 "서로 배우고 서로 본받는 교류의 역사"의 이정표이며, 외래 민족의 엔진이 발동한 중국의 정치 · 사회 · 경제 · 문화 '개혁개방'의 새로운 단계였다.

비록 5호16국과 북조의 여러 왕조는 모두 전쟁의 봉화 속에서 태어난 것이기는 하지만, 그 주선율은 중국 대지에서 평화적으로 공존하고, 안정적이고 행복하게 살아가려는 것으로서, 중국문명의 "평화를 추구하는 발전 역사"의 구성부분이다. 외래 민족은 중국문명의 '자강불식'의 고무와 격려를 받아 그 대업에 참가한 것이며 중국문명권 내에서 "자강불식하는 분투의 역사"의 참신한 한 페이지를 남겼던 것이다.

'5호난화(五胡亂華, 5호가 중국을 어지럽힘)'의 중국에 대한 공로

이른바 '5호'란 흉노(匈奴) · 선비(鮮卑) · 갈(羯) · 저(氐) · 강(羌) 다섯 민족을 가리킨다. 그들은 화북(華北) · 서북(西北)의 여러 지역과 쓰촨에 외족이 통치하는 국가를 잇달아 16개나 세웠다(그중 3개는 한족이 통치한 국가임).

그 국가들은 각각 저족 이(李)씨가 쓰촨에 세운 '성한(成漢, 304~347)', 흉노족 유(劉)씨가 화북에 세운 '전조(前趙, 304~329)', 갈족 석(石)씨가 전조를 교체해 세운 '후조(後趙, 319~352)', 한족 장(張)씨가 서북에 세운 '전량(前涼, 301~376)', 선비족 모용(慕容)씨가 허베이(河北)에 세운 '전연(前燕, 337~370)', 저족 부(苻)씨가 화북에 세운 '전진(前秦, 351~394)', 선비족 모용씨가 허베이 일대에 세운(전성기에는 허베이 · 랴오닝[遼寧] · 산둥[山東] · 산시[山西] · 허난[河南]까지 점령함) '후연(後燕, 384~407)', 강족 요(姚)씨가 화북의 대면적 지역에 세운 '후진(後秦, 384~417)', 선비족 걸복(乞伏)씨가 서북에 세운 '서진(西秦, 385~400)', 저족 여(呂)씨가 서북에 세운 '후량(後涼, 386~403)', 선비족 독발(禿發)씨가 칭하이(青海)에 세운 '남량(南涼, 397~414)', '한족 이(李)씨가 간쑤(甘肅) · 신장(新疆)에 세운 '서량(西涼, 400~421)', 흉노족 몽손(蒙遜)씨가 서북에 세운 '북량(北涼, 397~437)', 선비족 모용씨가 화동(華東)에 세운 '남연(南燕, 398~410)', 한족 풍(馮)씨가 랴오닝 · 허베이에 세운 '북연(北燕, 407~436)', 흉노족 혁련(赫連)씨가 화북에 세운 '하국(夏國, 407~431)'이다.

정치적으로 보면 5호16국은 중국 북부와 서부의 질서를 파괴하였으며, 문화적으로 보면 중국문명의 영역이 진 · 한시기에 비해 확대되었고, 새로운 활력소가 주입된 것이다. 주목할 점은 그때 당시 화북지역이 '천하대란'이라고 형용할 수 있었지만, 중국 국경 밖으로 대대적으로 피난을 떠나는 난민은 없었다. 반면에 화북으로 들어온 국외의 상인과 고승의 수는 전례 없이 많았다. '5호16국'의 새 국면은 마치 인도 마우리아 왕조의 아소카왕(기원전304?~ 기원전232)이 제기한 전 세계에 불교를 전파하자는 호소에 호응하여 굽타왕조(320~540)의 상업 발전과 함께 인도에서 시작된 '법보의 길'을 따라 갠지스강 유역에서 출발해 아프가니스탄 · 중앙아시아 · 신장을 거쳐 장안 · 낙양에까지 이르렀다. 고대 인도의 승려들은 몸에 돈을 지니고 다니지 않았다.

그들은 장거리 여행을 할 때 모두 상인 대열을 따라 다녔다. 그 시기의 '법보의 길'을 따라 대량의 인도 보석 · 향료약물 · 면직물 등이 중국으로 운반되었고, 한편 외국 상인들은 또 중국의 실크를 운반해 나갔다. 고대의 이른바 '실크로드'는 바로 그렇게 해서 번영한 것이다(처음부터 근세기에 이르기까지 '실크로드'를 거쳐 뛰어다닌 이들로는 주로 인도 · 페르시아 · 아라비아 · 중앙아시아의 상인이었으며, 중국 상인의 모습은 아예 보이지 않았다). 바꾸어 말하면 5호16국이 고대 '실크로드'의 번영에 매우 큰 공헌을 했던 것이다.

5호16국시기에 인도와 중앙아시아의 수많은 불교 고승들이 중국으로 왔다. 그중 가장 유명한 슬려로는 불도징(佛圖澄, 310년에 중국에 와 348년에 중국에서 세상을 떠남)과 구마라십(鳩摩羅什, 384년에 중국에 와 409년에 중국에서 세상을 떠남)이 있다. 불도징은 천문 현상을 관찰하는 데 능하였으며(살아있는 기상대로 불림), 또한 전략에도 능하여 후조(後趙)의 개국 군주 석늑(石勒, 274~333)을 도와 전투에서 큰 승리를 거두곤 하였다. 그는 또 의술에도 능하여 석늑이 거느린 군대에 전염병이 돌아 전투력이 크게 떨어졌을 때 불도징이 낸 약처방으로 전염병을 깨끗이 치료하였다.

석늑은 그 자신이 전 군을 이끌어 불교를 믿게 했을 뿐만 아니라, 그의 조카이며 그의 후계자인 석호(石虎, 295~349)는 불도징을 '대승려'로 떠받들었으며, 조정에 나가 정무를 볼 때면 그와 동석하곤 하였다. 조정대신들은 먼저 불도징에게 절을 한 뒤 다시 황제(석호는 칭제하였으며, 시호[諡號]는 '무황제[武皇帝]'임)에게 절을 하였다. 석늑과 석호는 화북지역 불교의 전파에 큰 공헌을 하였다. 불도징의 영향을 받아 석늑이 집권하는 동안 인정(仁政)을 폈다. 그는 식량이 귀한 것과 백성의 질고를 헤아려 술을 빚지 못하도록 금지시켰다.

20세 때 이미 구자(龜茲)에서 이름이 널리 알려진 인도의 고승 구마라십을 5호16국의 군주들은 진귀한 보물로 간주하였다. 전진(前秦)의 개국 군주 부견(苻堅, 338~385)은 군대를 구자로 파견해 그를 장안으로 '모셔'왔다. 후진의 군주 요흥(姚興, 366~416)은 그를 '빼앗아'간 뒤 '역경원(譯經院)'을 설립하여 그에게 800명의 중외 전문가를 이끌고 단체로 불경을 번역하게 하였다. 요흥도 시간이 날 때면 그들이 토론하는 것을 방청하곤 하였다. 이로써 '한명제가 꿈에 금 사람을 본 것'을 시작으로 불교 고승을 후하게 대접하면서 그들을 조직해 인도문명의 정수를 인도의 구전(口傳) 전통에서 중국의 문자전통으로 전환하여 영원히 보존하며 "서로 배우고 서로 본받으며 교류하는"영구불변의 정책을 수립함으로써 중국문명에 많은 이로움을 가져다주었으며, 불교와 인도문명에도 큰 공헌을 하였다.

요흥은 또 산스크리트문과 한문에 정통하고 중국과 인도 2대 문명을 융합시킬 수 있는 절세의 천재인 구마라십이 스님이기 때문에 그가 열반에 든 후 그 절세의 천재가 인간세상에서 사라지게 될 것이라고 생각하였다. 그래서 요흥은 구마라십을 화려한 궁전에서 살게 하고 아리따운 여종을 시켜 구마라십의 시중을 들게 하였다. 구마라십은 유혹을 이기지 못해 오계를 어겼으며 그 여종이 그의 아이를 낳게 되자 절세의 천재의 씨가 중국 대지에 널리 퍼지게 되었다.

이상의 사례를 통해 5호16국이 중국문명의 발전에 대한 공헌이 매우 컸다는 사실을 알 수 있다. 특히 류옌동 부총리가 말한 바와 같이 "자강불식하는 분투의 역사"와 "서로 배우고 서로 본받는 교류의 역사"에 공헌하였다. 이로 볼 때 중국의 사서와 민간의 '오호난화'설은 잘못된 것이며 매우 공정하지 않은 말이다. 마땅히 '5호융화(五胡隆華, 5호가 중국을 융성 발전시킴)'로 고쳐야 한다.

5호16국 시대에 '한인(漢人)'이라는 이름이 널리 알려졌다. 수많은 외래 가족이 중국 통치자의 보좌에 오르면서 현지 백성들의 마음에 갑자기 종족의 표지와 경계가 생겨나기 시작하였다. 민족주의가 존재했던 적이 없는 중국사회에서 의식형태의 혼란이 나타나면서 현지인에게 '한(漢)'이라는 모자를 씌워주고 외래인에게는 '호인(胡人)'이라는 모자를 씌워주었는데 양자 모두 과학적인 근거는 없다. '민족'이란 어떤 것인가? 서양 인류학 이론에 따르건, 혹은 1950년대 중국에서의 민족정책에 대해 논할 때 특별히 존중했던 스탈린의 이론에 따르건, 모두 상고시대의 공동의 선조에게로 거슬러 올라가야 한다. 그러나 중국에는 그런 공동의 선조가 존재하지 않는다.

이와 관련해서는 위 장절 마지막 부분에서 이미 설명한 바 있다. 다시

위로 올라가 5호16국 중 3국은 '한인'이 세운 것이라고 하였는데 왜, '5호'의 기록에 포함시켰을까? 이 모든 것이 관념상의 혼란스러움을 반영하고 있다. 역사서적에서 이른바 '한인'과 '호인'은 모두 명확하지 않은 부호이다. '호인'이라 할 때 '호(胡)'는 호금(胡琴) · 호초(胡椒, 후추) · 호과(胡瓜, 오이) 등 속의 '호'처럼 명확하지 않고, 모호한 것으로서 모두 민족을 표지하는 것이 아니다.

남북조가 중국의 대통일 국면을 파괴하였는가?

5호16국은 주로 창장 이북에서의 정치 발전이며, 창장 이남은 여전히 중국 본토의 통치 영역에 속하며, 역사적으로 '동진(東晋)'(317~420, 동진시기에 저족 이씨가 쓰촨에 '성한(成漢)'이라는 나라를 세웠으나 겨우 43년 존재한 뒤 동진에 의해 소멸되었다)이라고 부른다. 이는 전반적으로 남북의 통치가 분리된 국면을 또 남북조시기까지 연장시켰다. 창장 이남의 남조(南朝)는 송조(宋朝, 420~479) · 제조(齊朝, 479~502) · 양조(梁朝, 502~557) · 진조(陳朝, 557~589) 등 네 개의 단계로 나뉜다. 창장 이북의 북조(北朝)는 북위(北魏, 386~534) · 북제(北齊, 550~577) · 북주(北周, 557~581) 세 개의 단계로 나뉜다. 사실 그 시기 '남북조'는 여전히 중국문명 대통일의 국면을 유지하면서 남북간에 평화적으로 지냈으며 자유롭게 왕래하였다.

미시적 그리고 국부적으로 보면, 남북조는 5호16국 시대 이후 중국의 뛰어난 통치자들이 창장 이남으로 계속 물러나 중국이 북방의 영토를 계속 '상실'하게 된 것이다(그러나 남조 인사 중에는 남송[南宋]의 시인 육유[陸游, 1125~1210]처럼 "단 한 가지 내 마음을 아프게 하는 것은 조국의 통일을 직접 보지 못하는 것(但悲不見九州同)"이라고 한탄하는 이가 없었다). 그러나 거시적 그리고 전체적으로 보면 낙양과 장안은 여전히 중국의 정치 · 경제 · 문화의 중심이었으며, 중국이 외국과 교류함에 있어서는 여전히 '북조'통치하의 북방이 위주였다. 더욱이 주목할 점은 수 · 당시기 중국을 새롭게 통일시킨 정치세력은 외족이 통치하는 '북조'에서 배출되었다는 사실이다(본토 통치 하의 '남조'가 아니라).

중국 역사서적에서도 '호인북조(胡人北朝)'와 '한인남조(漢人南朝)'라는 말로 그 부분의 역사를 표현하지 않았다. 이는 남북조시기를 역사의 퇴보로 봐서는 안 되며, 마땅히 류옌동 부총리가 말한 "자강불식하는 분투의 역사"과정의 구성부분으로 보아야 한다는 것을 설명한다.

북조(386~581) 역사의 대부분 시기는 148년간(386~557)의 선비족 탁발(拓跋)씨가 세워 총 20명의 황제를 거친 '북위(北魏, '탁발위'혹은 '원위[元魏]'라고도 함)시기를 주체로 한다. 534년에 '탁발위'는 '동위(東魏)'와 '서위(西魏)'로 분열되었다. 550년에 '동위'가 권신 고양(高洋)에 의해 무너지고 '북제(北齊)'로 바뀌었으며, 557년에 '서위'가 권신 우문각(宇文覺)에 의해 무너지고 '북주(北周)'로 바뀌었다. 577년에 '북주'가 '북제'를 멸하고, 581년에 양견이 '북주'를 멸하고 수(隋)나라를 세웠다.

수문제(隋文帝) 양견(541~604)은 선비족 이름을 딴 북주의 중신이다. 그의 아버지 양충(楊忠, 507~568)은 서위공제(西魏恭帝)가 하사한 '보육여(普六茹)'라는 선비족의 성씨를 받아들이고, 양견의 선비족 이름 '나라연(那羅延)'은 인도어 'Narayan'(인도교의 최고신 비슈누[Vishnu]의 별명)과 비슷하다. 그는 먼저 북주의 제위를 찬탈하고 북조를 궤멸시킨 뒤 남조의 마지막 조대인 '진(陳)'을 병탄하여 중국을 다시 통일시켰으며 큰 전쟁을 치르지는 않았다. 중국의 두 번째 대통일 국면은 남북조에서 평화적으로 과도하였다고 할 수 있다. 이로부터 '남북조'가 중국의 "자강불식하는 분투의 역사과정"의 구성부분이라는 사실을 더 한 층 증명할 수가 있다.

북위의 관리 양현지(楊衒之)가 547년에 쓴 『낙양가람기(洛陽伽藍記)』(그 중에 인도의 고승 보리달마[菩提達摩, Bodhidharma]가 낙양의 사찰에 향불이 왕성한 것을 보고 중국을 '불국[佛國]'이라고 칭했다고 한 내용을 언급함)에는 남북조시기 흥성한 사찰문화를 반영하였다. 보리달마(527년에 중국에 와 535년에 중국에서 세상을 떠남)는 남인도불교의 고승인데 바닷길로 광쩌우(廣州)에 와서 유명한 "보살계 제자 황제(菩薩戒弟子皇帝)"양무제(梁武帝)가 통치하는 수도 난징(南京)을 거쳐 강을 건너 낙양에 이르러 허난(河南) 소림사에 안거하며 불교를 전파하였다. 달마에게는 "면벽9년(달마가 중국 송산[嵩山]의 소림사에서 9년 동안 벽을 보고 좌선하여 도를 깨달은 일을 이르는 말)"의 이야기가 있으며, 그가 죽은 뒤에는 선종(禪宗)의 시조에 봉해졌다.

그는 인도의 "신은 마음속에"라는 신앙과 중국의 "정심 · 성의"의 전통을 융합시켜 중국 '선(禪)'의 정신 중 불경을 읊고 부처에게 절을 하는 것만 중시하지 않고 내면의 깨우침을 중시하는 전통을 개척함으로써 중국 인민이 보편적으로 자비심을 품게 하고 중국 시인이 보편적으로 '선경(禪境, 참선의 경지, "밝은 달빛은 소나무 숲 사이로 밝게 비추고 맑은 샘물은 돌 위를 졸졸 흐르네[明月松間照, 清泉石上流]""문득 고개 들어 밝은 달을 바라보니 고개 숙인 마음 속엔 온통 고향생각 뿐이라네[擧頭望明月, 低頭思故鄉]")에 들어 불후의 시편을 창작할 수 있게 하였다. 보리달마는 고대 인도문명과 현대 중국문명을 이어주는 다리와 같은 역할을 하였다.

인도에서 그는 부처의 28대 조사였고, 중국에 와서는 선종(禪宗)의 시조가 되었으며, 6대의 혜능(慧能, 638~713)에 이르러 '남종(南宗)'의 시조가 되고, 또 6대를 지나 의현(義玄, ?~867)에 이르러서는 '임제종(臨濟宗)'

의 시조가 되었다. 현재 중국 대만 불광산(佛光山)의 성운법사(星雲法師)는 '임제종'의 48대 계승자인데 계산해보면 그는 부처의 86대 후계 스승이다. 그 계산을 통해 두 가지 결론을 얻을 수 있다.

첫 번째는 중국과 인도 '히말라야 권'내의 두 형제 문명은 동일한 문화 줄기 위에 달린 두 개의 열매(부처에서 시작된 인도의 불교 열매와 보리달마에서 시작된 중국 '선'문화 열매)라는 결론이고, 두 번째는 인도가 창조한 불교를 중국이 지속적인 발전이 가능한 현대 종교문화로 더 확대 발전시킨 것으로서 이는 이로움을 받은 중국이 인도에 보답한 것이라는 결론이다. 보리달마는 중국의 발전에 매우 큰 영향을 주었으며 그 영향에 대해서는 한 마디로 다 말할 수 없다. 예를 들어 소림 권술의 창조에 그도 한몫 했다. 19세기말 '의화단(義和團)'용사들이 그를 "당래동도전향교주사존(當來東渡傳香教主師尊)"으로 떠받들었다.[23]

언급할 가치가 있는 것은 북위시기에 사찰을 대대적으로 건설하였을 뿐 아니라, 불교 석굴을 만드는 데도 애썼다. 오늘날 산시성 다통(大同)의 '운강석굴(雲岡石窟)'에서 낙양의 '용문석굴(龍門石窟)', 간쑤성의 '맥적산석굴(麥積山石窟)', '병령사석굴(炳靈寺石窟)', '돈황의 막고석굴(敦煌莫高石窟)', '유림석굴(榆林石窟)' 등에 이르기까지 모두 북위의 공헌이 깃들어 있다. 이들 석굴은 또 신장의 '키질석굴(克孜爾石窟)''베제클리크석굴(柏孜克里克石窟)'을 연결한 뒤 계속 서쪽으로 아프가니스탄 '바미안석굴'(애석하게도 아프가니스탄 탈레반 정권의 폭격으로 훼손되었음)을 잇고 다시 서남으로 꺾어들어 인도의 아잔타(Ajanta)석굴과 아우랑가바드 (Aurangabad)의 다른 석굴들까지 연결지어 지구상에서 유일무이한 고대 불교 석굴예술

23) 탄종, Himalamya Calling: The Origins of China and India(히말라야는 부른다: 중국과 인도의 기원), 2015년, 싱가포르, World Century Publication Corporation, 117쪽.

의 틀을 형성함으로써 세계 예술사의 빛나는 한 페이지를 써냈던 것이다. 이들 석굴의 조각과 벽화에서는 '천당/천궁'(산스크리트어 'devapura'를 중국어로 번역한 말)의 모습이 돋보인다. 특히 돈황 막고굴 내에 있는 16국 시기의 북량에서 북위 · 서위에 이르기까지의 '비천(飛天)'예술형상은 중국 전통의 수천 년간의 '천하'에 즐거움과 행복한 느낌을 보태주어 정신적으로 중국 운명공동체를 공고히 하였다.

종합적으로 말해서 중국의 제 1차 대통일된 공동체와 제 2차 대통일 공동체는 서로 맞물려 있으며 중단된 적이 없다는 것이다. 진 · 한 두 조대는 제 1차 공동체의 창조자로서 공동체의 튼튼한 토대를 마련하였다. '5호16국'과 '남북조'는 공동체의 토대를 파괴하지 않았을 뿐만 아니라 오히려 '벽돌', '기와'를 보탬으로써 후일 수 · 당 · 송이 그 토대 위에 번쩍이는 빌딩을 건설할 수 있도록 하였다. 그 '벽돌'과 '기와'중에서도 가장 중요한 것은 새로운 불교문화 – 앞에서 언급한 바와 같이 중국화 된 '선(禪)'문화이다. 그 '선'이라는 명칭은 산스크리트어 'dhyana'를 중국어로 번역한 말로서 "조용히 앉아서 수련한다"는 뜻이다. 아마도 보리달마가 허난성 소림사 옆의 작은 산 앞에서 '면벽9년'동안 기도한 범상치 않은 사적에서 영감을 얻었을 것이다. 소림사를 참관하노라면 "달마 그림자 돌"이 전시되어 있는 것을 볼 수 있다.

그 돌 표면은 보리달마의 모습으로 움푹 패여 있다. 그 돌은 보리달마가 '면벽9년'하던 곳에서 발견된 것이라고 전해지고 있는데, 수십 년 전에 군벌에 의해 파괴되어 현재 전시되고 있는 것은 복제품인 것으로 알려졌다. 중국 민간전설에는 신기한 사물이 매우 많다. 그 돌 위에 나타난 보리달마의 그림자는 그가 '면벽9년'하며 정좌하고 수련할 때 발산한 힘이 돌 표면에 닿아 생겨난 것이라고 한다. 참으로 "정성이 지극하면 금과 돌도 갈라진다(精誠所致, 金石爲開, 우리말 속담으로 지성이면 감천이라는 뜻 - 역자 주)"[24]는 말의 진실한 반영이다. 이는 '선정(禪定, 참선하여 삼매경에 이름)'의 위력을 설명해 주는 말이다. 이는 전설이어서 믿을 수도 믿지 않을 수도 있다. 그러나 중-인 합작으로 형성된 '선'문화의 위력이 어찌 '달마 그림자 돌'하나뿐이겠는가? 다음 장에서 논하고자 하는 수·당·송시기 중국의 대통일 공동체의 빛나는 문화를 통해 그 위력을 더 한 층 느끼게 될 것이다.

24 한나라 왕충(王充, 27~97 ?), 『논형、감허편(論衡、感虛篇)』

제3장

수·당·송 : 새로운 중국 운명공동체의 태평 세상과 비참한 결말

제3장
수 · 당 · 송 : 새로운 중국 운명공동체의 태평 세상과 비참한 결말

진 · 한시기를 거쳐 선진(先秦)시기 중국인이 창장과 황허를 윤곽으로 하는 '지리공동체'내에서 발전시킨 '문명공동체'가 중국 사회 · 정치 · 경제 · 문화의 '운명공동체'로 한 층 더 발전하여 유럽의 로마제국과 서로 어울려 조화를 이루게 되었다. 로마제국이 무너진 뒤 유럽은 사분오열되어 '민족국가'사이에 혼전을 치르면서 '암흑시대'로 접어들었다. 한나라는 무너진 뒤 중국의 대통일의 국면이 파괴되긴 하였지만, 사분오열되거나 국가 간에 혼전을 치르는 흙구덩이 속에는 빠져들지 않았다. 분열된 것은 사실이지만 중국이 여전히 계속 '문명의 길'을 따라 나아간 것도 사실이다.

우리는 중국의 '문명의 길'과 유럽의 '민족국가'간 분쟁을 비교해볼 필요가 있다. 위 장절에서 언급한 바 있는 '훈/Hun'족(흉노)은 중앙아시아에서 유럽으로 이동하였다. 이에 따라 로마인과 유럽 정통 역사파들에 의해 '만이(蠻夷, 오랑캐)의 침략'(Barbarian Invasions)으로 불리는 4세기~7세기 유럽 역사상 민족의 대이동을 야기시켰다. '슬라브/Slavs'족, '게르만/German'인종의 '고트/Goths'인, '반달/Vandals'인, '부르군트/Burgundians'인, '롬바르드/Lombards'인, '프랑크/Franks'인 그리고 또 다른 민족이 유럽으로 대거 진출함으로써 로마제국의 붕괴를 불러왔다. 그 뒤에 '민족국가'간의 혼전이 잇달았다. '민족국가'의 발전법칙이 유럽을 유명한 '전쟁대륙'으로 만들었다고 말할 수 있다. 중국문명은 애초부터 원시 인종 부락이 강대한 '민족'으로 발전할 수 없도록 억제하였기 때문에 유럽과 같은 재난을 피할 수 있었던 것이다.

이상의 관점은 오늘날 우리가 분석해낸 것이다. 중국은 고대에 황허와 창장유역을 천하로 간주하였기 때문에 유럽과 비교하거나 경쟁할 생각을 할 수도 없었으며, 다만 중국 운명공동체를 형성하는 데만 관심을 기울였다. 위 두 장절에서는 '입천 · 입지 · 입인의 도리'에 대해 거듭 강조하였다. 수 · 당 · 송시기에 이르러서는 그 내용이 더 충실해졌으며 발전방향도 더 명확해졌다. '공동체'의 '입천 · 입지 · 입인'은 바로 『맹자』에서 제기한 바와 같이 '천시(天時)''지리(地利)'를 잘 이용해 '인화(人和)'를 발전시키는 것이다. 고대인은 현학자(玄學家)가 아니다. 이른바 "하늘을 표현하는 방법은 음과 양 두 가지 기본 원소로 구성되었다(立天之道日陰日陽)"라는 것은 사람들에게 천기의 맑고 흐림과 비 내림 및 춥고 더운 변화를 장악하여 농업생산을 발전시키도록 하는 것이다. 이른바 "땅을 표현하는 방법은 부드러움과 단단함이다(立地之道日柔日剛)"라는 것은 사람들에게 그 지역에 알맞게 농사를 짓고 광물을 채굴하며 공업과 농업을 동시에 발전시키도록 하는 것이다.

이른바 "사람됨을 표현하는 방법은 어진 것과 의로운 것이다(立人之道日仁日義)"라는 것은 사람들에게 일치하는 점은 취하고 서로 다른 점은 버려 화목하고 조화로운 환경을 추구하며 상반된 주장이나 행동을 피하고 충돌을 피하도록 하는 것이다. 이것이 바로 중국문명의 수 · 당 · 송시기 발전의 특성이다. 그 시기에는 중국문명이 더욱 성숙되어 진 · 한시기에 형성된 튼튼한 토대 위에 신판 중국 운명공동체를 창조하였다.

중국의 발전을 염원하는 각도에서 보면, 중국의 새로운 운명공동체는 어쩌면 지구상의 무릉도원이 되었으면 하는 소원이었던 것 같았다. 운명공동체는 문화적으로 일정한 높이에 달했다[예를 들면, 많은 당시(唐詩)가 문예적 조예면에서 최고봉에 이르러 후세 사람들이 뛰어넘을 수 없는 수준에 이른 점]. 그리고 공예 면에서도 일정한 높이에 달했다(예를 들면 송나라 도자기 공예의 조예에서 최고봉에 이르러 후세 사람들이 뛰어넘을 수 없는 수준에 이른 점).

당 · 송 시대의 향락을 추구하며 태평한 세월을 보내는 사회적 기풍이 그 시기 세계 여러 나라에서는 보기 드문 것이었다. 그러나 이상은 이상일 뿐이고 현실은 여전히 현실인 것이다. 과거에도 그랬고 현재도 그렇듯이 우리가 살아가는 이 세계에 무릉도원은 존재하지 않는다. 수 · 당 · 송시기 중국의 새로운 운명공동체를 방대한 유리어항에 비유할 수가 있다. 어항 안에서는 물고기들이 자유로이 헤엄치면서 서로 싸우지도 않지만, 어항 밖에는 배고픈 고양이가 어항에 뛰어들어 배불리 포식하고 싶어 호시탐탐 노리고 있는 것과 같다. 바꾸어 말하면 '민족국가'세계는 배고픈 고양이의 세계와 같아 '문명의 길'을 따라 가고 있는 중국과 같은 무릉도원이 홀로 존재하는 것을 원치 않는다. 따라서 '문명의 길'을 가고 있는 중국 운명공동체가 유리 어항을 고양이를 방어할 수 있는 철통으로 바꿀 수 있는지를 보아야 한다.

여러분들은 이 장의 마지막 부분에 수 · 당 · 송 시기 중국 운명공동체의 비참한 결말을 보게 될 것이며, 과거 중국이 '문명의 길'을 걸으면서 자신의 행복한 삶을 보위할 수 있는 능력이 부족하였음을 볼 수 있을 것이다. 역사에 대한 탐구를 통해 교훈을 받아들일 수 있어야 한다. 오늘날 중국은 또 다른 무릉도원의 경지에 이르렀다. '민족국가'세계가 '문명의 길'을 걷고 있는 무릉도원이 홀로 존재하는 것을 볼 수 있을까? 오늘날 중국 운명공동체의 '문명의 길'에서의 발전이 자신의 행복한 삶을 보위할 수 있을까? 여러분들은 이러한 문제에 대해 생각해본 적이 있는가?

1. 수나라가 중국을 재통일하다

541년에 산시성 다리(大荔)현의 반야사(般若寺)에서 태어나 여승 지선(智仙, 생몰 연월 불명)의 손에서 자란 수나라 창시자 문제 양견(楊堅, 581~604년)은 양무제(梁武帝) 이후 중국의 가장 독실한 불교 군주였다. 그의 아들이자 후계자인 수양제(隋煬帝) 양광(楊廣)도 불교도였다. 수나라의 이 두 황제의 통치 시기는 불교의 천하라고도 할 수 있다.

수문제(隋文帝)의 '개황성세(開皇盛世)'

북조 시기는 외족이 중국을 통치하는 시기였기에 비록 한인(漢人)을 중용하긴 했지만 대신과 군대의 고위 장수들 중 한인들은 반드시 선비족 성씨와 이름을 써야 했다. 수나라가 건립된 후 한인이 원래의 성씨와 이름을 회복하였으며 이로써 수백 년간 중국 현지인에 대한 외래 민족의 정신적 압박을 끝낸 셈이다. 수문제는 대통일된 중국 운명공동체가 평화 시기에 국방 유지와 외래침략에 대한 응변능력을 갖출 수 있도록 하고자 북조에 제정된 '부병제(府兵制)'를 개선해 '병농합일(兵農合一)'의 체제로 바꾸었다.

그의 통치시기에 군인들은 제대하여 고향으로 돌아가 농지를 개간하는 한편 군사훈련도 계속하다가 긴급한 시기에는 '농민'이 바로 '병사'로 역할을 바꿀 수 있도록 하였다. 그가 개선한 '부병제'는 농업생산에 이롭고 또 정부의 지출을 절감할 수 있었기 때문에 당나라 초기까지도 계속 실행되었다. 당나라 말기에 이르러 전란이 잦고 외부 적의 기마부대가 행동이 빨라 '부병제'로는 대처하기 어렵게 되어서야 비로소 '부병제'를 폐지하고, 강제성을 띤 '모병제(募兵制)'로 바꾸었다. 두보의 「석호리(石壕吏)」라는 시에서는 나라에서 세 군인 가족을 찾아가 그들의 연로한 아버지를 잡아다 충군시키려고 했으나, 결국 그들의 연로한 어머니를 잡아가는 과정을 묘사했는데, 당나라 '모병제'의 준엄한 형세와 잔혹한 현실을 생생하게 설명해주고 있다.

수문제의 '개황성세'('개황'은 그의 집권 연호임)는 한나라 '문경의 치'의 특색을 띠었다. 그는 부역과 조세를 경감하고 「개황률(開皇律)」을 발표함으로써 백성들이 따를 '법'이 있고 정부가 의거할 '법'이 있게 되었으며, 그리고 또 전조의 형법을 경감하였다. 그는 호적제도를 보완하고 165만 명의 호적을 숨겼거나 호적이 없는 인구를 조사 정리해내 세수와 등록된 '장정'의 수가 늘어나는 효과를 거두었다.

그는 토지제도를 중시하였는데, 북위시기에 시작된 '균전제(均田制)'를 착실하게 실행하고 토지 합병을 방지하였다. 그는 또 소금과 술에 대한 정부의 독점 판매제도를 폐지하였다. 그는 '관창(官倉, 정부의 양곡 창고)'을 설치해 나라의 식량 비축을 보장하였으며, '의창(義倉)'을 설치해 가난한 민중을 구제해주었다. 그는 진나라 때부터 실행해온 군(郡)을 폐지하고 지방행정에서 주 · 현(州縣) 2급제를 실행함으로써 정부의 지출을 대대적으로 절약하였다. 그는 부정부패를 척결하고 자격이 없는 관리를 철저히 면직시켰다. 그는 위 · 진 · 남북조시기부터 실행해온 '구품중정제(九

品中正制, 중앙정부가 사람을 지방에 파견해 현명한 인재를 방문하도록 하고 민간의 인재를 상중하 세 등급으로 감정한 뒤, 매 등급을 또 상중하 세 품(品)으로 구분해 '상상(上上)'에서 '하하(下下)'에 이르는 9품으로 구분해 참작해 등용하는 제도)를 폐지하고, 가문을 따지지 않고 재능 있는 자만 뽑는, 시험을 통해 인재를 등용하는 체제로 대체하였다. 수문제 통치기간에 민간에는 인구가 많고 물자가 풍부하였으며, 창고가 가득 찼지만, 정작 황제 본인은 검소한 생활을 하였다. 태자 양용(楊勇)이 사치스럽게 생활하자 수문제는 그의 신분을 서민으로 떨어뜨렸다.

수문제는 불교를 신앙하였는데, 그와 사리를 둘러싼 이야기가 매우 많이 전해지고 있다. 사리는 산스크리트어 'sari'를 중국어로 음역한 말인데, 부처가 열반에 들어 화장한 뒤 단단하고 반들반들한 콩알 모양의 고체로 굳어진 유골을 가리키며, 불교에서는 영험을 나타내 인류를 복되게 할 수 있다고 전해지고 있다.

이야기 중에는 신비한 바라문 승려가 사리를 수문제의 거처로 가져다주었다는 이야기, 수문제가 수라를 들 때 사리가 그의 식기 안에 나타났다는 이야기, 수문제가 머리를 빗다가 사리가 빗에 빗겨 나왔다는 이야기 등이 있다. 인수(仁壽) 원년(601년)에 수문제는 전국 30개 주(州)마다에 화려한 사리탑 한 채씩 지을 것을 명하였다. 그는 수도 장안에서 여러 주로 보낼 사리함 30개를 준비하였다. 그리고 그 안에 사리와 금은을 담아 고승과 조정 대신들로 사리함 호송대를 구성해 30개 주의 수부로 파견하였으며, 또 여러 지역 관민들에게 사리함 호송대가 지나가는 길옆에 나서서 열렬히 환영할 것을 명하였다.

601년 10월 15일 오후 1시, 전국적으로 동시에 사리탑 낙성 축전을 개최하였으며, 거기에 여러 주별로 별도로 재계행사가 열려 전국에 사리의 위력을 선양하는 열기가 일어났으며 참가자 수가 수십 만 명에 달했다. 이듬해 그는 또 똑같이 사리함 호송대를 51개 주에 있는 사찰로 파견해 똑같이 열기를 일으켰다. 그렇게 604년까지 계속되었다. 수문제의 통치는 사리 문화운동 속에서 끝이 났다. 인도를 비롯해 세계 어느 불교 국가에서든 이처럼 성대한 사리 문화운동은 있은 적이 없었다. 이 또한 873년 당나라의 열광적인 '불사리 맞이 현상'이 나타나게 되는 전주곡이었던 셈이다.

큰 일을 벌이고 큰 공적 쌓기를 좋아하는 수양제

수나라의 다른 한 통치자 수양제 양광(569~618)의 명성은 수문제보다 나으면 나았지 절대 뒤지지 않았다. 그는 재위 14년간(604~618) 운하를 개통하고 장성을 쌓았으며 낙양을 확장하였다. 그는 직접 토욕혼(吐谷渾, 선비족 모용부[慕容部]가 황허 상류의 칭하이[青海]에 세운 나라)을 정벌하고 고구려(그 시기 한반도 북부와 중국 동북지역을 통치했던 대국)를 토벌하였다. 그는 과거시험을 정부 관원을 등용하는 정식제도로 삼았다. 그는 늘 전국 여러 지역을 순시하였으며 행궁을 짓고 향락을 누리곤 하였다.

그는 낙양에 '불경 번역 도장(翻經道場)'을 설치하였는데 요흥(姚興)이 세운 '역경원(譯經院)'에 이은 또 하나의 정부 번역기관이다. 그는 사신을 파견해 서번(西蕃)의 여러 나라를 방문하게 하였으며, 갠지스강 유역의 라지기르(Rajgir)와 오늘날의 우즈베키스탄 등지까지 이르렀다. 그는 대외무역을 격려하는 정책을 널리 시행하였다.

많은 부분에서 수양제 때는 한나라 역사와 판에 박은 듯 비슷하다. 이미 수나라에 귀속된 돌궐은 시필가한(始畢可汗)의 통치 아래 갈수록 강대해졌는데, 한나라 초기의 흉노족과 비슷한 상황이었다. 615년에 수양제가 화북지역을 순시할 때 시필가한이 수십 만 경기병을 거느리고 기습해왔다. 수양제는 즉시 신변의 1만 7천 명 병사를 인솔해 안문(雁門, 오늘날 산시성의 대[代]현)으로 숨어들어 굳게 지켰다. 돌궐 병사들이 성을 공략하면서 활을 쏘는 가운데 수양제가 성벽 위에서 방어전을 지휘하였는데, 적군의 화살이 그의 발아래까지 날아와 떨어지는데도 그는 전혀 두려운 기색이 없었다.

마침 여러 지역에서 지원군이 때맞춰 당도하였고, 돌궐군은 싸워 이길 수 없음을 알고 철수하였다. 그 '안문 전투'는 기원전 200년 한고조가 흉노족 모돈선우(冒頓單于)에 의해 '평성(平城)의 백등(白登, 역시 오늘날의 산시 성 경내였음)'에 포위되었을 때와 비슷한 상황이었다. 그러나 수양제는 한 고조처럼 궁지에 빠져 허둥대지는 않았다. 이 또한 중국 새로운 대통일의 운명공동체가 이미 진 · 한시기 때의 대통일의 운명공동체보다 더 성숙되고 노련해졌으며 공고해졌음을 설명했다. 물론 그 운명공동체시기에도 여전히 인접 민족국가의 도전과 시련을 받았다.

수양제와 한무제를 비교해보도록 하자. 한무제는 '문경의 치'시기에 축적되었던 국력을 과도하게 소비하였고, 수양제는 '개황성세'에 축적되었던 국력을 과도하게 소비하였다. 이 부분에서도 서로 구별되는 점이 있다. 한무제는 중국의 잠재력을 소진한 것과 같아 그가 죽은 뒤 오래도록 회복되지 못하였다. 그러나 비록 큰일을 벌이고 큰 공적을 쌓기를 좋아하는 수양제지만 그런 후과는 초래하지 않았다. 수양제는 낙양을 확장해 수도를 낙양으로 옮기고 운하를 개통하면서 막대한 인력 · 물력 · 재력을 소모하였지만, 그 모든 것은 헛된 일이 되지 않았다. 그로 인해 황허유역과 창장유역을 더 밀접하게 결합시킴으로써 화북지역의 정치 중심과 갈수록 번영하는 강남의 경제를 더 밀접하게 통합시킬 수 있었다.

수나라 말기에 이르러 중국의 사회경제 상황은 이미 상당한 규모의 상업과 수공업을 갖추었고, 농업도 여전히 계속 발전하였음을 마땅히 보아야 한다. 이는 새로운 단계라고 할 수 있으며, 수양제는 그 새로운 단계의 창조자라고 할 수 있다. 더 구체적으로 말하자면 수양제의 통치하에 상업경제가 전례 없는 번영을 이루었으며, 신형 도시 양쩌우(揚州, 그 시기에는 강도[江都]라고 하였음)가 생겨났다.

사서의 기록에 따르면 수양제가 강도에 마음껏 향락을 누릴 수 있는 미루(迷樓)를 지었다고 하지만 유적은 남아있지 않다. 당나라 시인 두목(杜牧)이 지은 시 「양주삼일(揚州三日)」 중에 “수양제의 무덤이 있는 뇌당(雷塘) 땅에는 낡은 누각이 숨어 있다네(煬帝雷塘土, 迷藏有舊樓, 미루는 양쩌우성 북쪽에 위치한 뇌당에 지어졌으며, 그 누각은 또 수양제가 부하에게 살해되어 묻힌 곳이기도 하다)”라는 시구가 있는 것으로 보아 사실임을 증명해주고 있다.

인도불교에는 ‘전륜성왕(轉輪聖王, cakravartin)’의 이상이 존재한다. 문자 표면의 의미로 해석하면 굴레바퀴가 돌아서 이르는 곳이 바로 태평성세라는 뜻으로서 ‘전륜성왕’시대는 태평성세라는 의미를 담고 있다. 이에 대해 지셴린(季羨林)은 상업문화의 이상을 반영한 것이라며 불교의 흥성과 상업문화의 번영은 밀접히 연결되어 있다고 주장하였다. 수나라의 두 황제가 모두 불교를 신앙하였고, 당나라 때는 당무종(唐武宗)을 제외한 20명의 황제(여황제 무측천 포함)가 모두 불교를 신앙하였으며, 송나라 때 앞 몇 세대 황제도 불교를 신앙하였다.

수 · 당 · 송은 중국에서 불교의 전성시기였으며, 동시에 상업과 대외무역이 가장 발달한시기이기도 하였다. 양자 간에는 유기적인 연결이 존재한다. 중국 상업의 이른 번영과 근현대 자본주의 경제번영의 근본적인 구별은 중국의 상업번영이 평화적이고, 문명하며, 천인합일 한 것인 반면에 서방 자본주의의 번영은 강한 힘에 의지해 밀어붙인 것, 문명하지 않은 것, 자연생태를 파괴한 것이라는 데 있다. 이로 볼 때 중국문명이 자본주의 생장에 기회를 주지 않았다고 말하는 것은 중국을 치켜세우는 말이다. 그렇기 때문에 중국 역사상의 '자본주의 맹아'를 발굴하는 것과 같은 가치 없는 일에 애써 매달릴 필요는 없다. 서방 자본주의는 '민족국가' 발전의 길을 걷고 있지만 중국은 '문명의 길'을 걷고 있다. 서로 간섭하지 않고 각자 제 갈 길을 가면 되는 것이다.

2. 당나라 : 중국 역사상의 황금기

진나라가 한나라를 위해 기반을 닦아놓은 것처럼 수나라는 비록 역사는 짧지만, 그 뒤를 이을 새로운 조대를 위해 기반을 닦아놓았다. 수 · 당은 진 · 한처럼 서로 갈라놓을 수 없는 관계였다. 수양제 말년에 중국은 크게 어지러워졌다. 당나라의 흥기는 중국 정국을 '개황성세'로 회복시킨 것으로 수나라의 모든 것을 뒤집어엎은 것이 아니었다. 당나라(618~907)는 290년을 유지하였으며 총 21명의 황제(황제의 숫자는 20명뿐인데, 당중종(唐中宗)이 두 차례 왕위에 오름)의 통치를 거쳤다.

중국은 습관적으로 당나라를 초당(初唐) · 성당(盛唐) · 중당(中唐) 및 만당(晩唐) 4개의시기로 나누며 주로 문화의 각도에서 바라본 것이다. 실제로 당나라가 세워져서부터 당현종(唐玄宗)이 즉위하기 전의 '초당시기'에 이르기까지는 당나라의 전성시기이기도 하다. 당현종이 즉위한 뒤 시작된 '성당시기'는 당나라 실력이 약화되기 시작한 단계이기도 하다. 전반적으로 말하면 당나라 시기는 중국 역사에서 황금시대로서 정치 · 사회 · 경제 · 문화가 모두 번영을 이룬 시기였다. 지면의 제한으로 그 중 몇 명의 군주 사적에 대해서만 탐구하고자 한다.

당태종(唐太宗)이 중국 '문명의 길'을 확장하다

당나라의 건국과 흥성은 당태종 이세민(李世民)(598~649)의 업적과 갈라놓을 수 없다. 그가 재위한 24년간(626~649년) 중국의 상황이 크게 바뀌었다. 사람들은 그 시기를 '정관의 치(貞觀之治, '정관'은 그의 통치 연호임)라고 부른다. 615년에 그는 18살에 군대에 들어가 돌궐군에 의해 안문에서 포위된 수양제를 구출하는 전투에 참가하였다.

수양제 통치 말년에 천하가 크게 어지러워지자 617년에 이세민의 아버지인 이연(李淵, 566~635, 훗날의 당고조[唐高祖])이 봉기를 일으켰다. 이세민은 삼군 통수를 맡았으며 전국을 평정하고 당나라를 건국한 뒤 이세민이 대권을 장악하였다. 그러나 당고조 이연이 장자인 이건성(李建成)을 태자로 세우자 재능과 지략이 뛰어나고 제왕의 야심까지 갖춘 이세민은 그 현실을 받아들일 수 없어 626년에 '현무문정변(玄武門政變)'을 일으켜 친 형과 아우 한 명을 죽인 뒤 그해 9월 4일 황제인 아버지를 핍박해 왕위를 물려받았다.

공자의 유가학설의 기본 도덕은 "임금은 임금다워야 하고, 신하는 신하다워야 하며, 아버지는 아버지다워야 하고, 아들을 아들다워야 한다(君君, 臣臣, 父父, 子子, 신하는 임금에게 충성하는 신하이어야 하고, 아들은 아버지에게 효도하는 아들이어야 한다)"는 것이다. 그 기준에 비춰보면 이세민은 대역무도한 자였다. 그러나 중국문명은 엄격히 유가의 준칙에 따르지 않고 이세민을 성군으로 떠받들었다.

수양제는 건장하면서도 언변에 능한 것으로 유명하다. 당태종도 마찬가지다. 그래서 그는 수나라가 멸망한 교훈을 받아들여 나라를 다스리는 재능과 수양을 쌓는 일을 중시하였다. 당태종은 「제범(帝范)」과 「금경서(金鏡書)」라는 두 편의 글을 지었다. 불교에는 '여래지경(如來智鏡)', '대원경지(大圓鏡智)'등의 비유가 존재한다. 당태종의 「금경서」는 '거울(경)'로 큰 지혜를 비유하였다. 그는 '6대(황제 · 당 · 우 · 하 · 는 · 주)의 높은 인격과 굳은 절개를 우러르고 역대 제왕의 자취를 살펴보는(仰六代之高風, 觀百王之遺跡)"정신으로 '흥망성쇠의 운'에 대해 토론하였다. 글은 길지는 않지만 깊이 있는 이론이 포함되어 있어, 고금을 막론하고 영원한 정치적 참고 문장으로 가치를 부여하고 있다. 다음 네 가지 부분에 대해 중점적으로 논하고자 한다.

첫째, 당태종은 "임금은 그릇과 같고, 백성은 물과 같다(君猶器也, 民猶水也)"라는 옛날 격언을 인용해 물의 형태는 그릇의 형태에 따라 바뀐다(물의 형태가 네모난 것인지 둥근 것인지는 물에 달린 것이 아니라 그릇에 달렸다[方圓在于器, 不在于水])"고 강조함으로써 중국과 같이 지역이 넓고 인구가 많으며 상황이 복잡한 대통일된 운명공동체의 경우 정부의 역할이 매우 중요하다는 이치를 말하였다. 즉 정부가 바르고 반듯하다면 사회와 국민도 자연히 바르고 반듯할 것이고, 정부가 바르지 못하고 어수선하면 민간질서도 반드시 바로잡히지 못하게 된다는 것은 불변의 진리인 것이다.

둘째, 당태종은 "예악에 따른 교화의 영향이 클수록 무력에 복종하는 사람이 많아질 것이고, 도덕을 널리 행할수록 위망으로 승복시킬 수 있는 지역이 넓어질 것이다(夫文之所加者深, 武之所服者大, 德之所施者博, 則威之所制者廣)"라는 공자의 말을 인용하면서, "백성을 안정시키려면 반드시 문화교육 방면의 위엄과 덕망에 의지해야 하고, 변경지역을 방어하려면 반드시 군사상의 공적에 의지해야 한다(安民必以文德, 防邊必以武功)"라고 하였다. 이는 중국이라는 대통일을 이룬 운명공동체를 다스림에 있어서 매우 중요한 이론으로, 이상적인 중국의 치국방법은 반드시 문무를 병행하고, 덕망과 위엄을 겸비하는 것으로, 어느 한쪽에도 치우치지 말고 똑같이 중시해야 한다는 도리를 설명하였다.

종합적으로 말해 중국 역대의 군왕들은 모두 그 도리를 인식하고 있었으며, 다만 이를 인식하는 정도가 서로 달랐을 뿐이었다. 당태종도 "문화와 교육의 덕망으로 변경을 방비해서는 안 된다(不可以文德備塞)"라고 지적하였는데, 이는 반드시 강대한 국방력을 갖추어야만 백성들이 안정된 생활을 하며 즐겁게 일할 수 있도록 보위할 수 있다는 점을 설명하고 있다. 물론 그는 또 "무력의 위엄으로 백성을 다스려서는 안 된다(不可以武威安民)"라고도 말하였는데, 이는 백성들을 대할 때는 오로지 인자한 마음으로 차근차근 잘 타일러 이끌어야지 강압적인 수단을 이용해서는 안 된다고 설명하고 있는 것이다.

셋째, 당태종은 통치자는 반드시 고생을 달갑게 여겨야 하며 향락에 빠져서는 안 된다고 주장하였다. 그는 "백성이 만족해하게 하려면 관리는 고생해야 하고 관리가 즐거움을 누리게 되면 백성은 지치게 된다(民樂則官苦, 官樂則民勞)"라고 말하였다. 누가 통치자가 되라 했는가? 이 부분에 대해서는 고금을 막론하고 강조함이 부족하다. 만약 당태종의 말이 진정으로 통치자의 좌우명이 되고 관리의 덕목이 되었더라면 중국은 완벽하다고 할 수 있을 것이다(그랬더라면 또 오늘날도 부패 척결에 이토록 힘을 쏟아 붓지 않아도 되었을 것이다). 당태종은 "나라를 걱정하는 임금(憂國之主)"과 "백성을 즐겁게 하는 군왕(樂民之君)"은 반드시 "자기 개인의 욕망을 굽히고 온 천하의 백성을 즐겁게 해야 하며(屈一身之欲, 樂四海之民)",

"조세를 낮추고 노역을 줄여 백성이 집집마다 살림이 넉넉하게 하며, 위에서 강제로 징병을 하지 않아 백성들이 태평성세를 노래할 수 있도록 해야 한다(薄賦輕徭, 百姓家給, 上無急命之征, 下有謳歌之詠)"라고 강조하였다. 그는 "굶주림과 추위에 허덕이는 백성을 보고도 슬픔을 느끼지 않고 고생스럽게 살아가는 백성을 보고도 슬픔을 느끼지 않는(見其飢寒不為之哀 , 睹其勞苦不為之戚)"통치자들을 비평하였으며, 그런 통치자들을 "백성을 고통에 빠뜨리는 군왕(苦民之君)"이라고 일컬었다.

넷째, 그는 현명한 군주라면 마땅히 비평과 직언을 격려해야 한다면서 "간곡하고 솔직하게 간언을 올릴 수 있는 길이 막히면 충직한 자가 적을 것이고, 아첨하는 길이 열리면 간사한 자가 많아질 것이다(塞切直之路, 為忠者必少 ; 開諂諛之道, 為佞者必多)"라고 주장하였다. 그는 또 "아둔한 임금은 잘못을 덮어 감춤으로써 영원히 아둔해지고 현명한 임금은 자신의 부족한 부분을 반성함으로써 오래도록 어진 임금으로 남을 수 있다(暗主護短而永愚, 明主思短而長善)"고 말하였다. 이것이 바로 중국문명의 약점이었다. 중국과 서양의 문화를 비교해보면 각자 자기의 입장을 고집한다고 말할 수 있다.

서양에서는 '반대의견'(opposition)을 제창하기 때문에 일반적으로 사람들은 다른 사람의 잘못을 찾아내기를 즐긴다. 중국은 두루두루 사이좋은 화목한 분위기를 즐기며 감언이설에만 귀를 기울이는 귀를 가져 비평의 목소리를 귀담아 듣는 인내심이 부족하다. 통치자가 충정 어린 말을 귀에 거슬려하고 거짓된 말을 듣기 좋아하면 아랫사람들은 아첨을 일삼으며 솔직한 말을 하지 않게 된다. 고금을 막론하고 그런 부류의 사람이 항상 존재한다. 서양에서는 "대중들 모두가 발언할 수 있는 장소(群言堂)"가 '소음방(噪音房)'으로 변해 일치된 결론을 내릴 수 없는 반면에, 중국에서는 완고하게 "대중의 상반된 의견에 귀를 기울이지 않고, 제 의견만 고집하며(一言堂), 일치하는 의견은 취하고 서로 다른 의견은 제거하였다." 당태종도 조정에서 위징(魏徵)의 예리한 비평에 맞닥뜨렸을 때는 노기가 충천하였지만, 조정에서 나온 뒤 오로지 현명한 군왕에게만 위징과 같은 정직하고 솔직한 충신이 따르는 것이라는 황후의 말을 듣고 비로소 위징을 크게 칭찬하였다.

당태종은 또 "임금은 배이고 백성은 물이다. 물은 배를 띄울 수도 있고 뒤집을 수도 있다(君, 舟也, 人, 水也; 水能載舟, 亦能覆舟)"(『논정체(論政體)』)라고 말하였다. 그는 또 "여러 방면의 의견을 들으면 시비를 잘 구별할 수 있고, 한쪽 말만 믿으면 사리에 어둡게 된다(兼聽則明, 偏聽則暗)"라는 위징의 권고를 받아들였다(그래서 "현명한 임금은 자신의 부족한 부분을 반성함으로써 오래도록 어진 임금으로 남을 수 있다"는 사고방식이 생길 수 있게 되었음). 그는 그를 가장 많이 비평하는 위징을 중용함으로써 후세에 "여러 방면의 의견을 듣는(兼聽) 본보기"로 알려져 있다. 당태종과 같은 현명한 정치가의 풍채를 갖춘 국가 지도자는 고대뿐 아니라 현 세계에서도 보기 드물다고 할 수 있다.

이상의 당태종의 사고방식에서 우리는 그가 말한 "백성을 안정시키려면 반드시 문화교육 방면의 위엄과 덕망에 의지해야 하고, 변경지역을 방어하려면 반드시 군사상의 공적에 의지해야 한다"는 말의 특별한 중요성을 볼 수 있어야 한다. 2천여 년간 중국의 대통일된 공동체의 치명적인 두 가지 화근은 바로 농민봉기전쟁과 외래침략이라고 종합하여 볼 수 있다. 농민봉기전쟁은 파괴성이 매우 크지만 농민들을 탓할 수는 없다. 치국의 책임을 다하지 못하고 농민들을 도탄 속에 빠뜨린 아둔한 임금들이 농민봉기전쟁의 진범이기 때문이다. 당태종은 "물이 배를 띄울 수도 있고 뒤집을 수도 있는"정치 기능을 농민이 모두 갖추었음을 변증법적으로 인식하였다. 당태종은 '변경지역 방어'를 '백성을 안정시키는 것'과 마찬가지로 중요하게 생각하였다.

이는 중국 대통일 공동체의 운명과 관련되었다. '변경지역의 방어'는 큰 학문이다. 한편으로는 평소에 이웃 나라와 화목한 관계를 유지하면서도 경계를 늦추어서는 안 되며, 다른 한편으로는 적의 침략을 받았을 때 단호한 의지와 강대한 실력을 보여주어 변경지역을 침략해 들어온 침략자를 물리쳐야 한다.(가장 좋기는 한무제가 그랬던 것처럼 적들의 미래 침략의 잠재력을 소멸시켜 버려야 한다) 애석하게도 이와 같은 당태종의 인식은 훗날 대통일을 이룬 중국 군왕들 속에서 잊혀지고 말았다.

인터넷에 올라온 '정관의 치(貞觀之治, 당태종 통치하의 치세)'[25]에 대해 묘사한 글은 거의 완벽하다고 할 수 있다. 그 글에서는 '정관의 치'가 "당태종 재위 기간의 청명한 정치"라고 썼다. 그 글에서는 이렇게 쓰고 있다. "당태종은 청렴하고 능력을 갖춘 인재를 등용하고 사람의 능력을 잘 파악하여 적재적소에 잘 임용하였다.

그는 누구나 자신의 의견을 다 말할 수 있는 길을 넓혀주고 생명을 존중하였으며, 스스로 절제하고 겸허한 마음으로 간언을 받아들였으며, 농업을 근본으로 삼고 엄격하게 절약하며 국민의 부담을 줄이고 생활을 안정시켜 원기를 회복하며 문화교육으로 나라를 부흥시키고 과거제도를 보완하는 등의 정책을 폄으로써 사회적으로 안정된 국면을 형성하였다. 뿐만 아니라 외부의 침략을 평정시키고, 변경지역 민족의 풍속을 존중하였으며, 변경지역을 안정시킴으로써 천하가 태평한 이상적인 국면을 형

---

25) http://www.youtube.com/watch?v=QafZU2KGJ8M 참고, 2015년 12월 31일 검색.

성시켰다.” 그 글에서는 또 이렇게도 썼다. “당태종이 나라를 다스리는데 온 힘을 다하여 정치적으로 서역 등 지역에 대한 관할을 강화하고, 외교적으로 아시아 여러 국가와 우호적인 왕래를 강화하였으며, 군사적으로 사이(四夷)의 평정에 애썼고, 민족관계에서 소수민족을 ‘다른 민족과 일치하게’대하였기 때문에, 정관 연간에 당나라 판도가 전례 없이 넓어져 한선제 재위시기의 규모를 능가하였다.

당고종 용삭(龍朔) 원년(661년)에 이르러 전성기를 기록하였는데, 그 시기의 영토 범위가 동쪽은 바다와 인접했고 서쪽은 총령(葱嶺, 파미르 고원)을 지났으며, 북쪽은 막북(漠北, 몽골고원 고비사막 이북 지역)을 지났고, 남쪽은 남해까지 이르렀다.”

그 글에서는 또 이렇게 썼다. “정관시기는 중국 역사상에서 탐오가 거의 없었던 역사시기이다. 이는 어쩌면 가장 찬양할 만한 당태종의 정치업적이라고 할 수 있다. 당태종 통치하의 중국에서는 황제가 솔선수범하고 관리들이 한 마음으로 천하를 위하며, 관리들이 각자 자신의 본분을 다하여 직권을 남용하거나 탐오 독직하는 현상이 역사적으로 가장 낮은 수준까지 떨어졌다. 특히 훌륭한 것은 당태종이 잔혹한 형벌로 탐오행위를 경고한 것이 아니라, 주로 몸소 모범을 보이고 일련의 과학적인 정치체제를 제정해 탐오를 미연에 예방했다는 점이다.”

그 글에서는 또 당태종 통치시기에 “중국 정치가 공명하고 관리들이 각자 맡은 소임을 다하여 백성들이 편안히 살면서 즐겁게 일하였으며, 불공평한 현상이 지극히 적어 국민들은 마음에 원한이 쌓이는 일이 별로 없었다. 사람들은 살림이 넉넉했기 때문에 생존을 위해 위험을 무릅쓰는 일이 없었으며, 평온한 마음으로 살아가는 사람들이어서 극단적인 길을 걷는 경우가 드물었다. 그래서 범죄율도 지극히 낮았다.”라고 썼다. 이 글에서는 당태종의 '삼성육부제(三省六部制)'에 대해 다음과 같이 찬양하였다. "그런 정치 운영방식은 현대 민주국가의 '삼권분립(三權分立)'제와 흡사하다. 서양에서 17세기에 흥기한 분권학설이 당태종은 1천여 년 전에 이미 중국 정치체제에 응용하였다. 이는 정관 왕조의 문명 정도가 얼마나 높았는지를 더 한 층 설명해주고 있다. 더욱 훌륭한 것은 당태종이 자신의 조서도 반드시 문하성(門下省)의 '부서(副署)'를 거친 뒤에야 발효할 수 있도록 규정지은 것이다. 이로써 자신이 문득 생각이 떠올랐거나 기분이 나쁠 때 자신의 깨끗한 명성에 해가 되는 신중하지 못한 결정을 내리지 않도록 효과적으로 예방할 수 있었다. 중국 역사에 총 853명의 제왕이 있었는데 오직 당태종만이 이처럼 뛰어난 지혜와 포부를 갖추었다."

필자는 찬성하는 태도로 당태종에 대해 평가한 위와 같은 글을 상세하게 인용하였다. 많은 독자들도 필자처럼 이런 평가가 지나친 과장이 아니라고 여길 것이다. 이런 평가와 앞에서 인용한 당태종의 치국이론이 결합되어 당태종 통치시기에는 중국이 넓고 평탄한 '문명의 길'을 걸었음을 보여주고 있으며, 중국 운명공동체가 더욱 탄탄하게 성장하였음을 보여주고 있다. 당태종은 그 운명공동체에 '우국우민(憂國憂民)'의 영혼을 불어넣었다. 이는 중국 발전에서 가장 귀중하고 빼어난 부분이며 일반적인 '민족국가'에서는 가장 부족한 부분이다.

역시 인터넷에서 따온 위의 평론을 통해 당태종이 647년에 "회흘(回紇)족 등 민족들에 의해 '천가한(天可汗)'으로 추대되어 여러 민족 공공의 우두머리와 최고 지도자가 되었다"는 정보를 얻을 수 있었다. 이밖에 또 다른 정보는 서천(西天, 인도의 다른 이름)에 가서 불경을 얻어온 유명한 삼장법사(三藏法師) 현장(玄奘, 602~664)이 제공한 것이다. 현장의 제자 혜립(慧立)과 또 다른 한 인사 언종(彦琮, 그때 당시 현장보다 연장자인 언종[557~610]

이 아닌 것은 긍정적임)의 저서 『대자은사 삼장법사전(大慈恩寺三藏法師傳)』에는 현장과 인도의 하르샤 바르다나 왕 사이의 대화 내용이 기록되어 있다. 하르샤 바르다나 왕이 「진왕파진악(秦王破陣樂)」에 대해 전해 듣고 현장에게 '진왕'이 누구냐고 물었다. 「진왕파진악」은 원래 당나라 봉기군 장병들이 이세민을 칭송한 군가인데 이세민이 왕위에 등극한 뒤 그 군가에 맞춰 안무하였다.

당태종과 같은시기 사람이었던 인도의 하르샤 바르다나 왕도 그 소식을 전해 들었던 것이다. 이와 같은 사실, 그리고 당태종이 이웃나라 지도자로부터 '천가한'으로 떠받들린 사실을 통해 우리는 그가 그때 당시 국내외로 이름이 널리 알려졌음을 알 수 있다. 당나라는 초기부터 "모든 길이 장안으로 통하는" 국제형세가 형성되었다. 당태종시기에 중국이라는 운명공동체는 왕성한 활력을 갖추었으며, 또한 세계에서 가장 번창한 국가이기도 하였지만 대외로 확장하지도, 세계를 정복하려고 하지도 않았다. 당태종은 훗날의 모든 본토 정권을 위해 이와 같은 발전 패턴을 창조하였던 것이다.

무측천이 여성에 대한 사회 제약을 타파

2014년 말부터 2015년 초까지 후난(湖南)텔레비전방송을 통해 방송된 총 96회(매회 45분) 드라마 '무미랑전기(武媚娘傳奇)'가 중국 전역에서 센세이션을 불러일으켰으며(시청률 최고 기록을 이룩함) 중국역사에서 가장 범상치 않은 여성인 무측천(624~705)을 어여쁘고 귀여우며 열정적이고 진취적이며 총명하고 영리하며 인내심이 강하고 끈질기며 어려움을 극복할 줄 알고 최고의 경지에 이른 전기적 인물로 묘사하였다. 무측천은 중국문명에서 여성에 대한 잠재적 제약을 타파하고 기록을 깨 당태종 후궁의 재인(才人, 궁중의 여관[女官]의 관명)이 된 후 점차 인심을 얻어 정치에 휘말리게 되었으며, 태자 이치(李治)와 가까운 사이가 되었다.

이치가 제위에 올라 당고종(649~683년 재위)이 된 후 무측천은 소의(昭儀)에서 황후가 되었다. 674년에 당고종이 '천제(天帝)'를 자칭하면서 무측천은 '천후(天后)'가 되었다. 그녀는 당고종과 나란히 '이성(二聖)'으로 불리며 수렴청정을 시작하였다. 683년에 당고종이 세상을 떠나자 무측천은 '태후'에서 '천자'황제로 탈변하여 스스로 '자씨월고금륜신성황제(慈氏越古金輪神聖皇帝)'에 봉하였다. 그 봉호는 특히 중-인 문명의 결합이라고 할 수 있다. '자씨(慈氏)'는 미륵보살(미륵/Maiterya은 인도 불교 전통에서 8대 보살 중의 하나이다)의 칭호이다.

'금륜'은 '금륜왕'을 가리키는데 중국에 전해져 들어온 인도신화이기도 하다. 인도 고대의 'cakravartin/전륜성왕'이라는 개념은 일종의 '우주 통치자'의 이상이다. 중국의 불교전통(인도에는 없음)에서는 '전륜성왕'을 금 · 은 · 동 · 철(금륜성왕 · 은륜성왕 · 동륜성왕 · 철륜성왕) 등으로 나눈다. 무측천은 스스로 '금륜성왕'으로 자칭한 것이다. 무측천은 이와 같은 봉호를 씀으로써 자신에게 더 이상 높을 수 없는 최고의 영예를 부여했던 것이며, 이는 고금과 국내외를 막론하고 모든 제왕의 상상을 초월한 것이었다.

필자는 중국 역사서들에서 무측천의 장점과 성과를 억누르고 그녀의 단점과 잘못을 부풀렸음을 단언할 수 있다. 당태종의 장점과 성과를 부풀리고 그의 단점과 잘못을 축소한 것과 마찬가지이다. 더 심한 것은 중국 정사에서 단 한 번도 무측천을 제왕의 보좌에 앉히지 않고(그녀가 황제였다는 역사적 사실은 아무도 부정할 수 없다) 그녀에게 귀비의 지위만 허락했다는 점이다. 여기서 바로 중국문명의 '남존여비'관념의 약점이 드러난다. 중국문명에서 남존여비 사상이 이처럼 강한데 어떻게 무측천이 나타날 수 있었을까? 이 문제는 전통 지혜의 얕은 부분을 보여주고 있다. 우리는 중국문명의 성질에 대해 깊이 이해해야만 그 답을 얻을 수 있다. 이 문제는 또 왜 '관세음(觀世音)/관자재(觀自在, Avalokitesvara)'보살이 인도에서는 남자인데 중국에 와서는 여신으로 바뀌었는지 와도 서로 연결된다.

앞에서 거듭 거론하였던 중국문명 특유의 '입천', '입지', '입인'의 이치에서 남녀 양성의 '음'과 '양', '부드러움'과 '굳셈'의 두 방면, 그리고 남녀 양성에 대한 '인애(仁愛)'의 포용에 대해 언급하였다. '태극도'중 '음양어(陰陽魚, ☯)'가 서로 얼싸안고 있는 모습도 남녀가 서로 깊이 사랑한다는 의미를 담고 있다. 이 모든 것이 중국문명 자체는 여성을 존중하지 않는다는 요소를 담고 있지 않음을 설명해주고 있다.

중국의 남존여비 전통은 중국문명의 건강한 발전에 어긋나는 나쁜 관습이다. 특히 지적해야 할 것은 불교가 인도의 여성 존중 전통을 중국에서 전파함으로써 중국에서 '자애로운 어머니(慈母)'의 개념이 생겨났고 또 강조하게 되었다는 것, 그리고 이는 또 여성을 도와 지위를 높이는 동력이기도 했다는 것이다. 무측천이 중국사회에서 여성에 대한 제약을 타파할 수 있었던 것은 중국문명이 본질적으로 여성을 존중한 것과 불교의 전파가 여성 지위의 상승에 도움을 준 것과 밀접한 관계가 있다. 바꾸어 말하면 무측천의 등장은 인도의 조력 하에 중국이 더 안정되게 문명의 길을 걸을 수 있었음을 보여준다.

학자들(특히 외국 학자들)은 무측천의 사적에 대해 토론하면서 무측천이 불교의 『대운경(大雲經)』을 권위의 근거로 삼아 칭제한 사실을 강조하곤 한다. 이들 학자들의 주장에 따르면 중국에 온 인도의 명승(名僧) 보리류지[Bodhiruci와 북위 때 중국에 온 보리류지/도희(道希와 이름이 같음)가 낙양에서 『보우경(寶雨經)』을 번역하였는데, 부처가 열반에 든 후 섬부주(贍部洲) 동북쪽의 마하지나국에서 여보살의 신분으로 전륜성왕으로 모습을 드러낸다는 내용이 적혀 있다. 후에 무측천의 의견에 따라 비슷한 내용의 『대운경』(산스크리트문으로 된 『대운경』이 실제로 존재함)을 지어냈다. 무측천은 그 내용에 의거해 스스로 미륵보살/부처가 여자의 몸으로 인간 세상에 내려왔다고 선전하면서 연호를 '천수(天授)'라고 바꾸었으며 낙양과 장안에 대운사를 건설하였다.

지금은 산스크리트어와 중국어로 된 『대운경』이 모두 산실되었기 때문에 학자들은 제멋대로 무측천의 이야기를 지어내기가 더욱 쉬워졌다. 무측천이 『대운경』의 힘을 빌려 제위에 올랐다는 이론에는 매우 큰 허점이 존재하는데, 그것은 『대운경』이 무측천이 황제가 된 후에 나타났기 때문이다. 무측천이 뜻을 이룬 전 과정을 보면 그녀는 재능도 별로 없고 건강도 좋지 않은 당고종이 집권하는데 매우 큰 도움을 주었으며, 마지막에는 실제로 그녀가 집권하였다. 당고종이 죽은 뒤 그녀는 더 높은 명망을 얻어 본인이 원하면 태후가 될 수도 황제가 될 수도 있었다.

이미 모든 조건이 마련되었으며 그녀를 막을 수 있는 세력이 없었다. 그러니 『대운경』이 있건 없건 그건 중요하지 않았다. 그리고 무측천이 불교를 믿은 것은 어려서부터 키워온 습관이다. 그녀는 당고종의 황후였던 시기에 2만관(貫)을 헌납해 낙양 용문석굴의 대 비로자나불단과 봉선사(奉先寺)를 짓도록 하였다. 용문 외에도 돈황 막고굴(莫高窟) · 쓰촨 대족석굴(大足石窟) 그리고 전국의 수많은 유명한 절이 모두 무측천의 협찬을 받은 적이 있다. 그리고 그녀는 또 704년에 낙양에서 성대한 법문사(法門寺) 불사리 맞이 경축행사를 개최하였다.

이 책 앞에서 역대 중국정부가 불경 번역을 중요한 정책으로 삼았다는 사실을 언급한 바 있다. 한명제에 이어 후진(後秦)의 요흥(姚興)이 '역경원'을 지었고, 수양제가 '번경도장'을 지었다. 당태종부터 현장이 번역한 경서에 친필로 「대당삼장성교서(大唐三藏聖教序)」를 쓰기 시작하였다. 무측천이 고승 의정(義淨)(635~713)에게 써준 서언이 가장 많은데 「삼장성교서(三藏聖教序)」「방광대장엄경서(方廣大莊嚴經序)」「대주신역대방광불화엄경서(大周新譯大方廣佛華嚴經序)」 등 3편이 있다.

무측천은 「승도병중칙(僧道并重敕, 불교와 도교를 나란히 중시할 것에 대한 칙령)」에서 다음과 같이 중요한 말을 하였다. "노자가 호(胡)인으로 변신한 것이 사실이고 노자의 화신이 부처임이 틀린 말이 아님을 분명히 알고 있다. 도교로 백성을 교화할 수 있고 불교는 도교에서 생겨난 것이다. 노자와 석가모니가 근원이 같은 이상 도교와 불교 역시 나란히 중시해야 한다.

지금으로부터는 승려들이 수행을 할 때 천존(天尊, 도교에서 신선에 대한 존칭)에게 예배를 올리지 않거나 도사가 절에 들어가 불상에 참배하지 않을 경우 모두 강제로 환속시키며 이를 어길 시 죄를 물을 것이다.(明知化胡是真, 作佛非謬, 道能方便設教, 佛本因道而生, 老釋既自元同, 道佛亦合齊重。自今後, 僧入觀不禮拜天尊, 道士入寺不瞻仰佛像, 各勒還俗, 乃科違敕之罪。)" 그녀는 불교가 중국에 전해져 들어오기 시작한 초기에 나타난 "노자가 호(胡)인으로 변신했다"(인도의 부처는 중국 노자의 화신이라는 전설)라는 전설에 근거해 당태종 통치 시기부터 실행하기 시작한 '도교와 불교를 나란히 중시하는'정책을 널리 실행하였다.

이상 그녀가 한 말과 그녀의 일관된 태도는 모두 그녀가 종교를 이용해 정치를 농락하는 것으로 개인의 야심을 채우려는 정객이 아니라는 사실을 증명해주고 있다.

무측천은 "불교와 도교는 뿌리가 같다"는 관점을 특히 강조하였는데, 이는 중국문명의 "일치된 의견을 취하고 서로 다른 의견은 버리는" 발전적 특징을 반영한다. 역사적 각도에서 보면 「승도병중칙」 중 "노자와 석가모니는 근원이 같다"는 말은 맞는 말이기도 하고 틀린 말이기도 하다. 불교는 당연히 인도에서 독립적으로 발전한 것이며 "노자가 호인으로 변신"하였기 때문은 아니다.

불교가 중국에 전해져 들어오기 이전에 특히 선진시대에 중국에는 '도교'라는 것이 애초에 존재하지 않았다. 불교가 전해져 들어오면서 중국 민간에서 도교를 제창하게 된 것이다. 도교의 이론은 천천히 발전된 것이며 도교의 종교형태는 아주 큰 정도에서 불교를 본받은 것이다. 이런 의미에서 보면 도교는 불교에서 야기된 것이며 "불교와 도교가 뿌리가 같다"는 말은 어느 정도 맞는 말이기도 하다. 그러나 도교와 불교는 두 가지 서로 다른 종교 신앙이다. 불교가 중국에서 날이 갈수록 보급됨에 따라 도교의 흥기는 불교와 경쟁하려는 분위기를 띠게 되었다.

당나라의 군주는 단합을 몹시 중시하여 도교와 불교 사이의 대립되는 정서가 발전하는 것을 허용하지 않았다. 중국문명은 애초부터 민족의 표징과 차이를 제거하였다. 당태종과 무측천을 대표로 하는 중국 통치자들은 중국에 종교 신앙의 모순과 대립이 존재하지 않기를 바랐다. 무측천의 "불교와 도교는 뿌리가 같다"는 말은 중국문명이 종교 신앙의 차이를 제거하려는 노력을 반영하고 있다. 미국 학자 헌팅턴은 중국문명의 발전이 기독교 문명에 위협이 된다고 주장하였는데, 이는 중국문명에 대한 최소한의 인식도 갖고 있지 않기 때문이라고 할 수 있다.

오늘날 사람들이 가장 많은 고적을 유람할 수 있는 시안(西安, 옛날의 장안)에는 대안탑(大雁塔)과 소안탑(小雁塔)이 여전히 존재한다. 대안탑은 652년에 당고종이 지은 것이다. '대안'이라는 이름은 현장이 '서천에 가서 불경을 얻어' 돌아온 것을 기념하는 의미가 담겨 있다. 소안탑은 684년에 당고종이 죽은 100일 뒤에 '천후/황태후'무측천이 지은 것인데, 의정(義淨)이 '서천에 가서 불경을 얻어'돌아온 것을 기념하기 위한 것이다. 당태종은 현장을 위해 672년(咸亨 3)에 「대당삼장성교서(大唐三藏聖教序) 집자비(集字碑, 전해 내려오는 글씨를 그대로 응용하여 새긴 비)를 세웠고, 무측천은 의정을 위해 「대당삼장성교서(大唐三藏聖教序)」를 썼다. 이로써 당나라시기 중-인 양국 교류에서 가장 중요한 두 인물을 전 세계가 우러러보는 영원한 기억으로 남겼다.

이상의 토론을 통해 두 가지 결론을 얻어낼 수 있다. 첫 번째는 만약 불교가 중국에 전해져 들어오지 않았다면, 중국에는 무측천이 칭제하는 일이 일어날 수 없었을 것이라는 것, 두 번째는 만약 불교가 중국에 전해져 들어오지 않았다면 '관세음/관자재'(Avalokitesva- ra)보살이 여성으로 바뀌는 일도 없었을 것이라는 것이다. 이렇게 보면 중국문명은 인도문명이나 또 다른 문명보다도 더 여성을 존중한 것이 아니었을까?

'관세음/관자재'보살이 언제부터 중국에서 여성으로 바뀐 것인지에 대해서 정확하게 말해줄 수 있는 사람은 아무도 없다. 무측천이 용문석굴을 증축하였을 당시까지도 조각 중에 여성 보살의 모습은 나타나지 않았다. 돈황 막고굴의 당나라시기 관음은 남성이었으며, 게다가 수염까지 그려져 있다. 이로부터 무측천 시대까지도 중국 관음보살은 여전히 남성이었음을 알 수 있다. 그러면 무측천이 그런 현상을 바꾸려고 시도하였던 것일까? 무측천은 스스로 '난대짐(鸞臺朕)'이라고 칭하였다. 683년에 무측천이 지은 「고종 천황대제 애책문(高宗天皇大帝哀册文)」에는 "……,

용은 미덕을 품고 드러내지 않았다.(鳥庭開象, 龍德含章)"라는 구절이 있다. 여기서 '조정(鳥庭)'은 바로 '봉정(鳳庭)'이다.

그녀는 정부 관직명 앞에 '봉각난대(鳳閣鸞臺)'라는 4자를 붙였다(예를 들어 '봉각시랑[鳳閣侍郎]'이라고 한 것처럼). 주지하다시피 당나라시기에는 '용'의 위엄을 선양하였다. 황제와 대신들은 모두 용포를 입었고 수도를 가리켜 '용성(龍城)'이라고 일컬었다. 그러나 무후(武后)가 칭제하던 시대에는 어용시인들 가운데서 '난새(鸞)'와 '봉황(鳳)'이 '용(龍)'을 대체하는 경향이 존재하였다. 무측천 황제는 시인들을 거느리고 유람을 다니며 즉흥시회를 여는 것을 즐겼다. 심전기(沈佺期, 656?~715?)가 자주 배동하곤 하였다.

그가 지은 시 「봉화입춘유원영춘(奉和立春遊苑迎春)」에 "가슴 속 깊이 은혜를 간직하고 노래 부르고 악기를 연주하며 늦게 귀로에 올랐네. 저녁 늦게 귀가하는 새들 대다수가 봉성(수도)에 깃든다네(歌吹銜恩歸路晚, 棲烏半下鳳城來.)"라는 구절이 있다. 이중 마지막 구절은 "뭇 새들이 봉황의 뒤를 따른다(百鳥朝鳳)"는 상징적 기호로 무측천을 치켜세우고 있으며 들놀이를 마치고 수도 낙양으로 귀가하는 것을 '봉성에 깃든다(下鳳城)'라고 표현하고 있다. 무측천의 수도가 '용성'에서 '봉성'으로 바뀌고 무측천이 타는 수레가 '용연(龍輦)'에서 '봉연(鳳輦)'으로 바뀌었다. 그녀가 통치계층에서 '봉황'문화를 개발하려고 애쓴 것은 바로 여성의 부드러움을 중국문명에 주입시키기 위한 데 있었다. 만약 그녀와 후세 사람들의 이러한 노력이 없었다면 '대자대비하고 고난에 처한 사람들을 구제하는'여성 관음보살이 중국 대지에 나타나지 못하였을 것이다.

무측천이 '전후'가 된 후 조정에 제출한 「청부재위모종삼년복표(請父在爲母終三年服表)」에는 다음과 같이 썼다. "어머니는 자식에게 특히 큰 자애를 베푼다고 생각한다. 어머니가 없으면 자식이 태어날 수 없고 어머니가 아니면 자식이 자랄 수 없다.

어머니는 자신이 열악한 환경에 처해 있더라도 자식에게는 쾌적한 환경을 마련해주고 본인은 고달픔을 겪으면서도 자식에게는 행복을 느끼게 하며 자식을 키우는 데 온 힘을 기울여 은혜를 아낌없이 베푼다. 그래서 짐승들도 어미의 정만은 알고 있는 것이다……(竊謂子之于母, 慈愛特深。非母不生, 非母不育, 推燥居濕, 咽苦吐甘, 生養勞瘁, 恩斯極矣。所以禽獸之情, 猶知其母……)"

그녀는 '천하'의 어머니들을 대신해 자식을 낳아 키우면서 "자신이 열악한 환경에 처해 있더라도 자식에게는 쾌적한 환경을 마련해주고", "자신은 고달픔을 겪으면서도 자식에게는 행복을 느끼게 한다"고 말하였다. 「청부재위모종삼년복표」는 실제로 정부가 전국에 반포한 공문으로서 온 나라가 '모성애'문화의 영향을 받게 하였던 것이다.

'성당(盛唐)'과 현종(玄宗)

당현종 이융기(李隆基, 685~762)의 재위 기간은 44년(712~756)이며 진·한 이래 대통일된 중국에서 가장 오래 집권한(또한 당나라에서 재위 기간이 가장 긴) 황제이다. 그는 자고로 가장 풍류스럽고 가장 재능이 있는 정치가이자 통치자였다. 그의 통치 시기는 연호에 따라 '개원(開元, 713~741)'과 '천보(天寶, 742~756)' 두 단계로 나뉜다. 일반적으로 역사 평론가들은 '개원성세(開元盛世)'가 그 이전의 모든 '성세'를 추월한다고 주장하고 있다.

이백과 동시에 그리고 똑 같이 유명한 대시인 두보(杜甫, 712~770)는 '개원성세'라는 미명의 공헌 요소이다. 그가 '개원성세' 이후 20여 년이 지난 764년에 지은 시 「지난날을 회상하며(憶昔)」의 두 번째 시에는 다음과 같은 묘사가 있다.

> 개원성세시기를 돌이켜보면 작은 도시에도 인구가 1만 가구나 살았다네.
> 풍년이 들어 식량이 충족하였으며 나라도 개인도 창고마다 식량이 넘쳐났다네.
> 천하가 태평하여 길에 흉포한 도적이 없으니 먼 길을 떠남에 길일을 택할 필요가 없었다네.
> 제나라에선 비단, 노나라에선 생견이 나고 무역 수레가 사처에 보였으며 남정네는 농사짓고 여인네는 누에치기를 하며 각자 있을 자리에서 제 할 일을 하며 안정된 삶을 누렸다네.
> 궁에 있는 천자가 천지에 제를 지내는 제악을 연주하여 태평성세를 누리니 사람들이 서로 사이좋고 화기애애하게 지냈다네.
> 백여 년 간 중대한 천재와 인재가 일어나지 않아 나라가 번창하고 정치가 청명하였다네.
> (憶昔開元全盛日，小邑猶藏萬家室。
> 稻米流脂粟米白，公私倉廩俱豐實。
> 九州道路無豺虎，遠行不勞吉日出。
> 齊紈魯縞車班班，男耕女桑不相失。
> 宮中聖人奏雲門，天下朋友皆膠漆。
> 百餘年間未災變，叔孫禮樂蕭何律。)

52세의 두보는 권위적으로 20여 년 전 '개원성세'를 이루어 "백여 년 간 중대한 천재와 인재가 일어나지 않았다"고 회억하였다. 이로부터 그 시기 편안하게 살면서 즐겁게 일하는 태평시기가 중국 수 천 년 역사에서 전무후무하였음을 알 수 있다. 물론 이는 28년간의 '개원성세'만을 찬양한 것이 아니라 당태종 · 고종 · 무후의 통치를 모두 포함한 것이다.

그러나 두보가 지은 「병거행(兵車行)」(약 751년)이라는 시에는 "남자아이를 낳은 것이 나쁜 일인 줄 확실히 알았더라면 차라리 여자아이를 낳았으면 좋았을걸. 여자아이는 이웃집에 시집이라도 보낼 수 있건만 남자아이는 전쟁에 나가 죽으면 허허벌판 잡초더미에 묻혀버리고 말 것이니(전쟁에 나갔다가 타향에서 전사하게 되면 시신도 거둘 사람이 없다는 뜻).(信知生男惡, 反是生女好; 生女猶是嫁比鄰, 生男埋沒隨百草。)"라는 구절이 있다. 그는 또 755년에 지은 「수도에서 봉선읍으로 가면서 마음에 품은 생각을 5백 자 시로 읊노라(自京赴奉先縣詠懷五百字)」라는 시에서 "붉은 대문 부잣집에서는 술과 고기 향기가 풍겨 나오는데 길가에는 얼어 죽은 시신이 이리저리 널렸구나(朱門酒肉臭, 路有凍死骨)"라고 하였다. 이 두 수의 시는 모두 당현종 통치시기에 지은 것이다.

두보의 시 이들 세 수에서 생동적인 묘사는 우리가 '성당(盛唐)'으로 중국 제왕 통치하의 가장 아름다운시기에 대해 전면적으로 인식하는 데 도움이 된다. 우리는 다음과 같은 사실을 변증법적으로 볼 수 있다. 한편으로는 나라에 훌륭한 통치자가 있고, "궁에 있는 천자가 천지에 제를 지내는 제악을 연주하니"(당현종이 음악을 즐겼음을 묘사함) 민간사회가 자애롭게 변하고, 궁정에 "백성을 즐겁게 하는 군주("백성을 고통스럽게 하는 군주"가 아닌)"가 있으니 중국 대지는 치안이 좋고("천하가 태평하여 길에 흉포한 도적이 없으니 먼 길을 떠남에 길일을 택할 필요가 없었다네") 농업은 풍년이 들었으며("풍년이 들어 식량이 충족하다") 상공업이 발달하였다("제나라에선 흰 비단이 노나라에선 생견이"고급 견직물과 마직물이 생산되고 사처에서 "무역하는 수레"가 분주하게 물품을 운송하는 모습이 보였다). 그러나 다른 한편으로는 빈부격차가 현저하게 컸다. 부자들은 돈을 물 쓰듯 하고("붉은 대문 부잣집에서는 술과 고기 향기가 풍겨 나오고") 가난 현상("길가에는 얼어 죽은 시신이 이리저리 널렸구나")은 사라지지 않았다. 여기서 특별히 지적할 것은 두보가 시에서 "길가에 굶어 죽은 시신"이라고 하지 않고 "길가에 얼어 죽은 시신"이라고 했다는 사실이다(만약 "붉은 대문 부잣집에서는 술과 고기 향기가 풍겨 나오고 길가에는 굶어 죽은 시신이 이리저리 널렸구나"라고 썼더라면 더 선명한 빈부의 대조를 이루지 않았을까).

이는 당현종 통치시기에 일반 사람들도 배불리 먹을 수 있었기 때문에 굶어 죽는 경우가 극히 적었음을 간접적으로 설명해준다. 어쨌든 원나라 이전에 중국에는 목화 재배업과 면 방직업이 없었기 때문에 가난한 이들은 추운 겨울에 추위를 막을 방법이 없는 것이 매우 큰 문제였다. 두보의 시구에서 반영된 역사적 상황은 가난한 이들이 얼어 죽는 경우가 굶어 죽는 경우보다 많았다는 사실이다. 「병거행」에서는 남존여비사상이 강했던 당나라 민간을 대신해서 전쟁 부담이 너무 크다는 원망을 표하였다. 이는 중국문명의 구조성과 영구성적인 문제이다. 중국은 '문명의 길'을 발전시키는데 열중하면서 평화적인 선율 속에서 발전하기를 원했지만, 세계적인 큰 환경은 전쟁의 곡조를 연주하고 있었기 때문에 나라가 부강하려면 반드시 강대한 군사력을 갖추어야 했다.

다른 나라를 침략하지 않더라도 반드시 강대한 군사력을 갖추어야만 침략을 받지 않을 수 있었다. 흉노와 같은 사나운 이웃이 존재하는 한 한나라는 국문을 닫고 '문경의 치'를 이룰 수 없음을 우리는 알아야 한다. 그러나 한무제처럼 온 나라의 힘을 기울여 흉노를 먼 유럽까지 쫓아버리는 것(로마제국의 안전이 위협을 받게 함)은 중국이 감당할 수 없는 일이었다. 이를 '구조적'인 문제라고 하는 것은 중국의 정치구조에 문제가 있다는 뜻이 아니라 대통일을 이룬 '문명국'으로서 반드시 장구적으로 주변 '민족국가'세계의 침략에 대처할 묘책을 찾아내야 함을 가리킨다. 그 묘책을 찾아내지 못하면 언제나 피동적으로 얻어맞게 된다. 당현종 통치 시기부터 피동적으로 얻어맞는 국면이 무한히 펼쳐졌기 때문이다.

당현종(후세 사람들은 '현[玄]'자를 기피하여 그를 '당명황[唐明皇]'이라고 부르기 좋아함)은 당고종과 무후의 손자로서 풍류스러운 DNA를 가지고 태어났다. 당현종은 음악가였다. 그는 작곡도 할 줄 알 뿐만 아니라 악기도 연주할 줄 알았다. 그는 겨우 6살 때 궁에서 공연을 해 무측천에게 칭찬을 받았다. 그는 정치에 관여하기 이전에는 늘 궁중 악사들이 연습하는 '이원(梨園)'에 가서 지휘를 해주곤 하였다.

당나라의 유명한 조정대신 겸 시인인 백거이(白居易, 772~846)가 지은 「장한가(長恨歌)」라는 긴 시는 당명황과 양귀비(719~756)의 이야기를 집집마다 다 알도록 전하였다. 시에서 "뒤돌아보며 한 번 웃으면 그 모습에 숱한 사람들이 매혹되었고, 후궁인 미녀들이 모두 무색해질 정도였다(回眸一笑百媚生, 六宮粉黛無顔色)"라는 시구로 양귀비의 매력을 묘사하였고 "신혼 밤이 너무 짧은 것을 한스러워 하며 잠에서 깨어보니 어느덧 해가 중천에 떠 있네. 사랑의 늪에 빠진 군왕은 더 이상 조회에 나오지 않네(春宵苦短日高起, 從此君王不早朝)"라는 구절로 당명황이 '강산'도 버리고 '미인'만을 사랑한 과실을 반영하였다.

훗날 안녹산(安祿山, 703~757)이 반란을 일으키자 황실은 장안에서 철수해 쓰촨까지 물러났다. 중도에 어림군(御林軍)이 무력을 써 마외파(馬嵬坡)에서 양귀비를 처형할 것을 명하도록 당명황에게 강요하였다. 그 뒤 당현종은 태자 이형(李亨, 711~762), 즉 당숙종(唐肅宗, 756~762)에게 왕위를 양위하였다. 이융기는 6년간 태상황으로 살다가 천수를 다하고 죽었다. 당명황이 양귀비를 총애한 로맨스로 인해 민간 시인 이백(701~762)이 이름을 날릴 수 있게 되었다.

이백은 추천을 받아 입궁하여 침향정(沉香亭)에서 당명황과 양귀비의 시중을 들면서 양귀비를 묘사한 「청평조(淸平調)」라는 제목의 시 3수를 지었는데 중국문학의 불후의 명작이 되었다. 그 시들 중 첫 번째 시는 "구름을 보면 그대의 옷자락이, 꽃을 보면 그대의 용모가 떠오르네(雲想衣裳花想容)"라는 구절로 시작하여 양귀비를 선녀와 같이 묘사하였다. 시의 마지막 구절 "요대로 향해 가다보면 달 아래서 만날 수 있겠지(會向瑤臺月下逢)"라는 대목에서는 고대 전설 속에서 주목왕(周穆王)이 곤륜산(崑崙山)에 올라 서왕모(西王母)를 만났다는 전고를 인용했다(이는 양귀비가 인간 세상에 내려온 서왕모일 것이라고 암시한 것임). 필자는 중국 '서왕모'의 전설이 인도 'Uma'의 신화와 관련이 있다고 생각한다. 종합적으로 이백의 풍부한 문명지식과 교묘한 묘사기술, 그리고 끝없는 상상력이 양귀비의 미모와 매력을 신격화하였던 것이다.

당나라 문화와 문학의 성황

수 · 당 시기 새로운 중국 운명공동체는 여러 면에서 모두 진 · 한시기 제1차 중국 운명공동체보다 훨씬 앞섰다. 전대의 통치 경험과 교훈을 종합하는 것에 주의를 기울였던 당태종은 전문 기관을 설치해 중국의 역사를 기록 정리하도록 하였다. 중국의 이른바 '정사(正史)'24부 중 8부는 당나라 때 기록된 것이다. 유명한 중국 역사 참고총서 『십통(十通)』은 당나라 두우(杜佑)의 『통전(通典)』에서 시작된다. 어떤 사람들이 당나라를 중국역사의 '황금시대'라고 말하는 것은 주로 문화 특히 문학이 흥성하였기 때문이며, 이백 · 두보 · 백거이와 같은 대시인과 오도자(吳道子) · 장훤(張萱) · 주방(周昉) · 한황(韓滉)과 같은 대화가가 나타났기 때문이다. 당나라 관료 왕유(王維)는 대시인이자 대화가(수묵산수화를 잘 그림)였는데 "시 속에 그림이 있고 그림 속에 시가 있는"작품을 짓기로 유명하다.("그림 속에 시가 있는"작품을 짓기는 어렵지 않지만 "시 속에 그림이 있는"작품을 짓는 것은 조예가 매우 깊은 것이다)

당나라 화가 오도자는 '화성(畵聖)'으로 불리며(그가 중국화 산수화와 인물화의 새로운 경지를 개척하였기 때문이다), 조각가 양혜지(楊惠之)는 '소성(塑聖)'으로 불린다(그가 최초로 벽 위를 상감하여 조각 작품을 만드는 기술과 천수천안보살의 형상을 창조하였기 때문이다). 무측천은 음악을 좋아해 직접 궁정에서 악곡을 창작하였다. 당현종은 제왕 중에서 절세의 음악가여서 전국에 노래와 춤이 넘치도록 이끌었다. 당나라 궁정에서는 국내외의 유명한 악곡을 모두 수집하여 통치가족 생활의 선율로 만들었으며, 「십부악(十部樂)」이라고 불렀다. 그중에 「천축악(天竺樂)」이라는 악곡집이 한 부 있었는데 애석하게도 실전되었다. 그 시기 인도 아대륙에는 대통일을 이룬 국면이 나타나지 않았으며, 궁정에서 전문적으로 악곡을 정리한 적도 없었을 것이다. 따라서 당나라에서 만든 「천축악(天竺樂)」은 고대 인도의 첫 악곡집이 되었다.

용문석굴의 비로자나대불과 쓰촨의 낙산대불(樂山大佛) 석각(두 손으로 무릎을 덮은 거대한 미륵보살의 조각상으로서 불상 전체 높이가 71미터, 그 중 머리 너비가 10미터이고 높이가 14.7미터, 귀의 길이는 7미터, 눈의 길이는 3.3미터, 코의 길이는 5.6미터, 입의 너비는 3.3미터, 목 길이는 3미터, 어깨 너비는 24미터, 손 부분 중지의 길이는 24미터, 발등은 너비가 9미터이고 길이가 11미터에 달함), 가장 뚜렷하고 가장 이름난 이 두 불교 명승지는 당나라의 창조로서 과거와 현재, 그리고 미래에도 언제나 '문명 중국'의 상징적 부호가 될 것이다.

당나라 때 '서천으로 가서 불경을 얻어 온'고승 현장이 쓴 『대당서역기(大唐西域記)』와 의정이 쓴 『남해기귀내법전(南海寄歸內法傳)』은 인도의 역사학을 연구하는 가운데 고대인도를 연구할 때는 필독서이다. 중국 불경 번역 면에서 당나라 때의 성과가 가장 컸다고 할 수 있다.

현장 · 의정이 번역한 수많은 작품을 제외하고도 외국의 고승 불공(不空)(Amoghavajra, 705~774) · 연등/디파카라(Dipankara, 613~687) · 승가(Sangha, 710년에 중국에서 세상 뜸) · 보리류지(Bodhiruci) 등이 수 백 권에 달하는 불경을 번역하였다. 이 모든 것이 당나라 문화의 '황금시대'에 대한 증거이다. 이러한 성과들은 중국역사가 "자강불식하는 분투의 역사이고 평화를 추구하는 발전의 역사이며, 서로 배우고 서로 본받는 교류의 역사로서 중화 민족의 혈맥에 녹아든 문화 유전자를 창조하였다"라고 한 류옌동 부총리의 표현을 생생하게 증명해주고 있다. 그녀가 한 이 말은 당나라 문명의 번영된 모습에 초점을 맞춘 것이 틀림없다. 세 가지 배경이 당나라 문화의 번영을 이루었다.

첫째, 과거에 비록 '한무제가 서역과 통한'역사가 있기는 하지만, 한나라 때의 대외 교류는 그다지 발달한 수준은 아니었다. 5호16국과 북조시기를 거쳐 중외 교통에 새로운 면모가 나타났다. 실크로드와 '법보의 길(法寶之路)'이 대두한 것이 그것이었다. 당나라는 중국과 서역 간 교통이 특별히 발달했던 시기이다. 당나라의 장안과 낙양은 실크로드의 시작점이자 '법보의 길'의 종착점이었다. 진(晉)나라 고승 법현(法顯, 334~420)이 성지를 순례하러 인도로 갔다. 그의 일행이 국문을 나설 때 "장안을 출발해 서쪽으로 사하(沙河)를 건넜다. 하늘을 날아가는 새도 없고 땅에서 걸어 다니는 짐승도 없었다. 사방을 둘러보니 아득히 넓어 예측할 수 없었다. 오로지 해의 위치를 보고 동서 방향을 구분하고 사람의 뼈를 표식 삼아 길을 걸었다.(發自長安, 西渡沙河。上無飛鳥, 下無走獸, 四顧茫茫, 莫測所之。唯視日以准東西, 人骨以標行路耳)"(법현의 『불국기[佛國記]』를 참고). 여기서 "사람의 뼈를 표식 삼아 길을 걸었다"는 것은 그들이 사막을 걸어 지날 때 길이 어딘지 알 수가 없어 땅 위에 죽은 사람의 유골이 있는지를 살펴 뼈가 있는 방향을 따라 걸었다는 뜻이다.

앞 사람이 그 곳에서 죽었다면 그 곳에 인도로 통하는 길이 있음을 설명하기 때문이었다. 법현은 홀로 귀국하였다(그와 동행했던 일행은 모두 도중에 죽었기 때문이다). 그가 인도의 상선을 타고 태평양을 건널 때 폭풍을 만나 배가 뒤집힐 위험에 처하게 되었다. 그때 그 배에 같이 타고 있던 바라문교 상인이 유일한 불교 승려인 법현을 바다에 집어던져 바다신의 분노를 가라앉히려고 하였다. 그때 선주가 나서서 그를 보호하였기에 그는 겨우 살아서 돌아올 수 있었던 것이다. 당나라 때에 이르러서는 중-인 양국 간의 무역이 번영하여 양국을 오가는 고승들이 대상을 따라 다녔으므로 법현의 시대에 비해 훨씬 안전해졌다.

'법보의 길'을 따라 중국에 전해져 들어온 것은 불교뿐만이 아니라, 인도와 중앙아시아 국가의 예술도 있었다. 인도 회화의 요철기법(그림 속의 경물이 입체감을 갖춤)은 남북조시대에 전해져 들어온 것인데, 당나라 유명 화가인 오도자(680~759)가 그 화법을 습득한 뒤 중국화의 인물화가 비약적인 발전을 이룰 수 있었다. 그는 돈황 그리고 또 다른 석굴과 사찰의 벽화에 '오가양(吳家樣, 오가의 화풍이라는 뜻)'을 제공하였다. '오가양'이 그린 부처 · 보살 그리고 또 다른 인물형상은 북제(北齊)시기에 사마르칸트(오늘의 우즈베키스탄)에서 온 불교 벽화의 전문가 조중달(曹仲達)의 인물풍격을 개선하였다. "조(曹)파가 그린 인물은 마치 막 물에서 걸어 나온 것처럼 옷이 몸에 찰싹 달라붙어 있는 모습인 데 반해, 오(吳)파는 그런 단점이 존재하지 않고 옷이 널찍하고 편안하게 바람에 펄럭이는 모습이다"라고 평가하고 있다. 돈황 막고굴의 103굴 내에 있는 대형 벽화 「유마경변(維摩經變)」이 바로 오도자 화풍을 반영한 것이다.

당나라 때 유행했던 '호선무(胡旋舞)'에 대해 특별히 논할 필요가 있다. 당나라 궁전에는 강국(康國) · 사국(史國) · 미국(米國)(이 세 국가는 모두 오늘날 우즈베키스탄 경내에 있었음) 등 나라에서 온 '호선무녀'가 있었다. 백거이가 지은 「호선녀(胡旋女)」라는 시에는 이런 구절이 있다.

> 호선녀는 강가에서 왔다네
> 현악기 연주 소리에 맞춰 두 손을 펼쳐 드네.
> 눈보라처럼 휘날리다가 풀잎처럼 구르며 춤추니
> 이리 구르고 저리 돌며 지칠 줄도 모르네
> 천 번 돌고 만 번 돌며 그칠 줄을 모른다네.
> (胡旋女, 出康居。
> 絃鼓一聲雙袖擧, 廻雪飄飄轉蓬舞。
> 左旋右轉不知疲, 千匝萬周無已時。)

이 몇 구절의 시구는 바로 현재 북인도에서 유행인 고전 Khattak무에 대한 묘사이다. 그 무용은 16세기에서 19세기까지 무굴(Mughal)왕조에서 최초로 나타났으며, 아프가니스탄 일대에서 인도에 전해진 것이다. 이로 보아 Khattak무가 중국에서 환영 받았던 시기는 인도보다 약 1천 년이나 이른 시기였음을 알 수 있다.

둘째, 당나라시기에는 상공업이 번영하였으며 대도시가 흥기하였다. 도시문화가 발전해 낮에는 각자 다양한 업종의 생산노동에 종사하고, 밤에는 대중 유흥업소에 가서 한가한 시간을 보내는 현대 자본주의와 비슷한 생활방식이 나타났다. 당나라 때 대도시로는 장안과 낙양 2대 전통 정치중심을 제외하고도 양쩌우(揚州)와 익주(益州)(오늘날 쓰촨[四川]성의 청두[成都])와 같이 상공업의 발전에 따라 형성된 대도시가 있었는데 사람들은 "양일익이(揚一益二)"이라고 불렀다. 그밖에도 경제발전에 따라 인구가 십만 가구를 넘긴 쑤쩌우(蘇州)와 항쩌우(杭州), 당나라 신흥공업인 자기 생산으로 유명한 월주(越州, 오늘날 저장[浙江]성의 샤오싱[紹興]) 및 대외에 개방한 광쩌우(廣州) 항구가 있었다.

불교가 전해져 들어오면서 중국에 '불당문화'가 형성되기 시작하였다. '불당문화'가 형성되기 이전에 중국에는 '궁전문화'만 존재하고 있었다. 따라서 대량의 인력 · 물력 · 재력 그리고 기술과 예술을 궁전 건설에 사용했다. 그 후 '불당문화'가 형성되면서 중국 대량의 인력 · 물력 · 재력 그리고 기술과 예술은 또 불당을 건설하는 데도 쓰이게 되었다. 불교가 전해져 들어오면서 왕공귀족들은 먼 길을 마다하지 않고 절에 와 불상을 참배하곤 하였다. 그런데 절 주인은 술과 고기로 초대할 수 없었으므로 우아하고 고귀한 '차 문화'를 발명하였으며, 또 창의적으로 버섯 · 목이버섯 · 팽이버섯 등 야생 식물과 두부 · 유부 · 기울(面筋, 밀가루에 적당량의 물과 소량의 소금을 넣어 고루 저어 반죽을 만든 뒤 맑은 물에 거듭 문질러 씻어 반죽 속의 녹말가루와 기타 잡질을 모두 제거한 뒤 남은 글루텐) 등을 이용해 고기 요리 못지않은 고귀한 '소식(素食)문화'를 창조하였다.

이 두 문화가 또 궁전에 전해지고 궁전에서 또 민간으로 전해져 중국의 생활방식을 풍부히 하였다. 당나라시기에 중국의 요리기술은 이미 매우 높은 수준에 이르러 중국의 "백성이 먹는 것을 하늘로 삼는(民以食爲天)"새로운 장을 열었다. 당나라는 불교가 창도하는 '오계(五戒)사상'을 받아들인 반면에 음식습관은 더 풍부해졌고 요리기술은 더 제고되었다.

'차 문화'의 개발로 인해 당나라시기에는 차의 제조와 도자기(고귀한 음식을 위한 고귀한 다기와 식기를 제공하기 위함) 두 가지 새로운 공업이 발전하였다. 당나라시기에는 세상이 태평하고 경제가 번영하였으며, 민간에 먹는 것과 입는 것이 풍족하고 유동성이 강하였기 때문에 '객사(客舍)''정역(亭驛)'이 전국 각지에 널리 분포되었다. 이백의 "술집을 집 삼아 이름을 숨기고, 술로 낡은 세월이 어언 30년이거늘(酒肆藏名三十)"(「호주사마가섭의 "이백이 누구냐"는 질문에 답하다[答湖州迦葉司馬問白是何人]」)라는 시구와, 두목(杜牧)의 "밤에 진회에 배를 대고 묵은 곳은 술집 근처였네(夜泊秦淮近酒家)"(「진회에 배를 대다[泊秦淮]」)라고 한 시구는 당나라 때 요식업이 발달하였음을 증명해준다.

장안도 경제와 문화가 발달한 대도시여서 차량(소수레와 마차)이 끊이지 않았으며, '차가 막히는'현상이 늘 발생하곤 하였다. 장안의 사찰들에서는 '설창'방식으로 불교 교리를 설파하였는데, 설창 과정에 연극형식(불교 이야기를 전함)까지 곁들였는데 관중들이 많이 몰려 길이 막히곤 하였으므로 후에는 금지시켰다. 그러나 여러 사찰들에서는 계속 통속적인 '설창' 방식으로 교리를 설파하였는데, 당나라 특유의 '변문(變文)'이라는 문학 형태가 생겨났으며 '속문화(俗文化)'의 시작을 열었다.

수양제가 개척한 운하의 새 도시 양주는 당나라 때 전 세계 최신 유행의 '밤문화'의 소비 도시가 되었다. 양주에서 벼슬을 한 적이 있는 당나라 시인 두목(803~852)의 명구인 "이십사교에 달 빛 밝은 밤, 그대는 지금 어디서 미인과 통소를 불며 즐기고 있는가?(二十四橋明月夜, 玉人何處教吹簫)"(「양주의 판관 한작에게[寄揚州韓綽判官]」)가 역대 문인들 사이에서 "그 시기 다리가 24개인지, 아니면 지금처럼 '이십사교'라는 다리의 이름을 가리키는 것인지”를 둘러싼 논쟁을 불러일으킨 적이 있다. 두목과 같은 시기의 장호(張祜, 785 ? ~849 ?)가 지은 시 「회남지역을 마음껏 유람하며(縱遊淮南)」에는 이런 시구가 있다.

> 십 리나 되는 긴 거리에 상가들이 즐비하게 늘어서고,
> 달 밝은 다리 위에서 기생들을 구경하네.
> 한 번 살다가는 인생 양주에서 죽는다면 여한이 없으렸다.
> 경치 좋은 선지산이 무덤이라면 기꺼이 묻히리다.
> (十裡長街市井連, 月明橋上看神仙;
> 人生只合揚州死, 禪智山光好墓田。)

양주의 “십 리나 되는 긴 거리에 상가들이 즐비하게 늘어서고”라는 표현은 상가들이 빼곡히 들어선 끝이 보이지 않는 큰 거리의 모습을 묘사한 것이며, 사람들은 밤에 시 중심에 위치한 명월교(두목의 ‘이십사교’) 위에서 미인들의 가무를 구경하고 있다. 그래서 시인은 양주에서 죽는다 해도 여한이 없을 것 같다고 느꼈다. 시의 마지막 구절 “경치 좋은 선지산이 무덤이라면 기꺼이 묻히리다”라는 표현은 수양제의 ‘미루(迷樓, 훼손된 미루의 옛터에 선지사를 지었음)’를 암시한다.

시인은 마치 “양주에서 향락을 누렸다면 수양제처럼 그렇게 처참하게 죽을 만도 하다(훌륭한 무덤[好墓田])”라고 말하고 있는 듯하다. 이는 어느 정도의 집착일까? 전 유럽이 ‘암흑시대’(Dark Age)에 빠져 있을 무렵(밤에는 “하느님이 없는 세계/pagandom”여서 사람들은 감히 문밖에 나가지 못하였음)에 양주는 선참으로 야시장을 열고 오락성을 띤 ‘밤생활’을 시작했던 것이다. 이로 보아 당나라시기에 양주는 문화로 유명하였을 뿐 아니라 오늘날의 자본주의 세계의 오락 · 소비도시와도 같았으며, 프랑스의 ‘낭

만의 도시'파리보다도 1천 여 년이나 앞서 나타났던 것이다.

셋째, 불교의 불당문화가 흥성하면서 중국 운명공동체의 가족을 뛰어넘고 고향을 뛰어넘는 '전 세계문화'가 강화되었다. 이백은 이렇게 말했다. "하늘과 땅은 만물의 객사요, 백 세대는 고금을 포함한 시간 중 지나가는 길손이라네. 삶과 죽음의 차이는 마치 꿈을 꾸고 있는 것과 꿈에서 깬 것 간의 차이와 같아 쉴 새 없이 바뀌고 있으니, 더 이상 파고들어 물을 것도 없다네. 그럴진대 느낄 수 있는 즐거움인들 얼마나 되겠는가?(夫天地者, 萬物之逆旅也；光陰者, 百代之過客也。而浮生若夢, 為歡幾何？)"(「春夜宴從弟桃李園序」) 이 시구는 이백이 도교와 불교철학의 영향을 모두 받아 인생을 여정으로 간주하였음을 설명한다. 전 세계적으로도 유명한 이백의 시 「정야사(靜夜思, 고요한 밤에 생각하다)」에서는 그가 '밝은 달빛(明月光)'이 비추는 가운데 사방을 두루 돌아다니기를 즐기면서도 마음속으로는 항상 고향을 그리워하였음을 반영한다. 그의 '밝은 달빛' 개념은 당나라 고승 현장으로부터 깨우침을 얻은 것이다.

현장은 『대당서역기』에 다음과 같이 쓰고 있다. "천축이라는 이름에 대해 다양한 의견이 존재한다. 옛날에는 신독(身毒) 혹은 현두(賢豆)라고 불렀으나 금후 정음으로 인도라고 함이 알맞다. '인도'는 당나라 말로 '달'이라는 뜻의 인도어로서 달을 가리키는 수많은 이름 중의 하나이다. 달빛이 어둡고 긴 밤을 비춰주듯이 부처의 빛이 쉴새 없이 윤회를 거듭하는 뭇 중생들을 위해 길을 비춰준다. 달은 낮에는 모습을 감추었다가 밤이 되면 나타나 비추곤 한다. 비록 별빛이 있다고는 하나 어찌 밝은 달빛에 비기겠는가? 공경과 인연이 이곳에 집중되므로 달에 비유하는 것이다. 성현의 도리를 이어 인간 세상을 이끌어 만물을 지배하는 것이 마치 달이 비추는 것과 같다. 이로써 은정과 도의로 맺어진 오랜 벗이라는 의미에서 인도라고 부르는 것이다.(詳夫天竺之稱, 異議糾紛, 舊雲身毒, 或日賢豆, 今從正音, 宜雲印度。印度者, 唐言'月'。月有多名, 斯其一稱。言諸群生輪回不息, 無明長夜莫有司晨, 其猶白日既隱, 宵月斯繼, 雖有星光之照, 豈如朗月之? 敬緣斯致, 因而譬月。良以其土聖賢繼軌, 導凡禦物, 如月照臨。由是義故, 謂之印度。)"(권2) 그는 인도어에서 '달'에 대한 수많은 이름(예를 들어 'indu' 'chandra' 'jyotsna') 등 중에서 'indu', 중국어로는 '인도(印度)'를 선택해 인도라고 이름 지어 불렀다. 이는 어두운 세상에 '밝은 달빛(朗月之明)'과 같은 부처의 빛이 비추어 사람들이 길을 잃지 않을 것임을 비유하였다. 이는 '인도/indu'라는 이름에 문명 이상을 부여한 것이다. 바꾸어 말하면 현장이 지은 인도라는 이름은 '부처의 빛의 나라'라는 의미를 담고 있다.

이백의 「정야사」 중 '밝은 달빛(明月光)'과 현장의 '밝은 달빛(朗月之明)'은 같은 말이다. 이백은 전형적인 '전국 각지'를 두루 돌아다닌 재능이 뛰어난 선비이다. "황하는 하늘에서 세차게 떨어져 동해로 흐르나니. 만 리 강물은 콸콸 흘러 넓은 품에 쏟아져 들어가네.(黃河落天走東海, 萬里寫入胸懷間)"(이백의 「배십사에게 바치는 글[贈裴十四]」) 황허와 창장은 아주 자연스럽고 이상적으로 지구상에서 중국의 윤곽을 그려냈다. 이백의 이들 두 시구는 이 2대 강이 그려내는 중국의 내용을 모두 사람들의 감정 속에 녹아냈다. 독자들은 그의 시를 완벽하게 소화하게 되면 중국 운명 공동체의 맥락을 짚어낼 수 있을 것이다.

당나라 시기에 중국에 이백이라는 시인이 나타났고, 이백은 또 당나라 시기의 중국을 '밝은 달빛'아래에 펼쳐놓았다. 그 달빛 아래의 중국문화는 소동파(蘇東坡)의 "천 리 밖에서 함께 달을 감상하네"(소식[蘇軾] 「수조가두[水調歌頭]」)]라는 시구로 인해 더욱 '전 세계적인 것'이 되었다. 불교가 중국에 전해져 들어오기 이전에 중국의 대통일된 현실은 정신적인 대통일 이론을 지도사상으로 삼지 않았다. 불교가 '삼천대천세계(三千大天世界)'의 전반적인 관념을 중국인의 마음에 심어주었던 것이다. 당태종이 『금경서(金鏡書)』에 쓴 "자기 개인의 욕망을 굽히고 온 천하의 백성을 즐겁게 해야 한다"는 말에는 불교에서 부처의 '구세(救世)사상'이 들어 있다. 중국이 중국으로 발전할 수 있었던 것은 사람들이 "공동의 목표를 위해 함께 걸어왔기 때문"이다.

당시(唐詩)는 중국 문화의 '황금 보물고'

영국문화의 자랑은 시이다. 1861년부터 훌륭한 시들을 묶어 선집(현재까지 꾸준히 새로운 선집을 출판해옴)을 출판하기 시작하였는데, '황금 보물고'(Golden Treasury)라고 속칭한다. 도서의 정식 명칭은 『영문 시가의 황금 보물고』(Golden Treasury of English Songs and Lyrics)이다. 이와 마찬가지로 당시는 중국문명의 자랑이며, 중국 문화의 '황금 보물고'이다. 만약 당시가 없었다면, 중국문학 뿐 아니라 심지어 중국의 문화생활도 모두 암담하고 무색했을 것이다. 『전당시(全唐詩)』에는 2,200여 명 시인의 4만 8,900여 수의 시가 수록되었다. 이처럼 만 가지 꽃이 일제히 피어나는 성황은 고대에 다른 나라에는 없었던 일이다.

오늘날 전 세계적으로 고대문학에 대해 논할 때면 이백의 이름이 빠질 수 없다. 이백의 시 「정야사」는 중국에서 뿐 아니라 한국 · 일본에서도 모르는 이가 없으며 외국 문화인들도 많이 알고 있다.

당시의 위대함은 감상 가치가 큰 데만 있는 것이 아니다. 당시를 읽노라면 시인의 감정에 저도 모르게 '감회'되곤 한다. (예를 들면 하지장[賀知章]의 시 「회향우서[回鄉偶書]」에서 "어린 나이에 고향을 떠나 만년에야 돌아오니, 고향 말씨는 변함이 없으나 귀밑머리는 듬성듬성 세었구나 [少小離家老大回, 鄕音無改鬢毛衰]"라는 시구, 맹호연(孟浩然)의 시 「춘효(春曉)」에서 "봄잠에 날 밝는 줄 모르다가 여기저기서 새들이 지저귀는 소리에 잠이 깨었네[春眠不覺曉, 處處聞啼鳥]"라는 시구, 왕유(王維)의 시 「위성곡[渭城曲]」에서 "여보게 이별주 한 잔 나누시게, 서쪽으로 양관을 넘어가면 옛 친구를 만날 수 없을테니까.[勸君更盡一杯酒, 西出陽關無故人]"라는 시구 등) 뿐 아니라 그중에 중국 문화의 정수가 많이 포함되어 있다.

"오늘은 흠뻑 취할 것이라네. 취해서 전쟁터에 쓰러져도 그대여 웃지 말지어다. 자고로 전쟁터에 나갔다 살아서 돌아온 이 몇이던가?(醉臥沙場君莫笑, 古來征戰幾人回)"(왕한[王翰]의 「양주사[凉州詞]」), "칼을 뽑아 물을 베어도 물은 다시 흐르고 잔을 들어 시름을 삭여도 시름은 다시 깊어질 뿐(抽刀斷水水更流, 擧杯銷愁愁更愁)"(이백의 「선주의 사조루에서 교서 숙운을 전별하다[宣州謝朓樓餞別校書叔雲]」), "봉화가 석달 연일 끊이지 않으니 집에서 온 편지는 만금만큼 소중하네(烽火連三月, 家書抵萬金)"(두보의 「봄날의 소망[春望]」)], "내일이면 높은 산 사이에 두고 서로 멀리 떨어지리니 인간사 막연하여라(明日隔山岳, 世事兩茫茫)"(두보의 「위팔 처사에게 드린다[贈衛八處士]」), "상인은 이익만 중히 여기고 이별은 가벼이 여기네.(商人重利輕別離)"(백거이[白居易]의 「비파행[琵琶行]」], "술집 여자들은 망국의 설움 알지 못하네.(商女不知亡國恨)"(두목의 「진회에 배를 대고[泊秦淮]」) 등, 이런 시구는 이루다 헤아릴 수도 없이 많다.

중국문명은 공자와 맹자가 선양하는 '인'사상으로 유명하고, 당시는 실제 생활 속에서 인간의 진실한 감정을 반영하였다. 예를 들어 남녀 사이의 사랑에 대해서 공자와 맹자 사상은 구체적으로 제시하지 않았지만, 당시에서는 "하늘을 나는 새가 되면 비익조가 되고 땅에 나무로 나면 연리지가 되리라(在天願爲比翼鳥, 在地願爲連理枝)"(백거이의 「장한가[長恨歌]」)]라는 시구로 가장 이상적인 사랑을 표현하였다.

2천여 년간 중국인이 다양한 일자리에서 충성을 다해 직무를 이행해 오는 모습은 이상은(李商隱)의 「무제(無題)」라는 시 중 "봄누에는 죽어서야 실 뽑기를 멈춘다(春蠶到死絲方盡)"라는 시구로 예리하게 비유하였다.

꼭 읽지 않으면 안 되는 당시가 또 한 수 있다. 두순학(杜荀鶴)의 「다시 호성현을 지나며(再經胡城縣)」인데 이렇게 썼다.

> 지난해 처음 호성 현성을 거쳐 갈 때, 성안 백성들의 원성이 높더니
> 오늘날 벼슬이 높아진 현령이 입은 붉은 관복이 원래는 백성의 피로 물든 것이었구나.
> (去歲曾經此縣城, 縣民無口不冤聲。
> 今來縣宰加朱紱, 便是生靈血染成。)

2천여 년간 대통일을 이룬 중국의 방대한 정치체제에서 최고 통치기관과 광범위한 백성 사이에는 자신의 이익을 위해 생존하는 관료층이 존재하였다. 시인 두순학(846? ~ 906?)은 바로 그 관료층의 한 사람으로서 "하늘은 높고 황제는 멀리 있는(天高皇帝遠)"중국 현실에서 관료들이 임금을 기만하고 백성을 괴롭히는 악습과 그 문제를 해결하기가 너무 어려운 중국의 체제적인 결함을 깊이 인식하고 있었다. 백성을 괴롭힌 호성현의 현령은 파면 당하기는커녕 오히려 상급으로부터 포상까지 받았다(모자에 붉은 깃털을 꽂게 된 것). 시에서 붉은 깃털의 선홍색이 사람들에게 고통 받는 백성의 붉은 피를 떠올리게 한다. 중국은 비로 제왕 시내에노 이와 같이 신랄한 비평을 할 수 있었기 때문에 비로소 '문명의 길'을 걸

을 수 있었던 것이다.

앞에서 인용한 시를 제외하고도 당시 중에는 백성의 질곡을 반영한 것이 헤아릴 수도 없이 많다. 예를 들면 장적(張籍, 767? ~ 830?)의 시 「축성사(築城詞)」에는 다음과 같이 쓰고 있다.

> 성을 쌓고 있는 곳에선 수천수만을 헤아리는 사람들이 모여 달구질을 하고 있네.
> ……
> 깊은 사막에 온 지 일 년이 넘는 평민 복을 입은 자들이 목이 말라도 마실 물도 없네.
> 힘이 없어도 달구질은 멈추지 못하니 달구질소리는 여전하나 사람들은 모조리 죽어가네.
> 집집이 기둥이 돼야 할 남정네들이 오늘은 임금의 성 아래 흙이 되어 버리네.
> (築城處，千人萬人齊把杵。
> ……
> 來時一年深磧裡，盡著短衣渴無水。
> 力盡不得拋杵聲，杵聲未盡人皆死。
> 家家養男當門戶，今日作君城下土。)

백거이의 시 「두릉의 노인(杜陵叟)」에서는 농민의 말투로 "뽕밭을 저당 잡히고 땅을 팔아 관가에 세금을 냈으니, 내년 의식을 어찌 해결하나?(典桑賣地納官租, 明年衣食將何如)"라고 했다. 그리고 또 한 걸음 더 나아가 "우리네 몸에서 옷을 벗겨가고 우리네 입에서 양식을 앗아가네. 사람을 학대하고 해치는 건 늑대라지, 굳이 갈고리 발톱과 톱날 어금니로 사람을 잡아먹어야 이리인가?(剝我身上帛, 奪我口中粟。虐人害物卽豺狼, 何必鉤瓜鋸牙食人肉?)"라고 지방정부를 꾸짖었다.

두순학의 시 「산속에 사는 과부(山中寡婦)」에서는 "뽕나무, 산뽕나무 모두 황폐해져 누에를 칠 수 없게 되었지만, 관가에 세금은 내야하고 밭은 황량해졌는데 풋곡식 징수는 여전하네. 푸성귀를 뽑아 뿌리째 삶아 끼니를 때우고, 막 해온 잎사귀가 붙어 있는 젖은 땔감으로 불을 때는 일이 흔하다네. 아무리 산속 깊이 도망쳐도 세금과 부역은 피할 길이 없네.(桑柘廢來猶納稅, 田園荒後尙征苗。時挑野菜和根煮, 旋斫生柴帶葉燒。任是深山更深處, 也應無計避征徭。)"라고 했다. 이들 시구는 모두 당나라 시인이 백성을 아끼고 걱정하는 기질을 반영한 예이다.

앞에서 인용한 시구들로부터 당나라 말기에 이르러 당태종의 "백성을 기쁘게 하는 군주"관념이 이미 조정과 여러 지방 정부 관료들에게서 모조리 잊혀졌지만 여전히 백거이 · 장적 · 두순학과 같이 '백성을 걱정하는'정부 관료가 있었다는 사실을 알 수 있다. 앞에서 반영한 상황들로부터 당나라 말기에 이르러 백성들의 '배를 띄우고자 하는(정부를 지지하고자 하는)'정서가 점차 사라지고 '배를 뒤엎고자 하는(정부를 뒤엎고자 하는)'정서가 점차 머리를 들고 있었음을 설명해주고 있으며, 그로 인해 십년(875~884)에 걸친 '황소의 난(黃巢之亂)'을 초래하게 된 것이다.

황소는 뜻을 이루지 못한 민간의 선비인데 농민들을 인솔해 봉기를 일으켰으며, 또 왕선지(王仙芝)가 이끄는 농민봉기군과 연합해 기세 드높게 산동에서부터 하남 · 호북 · 안휘 · 강서에 이어 광동까지 휩쓸어 광주를 점령한 뒤 다시 군대를 이끌고 북상해 881년에 장안을 점령하고 칭제하였다. '황소의 난'은 3년 뒤에야 평정되었다. 황소는 그때 당시 공헌을 하였다. 그의 시 「국화(菊花)」가 후세까지 전해져 내려왔다.

가을이 오고 9월 8일이 되어 국화가 피어날 때면 백화가 시들게 되리니
하늘을 찌를 듯한 향기가 장안에 차고 넘쳐 온 성 안에 황금 갑옷들로 넘쳐나리
(待到秋來九月八，我花開後百花殺。
沖天香陣透長安，滿城盡帶黃金甲。)

시에서 '아화(我花)'라는 말은 바로 국화를 가리키며 '백화(百花)'중에서 생명력이 가장 강하다. 국화를 또 '황화(黃花)'라고도 부른다. 황소의 이름은 금방 가명임을 알 수 있다. 그는 '황화'를 혁명의 상징부호로 간주하였다('황화'혁명군이 '황금 갑옷'을 입었음을 상징함). 이로부터 이른바 '황소의 난'에도 일정한 문명요소가 포함되었음을 볼 수 있는 것이다. 다만 사람들이 놓쳐버렸을 뿐이다.

황소가 당나라 정권을 뒤엎고 새로운 정권을 세우고자 했던 꿈은 그가 884년에 죽은 뒤 23년이 지나서야 그의 옛 부하였던 주온(朱溫)이 현실로 만들었다. 아이러니하게도 주온은 황소를 배신하고 당나라를 도와 '황소의 난'을 평정한 사람이다. 그런 그에게 당나라는 '문충(文忠)'이라는 새 이름을 하사하였으며, 그를 '양왕(梁王)'에 봉하였다. 결국 그 '양왕'주문충이 907년에 당나라 정권을 뒤엎고 국호를 '양(梁)'으로 고쳤다.

시인이 중국 운명공동체의 풍정을 노래하다

시가는 반드시 곡을 붙여 사람들이 부를 수 있게 해야 한다. 당나라 궁정에는 '신악부(新樂府, 한나라 궁정의 '악부'를 개선하여 만듦)'가 있었는데, 그중에 이백 · 백거이 등 이들의 가작들이 많이 수록되어 있다. 필자는

그 수백 수천 수에 달하는 당나라 시 중에서 8수를 골라 독자들과 함께 감상하고자 한다. 그 8수는 모두 중국에서 잘 알려진 시들이며 독자들도 잘 알고 있을 것이다. 여기서 그 시가들을 한데 모아 당나라시기 중국의 운명공동체적 감흥을 함께 느껴보도록 하자.

당나라 사회와 함께 맥박이 뛰면서 당나라 시대 대통일을 이룬 중국 운명공동체가 생존에 대한 뜨거운 열정과 백성들이 공동체 내에서 느꼈던 온정을 느껴보고 태평성세에 대한 미련을 느껴보도록 하자. 그 8수는 이백의 「정야사」, 맹교(孟郊)의 「유자음(遊子吟, 먼 길을 떠나는 아들을 읊는다)」, 이신(李紳)의 「민농(憫農, 농민을 가엽게 여겨)」 2수, 두추랑(杜秋娘)의 「금루의(金縷衣, 금실로 짠 아름다운 옷)」, 나은(羅隱)의 「자견(自遣)」, 최호(崔護)의 「제도성남장(題都城南莊, 도성 남쪽 마을에서)」, 왕한(王翰)의 「양주사(涼州詞)」이다.

이백의 「정야사」:

> 침상 머리에 밝은 달빛, 땅 위에 내린 서리런가.
> 머리 들어 밝은 달 바라보다 고개 숙여 고향을 그리워하네.
> (牀前看月光, 疑是地上霜。
> 擧頭望明月, 低頭思故鄉。)

앞에서 이 세계적인 명시 중 '밝은 달'과 현장이 명월이라는 부호로 명명한 '인도'사이의 연계에 대해 토론한 바 있다. 당나라시기 훌륭한 시(특히 글자 수가 적은 절구)를 보면 글자의 중복이 매우 드물다. 그러나 이 시에서는 '명월'(전체 시의 5분의 1을 차지함)을 중복하였음에도 아무도 그것을 흠이라고 생각하지 않는다. 참으로 대단한 혁신이다.

마치 소련의 국가에서 "우리는 이곳처럼 자유롭게 숨 쉴 수 있는 나라를 그 어디서도 본 적이 없다"라고 한 구절처럼 이백은 이 20자로써 더욱 함축적이고 애틋하게 사람들이 중국 운명공동체의 넓은 땅에서 자유롭게 살아가고 있는 정서를 반영하였다(다른 나라와 서로 비교하는 것을 피하였다). 이 시는 중국 운명공동체의 정경을 독자들 앞에 그려 보였다. 집을 멀리 떠나 있는 아들이 고향에 있는 친인과 서로 떨어져 있으며 친인에 대한 그리움에 휩싸여 있다. 모두가 동일한 정신적 이상인 '밝은 달'이 비추는 운명공동체 안에서 살아가고 있는 것이다.

현장은 인도의 "성현의 궤적을 이어 속세의 만물을 지배하는" 현상을 "밝은 달"이 비추는 것에 비유하였다. 이백은 현장의 '밝은 달이 비추는 것(朗月之明)'에서 '명월'이라는 영감을 얻었다. 물론 '명월'은 중국문명을 비유한 것이다. 그가 지은 다른 유명한 시에서도 늘 '명월'과 서로 통하곤 한다. 예를 들어 "인생이란 뜻을 이루었을 때 모름지기 즐겨야 하니, 금 항아리에 담긴 술이 헛되지 않게 마셔야 하리(人生得意須盡歡, 莫使金樽空對月)"(「장진주[將進酒]」), "잔을 들어 달을 청하니 그림자까지 세 사람이 되네(擧杯邀明月, 對影成三人)"(「달빛 아래 홀로 술잔을 기울이며[月下獨酌]」) 등의 시가 그러하다. 중국 운명공동체 내에서는 수・당시기부터 시작해서 민간에서는 밤의 활동이 크게 늘어났다.

이백 등 시인들은 달빛 아래서 산책하면서 사람이 앞으로 걸어가면 달도 사람을 따라 오고, 사람이 멈춰서면 달도 멈춰서는 현상을 발견하였다. 그래서 중국문명은 '달구경'문명이 되었으며, 중추절(中秋節, 추석)은 중국의 중요한 전통 명절이 되었다.

맹교(751~814)의 「유자음」:

> 인자하신 어머니가 바느질 할실을 들고, 먼 길 떠날 아들이 입을 옷을 짓고 있네,
> 떠나기 전 한 땀 한 땀 꼼꼼히 기움은, 더디 돌아올 아들의 옷이 해질까 걱정이어서라네.
> 누가 말했던가? 자녀의 조그만 풀처럼 미약한 효심이 봄날의 따뜻한 햇살 같은 어머니의 은혜를 갚을 수 있을 것이라고.
> (慈母手中線, 遊子身上衣。
> 臨行密密縫, 意恐遲遲歸。
> 誰言寸草心, 報得三春暉。)

이 시는 이백의 「정야사」에서 묘사한 중국 운명공동체 정경에 먼 길을 떠나는 아들에 대한 '자애로운 어머니'의 사랑을 더한 것이다. 독자들은 '자애로운 어머니'라는 개념(맹교는 아마도 그 개념을 최초로 중국 시가에 써 넣은 사람일 것이다)은 인도의 전통이 불교에서 선양하는 '자비로움'의 사상과 함께 중국에 전해진 것이라는 사실을 알고 있을 것이다(과거에 중국에서는 자식을 엄히 단속하지 않은 아버지를 비하하여 일컫는 '자애로운 아버지'라는 표현만 있었을 뿐이다). '먼 길을 떠나는 아들'은 고생을 마다않고 아들에게 옷을 지어 입히는 어머니의 따스한 사랑으로 몸에 감싸고, 조그만 풀처럼 중국 운명공동체의 '봄날의 따뜻한 햇살'아래서(여기서 맹교의 '봄날의 따뜻한 햇살'과 이백의 '밝은 달빛'은 표현방법은 다르지만 효과는 같음) 행복하게 살아간다.

맹교의 「유자음」은 낮 풍경이며 이백의 「정야사」의 밤 풍경과 서로 호응한다. 중국문명은 인생의 낮과 밤에 민감하게 주의를 기울였다. 쓰촨

삼성퇴 고대문명을 제외하고 중국 상고시기의 태양신 숭배가 이미 잊혀진지 오래라는 사실을 우리는 알고 있다.

당나라 시인 중 달밤에 대해서 묘사한 이는 많지만 태양의 눈부신 빛발에 대해 찬양한 이는 없다(오직 뜨거운 햇볕에 농민들이 시달림을 받는다는 것만 폭로하였을 뿐). 맹교가 선택한 '봄날의 따뜻한 햇살'과 이백이 선택한 '밝은 달빛'은 모두 온화함의 상징으로 중국 운명공동체의 온화하고 향기로운 정서를 반영하고 있다. 필자는 이 책의 제1장에서 공자의 사상에 대해 논하면서 『대학(大學)』의 '수신(修身, 몸과 마음을 수련함)' '제가(齊家, 집안을 다스림)' '치국(治國, 나라를 다스림)'의 이론이 개인과 '집안'과 '나라'두 집단의 재통합이라고 주장하였다. 오늘날 우리는 '나라(國)'에 대해 언급하면서 언제나 '국가(國家)'라고 표현한다. 중국문화에 대해서 '나라(國)'는 곧 '집(家)'이며, 집을 사랑하게 되면 필연적으로 나라를 사랑하게 된다는 이 진리는 중국 운명공동체의 본성이다. 이런 각도에서 보면 이백의 「정야사」와 맹교의 「유자음」은 당나라 지식인들의 애틋한 '나라'에 대한 정을 표현한 것이다. 이 두 수의 시는 모두 집을 떠난 시인의 집과 나라를 사랑하는 마음을 표현한 것으로서 바로 이 시 두 수의 시경(詩境, 선의 경지[禪境])이기도 한 것이다.

이신(772~846)의 「민농」 시 2수:

(1)

김매는 날 한낮이면 땀방울이 벼 포기를 적시는데
뉘가 알리오, 밥상 위 밥 알알이 농부의 피땀이라는 것을
(鋤禾日當午, 汗滴禾下土。

誰知盤中飧, 粒粒皆辛苦。)

(2)

봄에 한 톨 씨 뿌려 가을에는 많은 낱알을 거두어들이네.

온 세상 어디 한 곳 묵힌 논밭 없건만 농부는 오히려 굶어 죽는구나.

(春種一粒粟, 秋收萬顆子。

四海無閑田, 農夫猶餓死。)

상기 두 수의 시에서는 공자와 맹자사상 중 "자기의 마음으로 미루어 남을 헤아리다(推己及人)"라는 너그러움이 강하게 반영되고 있는데, 농민의 삶에 관심을 갖는 사상 · 감정이 표현되어 있으며, 식량을 생산하는 농민의 수고로움을 소중하게 여기는 중국 지식인의 감정이 표현되어 있다. 천여 년 간 수천수만 중국인은 식량을 아끼는 양호한 습관이 몸에 배어 밥을 먹을 때 낭비하지를 않는다. 필자도 어렸을 때부터 그런 습관이 배어 밥을 먹은 뒤에 밥그릇에 밥알 한 알도 남기지 않는 습관을 80여 년간 이어오고 있다.

최근 다년간 중국에 돌아와 음식을 낭비하는 현상이 보편적인 것을 보고 이신의 "뉘 알리오, 밥상 위 밥 알알이 농부의 피땀이라는 것을"이라는 시구가 떠오르곤 한다. 중국의 운명공동체 안에서 농민은 중요한 생산대군으로서 통치자들의 머릿속에서 차지하는 위치가 매우 두드러진다. 당나라는 대통일된 중국 운명공동체의 새로운 대지로서 「민농」 시 ⑵ 중 "온 세상 어디 한곳 묵힌 논밭 없건만, 농부는 오히려 굶어 죽는 구나"라는 시구가 중국 농민들이 각성하고 있음을 나타낸다. 식량을 생산하는 농민 본신이 굶어 죽는 사실은 중국 운명공동체 체제에 심각한 문제가 존재함을 설명한다. 앞에서도 언급한 바 있지만, 독자들은 본 도서 아래 몇 개의 장절에서도 농민봉기가 중국문명 발전의 '문명의 길'에서 중대한 영향을 일으켰음을 알 수 있다.

두추랑(791년에 태어난 두추[杜秋]/두중양[杜仲陽]은 '시첩[侍妾]'과 궁녀를 지낸 적이 있다)의 「금루의」:

> 그대여 금루의를 아끼지 말고 젊은 시절을 아끼오.
> 꽃이 피어 꺾을 만하거든 곧 꺾고, 꽃 떨어진 뒤 빈 가지는 꺾지를 마오.
> (勸君莫惜金縷衣, 勸君惜取少年時。
> 花開堪折直須折, 莫待無花空折枝。)

이 시는 앞에서 소개한 적이 있는 유명한 시인 두목에 의해 전해진 시이다(두목이 윤필을 했을 수도 있음). 삼국시기 한 무명시인이 지은 시 「장가행(長歌行)」은 "젊어서 노력하지 않으면 늙어서는 오직 상심과 슬픔뿐이다(少壯不努力, 老大徒傷悲)"라는 시구로 결말을 짓고 있다. 중국 민간에서 분발하여 부강을 도모하는 기질은 진 · 한의 제1차 대통일된 운명공동체시기부터 갖추고 있었던 것이다. 두추랑의 시구는 현처양모의 어투로 청소년들에게 젊음을 소중히 여길 것을 권고하고 있다.

그의 시구 "꽃 떨어진 뒤 빈 가지를 꺾지를 마오"는 "늙어서는 오직 상심과 슬픔뿐이다"라는 뜻을 더욱 형상적으로 표현하였다. 천여 년간 이 시는 중국 지식인들 사이에서 모르는 이가 없을 정도가 되었다. 이에 대해 민간에서는 "밝은 날을 헛되이 보내지 말지어다, 젊음은 두 번 다시 오지 않는다(白日莫閑過, 青春不再來)"라는 속어가 보편적으로 전해지고 있다.

맹교의 「유자음」에서는 인자한 어머니의 은혜와 사랑을 느끼는 효자의 감정을 표현하였는데 그 인자한 어머니의 용모는 볼 수가 없다. 「금루의」는 중국의 현모양처와 청년 사이의 대화로서 우리는 그 시를 통해 맹교의 인자한 어머니가 모습을 드러냈음을 볼 수 있다. 중국 역사 기록에서 인자한 어머니가 사회 교류에 참여한 것은 「금루의」라는 시가 그 시점이 된다. 「금루의」와 「유자음」이 함께 중국사회에서 현모양처를 선양하는 시대를 열었다.

그로부터 '맹자의 어머니(孟母)'의 이야기가 전해지고 '삼랑이 아들을 가르친(三娘教子)'이야기가 전해지기 시작하였다. 우리는 또 수 · 당 시기에 과거시험을 시작하고서부터 중국 대지에 뜻을 품은 젊은이들이 '십년간 학문에 힘써' 출세를 위해 애써 공부하는 풍조가 형성되었음을 보아야 한다. 두추랑의 「금루의」가 그 풍조의 형성을 추진하는 역할을 하였다. 애써 진보하려는 젊은이들이 점점 많아지고 자식이 출세하기를 바라는 두추랑과 같은 현모양처도 점점 많아져 양자가 상부상조하는 형국을 이루었다. 오늘날 중국사회에서 이러한 상부상조 현상이 갈수록 심각해져 대학입시가 역사상의 과거보다도 몇 배나 더 고된 일이 되었는지 모른다. 국내에 있는 필자의 친구 중에도 말없이 묵묵히 애쓰는 두추랑이 많다.

류옌동 부총리가 말했다시피 중국문명은 "자강불식하는 분투의 역사"이다. 그 '자강불식'의 정신은 억만 인구가 "젊은 시절을 아껴온"전통이 창조해낸 것이다. 오늘날에 이르기까지 해외(특히 미국) 화교의 자녀들은 여전히 그 우량한 전통을 이어가고 있어 사람들아 논의하는 초점이 되고 있다. 해외 중국인 중에는 말없이 묵묵히 애쓰는 두추랑이 많으며 유명한 '호랑이 엄마(虎媽, 엄격함과 동시에 사랑과 믿음을 바탕으로 아이를 양육하는 엄마로서, 예의범절 및 상대에 대한 존중을 교육하고 좋은 성적을 얻도록 함)'도 있다.

나은(833~910)의 「자견」:

> 뜻을 이루면 소리 높이 노래하고 실의에 빠지면 쉬어가며 근심 많고 한 많아도 유유히 살아가세.
> 오늘 아침에 술 있으면 오늘 아침엔 취하고 내일의 근심은 내일 걱정하리라.
> (得即高歌失即休, 多愁多恨亦悠悠。
> 今朝有酒今朝醉, 明日愁來明日愁。)

이 시에서는 중국 운명공동체 안에서 사람들은 모두 환경에 적응하는 능력이 강해 순경(順境)에도 적응할 수 있고, 역경에도 적응할 수 있으며, 성공과 실패 앞에서 모두 침착하고 명석한 두뇌를 유지할 수 있다는 의미를 전하고 있다. 천여 년간 억만 중국인은 상기 나은의 시에서 고무와 격려를 받았다. 필자도 그중의 한 사람으로서 인생의 경력을 통해 삶 자체가 '득'과 '실', 성공과 좌절의 교향곡임을 피부로 느꼈다.

필자가 초등학교에 다닐 때 선생님이 "이겨도 자만하지 말고 져도 낙담하지 말라(勝勿驕, 敗勿餒)"고 가르친 말이 바로 그러한 도리였던 것이다. 그런데 초등학교 교과서에는 이 시가 없다(필자는 사회에 나와서 배운 것임). 아마도 교과서를 편찬한 사람이 "오늘 아침에 술 있으면 오늘 아침엔 취하리"라는 말이 마음에 들지 않아서일 수도 있다. 청소년들이 술주정을 할까 걱정 되어서일 수도 있다. 필자가 이 시를 좋아하게 된 세월을 헤아려보면 70년이 넘는다. 노년이 되어갈수록 이 시가 필자 일생의 진실한 모습이라는 느낌이 든다. 그러나 필자는 젊었을 때부터 술을 좋아하지 않았다. 나은의 이 시(어렸을 때 필자는 시의 제목과 작자를 애초에 알지 못하였다. 그러다가 1991년에 필자가 인도의 『동방 고전 총서』[Classics of the East series] 중 『중국 고전 시가 일람』[Classical Chinese Poetry]을 편찬할 때에야 비로소 찾아낸 것임)는 필자 일생의 천서이다.

필자가 "오늘 아침에 술 있으면 오늘 아침엔 취하고 내일의 근심은 내일 걱정하리라."라는 시구를 통해 읽은 정보는 술주정을 제창한 것이 아니라 자신을 생기가 넘치고 햇살이 가득 찬 삶 속에 들여놓고 삶과 일, 현실생활의 길흉화복, 맞닥뜨린 어려움을 낙관적으로 대하라는 것이다. 이는 일종의 '만사대길'을 추구하는 신앙으로서 "All for the best"라는 영어 속담과 표현방식은 다르나 효과가 같은 것이다. 이 시는 필자가 강한 의지를 가진 사람이 될 수 있는 마를 줄 모르는 원천이다(또 다른 수천수만의 이 시를 좋아하는 이들도 그러하리라 믿는다).

최호(772~847)의 시 「제도성남장」:

> 지난해 겨울 바로 이 문 안에서, 여인의 얼굴이 화사한 복사꽃과 어우러져 발그레했었다네.
> 오늘 이곳을 다시 찾았으나 여인은 오간데 없고, 복사꽃만 예전처럼 봄바람 속에서 웃고 있네.
> (去年今日此門中, 人面桃花相映紅。
> 人面不知何處去, 桃花依舊笑春風。)

이 시는 시인이 1년 전에 애모했던 여인을 다시 찾아 갔으나 그녀가 어디로 갔는지 알 수 없음을 발견하고 지은 시이다. 시에서 '인면(人面)'이라고 한 것은 여인의 어여쁜 용모를 가리킨다. 이 시는 낭만주의 시이지만 시에서 표현하고자 한 것은 중국 운명공동체의 자연과 사회 환경에 대한 열렬한 사랑이다. 이 시는 "여인의 얼굴이 화사한 복사꽃과 어우러져 발그레했다"는 시구로 조화롭고 아름다우며 따뜻한 집단 속에서 살아가고 있는 행복에 대해 묘사하였다. 비록 자신이 사랑했던 여인은 찾을 수 없지만, 그로 인해 조화롭고 아름다우며 따뜻한 집단에는 손색이 없이 "복사꽃이 예처럼 봄바람 속에서 웃고 있다"고 하였다.

훌륭한 당시는 곧 한 폭의 시경(시의 경지)이 담긴 그림으로서 그림을 감상할 줄 아는 전문가들은 그 그림 속에서 일반인들은 발견할 수 없는 것을 보곤 한다. 위의 최호의 「제도성남장」이라는 시에서는 기쁨이 넘치며 삶을 열애하고 중국 운명공동체를 열애하는 감정이 드러난다. '복사꽃'은 「정야사」 중의 '명월'처럼 두 곳에 나타나며, 시경에서 중요한 사물이다. 시경에서는 미인이 등장하지만 미인에 대한 묘사는 없다. '복사꽃'이 바로 미인이며, 또 아름다운 생활환경을 받쳐주는 부호이기도 하다. 시경에서 '봄바람'은 '천시(天時)'를 대표하고 '복사꽃'은 '지리(地利)'를 대표하며, '여인의 얼굴'은 '인화(人和)'를 대표한다. 3자가 '입인지도(立人之道)'와 '입천지도(立天之道)'및 '입지지도(立地之道)'와 유기적으로 결합되었다.

왕한(8세기 사람)의 「양주사」:

달콤한 포도주가 정교한 야광 술잔에 넘치고 기생들이 연주하는 비파 소리가 흥을 돋우는데 오늘은 흠뻑 취할 것이라네. 취해서 전쟁터에 쓰러져도 그대여 웃지 말지어다. 자고로 전쟁터에 나갔다 살아서 돌아온 이 몇이던가?

(葡萄美酒夜光杯，欲飮琵琶馬上催。

醉臥沙場君莫笑，古來征戰幾人回？)

양주(오늘날 간쑤[甘肅]성 우웨이[武威]시 일대)는 당나라시기에 변경지역에 위치해 있었다. 이 시에서는 임금의 무관직 병사들의 전쟁을 혐오하는 정서를 반영하였다. 이는 낭만주의 수법으로 지은, 세계 최초로 평화를 사랑하고 전쟁에 반대하는 내용을 반영한 시이다. 이 시도 이백의 「정야사」와 두추랑의 「금루의」처럼 모르는 사람이 없으며 사람들이 즐겨 읊는 시이다. 이백의 시 중 "오로지 내내 취해 깨지 않기만 원하노라(但願長醉不用醒)"(「장진주」)라는 시구가 위의 시 중 "오늘은 흠뻑 취할 것이라네. 취해서 전쟁터에 쓰러져도 그대여 웃지 말지어다"라는 시구와 서로 맞물린다. 두 구절의 시구 모두 중국문명이 '술꾼'문명이라고 명확히 밝힌 것이 아니라 사회의 속됨을 풍자한 것이다.

이백은 그의 힘으로 바꿀 수 없는 포부가 없이 평범하게 개인의 명리나 추구하는 습속이 눈에 거슬렸고, 왕한은 사람들이 협소한 이익을 차지하기 위해 자기편끼리 서로 죽이는 것이 눈에 거슬렸던 것이다. 전쟁터에서 죽은 이들 중에는 패자만 있는 것이 아니라 승자도 있게 마련이다. 그래서 "자고로 전쟁터에 나갔다 살아서 돌아온 이 몇이던가?"라고 한탄했던 것이다. 그 한탄은 '평화발전'의 길을 생각하는 중국이 무력을 남용하여 전쟁을 일삼는 발전의 선율을 따르는 '민족국가'에 대한 혐오를 드러낸 것이다.

이사의 8수의 시는 마치 8갈래의 서로 다른 색깔의 실오라기처럼 당나라시기 대통일을 이룬 중국 운명공동체의 신판을 정교하고 아름다운 비단으로 짜냈다. 이쯤해서 앞에서 거대한 어항이라고 비유했던 대목을 돌이켜보면 당나라시기 이들 시인의 정취는 바로 금붕어가 바람도 풍랑도 없는 환경에서 한가롭고 자유롭게 노닐며 즐기는 것과 같은 것이다. 실제로 당나라시기 국제환경도 그처럼 조용했던 것이 아니다. 당나라는 나라를 세우자마자 돌궐과 충돌을 빚었다. 당고조와 당태종, 당고종 시대에 동・서 돌궐이 평정되었다. 당나라와 토번(고대 티베트의 나라명) 간에도 전쟁을 치렀으며, 한때는 수도 장안이 토번에 점령당한 적도 있었다. 그러나 결국 당 왕조가 토번의 도발을 평정시켰다. 당나라가 어항 옆을 맴돌며 호시탐탐 노리고 있는 양이를 쫓아버릴 수 있는 힘이 있었기 때문에, 우리는 위의 8수의 시를 통해 중국 운명공동체라는 어항 속에서 금붕어가 바람도 풍랑도 없는 환경에서 한가롭고 자유롭게 노닐며 즐기는 모습을 볼 수 있었던 것이다.

당나라 때 중국 운명공동체가 처한 상황은 실제로 그처럼 편안하고 한가롭지가 않았다. 앞에서 언급한 바와 같이 황소가 농민들을 이끌어 봉기를 일으킴으로써 당나라의 멸망을 초래한 사실은 당나라시기 중국 운명공동체 내부에 심각한 빈부격차 현상이 존재하였음을 설명하며 농민봉기전쟁과 외래 '민족국가'의 침략이 중국 운명공동체의 2대 적이었음을 설명한다.

중국 · 인도 · 일본 · 고려의 문명공동체

그대들은 당나라 시대의 중국 · 인도 · 일본 · 고려를 하나의 문명공동체라고 말하는 것에 대해 터무니없다고 생각하는가? 아래 세 가지 방면에서 차근차근 토론해 보도록 하자.

첫째, 우리는 '민족국가'지연정치의 범례로 문제를 보지 않는다. 우리는 '지연 문명 범례'로 현재의 남아시아(옛날의 '인도')지역과 중국 · 한반도 · 일본을 포함한 동아시아지역과 함께 동일한 공동체로 보고 있다.

당나라 시대에 중국 · 인도 · 일본 · 고려는 모두 '불국(佛國, 불교가 성행함)'이었다. 현장은 인도에서 대승불교와 기타 신앙 간의 변론에 적극 참가하였다. 중국에서 불교는 전성기를 이루었다. 이 책 제2장에서 중국의 국제 이름인 'China'가 기원전 4세기에서 기원전 3세기 사이 마우리아 왕조의 재상이었던 카우틸랴/차나키야(Kautilya/Chanakya)의 저서 『실리론』(Arthashastra)의 'Cina'에서 유래했다고 언급한 바 있다. 그 'Cina'는 '비단의 나라'라는 뜻을 포함하고 있다. 그리고 본 장 앞에서 또 7세기에 현장이 인도를 방문하였을 때 인도인들이 이미 'Cina'앞에 'maha/위대한'이라는 수식어를 붙여 표현하였다고 서술하였다. 현장은 『대당서역기』에서 인도 단어 'Mahacinasthana'를 '마하지나국(摩訶至那國)'으로 번역하였는데 이는 인도인이 당나라를 '위대한 중국'이라고 칭하였음을 설명해준다.[26]

당나라시기 중국 · 인도 · 일본 · 고려 문명공동체에 대해 논함에 있어서 가장 좋은 예가 바로 중국 · 고려 · 일본에 대한 불교 『인왕경(仁王經)』의 정치적 영향이다. 『인왕경』은 또 『인왕호국반야바라밀다경(仁王護國般若波羅蜜多經)』이라고도 한다. 처음에는 구마라십의 번역본이 있었고, 당 현종이 스리랑카의 밀종(密宗) 대사인 불공(不空)(Amoghavajra, 719년에 중국에 와서 774년에 중국에서 입적함)을 청해 새롭게 번역하였다. 불공은 당나라에 있는 사이에 국난 소식을 접하게 되었으며, 황제의 초청을 받아

26) 탄종, 『히말라야의 부름: 중국과 인도의 기원』, 2015년, 싱가포르, World Century Publication Corporation, 182~183쪽.

공식 석상에서 이 불경을 읽는 것으로 적을 물리쳤다. 『인왕경』은 천여 년을 거쳐 오늘날에 이르기까지도 중 · 한 · 일 3국에서 '호국식재(護國息災, 나라를 지키고 재난을 물리침)'의 경전으로 전해지고 있다. 3국 민간에서는 『인왕경』이 신통력을 발휘한 이야기들이 많이 전해지고 있다.

인도철학의 각도에서 보면 그 '인왕'이 상징하는 기호에 대해 이해하기가 조금 어렵다. '인(仁)'은 중국의 공자와 맹자사상의 정수로서 불교철학의 범주에 속하는 것이 아닌데, 어찌 '인왕'이 존재할 수 있으며, 더욱이 전문적인 『인왕경』이 존재할 수 있었단 말인가? 이 경서는 '밀종(密宗)'의 경전이다. '밀종'(인도에서는 'Tamtra'라고 함)이 인도에서는 매우 특별한데(매우 기괴하다고 해야 할 것이다) 불교의 'Tantra'도 있고, 인도교의 'Tantra'도 있다. 인도 불교의 'Tantra'에는 '마하지나국다라 여신'(Mahacina-tara)도 있고 부처가 중국에서 수련하였다는 전설도 있다.[27]

둘째, 현재 중국에서 성행하는 '일대일로(一帶一路)'토론방식을 빌려 논술하는 것이다. 본 도서 제2장 마지막 절에서 5호16국시기에 대해 토론하면서 기원전 3세기 인도 아소카왕이 전 세계에 불교를 전파할 것을 발기하였다는 사실과 그 뒤를 이어 굽타왕조(320~540)시기에 상업의 발전에 따라 인도에서 시작된 '법보의 길'이 갠지스강 유역을 기점으로 해서 아프가니스탄 · 중앙아시아 · 중국의 신강(신장)을 거쳐 장안 · 낙양까지 이어졌다는 사실에 대해 언급한 바 있다. 그 '법보의 길'과 실크로드는 동일한 길 위에 나타난 양방향으로 통행한 현상이다. 우리가 주목할 '일로'는 바로 '법보의 길'이고, '일대'는 바로 '법보의 길'이 막힘없이 통하는 중국 · 조선 · 한국 · 일본이 포함된 동아시아와 인도반도가 속한 남아시

27) 탄종과 경인쩡, 『인도와 중국--2대 문명의 교류와 감동』, 2006년, 베이징, 상무인서관, 409쪽.

아지대이다.

당나라시기에 중국은 그 '일대'(중국 · 조선 · 한국 · 일본이 포함된 동아시아와 인도반도가 속한 남아시아지대)와 '일로'('법보의 길') 위에서 중요한 역할을 하였다(현재 중국이 널리 시행하는 '일대일로'전략에 중요한 참고가 될 수 있음). 첫 번째, 그 시기의 중국은 경제가 번영하고 무역이 발달해 '길마다 장안과 낙양으로 통하는'국제현상이 나타났다. 두 번째, 그 시기 중국은 외국문화(특히 인도 문화)를 받아들였을 뿐 아니라, 중외문화를 서로 융합시켰다. 당나라의 가공을 거쳐 불교는 '중국과 인도의 장점을 취해 합친' 문화로 바뀌었다. 이런 '중국과 인도의 장점을 취해 합친'문화는 또 조선과 일본으로 전파되었다. 이 부분의 역사가 바로 류옌동 부총리가 말했듯이 중국문명사가 "서로 배우고 서로 본받는 교류의 역사"라고 하는 전형적인 범례라고 필자는 생각한다.

앞에서 언급하였다시피 현장은 '달/indu'의 인도어 발음을 따서 '인도'('부처의 빛이 비추는 나라[佛光之國]')라는 이름을 달아주었다. 이백의 「정야사」는 당나라시기 중국을 "부처의 빛이 비추는 나라"로 묘사한 셈이다. 이렇게 볼 때 중국과 인도 '히말라야 권'내에 있는 이 한 쌍의 쌍둥이문명은 당나라시기에 부처의 빛이 비추는 가운데 "천리 밖에서 함께 달을 감상하였던 것"이다.

셋째, 일본은 원래 자체 문자가 없었으며 한자를 채용해 문자로 삼았다. 최초에는 아마도 5세기 백제의 일본불교 고승이 중국의 불경을 일본으로 가지고 간 후부터 한자를 문자로 사용하기 시작했던 것 같다. 당나라와 같은 시기의 나라(奈良)시대(710~794)에는 많은 일본학자들이 중국에 와서 공부한 뒤 귀국하게 됨에 따라 일본에서 한자를 정식으로 사용하기 시작하였으며 한어 발음을 표준발음으로 삼기 시작하였다. 문자가 생긴 뒤에야 일본문화가 비로소 비약적으로 발전하기 시작하였다. 조선에서 한자가 사용되기 시작한 것은 당나라보다 앞선 시기부터였다(당나라 이전에도 일본 문인들이 조선에서 사용되던 한자를 자국으로 도입하였음). 결과적으로 당나라시기에는 중국 · 조선 · 일본 3국이 같은 문자를 사용하였던 것이다.

일본인의 선조에 대해서는 많은 설이 있다. 1973년에 필자는 도쿄와 교토의 역사학자들과 교류한 적이 있는데, 그들은 최초의 일본인이 상고시대 중국대륙에서 온 사람들이며, '화(和)'인이라고 불렀다고 이구동성으로 말하였다. 여기서 '화'는 일본 발음으로 '와(wa)'라고 발음하는데 중국은 일본인의 발음 '와/wa'를 '왜(倭)'라고 번역하였다. (『후한서 · 동이전[後漢書 · 東夷傳]』에는 동한(東漢)시기 광무제(光武帝) 유수(劉秀)가 일본 왕을 '왜왕(倭王)'에 위임하였다는 정보가 있다.

많은 중국인들은 '왜'[일본인]라고 하면 난쟁이 '왜(矮)'를 떠올릴 것이다. 구미지역 사람들이 일본인을 작다고 느끼는 데는 일리가 있지만, 평균 키가 일본인과 별반 차이가 없는 중국인도 일본인을 작다고 웃는 것은 오십보소백보(五十步笑百步) 격이다. 결론적으로 말해서 중국과 일본이 같은 문자를 쓰는 같은 종족임은 의심할 나위가 없다. 다만 사람들이 알고 있는 정보가 부족할 따름이다. 중국과 고려도 같은 문자를 쓰는 같은 종족이다. 『사기(史記)』와 『한서(漢書)』에는 모두 '기자조선(箕子朝鮮, 중국에서 간 기자가 조선반도에 최초의 나라를 세웠다고 전해지고 있음)'이야기가 기록되어 있다. 비록 고고학적 증거는 아직 찾지 못하였지만, 이에 대해 부정할 수는 없다(마치 우리가 대우의 이야기를 부정하지 않는 것과 마찬가지이다). 우리는 '민족국가'의 사유방법을 피해 아주 오래 전 문자가 생겨나기 이전시대에 산동(山東)반도 · 요동(遼東)반도와 조선반도의 주민들 사이에는 교류가 밀접하였던 것으로 볼 수 있으며, 따라서 두루뭉술하게 공동 선조의 후대로 볼 수 있다. 그래서 당나라 시대에 중국과 한국은 같은 문자를 쓰는 같은 종족이라고 하는 것도 논리적으로 이치에 부합된다.

수나라 때부터 일본은 중국에 사절단(외교인원)을 파견하기 시작하였는데, 당나라 때에 이르러서는 일본이 '당나라로 파견하는 사절단'이 더 많아졌다. 그중에는 정부 관료뿐 아니라 젊은 학생들도 있었다. 정부 관료들은 오래 머무를 수 없었지만 학생들은 중국에 오래 남아서 공부할 수 있었는데, '유학생'(이 명사는 19세기 말부터 중국에서 사용되기 시작함)이라고 불렀다. 그 시기 일본은 총 13차례에 걸쳐 인원수가 많은(인원수가 최고로 600명에 이름) '사절단'을 당나라에 파견하였다.

당나라 정부는 일본 '유학생'을 국자감(國子監)에 배치해 공부할 수 있게 하였으며, 학습기간은 수십 년까지도 연장할 수 있었다. 그들은 귀국하여 일본문화 발전의 주력이 되었다. 일본의 나라시대에 중국에 왔던 아베나카마로(阿倍仲麻呂, 698~770)는 중국명으로 '조형(晁衡)'인데, 그는 개원 연간에 진사에 급제하여 당나라에서 벼슬까지 하였다. 이후 일본으로 돌아가는 도중에 해상에서 조난당한 것으로 전해지고 있다. 그의 친한 벗인 이백이 소식을 전해 듣고 비통한 마음을 달랠 길 없어 「곡조형경(哭晁衡卿, 조형 경의 죽음을 슬퍼하며)」이라는 제목의 시를 지었다.

시는 다음과 같다. "일본의 조형 경이 수도 장안을 떠나 고향으로 돌아갈 때, 돛단배를 타고 먼 동방을 바라보며 봉래와 방호를 지나갔다네. 다시 돌아올 수 없는 벗이여, 명월처럼 푸른 바다에 가라앉았네. 하늘의 흰 구름도 슬픔에 잠겨 푸른 산 위를 뒤덮었네.(日本晁卿辭帝都, 征帆一片繞蓬壺。明月不歸沈碧海, 白雲愁色滿蒼梧。)"라는 이백의 시구는 중일 간의 두터운 우의를 반영하였다.

당나라 시기 중국 법사 감진(鑒眞)(688~763)이 753년에 일본으로 가 일본의 문화 진흥을 도왔는데 '국사(國師)'에 봉해졌다. 1973년에 필자는 일본 나라의 도쇼다이지(唐招提寺)를 참관하였는데, 그 사찰은 감진이 생전에 당나라 건축 풍격으로 직접 건설한 것이다. 사찰 내 감진의 유물에는 모두 '국보'라고 표기되어 있었다. 지금은 도쇼다이지 사찰 전체가 일본의 국보로 되었으며 유엔 세계문화유산에 등재되어 있다.

필자는 당나라시기 '중국 · 인도 · 일본 · 고려의 문명공동체'(즉 동아시아 – 남아시아 문명공동체) 개념이 중국의 미래 발전에 가장 중요하다고 본다. 역사적인 '문명공동체'가 존재하는 이상 앞으로 '운명공동체'로 발전하는 것은 더 쉬울 것이다. '동아시아 – 남아시아 운명공동체'가 형성된다면, 앞에서 언급한 중국 '문명의 길'에 존재하는 2대 치명적인 화근(농민봉기와 외래 '민족국가'의 침략)은 절반으로 줄어들 것이며, 앞으로 두 번 겪게 될 고생을 피할 수 있을 것이다. 역사적으로 중국 '문명의 길'은 외래 '민족국가'의 침략을 당하는 비극을 겪었다. 이 부분에 대해서는 아래에서 토론하고자 한다.

3. 송나라: 태평성세, 그리고 즐거움 끝에 슬픈 일이 생기다

당나라가 멸망한 뒤부터 송나라가 다시 대통일 국면을 형성하기까지 중간에 5대(五代), 더 구체적으로 말하면 5대10국시기를 거쳤다. 5대(907~960)는 후량(後粱) · 후당(後唐) · 후진(後晋) · 후한(後漢) · 후주(後周)이고, 10국(891~979년)은 오(吳) · 전촉(前蜀) · 오월(吳越) · 초(楚) · 민(閩) · 남한(南

漢)·형남(荊南, 남평[南平])·후촉(後蜀)·남당(南唐)·북한(北漢)이다. 당나라를 대체한 양(역사적으로 후량이라고 함)은 당나라시기 대통일 국면을 이어가지 못하였다. 그 시기 쓰촨에는 촉이, 후난에는 초가, 저장에는 오월이, 광동에는 남한이, 푸젠에는 민이 있었는데 모두 독립왕국이었다. 후량시기 나라 안에 나라가 존재하는 국면이 그 뒤 후당·후진·후한·후주 시대까지 줄곧 이어졌으며 중국은 통일되기도 하고 분열되기도 하는 상황에 처했다.

송나라(960~1279)는 319년 역사에 18명의 황제가 있었으며 당나라와 한 쌍의 자매 같았다. 이른바 당·송 시대에 중국은 경제가 발달하고 문화가 번영했으며, 과학기술이 발전하였는데 갈수록 전 세대를 추월하는 양상을 보였다. 송나라시기에는 당나라의 체제를 답습하고 당나라의 경험과 교훈을 받아들여 더 추월하였다. 일부 국제학자들, 특히 미국학자들은 송나라를 당나라보다 더 높이 평가하고 있다.

당나라 시기에는 경제적인 면에서 농촌의 '균전제(均田制)'가 파괴되고 토지 강점현상이 심각하여 농업의 발전을 저애하였으며, 도시 상공업 발전이 정부의 규제를 받았다. 송나라시기에는 이 두 방면에서 모두 개선되었다. 세계적으로 보면 송나라의 경제체제가 가장 선진적이었다고 할 수 있다. 토지정책은 농업발전을 격려하였고, 상공업정책은 무역과 운송업을 자극하였다. 수로를 소통하고 선박의 품질을 개선해 수상운송이 전례 없는 발전을 이루었다. 철강공업을 발전시키고, 화폐(동전과 지폐)를 유통시켰으며, 대금업이 발달하여 경제의 번영을 추진하였다.

송나라 시기 경제가 비약적인 발전을 이루다

중국 농업은 알뜰 경작으로 유명하다. 자고로 현대 고수준의 과학기술이 없는 상황에서 단위당 수확고가 세계 최고의 수준에 달했으며 꾸준히 발전해왔다. 당나라시기에 한나라시기보다 훨씬 많이 높아졌고, 송나라 시기에 당나라 시기보다 더 높아졌다. 송나라 시기 식량 생산량을 두고 일부 쟁의가 존재하지만 송나라 농업분야에서 단위당 수확고가 비약적으로 발전한 것에 대해서는 부정하는 이가 아무도 없다. 송나라 시기 식량 생산이 거대한 발전을 이룬 것은 점성(베트남)의 우량한 벼 품종을 도입한 것과 관련이 있다. 고대에는 밀 생산이 보편적이지 않았으며, 밀은 잡곡으로 간주되었다. 그러다 당나라 때부터 대규모로 생산되기 시작하였다(당 나라 정부가 밀 경작세를 징수하기 시작함).

송나라 시기에 밀 재배가 창장 이남까지 널리 보급되어 농업 생산량을 늘리는 데 중요한 역할을 하였다. 송나라시기에는 또 목화 재배기술도 도입하여 농업과 국민생활을 혁명적으로 개선하였다. 목화는 가볍고도 따뜻하며 면방직품은 부드럽고도 화려하다. 목화는 실크처럼 원가가 높고 가격이 비싸지 않았기 때문에 대규모로 보급 생산할 수가 있어 국민이 추위를 막을 수 있게 되었다. 밀과 목화가 중국의 주요 농산품이 됨에 따라 중국은 히말라야 권의 진정한 주요 구성원이 되었다.

당나라 시기에 고귀한 음료수인 차가 발명된 뒤 송나라시기에 찻잎이 상품농작물 생산에서 주도적 지위를 차지하였다. 987년에 악사(樂史, 930~1007)가 쓴 『태평환우기(太平寰宇記)』에는 당나라 '다성(茶聖)'육우(陸羽, 733~804)가 언급한 적이 없는 남방의 찻잎 생산기지가 많이 기록되어 있다. 남송 시기에 차가 나는 현(縣)이 200여 개로 늘어났다. 당나라 시기에는 민간 찻잎 거래를 금지하였으나 송나라에 이르러서는 정책이 많이 완화되었다. 송나라시기부터 찻잎으로 말을 바꾸는 대외거래가 시작되었다.

세 갈래의 유명한 차마고도(車馬古道)에서 찻잎이 일부는 장안에서 출발해 실크로드를 따라 중앙아시아 · 서아시아 · 남아시아로 수출되었다. 인도 카슈미르의 '차문화'는 약 천 년의 역사가 있는데 바로 그 차마고도를 통해 발전한 것이다. 송나라 시기 다른 일부 찻잎은 쓰촨 · 서강(西康)을 거쳐 티베트로 운송된 뒤 네팔 · 인도로 수출되었다. 영국의 식민주의가 인도를 통치할 때 인도인들이 오래 전부터 차를 마시는 습관을 갖고 있었고, 인도 민간의 여러 지역 언어 중에는 모두 '차'(chai로 발음함)라는 말이 있음을 발견하였으며, 현재까지도 그러한 상황이다.

송나라 농업에서 주요 경제작물은 목화와 찻잎 외에도 사탕수수가 있었는데 그것은 중요한 제당 원료였다. 송나라시기 국민의 생활수준이 제고되고 음식을 중시하게 되면서 식용 사탕에 대한 수요가 크게 늘었다. 중국 고대에는 제당 기술이 없었다. 사서에는 인도의 외교사절이 중국 제왕에게 석밀(石蜜, 덩어리가 된 흑설탕)을 바쳤는데 중국에서는 매우 진귀하게 여겼다는 기록이 있다.

정관 연간에 당태종이 인도 날란다 대각사의 승려 8명과 석밀장인 2명을 양쩌우(揚州)로 초청해 석밀을 만드는 기술을 전수하게 한 것이 중국 제당공업의 시작이다. 송나라는 제당업이 발달하였는데, 쓰촨 수녕(遂寧)이 중요한 설탕 생산 중심이 되었다. 당대종(唐代宗) 광덕(廣德) 연간(8세기 중엽)에 수녕에 사는 취고(翠姑)라는 효녀가 제당 공방에서 당액을 '훔쳐' 작은 질항아리 안에 넣어두었는데, 겨울에 노천에서 9일간 두었다가 꺼내보니 당액이 사탕서리로 변해 있더란다. 그때부터 중국에 백설탕을 제조하는 선진기술이 생겨난 것이라고 전해지고 있다.

그 전설의 진실성 여부를 떠나서 송나라 '수녕의 사탕 서리'제조가 중국 제당업의 새로운 기원을 연 것만은 사실이다. 중국은 그때부터 백설탕 제조대국이 되어 동남아와 남아시아 등 지역에 제품을 수출하기 시작하였다. 백설탕 수출은 19세기 말까지 줄곧 이어졌다. 오늘날 인도 여러 지역 언어에서는 '설탕'을 모두 chini(혹은 이와 같은 발음)라고 한다. 이는 본 도서 제2장에서 언급하였다시피 기원전 4세기 인도 마우리아 왕조의 재상 카우틸랴/차나키야가 중국을 '실크의 나라/chin'라고 이름 지은 전통을 이어 중국이라는 말로 식용 설탕의 이름을 지은 것이다. 오늘날에 이르러서도 많은 인도인들이 제당기술은 중국이 발명하여 후에 인도로 전해진 것인 줄로 알고 있다. 그들은 중국 최초의 제당기술은 인도에서 전해진 것이라는 사실을 모르고 있다. 송나라시기 여러 지역에는 설탕 종류가 매우 많았다. 백설탕 · 석밀 · 유당 · 사탕(굵은 설탕) · 합자탕(合子糖, 흑설탕을 가리킴) 등 다양한 설탕 종류는 송나라 제당공업이 매우 번창하였음을 보여준다.

세계 문명에 대한 중국의 기여

16~17세기 영국 철학자 프랜시스 베이컨이 쓴 『학문의 대혁신』(Instauratio magna/The Great Instauration)이라는 제목의 책에서는 중국의 3대 발명(인쇄술 · 화약 · 나침반)이 "세계의 면모와 형세를 바꾸었다"(have altered the face and state of the world)면서 문학에서는 인쇄술이, 전쟁에서는 화약이, 항해에서는 나침반이 각각 그 역할을 하였다고 썼다.[28] 나침반 외에 화약과 인쇄술은 모두 당나라의 발명이며, 송나라 때부터 규모

28) David A. Boruchoff, "The Three Greatest Inventions of Modern Times: An Idea and Its Public." In: Entangled Knowledge: Scientific Discourses and Cultural Difference. Ed. Klaus Hock and Gesa Mackenthun. Münster and New York: Waxmann, 2012, pp. 133-63.

적으로 생산하기 시작하였다. 중국 민간에서 단약을 만드는 법을 연구하는 과정에서 당나라 때 유황 · 초석 · 숯 이 세 가지 원료를 혼합하면 폭발이 일어날 수 있다는 것을 발견하였다.

송나라 때부터 시작해 곡예단이 곡예 공연에 이런 기술을 이용해 불꽃 · 폭죽 · 연무 등 효과를 내 관중들의 인기를 끌곤 하였다. 인쇄술은 사실 고대 인도에서 발명한 것이다. 4500년 전에 1천 여 년의 번영기를 거친 Mohenjo Daro 고성(오늘날 파키스탄 경내에 있음)에서 발굴한 인감이 바로 모양을 찍어낼 수 있는 것이었다.

당나라 시기에 불교 승려들이 불경을 판각 인쇄하기 시작하였다. 송나라의 필승(畢昇)이 경력(慶歷) 연간(1041~1048)에 활자 인쇄술을 발명하였다. 활자 한 자는 하나의 단독 인감이었다. 필승은 사람들이 불경을 인쇄하는 것에서 계발을 받아 발명한 것이라고 전해지고 있다. 필승의 활자는 찰흙으로 글을 새겨 구워서 단단하게 만든 뒤 그것을 철판으로 납작하게 눌러 만든 것이다. 당나라 인쇄술은 책 한 권을 목판에 새기려면 손이 매우 많이 갔다. 그리고 새긴 각판은 책을 인쇄한 뒤에는 폐기하고 다른 책을 인쇄하려면 또 처음부터 새로 제작해야 했다. 이에 비해 활자인쇄는 인력을 많이 절약하였다. 책 한 권을 인쇄한 뒤에 활자를 새롭게 배치할 수도 있고, 임의로 활자를 늘릴 수도 있어 또 다른 책의 인쇄가 가능하였다.

중국인들은 흔히 활자 인쇄기술이 유럽에 전파되면서 유럽 문예부흥운동을 유발하였다고 말하는데 이는 꾸며낸 말이 아니라 서양학자가 한 말이다. 문학분야에서 인쇄술이 "세계의 면모와 형세를 바꾸었다"는 베이컨의 말은 성립된다. 그러나 근세기 서양 과학기술의 비약적인 발전은 주로 유럽 내부의 발전법칙에 따른 것으로서 외부 요소를 지나치게 강조해서는 안 된다는 사실도 우리는 알아야 한다.

송나라 시기에 화약 생산이 시작된 것은 생활적으로 오락성을 강화하고 신기한 분위기를 더하기 위한 것일 뿐 전쟁을 위해서가 아니었다. 송나라는 수백 년 간 외부의 침략을 받아오면서도 화약으로 적을 물리칠 생각은 단 한 번도 한 적이 없었다는 사실(만약 정말 그렇게 하였더라면 중국의 역사발전은 크게 달라졌을 것이다)을 보아야 한다.

13세기에 이르러 몽골인들이 화약을 화기에 담아 유럽을 정복하는 데 사용하였지만 이는 중국문명에 대한 기여라고 할 수 없다. 따라서 베이컨이 말한 중국이 발명한 화약이 전쟁 분야에서 "세계의 면모와 형세를 바꾸었다"는 설은 성립될 수 없는 것이다. 역사를 돌이켜보면, 송나라인은 멍청하고 몽골인이 총명하다고 말해야 하지 않을까?

송나라인은 절대적으로 총명한 사람들이다. 그들은 사유의 각도가 다르다. 태평성세는 송나라 문화의 기본 요인이다. 이른바 "품질이 좋은 철에는 못질을 하지 않고 훌륭한 남아는 군인이 되지 않는다"는 말은 송나라의 국민성을 반영한 말이다. 송나라는 중국이 '문명의 길'을 가는 과정에서 막다른 골목에 이르러서 새로운 희망이 생기는 상황에 처한 시기를 상징한다. 따라서 사람들이 무기를 연구 제작하는 어두운 경지에까지 추락할 리 없었다. 설사 생존과 안전을 위해서일지라도 그리 하지는 않았을 것이다.

독일의 유명한 철학자 헤겔은 중국인이 무능하고 낙후하며 자아의식이 없다면서 "일찍 유럽에 앞서 중국인은 수많은 발명을 하였지만, 진일보적으로 자체의 발명을 응용할 줄 몰랐다. 나침반과 인쇄술이 그 예이다…… 화약도 그렇다. 그들은 유럽인들보다 더 일찍 발명하였다고 발표하였지만 예수회의 신부가 그들을 위해 첫 대포를 창조하였다."[29]라고 주장하였다. 존경하는 헤겔 선생, 그대의 말은 맞는 말이다. '민족국가'의 각도에서 보면, 중국인은 확실히 무능하고 낙후하며 자아의식이 없다. 그러나 그대가 알아 두어야 할 것은 중국인이 화약을 발명한 것은 전쟁을 위한 것이 아니며, 명나라 때 유럽에서 온 예수회(Society of Jesus)의 신부가 중국인을 도와 대포를 제조하였다 하여 중국인이 무능하여서가 아니라, 중국이 자고로 '문명의 길'을 따라 발전하고 있어 '민족국가'발전의 선율을 초월하였기 때문임을 알아야 할 것이다.

중국의 '3대 발명'(인쇄술 · 화약 · 나침반) 혹은 '4대 발명'(제지술 포함)이 있다고 하는 것은 모두 서양인이 정의한 것이다. 필자가 보기에는 도자기야말로 중국의 최대 발명이다. 당나라의 토대 위에 송나라의 도자기 공업이 크게 발전하였다. 필자는 인터넷에서 이런 평론을 한 글을 본 적이 있다. "인류 세계에서 첫 상업화한 공업은 송나라의 자기 공업이라고 할 수 있다. 송나라 자기는 가장 정교하고 아름다운 예술과 정밀한 공예의 완벽한 결합이다. 송나라 도자기의 기품 있는 문명은 대중문화와 교묘하게 융합되고 통일된다.

여러 지역에서 유명한 가마터(名窯) 도자기를 대량으로 생산해 황실과 귀족에게 공급하였을 뿐 아니라, 관료 학자들과 시민계층에도 보급하여 사용할 수 있게 함으로써 도자기가 사랑을 받게 되었다. 송나라 도자기 중에는 다양한 제조법으로 제조한 도자기 품종이 헤아릴 수도 없이 많았으며 보는 이들의 찬탄을 자아냈다. 지금은 송나라 도자기의 많은 공

29) 링환밍(凌煥銘), 중국꿈의 감별 - 누구의 '중국' 이고 누구의 '꿈' 인가? 탄종과 링환밍이 편찬한『온 천하를 집으로 삼고 멀리 떨어져 있어도 가까이 있는 것 같은 것, 해외 중국인과 중국꿈』, 2015년, 베이징, 중앙편역출판사, 186쪽.

예가 실전되었다. 송나라 도자기의 수많은 공예 수준은 현대기술로도 따라가기 어려울 정도였다. 송나라 도자기는 그토록 정교하고 아름다워 현재까지 남아 내려온 송나라시기 유명한 가마터의 도자기는 그 가치가 어마어마할 정도이다."[30] 이는 절대 과장된 표현이 아니라고 생각한다.

오늘날에는 전 세계적으로 거의 집집마다 도자기를 소유하고 있다. 세계 각국 모든 부자들이 고귀한 도자기(대부분이 중국 제품임)를 장식품으로 소유하고 있다. 이 모두가 중국 발명의 기여이다. 도자기는 애초부터 두 가지 기능을 갖추었다. 한 가지는 가정용 다기와 식기의 기능으로서 가난한 집이나 부잣집 모두에서 사용할 수 있고, 다른 한 가지는 눈부시게 아름다운 장식품 기능으로서 가정의 객실에서부터 집단기관의 회의실 모두에 적합하다. 그리고 또 꽃병과 화분으로도 사용이 가능하다.

자기의 장식 기능은 유리와 금속제품을 초월하며 가격은 싼 것도 있고 비싼 것도 있다. 자기는 또 내온과 방수, 그리고 녹슬지 않고, 씻기 편리하며 윤기와 색깔이 영원히 바래지 않는 장점이 있다. 자기가 없다고 생각해 보라. 세계의 현대 생활수준은 크나 큰 손실을 보았을 것이다. 그래서 중국이 "세계의 면모와 형세를 바꾼" 발명 중 도자기보다 더 훌륭한 것이 없다는 말이 나온 것이다.

앞에서 인용한 송나라의 도자기에 대해 찬미한 인터넷 게재 글에서는 고귀한 도자기, 장식품으로서의 도자기의 기능에 대해 서술하였다. 송나라 5대 유명한 요(여요[汝窯] · 관요[官窯] · 균요[鈞窯] · 가요[哥窯] · 정요[定窯])는 모두 송나라 권력가들을 위해 고급 예술품을 생산하던 곳이었다. 그런데 후에는 그 5대 명요가 흔적도 없이 사라졌을 뿐 아니라, 1천 년간

---

30) 「송나라 도자기 5대 명요-바이두 백과(宋瓷五大名窯-百度百科)」 baike.baidu.com/view/659974.htm, 2016년 1월 9일 참고.

사람들이 제조한 그런 고급 예술품은 모두 그 시기의 수준에 미치지 못하였다. 참으로 대단하지 않은가?

5대 명요 중 여요에서 생산된 청자는 예술수준이 높을 뿐 아니라(후세 사람들이 아무리 본받으려고 애써도 성공하지 못하였음) 후세 제품에 대한 영향도 매우 크다. 오늘날 세상에 전해지고 있는 작품은 백 점도 채 안 된다. 전 세계에서 송나라 여요의 도자기를 소장한 박물관들에서는 모두 자랑스럽게 홍보하고 있지만, 소장하지 못한 박물관들은 모두 뭔가 조금 부족하다는 느낌을 갖고 있을 것이다. 관요의 경우는 송나라 수도였던 변경(汴京)이 함몰되어 그 유적을 찾아 볼 수 없게 되었다. 어떤 사람들은 심지어 관요가 곧 여요라고 여기기도 한다.

북송 시기 관요의 제품은 대부분 실전되어 현존하는 것이 극히 적다. 남송의 관요 제품은 일부 존재하며 국보급 진귀한 문물로 간주되고 있다. 쓰촨 수녕 박물관에 많이 소장되어 있는데 더없이 귀한 보물로 간주되고 있다. 수백 년 간 사람들에 의해 "나라의 진귀한 보물"로 불리고 있는 균요의 도자기는 국제 경매가 백만 달러라는 기록을 창조하였다. 그 도자기의 예술적 조예가 특별하여 수백 년 간 중국 도자기공업 분야에서는 균요 작품을 꾸준히 흉내 내어 왔지만 실제 작품처럼 만들기가 어려웠다. 1991년 허난(河南) 성 위쩌우(禹州) 시에 균자(鈞瓷) 연구소와 균관요(鈞官窯) 유적박물관 및 균자 문화광장을 설립하였다. 한편으로는 송나라 균요의 공예수준을 계승 발양하고, 다른 한편으로는 지역공업과 관광업을 발전시키기 위한 목적에서다. 송나라 도자기의 성과가 얼마나 컸는지를 보여주는 대목이다.

실용 도자기 생산에서도 송나라는 최고 수순에 달하여 수많은 도자기 생산기지가 있었는데, 그중 가장 유명한 것이 장시(江西)의 경덕진(景德

鎭)이다. 그 곳에서는 전국시기부터 도자기를 생산하기 시작하여 당나라 때에 이르러 중요한 도자기 생산 진(鎭)으로 부상하였으며, 송나라 진종(眞宗) 황제(998~1022년 재위) 때에는 모든 제품을 어용으로 거둬들였으며, 경덕(景德) 원년(1004년)에 이르러서는 진의 이름을 경덕진으로 개칭하기까지 하였다. 수백 년 간 경덕진은 중국 '도자기의 도시(瓷都)'로 불렸다. 오늘날 이곳은 도자기 생산의 중심일 뿐 아니라 고대 도자기의 역사를 테마로 하는 관광 명승지이기도 하며, 도자기학원과 도자기연구소까지 갖춘 중국 도자기문화의 중심으로 부상하였다. 경덕진에서 생산된 '만수무강(萬壽無疆)'4자가 새겨진 다기와 식기는 전 세계 어디서나 찾아볼 수 있으며, 중국 도자기의 대표가 되었다.

시장경제와 새로운 생활패턴

송나라 때 번영하는 양상을 보인 공업에는 또 술 양조가 있다. 진・한 두 조대에는 모두 금주(禁酒)정책을 폈는데, 이는 주로 그 시기 농업 산량이 낮아 민간에 식량이 충족할 수 있도록 보장하려면 식량으로 술을 빚어(권세가 있고 부유한 집단의 무절제한 낭비를 만족시킴) 이윤을 얻고 백성을 해치는 것을 허용할 수 없었기 때문이다. 당나라시기에 이르러서는 농업생산이 전체적으로 자급자족할 수 있는 정도를 넘어섰기 때문에 식량으로 술을 빚기 시작하였다.

"이백은 말술에 시 백 편을 지었다(李白斗酒詩百篇)"고 두보는 「음중팔선가(飮中八仙歌, 술고래 8명을 읊다)」에서 읊었다. 당나라 시에서는 술내가 특별히 짙게 묻어나곤 했다. 이는 그 시기 술 문화가 어느 정도 절정에 달했음을 설명해준다. 비록 이신이 "온 세상 어디 한 곳 묵힌 논밭 없건만, 농부는 오히려 굶어 죽는 구나"라는 시구를 지었지만, 당나라 때에는 심각한 기황이 들지 않았다. 송나라 초기에는 정부가 술의 양조와 거래를 독점하여 관양(官釀)으로 불리다가 후에 점차 개방하였다. 송나라의 유명한 관료학자이며 문인인 구양수(歐陽修, 1007~1072)는 「식조민(食糟民, 지게미를 먹는 백성)」이라는 제목의 시를 지었다.

농민이 고생스레 심은 찰벼로 관아에서는 술을 빚어 독점 거래하며, 백성과는 이익 한 푼을 두고 다툰다네.
술 팔아 돈 벌고 술 찌꺼기가 폐기물이 되어, 온 집안에 넘치게 쌓여 썩어가네
......
관아의 술은 향이 짙고 시골 술은 향이 옅다네. 관아에서는 매일같이 짙은 술을 마실 수 있으니 당연히 즐겁기만 할 뿐
찹쌀을 심는 이가 솥에 죽 끓일 쌀도 없이, 어이 살고 있는지는 보이지 않겠지?
관아에 가서 지게미를 사다 끼니를 때워야 하니, 관아에서는 지게미를 팔면서 덕을 쌓는 줄로 여기네.
......
(田家種糯官釀酒, 榷利秋毫升與鬥。
酒沽得錢糟棄物, 大屋經年堆欲朽。
......
官沽味醲村酒薄, 日飲官酒誠可樂,
不見甲中種糯人, 釜無糜粥度冬春。
還來就官買糟食, 官吏散糟以為德。
......)

이 시를 통해 농민들이 찹쌀을 심어 정부에 바쳐 술을 빚을 수 있게 했

다는 것, 관아에는 술을 거른 뒤 찌꺼기가 산처럼 쌓였다는 것, 관료들은 술을 마시며 즐기고 찹쌀을 심는 농민은 굶주림에 시달린다는 것, 관아에서는 술 찌꺼기를 헐값에 농민들에게 팔면서 착한 일을 하는 줄로 여긴다는 것 등 상황을 생동적으로 설명해주고 있다. 송나라의 술 문화는 바로 그렇게 시작되었던 것이다.

술 문화와 양조공업이 갈수록 번창하는 것은 식량 생산이 풍부해진 것과 농업이 상업화되어 가는 것을 반영한다. 송나라는 이런 부분에서 당나라보다 한 걸음 진보하였다. 중국의 고전 소설 『수호전(水滸傳)』은 명나라 때 정식 책으로 만들어졌지만, 그 속에 담긴 이야기는 송나라 때에 이미 전해졌다. 『수호전』을 보면 북송시기에 주점이 매우 많았을 뿐 아니라, 술이 좋기로 이름이 났음을 알 수 있다.

소설에서는 다양한 술의 이름과 맛에 대해 구체적으로 묘사하였는데, 이는 송나라 술 문화가 당나라보다 더 발전하였음을 설명해준다. 당나라 시인 이백은 "예로부터 성현들은 다 적적하고 쓸쓸하게 흔적을 남기지 못했지만, 술을 즐겨 마신 이들만은 이름을 남길 수 있었다네.(古來聖賢皆寂寞, 惟有飮者留其名)"(「장진주」)라고 하였고, 송나라 대문호 소식(蘇軾, 1037~1101)도 이백과 마찬가지로 "술잔을 기울이는 것을 즐거움으로 생각(把盞爲樂)"하였지만,[31] 술을 마심에 도를 넘지는 않았다. 그의 술 문화는 이백보다 더 발전하였다. 그것은 그가 자체적으로 술을 빚을 수 있었기 때문이었다. 그는 또 「밀주가(蜜酒歌)」와 「진일주가병서(眞一酒歌並序)」라는 시를 지어 자신이 빚은 두 가지 술에 대해 소개하였다. 그는 「진일주가」에서 "술 석 잔을 마셔도 꼭 마치 임금님을 섬기는 듯 흐트러지지 않

31) 사실 취옹의 뜻은 술에 있는 것이 아니라 본심은 따로 있었다.

고 정숙한 것이 초광의 모습이 아니로구나.(三杯儼如侍君王, 湛然寂然非楚狂)"[32]라고 썼는데, 이는 송나라 술 문화가 이백이 「장진주」에서 말한 "오로지 늘상 취해 깨어나지 않기를 원할 뿐(但愿長醉不愿醒)"이라는 소극적인 태도가 아닌 것을 잘 보여준다.

옛날 유럽에도 술 문화가 있었다. 서양인들은 변론하기를 즐겼는데 사람들이 모여서 술을 마시면서 변론을 하다나면 서로 치고 받고 싸우는 일이 자주 발생하곤 하였다. 차를 마시는 문화가 유럽에 전파된 뒤 싸우는 일이 많이 줄어들었다. 차를 마시게 되면 사람은 흥분 상태에 처하게 되어 머릿속에 새로운 관점이 생길 수 있지만, 포악한 정서는 생기지 않게 된다. 영국인들은 신흥 커피 점에 앉아 차를 마시며 정치를 논하게 되면서 민주 언론을 발전시켰으며, 그 결과 1649년에 영국왕 찰스 1세를 처형하는 결과를 초래하였다.[33]

그 이전에 찰리 왕은 커피 점을 폐쇄하라는 명을 내림으로써 의회의 민주운동이 확대괴어 가는 것을 멈추게 하려고 했다. 중국의 술 문화는 서양과 다르다. 당나라 사람들이 술을 마신 것은 '울적함을 풀기 위한 목적'이 주였고, 송나라 사람들이 술을 마신 것은 주로 즐거움을 위해서였다. 술을 마실 때는 주령(酒令) 게임을 하며 흥을 돋울 수 있었다. 필자는 중국 술 문화에 대해 선전할 생각은 없다(필자는 중국 술 문화는 폐단이 이득보다 크다고 생각한다). 단 송나라 술 문화가 흥성한 것과 술 양조 공업이 번영한 것은 중국 특색을 띤 문명의 발전이며, 사람들의 물질생활 수준

---

32) 여기서 말한 '초광(楚狂)'은 스스로 '초광인'이라고 자칭한 이백을 빗대어 말한 것이다.

33) 찰스 1세는 1625년 제임스 1세 사후 스튜어트 왕가의 두 번째 왕으로 즉위했다. 찰스 1세는 신앙심이 깊었지만 왕권신수 사상을 고수한 전제적인 통치 방식 때문에 의회와 마찰을 빚었고, 그와 의회 사이의 정치적 갈등은 심화되어 국가 분열의 내전 상황을 초래했다. 결국 찰스 1세는 1649년 단두대에서 처형당했다.

이 제고된 후 정신적인 향수를 만족시키기 위한 큰 흐름의 일부라는 사실을 보아야 한다는 점에서 말하는 것이다.

중국문명은 농업시기에 '천인합일'을 중시하여 '입인'의 이치는 반드시 '입천'의 이치에 속해야 하며, 농업문화는 검소함을 제창하고 떠벌려 낭비하는 것에 반대하였다. 그러나 상업문화는 달랐다. 상업문화의 '입인'의 이치는 사람의 욕망을 만족시키는 것을 우선 자리에 놓았다. 당나라 시 중에 나오는 "상인은 이익만 중시하고 이별은 가벼이 여긴다(商人重利輕別離)"와 "기생은 망국의 한을 알지 못한다(商女不知亡國恨)"는 시구는, 상업문화가 영리를 중시하고 일시적인 향락을 중시함을 반영했던 것이다. 앞에서 언급한 송나라의 술 문화는 그 시기 상업문화의 지위와 중요성이 농업과 같은 높이까지 제고되었거나 심지어 추월하였음을 반영하며, 중국경제가 상업과 서비스업이라는 새로운 산업이 돌연 나타나는 새 단계에 들어섰음을 반영한다.

생산관계 각도에서 보면, 농업 분야에서는 지주와 농민 생산대군의 2대 계층이 있고 공업 분야에서는 공장/공장주와 노동자 2대 계층이 있었다. 상업도 마찬가지로 상인과 상인을 위해 봉사하는 노동대군이 있는데, 그들은 현대식으로 '운반 노동자'로 불린다. 비록 그들은 일반 역사학자들의 중시를 받지 못하였지만, 송나라 때 이미 주류사회에 들어갔으며 중국문명의 큰 특징 중의 하나가 되었다.

송나라 상업의 번영은 교통 운수업의 전례 없는 발전을 이끌었다. 유명한 사(詞) 작가 유영(柳永, 987~1053)이 쓴 「귀조환(歸朝歡)」에는 "먼 길을 오가는 짐꾼들이 점점 많아진다. 오고가는 사람들은 수레를 타고 가는 사람이건 배를 타고 가는 사람이건 모두 이익을 위해서이다.(路遙川遠多行役,往來人, 只輪雙槳, 盡是利名客.)"라는 구절이 있다. 이는 스스로 고결하다고 여기는 문인이 그 시기 길 위에 끊일 줄 모르고 오가는 상인 '이명객(利名客, 이객[利客]은 곧 상인이고, 명객(名客)은 바로 과거에 급제하여 벼슬을 하려고 과거 시험장으로 달려가는 선비를 말함)'의 분주한 광경을 보고 지은 시이다. 시에서 "수레를 타고 가는 사람이건 배를 타고 가는 사람이건(只輪雙槳)"이라고 한 것은, 중국 구릉지대의 모습을 묘사한 것이다. 즉 산길을 가는 교통수단으로 중국에서 수천 년의 역사를 자랑하는 독특한 발명(다른 나라에서는 극히 보기 드뭄)인 외바퀴수레(只輪), 그리고 크고 작은 강물을 누비는 배(한 쌍의 상앗대[雙槳][34])를 가리킨다. 시에서 "먼 길을 오가는 짐꾼들이 점점 많아진다(路遙川遠多行役)"라고 한 구절은 중국 상업의 발전으로 나타난 새로운 현상을 보여준다. "행역(行役)"은 '짐꾼'을 가리킨다(인도 등 나라에서는 '쿨리[막벌이꾼]'라고 한다.)

이들은 송나라 문학작품을 통해 생생하게 등장하였다. 예를 들면 남송의 문인 주휘(周輝, 12세기)가 쓴 「청파잡지(淸波雜誌)」에는 "천하 명산의 다복한 곳에는 하루 종일 짐꾼의 발길이 끊이질 않네(天下名山福地, 類因行役窮日力)"(권3)이라는 구절이 있다. 소송(蘇頌, 1020~1101)의 「산길에 연일 서풍이 몰아치니 짐꾼들의 수고로움이 느껴지누나(山路連日沖冒西風頗覺行役之勞)」라는 제목의 시에서는 그들이 "험한 산길을 따라 걸어야 하니 어려움이 많은(崎嶇千險馬行難)"환경에서 노동해야 한다고 표현하였다. 구만경(裘萬頃, ? ~ 1219)의 「행역(行役)」이라는 시에서는 그들을 다음과 같이 묘사하였다.

> 구불구불 이어진 험한 산길을 걷는 것이, 마치 논두렁길을 걷는 듯하는구나.

34) 상앗대 : 물가에서 배를 떼거나 댈 때나 물이 얕은 곳에서 배를 밀어 갈 때에 쓰는 긴 막대

가을은 깊고 바람은 찬데, 갈 길은 멀고 계절은 빨리도 바뀌는도다.

(崎嶇曆岡巒, 仿佛辨阡陌。

秋高風露寒, 道遠時序迫。)

1천 년 전에는 '짐꾼/쿨리'가 중국 문학작품의 주인공이 되었는데, 이는 그들이 송나라 중국 생산대군 중 중요한 구성부분이었음을 설명한다. 상업이 갈수록 발전하고 운송해야 할 화물이 점점 많아짐에 따라 이들 집단도 문학작품이 주목하는 대상으로 바뀐 것이다. 이는 옛날 다른 나라에서는 드문 일이었다.

가장 중시 받지 못하였던 중국의 고대 뱃사공들도 상인들을 위해 봉사하는 노동대군이었다. 중국의 남방은 수상운수가 매우 발달하였다. 그리고 강에 농지에 물을 대는 관개용 수차(水車)/수력을 이용한 수차(영문으로 Chinese noria라고 함)를 설치해 물이 흐르는 동력을 이용해 자동적으로 1~2장 높이에 위치한 농지에 강물을 퍼 올려 물을 대곤 하였다. 이런 수차는 수나라시기 민간에서 발명한 것인데, 당나라 시기부터 생산도구로 사용되기 시작하였으며, 송나라 때에 이르러 크게 발전하였다.

남송의 장효상(張孝祥, 1132~1169)의 「죽차(竹車)」라는 제목의 시에서는 "대법륜이 돌고 돌아 가뭄에 시달리는 백성을 구제하는구나.(轉此大法輪, 救汝旱歲苦。)", "연로한 농민은 모르고 있었다네, 눈 깜박할 사이에 천무에 이르는 논에 물 대기를 끝낸 것을…(老農用不知, 瞬息了千畝。)"라고 묘사하였다. 시에서는 수력을 이용해 돌리는 수차의 백성에 이로운 기능을 불교의 '대법륜'에 비유하면서 높은 차원으로 끌어올렸다.

필자는 1930~40년대에 후난(湖南)성 롄수이(漣水) 강가에서 자랐기 때문에, 송나라 때부터 보편적으로 보급되기 시작한 수력을 이용해 돌리는 수차에 대해 매우 잘 알고 있다. 그 수차는 밤낮없이 자동적으로 돌아가면서 농지에 물을 대며 농민들에게 편리를 도모해주었지만, 뱃사공들에게는 그들을 구원해주는 신이 아니라 그들을 괴롭히는 존재가 되었다.

수력을 이용해 돌리는 수차는 물의 동력이 충분해야 했기 때문에 강에 댐을 쌓아 물을 가로막고 댐에 배가 다닐 수 있는 통로를 하나 내놓곤 하였다. 물을 따라 내려가는 배는 급물살을 타고 지나가면 되었지만, 물을 거슬러 올라가는 배는 어려움을 겪어야 했다. 노를 저어서는 급류를 통과할 수 없었기 때문에 뱃사공들은 강기슭에서 밧줄로 배를 끌고 힘겹게 급류를 통과해야만 하였다. 때로는 배 한 척의 뱃사공이 힘이 모자라 두세 척 배의 뱃사공들이 팀을 이루어(7~8명 심지어 10명 이상) 배들을 한 척씩 끌고 급류구간을 지나가곤 하였다. 이렇게 배를 끄는 사공을 또 '염부(纖夫, 배를 끄는 인부)'라고도 불렀다.

필자가 본 후난 롄수이에서 배를 끄는 인부는 창장 산샤의 배를 끄는 인부와는 비교도 안 된다. 물론 러시아 유명 화가 일리야 레핀(Ilya Repin)이 1873년에 그린 명화 「볼가 강의 배 끄는 인부(Barge Haulers on the Volga)」나 러시아 성악가 샤리아핀(Feodor Chaliapin)이 부른 「볼가강 사공의 노래(The Song of the Volga Boatmen)」 속의 세계에 이름난 볼가강의 배를 끄는 인부와는 더욱 비교도 안 된다. 이백의 시 「정독호가(丁督護歌)」에는 "운양으로 치고 올라갈 제, 양 언덕 위에 상인들로 북적이네. 오나라의 소는 달을 보며 헐떡일 때 배를 끌고 가려니 얼마나 고달플까?(雲陽上征去, 兩岸饒商賈。吳牛喘月時, 拖船一何?)"라는 구절이 있다. 이들 시구는 모두 사람들에게 잊혀진 상업노동에 참가하고 있는 일꾼에 대한 찬가라고 할 수 있다.

송나라는 경제가 번영하고 문화가 발전하였으며 국민의 경제생활에 대한 묘사도 이전 조대에 비해 구체적이었다. 맹원로(孟元老, 12세기)의 저서 『동경몽화록(東京夢華錄)』과 오자목(吳自牧, 약 13세기말)의 저작 『몽량록(夢粱錄)』 이 두 유명한 저서에서는 북송의 수도 변경(汴京, 오늘날의 카이펑[開封])과 남송의 수도 임안(臨安, 오늘날의 항저우[杭州])의 생활양상에 대해 생생하게 묘사하였다. 변경 사람들은 아침에 밥을 짓지 않고 거리에 나가 가벼운 식사를 하거나 찻집에 가서 아침식사를 하였을 뿐 아니라 유희도 하곤 하였다. 하루 일을 끝낸 뒤에는 유흥업소에 가는데, 그런 유흥가를 '와자(瓦子)', '와사(瓦舍)', '구란(勾欄)' 등으로 불렀다. 오락 공연에는 '씨름(相撲)', '꼭두각시극(傀儡)', '그림자극(影戲)', '잡극(雜劇)', '수수께끼 맞추기(背商謎)', '재담(學鄉談)'등이 있었다.

송나라 때에 시작된 '설화(說話, 말하기)'라는 중요한 문화활동이 있는데, 이야기를 하는 오락으로서 중국 통속문학의 비약적인 발전을 촉진시켰으며, 또한 훗날 '장회소설(章回小說)'이 태어나게 된 요람이기도 했다. 송나라 때의 '설화'에는 네 가지 종류가 있었다. 가장 널리 유행한 것은 '강사(講史)'였는데, 중국역사에서 풍부한 에피소드와 숨겨진 이야기들을 소재로 이야기하는 것이었다. 두 번째는 '소설(小說)'이었는데, 민간의 사랑이야기나 의협 이야기, 신선과 요괴 이야기를 소재로 하였다. 세 번째는 당나라 때부터 시작된 불경이야기로서 여전히 유행하였다. 네 번째는 '합생(合生)'이라는 것인데, 두 사람이 주거니 받거니 이야기하는 것이다. '설화'예인들이 대거 나타났지만, 내용은 다른 사람이 쓴 것들로서 사본을 '화본(話本)'이라고 불렀다.

훗날 유명한 소설들 중 대다수는 송나라 때의 '화본'을 근거로 삼아 수정과 가공을 거친 것들이다. 송나라의 '화본'은 사실 세계 최초의 소설문학이었다. 그러나 '화본'은 설화 예인들에게만 파는 것으로서 유명 예인의 전유물이었으며, '화본'의 원 작자는 소리 소문도 없이 지내는 이들로서 후세 사람들에게 '소설가'로 공인 받을 수 없었다.

진 · 한 시기부터 당나라에 이르기까지 줄곧 야간 통행금지령을 실행하였으나 송나라 때에 이르러 전면 해제되었다. 따라서 송나라 여러 도시들에서는 밤 생활이 특별히 번영하였다. 이에 따라 송나라는 초롱 제조업이 특별히 번창하였다. 도시 곳곳에 초롱이 높이 걸리고 행인들은 밤길을 갈 때 초롱을 들고 다니곤 하여 '소매 속에 초롱을 넣고 다니는 자랑스러운 국민(籠袖驕民)'이라는 미명까지 생겨났다.

『동경몽화록』에는 밤이 되면 변경의 궁정은 온통 '등불 산(燈山)'으로 변했다면서 보현보살과 문수보살이 사자와 흰 코끼리 등에 탄 모양을 비롯해 대형 초롱도 있다고 묘사하였다. 남송 문인 신기질(辛棄疾, 1140~1207)이 지은 「청옥안 · 원석(靑玉案 · 元夕)」이라는 제목의 사(詞)에는 "동풍 부는 밤에 천 그루의 나무에 핀 꽃이 바람에 흩날리듯이, 등불빛이 흩어지며 별이 비처럼 쏟아지네. 화려한 마차가 온 거리를 향기로 뒤덮는데. 구성진 퉁소소리 울려 퍼지고 옥쟁반 같은 밝은 달이 서쪽으로 기우는데 밤새 물고기와 용이 함께 춤을 추며 웃음소리 떠들썩하네.(東風夜放花千樹, 更吹落, 星如雨, 寶馬雕車香滿路。鳳簫聲動, 玉壺光轉, 一夜魚龍舞)"라는 구절이 있다.

상기 몇 구절의 간단한 묘사 속에는 송나라 사회의 호화스럽고 사치스러우며 노래하고 춤추며 즐겁게 살아가는 태평한 세월에 대한 대량의 정보가 포함되었다. "화려한 마차가 온 거리를 향기로 뒤덮는데(寶馬雕車香滿路)"라는 한 마디에 세 가지 정보가 담겨 있다. '화려한 마차(寶馬)'란 곧 말고삐와 재갈이 진귀한 보석으로 장식되었음을 가리킨다. 알다시피 자고로 중국에는 진귀한 보석이 나지 않는다. 진귀한 보석은 모두 인도와 다른 나라에서 수입해 들여온 것으로서 가격이 특히 비쌌다. 과거 한 문제처럼 절약과 검소함을 제창하는 군왕들은 모두 진귀한 보석을 바치지 못하도록 금지령을 내렸다. 송나라 때에는 사람들의 생활이 사치스러웠다. 문을 나서면 '좋은 말(寶馬)'이 있을 뿐 아니라 "화려하게 장식된 수레(雕車)"도 있으며 게다가 수레가 지나갈 때면 "온 거리를 향기로 뒤덮는다(香滿路)"는 것은 향수와 향분 향기가 짙었음을 설명한다.

중국에는 향목(香木)이 많이 나지 않기 때문에 줄곧 남아시아 · 동남아에서 향약(香藥)을 수입하곤 하였다. 송나라 때 향약 수입이 이전 조대의 기록을 넘어섰다. 말이 나온 김에 한 마디 보충하자면, 중국 고대에는 말이 적었고 말 문화도 없었으며 보석과 보석문화는 더더욱 없었다. 그렇기 때문에 "화려한 마차(寶馬雕車)"문화는 현지에서 생겨난 것이 아님을 알 수 있다.

인도에는 말 문화뿐 아니라 보석 문화도 있어 옛날부터 말고삐와 재갈에 장식품을 즐겨 달곤 하였다. 갈홍(葛洪, 283~343)의 유명한 저서 『서경잡기(西京雜記)』는 한무제 때 인도가 보석과 말안장 · 말고삐와 재갈을 바쳐 장안을 들썩이게 한 뒤부터 중국에 말고삐와 재갈에 장식품을 다는 습관이 생기게 되었다는 정보를 제공하고 있다. 앞의 신기질의 사에 쓴 "천 그루의 나무에 핀 꽃(花千樹)"은 바로 수 천 수 만 개에 이르는 초롱을 가리키고 "별이 비처럼 쏟아진다(星如雨)"는 것은 바로 불꽃을 가리키며, "구성진 퉁소소리 울려 퍼진다(鳳簫聲動)"는 것은 주악소리가 들리는 것을 가리키고, "옥쟁반 같은 밝은 달이 서쪽으로 기운다(玉壺光轉)"는 것은 바로 술을 마시며 즐기는 것을 가리키며, "물고기와 용이 함께 춤을 춘다(魚龍舞)"는 것은 관민이 함께 즐김을 가리킨다.

주목해야 할 것은 이 사에서 묘사한 것은 남송시기 '원석(元夕, 원소절[元

宵節] 정월 대보름)을 경축하는 상황이라는 사실이다. 원소절의 기원에 대해서는 오늘날까지도 완벽한 설이 없다. 단 두 가지만은 긍정할 수 있다. 첫째, 원소절을 정식으로 경축하기 시작한 것은 당현종 시기라고 하는데. 그는 승려의 제안을 받아들여 정월 15일을 전후하여 사흘간 야간 통행금지령을 풀고 전국적으로 등불을 켜고 경축하도록 하였으며, '상원절(上元節)'이라고 불렀다고 한다. 둘째, 당 · 송 시기에는 새해 첫날을 '원일(元日, 현재는 '원단[元旦]'이라고 부름)이라고 부르고, 새해 들어 15일째 되는 날을 '원야(元夜, 현재는 '원소[元宵]'라고 부름)라고 불렀다. 왜 새해 첫날 '원일'과 첫날 밤 '원석'이 15일이나 차이가 나는 것일까?

이는 중국과 인도의 시간 계산에 차이가 있기 때문이다. 중국에서 음력 한 달은 그믐날부터 시작되고, 인도에서 음력 한 달은 달이 밝은 때부터 시작된다. 당초 당현종이 받아들인 승려의 제안에 따라 중국에서 '불국'(인도)의 신년을 경축하게 되었기 때문에 중국에는 두 개의 신년 명절(중국의 신년은 '원일/원단'이고, 불국의 신년은 '원야/원소'이다)이 있게 된 것이다. 이것이 역사의 진실이라고 필자는 생각한다. 당나라 때에는 '원야/원소'를 사흘 낮과 밤을 경축하였는데, 송나라 때에 이르러서는 닷새 동안 낮과 밤을 새워가며 경축하였다.

신기질이 묘사한 "천 그루의 나무에 핀 꽃(花千樹)"은 초롱 숲을 비유한 것이고, "별이 비처럼 쏟아지는 것 같은 것(星如雨)"은 불꽃을 가리킨 것이며, "구성진 퉁소 소리 울려 퍼지는 것(鳳簫聲動)"은 주악소리를 나타낸 것이며, "옥쟁반 같은 밝은 달이 서쪽으로 기울 때까지(玉壺光轉)"는 술을 마시며 즐기는 광경은 어쩌면 당현종의 '상원절'경축행사보다도 더 흥성흥성하였을 것으로 보인다.

당나라 때는 야간 통행금지를 실시하였기 때문에 밤 생활을 누릴 수 있는 이들은 주로 권세가 있고 지위가 높은 자들이었으며, 그들은 식당이나 기생집에 가서 향락을 누렸다. 송나라 때에 이르러서는 야간 통행금지를 폐지하고 성문을 닫지 않았으며, 도시의 크고 작은 골목마다에 흥성거리는 곳이 매우 많았다. 먹을거리도 있고 노래하고 춤추는 것과 같은 구경거리도 있어 일반 백성들도 누릴 수 있었다. 먹을거리 야시장, 오락 야시장, 여행 야시장 등이 있었으며, 고정적인 야시장도 있고, 유동식 야시장도 있었다.

북송의 수도 변경과 남송의 수도 임안이 가장 흥성거렸다. 지구상에서 최초로 밤 생활이 시작된 양쩌우(揚州), 7세기에 수양제를 미루(迷樓)에서 죽게 만든 양쩌우, 9세기에 당나라 시인들이 인간세상의 천당이라고 여겼던 양쩌우는 "이십사교의 달 밝은 밤"이 북송시기 태평성세 기간에 여전히 눈부신 빛을 발하였다. 그 후 금(金)나라 군대의 두 차례 약탈을 거친 뒤 빛을 잃었다. 송나라의 유명한 시인 강기(姜夔, 1154~1221)가 지은 「양주만(揚州慢)」이라는 사에서는 두 차례의 약탈을 거친 뒤의 양쩌우를 다음과 같이 묘사하였다. "금나라 군대가 창장유역을 침략한 뒤 황폐해진 늪과 정원, 오래 된 큰 나무마저도 그 가증스러운 전쟁에 대해 언급하는 것을 꺼렸다. 저녁 무렵이 다가오자 처량한 나팔소리가 처참하게 파괴된 텅빈 성 안에서 울려 퍼진다.(自胡馬窺江去後, 廢池喬木, 猶厭言兵。漸黃昏, 清角吹寒。都在空城。)"참으로 애석한 일이 아닐 수 없다.

송나라시기에는 대외무역 특히 해상 대외무역이 전례 없는 발전을 이루었다. 송나라 때 바다로 나가는 배들은 나침반을 사용하여(나침반을 아라비아세계와 유럽에 전파함) 장거리 항해가 가능해졌다. 송나라시기에는 배가 컸다(500~600명을 태울 수 있었음). 그래서 인도 서해안에 도착한 뒤 앞으로 더 나아가 페르시아 만에 들어가려면 작은 배로 바꿔 타야 했다.

송나라시기 해상무역은 북쪽으로는 고려 · 일본으로 통하고, 남쪽으로는 동남아시아 · 남아시아 · 아프리카 여러 국가에 이르렀으며, 가장 멀리는 이집트까지 닿을 수 있었다. 송나라의 조여적(趙汝適, 1170~1228)이 쓴 『제번지(諸蕃誌)』, 주거비(周去非, 1135~1189)가 쓴 『영외대답(嶺外代答)』 등 명작은 모두 중국 최초로 외국상황에 대해 기록한 저서들이다. 송나라시기 대외무역 항구가 20여 개 있었는데, 광쩌우 · 취안쩌우(泉州) · 밍쩌우(明州, 오늘날의 닝보[寧波]) · 항쩌우(杭州) · 미쩌우(密州), 오늘날 산동성 주청[諸城])가 주요 항구였다.

페르시아 · 아라비아 · 인도의 상선들은 그 성대한 국제무역에 적극 참여하였다. 광쩌우와 취안쩌우에는 페르시아인 · 아라비아인 · 인도인들이 많이 거주하였다. 송나라 때 광쩌우의 외국인들은 모두 '번방(蕃坊, 당 · 송 시대에 외국 상인들이 집거하던 곳)'에 모여 살았다. 아라비아인이 건설한 중국 최초의 이슬람교 사원인 회성사(懷聖寺)는 당 • 송 시대에 향불이 꺼지지를 않았다. 당 · 송시기 취안쩌우에는 힌두도교 사찰이 있었는데, 지금은 옛터가 남아 있지 않지만 박물관에 가면 힌두교 신상의 조각은 여전히 볼 수 있다.

광쩌우에 살았던 아라비아계와 인도계 인사들은 송나라 과거시험에도 참가할 수 있었으며, 급제하면 정부 관료가 될 수도 있었다. 송나라는 인도와 동남아에서 대량의 향약을 수입하였다. 그 향약에는 사람의 몸에 쓰이는 향분 · 향수, 요리를 할 때 쓰이는 향료(그중 후추와 울금이 위주였음)가 포함되었으며, 또 소합향(蘇合香)으로 만든 소합환(丸)과 소합주(酒) 등과 같이 신을 모실 때 쓰는 향과 약에 쓰이는 향료도 있었다.

송나라 학술의 번영

송나라에는 당태종처럼 높이 서서 멀리 내다볼 줄 아는 원견이 있는 정치이론가 군주는 한 명도 없었다. 한편 당나라에는 또 송나라처럼 그렇게 많은 민간 이론가와 학파가 없었다.

북송에는 소옹(邵雍, 1011~1077) · 주돈이(周敦頤, 1017~1073) · 장재(張載, 1020~1077) · 정경(程顥, 1032~1085) · 정이(程頤, 1033~1107) 등 대가들이 있었고, 남송에는 주희(朱熹, 1130~1200) · 육구연(陸九淵, 1139~1193) 등 대가가 있었다. 게다가 성리학(理學)과 심학(心學)이 흥기하였다.

필자는 중국문명의 가장 위대한 격언은 송나라 두 문인으로부터 나왔다고 생각한다. 한 사람은 범중엄(范仲淹)(989~1052)이다. 그는 「악양루기(岳陽樓記)」라는 제목의 글에서 "세상 사람들이 걱정하기에 앞서 걱정하고, 세상 사람들이 모두 기쁨을 누린 뒤에 기뻐한다(先天下之憂而憂, 後天下之樂而樂)", "조정의 높은 자리에 있을 때는 백성들을 걱정하고 벼슬이 낮아져 조정에서 멀리 떨어진 곳에 있을 때면 임금을 걱정한다(居廟堂則憂其民, 處江湖則憂其君)"라고 썼다. 다른 한 사람은 장재이다. 그는 「횡거어록(橫渠語錄)」에서 "천지를 위해 도리를 확립하고 백성을 위해 함께 따라야 할 도리를 가리켜주며 옛 성현들의 훌륭한 학문을 계승하고 만세를 거쳐 영원히 이어질 태평한 세상을 개척해야 한다.(為天地立心, 為生民立命, 為往聖繼絕學, 為萬世開太平。)"고 하였다.

송나라 때 민간에는 "세상의 훌륭한 말은 부처가 모조리 하였다(世上好言佛說盡)"라는 말이 이미 있었다. 그런데 부처가 말한 '훌륭한 말'이란 모두 천백권의 불경에 들어 있었다. 불경을 읽지 않고 법사의 설교를 듣지 않는다면, 그 '훌륭한 말'들을 듣기가 어려웠다. 범중엄의 '훌륭한 말', 특히 "세상 사람들이 걱정하기에 앞서 걱정하고, 세상 사람들이 모두 기쁨을 누린 뒤에 기뻐한다."라는 말은 사실 대승불교의 '보살정신'(Bodhisattva spirit)을 선양하는 것이기 때문에, 부처가 말한 '훌륭한 말'을 전하는 것이기도 하다. 민간에서는 집집마다 알고 있는 말이라고 할 수 있으며, 문맹마저도 모두 알고 있을 정도이니 지식인은 더 말할 필요도 없었다.

앞에서 인용한 장재의 명언은 심오하여 사람에 따라 각기 다른 이해가 있을 수도 있다. 필자는 만년에 유학의 진흥을 위해 애썼으며, 지금은 고인이 된 철학 전문가가 '횡거의 네 마디(橫渠四句)'에 대해 설명하는 내용을 보고 들은 적이 있다. 그는 매우 수고스럽게 경전중의 어구나 고사를 인용하여 설명을 하고 있었지만, "천지를 위해 도리를 확립한다(為天地立心)"는 말이 무슨 말인지 설명하지 못하였다.

이는 그가 전문적으로 2천여 년 전 공자와 맹자의 어록 중에서만 해석을 찾으려고 했기 때문에(공자와 맹자는 한 번도 '도리를 확립한다[立心]'는 말을 한 적이 없음) 헛된 고생만 하고 아무 성과도 이루지 못하였던 것이다. 필자는 장재가 처한 시대의 새로운 사조의 영향을 받아 "천지를 위해 도리를 확립한다(為天地立心)"는 말을 하였을 것이라고 생각한다. 남북조에서 송나라에 이르기까지 불교는 인도의 '보리심(菩提心)'(bodhicitta)에 대해 선양해 이미 매우 보편적이 되어 있었다(산스크리트어 '보리심/bodhicitta'은 실제로 '각성한 두뇌'라는 뜻이다. 고대 중국인들은 두뇌의 기능에 대해 알지 못하고 사유는 마음에서 나오는 것으로 알고 있었기 때문에 '보리심'이라고 번역하였던 것이다).

인도의 '보리심'은 사실 공자와 맹자의 '인의'와 같은 것이다. 중국에는 '인의'의 도리가 있으며, 양자는 상부상조하는 것이다. 이것이 '천지의 도리'가 아니겠는가? 만약 중국과 인도가 장점을 취하여 합치는 각도에서

'횡거의 네 마디'중 첫 마디를 이해할 수 있다면, 그 뒤 세 마디는 쉽게 설명할 수 있을 것이다.

인도문명은 세계에는 오로지 하나의 '생명'만 존재하며, 그 동일한 '생명'이 우주만물(무생물도 생명이 있음)에서 반영되기 때문에, 반드시 "백성을 위해 함께 따라야 할 도리를 가리켜주어야 한다(為生民立命)"라고 강조한다.[35] "옛 성현들의 훌륭한 학문을 계승해야 한다(為往聖繼絕學)"는 말에서 '옛 성현(往聖)'에는 물론 공자와 맹자가 포함되지만, 공자와 맹자에만 국한되지 않고 인류의 성철(聖哲, 인류의 성인과 철인)을 총괄하여 가리키며, 부처도 물론 그중에 포함되었다. "만세를 거쳐 영원히 이어질 태평한 세상을 개척해야 한다(為萬世開太平)"는 말에는 많은 학문이 포함되어 있다.

불교가 중국에 전해져 들어온 뒤 인도의 '평등'사상이 중국인의 마음속에 깊이 파고들었다. '태평하다'는 것은 바로 온 세상이 평등함을 뜻하며 이는 '민족국가'세계에서 어떤 사람이 "다른 사람보다 높은 지위에 있는 평등함"(more equal tyan others)과는 다른 것이다. 『수호전』에서 송나라 때 양산박(梁山泊)에서 봉기를 일으킨 호걸들이 바로 불의를 보고 의연히 나서야 한다는 관념을 선양하고 있으며, 바로 '태평성세'의 이상을 위해 분투하고 있다. 장재의 "후세를 위해 영원한 태평성세를 개척하는 것"과 양산박 호걸들의 '하늘을 대신하여 정의를 행하는'"태평성세'의 이상은 길은 다르지만 목적은 같은 것이었다.

송나라 철학사상의 한 가지 대 혁신은 바로 '태극(太極, '무극[無極]'도 겯

35) 이 대목에서 필자의 시카고 '북안' (North shore) 거처의 이웃집 문 앞에 세워둔 "흑인의 생명도 중요하다"(Black lives matter)라고 쓴 간판이 생각난다. 그 간판에 씌어 있는 말은 시카고 대중이 무고한 흑인 소년을 총으로 쏴 죽인 경찰에 항의하는 구호이다.

들임)에 대한 토론을 벌인 것이다. 그 토론을 일으킨 것은 주돈이에게서 흘러나온 「태극도(太極圖), 「무극도[無極圖]」라고도 부름)이다. 주돈이의 「태극도설(太極圖說)」 첫 구절은 "무극함으로써 태극인 것이다(無極而太極)"로 시작되며, 우주의 실질과 기원에 대해 탐구하고자 하였다. 주희는 주돈이의 '태극'과 '무극'설을 계승하였고, 유명한 '아호변론(鵝湖辯論)'에서 육구연은 '무극'을 반대하는 관점을 제기하였다.

송나라 사람들의 세계관이 고대인을 훨씬 초월하였음이 분명하다(공자와 맹자의 언론은 거시적 세계에 대해 애초에 언급하지 않았고, 노장의 어록은 너무 오묘하며, 또한 세계관에 대한 토론이 아니다). 게다가 인도 세계관 '브라만(梵)'(Brahman)이 투입되었다. 옛날부터 지금까지 인도는 전통적으로 우주에 '지고지상의 현실'(Ultimate Reality)이 존재하며, 이는 '최고의 우주 법칙'(highest Universal Principle)이기도 하며, 바로 '브라만'(Brahman)이라고 여겨오고 있다.

이는 송나라 철학가들이 토론하는 '태극' · '무극'과 전적으로 동일한 것이다. 소옹은 『황극경세 · 관물외편(皇極經世 · 觀物外篇)』에서 "마음이 곧 태극이다(心爲太極)"라고 말하였다. 주희는 그 말에 호응하며 역시 "마음이 곧 태극이다(心爲太極)"라면서 또 "어진 것이 곧 마음이다(仁卽心也)"라고 설명하였다. 독자들은 이런 질문을 할 수 있다. 송나라 철학가들은 어떻게 인도철학의 '브라만'에 대해 알게 되어, 그것을 중국철학사상체계에 융합시켰던 것일까? 이 부분에 대해서는 필자가 이미 다른 한 저서에서 분명하게 설명한 바 있다.

불교는 종교이면서 또 문화 보급운동이기도 하다. 대승불교는 명실상부하게 인도문명을 싣고 온 큰 수레와 같았다. 주희(그리고 송나라의 또 다른 문인들)는 불교와 매우 깊은 관계가 있다. 그는 과거시험을 보려고 상경할 때 행낭 속에 사서오경 대신 『대혜선사어록(大慧禪師語錄)』만 한 권 넣어 상경하였다고 한다. 그 어록 속의 "사람마다 태극 하나씩 갖고 있고, 사물마다에 태극이 하나 있다.(人人有一太極, 物物有一太極)"라는 말이 주희의 『태극도설변(太極圖說辯)』 중의 "만물은 동일한 태극에서 생겨난다(萬物之生, 同一太極者也)"[36]로 되었다.

필자는 제1장 후반부에서 성리학과 심학의 이름을 유가 전통의 근원 속에서는 찾을 수 없다고 말한 바 있다. '이/이론(理/理論)'은 인도문화 중 'yukta'의 중국에서의 화신인 것 같다. '심/보리심'은 인도로부터의 수입품이다. 필자는 신유학에 도전하고 싶은 마음이 없다. 만약 송유(宋儒)들인 장재 · 정호 · 정이 · 주희 · 육구연 등이 고대 공자와 맹자의 사상을 더 한층 확대 발전시켰다면, 그들은 불학사상을 이용해 그렇게 한 것이었다. 다른 한 각도에서 보면, 그들은 중국의 뛰어난 인물들을 대표해 인도의 철학사상을 더 한층 확대 발전시킴으로써 그 인도의 철학사상이 협애한 종교적 범주에서 벗어날 수 있게 하였다.

앞에서 주희가 불교 선사의 어록을 인용하였다고 언급하였다. 물론 그는 또 고대 사람들과 마찬가지로 공자와 맹자의 어록도 인용하였다. 공자와 맹자의 어록을 인용한 고대인 중에 동중서와 당태종 이세민을 제외하고 공자와 맹자사상을 전개해 자신의 이론으로 발전시킨 경우는 매우 드물다. 주희와 그 외 다른 송유들이 고대인의 '어록문화'를 끝내고, '이론문화'를 창조하였다. 물론 이렇게 말하는 것은 공평하지 않은 일면이 있다. 불교가 전파되어 들어옴에 따라 중국에는 '이론문화'가 이미 생겨났다. '이론'이라는 단어는 불교문헌에 최초로 나타났으며, 산스크리트문

36) 탄종과 겅인쩡, 『인도와 중국--2대 문명의 교류와 감동』, 2007년, 베이징, 상무인서관, 401쪽.

인 yukti-anumana을 한어로 번역한 말이다('도리'도 산스크리트문 yukti-prasiddaka를 한어로 번역한 말이다). 이렇게 보면 불교가 송나라 학술의 번영에 기여하였다고 할 수 있으며 인도가 송나라 학술의 번영에 기여하였다고 할 수 있다. 이 모든 것이 5천 년의 중국문명 역사는 "서로 배우고 서로 본받는 교류의 역사"라는 류옌동 부총리의 말을 실증해주고 있다. 그런데 왜인지 일부 '유학 대가'들은 언제나 이 부분에 대해 인정하려고 하지 않는다.

송나라 '문명의 길'이 '민족국가'에 유린당하다

우리는 대통일된 진 · 한 · 수 · 당 · 송 등 조대에 대해 이미 토론하였다. 이들 조대의 전반적인 추세는 수 · 당이 진 · 한보다 진보하고 문명해졌으며, 번영하였으나 나약하였고, 송나라가 또 수 · 당보다 더 진보하고 문명해졌으며, 번영하였으나 더 나약해졌다는 것이다. 진보 · 문명 · 번영은 중국 내부에 대한 평가이고, 나약함은 국제관계에 대한 평가이다. 양자는 모순되면서도 또 모순되지 않는다.

중국은 '문명의 길'을 걸어왔다. 만약 국문을 닫고 자기발전을 하면서 국제형세의 영향을 받지 않을 수 있다면, 그 모순은 존재하지 않았을 것이다. 그러나 '민족국가'발전의 길을 걷지 않는다 하여, '민족국가'가 고립적으로 발전할 수 있는 자유를 주는 것은 아니다. "나무는 가만히 있으려고 하나 바람이 자꾸 흔들어댄다."라는 옛말처럼 중국은 '민족국가'라는 사막 가운데 있는 오아시스와 같아 언제든지 사막에 먹혀버릴 위험이 존재한다.

한무제는 그 위험을 의식하였기 때문에 온 나라의 힘을 기울여 흉노를 중국의 변경지대에서 멀리 쫓아버렸던 것이다. 당나라 때에는 당태종에서 당현종에 이르는 130년간(626~756) 변경지대 밖에 존재하는 잠재적 위험에 관심을 돌려 나라의 번영과 창성을 이루는 한편 외래 민족의 침략에 대처하는 조치를 취해 위험한 상황을 돌려세울 수 있었다. 중당(中唐, 당나라 중기)과 만당(晩唐, 당나라 말기)시기에는 상황이 달라져 외래 '민족국가'의 침략과 도발에 대처하는 것이 많이 힘들었다. 송나라 때에는 국방 강화와 주변 강적에 대한 대처가 더 부족하여 결국 '얻어맞는'피동적인 국면에 빠지게 되었다. 이것이 원인 중의 하나였다.

다른 한 원인은 많은 국제 역사학자들이 모두 볼 수 있었듯이 송나라가 흥기하였을 때, 당시 마침 중국 북방에 전례 없이 강대하고 호전적인 부락민족이 나타나 중국은 재난을 모면하기 어려웠다. 만약 송나라의 경제 번영과 과학 발전이 없었다면 벌써 정복당해 멸망하였을 것이다. 사실 송나라 초기 군주들, 특히 통치능력이 강한 송태조(宋太祖) 조광윤(趙匡胤, 927~976) · 송태종(宋太宗) 조광의(趙光義, 939~997) · 송진종(宋眞宗) 조항(趙恒, 968~1022) · 송신종(宋神宗) 조욱(趙頊, 1048~1085)은 처음부터 강적 거란(契丹)이 세운 요(遼)나라를 대처하기 위해 공을 들였다. 송태종과 송진종은 거란을 정복하는 전쟁에 친히 출정하기도 하였다.

송진종과 그의 뒤를 이은 후계자는 남쪽으로 천도하자는 주장에 단호히 반대한 적도 있다. 송태종은 거란 정복전쟁에 친히 출정하여 두 차례나 크게 패하였다. 두 번째는 화살을 맞고 나귀가 끄는 달구지에 실려 도주해 위험에서 벗어났다. 북송이 '얻어맞는'피동적인 국면에 빠지게 된 또 다른 원인은, 1038년에 속국이었던 당항(黨項)족이 독립을 선포하면서 송나라 황제가 봉한 호를 폐지하고 대하국(大夏國, 역사상에서 서하[西夏]라고 부름)으로 자칭한 데도 있었다.

1040년부터 북송 정부는 서하와 다섯 차례 대전을 치렀으나 서하를 평정하지 못하였으며, 1127년에 북송이 멸망할 때까지 전쟁이 이어졌다. 북송 정부가 전력을 다해 서하와 싸우는 사이 북방의 호전적인 민족에게는 더 좋은 틈을 탈 수 있는 기회를 제공했던 것이다.

당나라 말기에 번진(藩鎭)들이 제멋대로 날뛰고 지방 세력이 할거 하며, 무장(武將)이 독재했던 교훈을 거울로 삼아 송나라 초기에는 "중앙 세력을 강화하고, 지방 세력을 약화시키는(强干弱枝)"정책과 "문관을 중시하고 무관을 홀대하는"정책을 펼쳤다. 이에 따라 한편으로는 정예부대를 중앙에 집중시키고 지방의 무장 세력을 약화시켰으며, 다른 한편으로는 문인이 군대를 지휘하도록 하였다.

이런 정책으로는 강대한 국방력을 형성할 수 없었으며, 뛰어난 장군이 나타날 수도 없었다. 바로 이런 정책으로 인해 북송이 거란과 서하를 겨냥한 전쟁은 승리를 거둘 수 없었다. 거란은 북방에서 북경을 중심으로 하는 공고한 대요국/대거란국(大遼國/大契丹國, 907~1125)을 세웠다. 북송은 요나라를 멸할 힘이 없어 대요국의 속국인 여진(女眞, 1115년에 독립을 선포하고 대금국[大金國]을 세움)과 연합해 요나라를 멸하였다.

대금국(1115~1234)은 욕심이 한도 끝도 없었다. 먼저 흑룡강 대본영에서 북경으로 천도하였다가 1127년에 또 변경(汴京)을 함락시키고 태상황(太上皇) 송휘종(宋徽宗) · 황제 송흠종(宋欽宗) · 후궁들 · 황족 · 관리 및 수도의 백성들까지 합쳐 십 만여 명을 약탈해 갔다. 이것이 바로 악비(岳飛, 1103~1143)가 지은 「만강홍(滿江紅)」이라는 유명한 사(詞) 중의 하나인 "정강의 굴욕(靖康恥)"이다. 즉 "정강의 변을 당한 굴욕을, 아직까지도 그 설움 달랠 길 없거늘, 신하 된 자의 한은 언제 가야 풀 수 있으랴(靖康恥, 猶未雪; 臣子恨, 何時滅)"]이다. 북송이 멸망하고 남송(1127~1279)이 건립된 뒤 수도를 임안(臨安, 항쩌우[杭州])으로 옮겨 창장이라는 천연 요새에 의지해 눈앞의 안일만 탐내며 되는대로 구차하게 연명하였다.

앞에서 언급한 악비와 그의 유명한 사 「만강홍」에 대해 중국 민간에서는 모르는 이가 없으며, 그 사는 중국문명의 한 포인트이다. 필자는 초등학생 시절에 이미 「만강홍」 노래를 부를 줄 알았으며, 노래를 익히게 되자 사를 외울 수 있게 되었다. 필자의 동학들도 필자처럼 악비의 시경에 빠져들었다. 중국이 "가장 큰 위기에 맞닥뜨렸을 때"사람들은 흔히 악비의 「만강홍」으로 애국 열정을 불태우곤 하였다.

성난 머리칼이 관을 찔러 날려 보내네. 높은 곳에 홀로 올라 난간에 기대서니 쏟아지던 비가 이제 그치는구나. 치켜 뜬 서슬 푸른 눈빛 하늘을 우러러 길게 울부짖나니. 나라에 충성하려는 비장한 가슴속에 뜨거운 피가 솟구치는구나. 삼십년 공명은 티끌처럼 보잘 것 없고, 팔천 리 전선을 달려온 파란만장한 인생길은 그 얼마였던가! 사내대장부라면 시각을 다투어 나라를 위해 공적을 쌓아야 하거늘, 청춘을 헛되이 허비하지 말지어다. 소년의 머리가 백발이 되어 휘날리려 하니, 공허하고 슬픈 마음 가슴을 흐리누나!
정강의 변을 당한 굴욕, 아직까지도 그 설움을 달랠 길 없거늘, 신하 된 자의 한은 언제 가야 풀 수 있으랴! 이 무장은 전차를 몰아 하란산으로 진군하리라. 그 곳을 평정해 평지로 만들리라. 큰 뜻을 가슴에 새기고 배고프면 오랑캐의 살을 씹어 먹고, 목마르면 오랑캐의 피를 마시며, 선봉에 서서 빼앗긴 조국강산을 수복한 후, 승리의 소식을 가지고 궁궐의 천자를 조현하리라.

(怒髮衝冠, 憑欄處, 瀟瀟雨歇。擡望眼, 仰天長嘯, 壯懷激烈。三十功名塵與土, 八千里路雲和月。莫等閑, 白了少年頭, 空悲?
靖康恥, 猶未雪；臣子恨, 何時滅? 駕長車, 踏破賀蘭山? 壯志飢餐胡虜肉, 笑談渴飮匈奴血。待從頭, 收拾舊山河, 朝天?)

악비의 이런 "성난 머리칼이 관을 찔러 날려 보내는"기세와 "팔천 리 전선을 달려온 파란만장한 인생길"에서 "빼앗긴 조국강산을 수복하려는"큰 포부는 중국문명이 외래 침략자를 격퇴시킬 수 있는 능력을 갖추었음을 설명해준다. 악비는 송나라 최고 장군으로서 전국의 5분의 3을 차지하는 군대를 통솔하였다. 그는 전투능력이 뛰어났으며, 그의 군대는 악가군(岳家軍)으로 불리며, 여진족이 세운 금나라 정계와 군사계를 크게 뒤흔들었다. 그는 군사를 인솔해 북벌전쟁을 치러 낙양을 수복하였다.

송고종(宋高宗) 조구(趙構, 1127~1162)가 만약 그를 믿고 중용하여 그에게 '주전파'와 함께 빼앗긴 땅을 수복하게 하였더라면, 송나라는 진흥할 수 있었을 것이다. 애석하게도 송고종은 악비를 두려워하였으며, 금나라와의 화해를 주장하는 '주화파'승상 진회(秦檜, 1099~1155)의 말만 들었다. 황제는 악비에게 회군을 명하였고 악비는 최초에 명령에 따르지 않다가 황제가 12차례 금패명령을 내려서야 그는 비로소 항쩌우로 돌아왔다. 이에 황제는 그에게 반역죄를 물어 사형에 처하였다(그에게 사약을 내림). 중국은 전통적으로 악비를 애국영웅으로 떠받들고, 진회를 매국노 · 간신배로 간주한다. 악비도 관공 · 공명과 마찬가지로 민간에서 신격화되었다.

저장성의 항쩌우와 다른 지역(대만 포함)에는 모두 악왕묘(岳王廟)가 있으며 관광 명소로 되었다. 민간에는 많은 전설이 전해지고 있다. 필자도 어렸을 때 '악모(岳母, 악비의 어머니. 악모는 맹모/맹자의 어머니, 도모/도간(陶侃)의 어머니, 구모/구양수의 어머니와 나란히 중국 '4대 성모'중의 한 사람으로 알려져 있다)가 악비의 등에 "몸과 마음을 다하여 국가에 충성하라"는 의미의 '정충보국(精忠報國)'4자를 바늘로 새겨주었다는 이야기를 들었다.

남송 시인 임승(林升, 생졸 연월 미상)이 지은 「제임안저(題臨安邸)」라는 제목의 시도 후세 사람들이 즐겨 읊는다.

> 멀리 바라보면 푸른 산이 첩첩이 이어지고 있고, 가까이 보면 누각들이
> 첩첩이 겹쳐져 있네.
> 서호 위에서의 노래와 춤은 언제 가야 멎을까?
> 음탕하고 사치스러운 바람이 향락에 빠진 고관 귀인들을 취하게 하네.
> 그들은 아직 항주를 옛날의 변경인 줄로 착각하는 것 같구려?
> (山外青山樓外樓， 西湖歌舞幾時休？
> 暖風熏得遊人醉， 直把杭州作汴州。)

상기 시 네 구절은 대 통일을 이룬 새로운 중국 공동체가 송나라 때의 발전 상황에 대해 생동적으로 묘사하였다. 중국 공동체의 번영된 경제문화와 향락에 빠진 기풍은 수양제가 선코를 떼었다. 당태종은 "자기 개인의 욕망을 굽히고 온 천하의 백성을 즐겁게 해야 한다(屈一身之欲, 樂四海之民)"라고 제창하였다. 뒤의 구절 "온 천하의 백성을 즐겁게 해야 한다"는 말은 당나라 때 실행하였음을 엿볼 수 있다(물론 최하층 가난한 민중은 포함하지 않음). 앞 구절 "자기 개인의 욕망을 굽혀야 한다"는 말처럼 당태종은 본보기를 보이지 못하였다. 당태종이 그러하였을진대 당 · 송의 다른 군주들은 더 말할 필요가 있겠는가! 당 · 송 시대에 사회 상층에서부터 하층에 이르기까지 향락주의 생활이 성행하였으며, 노래와 춤으로 태평성세를 노래하는 분위기가 매우 짙었다. 북송시기에 그러했을 뿐

아니라, 남송시기에 이르러 여진족이 세운 금나라에 쫓겨 창장 이남지역까지 내려와 수도를 변경에서 항쩌우로 천도하였음에도, 여전히 "음탕하고 사치스러운 기풍이 향락에 빠진 고관 귀인들을 취하게"하여 향락주의에 빠져 지내게 했으며, 항쩌우는 또 다시 제2의 '변주(汴州, 변경[汴京])'로 변하였다. 한편 북방에는 전 세계를 들썩였던 칭기즈칸과 그가 이끄는 철기군이 나타나 전체 유라시아대륙을 흔느끼게 하였다. 그러나 남송의 수도는 여전히 향락에 빠진 사치스러운 풍조에 취해 정신을 못 차리고 지냈던 것이다. 그 뒤 몽골대군이 금나라를 멸하고 창장 북안과 쓰촨 · 윈난까지 밀고 들어올 때까지도 줄곧 전혀 각성하지 못하였다. 설사 각성하였다 해도 이미 때가 늦어 아무 소용이 없었던 것이다.

1279년에 몽골대군이 머지않아 전체 남송의 영토를 점령하게 되자 송나라 마지막 황제이며 즉위한 지 1년도 채 안 된 7살 날 송소제(宋少帝) 조병(趙昺, 1272~1279)은 십여만 명의 군민의 보호를 받으며, 광동 야산(崖山, 오늘날 광동성 장먼[江門]시 신훼이[新會]구 난야먼(南崖門)진(鎭)]까지 퇴각하였다. 그들은 야산의 한 낭떠러지 아래 해상에서 수백 척의 배를 하나로 이어 몽골 군대의 공격에 저항하였으나 오래 버티지 못하였다.

결국 대신 육수부(陸秀夫, 1236 ~ 1279)가 황제를 업고 바다에 뛰어드는 것으로 북송의 두 황제가 여진족에게 잡혀가는 '정강의 굴욕'이 재연되는 것을 피하였다. 배에 타고 있던 정부 관료들과 십만 군대는 모두 바다에 뛰어들어 목숨을 끊었다. 남송의 통수 장세걸(? ~ 1279)은 전투 중에 혼란한 틈을 타서 병사들을 이끌고 도주하였으나 후에 황제가 바다에 뛰어들어 목숨을 끊었다는 사실을 전해 듣고 슬픈 나머지 살고 싶은 생각이 없어 역시 바다에 뛰어들어 자살하였다. 이는 남송의 마지막 자위를 위한 전쟁이었다. 전후 십 만 구의 시신이 해수면 위로 떠오르는데 그 광경이 눈 뜨고 볼 수 없을 정도로 처참하였다. 만약 송나라 태평시기에 사치와 향락을 줄이고 국방 경계를 강화하였더라면, 그처럼 처참한 결말에까지는 이르지 않았을 것이다. 중국의 새로운 대통일 운명공동체가 뜻밖에도 그렇게 끝나버리다니 참으로 "영원한 하늘과 땅도 언젠가는 다하겠지만, 이 한은 영원히 달랠 길이 없겠구나!(天长地久有時盡, 此恨綿綿無絕期)"라고 읊은 백거이의 「장한가(長恨歌)」를 떠올리게 한다.

제4장

원·명·청 시대: 민족국가가 중국문명 발전의 길을 바꾸다

제4장
원 · 명 · 청시대: 민족국가가 중국문명 발전의 길을 바꾸다

지난 장절의 끝부분에서 필자는 백거이의 "영원한 하늘과 땅도 언젠가는 다하겠지만, 이 한은 영원히 달랠 길이 없겠구나.(天长地久有時盡, 此恨綿綿無絕期)"라는 시구로 중국이 새로운 대통일 운명공동체가 끝났음을 한탄하였다. 그러나 이 책은 계속 써내려가야 한다. 왜냐면 5천 년 중국문명 이야기를 아직 다 하지 못하였기 때문이고, 또한 내용도 아직 많이 남아 있기 때문이다.

이렇게 해서 송나라는 멸망하였다. 육수부 · 장세걸은 바다에 몸을 던졌고, 육수부 · 장세걸과 나란히 '송망삼걸(宋亡三杰)'로 불리는 문천상(文天祥, 1236~1283)은 자살미수에 그쳐 몽골군에 잡혀 대도(大都, 북경)]에 감금되었다. 원세조(元世祖) 쿠빌라이(忽必烈, 1215~1283)가 그에게 원나라 대신이 되어줄 것을 청하였으나 거절당하였다.

쿠빌라이는 감옥에 있는 그를 자주 궁정으로 불러 중국의 문화전통에 대해 토론하곤 하였다(그 토론들이 쿠빌라이에게는 매우 큰 영향을 주었으며, 쿠빌라이가 '한법(漢法, 한나라 법률제도) 실행'을 단호하게 주장하게 된 원인도 여기에 있었다.) 결국 후에는 원나라 통치의 위엄을 세우기 위해 그를 처형하는 수밖에 없었다. 문천상은 옥중에서 후세 사람들에게 천고의 절창으로 불린 「정기가(正氣歌, 바른 기운의 노래)」를 썼다. 그중 "땅은 이(바른 기운)에 의지해야만 우뚝 설 수 있고, 하늘을 떠받치는 기둥은 이에 의지해야만 버틸 수가 있네. 삼강은 이에 의지해야만 맥을 유지할 수 있고, 도의는 이를 뿌리로 삼아야 뻗어갈 수 있다네.(地維賴以立, 天柱賴以尊。三綱實系命, 道義為之根)" "선현들은 모두 떠난 지 이미 오래건만 그들이 보여준 본보기는 이 내 마음속에 새겨졌네. 처마 밑에서 상쾌한 바람을 쐬면서 책을 펼쳐 읽노라니, 옛 성현의 도리가 밝은 빛이 되어 나의 앞길을 비추,어 흔들림 없이 나아가도록 하네.(哲人日已遠, 典刑在夙昔。風檐展書讀, 古道照顏色)"등의 구절이 사람의 심금을 울린다.

문천상은 중국문명을 대신해 시대적 탄식을 금치 못했던 것이다. 시구 중 "옛 성현의 도리가 밝은 빛이 되어 나의 앞길을 비추어 흔들림 없이 나아가도록 하네(古道照顏色)"라는 구절은 중국 '문명의 길'이 영원히 존재한다는 의미를 나타낸다. 중국 '문명의 길'이 영원히 존재할 수 있는 것은 중국문명이 하늘을 떠받치고 땅 위에 우뚝 섰으며, "땅은 바른 기운에 의지해 맥을 유지하고"(중국문명이 있어야만 땅 위의 사회가 조화를 이룰 수 있음) "하늘을 떠받치는 기둥은 바른 기운에 의지해야만 버틸 수 있는 것"(중국문명이 있어야만 천하의 정치질서가 유지될 수 있음)이기 때문이었다. 송나라는 멸망하였고 문천상은 죽었으며 원나라가 세워졌지만, 중국문명은 여전히 존재하여 여전히 앞에서 언급한 류옌동 부총리의 말처럼 계속 "자강불식하며 분투하여 왔던 것"이다.

청(淸)나라 건륭(乾隆) 황제의 명으로 '이십사사(二十四史), 사람들은 '정사[正史]'라고 부르는데, 정통 역사라는 의미를 나타냄)를 제정해 거란이 세운 요나라와 여진이 세운 금나라, 그리고 몽골족이 세운 원나라를 중국 운명공동체에 정식 포함시킴으로써 중국문명의 역사가 더 풍부하고 복잡해졌다. 그 복잡성은 두 가지 방면에서 반영되었다.

첫째, 우리는 앞 두 장의 서술을 통해 중국문명 발전과정에서 진 · 한 시기에 첫 번째 대통일의 중국 운명공동체가 형성된 것에 대해 토론하였고, 또 수 · 당 · 송시기에 두 번째 대통일의 중국 운명공동체가 형성된 것에 대해 토론하였는데, 이제 송나라와 같은 시기의 요나라와 금나라가 끼어들면서 역사의 연속성을 파괴해버렸던 것이다. 둘째, 앞에서 토론하였던 진 · 한 시기에서 수 · 당 · 송시기에 이르는 중국의 운명공동체는 모두 '민족국가'의 발전과 무관하며, 공동체 내에는 민족의 표지 · 공통점과 차이점도 존재하지 않고, 민족 모순과 압박은 더더욱 존재하지 않았다. 그런데 이제 거란족이 세운 요나라와 여진족이 세운 금나라, 몽골족이 세운 원나라를 모두 중국의 운명공동체에 포함시킴에 따라 민족의 표지 · 공통점과 차이점, 그리고 민족의 모순과 압박도 따라 들어오게 되었다.

그리고 또 '24사'의 제작을 명한 건륭제는 '외족(外族)'으로서 만약 그때 당시 그가 그렇게 하지 않았더라면, 그 후 위안스카이(袁世凱)나 손중산(孫中山)이 그렇게 하였을지는 알 수 없는 일이다. 손중산이 '흥중회(興中會)'선서문을 제정할 때, "다로[韃虜, 한인[漢人]이 만주 조정[滿洲朝廷]에 대하여 욕하는 말)를 몰아내고 중화를 회복하자(驅逐韃虜, 恢復中華)"라는 민족적 원한이 담긴 언어를 사용한 것으로 미루어 볼 때, 그가 거란의 요나라, 여진의 금나라, 몽골의 원나라, 그리고 청나라를 대통일의 중국 운명공동체에 포함시키는 것을 용납할 수 없었다고 보아야 할 것이다.

이렇게 말하는 것은 건륭을 치켜세우고 손중산을 비하하려는 것이 아니라 독자들이 새로운 현실을 볼 수 있기를 바라는 마음에서일 뿐이다. 전통적 지혜는 줄곧 중국 본토의 문명이 외래 민족보다 더 문명하고, 더 진보적이며, 더 개발적이고, 더 포용적이라고 여기며, 줄곧 중국 본토의 문명이 외래 민족을 '동화'시켰다고 생각한다. 그런데 이제 우리는 청나라 건륭제가 중국 운명공동체 확대판의 창조자임을 알게 되었다. 바꾸어 말하면 송나라 이후 중국문명의 발전역사에는 두 가지 추세가 나타났던 것이다. 한편으로는 갈수록 나약해지고 있는 중국 운명공동체가 '민족국가'에 정복당하는 심각한 시련을 겪게 되었다는 것이고, 다른 한편으로는 침략을 일삼는 '민족국가'가 '문명의 길'을 따라 앞으로 나아가고 있는 중국 운명공동체의 대오에 끼어들었으며, 심지어 인솔자로 바뀌고 있었다는 점이다. 이 두 추세가 대립되면서 통일을 이루었다.

대립되면서도 통일을 이루는 이 두 추세는 실제로 이 책 앞의 세 장에서 발전한 "중국 5천년 문명이 '민족국가'를 추월해 자체 '문명의 길'을 걷는다"라는 이론과 논리를 더욱 강화시켰던 것이다. 중국은 비록 송나라 때에 '민족국가'발전의 간섭과 압박을 받았고, 또 송나라가 멸망한 뒤 중국인민이 '식민지'사회의 위치로 떨어졌지만, 중국문명은 여전히 굳세게 살아 있었으며, 중국문명 영역 안에서 '민족국가'의 발전은 통치 지위에도 처하고, 또 종속적인 지위에도 처하였다. 이러한 대립되면서도 통일되는 상황을 우리는 마땅히 인식하여야 한다.

원나라 때 마르코폴로 등 서반구의 여행가들이 중국을 방문하였다가 유럽으로 돌아간 뒤 중국에 대한 '민족국가'의 야만적인 통치에 대해 선전한 것이 아니라, 유럽보다 훨씬 더 번영한 중국의 경제와 물질생활에 대해 선전하였다. 유럽인들이 중국에 느끼는 흥미(다시 말하면 유럽인에 대한 중국의 흡인력)는 영원한 지속성이 존재한다. 이는 중국이 문명의 길에서 계속 씩씩하게 앞으로 나아갈 수 있음을 증명해주고 있다.

앞의 세 장에서 토론하는 가운데 필자는 실제로 우리 세계를 '민족국가'와 '문명국가'2대 유형으로 분류하였다. 다시 말하면 지구상의 국가는 '민족국가'가 아니면 '문명국가'로서 세 번째 유형은 없다고 하였다. 대 통일을 이룬 중국은 애초부터 '민족국가'가 아니었으니 당연히 '문명국가'였던 것이다. 그런데 필자가 '문명국가'라고 하지 않은 것은 '문명국가'라는 이름이 너무 우렁차고 또 요구하는 바가 너무 커서 오랜 시간을 들여야만 천천히 완벽해질 수 있게 되기 때문이다.

바로 '문명국가'라는 명칭을 써버리게 되면 독자들은 받아들이기 어려울 것이다. 바로 전에 우리는 '민족국가'가 '문명국가'를 겨냥해서 운동한다는 내용에 대해 언급하였다. 원나라와 청나라가 중국 운명공동체에 참가한 것은 실질상에서 '민족국가'의 선율과 '문명국가'선율 간의 상호 작용이라고 할 수 있다. 그 상호 작용 과정에서는 '문명국가'의 선율이 우세를 점하는 것이 확실하다. 전통적 지혜로는 몽골족 · 만주족이 중국을 통치한 후 동화(혹은 '한족화[漢族化]라고 함')된 것이 바로 '문명국가'선율이 우세를 점한 표현이라고 주장했다.

이런 각도에서 위에서 말한 대립되면서 통일된다는 내용에 대해 이해하면 다음과 같이 표현할 수 있다. 원나라와 청나라가 중국을 통치한 것은 겉모습이고, '문명국가'선율이 '민족국가'선율을 통치한 것이 그 실질이다. 만약 청나라의 건륭제가 중국의 공동체를 이끌어 더 확장된 새로운 문명의 길을 걸어왔다면, 그것은 건륭제 내면의 '문명국가'선율에 이끌려서 였다. 송나라가 멸망한 후 중국이 걸은 '문명의 길'은 물론 그 이전의 것과는 다른 길이었다. 앞 의 세 장에서 서술했듯이 중국이 '지리공동체'에서 '문명공동체'로 발전하고 한 걸음 더 나아가 '운명공동체'로 발전한 것은, 모두 창장과 황허 2대 강 유역에서 일어난 이야기였다. 이제는 2대 강 유역 밖의 북방 초원의 유목민족이 중국의 발전을 주재하고 있으며, 원나라와 청나라가 중국 운명공동체에 가담해 중국문명의 발전을 추진하고 있는 것이다. 만약 새로운 발전적인 각도에서 보면, 원나라와 청나라가 중국 운명공동체의 확대판을 형성시켰던 것이다. 낡고 보수적인 각도에서 보면, 원나라와 청나라가 5천 년 중국문명의 발전 방향을 바꾼 것이다.

위에서 필자는 손중산이 제기한 "다로하치를 몰아내자"라는 구호에 대해 언급하였는데, 그는 '달(韃)'[37] 이라는 글자를 사용해 몽골족과 만주족을 모두 포함시켰다. 명나라가 원나라를 뒤엎은 것과 손중산이 청나라를 뒤엎은 것은 모두 정치혁명과 민족 원한이라는 요소가 결합된 것으로서, 이는 압박에 저항한 것이므로 협애한 정서라고 할 수 없다. 그러나 우리가 거시적이고 전반적인 각도에서 역사에 대해 종합함에 있어서 반드시 그런 정서를 제거해야만 한다.

만약 우리가 진・한시기는 위대했고, 당・송시대는 더 위대했다고 말한다면, 많은 사람들이 찬성할 것이라고 생각된다. 그러나 만약 우리가 원나라와 청나라가 대단했다고 한다면, 이를 받아들이지 못하는 중국인들이 아마도 많을 것이다. 우리는 마땅히 원나라와 청나라를 모두 중국문명발전의 구성부분으로 간주해야 하며, 중국이라는 땅 위에 피어난 기이한 꽃송이라고 생각해야 한다. 여기까지 써내려온 뒤 필자가 서론에서 원나라와 청나라가 걸어온 '문명의 길'은 '좁은 갈림길'이라고 말한 것은, 거듭 생각한 뒤 얻어낸 결론임을 독자들에게 정중하게 밝히고자 한다. 필자는 지금 비록 원나라와 청나라를 찬양하고 있지만, 마음속으로는 중국문명이 원나라와 청나라의 간섭을 받지 말았기를 간절히 바라고 있으

37) 달 : 달단(韃靼), 타타르 옛날 한족의 북방 유목민족에 대한 총칭의 약칭.

며, 당·송시기 번영한 문화발전을 토대로 중국문명의 수레바퀴가 더 번영하고, 더 문명한 웅대한 목표를 향해 거침없이 나아갈 수 있었기를 바라고 있다. 그러나 이런 바람은 다만 환각일 뿐, 역사 사실 앞에서 그 환각은 의미를 잃어버리고 말았다.

1. 몽골족이 세운 원나라가 중국의 운명체를 바꾸었다

1206년에 칭기즈칸 테무친(鐵木眞, 1162~1227)이 몽골제국을 세우고 인류 전쟁사 상 활을무기로 하는 시대에서 최강의 군대를 인솔해 주변 사방으로 정복전쟁을 일으켰는데, 싸워서 정복하지 못한 강적이 없었다. 1211~1214년에 칭기즈칸의 철기군은 대금국의 40만 군대를 격파하고 허베이와 산동에까지 곧장 쳐들어갔다. 금나라가 화해를 구하며 공주를 바치고 금과 은·비단·마필을 바쳐서야 몽골군은 비로소 철수하였다. 1214년에 금나라가 수도를 중도(中都, 베이징)에서 남쪽의 변경(카이펑)으로 옮기자 칭기즈칸은 베이징을 점령하고 세력범위를 금나라 영토 중 황허 이북지역까지 연장하였다.

1219년에 칭기즈칸은 10만 대군(거기에 5만 명 돌궐군을 더함)을 인솔해 서쪽에 있는 이슬람왕국의 일부와 중앙아시아에서 명성이 드높았던 호라즘제국(Khwarezmian Empire)에 대한 정벌에 나섰다. 호라즘제국의 40만 군대가 대패하고 국왕 알라딘 무함마드(Alāal-Dīn Muhammad)가 유럽으로 도주하자 칭기즈칸은 병사를 파견해 바싹 추적하면서 많은 유럽 국가를 정복하였으며, 또 카르카하 전투(오늘날 우크라이나 경내)에서 유럽 연합군을 격파하였다. 1221년에는 호라즘제국을 멸망시킨 뒤 도주하는 호라즘 국왕을 쫓아 인더스 강변까지 추적하였다.

유라시아대륙 정복전쟁에서 칭기즈칸 군대는 과거 금나라 · 서하국과의 전쟁에서 포로로 잡아두었던 중국 기술인원들로 특종부대를 편성하여 화약 투척기(拋擲器) · 투석기(拋石機) · 충격기(沖撞機) · 공성차(攻城車) 등 신식무기를 제조해내도록 한 것이 승리를 거둘 수 있었던 중요한 원인이었다. 칭기즈칸은 유라시아대륙 대면적의 토지를 정복한 후 여러 아들에게 나누어 주어 관리하도록 하였다.

칭기즈칸은 셋째 아들인 오고타이(窩闊臺, 1186~1241)에게 칸의 자리를 물려주었다. 1241년에 오고타이가 죽자 몽골 통치 집단 내부에서는 후계자 위기가 나타났다. 오고타이의 양자인 몽케(蒙哥)가 굴기하여 남송 정벌에 직접 나섰다가 패하였으며, 1259년에 쓰촨에서 죽었다. 그의 아우인 쿠빌라이가 일어나 원나라를 세웠다. 쿠빌라이는 '한법 실행'으로 다른 지도자들의 반대를 받게 되었다. 그들은 독립된 오고타이한국(窩闊臺汗國, 오늘날 신장[新疆]지역을 통치함) · 차가타이한국(察合臺汗國, 오늘날 신장 투루판[吐魯番]에서 이닝(伊寧)까지 일대를 통치함] · 킵차크한국(欽察汗國, 오늘날 러시아 · 동유럽에서 다뉴브 강까지 일대를 통치함) · 일한국(伊兒汗國, 오늘날 중앙아시아 남부 및 이란 일대를 통치함)을 세웠으며 이를 가리켜 몽골 '4대 한국(汗國)'이라고 불렀다. 모종의 의미에서 그 시기 유라시아대륙에 강대한 몽골식민지가 있었으며, 중국도 그 몽골 식민지의 일부라고 말할 수 있다.

비록 서양세계에서 유행인 '황화(黃禍, Yellow peril)이론(황인종인 아시아인 특히 중국인이 세계의 재앙이라고 주장함)은 19세기 독일인이 최초로 창설한 것이지만 칭기즈칸 군대가 유라시아대륙에서 위세를 떨치고 몽골 '4대 한국'을 세운 것이 그 간접적인 원인이다. 백여 년 전부터 지금까지

'황화'라는 낱말이 서양 여론에서 떠들어대지 않은 적이 없었으며, 반중국적인 분위기가 조금만 보여도 바로 튀어나오곤 하였다. 오늘날 중국에서 칭기즈칸을 기념하는 행사가 열리거나 하면 꺼졌던 불씨가 다시 타오르듯이 '황화'이론이 바로 머리를 쳐들기 시작한다. 이는 필자가 다년간 해외에서 관찰해낸 사실이다. 절대 일부러 과장된 말로 사람들을 놀라게 하려는 것은 아니다.

필자는 중국과 서양문명 간의 대립을 조장하려는 의도는 없다. 다만 원나라 때에 시작된 중국 운명공동체와 몽골제국을 위수로 하는 '민족국가'간의 발전 선율이 서로 적응하면서 겪은 희로애락을 독자들 앞에 펼쳐 보이고자 하는 것이다. 만약 중국 역사에서 애초에 원나라와 청나라가 없었더라면 서양세계에 남긴 중국의 형상은 절대 '황화'이론에서처럼 열악한 정도에까지는 이르지 않았을 것이라는 필자의 주장에 독자들도 찬성할 것이다. 그러나 우리는 원나라와 청나라를 중국문명 발전사에서 지워버릴 수는 없다. 이 때문에 필자는 본 장을 연구하는 과정에서 시비곡직의 균형을 유지하기가 매우 어려울 것 같다.

몽골인은 두 개의 유명한 정권을 세웠다. 하나는 중국의 원나라(1271~1368)이고, 다른 하나는 인도의 무굴제국(1526~1719)이다. 인도의 진보적 역사학자는 영국 식민주의에 의해 멸망한 무굴제국에 대해 북인도에 수많은 유명한 고적(예를 들면 델리와 아그라의 붉은 성 및 아그라의 타지마할)을 남겼다고 매우 높이 평가하였다. 원나라 역사는 백년도 채 되지 않지만 이탈리아의 마르코폴로(Marco Polo)와 모로코의 이븐 바투타(Ibn Battuta)와 같은 유명한 여행가들의 여행기 덕분에 전 세계에 이름을 날렸다.

중국에서 전례 없었던 호전적인 왕조였다

마오쩌동의 「심원춘 · 설(沁園春 · 雪)」이라는 사에는 “한 시대를 풍미한 위대한 군주 칭기즈칸은 오로지 활시위를 당겨 큰 독수리를 쏠 줄만 알았네.(一代天驕成吉思汗, 只識彎弓射大雕)”라는 구절이 있는데, 이로부터 몽골족의 뛰어난 인물이 ‘하늘이 내린 사람(天之驕子)’이라고 스스로 치켜세우는 흉노족의 전통을 이었음을 암시하며, 유목 부락의 호전적인 습성이 그들의 유전이라고 풍자하였다.

칭기즈칸의 지도자 지위는 “활시위를 당겨 큰 독수리를 쏘아” 차지한 것이고, 원나라의 창시자인 세조 쿠빌라이(1215~1294)의 지도자 지위도 “활시위를 당겨 큰 독수리를 쏘아”차지한 것이다(일곱 번째 아우인 아리부케의 군대를 쳐서 이김). 그는 『역경(易經)』 중 “활기차고 강대한 하늘의 기(大哉乾元)”라는 구절에서 계발을 받아 국호를 ‘원’으로 정하였다. 이는 진시황이 ‘시황제’로 자칭한 것과 같은 맥락이다. 쿠빌라이는 1279년에 남송을 멸하고 또 중국을 대통일 국면으로 회복시켰다. 그러나 칭기즈칸이 유라시아대륙에 분산 설립한 몽골 ‘4대 한국’은 통일시키지 않았다. 그 몽골 ‘4대 한국’의 마지막 나라인 킵차크한국은 15세기 말에 러시아에 의해 멸망되었다.

칭기즈칸이 유라시아대륙을 정복할 때 이끌었던 군대는 몽골 기마병이 위주였는데 용감하고 날랬으며 행동이 빨랐다. 보행 대오에는 군수품을 보급하고 다리를 놓고 길을 닦으며 성을 공략하는 것을 돕는 공병이 포함되었다. 원나라를 세운 뒤 몽골 군대는 금나라 여진족과 한인군대를 받아들이고 남송의 장정들도 가입시켜 인원수가 대폭적으로 늘어났으나 전투 효과는 오히려 떨어졌다. 몽골군대는 남송을 멸망시킨 뒤 계속 남으로 진군하였다. 1271년에 미얀마가 원나라의 위력에 눌려 속국이 되었다. 1277년에 미얀마에 내란이 일자 원나라가 파병해 정복하였다. 그런데 날씨가 무더운데다 기후 풍토에 적응하지 못해 물러갔다. 1287년에 미얀마에 또 내란이 일어 원나라 운남왕이 파병해 정벌에 나섰지만, 군량 공급이 따라가지 못하여 아무런 성과도 없이 되돌아갔다. 1300년에 미얀마에 또 내란이 일어나 원나라가 파병하였으나 여전히 실패하고 말았다.

원나라는 또 세 차례나 파병해 안남(安南, 오늘날 베트남 북부지역)을 공격하였으나 실패하였다. 1257~1258년에 운남을 평정한 몽골의 대장 우량카다이(兀良合臺, Uriyangqatai)가 직접 3만 군대를 인솔해 안남을 공격하였다. 초기에는 상승세를 타고 도시를 점령하였지만, 안남 국왕 '진(陳, Trân)'이 직접 나서 전쟁을 진두지휘하자 몽골군은 속전속결할 수가 없게 되어 결국 물러나고 말았다. 1282년에 원나라는 점성(占城, 오늘날 베트남 남부)을 정벌하러 간다는 핑계를 대고 안남에 "길을 터줄 것"을 요구하면서 50만 대군을 파견해 남하하도록 하였다.

안남 정부는 안남을 집어삼키려는 원나라의 음모를 알아채고 전국적으로 총동원하여 적에 맞서 싸웠다. 안남 병사들의 팔뚝마다에 '달(韃, 달단의 약칭)을 죽여라(殺韃)'는 부호를 새겼다. 그러나 안남군은 원나라 군을 당해낼 수가 없어 결국 물러서야 했으며, 원나라 군이 점성에 이를 수 있게 길을 터주어야 했다. 그때 안남에 있던 송나라 이민들이 한인 의복 차림으로 활을 들고 참전하였는데, 원나라 군은 남송의 지원군인 줄로 알고 격퇴시켰다. 안남이 그 기회를 틈타 반격하자 많은 원나라 군이 항복하였다.

날씨가 너무 더워 원나라 군 내에 온역이 도는 바람에 결국 물러나고 말았다. 1286년에 쿠빌라이가 또 안남을 공격할 것을 명하였다. 1287~1288

년에 제 3차 몽골-안남 대전이 일어났다. 원나라는 30만 대군을 파견해 육로와 해상 두 갈래로 안남을 공격하였다. 해군은 군함 300척을 갖추어 기세등등하게 전진해 육 · 해 두 군이 안남 중부에서 합류하였다. 안남군은 원나라 군을 막을 수는 없었지만 원나라 군의 군함이 지나가기를 기다렸다가 군량을 실은 선박을 습격해 원나라 군의 식량 70만 섬과 대량의 무기를 중도에서 탈취하였다. 안남군은 바닷가에 말뚝을 박아놓고 밀물이 들 때 원나라 군을 유인해 공격하게 하고, 썰물이 진 뒤 원나라군의 선박들이 말뚝에 가로막혀 오도 가도 못하게 하였다. 배에 타고 있던 원나라군은 포로가 되거나 물에 빠져 죽었다. 제3차 안남 공격도 실패하고 말았다. 원나라는 제2 · 3차 두 차례에 걸쳐 60만 명을 출병시켰는데, 겨우 5만 명만 살아서 돌아갔다.

1289년에 원 세조 쿠빌라이가 맹기(孟琪)를 사절로 파견해 자바 국왕 케르타나가라(葛達那加剌, Kertanagara)를 만나 신하로써 복종할 것을 요구하였다. 케르타나가라는 그 요구에 대한 대답을 원나라 사신 맹기의 얼굴에 새겨 보냈다. 그 모욕에 참을 수 없었던 쿠빌라이는 1292년에 1,000척의 군함에 1년간 먹어도 충분한 식량을 장만한 해군을 파병해 푸젠성의 취안쩌우(泉州)에서 출발해 자바를 정복하도록 하였다. 마침 그때 자바에 내란이 일어 국왕 케르타나가라가 반란군의 손에 죽임을 당하였다. 자바에 상륙한 원나라 군은 승승장구하였다. 케르타나가라의 사위인 웨이차야(韋査耶) 왕자가 몽골군에 거짓 항복을 하자 몽골군은 그를 도와 반란군을 궤멸시킬 것을 약속하였다. 그는 또 원나라 군을 매복 공격하여 원나라 군의 대부대의 한 갈래를 섬멸하였다. 원나라 군은 패해 중국으로 철수하였다.

원나라가 외국 정복전에서 가장 처참하게 패한 전쟁은 1274년과 1281

년 두 차례 일본 정벌전쟁이었다. 제1차 일본 정벌 전에 나선 3만 명의 원나라 해군에는 몽골족 · 여진족 · 한족 · 고려인이 포함되었다. 그들은 오늘날의 한국 동해안에서 출발해 일본의 규슈(九州) 섬에 당도하였다. 처음에는 승승장구하였으나 후에 그곳 지세가 대부대 작전에 적합하지 않음을 발견하였다. 게다가 적군의 인원수는 갈수록 많아지는 반면에 원나라군은 후원군이 없었다.

결국 군사를 거두어 귀국하기로 결정지었다. 그런데 그날 밤 태풍이 들이닥치는 바람에 병사들은 막심한 사상자를 냈다. 마지막에 1만 3,500명만 남아 200명의 포로를 데리고 고려로 돌아갔다. 제2차 일본 정벌에서는 15만 명의 원나라 해군이 두 갈래로 나뉘어 출발해 일본 규슈의 노코(能古) · 시가(志賀) 두 섬에서 합류하기로 하였다. 그런데 항해 도중에 지칠 대로 지친 원나라 군은 설상가상으로 태풍의 습격까지 당하였다. 총사령관이 먼저 도주해버리고 섬에 남은 대부대는 일본 군대의 살육을 고스란히 당해야 했다. 결국 2~3만 명만 겨우 살아서 귀국하였다.

중국 원나라 때 이러한 야만적인 대외정책은 진 · 한 · 수 · 당 · 송시기와 선명한 대조를 이룬다. 원나라 때 대통일된 중국이 그렇게 문명의 길을 걸은 것은 문명에서 벗어난 것이다. 그래서 필자는 원나라가 중국을 이끌고 고유한 문명의 길에서 이탈해 '좁은 샛길'에 들어섰다고 말했던 것이다. 앞에서 원나라와 청나라가 중국 운명공동체에 가담한 것은 실질상에서 '민족국가'의 선율과 '문명국가'의 선율이 서로 작용한 것이며, '문명국가'의 선율이 우위를 차지하였다고 말한 바 있다.

만약 양자 간의 상호 작용이 오로지 대외관계에서만 반영되고 역사에 대한 계승 및 새로운 중국 공동체 내에서 중국문명의 지속적인 발전에서 반영되지 않는다면, "문명국가의 선율이 우위를 차지한다."라는 필자의 말은 이치에 닿지 않는 것이다. 원나라가 중국 역사에서 전례 없는 호전적인 왕조가 되었던 것은 '민족국가'의 선율의 작란으로 인해 '문명국가'의 선율이 열세에 처하였기 때문이었다. 독자들은 이제부터 우리가 토론하게 될 문제의 복잡성을 발견하였을 것이다.

원나라군은 또 한 차례 작은 정벌전을 치렀는데 의미가 별로 크지는 않았다. 그것은 외국에 대한 정벌전이 아니라 자국의 속령인 티베트에 출병한 것이다. 1247년에 티베트 지방의 사가(薩迦) 정부가 고승 반지달 공알견찬(班智達 · 貢嘎堅贊)을 양주(凉州, 오늘날 간쑤 성의 우웨이[武威])로 파견해 몽골 한국의 황자 고단(闊端)을 만나 티베트를 몽골 한국에 귀속시키는 것에 대한 협의를 달성하였다. 1260년에 쿠빌라이가 몽골 칸의 왕위를 이은 뒤 사가 국왕 공알견찬의 조카와 사가파 법왕 파스파(八思巴)를 국사(國師)에 봉하였다.

1265년에 쿠빌라이는 파스파를 대보법왕(大寶法王) · 제사(帝師)에 봉하고, 또 파스파의 추천을 통해 티베트 사무를 총괄할 행정장관과 13개 만호부(萬戸府)의 만호장을 임명하였다. 1290년에 티베트에 내란이 일자 세조 쿠빌라이가 라싸로 출병해 사가정부를 도와 권위를 회복케 하였다. 이는 티베트에 대한 원나라 중앙정부의 통치를 공고히 하게 된 계기가 되었다. 이 부분의 역사적 사실에 대해서 관심을 기울이는 사람은 매우 적다. 그러나 이 역사적 사실은 지구상에서 세 번째로 큰 강인 창장과 다섯 번째로 큰 강인 황허의 모든 유역이 한 정권의 통치에 귀속되었음을 상징한다.

이 책 제1장에서 중국문명은 "자연적으로 이루어진 것"이라고 하였는데, 상고시대에 인류가 생겨나지 않았을 때 황허와 창장은 이미 지구상에 '중국문명권'의 윤곽을 형성하였기 때문이다. 그 후 인류문명은 그 문명권 내에서 생존하고 발전하였으며 분산되었던 것을 하나로 통합하여 송나라시기에 이르기까지 두 강의 상 · 중 · 하류지역을 경제 · 문화의 번영지대로 발전시켰다. 그러나 문명의 두 갈래인 어머니 강의 발원지인 청장고원(青藏高原)은 포함시키지 않았다. 결국 마지막에 원나라가 그 대업을 완성했던 것이다.

'민족국가'의 발전 선율과 중국 '문명의 길'이 서로 교차하며 운행되다

원나라는 전쟁 속에서 시작되고 또 전쟁 속에서 끝이 났다. 1368년 주원장(朱元璋, 1328~1398)이 이끄는 봉기군이 원나라의 대도(大都, 북경)를 공격 점령하고 명나라를 세웠다. 원나라 중앙정부는 몽골초원으로 물러났지만, 여전히 '대원(大元)'으로 자칭하였으면서도 명나라의 인정을 받지는 못하였다. 후세 사람들은 그 정권에 '북원(北元)', '잔원(殘元)', '고원(故元)'등의 칭호를 붙여주었다. 그렇게 몽골은 '원'의 명의를 쟁취하려고 하였으나 그 정권을 대체한 명나라의 뛰어난 인재들은 분명한 명분을 주지 않았다. 1388년에 원나라 통치자 이수데르(也速迭兒)가 '대원'이라는 국호와 원나라가 채용하였던 모든 중국 표지의 부호를 폐지하고 몽골족 전통을 회복하였다.

필자는 인터넷에서 일부 중국인들이 원나라와 청나라를 중국 역사의 일부로 간주하지 않는다는 내용의 글을 읽은 적이 있다. 그 글에서는 또 이론적 근거로 손중산이 광쩌우에서 연설한 「민족주의」라는 제목의 연설문을 인용하기까지 하였다. 사실 손중산은 그 관점에 대해 연설하면서 원나라와 청나라가 중국역사의 일부에 속한다는 사실을 부정하지 않았다. 그는 이렇게 말하였다.

> 수 천 년간 중국은 정치세력의 압박을 받아 완전 망국의 지경에까지 이른 적이 두 차례나 있다. 한 번은 원나라이고 다른 한 번은 청나라이다. 그러나 그 두 차례의 망국은 모두 다수 민족에 의해 망한 것이 아니라 소수민족에 의해 망했던 것으로, 결국은 모두 다수 민족에 동화되었다. 그래서 중국은 정권 면에서 두 차례나 멸망하였던 적이 있지만, 민족은 큰 손실을 당하지 않았다……

필자는 비록 손중산을 존중하고 있지만 그가 '민족주의'관점을 제기한 것은 수 천 년 중국의 문화발전에 대한 그의 인식이 부족하여(예를 들어 그는 "중국이 진 · 한 후부터 모두 하나의 민족이 하나의 국가를 구성하였다"고 주장함) 서양 '민족국가'의 사유에 의해 잘못된 길로 끌려들어가기 쉽다고 항상 생각했다. 그러나 그의 말에서 그는 원나라와 청나라의 통치가 중국문명을 궤멸시켰다고 말하지 않았으며, 중국문명이 그 두 조대에 공백으로 변하였다고 말하지 않았다. 중국역사 속의 조대가 어찌 공백으로 변할 수 있겠는가? 원나라와 청나라는 중국의 수천 년 발전과정의 두 단계(게다가 매우 중요한 단계)로서 누가 인정하건 인정하지 않던 아무 소용이 없는 것이다.

필자는 인터넷에서 한 평론한 글을 본 적이 있는데 참으로 흥미로워 아래와 같이 옮겨 적는다.

> 비록 원나라 통치자도 스스로 중국인이라고 말하고 있고, 원나라도 중국 정통 역사의 중요한 구성부분이 되긴 하였지만, 원나라가 중국이 될 수 있었던 것은 원나라 통치자가 그것을 목표로 삼은 것이 아니라 수단으로 삼았기 때문이다. 그렇다면 원나라 통치자의 목적은 무엇이었을까? 통일된 몽골의 대 제국을 회복하고자 한 것이다. 처음에 칭기즈칸

이 대몽골국을 세우고 사방으로 확장하여 대몽골국을 세계적인 대제국으로 변화시켰을 때, 몽골인들은 확실히 자신들이 중국인이라고 생각한 적이 없었다. 그때 당시 그들은 중국이 다만 몽골제국의 일부라고만 생각하였을 뿐 그 반대는 아니었다. 그런데 세상일은 예측하기 어려운 법이라 그처럼 강대하던 몽골제국이 분열된 것이다…… 1271년 이전에 세계에는 몽골인이 세운 국가가 5개에 달하였다. 즉 대몽골국 · 킵차크한국 · 일한국 · 오고타이한국 · 차가타이한국이다.

그중에서 대몽골국이 종주국이고 그 외 4개국은 속국이었다(오고타이한국은 그런 종속관계를 인정할 생각이 없었음). 종주국으로서의 대몽골국 군주 즉 몽골 칸의 가장 중요한 임무는 바로 이 5개국을 하나로 통일하여 종주국 외 4개국의 속국이라는 입장을 없애고 칭기즈칸이 통치하던 시기처럼 몽골민족의 대통일시기를 다시 회복하는 것이었다. 그런데 그렇게 하려면 어떻게 해야 할 것인가? 무력으로 해결해야 할 것인가? 종주국 외 4개국은 원래 무력이 원인이 되어 분열되어 나갔던 것인데, 만약 또 무력으로 해결하려면 어쩌면 또 어느 부분이 대몽골국에서 분열되어 나갈 지도 모른다. 후에 몽골의 칸은 문화에 의지하는 방법을 생각해냈다.

대몽골국 통치 아래에 처한 중국지역에서 원래부터 "중국은 천하의 중심", "천하의 주인"이라는 이념이 존재해온 터라 대몽골국은 그 이념의 힘을 빌리기로 했다. 그래서 쿠빌라이칸은 국호를 '대원'으로 정한다고 선포하였다. …… '대원'이라는 새 국호가 생겼음에도 불구하고 그 외 4개국은 여전히 제멋대로였으며 천자의 명을 따르지 않았다. 심하게 강요한 결과 해도(海都)의 난이 일어나는 일까지 벌어졌다. 그래서 중국화한 국호를 정해 몽골 여러 부락을 새롭게 통일하려 했던 쿠빌라이의 계획이 수포로 돌아갔다. 그러나 '대원'이라는 국호는 여전히 남았다. 단 그 국호는 칸이 통치하는 범위, 즉 대몽골국 안에서만 존재하였다. 그 '대원'이 바로 중국역사에서의 원나라이다. 몽골족의 주장에 따르면 원나라는 '대원 대몽골국'이고 킵차크한국은 '대원 킵차크한국', 일한국은 '대원 일한국', 오고타이한국과 차가타이한국은 각각 '대원 오고타이한국'과 '대원 차가타이한국'이다.

종합적으로 종주국 외 4개국은 모두 '대원'의 구성부분이지 '대몽골국'의 구성부분은 아니었다. 그러나 이 또한 '대원 황제'의 일방적인 생각일 뿐 그 4개국에 조서를 내릴 경우 '대몽골국'칸의 신분으로만 조서를 내려야 했다. ……그러나 원나라는 '대원'이라는 국호를 폐지하지 않았으며, 그는 여전히 한족 '천자'의 신분을 빌려 천하를 호령하고자 하였으며(4개의 한국도 포함) 이로써 몽골족의 통일을 실현하고자 하였다. 그래서 원나라 통치자가 중국인이 된 것은 그가 중국인이 되는 것을 하나의 수단, 즉 몽골족의 대통일을 이루는 수단으로 간주하였기 때문이다. 만약 그 수단을 이용하지 않고 몽골족의 통일을 이룰 수 있었다면 원나라 통치자는 중국인이 될 필요가 없었을 것이며, 원나라도 중국인 자체의 왕조가 될 수 없었을 것이다. 다행히도 원나라 통치자가 줄곧 그 생각을 가지고 있었기 때문에 비로소 한족과 공동의 세월을 보낼 수 있었던 것이다……[38]

상기와 같은 분석이 논리에 부합한다고 필자는 생각한다. 특히 몽골족의 각도에서 보면 더욱 그러하다. 만약 중국문명의 각도에서 보면 중국문명 생존의 힘을 보아야 한다. 몽골이 중국을 통치하면서 '원'이라는 이

---

38) 「청나라、원나라는 어떻게 중국이 되었는가? -중국역사-전쟁역사논단-휴대폰 전쟁넷(清朝、元朝是怎麼成為中國的? - 中國歷史-鐵血歷史論壇-手機鐵血網)」 wap.tiexue.net/thread_7806057_1.html, 2016년 1월 19일 검색 열람.

름만 사용한 것이 아니라, 전체적으로 중국문명의 일련의 제도를 채택하였기에 유지될 수 있었다. 원나라시기 중국은 '원조(元朝)몽골국'이 아니라 '원조(元朝)중국'이라고 한다. 원나라가 티베트를 중국의 일부로 만들었다. 이는 이전 중국의 조대에서는 이룰 수 없었던 일이다. 원나라가 그렇게 한 것은 중국의 이익을 위한 일이지 중국 밖에 있는 몽골의 '4대 한국'을 통일하기 위한 일이 아니었다. 이는 매우 분명한 사실이다. 원나라의 몽골 통치자가 자신의 목적을 이루기 위해 한화(漢化)를 수단으로 삼아 중국인이 된 것은 크게 비난할 바가 아니다.

영어 속담에 "로마에 가면 일거수일투족을 모두 로마인처럼 하라/로마에 가면 로마법을 따르라?"(When in Rome, do as the Romans do)라는 말이 있다. 몽골 통치자는 바로 그렇게 '대원'이라는 명목 아래 중국문명과 한데 얽히게 된 것이다. 한편 우리는 또 원나라는 '민족국가'발전 선율과 중국 '문명의 길'의 교차점이라는 사실을 보아야 한다. 원나라 백 년 역사의 전 과정에서 이 두 갈래의 길이 잠시 합쳐졌지만, 중국문명의 지속적인 발전에는 방해가 되지 않았다. 이 또한 위에서 인용한 손중산의 언론이 담아내는 의미이기도 하다.

1271년에 원 세조 쿠빌라이가 「건국조서(建國號詔)」를 반포하였다. 그 조서에 "역대 제왕의 대법에 비추어 보고 이전 조대에 제정한 제도에 관심을 기울일 것(稽列聖之洪規, 講前代之定制)", "천하일가의 이치를 따를 것. 『춘추』의 법칙을 본받을 것, 모든 것을 『역경』의 '건원(乾元)'을 중점으로 삼을 것(見天下一家之義。法《春秋》之正始, 體大《易》之乾元)"이라는 말이 있는데, 이는 모두 몽골 전통이 아닌 중국문명의 전통을 강조한 말이다. 쿠빌라이의 10세대에 거친 후계자들 모두 그의 이런 새 전통을 계속 발양하였다. 원나라의 마지막 황제 원혜종(元惠宗, 원순제[元順帝]) 토곤 테무르(圖斡鐵木耳, 1333~1370) 통치 시기 중서성(中書省) 우승상(右丞相)이며 『요사(遼史)』의 저자 토크토(脫脫, 1314~1356)가 다음과 같이 유명한 간언을 하였다. "옛날 제왕은 궁궐에 높이 앉아 매일 대신 · 명망 있는 학자들과 함께 나라를 다스리는 도리에 대해 연구하였사옵니다. 사냥을 하는 것과 같은 일은 제왕의 일이 아니옵니다.(古者帝王端居九重之上, 日與大臣宿儒講求治道; 至於飛鷹走狗, 非其事也)" 쿠빌라이가 원나라를 세우고 '한법을 행'하면서 다른 몽골족 영수들의 반대를 받았다. 그러나 그 반대파 영수들이 세운 몽골 '4대 한국'은 모두 별로 큰 공적을 쌓지 못하여 사람들에게 잊혀 졌지만, 쿠빌라이가 세운 '한법을 행한' 원나라만 중국문명사의 일부분이 되어 대대손손 오래오래 기억되고 있다. 이런 현상이 나타나게 된 주요 원인은 쿠빌라이가 몽골의 통치가문을 이끌고 중국 '문명의 길'의 발전을 이어온 데 있다. 한편으로는 중국이 '문명의 길'을 걷지 않았다면 원나라 역사가 있을 리가 없으며, 다른 한편으로는 중국 '문명의 길'을 진일보적으로 발전시킨 원나라의 공헌을 마땅히 인정해야 할 것이다.

원나라가 '대도'북경을 수도로 정하면서 인구가 급증하자 남방으로부터의 식량 공급이 필요하였다. 세조 쿠빌라이는 수 • 당 시기에 개통한 대운하를 '경항대운하(베이징-항쩌우 구간 대운하)'로 재건하였다. 공사를 끝낸 운하의 총 길이는 1,700여 ㎞로서 낙양을 거쳐 돌아가던 원 수로에 비해 길이가 900여 ㎞나 단축되어 훗날 중국 경제발전에 중요한 기여를 하였다. 원혜종 재위기간에는 수리전문가 가로(賈魯, 1297~1353)를 중용하여 황허를 다스리게 하였다. 가로는 북쪽으로 둑을 쌓아 강줄기를 막고 남쪽으로 수로를 뚫어 황허의 물이 다시 화이허(淮河)에 흘러들게 하여 옛 강줄기를 따라 바다로 흘러들게 하였다. 그 방대한 규모의 공사에

은자 185만 정(錠)의 지폐가 소모되었으며 후세 사람들을 이롭게 하였다. 이에 대해 누군가 다음과 같이 시를 지어 찬양하였다. "가로가 황허를 다스릴 제 은덕도 많고 원한도 많았다네. 오랜 세월이 흘러 은덕은 여전히 남아 있으나 원한은 사라진 지 오라다네.(賈魯修黃河, 恩多怨亦多, 百年千載後, 恩在怨消磨。)"

목화의 원산지는 인도이며 면방직 업은 고대인도의 발명으로서 5천년의 역사가 있다. 양무제(梁武帝) 소연(蕭衍m 464~549)이 6세기 전반기 재위기간에 학건(郝騫) 등 80명을 천축 사위국(舍衛國, 오늘날 인도 북방에 위치한 성 Sravasti)에 외교사절로 파견하였고, 그 후 인도의 굽타왕조(Gupta Dynasty) 국왕이 파견한 외교사절이 국왕의 편지를 가지고 방문해 양무제에게 유리 타호와 잡향(雜香) · 고패(古貝)를 바쳤다.[39] 중국 사서에서 '고패(古貝)', '길패(吉貝)' 등은 모두 인도어 '목화'(karpasa)의 변음이다. 양무제가 받은 인도의 '고패'선물은 면직 두루마기였는데 부드럽고 따뜻하여 매우 즐겨 입었으며 나중에 해져서 기워서까지도 입었다.

'비단길'과 '법보의 길'의 발전에 따라 한나라 후부터 목화 재배와 면방직 업이 점차 중앙아시아(오늘날 중국 신장 일대)에 전파되기 시작하였으며, 원나라 때에 이르러서는 이미 산시(陝西) 성까지 전파되었다. 인도의 목화와 면포 · 면방직 기술은 원나라 때에 바다를 거쳐 전파되어 들어왔으며 '황도파(黃道婆)'가 장쑤(江蘇)성 송장(松江)에서 면방직 공업을 시작하였다는 전설이 있다. 원나라시기에 일부 면포 생산기지가 생겨났고 면포도 중요한 상품이 되었다. 목화 재배와 면방직 공업으로 인해 중국 도시와 농촌경제가 번영하기 시작하였다. 이 또한 중국의 문명발전에 대한

---

39) 탄종과 경인쩡, 『인도와 중국--2대 문명의 교류와 감동』, 2006년, 베이징, 상무인서관, 156, 480쪽.

원나라의 공헌이었다.

중국문명에 대한 목화와 면포(그리고 솜옷)의 공헌에 대해 이해하려면 반드시 두보의 명구인 “붉은 대문 부잣집에서는 술과 고기 향기가 풍겨 나오는데, 길가에는 얼어 죽은 시신이 이리저리 널렸구나.”(“굶어 죽은 시신”이라고 하지 않았음)에 비추어 보아야 한다. 이 시구는 한편으로는 빈부 격차가 현저하였음을 설명하고, 다른 한편으로는 중국에서 옷 입는 문제가 해결되지 않았음을 반영한다(가난한 사람들은 비단옷을 입을 형편이 아니며 삼베옷으로는 겨울에 추위를 막을 수가 없었음). 목화가 전해져 들어오면서 그 문제가 해결된 것이다. 중국인이 솜옷을 입을 수 있게 되었던 것이다. “따뜻하게 입는 것과 배불리 먹는 것(溫飽)”중 ‘따뜻하게 입는 것’은 걱정하지 않을 수 있게 된 것이다. 이런 부분이 원나라 때에는 보편화되지 않았으며 다만 시작에 불과하였을 뿐이었다. 사람들은 이러한 혁명적인 시작을 열렬히 환영하였다.

이는 원나라 문인 사방득(謝枋得, 1226~1289)이 쓴 글들에서 반영된다. 그는 「사동재 · 화부이류형제혜한의유서(辭洞齋、華父二劉兄惠寒衣有序)」와 「사유순부혜목면포(謝劉純父惠木棉布)」라는 제목의 글을 썼는데, 후자의 시구에서 “눈같이 희고 비단처럼 아름답다(潔白如雪積, 麗密過錦純)”라는 말로 면포가 비단에 아름다움을 견줄만하다고 찬미하였다. 그리고 또 “양가죽 옷이 나무랄 바가 아니고, 여우가죽 옷이 따를 바가 안 된다(羔縫不足責, 狐腋難擬倫)”라는 시구에서는 면포가 여우가죽으로 지은 옷과 양 가죽으로 지은 옷보다도 더 따뜻하다고 자랑하고 있다. 더욱이 “큰 갓옷[40]을 지어 입으면 몹시 추운 겨울도 춘삼월보다 더 따뜻하다

40) 갓옷(裘) : 상고시대에 착용한 동물의 가죽으로 만든 포(袍)의 일종

(剪裁爲大裘, 窮冬勝三春)”[41]라고 하였다.

이탈리아의 유명한 여행가 마르코 폴로가 쓴 『동방견문록(東方見聞錄)』(혹은 『마르코 폴로여행기』라고 함)에서는 원세조 통치시기에 사방팔방에서 모여온 외국인 전문가들이 있었는데 쿠빌라이가 그들을 몹시 좋아했으며 그들에게 관직을 봉해주었다고 서술하였다. 이는 아마도 원나라 여러 시기의 전반적인 추세였을 것이다. 즉 유라시아 여러 나라의 문화를 널리 받아들이면서 중국문명을 발양하는 데만 치중하지 않는 추세였을 것이다.

원나라 시기에 불교가 성행하였지만 장전불교(藏傳佛敎)를 유난히 중시하였다. 사서(『원사 · 제사지[元史 · 祭祀志]』)의 기록에 따르면, 1270년부터 원세조가 대전 황제의 보좌 위에 흰 비단으로 만든 양산을 세워놓았는데 양산 위에 금빛으로 산스크리트문으로 된 “악마를 정복하다(鎭伏邪魔, maravijiya)”등의 글자를 써놓았다고 한다. 그리고 또 매년 2월 15일 황제의 스승인 티베트인 파스파(八思巴)가 ‘범승(梵僧, 대체로 중외의 불교 승려를 가리킴)을 인솔해 불교의식을 거행하였다고 기록되어 있다.[42] 그러한 문화적 분위기 속에서 지난 조대에서 남아 내려온 중국학자와 뛰어난 지식인들은 두각을 나타내기가 매우 어려웠다.

원나라 시기에는 수・당 시기부터 시작되었던 과거제도를 폐지하였다가 말기에 이르러서야 다시 회복하였다. 전통적인 중국 지식인들이 사회 중하층으로 전락된 뒤 오히려 민간의 문학과 예술은 더 풍부하게 되

---

41) 탄종과 경인쩡, 『인도와 중국--2대 문명의 교류와 감동』, 2006년, 베이징, 상무인서관, 156, 480쪽.

42) 탄종과 경인쩡, 『인도와 중국--2대 문명의 교류와 감동』, 2006년, 베이징, 상무인서관, 218쪽.

었다. 원곡(元曲)은 원나라 문화에서 새로 떠오르는 별이 되었다.

민족에 대한 압박이 민족적 저항을 초래하다

5호16국 시대에 외래 통치자들은 민족 표지와 모순을 없애려고 애썼다(후조[後趙]의 군주 석륵(石勒)은 사람들이 '호(胡)'자를 입 밖에 내지 못하도록 금하였음). 반면에 원나라의 통치는 반대였다. 원나라시기에는 사회계층을 4개의 등급으로 나누었는데 몽골인 · 색목인(色目人) · 한인(漢人) · 남인(南人)의 순이었다. 2등급인 색목인은 중국에 거주하는 몽골족 이외의 외국인을 가리킨다. 3등급 한인은 원래 금나라 속국의 국민과 최초로 몽골에 점령당한 쓰촨 · 윈난의 백성을 가리킨다. 4등급 남인(몽골인들은 그들을 '만자[蠻子]'라고 부름)은 원래 남송의 백성을 가리킨다. 즉 원나라시기 강절(江浙, 장쑤와 저장을 가리킴) · 강서 · 호광(湖廣, 후난과 후베이를 가리킴) 등 3개 행성(行省)과 하남 행성 남부의 백성을 포함한다.

일반적으로 지방행정장관은 '다루가치(達魯花赤, Daruyaci)라고 부르며 몽골인이 담당하였다. 다루가치 아래에는 색목인 '동지(同知)'와 한인 '총관(總管)'을 두어 그를 도와 통치를 유지하곤 하였다(서로 다른 민족의 '동지'와 '총관'을 두어 서로 감독하고 제약하게 하였는데, 일종의 '이이제이[以夷制夷]'적인 조치였음). 한인과 남인이 무기를 소유하는 것을 금지시켰으며(농민이 사용하는 철제 생산도구마저도 금지목록에 들어 있었음) 그들이 제사를 포함한 집단 활동을 하거나 독수리와 개를 기르는 것도 금지시켰다. 이와 같은 등급제도는 정부 관직의 임명에도 관철되었는데, 몽골인이 제일 우선적이고 그 다음에 색목인 · 한인 순이며, 남인은 기본상 기회가 없었다. 정부가 세금을 징수할 때도 몽골인은 세금을 전부 면제해주고, 색목인은 3분의 2의 세금을 감면해주었으며, 한인과 남인은 세금을 전액 징수하곤 하였다. 법률 처분의 규정제도도 4개 등급에 차별 대우를 하였다. 『원전장(元典章)』의 법령은 기본상 한인과 남인을 대상으로 제정한 것이고, 몽골인은 법령의 구속을 받지 않았으며, 몽골 통치자들에게 아부했던 한족 대부호들도 법령의 구속을 받지 않았다.

중국의 뛰어난 지식인들이 원나라시기에 모두 동면에 들어갔기 때문에 우리는 『동경몽화록(東京夢華錄)』 『몽량록(夢粱錄)』과 같은 원나라의 사회생활에 대한 진실한 정보를 얻을 수가 없다. 한 몽골병사가 30~50호(戶)의 한인과 남인을 관리하면서 백성들 머리 위에 올라앉아 제멋대로 권세를 부렸다고 전해지고 있다. 심지어 집집 별로 차례로 들어가 사는 몽골병사(이들을 가리켜 '가달자[家韃子]'라고 부름)도 있었다고 한다. 민간인들을 감시하는 이들 '달자'들은 백성을 협잡하고 여성을 모욕하였는데 백성들은 그들을 사무치게 증오하였다.

주원장이 봉기를 일으킬 때 민간에서는 "달자를 죽여라(殺韃子)"라고 쓴 종잇조각을 월병(月餠, 중국식 송편) 안에 끼워 넣어 중추절(仲秋節) 밤 모든 사람이 달구경하면서 월병을 먹은 뒤 함께 행동을 개시해 하루 밤 사이에 민간에 주재한 몽골 압박자들을 모조리 죽여 버릴 계획이었다고 전해지고 있다. 중국이 땅덩어리가 그렇게 크고 인구가 그렇게 많은데 몽골 통치자들이 '달자'들을 전국 여러 지역에 파견해 주재하며 지키게 하였다는 것은 불가능한 일이다. '8월 15일 달자를 죽인'이야기도 전국적인 사건일 수가 없었다. 다만 민족에 대한 압박이 필연적으로 민족의 저항을 불러온다는 진리를 상징적으로 반영하였을 뿐이다.

원나라 말기에 형형색색의 민간봉기가 많이 일어났다. 한산동(韓山童) · 한림아(韓林兒) 부자가 이끈 '향군(香軍)', 유복통(劉福通) · 서수휘(徐壽輝) 등이 이끈 '홍건군(紅巾軍)', 진우량(陳友諒)이 이끈 '한군(漢

軍)’, 그리고 주원장이 이끈 봉기부대가 있었다. 한산동은 스스로 인간 세상에 강생한 미륵보살이라고 자칭하였다. 원혜종 재위시기에 15만 명의 노역자를 강제 징발해 황허 치수에 투입시켰는데 전국적으로 원성이 자자하였다. 한산동 등 이들은 돌사람을 하나 새겨 강에 던져 넣었다. 돌사람의 등에는 “눈이 하나뿐인 돌사람이 황허를 선동해 세상에 반란을 일으키고 있다(石人一只眼, 挑動黃河天下反)”라는 글을 새겨놓았다. 사람들이 그 돌사람을 건져내게 되면서 이야기가 널리 전해졌으며 황허 치수에 참가하였던 노역자들과 여러 지역 농민들의 봉기를 불러일으켰다. 한산동이 이끈 반란군은 향을 피우고 부처를 섬겼기 때문에 ‘향군(香軍)’이라고 불렸다. 인도문명의 전통에 따르면 향을 피우면 향의 연기를 통해 신과 교감할 수 있다고 믿었다. ‘향군’은 인도의 전통을 중국 정치생활에 널리 보급시켰던 것이다.

이들 농민 무장 세력의 절대다수는 모두 원나라 통치 아래에 있던 ‘남인/만자’들이 이끈 것이었다. 이는 압박이 심할수록 저항이 더 심하다는 사실을 증명해주고 있다. 무장봉기세력 간에 서로 호응하여 몽골의 통치에 저항하면서 때로는 또 세력 범위를 쟁탈하기 위해 서로 싸우기도 하였다. 마지막에 주원장(1328~1398)이 최종적으로 승리를 거두었다. 주원장은 그를 억누르는 압박의 사슬 이외에 아무 것도 가진 것이 없는 진정한 ‘무산계급’으로 구걸하며 살았던 경력도 있었다. 그는 중국문명 역사에서 ‘거지에서 황제가 된’기인이었다. 그는 당태종 이세민처럼 싸움에 능하였으며 스스로 싸워 강산을 얻었다. 중국문명 역사에 주원장이 등장하는 바람에 싸움을 잘하기로 전 세계에 이름난 몽골군대는 비로소 상대를 만났던 것이다.

주원장은 안훼이성의 가난한 집에서 태어나 어렸을 때부터 지주집 소를 방목하면서 살았으며 부모와 형 · 누나는 그가 어렸을 때 세상을 떠났다. 그는 절에서 심부름을 하는 꼬마 중 노릇을 하였는데 후에 흉년이 들어 그가 살던 절도 망하는 바람에 그는 사방으로 다니며 구걸을 해야만 하였다. 그는 봉기군에 가입한 뒤 자기 수하의 병력을 한림아의 '향군'에 귀속시켰던 적도 있다(불교 신앙이 두 무장세력 사이의 유대가 됨). 주원장은 베이징을 공격 점령하고 원나라 정권을 뒤엎은 뒤 베이징을 정치중심으로 삼지 않고 난징(南京)을 수도로 정하였다('남인'의 뜻을 욕보여서는 안 된다는 의지를 보여줌). 이는 대 통일을 이룬 중국이 처음으로 정치중심을 창장유역에 둔 것이었다.

2. 명나라 때 '지리공동체'내로 되돌아온 '운명공동체'

비록 주원장이 몽골 민족이 통치하는 원나라를 전복시켰지만 거시적으로 세계의 형세를 보면 중국의 대통일된 운명공동체가 '민족국가'세계에 점차 포위되어가고 있었다. 멀리에서는 유럽이 굴기함에 따라 점차 동반구를 향해 꾸준히 호시탐탐 확장을 전개하고 있었고, 가까이에서는 중국 북방의 강대한 군사세력이 원나라의 멸망과 함께 사라지지 않고 있었다. 주원장이 세워 3백년 역사도 채 안 되는 명나라(1368~1644)는 두 '민족국가'(몽골족이 세운 원나라와 만주족이 세운 청나라)의 강대한 운동 사이에 끼인 시대였다. '문명의 길'을 따라 명나라라는 중국 운명공동체는 겨우 2백 년간 잠깐 독립적으로 생존하였을 뿐 전 세계의 거대한 흐름을 바꿀 수는 없었다.

중국 운명공동체가 계속 앞으로 발전하다

진・한・수・당・송시기에 형성된 중국 운명공동체는 비록 군주의 통치 아래 존재하였지만 『대학(大學)』의 "수신 · 제가 · 치국 · 평천하"의 이상에 따라 전개되었다. 훌륭한 황제는 집권하면서 범중엄(范仲淹)이 말했듯이 정도는 다르지만 확실히 "몸은 조정에 있어도 자기 백성들을 걱정하였으며"그들이 통치하는 중국 백성들도 정도는 다르지만 "조정에서 멀리 떨어진 민간에 있어도 자기가 섬기는 임금을 걱정하였다". 바로 이런 "나라를 걱정하고 백성을 걱정하는(憂國憂民)"정신이 중국 운명공동체를 공고히 할 수 있었다. 원나라 통치 아래에서는 이런 정신이 민족 압박과 민족 원한에 가려져 중국 운명공동체의 품질이 크게 저하되었다. 명나라를 세운 명태조(明太祖) 주원장(1368~1398년 재위)은 민족 압박과 민족 원한의 악성 순환 속에서 중국을 해방시켰을 뿐 아니라, 중국 운명공동체가 백 년간 당한 손해를 많이 수습하였다.

마오쩌동은 중국 역사상 두 명의 "유능한 임금"을 가장 좋아하였다. 그 중 한 사람은 당태종 이세민이고, 다른 한 사람은 명 태조 주원장이었다. 전자는 '정관의 치(貞觀之治)'를 이루었고, 후자는 '홍무의 치(洪武之治)'를 이루어 두 명 다 후세 사람들에게 찬양을 받고 있다. 마오쩌동은 특히 '무식쟁이'주원장을 찬양하였다. 사실 주원장은 대오를 이끌고 각지를 전전하며 싸워 황제의 보좌에 오를 때는 독학을 거쳐 문화인이 된 지가 오래되었다. 황제가 된 뒤 매일 평균 2백여 건의 상주문을 읽고 처리해야 했으며, 또 조정대신들에게 명해 2년 동안 탐오를 숙청해야 한다는 강령인 『대고(大誥)』를 편찬하게 한 뒤 직접 교정까지 하였다. 그를 계속 '무식쟁이'로 보는 것은 그에게 대해 공정하지 않은 시각이다. 그는 당태종을 본받아 탐오를 엄히 징벌하였으나 '정관의 치'때처럼 탐오를 모조리 없애지는 못하였다. 그는 또 한문제를 본받아 절약하는 생활을 하였다. 그는 스님 출신이었기 때문에 채식이 몸에 배어 궁에서 매일 아침 식사를 야채 위주로만 하였다. 거기에 두부 한 그릇을 추가한 것이 황제로서 누릴 수 있는 특수한 향수였던 셈이었다. 주원장은 남경에 있는 황궁 내에 어용 채소밭을 일구어 채소를 심어 황궁 내에서 먹는 채소는 자급자족하도록 하였다. 그 어용 채소밭의 개척자와 총지휘가 명태조 뒤에 있던 현처였음은 의심할 나위 없다. 주원장의 황후 마씨(馬氏)는 궁중 내에서 유명한 인물이었다. 그녀는 원래 원나라 말기 봉기군 지도자 중의 한 사람인 곽자흥(郭子興, 1312~1355)의 수양딸이었다. 주원장은 곽자흥에게 의탁해 혁혁한 전공을 세운 덕에 출세했던 것이다. 곽자흥은 그를 중용하였으며 또 수양딸을 그에게 시집보냈다. 주원장과 마씨는 어깨를 나란히 하며 싸우면서 생사를 넘나들었으며, 고락을 같이하였다. 주원장은 왕위에 등극하자마자 마씨를 황후에 봉하였다.

명나라 초기에 이런 한 쌍의 농민부부를 가장 훌륭한 사람으로 삼은 것은 중국문명의 빛나는 부분이었다. 중국은 송나라시기부터 밭에 나가 일을 하지 않는 중상층사회의 여성이 전족을 할 것을 제창하였으며 이를 '미'로 간주하였다(실제로는 여성에 대한 학대로서 어린 여자아이가 받아야 하는 고통은 이루 다 말할 수 없을 지경이었음). 강도 높은 체력 노동에 종사해야 하는 농민 여성들은 모두 전족을 하지 않았다. 마씨가 바로 그랬다. 수도에 사는 사람들은 그녀를 '마 큰 발(馬大脚)'이라고 불렀다. 그녀가 황후의 자리에 막 올랐을 때는 궁을 나가 걸어 다니기를 즐겼었는데 전족하지 않은 그의 큰 발이 사람들의 조롱거리가 된 후부터는 문밖으로 잘 나가지를 않았다. 그녀는 입궁한 뒤 절약하는 생활습관을 계속 유지하였으며, 자신의 친척이 관직에 앉아 권력을 장악하지 못하도록 함으로써 명 태조 대신 외척의 우환을 막아버렸다. 그녀는 중국의 전형적인 현처양모 형 여인으로서 남편이 훌륭한 황제가 되기만을 바라는 마음뿐이었으며, 또 적지 않은 대신의 목숨을 구했다. 명태조도 그녀를 많이 사랑하였는데 그녀가 세상을 떠났을 때 명태조는 몹시 슬퍼하였으며, 그 후에 새 황후를 책봉하지 않았다. 민간에서는 그녀의 '큰 자애로움'을 칭송하는 노래도 생겨났다.

명태조의 정책으로 인해, 명나라 관료들의 녹봉이 역대 최저 수준이었으며, "백성이 즐거움을 느낄 수 있도록 관료들이 수고할 것(民樂則官苦)"(당태종의 『금경서[金鏡書]』 중의 말)을 제창하던 당나라시기보다 더 낮았다. 주원장이 실행한 "국민의 부담을 줄이고 생활을 안정시켜 원기를 회복시키는"정책으로 인해 나라의 원기가 빠르게 회복되었다. 명태조는 백성들에게 황무지를 개간할 것을 격려하고(개간한 뒤 그 땅에 대한 소유권을 가지도록 함) 군민 둔전제도를 대대적으로 실행하였다. 그는 전국적으로 수리건설을 대대적으로 진행하였으며, 목화 재배를 격려하여 목화 재배가 푸젠 · 광동 · 장시 · 후난 · 후베이 및 북방의 허베이 · 허난 · 산동 등지에 널리 보급되었다. 수도(난징) 부근의 강남지대는 더욱이 목화 생산의 근거지로서 논밭이 온통 흰색으로 뒤덮였다.

일부 지역은 목화의 생산 면적이 경작지 총면적의 80%를 차지하였다(전통적인 벼 재배 면적이 20%로 줄어듦). 본 장 앞에서 목화 · 면포 · 솜옷(솜이불까지 추가해야 함)이 중국 사회생활에 혁명적인 변화를 가져다주었으며, 중국 일반 백성들을 도와 따뜻하게 입고 배불리 먹는 문제 중 '따뜻하게 입는'큰 문제를 해결하였다고 말한 바 있다. 명나라시기에는 그 문제를 해결하였을 뿐 아니라, 또 중국을 일약 면포 수출국으로 부상시켰다. 명나라 때부터 국제시장에 중국 면방직품이 등장하기 시작하여 영문으로 '남경포(南京布, nankeen)'로 불렸는데, 바로 장쑤 성에서 나는 유명한 면포 '부주(府綢)'가 그것이었다. '부주'는 초기에는 동남아와 면포의 조국인 인도로 팔려 나가다가 후에는 영국과 유럽으로 팔려 나갔으며 오늘날에 이르러서도 전 세계에 널리 알려져 있다.

아이러니한 것은 주원장이 농민봉기 지도자의 신분으로 원나라를 뒤엎고 새로운 정권을 세웠으나 여러 지역의 농민을 도와 원나라시기부터 존재해온 대지주가 관청에 의탁해 농민을 착취하고 압박해온 상황을 철저히 바꾸지는 못하였다는 사실이다. 주원장이 봉기를 일으켜 성공한 사례가 오히려 전국 여러 지역 농민이 본받도록 더욱 격려하는 역할을 했던 것이다. 따라서 주원장의 홍무 연대는 중국 역사상 농민봉기가 가장 잦았던 시대였다.

봉기의 규모는 수십 명의 작은 규모에서 수십 만 명에 이르는 큰 규모까지 다양하였으며, 여기저기서 잇달아 일어나곤 하였으며, 광동 · 광시 · 푸젠 · 장시 · 호광 · 쓰촨 · 산시 · 산동 · 저장 등 성에 널리 퍼졌다. 이전에 '향군' · '홍건군'과 연계가 있던 민간의 비밀조직인 백련교(白蓮教)도 많은 지방의 농민 봉기에 가담하였다. 주원장이 죽은 뒤에도 농민봉기는 여전히 끊임없이 일어났다. 가장 유명한 것은 명성조(明成祖) 주체(朱棣, 1360~1424) 재위시기인 영락(永樂) 18년(1420년) 2월에 산동 칭저우(青州)지역에서 일어난 당새아(唐賽兒)가 이끈 농민봉기였다.

당새아(1399~?)는 백련교의 여성 지도자인데 포대(蒲臺, 오늘날 산동 성 빈저우난[濱州南]) 사람이다. 1420년에 익도(益都, 오늘날 산동성 칭저우[青州])의 사석붕채(卸石棚寨)에서 스스로 '부처의 어머니'라고 자칭하며 무리를 이끌고 봉기를 일으켰다. 그 시기 명성조가 수도를 난징에서 베이징으로 옮기며 궁전을 대대적으로 건설하고, 또 인력을 조직해 남방의 식량을 북방으로 수송하였으며, 운하를 파기 시작하면서 산동지역에서 잇달아 수십 만 명의 인부를 징발하는 바람에 농민들이 막심한 부역 부담에 시달렸다. 중국역사에서 드문 여성 봉기 지도자 당새아가 이끄는 농민봉기는 폭정에 저항하는 성질을 띠었기 때문에 호응하는 사람이 많았으며 기세가 드높았다. 조정에서는 정예군대를 파견해 정벌에 나섰으며 당새아의 본부를 포위하였다.

당새아는 말로는 항복할 것을 약속하고 밤에 관군의 병영을 기습하였다. 그러나 포위를 당하게 되자 포위망을 뚫고 도주하였다. 봉기는 1개월도 채 안 되어 평정되었으며 당새아는 어디로 갔는지 알 길이 없었다. 명성조는 그녀가 삭발하고 비구니나 여도사들 사이에 숨어들었을 것으로 의심하고 베이징과 산동 경내에 있는 모든 비구니와 여도사를 베이징에 잡아다 심문하였다. 그 뒤 또 여러 차례나 전국 범위에서 출가한 여성을 잡아들였으나 줄곧 당새아의 행방을 알 수가 없었다.

명성조와 '영락성세(永樂盛世)'

바로 앞에서 당새아가 농민들을 이끌고 봉기를 일으킨 것은 폭정에 저항한 성질을 띤다고 말하였다. 그러나 역사서에서는 명성조 주체의 재위 기간인 영락 연대(1403~1424)를 '영락성세'라고 칭하고 있다. 중국 역사는 서로 다른 측면에서 바라볼 경우 항상 정반대의 결론을 얻어낼 수 있다. 명성조 주체도 명나라 군왕 중의 유명 스타이며 국외에서는 더욱 유명하다. 그에게는 두 가지 범상치 않은 사적이 있다. 하나는 당태종처럼 제위를 찬탈한 것이고, 다른 하나는 정화(鄭和)를 서양으로 파견한 것이다. 주체가 등극하기 전에 처한 상황은 당태종 이세민과 매우 흡사했다. 이세민이 등극하기 전에 진왕(秦王)에 봉해졌고, 나라를 세우는 데 공을 세웠으며, 뭇 사람의 촉망을 받았고, 강대한 군사력을 가졌던 것과 마찬가지로 주체는 베이징 일대에 주둔하면서 도성을 수비한 연왕(燕王)이었고, 몽골 세력을 무너뜨린 공신이었다. 그러나 그는 명태조의 막내(넷째) 아들이어서 황위를 물려받을 수 있는 직계 후계자가 아니었다. 그러나 상황이 바뀌어 황제인 아버지가 승하하기 전에 그의 세 형이 모두 세상을 떠났다. 그렇게 되면 황위는 당연히 그에게 돌아가야 했지만, 황후를 모시던, 이미 오래 전에 세상을 떠난 후궁이 몰래 손을 써놓았던 탓에 '황태손'주윤문(朱允炆)이 명태조의 황위를 이어 명혜제(明惠帝)가 되었다.

혜제가 즉위하자 조정의 삭번(削藩, 번국[藩國]의 관할지를 삭감하는 것)이 두려웠던 황숙이자 연왕인 주체는 반란을 일으켰다(당태종이 일으켰던 '현무문의 변[玄武門之變]'과 마찬가지로 유명한 '정난의 변[靖難之變]'. 혜제가 군사를 파견해 진압에 나섰으며 3년간의 고전이 이어졌다. 주체가 난징까지 쳐들어오자 혜제는 대세가 이미 기운 것을 알고 황궁 안에 앉아 사람을 시켜 불을 놓아 궁전을 태워버리게 하였다. 후에 주체가 불에 타서 폐허가 된 궁전을 깨끗하게 청소하였는데 혜제의 시신은 발견되지 않았다. 혜제는 불이 나 혼란한 틈을 타 도주한 것이 분명했다. 주체가 등극한 뒤 전국을 샅샅이 뒤졌지만 그의 행방을 찾을 길이 없었다. 명성조는 23년 통치기간에 처음에는 행방불명이 된 혜제를 대대적으로 수색하였고 후에는 실종된 여성 지도자 당새아를 대대적으로 수색하였으나 두 번 다 실패하고 말았다.

명성조의 '영락성세'는 비록 당태종의 '정관의 치'와는 비교할 수 없지만, 명나라시기에는 서로 등을 맞댄 '홍무의치'와 '영락성세'가 있어, 중국의 운명공동체를 새롭게 공고히 함으로써 중국 운명공동체가 '문명의 길'을 따라 잘 나갈 수 있게 하였다. 한나라의 '문경의 치' · 수나라의 '개황성세'·당나라의 '정관의 치'와 '개원 성세'및 송나라의 번영된 모습은 마치 중국 운명공동체의 '문명의 길'위에 세워진 이정표와도 같다. 중국 운명공동체의 지속적인 발전은 마치 중국 남방 여행에서 볼 수 있는 '산 넘어 또 푸른 산(山外青山)'이라는 말이 생길 정도로 산봉우리가 끝없이 이어지는 것과도 같은 모습이었다. 명성조의 '영락성세'는 또 다른 산봉우리였다.

'영락성세'와 나란히 유명한 것은 영락 연간에 편찬한 『영락대전(永樂大典)』이다. 『영락대전』은 인류 역사상 최초로 책 권수가 가장 많은 대백과전서로서 세계 문명사에서 높은 명성을 얻고 있다. 애석하게도 명성조가 직접 감독하고 수백 명의 조정대신과 학사가 다년간 심혈을 기울여 편찬한 22,937권, 11,095책, 약 3억 7천만 자에 이르는 그 유서(類書, 백과전서)가 지금은 겨우 4%(800권)만 전해져 내려오고 있을 뿐이다. 명성조는 『영락대전』의 총 설계사이자 처음으로 이를 향유했던 사람이었다. 중국역사에는 책읽기를 즐겼던 황제가 적지 않다.

송 태종 조광의(趙光義, 976~997)가 이방(李昉, 925~996) 등 이들에게 1000권에 달하는 『태평어람(太平御覽)』과 500권에 달하는 『태평광기(太平廣記)』를 편찬할 것을 명해 역사적으로 미담이 되었으나 『영락대전』과는 비교도 안 된다. 명성조가 필요로 했던 것은 중국에서 문자가 생긴 후부터 시작해 모든 책 속에 기록되어 있는 천문·지리·'음양'(철학)·의술·'승도(僧道)'(종교)·기예 등 정보를 모두 책 한 부에 수록하여 참고할 수 있게 만든 책이었다. 책이 다 만들어진 뒤 그가 『영락대전』('영락'은 그의 통치 연호임)이라고 제목을 달았다. 그는 늘 책을 지니고 다니면서 필요한 정보를 찾아 읽곤 하였다. 책은 원래 한 부뿐이었는데 후에 황궁에서 한 부를 더 베껴 만들었다. 그 『영락대전』 2부 중 한 부는 베이징의 황궁에 보존하고 다른 한 부는 난징의 행궁에 보존해 두었다.

중국문명이 보물고와 같다면 『영락대전』은 그 보물고 안에 들어 있는 가치를 매길 수 없는 보물과도 같다고 할 수 있다. 먼저 중국문명이 '문명의 길'위에서 보고 들은 내용들을 중국이 발명한 필과 묵 · 종이를 이용해 수천수만 권의 책으로 써내거나 인쇄한 다음 많은 정력과 시간 · 지혜를 쏟아 수천수만 권의 책 속에서 진귀한 정보를 수집 정리해 『영락대전』으로 편찬한 것이다. 그런데 그 『영락대전』이 잘 보존되지 않은 탓에 중국문명 중 수많은 진귀한 정보도 산실된 『영락대전』과 함께 사라져버렸다. 애석하기 그지없는 일이다. 그나마 남아있는 800권 중에서도 베이징 국가도서관(원 베이징 도서관)에 소장된 161책과 타이베이(臺北) 고궁박물원에 소장된 62책을 제외하고 그 외 부분은 모두 영국 · 미국 · 독일 · 일본의 여러 도서관과 박물관에 널려 있다. 그 『영락대전』의 결본은 세계의 문화 보물이다.

명성조 통치 시기 집권 기관은 '내각제'로 유명하다. 그는 학문이 깊은 대학사(大學士)들로 '내각'을 구성하고 수시로 그들과 국사를 논하였다. 그러나 내각 구성원은 여러 부서의 지도자를 겸임하지 못하게 하였으며 일상 행정에 간섭할 수 없도록 하였다. 구경(九卿) 관원이 조정에서 상서를 올려 의논할 때도 내각에 통지하지 않았다. 현대 국회와 내각 기능이 분리된 현상과 비슷하다. 명성조가 연호를 '영락'이라고 정한 데는 '영원히 백성들과 동락하겠다'는 의미를 담고 있다. 그의 치국방침은 "가급인족(家給人足, 집집마다 먹고사는 것에 부족함이 없이 넉넉함)", "사민소강(斯民小康, 일반 백성이 먹고 살만함)"이라는 8자를 지도방침으로 삼았다. 이는 중국정부 최초로 '소강(먹고 살만한 중등 수준의 생활)'이상을 제기한 것이다.('소강'이라는 단어의 출처는 『예기 · 예운 · 대동편[禮記 · 禮運 · 大同篇]』이며 "바른 도리가 이미 사라져버려 …… 사람들은 제각기 자신의 친인을 친인으로 생각하고 자신의 자녀를 자녀로 여기며 재물과 노동력은 모두 자기 개인의 소유로 삼는다[今大道旣隱……各親其親, 各子其子, 貨力為己]"고 하는 사회현상을 가리키는 말로서, '대동(大同, 온 세상이 번영하여 화평하게 됨)'과는 대립되며, 부정적인 의미를 띰) 명성조는 덩샤오핑(鄧小平)보다 600년 앞서 '소강'을 긍정적인 개념으로 바꿔놓은 것이다.

명성조는 한편으로는 조세를 경감케하고 재난이 일어나는 즉시 구제하는 체제를 제정하고, 다른 한편으로는 관리들에게 민간에 깊이 파고들어 백성의 상황을 살피게 하여 재해가 닥쳤을 경우 반드시 사실대로 보고할 것을 요구하였으며, 이를 어긴 자에게는 처분을 내리곤 하였다. 1412년에 500여 명의 지방관리가 조정에 들어와 황제를 알현했는데 그는 매 관리에게 현지 백성의 상황에 대해 상세하게 아뢸 것을 요구하였으며, 민간의 질곡(桎梏)에 대해 아뢸 수 있는 자에게는 죄를 묻지 않았다. 영락 연간에 정부가 거둬들인 조세 규모가 명나라시기의 최고봉에 달하였는데, 이는 민간의 생활이 부유하였음을 간접적으로 반영하고 있다.

중국의 하천은 모두 서부지역에서 발원해 동으로 흐르고 있다. 중국 인민이 큰 힘을 들여 남방에서 북방으로 통하는 대운하를 개통한 공적은 만리장성에 견줄만 하다. 원나라시기에 베이징에서 항쩌우까지 경항 대운하를 개통하였으나 유지보수에 소홀히 하여 수로가 자주 막히곤 하였으므로 사람들은 운하를 이용한 운송을 포기하고 해운에 종사하게 되었다. 그러나 해운은 또 태풍의 위험으로 어려움이 있어 이상적인 운송수단이 아니었다. 명성조가 베이징으로 수도를 옮긴 뒤 초기에는 하천 운수와 해운을 병용하는 정책을 실행하여 수도의 식량과 기타 물자 공급을 보장하였다. 후에는 아예 대운하를 전면 준설하여 하천 운수와 해운을 병용하는 역사를 종말 지음으로써 화동(華東)지역의 경제 발전에 지대한 공헌을 하였다.

인도불교에는 8대 보살이 있다. 그중에서 미륵보살(Maitreya)은 중국에서 미래불(未來佛)로 바뀌고 약사보살(Bhaisajyaguru)도 중국 민간에서 약사불로 떠받들어지게 되었다. 그 외 중국 참배자들이 가장 많이 참배하는 4대 보살이 있어 4대 불교 명산이 점차 형성되었다. 그 4대 불교 명산으로는 관음보살(Avalokites vara)이 있는 저장성의 푸투어산(普陀山), 문수보살(Manjusri)이 있는 산시성의 우타이산(五臺山), 보현보살(Samantabhadra)이 있는 쓰촨성의 어메이산(峨眉山), 지장보살(Ksitigarbha)이 있는 안훼이 성의 지우화산(九華山)이다. 원세조(元世祖)는 1214년에 조서를 내려 4대 명산을 4대 보살의 귀숙지로 확정하였다. 원영종(元英宗) 석덕팔랄(碩德八剌, 1302~1323)은 직접 우타이산에 올라 성지를 참배한 적이 있다.

명성조도 우타이산 성지와 연관이 있었다. 1414년 티베트 총카파가 명성조의 조서를 받고 대제자인 석가야협(釋迦耶協)을 난징에 파견, 입궁해 황제를 알현하도록 하였다(그는 먼저 우타이산에 가서 참배한 뒤 난징으로 감). 1415년에 석가야협이 명성조를 위해 '관정(灌頂, 수계[受戒]를 받고 불문[佛門]에 들어갈 때에 물을 정수리에 끼얹는 의식)'의식을 행하였으며, 명성조는 그를 "묘각원통혜자보응보국현교관정홍선서천불자대국사(妙覺圓通慧慈普應輔國顯教灌頂弘善西天佛子大國師)"에 봉하였다. 석가야협은 훗날 우타이산에 살았는데 명성조가 여러 차례 사절을 파견해 선물을 보내주었다.

인도의 대 문호 타고르(Rabindranath Tagore)는 인도의 전통에 '행승(行僧, 몸으로 견디기 어려운 일들을 통하여 수행을 쌓는 중을 가리킴, wandering ascetics)'과 '가원주(家園主, 가구주, householder)'2대 요소가 존재한다고 말하였다. 인도불교의 보살은 2천여 년간 꾸준히 '행승'의 삶을 살았다. 그 중에서 4대 보살은 중국에서 4대 명산의 '가원주'가 되어 전 세계(인도 포함) 숭배자들이 참배할 수 있는 성지를 마련하였다. 오늘날 4대 명산을 찾는 여행객들의 눈에 들어오는 고대 건물의 대다수가 명나라 때 건설하기 시작한 것이며, 청나라와 중화민국(1912~1949) · 중화인민공화국이 창립된 이래 꾸준히 보수하고 확충해왔다. 불교문화는 중국의 '문명의 길' 발전 위에 펼쳐진 아름다운 경치이다.

원나라 시대에 티베트가 자발적으로 중국 운명공동체에 가입하였으며, 티베트에 내란이 일어났을 때 원나라 정부가 파병해 내란을 평정하기도 하였다. 명나라 시기에는 티베트에 군대를 파견하지 않았지만, 티베트는 계속 중국 운명공동체의 구성부분이 되었다. 명나라 이후 청나라 시기 중앙정부와 티베트의 관계가 원나라시기보다 더 밀접해졌으며, 여러 차례 라싸로 출병하기도 하였다. 명나라 시기에는 티베트로 출병하지 않았으며, 티베트와의 관계도 그 전과 후의 두 외래 정권시기보다 친밀하지 않았다.

종합적으로 명나라 시기에는 중국 운명공동체의 일부로서의 티베트의 기본 형세에 변화가 없었다. 티베트의 고승 석가야협이 조서를 받고 난징으로 와 명성조를 알현하고, 또 명성조가 그를 '국사'로 봉한 것이 이를 증명해주고 있다. 명성조는 원나라 시기 티베트의 불교 지위를 존중하던 정책을 계속 유지하는 한편 또 티베트에 대한 중앙정부의 지도적 권리와 직책을 이행하였다. 명나라시기에 그들이 황제를 알현하러 오는 것을 환영하였기 때문에 티베트 불교 승려들은 잇달아 단체로 난징(후에는 베이싱)으로 오곤 하였는데 질서가 혼잡하였다. 그들이 경유하는 길목에 위치한 지방정부들이 모두 그들을 접대해야 하였는데 부담이 막중하였다. 명성조는 티베트지역에 일련의 승관(僧官)제도를 제정하여 승관을 교왕(教王) · 서천불자(西天佛子) · 대국사(大國師) · 국사(國師) · 선사(禪師) · 도강(都綱) – 라마(喇嘛) 등의 등급으로 나누었다. 후에 명나라 정부는 명을 내려 티베트 승려의 수도 방문을 제한하였으며, 등급에 따라 경계선을 정해 놓았다. 예를 들어 명헌종(明憲宗) 주견심(朱見深, 1447~1487)은 1465년에 조서를 내려 티베트 '국사'이상 등급의 승관만 수도로 올라와 황제를 알현할 수 있도록 허용하였으며 대표단 인원수도 150명을 넘기지 못하도록 제한하였다.

앞에서도 말했다시피 명나라시기에 중국 운명공동체의 일부로서 티베트의 기본 형세에는 변화가 없었다. 다시 말하면 원나라 초기부터 명나라에 이르기까지 티베트는 독립국가가 아니었다. 그 후 청나라시기에 이르러서는 더욱 그러하였다. 이 부분에 대해 수많은 국외 인사들은 모두 명확히 알지 못하고 있다. 중국에서도 많은 사람들이 티베트 역사에 대해 논할 때 원나라와 청나라시기만 강조하고 티베트에 대한 명나라 중앙정부의 통치에 대해 강조하지 않고 있기 때문에 국제사회의 오해가 더욱 깊어졌던 것이다.

정화의 서양 원정 목적과 성격

명성조는 영락 3년(1405년)에 환관 정화에게 2만 8천 명의 관원 · 승려 · 학자 · 병사 · 선원에 240여 척의 크고 작은 선박(그중 62척은 길이가 44장[丈], 너비가 18장에 달하는 대형 선박임)으로 이루어진 방대한 대오를 거느리고 인도양으로 나가 동남아(오늘날의 인도네시아와 말레이시아)와 인도의 고리국(古里國, 오늘날의 남인도 코지코드/Kozhikode)을 방문하도록 하였다. 방문에서 돌아온 그들의 보고를 들은 뒤 명성조는 또 5차례나 정화에게 대오를 거느리고 인도양의 여러 나라를 방문하도록 하였다. 명성조가 세상을 떠난 뒤 그의 뒤를 이어 황위에 등극한 명선종(明宣宗) 주첨기(朱瞻基, 1426~1435년 재위)가 또 정화를 파견해 일곱 번째로 인도양 연안의 국가들을 방문하게 하였다.

정화는 인도 남부의 고리국 바다에서 죽었다. 사람들은 정화의 서양 원정과 콜럼버스가 신대륙을 발견한 것을 동일시하고 있다. 정화의 서양 원정 시기는 콜럼버스의 탐험시기보다 더 이르며 선박도 훨씬 더 많고 항해거리도 훨씬 더 멀며(정화의 서양 원양 항해 총 길이는 7만여 해리에 이르는데 지구를 에워싸고 세 바퀴 돌 수 있는 거리임) 활동과 교류도 콜럼버스의 탐험보다 몇 배나 더 많은지 알 수 없을 정도이다. 콜럼버스의 탐험은 새로운 대륙의 발견과 새로운 식민지의 확장을 초래한 반면에 정화의 서양행은 세계에 아무런 변화도 일으키지 않았다.

콜럼버스는 죽은 뒤 세인들에게 영원히 기억되고 있으며, 아메리카주의 많은 나라들에서 매년 '콜럼버스의 날'(미국의 '콜럼버스의 날'은 나라의 명절로서 10월의 두 번째 월요일로 정해져 있으며, 주말 휴일을 하루 더 연장해 사람들이 휴가를 즐길 수 있도록 하고 있음)을 기념하고 있다. 이와 반면에 정화는 오래 전에 이미 사람들에게 잊혀졌다. 요즘 많은 일반 중국인들에게 정화는 너무 낯선 이름이 되었다. 이에 대해 요즘 중국 여론들에서는 불만을 표하고 있다.

600여 년간 정화의 서양 원정 목적과 성질에 대해 사람들은 아무리 생각해도 알 수가 없어 하고 있으며 그 답에 대해 말할 수 있는 사람은 아무도 없다. 그 문제에 대해서는 외국 학자들이 중국학자들보다 훨씬 큰 흥미를 느끼고 있다. 국제 전략 전문가들은 이를 두고 잠깐 나타났다가 바로 사라져 버린 '중국 해군의 굴기'로 보고 있으며, 정화를 근거도 없이 '해군 대장(admiral)'이라고 부르기도 한다. 국제관계 학자들은 그 시기 중국이 영역과 세력 범위를 확장하려는 야심이 있었던 것으로 의심하고 있다. 위의 중국 여론의 불만과 국외학자들의 의심은 모두 사람들이 중국의 '문명의 길'발전과 서양 '민족국가'의 정복 확장 선율 간의 경계를 분명히 구분하지 못해서 생긴 것이다. 정화는 전자에 속하고 콜럼버스는 후자에 속한다. 양자를 동일시해서는 안 된다. 정화의 서양 원정 목적과 성격에 대해 분석함에 있어서 관건은 그것이 중국발전의 '문명의 길'의 일부인지 아닌지 여부를 확정짓는 것과 '문명의 길'에서 벗어나 서양 '민족국가'의 정복과 확장의 잘못된 길에 들어섰는지 여부를 확정짓는 것이다.

여러 측면으로 관찰해 보면 정화의 서양 원정은 중국 '해군의 굴기'도 아니며 영역과 세력 범위를 확장하려는 야심이 있는 것도 아니었음을 알 수 있다. 이는 세상이 다 알고 있는 명백한 사실이다. 중국은 '민족국가'의 잘못된 길에 들어서지 않았다. 그렇기 때문에 중국의 '문명의 길'발전의 논리에 따라 문제를 대해야 한다. 중외에서 유명한, 정화의 7차례 서양 원정사건은 비록 계획적이고 조직적이며 임무를 가지고 간 것이기는 하지만, 전반적인 역사 발전을 보면 매우 큰 우연성이 존재하기 때문에 돌발사건으로 볼 수밖에 없으며, 그 시기 중국의 국내정치와 대외 외교 발전추세의 필연적인 결과로 볼 수는 없다.

명성조는 집권 23년간 박력이 넘치긴 하였지만 매우 실무적이며 진중하였다. 군사 분야에서 그는 두 차례 큰 행동을 폈던 적이 있다. 한 번은 안남으로 출병해 속국을 안정시킨 것이고, 다른 한 번은 몽골 정벌에 직접 출정해 북방 유목민족의 위협을 철저히 궤멸시켜버린 것이다. 명성조가 안남으로 출병한 것은 1406~1407년이고, 정화를 파견해 6차례 서양 원정에 나서게 한 것은 그가 등극한 세 번째 해부터 그가 세상을 떠나기 2년 전까지 사이였다. 정화의 서양 원정과 명성조가 안남으로 출병한 것은 전혀 연관이 없는 일이다. 명성조가 몽골 정벌에 직접 출정한 것은 1409~1424년(명성조가 세상을 떠난 해)이며 마지막 두 차례의 출정은 정화가 여섯 번째로 서양에 나갔다가 귀국한 뒤였다.

명성조가 몽골 정벌에 직접 출정한 것과 정화의 서양 원정은 북쪽과 남쪽으로 방향이 갈리며 몽골 정벌에 직접 출정한 것이 중점이다. 몽골 정벌에서 그가 소모한 정력과 나라의 재력은 정화의 서양 원정에 소모한 것보다 훨씬 많다.

명성조의 다섯 차례 몽골 출정과 정화를 여섯 차례 서양으로 파견한 것은 거의 동시에 발생한 일이며, 이 두 행동은 하나의 정치 배경에서 비롯된 것이다. 그것은 바로 명성조가 왕위를 찬탈해 등극한 황제로서 반드시 뭔가 성과를 이루어야 했으며, 정치적 업적을 쌓는 것으로 그의 부하와 백성들이 그의 제위 찬탈 행위에 복종할 수 있도록 하기 위함이었다. 그가 다섯 차례 몽골 정벌에 직접 출정한 것은 직접 출정하지 않으면 국경지대에서 소란을 피우며 도발하는 몽골 부락을 제거할 수 없었기 때문이었다. 다섯 차례 직접 출정해 모두 대승을 거둠으로써 그와 미래 후계자의 위망을 크게 떨쳤다.

그가 제일 처음 정화를 서양으로 파견한 것은 인도양 국가들에 대해 도발하기 위해서가 아니라, 실종된 명혜제를 찾기 위한 것이 원인 중의 하나였을 수도 있다(명성조가 아무리 애를 써도 명혜제를 찾을 수 없는데다가 그가 해외로 도주하였다는 소문까지 있었음). 정화의 대오가 처음 서양에서 돌아왔을 때, 명혜제의 소식을 얻지 못하자 두 번째로 정화를 서양으로 파견하면서부터는 명혜제를 찾으려는 목적이 더 이상 없었다. 그러나 처음에 정화가 서양 원정에서 순조롭게 돌아오면서 선물과 정보도 가지고 왔으며 인도반도 국가들이 외교사절을 파견해 난징으로 와 명성조를 알현하기에 이르고 황제의 위망을 떨치는 역할도 하였다. 그 후 거듭된 서양 원정에서 선물과 정보를 점점 많이 얻을 수 있었으며, 인도양 국가들이 외교사절을 파견해 난징으로 와 황제를 알현하는 일도 점점 더 빈번해져 눈덩이처럼 갈수록 커져갔다. 이러한 발전은 논리적인 것이다.

정화가 일곱 차례 서양으로 나갈 때마다 인도반도의 고리국(Kozhikode)에 이르곤 하였는데 정화는 고리국 해변에 주재하면서 부하 관원들을 외교사절로 다른 나라에 파견하곤 하였다. 명성조 정부와 고리국은 친밀한 외교관계를 맺었다. 1407년에 두 번째로 서양에 나갔을 때 정화는 고리국에 비를 세우기까지 하였다. 그 비문에는 "비록 이 나라에서 중국까지 십 만 여 리나 떨어져 있지만 우리나라와 같다. 이곳은 물자가 풍부하고 백성들이 행복하고 평안하게 살아가고 있다. 이에 특별히 이 비석을 세워 만 천하에 명백하게 알리는 바이다.(其國去中國十萬餘裡, 民物咸豐, 熙皞同風, 刻石於玆, 永昭萬世)"[43]라고 새겼다. 명성조가 정화에게서 그 일에 대한 보고를 받고 몹시 기뻐했을 것임은 두말할 나위도 없다. 더 기쁜 일은 1413년에 정화가 네 번째로 서양으로 나갔을 때, 인도의 코치국(오늘날 남인도의 코친/Kochi)에 명성조의 친필 비문이 새겨진 석비를 세운 일이다. 비문에는 다음과 같이 썼다.

> 세상 이치는 대체로 비슷하고 사람의 마음은 다 똑같다. 똑같이 슬프고 기쁜 감정을 느끼고 똑같이 배부르고 따뜻하며 편안하게 살려는 욕구

---

43) 탄종과 경인쩡, 『인도와 중국--2대 문명의 교류와 감동』, 2006년, 베이징, 상무인서관, 229쪽.

가 있는데 어찌 먼 곳과 가까운 곳이라 하여 서로 구별이 있겠는가?…… 짐이 이 세상에 군림하여 중원과 그 주변 지역의 여러 민족을 위무하고 다스리면서 모두 평등하게 대하고 있으며, 서로 간에 격의가 없이 지낸다. 고대 현명한 임금의 도리를 널리 펼쳐 천지간의 민심에 맞추는 것이다. ……

(蓋天下無二理, 生民無二心; 憂戚喜樂之同情, 安逸飽暖之同欲, 奚有間於遐邇哉? ……朕君臨天下, 撫治華夷, 一視同仁, 無間彼此。推古聖帝明王之道, 以合乎天地之心。……)[44]

이 말에 대해서는 논평을 붙여야겠다. 첫째, 명성조가 "짐이 이 세상에 군림하여 중원과 그 주변 지역의 여러 민족을 위무하고 다스리면서"라고 외국인에게 말하고 있는 말투는, 물론 다른 사람보다 지위가 높다고 생각하는 것으로서 세계 여러 나라가 모두 평등하다는 개념이 포함되지 않았다. 이는 진시황이 중국을 통일한 후부터 양성된 나쁜 습관으로서 그 후 중국이 외국과 외교관계를 발전시키는 데 어려움을 가져다주었다. 그러나 지적해야 할 것은 비문에서 "중원과 주변 지역의 여러 민족을 위무하고 다스린다"라고 한 말은 빈 말로서 명성조에게 코치나 다른 나라를 부속국으로 만들고자 하는 의도가 있었음을 나타낸 것은 아니다. 둘째, 설사 그런 결함이 있었더라도 정화가 서양 원정에서 맺은 명나라와 코치 및 다른 수많은 나라들 간의 교류관계는 평등하고 서로에게 이로우며 평화적이고 문명한 것으로서, 근대 서양 열강이 아시아 · 아프리카 · 라틴아메리카 국가 여러 국가들과 맺은 식민 · 착취 · 압박 관계와

44) 탄종과 경인쩡, 『인도와 중국--2대 문명의 교류와 감동』, 2006년, 베이징, 상무인서관, 231쪽.

는 전혀 다른 것이었다. 위에서 인용한 비문의 내용에서는 '대동세계'의 정신을 반영하였다. 셋째, 이 비문에서 "고대 현명한 임금의 도리를 널리 펼쳐 천지간의 민심에 맞추는 것"이라는 말은 두 가지 새로운 뜻을 포함하고 있다. 한 가지는 이 말이 제3장에서 인용한 송나라 유학자 장재의 "천지를 위해 도리를 확립한다"는 말을 떠올리게 한다.

장재가 천지를 위해 확립한 '보리심/bodhicitta'에 대해 이미 설명하였다. 이 관념은 인도에서 기원하였는데 명성조가 그 관념을 중국문명의 정수로 전환시켜 다시 인도반도의 한 작은 나라에 선물한 것이다. 이것이 바로 '문명의 길'의 발전이다. 또 한 가지는 그가 "고대 현명한 임금의 도리를 널리 펼친다는 것"('덕망이 뛰어난 제왕'과 '지혜가 뛰어난 임금'의 도리를 널리 펼침)은 혁신이다.

과거 그 어느 중국 황제도 '덕망이 뛰어난 제왕'과 '지혜가 뛰어난 임금'의 도리를 널리 펼침으로써 천지간의 '보리심'에 부합되게 해야 한다는 말을 한 적이 없다. 비록 한나라 유흠(劉歆, 기원전50? ~ 기원전23)의 글에 "한나라가 흥하였으나 고대의 덕망과 지혜가 뛰어난 제왕에 비하면 거리가 멀다……(漢興, 去聖帝明王遐遠……)"라는 말이 있다. 그러나 유흠이 말하는 '지혜가 뛰어난 임금(明王)'은 명성조가 말하는 '지혜가 뛰어난 임금(明王)'과는 내용이 서로 다르다.

유흠이 죽은 지 1천여 년이 지난 뒤 인도의 '명왕'(vidyā raja)이라는 개념이 중국에 널리 전파되었다. '부동명왕(不動明王)', '대위덕명왕(大威德明王)', '공작명왕(孔雀明王)', '마두명왕(馬頭明王)', '대륜명왕(大輪明王)' 등은 모두 여래불 · 미륵불 · 관세음보살의 화신이며, 또 공덕을 전파하는 『대공작명왕경』(*Mahāmāyūrī-vidyāraja-dhāraṇī-sūtra*)도 있다. 명성조의 말은 전형적인 중국과 인도의 요소가 서로 결합된 말이다.

명성조 · 정화와 밀접한 관계가 있는 요광효(姚廣孝, 1335~1418)라는 또 다른 인물이 존재한다는 사실을 우리는 잘 알고 있다. 요광효는 승려이며 법명은 도연(道衍)이다. 명성조 주체가 베이징에서 연왕으로 있을 때 그를 곁에 두고 책사로 썼다. 도연은 주체의 제위 찬탈과 난징 공략에 중요한 건의를 해준 사람으로서 명성조는 그를 갈수록 중용하게 되었으며, 그에게 요광효라는 이름을 하사하고 조정의 높은 관직에 임명하였다. 그는 모든 일에서 명성조의 뜻에 따르면서도 환속하는 것만은 거부하였다. 그래서 낮에는 관복을 입고 조정에 나가 임금을 뵙고 정사를 돌보고 저녁에는 여전히 절에 돌아가 중으로 지내곤 하였다. 정화는 원래 회족으로서 이름은 '마화(馬和, 아라비아 이름은 Hajji Mahmud Shamsuddin)'였다. 그의 선조는 불화랄국(不花剌國, 우즈베키스탄의 유명한 문화 도시 프라하) 국왕 무하마드의 후예로서 중앙아시아에서 원나라시기 중국으로 온 이른바 '색목인'이다. 정화는 어린 시절에 윈난에서 명 태조의 군대에 잡혀 포로가 되어 난징의 황궁에 들어가 환관이 되었다. 후에 연왕의 사람이 되자 주체가 그에게 정씨 성을 하사하였다.

요광효가 그를 부처의 계제자로 제도하고 복길상(福吉祥)이라는 법명을 지어주었다.[45] 명성조가 정화에게 방대한 규모의 대오를 인솔시켜 서양으로 파견한 것은 물론 요광효의 생각이었다. 이는 정화의 서양 원정 역사에 대해 연구하는 학자들이 경시하고 있는 부분이다. 정화가 서양 원정에서 인솔한 방대한 대오에는 학자도 있었다. 그들은 일곱 차례 서양 원정 경력과 방문했던 여러 나라의 풍토와 인정에 대해 기록함으로써

45) 정화가 불교도라는 증거는 "정화와 불법-지비불망(智悲佛網)"을 참고할 것. www.zhibeifw.com/big5 /fjgc/mryfj_list.php?id...2016년 2월 7일 검색 열람.

진귀한 역사자료를 남겨놓았다.[46] 10세기부터 이슬람교가 인도에 전파되기 시작하였다. 정화의 외교사절단이 방문한 나라들 중 일부는 이슬람교가 통치하고 있었고 일부 정부 지도자는 힌두교도였다. 그러나 이슬람교회의 세력이 컸다. 7세기에 현장·의정 등이 인도를 방문하였을 때까지만 해도 여러 나라들에서는 불교가 여전히 흥성하였으나 그 후 쇠퇴하였다. 인도는 자고로 힌두교 종성(種姓)사회였다(불교는 종성제도를 타파하려 함). 옛날에는 힌두교라고 하지 않고 바라문교라고 하였으며, 불교가 쇠퇴한 후부터 힌두교라고 부르기 시작하였다.

정화 외교사절단의 현지 견문과 기록은 그 시기 인도 연해 여러 나라들이 이슬람교 문화의 통치를 받고 있었다는 사실과 민간에는 이슬람교도가 아닌 사람들도 있었다는 사실을 반영하고 있다. 그런데 중국의 방문객들은 힌두교와 불교의 차이를 알지 못하였기 때문에 막연히 이들 국가들을 모두 불교국가로 보았던 것이다. 마환 등 이들이 기록한 글을 보면 힌두교(쇠고기를 먹지 않음)를 개괄적으로 불교라고 하였는데, 이는 인식상의 오류이다. 명성조와 정화가 모두 불교에 마음이 쏠린 이상 그들이 이들 '서양'국가들과의 교류를 반기는 것도 당연한 일이다. 정화의 서양 원정을 이전 조대에 중국의 고승들이 불경을 얻으러 서천(인도의 다른 이름)으로 간 것과 동일시할 수 있다. 이 또한 국제 역사학자들이 미처 생각지 못한 점이다.

언급할 만한 것은 정화의 서양 원정 수확이 영락 12년(1414)에 방글라

46) 중요한 것으로는 경진(耿珍)이 쓴『서양번국지(西洋番國志)』, 비신(費信)이 쓴『성사승람(星槎勝覽)』, 마환(馬歡)이 쓴『영애승람(瀛涯勝覽)』이 있다. 이 세 사람은 모두 정화를 따라 서양 원정길에 올랐던 관원들이다. 이밖에 또 황성증(黃省曾)이 세 사람의 보고를 종합해 쓴『서양조공전록(西洋朝貢典錄)』이 있다.

국(오늘날의 방글라데시)이 '기린(麒麟)'을 중국에 바친 것이다. '기린'은 자연계에 존재하는 동물이 아니라 신화 속의 동물에 속한다. 역사서적에 그런 일이 있었다는 기록이 있긴 하지만 어떤 동물인지에 대한 설명은 없다. '기린'을 얻게 된 것은 상서로운 징조였다. 과학이 발달하지 않았던 명나라에 상서로운 징조를 나타내는 기린이 오자 전국이 들썩였던 것은 당연한 일이었다. 명성조도 몹시 기뻐하며 한림원(翰林院)의 학사 겸 서예가인 심도(沈度, 1357~1434)에게 명해 「서응기린송(瑞應麒麟頌)」을 짓게 하고, 또 궁중 화가에게 명해 「서응기린화(瑞應麒麟畵)」를 그리게 하였다. 오늘날 그 「서응기린화」(그림 옆에 심도가 지은 「서응기린송」이 씌어져 있음)는 타이베이(臺北) 고궁박물원에 보존되어 있다. 사람들은 인터넷에서 그 그림(그림5)을 볼 수 있다.

그림5 명나라 시기에 방글라국이 바친 기린을 그린 그림

원래 그 방글라국에서 바친 '기린(麒麟)'은 지금 동물원에 가면 볼 수 있는 기린(Giraffa camelopardalis)이었을 뿐이다. 고대 중국인들은 기린을 한 번도 본 적이 없었기 때문에 특별하고 진기한 것으로 여겼으며, 또 명성조의 위망을 더 세워주었다)'서응기린'이 모습을 드러낸 것은 '성인(聖人)'이 나타날 징조이며 그 '성인'은 물론 명성조임).

방글라국이 '기린'을 바친 사건에

대해 곰곰이 생각해보면 일부 의문되는 부분이 없지 않다. 그 방글라국은 오늘날의 방글라데시이다. '방글라'는 인도어 bangla의 음역어이다. 15세기에 정화의 서양 원정 역사에 대한 중요한 문헌기록에서 언급한 방글라국은 전 세계 최초의 방글라데시 관련 기록이다(필자는 『한서[漢書]』에 등장하는 황지국[黃支國]이 바로 고대의 방글라데시라고 생각함). 15세기 무렵 방글라국으로 불린 방글라데시는 이슬람세계에서 두드러진 국가였으며 이슬람교가 주요 신앙이었다.

방글라국에서는 기린이 나지 않았지만 기린이 나는 아프리카 여러 국가와 교류가 잦았기 때문에 기린을 쉽게 수입할 수 있었다. 문제는 중국 신화에서나 나오는 기린(麒麟)의 중요성에 대해 방글라국이 어떻게 알게 되었을까 하는 점이다. 그리고 기린(Giraffa camelopardalis)을 '기린(麒麟)'으로 삼아 명성조에게 바치자는 아이디어는 누가 낸 것일까 하는 것이다. 그 두 의문에 대한 답은 아직까지도 얻지 못하고 있다. 종합적으로 말해, 방글라국이 '기린'을 바친 역사의 에피소드에는 많은 지혜가 투입되어 있음을 알 수 있다는 것이다. 그리고 그 시기 중국과 방글라데시 사이에 상당한 정도로 '지피지기'하고 있었음을 설명하는 것이며, 정화의 서양 원정사건이 유익한 국제문화교류활동이었음을 반영하고 있다는 점이다.

최근 들어 정화의 서양 원정 역사 사건에 대해 전혀 흥미를 느끼지 않던 중국 지식계의 수많은 엘리트들이 갑자기 흥미를 느끼기 시작하였다. 이는 현재 중국정부가 전 세계적으로 '일대일로(一帶一路)'공동 발전의 이로운 점에 대해 대대적으로 선양하고 있기 때문이다. '일로'는 '21세기 해상 실크로드'를 가리키고, '일대'는 '실크로드 경제벨트'를 가리킨다. '실크로드'는 대륙과 대륙 사이의 육상과 해상 교류의 경로가 포함된다. 정화의 서양 원정역사는 그로 인해 중시되게 된 것이다.

정화의 서양 원정역사가 중국의 '일대일로'발전에 대한 참고성에 대해 다음과 같이 세 가지로 설명하고자 한다. 첫 번째, 정화의 서양 원정역사는 중국의 '문명의 길'발전의 필연적인 결과가 아니라 우발적인 사건이다. 두 번째, 정화의 서양 원정역사는 군사행동이 아니라 시험적인 성질을 띤 원양 항해 겸 외교와 대외무역활동인 듯하다. 세 번째, 정화의 서양 원정역사는 경제발전의 목적도 정치목적도 띠지 않으며, 단체로 외국에 나가 고찰하고 세계를 둘러본 것이다. 한 가지 분명한 것은 정화의 서양 원정이 종합적으로 국제 우호 왕래로서(세 번째 원정 때 실론[Ceylon, 오늘날 스리랑카]의 한 작은 나라 국왕인 아레고넬[亚烈苦奈儿]과 충돌이 발생하여 그를 포로로 잡아 귀국한 것과 네 번째 원정 때 수마트라에서 그때 당시 괴뢰 왕 소간랄[苏干剌]을 체포했던 두 차례의 불쾌한 사건을 제외하면] 모든 방문국에서 환영을 받았다.

이자성(李自成)과 오삼계(吳三桂)

1949년 5월, 필자가 상하이교통대학에서 재학 중일 때였다. 그때 인민해방군 제3야전군 문공단이 도시 입주 부대에서 연극 「이틈왕(李闖王)」을 순회 공연하였다. 연극은 이자성(1606~1645)의 이야기를 부각시킨 것이었는데 필자가 재학 중인 학교에 와서도 공연하였다. 필자는 연극을 보고 크게 감동했었다. 그리고 그때 필자는 중국공산주의자들이 농민봉기 영웅들이 대도시에 들어온 뒤 향락에 빠져 부패해지면서 혁명사업을 망쳐버린 교훈을 진심으로 받아들였음을 알게 되었다. 이자성은 원래 섬북(陝北)지역의 실업자가 된 역졸이었는데 후에 봉기군의 지도자가 되었다. 그는 또 다른 한 농민봉기군 지도자인 장헌충(張獻忠, 1606~1647)과

협력해 장헌충의 군대가 남부지역(특히 쓰촨 성)을 공략하고 이자성의 군대가 북부지역을 공략하였다. 이 두 농민 봉기군은 명나라 정부의 원기를 모두 소모해버렸다. 1644년에 장헌충이 쓰촨성의 성도인 청두(成都)에서 '대서황제(大西皇帝)'로 칭하고 이자성은 서안에서 '대순왕(大順王)'으로 칭한 뒤 '대순군(大順軍)'이라고 불리는 50만(이 숫자는 과장되었음이 분명함) 농민대군을 거느리고 동부의 베이징 정벌에 나섰다. 3개월간의 악전고투 끝에 이자성의 봉기군이 명나라 수도를 공격 점령하자 명나라 숭정황제(崇禎皇帝)는 목을 매 자살하였다.

이자성은 '균전면량(均田免糧, 토지를 균등하게 나누어주고 세금을 면제해준다)'구호를 제기해 한때 전국 농민의 전폭적인 지지를 받았다. 그러나 그는 베이징을 점령한 뒤 청나라에 항복한 명나라 장군 오삼계(1612~1678)와 청나라군의 공격에 바로 맞서 싸울 준비를 했어야 하였다. 그리고 또 대순군은 베이징성에 입주한 초기에는 규율이 엄하여 군대가 민간에서 강간 살인 방화 등 악행을 저지르지 못하도록 금지시켰다. 그러나 얼마 지나지 않아 그들은 베이징성에서 세도가와 대부호의 가산을 몰수하였으며 심지어 형구까지 동원해 재산을 내놓도록 명나라 관원들을 압박하면서 인심이 흉흉해졌다. 그들이 궁에서 억만 냥의 금과 은을 수색해냈다는 소문이 있는데 이 또한 지나치게 과장된 것이다.

이자성이 이끄는 대순군의 멸망은 또 명나라 장군 오삼계가 청나라에 항복한 것과 연결된다. 오삼계는 원래 명나라의 산해관(山海關) 밖에 주둔하며 청나라 군이 관내(산해관 서쪽 또는 가욕관[嘉峪關] 동쪽 일대 지방)로 침략해 들어오지 못하도록 지키는 대장이었다. 이자성의 대순군이 베이징성을 향해 접근해오자 오삼계는 황제의 부름을 받고 들어와 베이징을 방어하게 되었다. 그때 이자성은 오삼계에게 항복하라고 극구 설복하였다. 오삼계는 자기 이익을 따져보며 청나라 군과 이자성 어느 쪽에 항복할 것인지를 망설이며 결단을 내리지 못하고 있었다. 후에 자신의 애첩인 진원원(陳圓圓)이 이자성의 부하 대장 유종민(劉宗敏, ? ~1645)에게 잡혀갔다는 말을 전해 듣고는 결국 청나라에 항복하기로 결단을 내렸다. 이로써 이자성의 대순군은 청나라 군에 저항하는 명나라의 주력으로 변하고 원래 명나라 황제의 명을 받들어 청나라군의 침략을 방어하던 서북변경의 대장 오삼계는 청나라 침입의 선봉부대가 되었다. 명나라의 이런 결말은 중국 대통일 운명공동체의 치명적인 약점을 폭로하고 있다.

송나라 말기에 문천상 · 육수부 · 장세걸 등 '송망삼걸'로 불리는 감동적이고 눈물겨운 영웅열사가 있었다. 명나라 말기에도 3명의 두드러진 인물이 있었으나 전혀 다른 성질의 인물들이었다. 그들은 오삼계 · 상가희(尙可喜, 1604~1676) · 경중명(耿仲明, 1604~1649, 그가 죽은 뒤 그의 아들 경계무[耿繼茂, ? ~ 1671]가 뒤를 이음)이 청나라를 도와 명나라를 멸망시킨 3명의 반동적인 인물이다. '문명의 길'을 걷는 중국이 외래 '민족국가'의 침략을 받았을 때 이처럼 정의로운 인물과 반동적인 인물이 나타난 것은 결국 전혀 이상한 일이 아니었다.

명나라는 농민봉기전쟁을 거쳐 세워졌고 또 농민봉기전쟁에 의해 멸망된 왕조였다. 고립적으로 보면 이러한 발전은 논리적이지는 않지만, 그러나 중국 대통일 공동체의 현실이었다. 명나라는 중국 본토에서 '입천', '입지', '입인'의 도리에 의해 발전한 마지막 왕조이며, 농민봉기전쟁과 외래 '민족국가'의 침략이 그 운명을 다하게 했던 것이다. 이후에도 우리는 중국 대통일 운명공동체에 영향을 준 이 두 문제에 대해 논하게 될 것이다.

3. 청나라 통치 아래 중국문명의 새로운 발전

최근 20년간 중국에서는 청나라 역사를 소재로 하는 드라마가 많이 제작되었다. 1999년의 「옹정왕조(雍正王朝)」, 1997~2007년 5부의 「강희미복사방기(康熙微服私訪記)」, 1998~2003년 3부의 「황제의 딸(還珠格格)」 등은 모두 대중들 속에서 큰 인기를 누렸다. 한편 중국 백성들은 청나라 초기 3명의 훌륭한 임금이 역사서에 기록한 '강건성세(康乾盛世, 강희제와 건륭제 재위 기간의 성세를 가리킴)'에 감성적인 인식을 가질 수 있게 되었다. 만주족이 세운 청나라와 몽골족이 세운 원나라를 비교해보면 두 가지 큰 구별되는 점이 있다.

첫째는 몽골족은 말을 타고 활을 쏘며 싸우면서 들어왔고, 청나라군은 명나라 대장 오삼계가 맞아들인 것이다. 오삼계는 중국 전역에 청나라 통치를 실현할 수 있도록 길을 닦아놓은 인물이다. 둘째는 만주족이 세운 청나라는 중국 운명공동체 속에 완전히 융합되었다. 이는 몽골족이 세운 원나라가 중국 운명공동체에 어울리지 않는 것과는 다른 점이었다. 몽골족이 세운 원나라는 수・당・송의 과거제도를 폐지하였지만, 만주족이 세운 청나라는 그 제도를 강화하는 것으로 '뛰어난 인재에 의한 통치'를 실행함으로써 한인(漢人)이 전국 각지 각급 정권의 중견 세력이 될 수 있게 하였다(중국 본토에서 뛰어난 인재의 통치 지위를 회복한 셈이다).

청나라 통치시기에도 물론 민족에 대한 압박이 존재하였지만, 몽골족이 세운 원나라시기보다는 완화되었다. 본 장 시작 부분에서 필자는 손중산이 혁명 초기에 제기한 "다로를 몰아내고 중화를 회복하자(驅逐韃虜, 恢復中華)"라는 구호를 인용하였다. 명태조 주원장이 명나라를 세울 때 확실히 "다로를 몰아냈었다." 몽골족 침략자들을 초원으로 쫓아버렸던 것이다. 그리고 명성조시기에 이르러 더욱이 직접 대군을 인솔해 몽골초원까지 출정해 중국을 침략한 부락을 그들의 소굴에서 궤멸시켜버렸다. 중국인은 청나라를 뒤엎고 중화민국을 세울 때 만주족을 국경 밖으로 쫓아내지 않았다. 이런 차이가 존재하기 때문에 청나라 통치에 대해 분석하면서 몽골족이 세운 원나라에 대한 분석과 구분하여야 한다. 바꾸어 말하면 청나라가 명나라 뒤를 이은 것을 '문명의 길'위에 선 중국이 '민족국가'발전의 길로 뒷걸음질 친 것으로 모호하게 생각하면 안 되는 것이다. 마땅히 중국문명이 청나라시기에 적극 발전하였음을 충분히 인정해야 한다.

'강건성세'빈틈없이 정연했던 시대

중국 지식계와 민간에서 청나라 황제에 대한 칭호가 바뀌었다. 그들이 죽은 뒤의 묘호(廟號)로 호칭하지 않고 그들의 통치 연호로 호칭하는 것이다. '강희'는 연호이다. 황제의 만주족 이름은 '애신각라 현엽(愛新覺羅 · 玄燁, 1654~1722)'이고 묘호는 '성조(聖祖)'이며 사람들이 선택한 호칭은 '강희황제'이다. 그는 61년간(1661~1722) 재위하였는데 중국 역사상에서 재위 기간이 가장 긴 제왕이었다.

그의 손자 건륭황제(1711~1799)가 그의 기록을 돌파할 수 있었으나 효심에서 60년간(1735~1795) 황제 자리에 있다가 은퇴하여 4년은 태상황으로 지내 조부의 기록을 유지케 하였다. 말 그대로 '강건성세'는 강희제에서 건륭제에 이르는 통치기간을 가리키며 이 두 유명한 황제 사이의 옹정황제(1722~1735) 통치기간까지 합쳐 총 134년간이었다. 건륭제의 후계자인 가경황제(嘉慶皇帝, 1796~1820)의 25년간 통치기간까지 포함시켜야 한다는 주장이 있다. 중국의 역사에서 '강건성세'만큼 평화롭고 번창했던 긴 시기는 없었다.

강희 연간에는 중국의 인구가 1억 명이 넘었고, 건륭 연간에는 3억 명이 넘어 그 시기 세계 인구의 3분의 1을 차지하였다. '강건성세'때 중국의 경제 규모와 기술 수준(농업 단위 생 산량 포함)은 모두 이전의 왕조를 추월하였으며, 중국경제 총 생산량이 세계의 약 4분의 1 정도를 차지해 세계 최대의 경제대국이었다. 량치차오(梁啓超)는 '강건성세'를 중국 문예부흥시대라고 하였다. 중국의 신도서 출판에는『강희자전(康熙字典)』『고금도서집성(古今圖書集成)』등의 사서 · 유서(類書)들이 있다. 편찬한 총서에는『이십사사(二十四史)』『십통(十通)』[47] 등이 포함되었다. '강건성세'시기에 중국에서 출판한 서적이 세계 다른 나라들에서 출판한 서적을 합친 것보다 더 많았다. 청나라황제 특히 건륭제는 중외에 중국은 '문명대국'이라는 명성을 크게 떨쳤던 것이다.

똑같은 외래 통치자이지만 몽골족이 세운 원나라가 창장 이남의 주민을 적대시한 것(그들이 남송시기에 몽골족의 침략에 저항한 것이 원인임)과 반대로 청나라는 강남의 발전을 크게 중시하였다. 강희제와 건륭제는 모두 마음에 들어 하였다. 강희제는 1684년 · 1689년 · 1699년 · 1703년 · 1705년 · 1707년 6차례에 걸쳐 '남방을 순시'하며 강남의 여러 지역을 두루 돌아보았다. "건륭황제가 강남을 가다"라는 역사적 사건은 민간에서 한가한 휴식시간에 즐겨 이야기하는 역사의 에피소드가 되었다. 그가 공식적

47) 건륭 시대에 전대의 '삼통(三通)' [즉『통전(通典)』『통지(通志)』『문헌통고(文獻通考)』]에 '속삼통(續三通)' [즉『속(續)통전』『속통지』『속문헌통고』, 그중『속통전』은 송나라 때에 이미 존재하였고 기타 두 '속' 은 모두 건륭시기에 만든 것으로서 궁정에 '속문헌통고관(館)' 을 설치해 책임지고 편찬하도록 함]과 '청삼통(淸三通)' [즉『청조(淸朝)통전』『청조통지』『청조문헌통고』]을 합성해 총서를 만들었다. 후세 사람들이 거기에『청조속문헌통고(淸朝續文獻通考)』를 추가해 '십통' 이 된 것이다.

으로나 개인적으로 강남을 방문한 횟수는 적어도 6차례에 달한다. 강남 문화는 건륭제 시기에 절정에 달하였으며 오늘날에 이르기까지 줄곧 중국문명의 빛나는 부분이 되어 왔다. 건륭제 시대에 새롭게 도입된 다수확 농작물인 옥수수(단위 당 생산량이 전통 작물인 벼와 밀보다 높음) · 고구마 · 감자를 중국 여러 지역에 널리 보급시켰는데 이 또한 '강건성세'에 금상첨화의 역할을 하였다.

강희황제 주변에는 유럽에서 온 천주교 예수회(Society of Jesus) 선교사들이 매우 많았다. 1583년에 유명한 이탈리아 선교사 마테오 리치(Matteo Ricci)가 중국에 와서 명나라 궁정과 교류를 시작한 후부터 예수회의 선교사들이(국제 역사학계에서는 그들을 Jesuits라고 부름) 꾸준히 중국을 방문하였다. 프랑스에서 온 조아킴 부베(Joachim Bouvet, 1656~1730)는 강희황제와 프랑스 국왕 루이 14세 사이에서 유대역할을 하였다. 조아킴 부베가 1698년에 두 번째로 중국을 방문하였을 때, 프랑스 예수회의 또 다른 한 신부 장 프랑수아 푸케(Jean-Francois Foucquet, 1665~1741)를 데리고 왔었다.

조아킴 부베와 장 프랑수아 푸케는 베이징의 궁전 안에서 『역경』을 프랑스어로 번역하였다. 1721년에 장 프랑수아 푸케는 4,000여 부의 중문 고적을 프랑스로 가지고 가서 왕실도서관에 바쳤다. 루이 14세 통치하의 프랑스와 강희제 통치하의 중국이 문화교류를 실현함으로써 프랑스 '한학(漢學)'의 발전에 토대를 마련하였다. 2011년 10월 타이베이 고궁 박물관에서 「강희대제와 태양왕 루이 14세의 특별전」이 열렸는데 박물관에 소장된 진귀한 문물과 프랑스의 루브르미술관 · 베르사이유 · 파리 기메 미술관 · 베이징 고궁박물원 · 선양(沈陽) 고궁박물원 등 18개 기관에서 빌려온 서류와 화상들이 전시되었었다. 그중에는 루이 14세가 강희황제에게 써 보낸 편지도 있었는데 그 편지에는 '태양왕'(Le Roi Soleil)으로 유럽에 널리 알려진 루이 14세가 그때 당시 프랑스 지식계 엘리트들 가운데서 칭찬이 자자한 '철인왕(哲人王)'강희황제에게 우호적인 염원을 밝힌 내용이 담겨 있다. 이는 세계 문명사에서 미담으로 전해지고 있다.

명나라 말기부터 유럽 천주교 내부에서 '예수회 교도/Jesuits'와 '프란체스코회 회원/Franciscans''도미니크회 수사/Dominicans'사이에서 중국 전통문화 성질의 확정 및 중국 선교방식을 두고 논쟁이 일기 시작하였다. 명나라 말기 마테오리치 선교사를 시작으로 예수회 교도들은 공자를 성인(聖人)으로 간주하였으며, 중국의 천주교도들에게 중국 전통(중국 집집마다에 모신 신주 위패에 '천지군친사[天地君親師]'라고 쓰여 져 있는데 '친'은 조상을 가리키고 '사'는 공자를 가리킴)을 존중할 것을 요구해야 한다고 주장하였다. 프란체스코회 회원과 도미니크회 수사들은 이에 극구 반대하였다.

1645년에 로마 교황은 한때 중국 천주교도들이 조상과 공자에 제를 지내는 것을 금지한 적도 있다. 그러나 1656년에 그 금지령을 폐지하였다. 그 후 예수회 교도들은 프란체스코회 회원 · 도미니크회 수사와 이 문제를 둘러싸고 대대적인 논쟁을 벌였다. 강희황제는 자신의 국제적 위망을 앞세워 예수회 교도들을 지지하였다. 교황은 줄곧 결단을 내리지 못하고 있다가 반세기가 지난 뒤인 1704년에야 비로소 명을 내려 조상과 공자에게 제사를 지내는 것을 금지시켰으며, 또 1742년에 논쟁을 계속하지 못하도록 금지령을 내렸다. 눈에는 눈 이에는 이 격으로 1720년에 강희황제가 천주교의 중국 내 전파를 금지한다고 선포하였고, 그 후 1723년에 옹정황제가 그 금지령을 엄히 실행하였다. 사람들은 이를 두고 중국 조정과 로마 교황청 사이의 분쟁이라고 여기고 있다. 이와 같은 과정을 통해서도 중국 황제의 영향력이 유럽에까지 확대되었었음을 알 수 있으며, 이는 역사적으로 선례가 없었던 일이었다.

유럽의 식민주의 강국의 후발주자인 영국 여왕 엘리자베스 1세(1533~1603)가 1602년 5월에 중국 황제(Emperour of Cathaye)에게 편지를 한 통 써 상인 조지 웨이머스(George Weymouth)의 손을 거쳐 베이징에 전하게 하였다. 웨이머스의 배는 중국까지 채 이르지 못하고 되돌아갔지만 그 편지는 그대로 보존되었다.[48] 엘리자베스 1세 정부가 세운 영국의 동인도회사(the East India Company)의 목적은 중국 · 인도 및 극동지역 여러 나라들과 무역 · 교류를 진행하려는 데 있었다. 동인도회사의 원양어선은 속칭 '동인도인'(East Indiaman)이라고 불렸는데, 영국 바다에서 출발해 먼저 인도에 들렀다가 다시 중국에 이르며 그런 뒤 영국으로 돌아가곤 하였다. 1793년에 영국 정부가 조지 매카트니(George Macartney, 1737~1806)를 파견해 전권 특사자격으로 중국을 방문하였는데, 건륭황제의 뜨거운 대접을 받았다(매카트니가 건륭황제를 알현할 때 어떻게 엎드려 절을 하였고, 또 분쟁과 협상 과정이 어찌 진행 되었는 지와 관련해서는 서양 여론들에 의해 대대적으로 과장되었음).

그 후 매카트니가 그때 외교 방문에 대해 상세하게 기록하였으며, 또 중국의 상황에 대해 분석도 진행하였다[49]. 매카트니는 예리한 통찰력을 갖춘 정치 활동가였다. 그는 한편으로는 건륭제의 통치에 찬양을 표하면서도, 다른 한편으로는 그 시기 중국의 일부 약점을 발견하였다. 예를

48) 영국 정치 활동가 겸 지리학자 존 배로(John Barrow, 1764년~1848년)가 19세기에 출판한 『해양발견사』(History of Maritime Discovery)에 게재된 바 있다.

49) J. L. Granmer-Byng『매카트니 중국 견문록』(An Embassy to China: Lord Macartney's Journal 1793-1794), 1962, London: Longmans.

들면 건륭제가 의도적으로 영국 방문자들 앞에서 막강한 군사력을 과시하였는데, 번지르르한 겉치레에 반해 실속은 없는 느낌을 받았던 것이다. 병사들의 무기가 몹시 낙후한 수준(여전히 활을 사용하고 있었음)이었고, 그들이 머리에 쓰고 있는 투구는 종이로 만들어진 것 등이었다. 야심에 불타는 영국이 매카트니를 세계에서 유명한 '천조(天朝)'에 외교사절로 파견하였으니, 청조제국도 그들 앞에서 자국의 공업발전에 대해 과시하고 싶었다.

그 시기의 서양은 산업혁명이 활기차게 발전 중에 있었다. 전기(電氣)가 발명되기 전에 유럽의 여러 국가들에서는 나선형 태엽이 팽팽하게 감겼다가 풀리는 과정에서 생기는 동력을 이용해 작은 톱니바퀴를 돌려 자명종시계며 노래 부르는 설비(서양 시장에서는 '노래기기/singsongs'라고 부름)를 만들어내었다. 매카트니 사절단은 그런 제품들을 많이 가지고 와 중국인들의 눈과 귀를 번쩍 뜨이게 할 생각이었다. 그런데 건륭제의 베이징에 위치한 궁내와 열하(熱河)의 승덕(承德)에 위치한 행궁 내에 그런 물건들이 엄청 많을 줄 누가 알았으랴. 영국 사절단의 선물들이 "완전 빛을 잃어버렸다."(이는 매카트니가 회고록에 쓴 말임)

매카트니의 중국 방문 사절단 중에 스턴튼(Staunton) 부자가 있었다. 아버지 스턴튼(George Leonard Staunton, 1737~1801)은 사절단의 부사(副使, 정사[正使, 사신 가운데 우두머리가 되는 사람 또는 그런 지위]의 보좌역, 1787년에 영국의 방중대사 캐스카트 /Cathcart가 중국에 당도하기 전 해상에서 사망하는 바람에 대사의 부재로 인해 사절단이 예정대로 항해를 계속할 수 없었던 점을 감안해 이번에는 부사를 두어 만일의 경우에 대비할 수 있게 하였음)였고, 12살 난 아들 스턴튼(George Thomas Staunton, 1781~1859)은 사절단의 '서동(書童, page)'이었다. 건륭 정부는 특별히 시동을 한 명 파견해 작은 스턴튼을 동반하게 하였다. 두 아이는 낮에는 함께 잘 놀다가도 밤이 되면 중국의 시동은 작은 스턴튼과 함께 자는 것을 한사코 거부하였다. 후에야 중국은 어린 시동이 민간에서 전해지고 있는 "서양인이 밤에는 사람을 잡아먹는다"는 소문을 곧이듣고 작은 스턴튼에게 잡아먹힐까봐 두려워서였음을 알게 되었다(이 또한 매카트니의 회고록에 씌어져 있는 내용임). 서양 학자들은 매카트니 사절단의 중국 방문에 대해 연구하면서 '문화적 충돌'(collision of civilization)이 있었다는 과장된 관점을 제기하였다. 두 서동이 함께 지내는 과정에 나타난 에피소드를 보면 그때 당시 중국문명과 서양문명 사이에 많은 오해가 있었음이 분명하다.

중국 운명공동체 영역의 확대

'강건성세'시기에는 중국 판도가 사상 최대 규모에 이르렀다. 동북의 만주와 서남의 티베트가 포함되었으며 신장(新疆)도 중국의 일부로 되었다. 1755년에 건륭황제가 병력을 파견해 준가르(准噶爾)을 정복하고 이리(伊犁)를 점령하였다. 1757년에 천산북로(天山北路)를 평정함에 따라 준가르족이 사라져버렸다. 건륭황제가 그 국토를 '신장'이라고 명명한 뒤 또 이리에 장군부를 설치하고 '이리장군'을 임명해 신장의 정세를 관리하도록 하였다. 1840년 아편전쟁과 1842년 중영간 「남경조약」 체결 후 영국 이외의 서양 열강들도 중국에 대한 '나도 한 몫'(me too) 차지하겠다는 침략정책을 펴기 시작하였다.

러시아는 청나라 조정을 압박해 중러 서북국경의 경계를 다시 나누는 것을 내용으로 하는 불평등조약인 「중러 서북국계 답사획분협약기(中俄勘分西北界約記)」(「답성 협정서[塔城협정서]」 혹은 「답성 조약」이라고도 함)를 체결하여 신강 북부 대면적의 영토(오늘날의 카자흐스탄 · 키르기스스탄 · 타지키스탄)를 강점하였다. 이로부터 건륭성세시기 강역이 얼마나 컸었는지를 알 수 있다.

오늘날의 동북지역은 청나라 통치자들의 고향이다. 청나라 통치자의 선조는 송나라를 극도로 괴롭혔던 여진족으로서 그들은 또 몽골족과 친연관계가 있다. '강건성세'기간에 청나라와 몽골부락 간의 관계는 매우 좋았다. 따라서 만주족이 이끄는 중국 운명공동체는 북방지역이 침략 당하는 걱정을 덜 수 있었다. 이는 대통일을 이룬 중국역사에서 전례 없던 좋은 상황이었다. 한반도도 청나라의 우호적인 이웃이 되었다(옛날 고구려가 당나라에 위협이 되었던 것과는 다른 상황임). 한나라 이후부터 중국 본토 민족이 통치하던 조대에 비해 중국은 청나라시기에 주변의 여러 인접국과 가장 우호적인 관계를 유지하였다. 중국 운명공동체는 5천 년간 황허와 창장이 그어놓은 '중국문명권'안에서 분산되었었는데 꾸준히 하나로 합쳐지는 과정을 거쳐 현재 이 두 갈래 문명의 강 전부를 완전히 포함하였을 뿐 아니라, 훨씬 더 초월하기에 이르렀던 것인데, 그런 과정에서 청나라의 공로가 매우 컸던 것이다.

유럽 열강들이 굴기한 뒤 중국과 잇달아 양자 간 조약을 체결하였는데, 모두가 불평등조약이었다. 그중에서 유일하게 예외였던 적이 있었는데, 1689년 중국과 러시아가 체결한 「네르친스크 조약」이 그것이었다. 이는 중국역사상 처음으로 서양국가와 체결한 현대적 국제조약이었다. 4년 뒤 강희황제가 베이징에 '러시아관'을 설립할 수 있도록 러시아에 허용하고 3년에 한 번씩 200명 규모의 상대를 베이징에 파견해 80일간 머무를 수 있도록 하였다(다른 나라에는 이런 전례에 따르는 것을 허용하지 않음). 이 모든 것은 중국이 평등한 토대 위에 현대 외교관계를 수립할 수 있었음을 증명해주고 있다. 「네르친스크 조약」 협상에 참가하였던 중국 대표단 중에 재중 유럽 예수회 선교사가 2명 있었는데, 포르투갈인 서일승(徐日升, 토머스 페레이라[Thomas Pereira]의 중국명, 1645~1708)과 프랑스인 장성(張誠, 제르비용[Jean Francois Gerbillon], 1654~1707)이었다. 이들 둘은 국제법을 알고 있었으며 서양 외교활동의 간교함을 잘 알고 있었기 때문에, 러시아인들이 부당하게 이익을 얻을 수 없었다(그 뒤의 「남경조약」을 비롯한 불평등조약을 체결할 때 서양 외교관들이 제멋대로 할 수 있었던 것과는 전혀 달랐다). 그 후 1726년 연말 러시아가 또 베이징으로 사절단을 파견해 옹정황제와 조정에서 6개월간의 담판을 진행하였으며, 중러 양국이 체결한 「캬흐타 조약」도 평등하고 합리적인 양자 협정이었다.

1600년 전에 무제(武帝) 때부터 한나라 정권은 오늘날의 신장 일대에서 군사 · 외교 활동을 전개하는 데 전력을 다하면서 줄곧 중국에 대한 괴롭힘과 침략을 일삼던 인근 유목민족인 흉노족을 멀리 쫓아버렸으며, 정치적 영향을 신장까지 확대하였던 적이 있었다. 만약 건륭성세 때 집권자가 외래 통치자가 아니라 '문명의 길'을 걷는 전통을 보유한 본토 황제였다면 그렇게 하였을지 생각해 보자. 비록 이런 질문이 터무니없는 것 같겠지만, 건륭성세가 중국 운명공동체의 판도를 확대시킨 것은 중국 '문명'의 발전에 '민족국가'의 침략을 일삼는 유전자를 주입한 것임을 반영하고 있다. 단 중국의 '문명의 길'을 걷고 있는 전통이 건륭제로 하여금 칭기즈칸처럼 영토를 유라시아대륙의 서부까지 무절제하게 확장하지 않고, 그쯤에서 멈출 수 있게 했던 것이다. 이와 때를 같이 하여 러시아도 굴기 중이어서 세력 범위를 신장 일대까지 확장하였다. 따라서 러시아 문화의 영향이 신장까지 점차 침투되어 신장의 번지수가 모두 러시아 문자로 표기하기에까지 이르렀다. 러시아가 외교사절단을 중국에 파견해 「카흐타조약」을 체결한 것은 바로 그런 태도를 반영한 것이었다.

청나라 통치 하의 중국 티베트 운명공동체

"청나라 통치 하의 중국 티베트 운명공동체"라고 하는 이런 제기법이 역사적 사실에 부합된다고 생각하는가? 이런 제기법이 청나라를 지나치게 치켜세우고 있다고 생각하는 독자가 있는 것은 아닐까? 만약 이러한 것이 역사적 사실에 부합된다면, 그것은 청나라를 지나치게 치켜세우고 있는 것이 아니며, 치켜세우고 있다고 해도 당연한 일이라 생각한다. 국제 여론에서는 티베트가 중국 운명공동체에 가입한 역사에 대해 한족이 티베트 족을 침략한 것으로 곡해하는 사람들이 항상 있다는 사실을 우리는 보아야 한다.

본 장 제1절에서 중국의 대통일을 이룬 정권이 진·한 시기에서 송나라에 이르기까지 황허와 창장 이 두 문명의 어머니 강의 발원지인 청장고원을 중국 운명공동체에 통일시키지 않았었는데 원나라에 이르러서야 그 대업을 완성하였다고 언급하였다. 명나라시기에는 그 통일된 국면을 유지하였다. 독자들은 본 장의 토론을 통해 티베트족이 자발적으로 중국 운명공동체에 가입하였다는 중요한 사실을 발견할 수 있을 것이다. 또한 그 과정에서 몽골족이 적극적인 추진 역할을 하였다는 사실과 어느 한족 조대도 티베트로 출병한 적이 없다는 사실을 발견할 수 있을 것이다. 청나라 왕조는 더욱이 티베트가 중국에 융합될 수 있도록 여력을 아끼지 않았으며, 특히 달라이(達賴) 정권을 공고히 하는데서 중요한 역할을 하였다.

청나라 통치자들이 몽골족을 회유한 것은 몽골족과의 단합을 위한 것이며 이로써 티베트족과 적극 단합하기 위한 것이었다(티베트 겔룩파[格魯派]의 '황교[黃教]'가 몽골족에 대한 영향이 매우 컸기 때문임). 청나라 정부의 모든 문서는 만주어 · 몽골어 · 티베트어 · 한어 네 가지 문자로 반포하였다. 베이징에는 티베트 이외의 지역에서는 최대 규모의 라마 사찰인 옹화궁(雍和宮)이 있다. 옹화궁은 원래 옹정황제의 옛날 저택과 건륭황제의 출생지로서 옹정황제가 그 곳을 티베트 승려들의 활동 중심으로 쓰이도록 비워 주었고, 건륭황제는 그 곳을 웅장하면서도 화려한 사찰로 확장하였다. 청나라의 '여름도시(暑都)'승덕 피서산장에도 큰 라마 사찰이 있다.

티베트 문화는 '내세(來世)'와 '환생'이라는 확고한 신앙을 토대로 형성되었다. 근대 이래 인류 진화론이 갈수록 보급되고 있는 국제적인 큰 환경 속에서 신격화된 '달라이 라마'를 중심으로 한 사회정치체제는 권력을 장악한 속인이 제정한 것으로서 약점이 존재하지 않는다고 보장할 수는 없다. 역사적으로 '가짜 달라이 라마 사건'도 일어났었다. 그것은 1680년 제5대 달라이가 별세한 뒤 티베트 지방정부의 최고 정무관원 '디바(第巴, 티베트어 sde-Pa 혹은 sde-srid라는 단어의 음역어)'상제갸초(桑結嘉措)가 달라이의 사망 사실을 상급 정부에 보고하지 않고 은폐한 뒤 '환생한 신동'창양갸초(倉央嘉措)를 사사로이 그 자리에 앉혀 장장 16년간이나 이미 작고한 5대 달라이의 명의로 정령을 반포했던 사건이다. 1696년에야 청나라 조정은 진실한 정보를 접하였으며 이에 강희황제는 대노하였다. 1705년에 상제갸초는 라짱칸(拉藏漢)에게 잡혀 죽임을 당하였으며, 강희제는 '가짜 달라이 라마'를 체포할 것을 명하였다. 후에 창양갸초는 라싸(拉薩)에서 잡힐 위험에 처했다가 빠져나와 도주한 뒤로는 행방불명이 되었다. 최근 조사 결과 그는 오늘날의 네이멍구(內蒙古)로 도주해 이름을 고치고 선교활동에 종사하다가 귀적하였을 것이라는 사실이 밝혀졌다. 이와 같은 교훈을 살려 청나라 조정은 인간 세상에 '생불'달라이 라마를 두는 일련의 완벽한 체제를 제정하였다. '신동'의 선발은 일정한 절차를 거쳐야 하며 '신동'은 판첸 라마(판첸 어얼더니[班禪 額爾德尼])가 심사를 거쳐 통과시킨 뒤 중앙정부가 동의 한다는 명령을 내려야만 정해질 수 있도록 되어 있었다. 1757년 4월에 건륭황제가 장갸(章嘉) 국사를 티베트로 파견해 주장대신(駐藏大臣)이 '신동'을 찾는 일을 돕도록 하였다. 1758년에 쟘팔갸초(降白嘉措)를 물색하여 꼼꼼한 심사를 거친 뒤 건륭황제의 조서를 받아 1762년 7월 10일 포탈라궁에서 '즉위(坐床)'하였다. 즉위식에서 건륭의 "봉천승운문수대황제금자조서(奉天承運文殊大皇帝金字詔書)"를 낭독하였다. 정식 책봉을 하지 않았으며 제 몇 대 달라이라고 선포하지도 않았다. 그렇게 1781년에 이르러서야 비로소 그를 제8대 달라이에 봉한다는 건륭황제의 금책금인(金册金印)을 받았으며, 그러한 명을 받고나서야 친정을 시작하였다. 건륭제의 이 같은 결정은 또한 창양갸초의 '가짜 달라이 라마'의 악명을 폐지한 것으로서 그를 제6대 달라이로 인정한 셈이었다.

1792년 11월 건륭황제는 「흠정장내선후장정이십구조(欽定藏內善後章程二十九條)」를 반포하여 티베트에 대한 통치 강령으로 삼았다. 「29조장정」에서는 청나라 주장대신이 티베트의 모든 사무를 감독하고, 달라이 라마 · 판첸 어얼더니와 함께 정무를 협상 처리하며, 갈룬(噶倫, 옛날 티베트 지방 정부의 주요 관원) 및 그 이하 관원 · 생불은 모두 주장대신의 지휘에 따를 것을 확정지었다. 주장대신은 달라이 · 판첸 및 여러 주요 생불의 환생 신동 관련 사무를 전권으로 관리하였다. 주장대신의 주도하에 티베트 지방부대(티베트 군[藏軍])를 창설하였으며, 매년 봄과 가을 두 계절에 걸쳐 그는 티베트의 여러 지역을 순방하고 티베트 군을 사열하곤 하였다. 티베트는 대통일을 이룬 중국의 완전한 직할행성 중의 하나다 되었던 것이다.

'강건성세'시기에 티베트 사회는 외래 침략과 내부 권력 쟁탈이 악성순환을 이루어 몹시 어지러운 형국을 이루었다. 청나라정부는 티베트의 안정에 중요한 기여를 하였다. 한편으로, 청나라 조정은 신강의 준가르족 세력을 소멸하여 북방의 외환을 제거하였고, 다른 한편으로 청나라 군을 다섯 차례나 라싸로 출동시켜 티베트의 정국을 안정시켰다. 건륭 말년에 '구르카/Gurkha왕국'(오늘날의 네팔)이 두 차례나 출병해 티베트를 침략하였다. 1793년에 건륭황제는 티베트로 파병해 구르카왕국을 평정하였다. 구르카(네팔)는 원래부터 중국의 속국이었고 청나라 조정은 또 승세를 타고 부탄과 철맹웅(哲孟雄, 오늘날 시킴의 옛칭)을 속국으로 만들었다. 청나라 때 주장대신은 위의 3국에 대한 통제권을 행사하였다.

상기 발전과정으로부터 다음과 같은 세 가지 결론을 얻어낼 수 있다.

첫째, 청나라 시기는 만주족 통치 시대로서 민족 모순의 측면에서 보면 만주족이 한족을 압박한 셈이다. 만주족은 티베트족도 압박한 것일까? 일반적으로 그렇게 말할 수 있지만 절대적인 것은 아니다. 만주족은 티베트족의 구세주(청나라의 통치가 아니었다면 티베트족은 상황이 얼마나 나빠졌을지 알 수 없음)이며 티베트족이 자발적으로 만주족에게 원조를 요청하였던 것이다. 둘째, 민족 모순의 측면에서 보면 한족이 티베트족을 압박한 문제는 존재하지 않는다. 청나라 통치 아래서 티베트족 상층계급은 귀빈의 대우를 받았으며 한족보다 상황이 양호하였다. 티베트족과 한족 하층계급은 모두 만주족의 압박을 받는 같은 처지로 서로 동정해야 하는 처지였다. 셋째, 만약 민족 모순의 각도에서 보지 않는다면 청나라시기 만주족 · 몽골족 · 티베트족 · 한족이 서로 단합해 이룬 중국 운명공동체는 중국 역사상 가장 완벽한 것으로서 오늘날 중국의 다민족(티베트족 포함) 대 가정을 위한 탄탄한 토대를 마련해주었던 것이다.

4. 바다가 중국문명에 가져다준 준엄한 시련

만약 '강건성세'가 외딴 섬에서 형성되었더라면 분명 중국역사의 황금시대로 발전하였을 것이다. 애석하게도 중국은 외딴 섬이 아니라 거대한 바다에 인접해 있다(중국은 해안선이 1만 8000㎞에 달함). '히말라야 권'이라는 요람 속에서 탄생한데다가, 또 황허와 창장이라는 요소까지 가세해 상고시대에 이미 '중국 지리공동체'를 창조하였으며 그로 인해 창장과 황허 2대 강 유역 사람들이 '운명공동체'를 형성할 수 있었다. 따라서 중국문명은 전력을 집중해 대륙에서 발전해왔으며 중국문명의 전통 사고방식은 언제나 해안선이라는 한계에 부딪치곤 하였다. 『노자(老子)』에서 말한 "상선약수(上善若水, 최고의 선은 흐르는 물과 같다)"라는 말에서도, 동중서(董仲舒)가 말한 물은 "얻으면 살고 잃으면 죽는다(得之而生, 失之而死)"라는 말에서도 바다가 지구상의 물이라는 이야기는 없다. 바다의 물은 '최고의 선(上善)'이 아니며 또 "얻으면 살고 잃으면 죽는 것(得之而生, 失之而死)"도 아니다. 바다는 수 천 년 중국문명 의 맹점이었다. 중국문명은 바다를 소홀히 하였기 때문에 근대에 이르러 도끼로 제 발등을 찍는 결과를 초래하게 되었던 것이다.

고대에 공자 · 맹자 · 노자 · 장자, 그리고 제자백가는 모두 대륙성 문명에 속한다. 만약 그들이 바다 위의 섬에 살았더라도 '인의도덕'을 발전시켰을 것이다. 비록 바다가 늘 울부짖고 거센 파도가 일긴 하지만 바람이 자고 물결이 잔잔한 시간이 대부분이다. 바다 자체는 중국문명에 시련을 가져다주지 못한다. 1840년 아편전쟁 이전에 중국은 바다와 수천 년을 공존해 오면서 침략을 받지 않았다. 중국문명이라는 천진하면서도 무고한 발전의 길은 다른 한 죄악적인 발전의 길의 도전을 받았다. 바로 해상 '포함(砲艦)의 길'[50] – 중국문명의 천진하고 무고한 발전의 길에 대한 현대 서양 '민족국가'세계의 강권과 패권을 통한 위협 · 교란 · 침략 · 압박 · 착취 등의 도발이었다. 중국은 '비단 길'을 통해 세계와 접촉한 반면에 현대 서양세계는 '포함의 길'을 통해 중국과 접촉하였다. 오늘날 중국이 육상과 해상에서 동아시아 '일대일로'의 국제 류를 펼치려면 반드시 이러한 국제형세를 명확하게 인식하여야 한다. 육상의 '실크로드'는 험난할 수 있지만 가로 막고 있는 것이 높은 산뿐이라면 천천히 뚫으면 된다. 그러나 해상에서는 수백 년간 막힘없이 통해온 '포함의 길'이 '실크로드'의 걸림돌이 되어 '일대일로'에 파괴적인 타격을 가할 수 있기 때문에 방심해서는 안 되는 것이다.

중국 대만의 상전벽해

위에서 필자는 지구상의 바다를 '민족국가'세계인 열강이 뚫은 '포함의 길'이라고 표현하였다. 독자들은 이를 영제국주의가 19세기에 중국에 대해 폈던 '포함정책'(gunboat diplomacy)과 연결시킬 것이다. 사실 15세기말 이탈리아인 콜럼버스가 개척한 '대항해시대'(Age of navigation)가 이미 오래 전에 공해를 포함의 수렵장으로 바꿔놓았다. 콜럼버스와 그 이후 서양의 원양상선은 모두 포함이었다. 그때부터 해상에서는 '정글의 법칙'(jungle law)의 통치를 받기 시작하였다. 공해에서 서로 다른 나라의 해선이 마주쳤을 때 포화가 더 강한 측이 상대측의 상품을 약탈하였으며 귀국한 뒤 '전리품'으로 전시하곤 하였다.

서양 '민족국가'세계에서 제일 먼저 '포함의 길'을 거쳐 동양으로 와

50) 포함(砲艦) : 돛배 양측에 대포를 늘어놓아 현측포(舷側砲/ broadside)라고 불렀다.

중국의 주권을 침범한 나라는 네덜란드였다. 네덜란드의 동인도회사는 1624~1662년 사이 오늘날 중국 대만의 대남(臺南)일대를 통치하였다. 네덜란드가 중국 대만에 수립한 식민정권은 중국대륙에 와서 만 명에 이르는 이민을 모집해 대만으로 데려다 땅을 개간하게 하여 경제를 발전시켰다. 식민정권은 중국 대만의 원주민에 대해서는 회유정책을 적용하면서 중국 대륙에서 이주해간 농민에게서는 가렴잡세를 징수하였다. 1652년에 곽회일(郭懷, ? ~ 1652)이 이끄는 이민농민봉기가 일어났다. 중국 대륙 이민의 4분의 1(4,000~5,000명 규모의 농민)이 봉기에 참가하였는데 잔혹하게 진압 당해 3,000~4,000명이 죽임을 당하거나 굶어 죽었다. 네덜란드는 유럽에서 문명하고 진보적이며 화목하고 번영한 작은 나라였는데, 식민지에서의 소행은 그처럼 야만적이었다. 이것이 바로 근대서양에서 굴기한 '민족국가'의 현상 중의 하나로서 "집에서는 신사, 외국에서는 악당"(gentlemen ot home, scoundrels abroad)이라는 말로 표현하였다.

1661년에 네덜란드인들로부터 '정국성(鄭國姓/Koxinga)'으로 불렸던 명나라의 유장(遺將) 정성공(鄭成功, 1624~1662)이 부대를 인솔해 네덜란드 식민주의자를 대만에서 몰아냈다. 대만 민간에서는 오늘날에 이르러서도 그를 기리어 '개대성왕(開臺聖王)'이라고 부르고 있다. '개대(開臺)'란 대만을 개척하였다는 뜻으로서 정성공은 '개대성왕'이라는 칭호를 받기에 전혀 손색이 없다. 그와 그의 부대 장병들은 모두 가족을 푸젠성에서 대만으로 이주시켜 거주하도록 하였으며 장쩌우(漳州) · 취안쩌우(泉州) 일대 주민들이 대만으로 이주하도록 대대적으로 동원함으로써 대만 인구가 급증하도록 하였다. 정성공은 대만을 점령하고 1년 뒤에 세상을 떠났다. 그의 아들 정경(鄭經, 1642~1681)은 대만에서 명나라에 충성하는 독립왕국을 세우기 시작하였다. 대만은 공자와 맹자의 사상을 충실히 따르고 명나라 문무관제(文武官制)를 실행하면서 중국 문화를 민간에 보급시켰다. 그때부터 대만은 중국 운명공동체의 명실상부한 일부가 되었다.

조정에서 대대적인 변론을 거쳐 강희황제는 대만을 대청나라의 판도에 포함시키기로 결정하고 정성공의 부하 장수였다가 투항한 시랑(施琅, 1621~1696)을 임명해 대군을 인솔하여 1683년에 대만을 공격 점령하도록 하였다. 청나라 정부는 대만을 푸젠성의 일부로 삼았으나 크게 중시하지는 않았다. 시랑은 대만의 영주가 된 뒤 광동의 이민을 제한하는 정책을 펼쳤다. 청나라의 '해금(海禁, 명 · 청 시대에 실시됐던 항해에 관한 금령[禁令])'정책도 대만의 발전에 불리한 요소로 작용하였다. 갑오전쟁(甲午戰爭, 청일전쟁) 후 1895년에 중일 양국은 「마관조약(馬關條約, 시모노세키조약)」을 체결하고 대만을 일본에 할양하였다가 1945년 일본이 항복해서야 대만은 비로소 조국으로 회귀할 수 있었다.

1948년, 장제스(蔣介石)의 국민당 정권은 대륙에서 대만으로 철퇴하기로 결정하고 중국 수천 년간의 귀중한 문화유물을 가져갔을 뿐 아니라 중국에서 뛰어난 통치 인재들도 대거 대만으로 건너갔다. 게다가 미국을 위수로 하는 서양세계는 중국공산당이 이끄는 중화인민공화국을 인정하지 않고 배척하며 무역을 금지하는 정책을 펴면서 세계에서 중국의 존재를 대만으로 대체하려고 시도하였다. 이는 물론 가당치도 않은 일이었다. 그러나 대만은 이로 인해 '냉전'으로 인한 기회를 틈 타 발전하는 한편 군사적으로는 미국의 '가라앉지 않는 항공모함'으로 바뀌고 정치적으로는 미국의 부속물로 변하였다. 미국은 대만을 보호하고 중국의 대만 '해방'에 반대하는 정책을 실행한다고 공개적으로 선포하였다. 대만은 미국 군사력의 보호 아래 숨어서 눈앞의 안일만 탐내며 구차하게 연명하면서 후에는 아시아 '네 마리의 작은 용'중의 하나로까지 발전하였다. 거시적인 각도에서 보면 이는 역사적으로 '민족국가'의 선율이 문명의 길을 걷고 있는 중국 '운명공동체'에 대한 가장 심각한 간섭이었다고 할 수 있다.

종합적으로 오늘날 중국 대만의 형세는 냉전 국면이 만들어낸 매듭으로서 풀기가 쉽지 않다. 대만의 상전벽해와 같은 발전으로 볼 때 오늘날 대만 민간에 존재하는 대륙에 대한 원심력은 위에서 말한 냉전적 요소를 제외하고 또 역사적 근원도 존재하는데, 수천 년간 중국문명의 해양의식이 취약했던 탓이라고 할 수 있다. 대만이 조국의 품으로 돌아오려면 중국문명의 진흥, '민족국가'사고방식의 방해를 제거하는 것, '문명의 길'에 따른 발전을 유지함으로써 방출되는 힘에 의지하여야 한다. 다른 한편으로는 최근 수십 년간 대만과 대륙 간 경제발전 분야에서 상부상조함으로써 얻은 이로움에 대해서는 모두가 알고 있는 사실이다. 이로부터 대륙은 대만을 떠날 수 없고 대만은 더욱이 대륙을 떠날 수 없으며, 실제로 대만은 중국 운명공동체의 구성부분이라는 사실을 설명해주고 있다. 이는 바꿀 수 없는 현실이다. 정치적으로 대만이 중국 운명공동체에 회귀할 수 있도록 하려면 양안의 인민과 통치 분야의 인재들이 바른 사고방식을 수립하여 현명한 조치를 취해야 할 것이다.

아편(마약 매매) 제국주의

네덜란드가 대만을 침략한 것은 바다가 중국문명에 가져다준 시련의 서곡에 불과할 뿐이다. 진정 준엄한 시련은 영국에서 비롯되었다. 독자들은 앞에서 언급한 매카트니 사절단의 중국 방문 사실에서 폭풍이 곧 들이닥칠 조짐을 보았을 것이다. 그런데 그때 당시 중국의 통치 집단은 미처 이러한 동향을 보지 못하였다. 영 제국주의는 근대 들어 세계에서 가장 강대하고 가장 교활하며 가장 위장에 능하고 역사를 왜곡한 사악한 세력이었다. 영 제국주의가 '포함의 길'을 따라 파도를 가르며 '먼 서양'에서 '먼 동양'으로 와 식민주의자로서 패권을 부르짖는 과정은 야만과 잔인함, 그리고 위선으로 얽힌 책략과 수법으로 가득 차 오늘날에도 국제학술계에서 이 부분의 역사에 대한 분석에서 혼란을 겪고 있다. 영 제국주의는 남에게 손해를 끼치고 자기 이익만 도모하는 목적을 이룬 한편 자기에게 저항하는 외국(특히 중국)정부와 국민을 부정적으로 몰아 세계 여론을 어지럽혔을 뿐 아니라, 각성 중인 중국(그리고 또 다른 개발도상국가)의 지식 계층을 오도하는 역할을 하였다.

독자들은 어쩌면 필자의 이와 같은 발언이 지나치게 날카롭다고 여길 수도 있다. 그러나 이는 필자가 반세기 전부터 중점적으로 연구해오면서 발견한 사실이며 이와 같은 관점을 상세하게 논술한 책도 두 권이나 펴냈다.[51] 오늘날 '중국학'권위인 하버드대학의 고(故) 존 킹 페어뱅크 교수의 권위 학파는 아편전쟁을 두고 서양세계가 중국을 현대사회에 들어서도록 하기 위한 발단이라고 말하고 있으며, 영국의 포함이 굳게 닫혀 있던 중국의 대문을 뚫어놓은 것이라고 말하고 있다. 존 킹 페어뱅크의 이론은 영 제국주의를 도와 현대문명 중 가장 추악한 한 페이지를 덮어 감춰주었다.

영국은 공해에서 '포함의 길'을 개척하는데 제일 앞장에 선 선두주자였다. 앞에서 영국의 동인도회사의 속칭 '동인도인'이라는 원양선이 17~19세기에 공해에서 포화의 위력이 가장 센 상선 겸 해적선이라고 언급한

51) 단종, 『중국과 용감한 새 세계: 아편전쟁의 기원』(China and the Brave New World), 1978년, 봄베이, Allied Publishers, 및 탄종, 『해신과 용: 19세기 중국과 제국주의에 대한 탐구』(Triton and Dragon: Studies on Nineteenth Century China and Imperialism), 1986, 델리, 지혜출판사 Gian Publishing house.

바 있다. 영국의 발전 전략은 해상 패권을 발전시켜 독점자의 신분으로 중국의 찻잎 등 상품을 전 세계로 운송 판매하는 것이었다. 17세기부터 시작해 세계 각지의 찻잎에 대한 수요가 급증하였다. 그러나 청나라 정부는 유럽 국가들만 광주에 와서 찻잎을 구매할 수 있도록 허용하였으며, 또 광동 '십삼행(十三行)'이라는 대외무역 전담상사를 설립해 민간에서 찻잎 수출을 독점하는 체제를 수립하였다. 영국은 비록 겉으로는 이에 대해 불만을 표하는 척 하였지만 실제로는 천재일우의 기회로 삼았다. 영국인들은 먼저 광주에서 '구매자 독점/monopsony'을 실행하여 어떤 대가를 치러서라도 광주에 와서 찻잎을 구매하고자 하는 다른 구매자들을 무너뜨리고 '십삼행'의 유일한 찻잎 구매자로 변신하였다.

그런 다음 한 걸음 더 나아가 '십삼행'에 대한 청나라 정부의 압박과 착취를 이용해 '십삼행'을 영국의 비밀 매판으로 만들었다. 동인도회사는 먼저 중국 찻잎을 영국으로 운송하여 관세를 징수한 다음 찻잎을 다시 전 세계에 분포된 영국의 식민지로 운송하였다. 이런 영리 행위는 미주에 위치한 영국 식민지 인민의 저항을 불러일으켰다. 1773년 12월 16일 보스턴 항의자들이 유명한 '보스턴 차(茶) 사건'(Boston tea party)을 일으켜 동인도회사 선박 위에서 막 운송되어 온 찻잎을 모조리 바다에 처넣음으로써 미국의 독립혁명운동을 유발시켰다.

영국의 이런 야만적인 '구매자 독점/monopsony'행위와 전 세계 찻잎 분배를 독차지한 행위는 차를 구매할 수 있는 충분한 자금이 없는 상황에서 이루어진 것이었다. 따라서 영국 식민주의자들은 더욱 야만적이고 잔혹한 방법을 생각해냈다. 동인도회사가 인도에 설립한 식민정권 중에 '세관 식염 · 아편부/Board of Customs, salt and Opium'라는 부서가 있었는데, 인도에서 중국인이 좋아하는 향내가 나는 아편담배를 전문적으로 연구하였다.(영국 식민정부의 바나라시[Benaras]에 있었던 아편 감정 전문가 바텔[Dr. D. Butter]은 그들이 동인도회사의 아편이 중국시장에서 인기를 얻을 수 있도록 하기 위해 온갖 방법을 다 썼다고 말하였다. 영국 아편 거상 윌리엄 자딘[William Jardine]은 1840년에 영국 국회에서 증언할 때 영국 식민정부 아편부가 그에게 다양한 아편 포장을 중국으로 가지고 가서 중국 아편쟁이들이 어떤 포장을 선호하는지 자문할 것을 위탁하였다고 말하였다.)[52] 그런 다음 그런 아편담배를 대량으로 생산해 중국으로 운송하였다. 영국 동인도회사는 대량 생산한 아편을 직접 운송한 것이 아니라 캘커타로 운송한 뒤 아편을 영국령 인도제국의 암거래 상들에게 경매하였다. 암 거래상들은 아편을 광주로 운송한 뒤 동인도회사에 돈을 돌려주었다. 이로써 동인도회사의 광쩌우 분행은 찻잎을 구매할 수 있는 충족한 자금을 확보할 수 있었다.

인도의 대문호 타고르는 국제 인사들 중에서 영 제국주의가 아편으로 중국을 침략한 행위에 대해 가장 강력하게 질책한 사람이다. 그는 영국이 총과 대포로 "독물질을 중국의 목구멍에 쑤셔 넣었다"[53]라고 표현하였다. 이와 같은 표현이 비록 문학적 서술 수법이긴 하지만 사실과 어긋나는 것은 아니었다. 역사 사실에 대해 알지 못하는 사람들은 아편에 대한 중국인의 수요가 없었다면 다른 사람이 어찌 아편을 억지고 그들의 목구멍에 쑤셔 넣을 수 있었겠느냐고 반문할 수도 있다. 그렇다면 본 도서 제1장에서 강조하였던 중국문명의 향락주의 결함으로 돌아가야 한다. 명나라시기에 아편은 진귀한 외국 진상품의 하나로서 오향(烏香)이

52) 탄종, 『중국과 용감한 새 세계』(China and the Brave New World), 87쪽.

53) 타고르가 1918년에 쓴 『자아 오만』과 1937년에 쓴 『세월의 흐름』 중에는 모두 이런 표현이 있다. 탄종、왕방웨이(王邦維)가 책임 편집한 『타고르와 중국』, 2011년, 베이징: 중앙편역출판사, 66쪽.

라고 불렀다.

명나라 궁전에서는 아편을 춘약(春藥)의 일종으로 사용하기 시작하였으며, 후에는 더 발전하여 상층사회에서 아편을 피우며 향락에 빠지는 현상이 성행하기에까지 이르렀다. 그런 향락 방식이 청나라에까지 이어졌는데, 도광(道光)황제가 바로 그 향락자 중의 한 사람이었다. 옹정황제는 검소하고 절약하는 생활을 하였다. 그는 아편을 재배하거나 매매하는 것을 엄히 금지할 것을 명하였다. 그가 죽은 뒤에도 금지령은 여전히 유지되었지만 엄격히 실행되지 않았던 탓에 영 제국주의가 그 빈틈을 노리게 되었던 것이다.

도광 연간에 아편 수입량이 갈수록 늘어나고 백은이 대량으로 유실되어서야 청 정부는 비로소 조치를 취해 영국령 인도제국의 아편 수입이 창궐하는 현상에 대한 대처에 나섰다. 아편은 독 물질이어서 소비자들이 아편에 중독되어 인이 배기면 아편에 대한 수요가 늘어날 수밖에 없으며, 따라서 소비시장은 확대될 수밖에 없었다. 중요한 문제는 중국에 대한 아편 수출이 소수 상인배의 영리 행위가 아니라 세계에서 가장 강대한 자본주의제국이 자본 축적을 위한 발전 전략을 펴고 있었다는 사실이다. 영제국주의가 중국이라는 피해자를 꼭 붙잡고 놓아주지 않았기 때문에 중국은 그 손에서 벗어날 수가 없었다. 이것이 바로 타고르가 말하는 영국이 총과 대포로 “독 물질을 중국의 목구멍에 쑤셔 넣었다”고 하는 내용의 실제적인 의미였다.

초기에는 인도제국의 아편 선박이 광쩌우 부두에 정박하면 중국의 아편 밀수입자들이 화물을 가져가곤 하였다. 후에는 광쩌우 정부가 단속에 나서면서 아편 선박이 영정양(零丁洋)으로 자리를 옮겨 작은 배를 이용해 아편을 광동 연해 ‘대요구(大窯口)’와 ‘소요구(小窯口)’의 암거래 상에게 운송하곤 하였다. 모든 것은 청나라 해군의 감시 하에 진행되었다. 영국 해군도 현장에 있었다. 영국 해군의 선박들은 총이며 대포 등 무기로 무장되어 있었기 때문에 활과 돌을 무기로 삼는 청나라 해군은 아편의 밀수 현장을 감히 덮칠 엄두를 내지 못하였다. 1840년 영국 국회에서 중국과 전쟁을 벌일 사안을 둘러싸고 변론을 벌일 때, 반대당 의원 윌리엄 에드워드 글래드스톤(William Edward Gladstone, 1809~1898)은 영국 국기가 중국 해안에서 아편무역을 보호하는 것은 더없는 치욕이라고 말하였다.[54] 그런데 후에 글래드스톤이 영국 총리가 된 후에는 아편무역에서 얻는 이익이 엄청 컸기 때문에 중단하는 것을 꺼려했다.

필자는 1974년에 뉴델리 학술잡지 『인도 경제와 사회 평론』(The Indian Economic & Social History Review)에 「영국 – 중국 – 인도 삼각무역(1771~1840)」[The Britain-China-India Trade Triangle(1771~1840)]이라는 제목의 글을 발표한 적이 있는데, 아직까지도 국제학자들이 글의 내용을 인용하고 있다.[55] 글에서는 무역이 결과적으로는 균형을 이룬다고 하였다. 18~19세기 영제국주의가 주도한 영국-중국-인도 삼각무역의 균형에 대해서는 "영국인은 중국의 찻잎을 향수하고, 중국인은 인도의 아편을 향수하였으며, 인도인은 영국의 식민정권을 향수하였다."(Chinese tea for the Britons, Indian opium for the Chinese, and British Raj for the Indians.) 라고 표현할 수가 있다. 영국정부가 이처럼 아편무역(요즘 말로 '마약판매'라고 표현할 수 있음)을 조직해 중국의 자원을 갈취하는 한편 중국인에게

---

54) 탄종、왕방웨이(王邦維)가 책임 편집한 『타고르와 중국』, 2011년, 베이징, 중앙편역출판사, 214~215쪽.

55) 구글(Google)사이트의 The Indian Economic &Social History Review, 1974, vol.11, issue 4 ...The Britain-China-India Trade Triangle(1771-1840) econpapers.repec.org/RePEc:sae: indeco:v:11:y:1974:i:4:p:411-431, 2016년 1월 31일 검색 열람.

장장 2세기 남짓 해독을 끼친 행위를 하고 어찌 '교양이 있다'고 자부할 자격이 있단 말인가? 인류 역사상 이처럼 비열하고 야만적인 마약판매 정부는 오로지 영국 하나뿐이다. 그 부분의 역사가 영국에는 크나큰 치욕이었다. 만약 이처럼 비열하고 야만적인 국제 마약판매 행위가 중국의 소행이었다면 서양 여론이 용납할 수 있었을까? 모두가 함께 들고 일어나 대대적으로 공격하지 않았을까? 그런데 서양 학술계는 영국이라는 '아편 제국주의'(마약판매 제국주의)에 대해서는 양해하는(심지어 보고도 못 본 체하는) 태도를 보이면서 청 정부의 이른바 "쇄국 정책"을 희생양으로 몰고 있다. 이는 너무나도 공정하지 않은 일이다.

1840~1842년의 아편전쟁은 주로 영국이 대 중국 아편무역을 보호하기 위해 일으킨 전쟁으로서 거듭 잘못을 저지른 것이다. 그러나 존 킹 페어뱅크는 자신의 애제자 장형보(張馨保/Hsin-pao chang)에게 영문 저서 『임 흠차(林欽差)와 아편전쟁』(Commissioner Lin and the Opium War)을 쓰도록 응원하였다. 그 책은 1964년에 하버드대학출판사에서 출판되어 한때 세상에 널리 알려졌는데, 아편전쟁의 고전 저작으로 간주된 적도 있으며, 세계 여러 대학들에서 그 책을 중요한 교과서 혹은 참고서로 간주하기까지 하였다.[56] 장형보는 존 킹 페어뱅크 학파를 대표해 아편전쟁이 일어난 기간을 1839~1842년으로 고쳐놓았다. 1840년에 영국 국회에서 출병해 중국을 공격키로 하는 결의를 통과시키고, 영국 원정함대가 인도에서 출발해 중국 해안에 도착한 때를 시작으로 한 것이 아니라, 임칙서(林則徐)가 1839년에 광쩌우에서 영국령 인도제국의 아편을 불태운 때를 시작으로 삼은 것이다. 이런 수정을 거친 은밀한 목적은 진실을 모르고 있

56) 1978년 탄종의 영문 저서 『중국과 용감한 새 세계: 아편전쟁의 기원』이 세상에 나온 뒤에야 장형보의 『임 흠차와 아편전쟁』의 국제 명망이 다소 하락하였다.

는 독자들에게 아편전쟁은 중국인 '임(칙서) 흠차'가 일으킨 것으로 오해하도록 하려는 것이었다. 그러면 아편전쟁의 성질이 바뀌게 되기 때문이었다. 즉 영국이 출병해 중국 해안을 공격한 사실이 중-영 무역에 도발한 임칙서를 제지하기 위한 것이 되어 버리는 것이었다. 그 책과 존 킹 페어뱅크의 다른 논저에서는 외국의 중국학 권위자들이 "그것 보라구. 「남경조약」에서는 '아편'에 대해 아예 언급하지도 않았다?"라고 풍자가 섞인 웃음을 짓고 있음을 볼 수가 있다. 이는 엄청난 왜곡이었다.

영국인들은 담판을 진행할 때 아편무역에 대해 논의하려고 하였지만 청나라 정부는 단호히 거절하였다. 「남경조약」에는 '아편'이라는 말이 없지만 전쟁에서 패한 청나라정부는 더 이상 또 다시 흠차를 파견해 아편을 금지시킬 엄두를 내지 못하였다. 따라서 아편무역은 「남경조약」 이후부터 실제로 합법적인 무역이 되어 버렸다. 필자는 영문 도서 『중국과 용감한 새 세계: 아편전쟁의 기원』(China and the Brave New World: The origins of the Opium War)에서 "아편은 '도화선/occasion'에 불과하며 아편전쟁의 원인이 아니다"라고 한 장형보의 언론에 대해 전적으로 반박하였다. 장형보의 말에 의하면 중국과 영국 사이에는 필연적으로 전쟁이 일어나게 되어 있다. 만약 '도화선'이 시럽이면 '시럽전쟁'이라고 부르고, '도화선'이 쌀이면 '쌀 전쟁'이라고 부르게 된다. 세상에 하늘 아래 이보다 더 황당한 논리가 또 있을까? 쌀과 시럽은 생명에 필요한 식량이지만 아편은 생명을 해치는 만성 독약인데 어찌 동일시할 수 있단 말인가? 어찌하여 현대 학술의 성전으로 자칭하는 미국 하버드대학에서 이처럼 뻔뻔스러운 학술 논점을 제기하였는데 아무도 나서서 비난하는 이가 없었을까?

이처럼 졸렬한 왜곡 행위에 대해 필자는 아편전쟁 시간을 18세기로 앞

당겼다. 다시 말하면 인도제국 식민정부가 중국을 상대로 대규모의 마약 매매를 조직한 날부터 영 제국주의가 '아편전쟁'을 일으켰다고 본 것이다. 1839년에 임칙서가 일으킨 것은 '반(反)아편전쟁'이고, 1840년에 영국 국회의 결의에 따라 일으킨 것은 '반반아편전쟁'이었다. 이 두 개의 '반'자가 서로 상쇄되어 '아편전쟁'이라는 이름이 되었던 것이다.[57]

태평천국(太平天國)

존 킹 페어뱅크 학파와 수많은 서양학자들은 '아편전쟁'이라는 단어를 줄곧 회피해왔다('제1차 중영전쟁'이라고만 표현할 뿐). 그들이 아편전쟁의 원인이 아편이라는 사실을 온갖 방법을 다 써가며 극구 부정하는 것은 아편제국주의인 영국을 미화하기 위해서였다. 그러나 세계 진보적 학자와 사상가들은 모두 마르크스(그는 세계 최초로 아편전쟁을 꾸짖은 사람임)를 본받아 그 죄행이 미화되는 것을 막았다. 현재 아편전쟁은 국제 여론의 피 심사석에 앉았다. 마르크스가 1853~1860년에 『뉴욕 데일리 트리뷴』(New York Daily Tribune)에 발표한 글들에서는 이따금씩 영국의 대 중국 아편 침략에 초점을 맞추곤 하였다. 마르크스가 그 글들을 발표한 시기는 마침 태평천국운동(1851~1864)시기여서 그가 세계 대 형세에 대해 논하면서 6차례나 태평천국운동에 대해 언급하였다는 사실을 볼 수가 있다. 우리는 그의 언론을 통해 한편으로는 중국의 발전에 해를 끼치는 서양 제국주의에 대해 강렬한 비난을 볼 수 있으며, 다른 한편으로는 그도 역시 중국 '문명의 길'에 따른 발전의 각도에서 문제를 보지 못하였음을 볼 수가 있다. 이는 매우 유감스러운 부분이다. 특히 마르크스가 1853

57) 탄종, 『중국과 용감한 새 세계: 아편전쟁의 기원』, 3-12, 222-228쪽.

년 6월 14일에 쓴 「중국과 유럽 혁명」(Revolution in China and InEurope)이라는 글에는 다음과 같은 내용이 있다.

> ……1840년에 영국은 대포를 이용해 천조(중국)황제의 권위를 깨트려 그에게 지면세계와 접촉하도록 압박하였다. 완전 고립은 옛 중국을 보존하는 주요 조건이다. 영국은 폭력으로 그 고립을 끝내게 해주었다. 중국은 마치 관 속에 밀봉되어 조심스럽게 보존되어 온 미이라(시체)가 공기를 만나게 되면 필연적으로 해체되어 버리는 것과도 같다.[58]

위의 구절에서는 '옛 중국'을 '미이라/시체'에 비유하고 신선한 공기는 서양세계에서 온 것이라고 주장하였다. 중국 '문명의 길'발전의 각도에서 보면, 마르크스가 중국에 대해 너무 모르고 있다고 할 수 있다. 그는 중국을 이해하지를 못했다. 그것은 그의 사고방식이 서양 '민족국가'발전의 속박에 완전히 갇혀버렸기 때문이었다. 그런 사고방식을 가지고 있었기 때문에 마르크스는 '태평천국운동'에 대해 이해할 수도 명확하게 말할 수도 없었다.

태평천국운동에 대해 분석하면서 마땅히 다음과 같은 세 가지를 분명하게 보아야 한다. 첫째, 1851년 '금전봉기(金田起義)'이전에 홍수전(洪秀全, 1814~1864) · 풍운산(馮雲山, 1815~1852) · 홍인간(洪仁玕, 1822~1864)이 광동에서 '배상제교(拜上帝教)'를 창설하였는데 겨우 준비단계였을 뿐이다. 1850년 7월 홍수전이 총동원령을 내려 '배상제교'모든 회원에게 광시 계평(桂平)현의 금전(金田)마을에 집합하도록 하여 의병을 일으켰다. 1851

58) 마르크스, 「중국과 유럽 혁명」(Revolution in China and InEurope), 『뉴욕 데일리 트리뷴』(New York Daily Tribune), 1853년 6월 14일.

년 1월에 '공축만수(恭祝萬壽, 공경하게 만수를 기원함)'봉기를 일으켜 '태평천국'이라는 명목을 내세워 북벌장정을 시작하였다. 그렇게 세계를 들썩이게 한 농민봉기전쟁이 시작되었다. 태평군이 광시에서 출발해 후난에 당도하자 후난의 농민들이 적극 동참하여 삽시간에 명성과 세력이 드높아졌다. 이어 태평군은 후베이 · 장시 · 안훼이 등 성을 거쳐 장쑤까지 치고 올라가 1853년에 난징을 점령하고 그곳에 수도를 세웠다. 그 세력이 장쑤 · 저장 · 안훼이 · 장시 · 허난 등지로 확대된 '태평천국'은 1964년에 이르러서 멸망하였다. 14년간 총 60개 도시를 공격 점령하였는데 역사적으로 성공을 이루지 못한 농민봉기 중에서 가장 강대한 무장 세력이었다.

농민봉기전쟁은 2천여 년간 중국 대통일 운명공동체의 '문명의 길'발전의 유기적인 구성부분이다. 진나라 말기에 항우와 유방이 이끈 봉기가 진나라를 뒤엎고 한나라를 세웠다. 동한 말기에는 황건봉기가 일어났었다. 수나라 말기에는 수많은 농민봉기가 일어났었는데 이연과 이세민 부자가 이끄는 봉기군이 마지막 승리를 거두어 당나라를 세웠다. 당나라 말기에는 황소봉기가 있었다. 주원장은 농민봉기를 일으켜 원나라를 전복시켰다. 그가 세운 명나라는 농민들에게 가장 친절한 정권이었을 것임에도 불구하고 홍무와 영락성세시기에 여러 차례 농민봉기가 일어났다. 명나라 말기에는 또 이자성이 이끄는 대규모의 농민봉기가 일어났다. 태평천국은 그 일련의 농민봉기의 계승자였다. 마르크스는 생전에 유럽 자본주의사회의 무산계급 노동자들을 '자재계급(a class in itself, 계급적 자각과 자기의 정당(政黨)을 분명히 의식하지 않고 있는 무산계급)'에서 '자위계급(a class for itself, 자기의 역사적인 입장이나 사명을 의식하고 행동하는 각성된 프롤레타리아 계급)'으로 전환시키기 위해 전력을 기울였다. 마르크스가 낙후한 봉건사회라고 여겼던 중국 '농촌의 우매함/rural idiocy'(『공산당선언』) 속에 살아온 농민들은 이미 '자위 계급(a class for itself)'이 된 지 오래였다.

이를 가장 잘 증명해줄 수 있는 것이 바로 시내암(施耐庵, 1296~1372)의 장편소설 『수호전(水滸傳)』이다. 이는 세계 최초로 평민들의 혁명을 널리 알린 책으로서 중국 농민봉기의 고전 명작이라고 할 수 있다. 이 책에서는 두 가지 소박한 혁명 이론을 선양하고 있다. 즉 "부당한 일에 침묵하지 않는 것(不平則鳴)"과 "하늘을 대신해 정의를 행하는 것(替天行道)"이다. 소설에는 다음과 같은 시가가 있다.

> 붉은 태양 이글이글 불처럼 타오르니, 들판 논에 가득한 벼 태반은 타죽었네.
> 농부 마음은 끓는 물처럼 부글부글, 귀공자와 왕손은 부채만 흔들흔들.
> (赤日炎炎似火燒, 野田禾稻半枯焦。
> 農夫心內如湯煮, 公子王孫把扇搖。)

이 짤막한 네 구절의 시구가 중국농민이 반란을 일으킨 원인임을 깊이 있게 반영하고 있다. 첫째, 실제로는 두 개의 중국이 존재한다. 하나는 노동인민의 중국이고, 다른 하나는 향락 계층인 귀공자와 왕손의 중국이다. 전자는 수고스럽게 노동을 하고, 후자는 앉은 자리에서 향락을 누린다. 둘째, 자연재해("들판 논에 가득한 벼 태반은 타죽었네.")가 닥쳐 노동인민들은 궁지에 빠졌지만, 정부와 통치계급은 전혀 무관심이니 농민들이 반란을 일으킬 수밖에 없었다. 『수호전』 이야기는 농민 대중으로부터 와서 다시 농민 대중들 속에서 널리 전파되어 농민의 각성을 불러

일으켰다.

중국 농민무장봉기에 대해 논함에 있어서 반드시 류옌동 부총리가 말한 중국 5천여 년 문명사의 "자강불식의 분투사, 평화를 추구하는 발전사"의 척도로 가늠해야 한다. 중국문명의 기본 선율은 단 한 순간도 평화의 이상을 추구하지 않은 적이 없었다는 것이다. 그러나 2천 여 년간 중국의 평화를 파괴한 전쟁에서 농민봉기는 상당한 비중을 차지하며 파괴성 또한 가장 크다. 이에 대해 어떻게 설명해야 할까? 제3장 토론에서 필자는 농민봉기 전쟁과 외래 '민족국가'의 침략이 중국 대통일 공동체의 '문명의 길'발전의 2대 걸림돌이라고 주장하였다. 그러나 농민들을 책망할 수는 없다. 농민들을 도탄 속에 빠뜨린 통치자들이 가장 큰 화근이기 때문이다. 농민봉기 전쟁은 중국 농민들의 '자강불식하는 분투'의 표현형태의 일종이었다. 물론 이런 형태로 인한 파괴로 미루어볼 때, 그 형태는 최선의 형태가 아니므로 피해야 했다.

위의 장절에서 필자는 송나라 장재가 말한 "만세에 영원히 이어질 태평한 세상을 개척해야 한다"라는 구절을 인용하면서, 그 말이 "양산박의 영웅호걸들이 '하늘을 대신해 정의를 행하는"태평한 세상'이라는 이상과 방법은 다르나 결과는 같은 것"이라고 주장했었다. 필자는 '태평천국'이라는 명칭이 장재가 말한 "만세에 영원히 이어질 태평한 세상을 개척해야 한다"라는 말과 동일한 이상을 대표한다고 생각한다('태평천국'운동에 동참한 사람들 중에 학식이 넓은 지식인이 있었기 때문에, 장재의 사상을 계승했을 가능성이 큼). 대통일의 중국은 억만 노동자의 머리 위에 통치체제를 수립해야 했다. 『예기 · 대동편(禮記 · 大同篇)』에서 논술한 '천하 대동'의 이상은 "대도가 행해지면 세상은 모든 사람의 것이 된다. 고상한 인품과 덕성을 갖추고 능력이 있는 인재를 선발해 성실함을 추구하며 화목한 분위기를 양성하는 것(大道之行也, 天下為公。選賢與能, 講信修睦。)"이다. 여기서 말하는 "세상은 모든 사람의 것"이라는 것은 바로 하나의 중국 운명공동체를 수립함으로써 전체 이익이 모든 사람의 공동사업이 되도록 하는 것을 가리킨다. "성실함을 추구하고 화목한 분위기를 양성한다는 것"은 바로 중국 운명공동체 안에서 서로 신뢰하고 화목하게 공존하는 것을 가리킨다. "고상한 인품과 덕성을 갖추고 능력이 있는 인재를 선발한다는 것"은 바로 이러한 중국 운명공동체에 통치체제가 있어야 하고 통치자는 반드시 현명하고 능력을 갖추어야 함을 가리킨다. 중국은 진 · 한 이래 2천년의 발전과정에서 모두 그 이상을 실현하려고 하였다. 문제는 만약 통치체제에 결함이 생기면 어떻게 하느냐에 있다. 결함이 있는 통치자 본인은 결함을 다스릴 수 없으니 노동자에 의지해 다스리는 수밖에 없다. 이것이 바로 중국 '문명의 길'발전에서 농민봉기 전쟁이 빠질 수 없었던 근본적인 원인이다.

둘째, 우리는 농민봉기 전쟁을 중국문명의 자아 보완의 체제로 간주할 수 있으며, 또 반드시 그렇게 간주해야 한다. 그러나 그 체제를 맹목적으로 찬미해서는 안 된다. 왜야하면 그 파괴성이 너무 크기 때문이다. 태평천국운동이 일어나서부터 평정되기까지 장장 14년이 걸렸다. 1년 365일, 14개의 365일 동안 매일같이 전쟁에 살인에 파괴가 이어졌으니 희생이 막심했던 것은 말할 것도 없다. 국제평론들은 태평천국시기에 사망한 평민과 전사자 숫자가 제1차 세계대전의 수준을 초과하는 것으로 추측하고 있다. 중국의 한 학자는 심지어 사망인수가 억 명에 이르는 것으로 추측하기도 하였다. 이 문제에 대한 필자의 견해는 세 가지이다. 첫째, 아무도 실제 조사를 통해 증거를 얻은 적이 없기 때문에 실제 조사를 거치지 않고 함부로 숫자를 불려 태평천국운동의 파괴성을 과장하는 것은 무책임한 것이며, 따라서 믿을 바가 못 된다. 둘째, 전적으로 태평천국에 그 책임을 돌릴 수만은 없다. 태평천국의 적은 증국번(曾國藩, 1811~1872)이 이끄는 상군(湘軍)과 청나라 군대에 외국인의 서양제 총을 가지고 훈련 받은 군대까지 가세한 세력이었다.

이 3대 적군은 태평천국과 마찬가지로 수없이 많은 사람을 죽였다. 더 중요한 것은 중국문명에는 "이기면 왕이 되고 지면 역적이 되는"전통이 있다. 다시 말하면 성공하여 "천하를 차지한"사람은 뭘 해도 잘한 것으로서 나쁜 일을 하였어도 용서 받을 수 있었다. 그러나 실패하게 되면 아무 가치도 없으며 공은 없고 죄만 남을 뿐이다. 만약 홍수전도 이세민이나 주원장처럼 민간영웅에서 일약 황제로 등극하였더라면 역사는 고쳐 써야 할 것이며, 이처럼 과장된 태평천국운동의 목숨 장부도 없을 것이다. 중국문명의 인애와 찬양은 오직 인민 내부에서만 통하는 것일 뿐, '적아 모순'에 적용하면 오직 원한과 비방뿐이다. 오늘날 우리가 접할 수 있는 태평천국 관련 정보는 태평천국 진영에서 얻은 것은 거의 없다(모두 태평천국의 적이 말한 것임). 그러니 태평천국을 부정적으로 묘사하지 않을 리 있겠는가?

태평천국의 군대는 중국 역사상에서 기율이 가장 엄하고 작전에서 용감하며 죽는 한이 있어도 항복하지 않는 농민봉기군으로 알려져 있다. 태평천국 전사들은 한 사람도 남지 않고 모두 살해되었다. 그들이 인간세상에서 엮었던 장렬한 이야기는 모두 염라대왕전에 가서 보고하였으리라. 태평천국 집권 시기 민간에 퍼뜨렸던 문헌마저도 모조리 불살라 없어져버렸다. 오히려 태평천국과 싸웠던 외국 침략군이 태평천국의 일부 문헌을 보존하였다. 그밖에 많은 외국인이 태평천국의 천경(天京, 난징[南京]을 이르는 말)에 와 대접을 받고나서 일부 자료들을 가져가기도 하였다. 그래서 외국의 도서관과 박물관이 오히려 태평천국 역사에 대해 연구할 수 있는 유일한 장소가 되어 버린 것이다. 량치차오(梁啓超) · 샤오이산(蕭一山) · 왕충민(王重民) 등은 태평천국 문헌이 귀국할 수 있도록 힘을 썼다. 중화인민공화국이 창설된 후에야 태평천국운동은 비로소 '장발적(長髮賊, 長毛賊)'이라는 악명에서 완전히 벗어나 중시를 받게 되었다. 난징에 '태평천국 역사박물관'을 설립하였으며 민간에 깊이 감춰졌던 태평천국의 유물들도 점차 수집하기 시작하였다.

「천조전무제도(天朝田畝制度)」는 태평천국의 치국 강령으로서 "모두가 함께 밭을 똑같이 나누어 경작하고, 밥을 똑같이 나누어 먹고, 옷을 똑같이 나누어 입으며, 돈을 똑같이 나누어 쓰면서 평균 분배를 하지 않는 곳이 없고, 배불리 먹지 못하는 사람이 없는" 이상사회를 건설한다는 내용을 포함하고 있다. 이는 중국 역사상에서 가장 진보적인 사상을 갖춘 강령이었다. 중국농민은 중국사회에서 가장 압박 받는 계층이며, 혁명에 가장 적극적으로 참가한 사회 구성원(이는 유럽 무산계급의 대변인 마르크스가 이해할 수 없는 부분임)이었다. 그러나 수천 년간 중국농민들은 모두 이를 깨닫지 못하였다. 그러다 태평천국운동이 일어나서부터 혁명의 칼끝을 불평등한 토지제도에 겨누기 시작하였다. 「천조전무제도」는 현대 중국공산당이 이끄는 토지혁명운동의 전주곡이었다. 「천조전무제도」의 또 다른 빼어난 점은 여성해방이다. 토지분배에서 남녀평등을 주장하였으며, 여성이 군사와 정치 사무에 참가할 수 있도록 허용하였다(이는 중국에서 전대미문의 혁명이었음). 제도는 "일부일처는 당연한 이치"라고 규정하였다(이 또한 전대미문의 일임). 제도는 또 "세상의 혼인을 재물로 논하지 못하도록"규정했는데, 이는 매매혼을 금지시킨 셈이다. 정부가 결혼증서를 발급하였으며 여성에게 전족(纏足)을 시켜 압박하는 것을 금지시켰다. 사람들은 태평천국정부가 「천조전무제도」의 규정을 철저하게 실행하지 않았다고 비평할 수도 있겠지만, 태평천국이 그 시기에 포위토벌을 당하는 형세에서 정권이 안정되지 않은 환경에 처하였다는 사실을 감안해야 한다. 그 시기에는 정권을 지키기 위한 전쟁에 집중하고 있을 때여서 세수 수입이 필요하였기 때문에, 토지개혁을 철저히 진행할 수가 없었다(마치 해방전쟁시기에 국경지역 정부가 토지개혁을 미루고 '소작료와 이자를 줄이는'정책을 실행하였던 것과 같은 경우임).

셋째, 태평천국운동시기에 중국은 마침 서양 제국주의 열강의 침략에 대응해야 했기 때문에, 강력한 정부와 안정된 사회질서가 필요한 때였다. 그러한 형세에서 나타난 영웅 인물인 증국번은 역사적인 반동세력이라고 할 수 없다. 역사학자 판원란(范文瀾, 1893~1969)이 증국번에게 덮어씌운 '매국노 살인귀'라는 이미지[59]는 중국 학술계에서 널리 받아들여지지 못하였다. 사람들은 줄곧 그때 당시 증국번이 중국을 공고히 하는데 적극적인 역할을 하였다고 주장하고 있다. 미시적 시각으로 보면 태평천국운동의 혁명성을 긍정한다면 증국번을 긍정적인 인물로 볼 수는 없을 것 같다. 그러나 거시적인 시각으로 보면, 증국번이 그 시기 선뜻 나선 것은 확실히 "막 기울어지기 직전인 건물을 바로 세운"역할을 하였다고 할 수 있다. 태평천국운동은 운동이 실패한 뒤에도 여전히 장래의 혁명자들을 고무 격려하는 역할을 하였다. 손중산은 스스로 '제2의 홍수전'이라고 자처하였다. 중국공산당의 혁명도 태평천국운동을 거울로 삼았다.

태평천국운동이 실패한 원인은 첫째로 그 자체 결함 때문이고(홍수전은 이세민 · 주원장처럼 문무를 겸비하지 못하였고, 군대의 작전 지휘능력도 없

59) 1944년에 출판된 판원란의 『매국노 살인귀 증국번의 일생』, 1950년대 인민출판사에서 재판됨.

었으며 최고지도층이 단합되지 못하였고, 난징에서 향락과 부패에 빠진 등의 결함), 둘째는 시기가 성숙되지 않았기 때문이다. 증국번의 등장은 역사의 필연적 결과라고 볼 수 있으며, 또 그 시기의 이른바 '옛 중국'이 마르크스 상상 속의 관 속에 존재했던 미이라가 아니라는 것도 증명해주고 있다.

의화단(義和團)

19세기 말에 일어난 의화단운동은 태평천국운동보다도 쟁의성이 더 크다. 의화단은 태평천국과 거의 같은 시기에 일어난 중국농민운동이다. 처음에는 청나라 정부에 반기를 들었으나 후에는 청나라 정권에 이용당해 서양종교와 서양인에 저항하였다. 원래의 구호는 "명나라를 도와 청나라를 멸하자(扶明滅清)"였으나, 후에는 "청나라를 도와 서양인을 멸하자"로 바뀌었다.

의화단운동은 '관(官, 정부)', '교(教, 서양 종교)', '민(民, 백성)'삼각관계와 연관이 있다. 의화단은 '민'의 원성을 대표하며 '교'(서양의 천주 · 그리스도가 중국에서 전파하는 '서양 종교')에 대한 '민'의 불만을 대표한다. '민'과 '교'의 모순은 중국문명이 서양 '민족국가'세계 발전의 충격을 받아 터져 나온 불꽃이었다(그러나 태평천국운동은 그런 성질을 띠지 않음). 화제를 두 갈래로 나누어 논하기로 하자. 먼저 서양의 '민족국가'세계 발전 법칙에 대해 논하기로 하자. 영국 시인 러디어드 키플링(Rudyard Kipling, 1865~1939)이 지은 유명한 시 「백인의 짐」(The White Man's Burden)은 이렇게 시작된다.

> 백인의 짐을 지어라
> 너희가 낳은 가장 뛰어난 자식들을 보내라

너희의 자식에게 유랑의 설움을 맛보게 하라
너희가 정복한 사람들을 위해 봉사 하거라.

키플링이 외치는 '백인의 짐'이라는 구호는 19세기 하반기부터 시작된 전 세계를 향한 서양 '민족국가'세계의 문화적 진군을 가리킨다. 서양 여러 국가의 백인 천주교도 기독교도들이 끊임없이 야만인(시에서 언급한 "너희가 정복한 사람[너희들의 포로]")들 속으로 가서 문명을 전파해야 하는 '백인의 짐'을 짊어져야 한다는 것이다. 19세기 말에 '백인의 짐'을 짊어지고 중국으로 온 서양인이 이미 매우 많은 규모에 달했다. 그들은 명나라 말과 청나라 초에 중국으로 온 예수회 선교사들과는 매우 큰 구별이 있다. 과거에 중국에 왔던 마테오 리치(Matteo Ricci, 중국명은 이마두[利瑪竇], 1552~1610), 데 판토하(Diego de Pantoja, 중국명은 방적아[龐迪我], 1571~1618), 아담 샬(Johann Schall von Bell, 중국명은 탕약망[湯若望], 1591~1666), 페르디난트 페르비스트(Ferdinand Verbiest, 중국명은 남회인[南懷仁], 1623~1688) 등 천주교와 예수회 신부들은 모두 서양문명의 엘리트들이며, 덕성과 명망이 높은 학자들로서 그들은 중국에 오자 존중을 받았다. 그들이 중국에 왔을 때, 당시 중국은 정국이 안정되지 않고 사회가 많이 혼란스러웠지만 아무도 그들을 해치지 않았으며, 그들은 안전하게 중국정부에서 직무를 맡을 수 있었다. 그러나 19세기 말에 '백인의 짐'을 짊어지고 중국에 온 천주교와 기독교 선교사들 중에는 좋은 사람과 나쁜 사람이 한데 섞였기 때문에, 서양 문명의 정수를 대표할 수 없었으며, 식민침략의 도구로 쓰인 사람이 매우 많았다. 국제학술계에서는 그 시기 서양의 백인 선교사들이 중국에 몰려드는 현상을 두고 "군기가 앞장서고 성경이 뒤따랐다(Bible follows the flag)"라고 표현하고 있다. 그 선교사들은 모두 서양의 침략군을 따라 들어와 외국의 대사관이나 영사관, 조계가 설치된 도시에 집중되어 외국 군대의 보호를 받았으며, 어떤 자들은 외국의 세력을 등에 업고 세도를 부리곤 하였다. 아편전쟁 후 서양 '민족국가'는 중국과 이른바 '조약체제'(treaty system)식 외교관계를 수립하였는데 실제로는 중국 행정주권에 대한 난폭한 간섭이었다. '치외법권'은 중국정부가 자국 영토에서 외국인의 불법행위를 처벌할 수 있는 권력을 박탈해버렸다. 외국 대사관과 영사관은 중국 정부가 조약의 규정을 '어긴'사례를 찾기에 급급하였다. 필자는 존 킹 페어뱅크가 만년에 쓴 논저에서 그가 자신이 발명한 '조약체제'(treaty system) 앞에 unequal(불평등)이라는 말을 붙인 것을 발견할 수 있어서 기뻤다. 중국정부와 서양열강 간에 체결한 조약은 모두 중문판과 외국어판 두 개의 판본으로 되어 있다. 그리고 "앞으로 만약 분쟁이 일어날 경우 반드시 외국어판에 쓰여 진 규정에 따라 엄히 이행해야 한다(중문판은 휴지나 다름 없었음)"고 규정지었다. 그 시기 청나라 정권은 조약 협상 단계와 그 후 실현 단계 전반에 외국문판 문자에 대해 심의할 수 있는 능력을 갖추지 못하였다. 결국 외국 대사관이나 영사관으로부터 중국정부가 조약의 규정을 '어겼다'는 지적만 받으면, 중국정부는 목적을 이루기 위해 제기하는 그들의 요구를 만족시켜주곤 하였다. 그리고 지방에서 분쟁만 생기면 외국의 외교사절단은 중앙정부에 압박을 가했으며, 그러면 중앙정부는 또 지방정부에 압박을 가해 외국인이 승소하도록 하였다. 그래서 민간에서 교민(教民, 중국의 천주교도와 기독교도를 일컫는 말)과 교민이 아닌 사람들 간에 분쟁이 생기게 되면 정부는 언제나 교민의 역성을 들곤 하였다. 민간에서 서양 종교에 대한 증오는 그렇게 쌓이게 되었던 것이다.

수천 년간 중국에는 종교 전통도 없었고, 또 외국 종교에 반대하는 전통도 없었다. 일부 서양학자들은 고작 6년간(841~846) 재위했던 젊은 당무종(唐武宗) 이염(李炎)이 사찰을 훼손한 행위와 의화단을 똑같이 취급하였다. 당나라 21명의 황제는 모두 불교를 신앙하였다. 오직 남에게 오도된 젊은 당무종만 예외였다. 인도에서 창설된 불교를 세계 3대종교의 하나로 발전시킨 중국에는 절대 외래 종교에 반대하는 전통이 있을 수 없었다. 이슬람교는 창설되자 바로 중국으로 전파되었는데 의화단과 같은 그처럼 강력한 반대에는 단 한 번도 부딪친 적이 없었다. 그렇기 때문에 의화단운동처럼 역사적으로 전례가 없었던 돌발적 사태는 '문명의 충돌'에 속하는 것이 아니라, 중국문명이 해상에서 오는 준엄한 시련에 대처하는 여러 가지 표현 중의 하나라고 할 수 있다(그런 의미에서 태평천국운동도 중국문명이 해상에서 오는 준엄한 시련에 대처하는 또 다른 표현인 것임).

의화단운동에 대한 청나라 정부의 방종과 이용은 매우 무책임한 표현이었다. 권력을 독점한 자희태후(慈禧太后)는 백일유신(百日維新)을 진압한 뒤 "권민들은 충성스러운 자들이고 신기한 술법을 쓸 수 있다(權民忠貞, 神術可用)"라고 직접 비준하여 갑문을 열어 홍수를 쏟아내듯이 규제를 완전히 풀어놓음으로써 베이징 · 톈진 일대의 의화단이 사회를 통제하게 하였으며 의화단 구성원들이 서양인과 중국의 서양 종교 신자들에게 폭행을 가하는 것을 정부는 보고도 못 본 체 하며 금지시키지 않았다. 의화단의 투쟁대상은 '대모자(大毛子)'와 '이모자(二毛子)' 두 부류였다. '대모자'는 중국에 거주하는 모든 서양인을 가리키고(사실 부커스[卜克思]라는 독일인 선교사 한 명이 산동에서 살해당하였을 뿐, 외국인 선교사와 가족들 모두 외국 대사관과 영사관에 숨어들어 보호를 받았음), '이모자'는 친 '양'중국인을 가리키는데 '한 마리의 용'(광서황제), '두 마리의 호랑이'(양무운동[洋務運動]을 주도한 경친왕[慶親王] 혁광[奕劻]과 대학사 이홍장[李鴻章]), '13마리의 양'('유신'과 개방정책을 주장한 청나라 고관들), 그리고 서양 종교를 신앙하고 서양 물건을 파는 중국인(심지어 몸을 수색해 서양 종이와 연필이 나오기만 하면 학생일지라도 살해당해야 하였음)이 포함되었다. 의화단이 무정부 상태에서 저지른 불을 지르고 살육을 하며, 약탈과 강간 등 폭력행위는 베이징과 톈진 일대를 발칵 뒤집어 놓았다.

본 장 제 1절에서 필자는 중국 역사에서 "만약 몽골족이 세운 원나라와 만주족이 세운 청나라가 없었다면, 서양세계에서 중국의 이미지는 '황환(黃患, 황인종은 화근)'이론이 나올 만큼 열악한 정도에까지는 절대 이르지 않았을 것이다."라고 했다. 의화단운동은 서양의 '황환'개념이 나타나게 된 직접적인 원인이었다. 서양 출판물 속에 중국인에 대한 원한이 서린 만화가 등장하는데 '중국인'('Chinaman')을 마귀처럼 그려 놓았으며, 청나라 식으로 머리모양(앞이마는 박박 깎고 머리채를 길게 땋아 등 뒤로 늘어뜨린 것)을 한 형상이었다. 이전에 '강건성세'가 없었더라면 우리는 청나라 시대의 중국을 중국 운명공동체의 새로운 확대판이라고 절대 말하지 않았을 것이다. 물론 의화단운동 속에서 살인과 방화를 저지른 자들은 모두 만주족이 아니라 만주족과 서양 '민족국가'열강의 압박을 받은 한인들이었다. 사실 그 이전에 구미 민간에서는 바다를 건너와 생업에 종사하는 중국인을 증오하는 정서가 이미 생겨났다. 예를 들어 대규모의 중국인 노동자들이 미국 서부로 가 철도를 건설하면서 갈수록 줄어드는 임금을 받아가면서도 기꺼이 일하는 바람에 미국 노동자들은 일자리를 빼앗겼다. 그리고 미국인은 또 그들의 옷차림이며 생김새도 낯설었으며 그들의 언어도 마음에 들지 않았다. 19세기 70~80년대에 캘리포니아 노동자당(Workingmen's Party of California)이 "중국인은 물러가라"(The Chinese must go)라는 구호를 제기하였다. 1882년 미국 국회가 「중국인 배척 법안」(Chinese Exclusion Act)을 통과시켰다. 이 일에 대해 의화단은 알지 못하였다. 의화단의 외국인 배척은 미국의 중국인 배척과 아무 연관이 없었다. 중국인의 압박을 받은 적도 없는 미국인이지만 그런 작은 이유로 '중국인을 배척'하는 법안까지 내놓았는데, 이중압박을 받아온 의화단이 외국인을 배척하는 것은 전혀 이상할 게 없는 일이었다. 이 점에 대해 미국의 유명한 작가 마크 트웨인(Mark Twain, 1835~1910)이 공정한 말을 하였다. 1900년 11월 23일 마크 트웨인이 뉴욕 버클리 대학교 강당(Berkeley Lyceum)에서 유명한 「나는 의화단이다」라는 연설을 통해 다음과 같이 말하였다.

> 중국은 왜 자국 땅에서 말썽을 부리는 외국인을 쫓아내지 말아야 한단 말인가? 그들이 모두 자기들의 국가로 돌아간다면 중국인은 얼마나 좋겠는가? 우리는 중국인이 우리 땅에 오지 못하게 하고 있다. 그러니 중국인 또한 누가 그들의 나라에 갈 수 있는지를 당연히 결정지을 수 있다고 나는 매우 진지하게 말하고 싶다.
> 외국인들이 중국인을 우리가 사는 곳에 올 수 없게 할 수 있다면, 중국인도 마찬가지로 외국인을 그들이 사는 곳으로 갈 수 없게 할 수 있다. 이 문제에서 나는 확고하게 의화단의 편에 설 것이다. 의화단은 애국자들이다. 그들은 다른 사람의 나라를 사랑하지만, 자기 나라를 더욱 사랑한다. 나는 그들이 모든 일이 순조롭기를 축복한다. 의화단은 우리를 자기 나라에서 쫓아내려고 한다. 나도 그들을 우리나라에서 쫓아내고자 한다. 그래서 나 역시 의화단이다.[60]

60) 마크 트웨인의 「나는 의화단이다」(Mark Twain's I am a Boxer speech) 연설 참고, www.chinapage.com/world/mark3e.html, 2016년 2월 4일 검색 열람.

태평천국과 마찬가지로 의화단운동도 살상력이 매우 강했다. 두 운동 모두 비극이며 모두 중국문명이 해상에서 온 도전을 받아 생겨난 악과였다. 그러나 의화단운동은 객관적으로 볼 때 중국문명은 무시할 수 없는 것임을 보여주는 역할을 하였다. 탐욕스럽기 그지없는 '민족국가'열강들이 중국을 분할(중국을 영국 · 프랑스 · 러시아 · 독일 · 일본 등이 각자의 '세력범위'로 나눔)하기에 급급할 때, 의화단운동의 등장은 마치 마른하늘에서 날벼락이 치듯이 중국은 정복할 수 있는 나라가 아님을 전 세계에 알려주는 역할을 하였다. 중국문명에 가져다준 바다의 시련은 이로써 일단락을 고하였다.

위에서 논한 내용들은 근대 해상에서 비롯된 중국문명에 대한 준엄한 시련의 두드러진 사례에 불과할 뿐이었다. 있는 그대로 구체적으로 탐구하려면 책 열권, 백 권으로도 다 적을 수가 없다. 서양학자들은 건륭황제와 청나라 정부의 광동 주재 지방 관료들이 외국인과 왕래할 때 오만한 태도를 취했다는 점에 대해 항상 강조하고 있다. 마치 서양열강들이 중국을 징벌한 데는 그럴만한 이유가 있었다고 여기고 있으며, 제자리걸음을 하던 중국이 스스로 제 무덤을 팠다고 여기고 있는 듯하다. 중국문명이 대외적으로 좁은 식견에 제 잘났다고 뽐내는 결함은 마땅히 시정해야 할 것이지만 그것이 서양이 중국을 침략하는 구실은 될 수 없는 것이다.

영국인들은 인도를 식민지로 만들었다. 인도인들에게는 제 잘났다고 뽐내는 전통이 없었음에도 말이다. 1960년대에 영국 케임브리지대학교의 유명한 여류 경제학자 조앤 로빈슨 (Joan Robinson, 1903~1983)이 인도 델리대학에 와서 필자의 학생들에게 강좌를 하면서 중국인이 아무리 교오하고 자만한다고 해도 영국인에게는 미치지 못한다고 했던 말이 떠오른다. 19세기에 전체 유럽이 중국에 대해 담론한 내용에 대해 자세히 읽어본다면, '백인의 짐'을 짊어지고 중국을 업신여기는 보편주의 태도가 과거 중국의 제 잘난 척보다 더하면 더했지 절대 모자라지 않음을 느낄 수 있다.

유럽이 의화단운동에 대해 그토록 강렬하게 증오한 것은 바로 전 세계 식민지 중에서 오직 백인 문명의 업신여김을 받는 황인종 중국인만이 언감생심 그처럼 "광기를 부렸기 때문"(마땅히 "그처럼 용감하게 짐을 지고 있는 백인에 도발한 것"이라고 읽어야 함)이다. 바로 이런 원인으로 인해 중국은 세계 공동의 적이 되어 8개국 연합군이 베이징을 공격하는 상황을 초래한 것이며, 1901년 9월 7일 중국역사에서 가장 치욕적인 「신축조약(辛丑條約)」(Austria-Hungary, Belgium, France, Germany, Great Britain, Italy, Japan, Netherland, Russia, Spain, United States and China-Final Protocol for the Settlement of the Disturbances of 1900)을 체결하게 된 것이다. 이 조약은 '9.7국치(九七國恥)'라고도 불렸다. 조약 제6조항의 규정을 보면 "중국은 여러 나라에 전쟁 배상금으로 은을 총 4억 5천만 냥 지불하되, 39년에 나누어 지불해야 하고, 매년 이자는 4리로 하며, 중국의 관세와 소금세로 결제해야 한다."라고 규정했다. 이는 분명 남의 집에 불이 난 틈을 타 약탈하는 것과 다를 바 없는 것이었다. 왜 "은 4억 5천만 냥"을 배상해야 한다고 하였을까? 그것은 그 시기 중국 인구가 그 숫자에 해당하였기 때문에 매개 중국인에게 처벌을 준다는 상징적인 의미가 있었다. 그 배상금으로 인해 중국의 재부가 막대한 손실을 입었을 뿐 아니라 그러한 배상 조례는 중국문명에 대한 인격적인 모욕이기도 했다.

1842년에 청나라 정부는 영 제국주의 아편전쟁의 공격을 받았을 때, 아편금지에 공을 세웠으며 전쟁을 극구 주장하였던 임칙서에게 죄를 물어 그를 신장에 유배를 보냈다. 그의 벗 진덕배(陳德培)가 그를 배웅하면서 시를 한 수 지었다. 이에 임칙서도 「자무(子茂)가 난천(蘭泉)에서 양주(凉州)까지 나를 배웅하고, 또 칠언 율시 4장을 지어 준 것에 차운(次韻)으로 화답하며」라는 시를 지었는데 그 중 두 번째 시에서는 다음과 같이 쓰고 있다.

> ……
>
> 벗과 함께 술잔을 기울이며 통쾌하게 웃고 있네. 분노가 치솟는 마음을 시로 읊으니 마치 북쪽으로 정벌을 가는 기분이네.
>
> 하찮은 것들이 날뛰고 있는데 그들을 소멸할 이 그 누구일까? 뜻 있는 이들이 중원의 전란을 평정하기만 바랄 뿐.
>
> 관새(關塞)와 산악을 넘으며 머나먼 장정의 길에서 날 샐 무렵 꿈결에도, 동남연해 전쟁터에서 울리는 북소리가 어렴풋이 들리네.
>
> (高談痛飮同西笑，切憤沉吟似北征。
>
> 小丑跳樑誰殄滅，中原攬轡望澄清。
>
> 關山萬里殘宵夢，猶聽江東戰鼓聲。)

시에서 "하찮은 것들이 날뛰고 있다"라고 한 것은 당연히 영국이라는 작디작은 나라가 넓디넓은 중국 땅에 와서 총칼을 휘두르며 거들먹거리고 있음을 일컫는다. 애석하게도 나약한 청나라 조정이 계속 대항할 수 없으니, 그는 어느 날인가는 국면이 평정되기를 바랄 수밖에 없었다. 그 자신은 유배를 당해 "관새와 산악을 넘으며 머나먼 장정의 길에서 날 샐 무렵 꿈을 꾼다"는 한탄을 하고 있다. 그러나 그는 자신이 광쩌우에서 흠차대신을 맡고 있으면서 영국의 아편을 몰수해 소각하였을 뿐 아니라, 해상전쟁을 지휘해 영국 선박 한 척을 공격해 침몰시켰던 정경을 회억하고 있었다.

“관새와 산악을 넘으며 머나먼 장정의 길에서 날 샐 무렵 꿈결에도 동남연해 전쟁터에서 울리는 북소리가 어렴풋이 들리네”라고 한 것은, 1901년의 「신축조약」이 중국문명 발전이 “험악한 관새와 산악을 넘어 날 샐 무렵 꿈을 꾸는”관두(關頭, 가장 중요한 지경 – 역자 주)에 이르렀음을 의미한다. 그러나 중국의 운명은 그 잠재력이 여전히 엄청나게 크다. 겉으로 보기에는 「신축조약」이 중국 ‘문명의 길’이 끝났음을 상징하는 것 같았다. 그러나 실제로는 가장 어두운 시각이 바로 바야흐로 동이 터오고 있음을 상징하는 것이었다. 중국문명에 대한 바다의 준엄한 시련으로 인해 중국문명은 “자강불식의 분투”의 길을 따라 더욱 확고하게 계속 걸어 나갈 수 있었던 것이다.

제5장

잠에서 깬 사자가 세계 대가정의 일원으로

제5장
잠에서 깬 사자가 세계 대가정의 일원으로

프랑스대혁명이 일어난 후부터 국제적으로 '구(舊)세계'(ancien regime)라는 유행어가 하나 생겨났다. 사람들은 새것과 낡은 것 사이에 경계선을 그어 '구세계'에 존재했던 여러 가지가 어제 사라지고 '신세계'의 여러 가지가 오늘 새롭게 생겨나는 것처럼 여기기를 좋아한다. 세상에 그런 발전법칙이 어디 있단 말인가? 서양에서 중국을 연구하는 권위 있는 학자들은 20세기의 시작(혹은 신해[辛亥]혁명의 발발을 말함)을 중국의 이른바 '현대적 변용'(modern transformation)의 기점으로 삼고 있다. 필자는 이에 대해 찬성할 수 없음에 양해를 구한다.

찬성할 수 없는 필자의 이유는 다음과 같다. 첫째, 발전은 마치 "창장의 뒷 물결이 앞 물결을 밀어가는 것"과 마찬가지여서 오늘의 뒷 물결이 곧 내일의 앞 물결이 되면서 영원히 뒷 물결이 앞 물결로 변해간다. 이런 현상을 두고 그대는 "현대가 고대로 전환한다"(transformation of modernity into antiquity)라고 말할 수 있겠는가? 이것이 바로 그대가 표명하고자 하는 시대의 진화란 말인가? 둘째, 달력으로 '새것'과 '낡은 것', '현대'와 '고대'를 구분하는 것은 논리에 부합되지 않는다. 마치 우리가 훌륭한 문학작품에 대해 평론할 때 출판 날짜를 기준으로 할 수 없는 것과 마찬가지 이치이다(필자의 견해에 따르면 수많은 당나라 시가가 중국의 백화문으로 지은 많고 많은 새로운 시들보다 더 현대적이라 할 수 있다). 셋째, 수천 년간 중국문명의 발전은 마치 '문명'이라는 도로에서 여행하는 것처럼 아름다운 풍경이 끊이지 않고 이어진다고 할 수 있다. A에서 B까지 그러할 뿐 아니라 B에서 A까지 또한 그러하다. 우리는 절대 중국문명을 '구세계'와 '신세계'로 분리시켜서는 안 된다. 그것은 '현대적 변용'(modern transformation)이 비합리적인 명제로서 반드시 그것을 뒷전으로 쳐야만 진상을 명확하게 알 수 있기 때문이다.

프랑스 군사가 겸 정치가인 나폴레옹(1769~1821)이 "중국이라는 잠자던 사자의 각성이 전 세계를 뒤흔들 것이다"라고 했다는 전설적인 말이 약 2백 년간 중국의 진흥에 매우 훌륭한 흥분제 역할을 하였다. 필자의 인도인 친구로 1970년대에 주중 인도대사였고, 중국에 줄곧 우호적이었으며, 중국을 매우 잘 알고 있었던 코체릴 라만 나라야난 (K. R. Narayanan, 1920~2005) 인도 전 대통령이 2000년 중국 방문 당시 중국에서 연설하면서 나폴레옹의 말을 인용하고자 하였으나 원문을 찾지 못하였다고 했다.[61] 2014년 3월 27일 시진핑(習近平) 주석이 파리에서 열린 중-프 수교 50주년 기념대회 연설에서 나폴레옹의 명언을 인용해 "중국은 깊이 잠자던 한 마리 사자였습니다. 그 사자가 깨어났을 때 세계가 뒤흔들렸습니다."라고 말하였다. 후에 여론들은 나폴레옹이 그런 말을 한 적이 있는지를 둘러싸고 논쟁을 벌이기도 하였다.[62] 중국을 '잠자는 사자'에 비유하고 그 사자가 잠에서 깬 뒤 '전 세계를 뒤흔들 것'이라는 말을 나폴

61) 그때 당시 필자가 미국에 있을 때였는데 필자에게 나폴레옹의 말을 찾아달라는 부탁을 하려고 인도 대통령 관저에서 사처로 전화를 해 필자를 찾았다고 한다. 후에야 그 일을 알게 된 필자는 꼼꼼히 찾아봤지만 여전히 나폴레옹의 원문을 찾아내지 못하였다.

62) 나폴레옹이 제일 먼저 중국 잠자는 사자론을 제기하였는가? - 뉴욕타임즈 국제생활 cn.nytstyle.com/books/20140403/tc03lion/zh-hant/,2016년 2월 9일 검색 열람.

레옹이 한 말인지 아닌지는 중요하지 않다. 중요한 것은 그 예언이 벌써 실현되었다는 것이며, 게다가 앞으로 계속 국제적인 화제가 될 것이라는 사실이다.

필자는 제4장 마지막 부분에서 "「신축조약」은 중국문명이 끝났음을 상징한다."라고 말하였었다. 「신축조약」은 1901년 9월에 체결되었다. 그러나 '국부(國父)'로 불리는 손중산(1866~1925)은 1894년 11월에 벌써 미국 호놀룰루에서 '흥중회(興中會)'를 창설하였다. 참으로 동쪽이 밝지 않으면 서쪽이 밝다고 중국문명이 막다른 골목에 이르기도 전에 또 새로운 앞길이 열렸던 것이다. 「신축조약」이 체결된 후 10년이 지난 1911년 10월에 신해혁명이 일어났다. 청 왕조의 통치가 끝나고 중국의 지평선에 서광이 비추기 시작하였다. 1950년대에 마오쩌동은 신해혁명 이후 누구든 황제가 되고 싶어도 더 이상은 될 수 없게 되었다고 말하였다. 그때부터 대통일의 중국 운명공동체에 황제가 존재하지 않게 되었으며, 중국은 민국시기에 들어섰다. 비록 순풍에 돛 단 듯이 순조롭지는 않았지만 어쨌든 새 시대가 시작된 것이다.

신해혁명은 우창(武昌)의 신군(新軍) 병사들이 손중산의 호소에 호응해 자발적으로 일으킨 혁명이다. 그들은 호광도독부(湖廣都督府)를 점령한 뒤 그들을 이끌 지도자가 없는 상황에서 친구네 집에 숨어 있던 신군 21려(그때 당시는 '혼성협(混成協)'이라고 부름) 장관 여원홍(黎元洪, 1864~1928)을 끌어내(침대 밑에서 끌어냈다고 전하고 있음) 임시로 후베이(湖北) 도독에 임명하고 중화민국이 창립되었음을 선포하였다. 그 행동은 즉시 전국 여러 지역의 호응을 받았다. 1912년 원단(元旦)에 17개 성의 도독부 대표가 난징에서 중화민국 임시정부를 설립하고 손중산을 임시 대총통(大總統)으로 추대하였다. 그 후 그는 북양신군(北洋

新軍)의 통수인 위안스카이(袁世凱, 1859~1916)와 협상을 진행하여 위안스카이가 청나라 조정을 압박해 통치지위에서 물러나게 하자 손중산은 대총통 직을 위안스카이에게 양위하였다. 중화민국은 창설되자마자 화북(華北)의 군벌에게 정권을 내어주고 말았던 것이다.

1. '잠자던 사자'의 각성

군벌의 연대

1925년 손중산이 베이징에서 별세하기 전에 "총리의 유언"에 "혁명은 아직 성공을 거두지 못하였다"라고 썼는데, 군주제가 폐지되었으나 중국은 이상적인 나라로 되지 못하였다고 여기고 있었던 것이다. 중국은 국제적으로는 평등한 지위를 얻지 못하였고 국내에서는 여전히 군벌이 할거하는 상황에 처해 있었다. 철저하지 못한 혁명과 군벌의 할거현상은 모두 민국 초기에 손중산이 군벌세력의 투쟁에서 전력을 다하지 못한 것과 관련된다. 후에는 그 자신도 1912년에 대총통 직위를 군벌인 위안스카이에게 양보한 것이 잘못한 일임을 의식하였다.

명의상에서 손중산은 중화민국의 임시대총통일 뿐, 공식적으로 민국의 초대 대총통은 북양 군벌 위안스카이이며, 그는 1913년 10월 10일 취임(임기는 5년임)하였다. 그는 1915년 12월 12일에 중화민국을 중화제국이라고 개칭하였지만, 자신은 여전히 대통령 직에 있으면서 황제의 보좌에 오르지 않았다. 1915년 12월 진보적 군정활동가 차이어(蔡鍔, 1882~1916)가 윈난에서 호국군(護國軍)을 조직해 위안스카이를 도빌하였다. 위안스카이는 압박에 못 이겨 1916년 3월에 군주제를 폐지하였으나 그 후 3개월도 채 되지 않아 위안스카이는 갑자기 병사하였다.

위안스카이 집권 기간에 일어난 최대 사건은 일본 침략자들이 그를 강박해 이른바 「21조」를 체결한 것이다. 그 사건은 좀 복잡한데, 복잡하고 곡절적인 과정 속에서 세 가지를 정리해낼 수 있다. 첫째, 일본 제국주의가 중국에 대해 침을 흘리고 있은 지 오래였다는 것이다. 위의 장절에서 언급하였던 의화단운동은 '서양'을 배척하였으나 반일 감정은 없었다. 일본은 천주교나 기독교 선교사들이 중국에 와서 활동하지도 않았다(의화단운동은 중국에 있는 어떤 일본인의 안전도 위협하지 않았음). 그런데 일본은 무슨 이유로 구미의 뒤를 따라 8개국 연합군에 참가하였을까?

구미가 의화단을 진압하기 위해 중국에 대한 침략전쟁을 일으킨 것은 이치가 맞지를 않는 일이었다. 그런데 일본이 8개국 연합군에 가입해 중국을 공격한 것은 더욱이 적나라한 강도행위였다. 그것은 영원히 청산할 수 없는 빚이다. 일본 제국주의가 중국을 침략하려는 야심을 항상 품고 있었다는 사실은 식견이 있는 사람이라면 절대 잊지 못할 것이다. 아이러니하게도 19세기 말부터 중국 지식인 엘리트들 가운데서는 '서양의 선진 기술을 본받아 서양의 침략을 물리치는(師夷之長技以制夷)'기풍이 일기 시작하였는데 일본은 그 분야에서 훌륭한 스승과 유익한 벗이었다. 중국의 애국지사들은 '경험을 배워오고자'너도나도 일본으로 건너갔다. 손중산이 바로 그 전형적인 인물이다. 위안스카이 집권 시기는 마침 독일이 굴기해 영국과 유럽의 패권을 다투고 있는 시기여서 유럽이 불안정한 국면에 처해 있었기 때문에 구미 열강은 모든 주의력을 유럽에 돌렸다. 일본은 그 기회를 틈타 중국을 독점하려고 시도하였다.

둘째, 손중산은 일본제국주의의 중국 침략 야심을 경계하지 않았다. 그는 일본이 앞장서서 열강들이 중국에 가한 영사재판권(consular jurisdiction, 즉 치외법권/extraterritoriality)을 폐지시켜줄 수 있기를 바랐으며, 일본이 중국을 도와 관세자주권 등을 회복시켜줄 수 있기를 바랐다. 그에 대한 교환 조건으로 중국 시장을 전부 개방해 일본 상공업에 최혜국 대우를 줄 생각이었다. 일본의 「21조」의 내용은 일본 흑룡회(黑龍會, 중국의 흑룡강[黑龍江, 헤이룽장] 지역에 침을 흘리고 있던 침략자 무리들로 구성되었다 하여 얻어진 이름임)가 일본 군국주의집단에 제공한 것이다. 손중산은 흑룡회의 두목 도야마 미쓰루(頭山滿/Toyaama Mitsuru) · 우치다 료헤이(內田良平/Ryohei Uchida) 등과 모두 가까운 친구 사이였으며 그들의 도움으로 손중산은 일본에 동맹회 본부를 설립할 수 있었다. 1914년 5월 11일 손중산이 일본 내각 총리 오쿠마 시게노부(大隈重信/Okuma Shigenobu, 1838~1922)에게 보낸 편지를 보면 더욱이 일본정부와 통일전선을 형성해 위안스카이를 쓰러뜨리고 일본의 「21조」의 요구를 만족시키려는 협의가 있다. 그 편지에서는 "오늘날 일본은 중국의 혁신운동을 도와 동아시아의 위급한 국면을 돌려세움이 마땅하다고 생각합니다. 그에 대한 보답으로 중국은 전국의 시장을 개방해 일본의 상공업에 혜택을 줄 수 있습니다."라는 극단적인 '친일'발언을 하였다.[63]

셋째, 그에 비하면 원래 일본에 무릎 꿇고 중국의 이익을 팔아 「21조」를 체결하였다는 악명을 얻은 위안스카이가 오히려 강적이 들이닥쳤을 때 방법을 강구해 침략자들과 지혜를 겨루었다고 할 수 있다. 일본군국주의는 위안스카이정부와 비밀리에 협상을 진행한 뒤 후자에게 비밀을 엄수할 것을 요구하였다. 위안스카이는 일본의 요구에 겉으로는 따르는 것처럼 하면서 뒤에서는 어기고 일본의 요구를 영미 제국주의에 폭로하

---

63) 「돤무츠샹(端木賜香); 손중산, 이게 뭐하는 겁니까? -텐센트、대가(孫中山這是干嗎呢? -騰訊、大家)」dajia.qq.com/blog/241593019691401.html, 2016년 2월 11일 검색 열람.

였다. 손중산은 일본 군국주의에 대한 환상을 품고 있었고, 위안스카이는 영미 제국주의에 대한 환상을 품고 있었지만, 모두 허사였다. 중일 양국은 거듭되는 담판을 거쳤지만 결과를 얻지 못하였으며, 결국 일본 군국주의는 흉악한 본모습을 드러내고 말았다. 1915년 5월 7일 위안스카이 정부에 최후통첩을 내려 5월 9일 오후 6시 전까지 긍정적인 답을 줄 것을 명령하였다(그렇게 하지 않을 경우 사정을 두지 않겠다는 뜻임).

갑자기 중국에 거주하던 일본인 교민들이 잇달아 떠나가고, 일본 군함이 보하이만(渤海灣)에 모습을 드러내며 위세를 부렸다. 막다른 골목에 이른 위안스카이는 하는 수 없이 5월 9일 순순히 「21조」문서에 사인하였다. 중국을 강박해 불평등조약을 체결한 일본의 이런 횡포는 서양 제국주의의 흉포함과 비교해 볼 때 더하면 더했지 절대 못하지 않았던 것이다. 일본은 서양 '민족국가'의 침략과 정복의 길을 본받았던 것인데 후에는 후발주자가 선임자를 앞지른 셈이었다. 그야말로 "청출어람승어람(青出於藍而勝於藍)"이라 할 수 있었다. 중국은 비록 더 이상은 예전처럼 제자리걸음을 하고 있지는 않았지만, 이제 막 잠에서 깬 사자가 한쪽 눈을 겨우 뜨자마자 또 남에게 찢기고 베인 셈이었다. 그럼에도 일어나 저항도 하지 않았다.

위안스카이도 청나라 말기 황제들처럼 비굴하게 목숨을 보전할지언정 절개를 지켜 목숨을 버리는 것은 원치 않았다. 오히려 실업구국의 이상을 품은 후난(湖南)성의 학생 펑차오(彭超, 1896~1915)정부가 치욕을 참고 불평등조약을 체결하였다는 소식을 듣자 "나라가 망하는구나!"라고 부르짖으며 대성통곡을 하였다. 창사(長沙)시 교육계에서 '국치회(國恥會)'를 설립하였으며, 펑차오는 손가락을 잘라 "나라가 부서지고 집안이 망하는 꼴을 보지 않으려는 뜻을 세운다"라는 혈서를 써놓고는 상장(湘

江)에 뛰어들어 자살하였다.[64] 베이징에서는 학생 20만 명이 집회를 열고 항의하였다. 그때 당시 겨우 17살이었던 톈진(天津) 난카이(南開)대학 학생 저우언라이(1898~1976)도 거리에 나서 연설을 통해 대중들의 애국 열정을 불러일으켰다. 위안스카이는 전국이 분노하는 것을 목격하자 5월 9일을 '국치일'로 정함으로써 후세사람들이 영원히 잊지 않고 기억하도록 하였다. 사실 수치심을 참지 못해 자살해야 할 사람은 펑차오가 아니라 마땅히 위안스카이였다. 만약 그가 정말 나라가 망하는 꼴을 보고 싶지 않았다면 1915년에 스스로 목숨을 끊었어야 한다(그래봤자 고작 몇 개월 앞당겨 염라대왕의 관저에 출두할 것을 말이다). 그랬더라면 그는 '매국'했다는 죄명은 깨끗이 씻을 수 있었을 것이다. 위안스카이가 죽은 뒤에도 젊은 중화민국 정부는 여전히 북양군벌의 통제 하에 있었다. 총통의 명단에는 펑궈장(馮國璋, 1859~1919) · 쉬스창(徐世昌, 1855~1939) · 차오쿤(曹錕, 1862~1865) · 돤치루이(段祺瑞, 1865~1936) 등의 이름이 올라 있다. 그들은 명의상에서는 중국의 국가 원수지만, 실제로는 화북지역의 자신의 세력범위 만을 통솔했던 부대의 사령관일 뿐이었다. 그들의 군대 세력이 닿을 수 없는 전 중국의 여러 지역은 모두 크고 작은 군벌이 통치하고 있었다. 그 시기 중화민국은 역사적으로 전례가 없는 군인이 통치하는 수십 개의 독립 왕국의 혼합집단이라고 할 수 있었다.

이런 군벌할거 상황에서 중국은 여전히 문명의 길을 걷고 있었던 것이 맞는지 독자들이 물을 수 있다. 대답은 틀림없다는 것이다. 군주제가 폐지되고 중국사회는 비약적으로 진화하는 현상이 나타났다. 사람들은 자유를 느낄 수 있었으며 주인공 의식이 높아졌다. 신형의 대학교 중학

64) 「펑차오-위키백과, 자유로운 백과전서」https://zh.wikipedia.org/zh.../彭超, 2016년 2월 11일 검색 열람.

교 초등학교가 설립되어 과거의 서당을 대체하였다. 지식과 지혜가 빠르게 전파되었고 우정·교통·운수가 대대적으로 발전하였으며 신문과 잡지가 발행되었다. 이 모든 것이 문명의 발전이다. 중국은 세계와 연결하고 대화를 진행하기 시작하였으며 시대 발전의 맥박이 중국 대지에서 뛰기 시작하였다. 위안스카이 시대에도 차이어·펑차오 등 영웅이 나타났는데 이는 군벌시기 중국문명 속에 언뜻 나타났다 사라진 불꽃과 같은 것이다. 물론 우리는 손중산이 민국 건설에 대한 기여를 경시해서는 안 된다.

손중산과 국민당

만약 민국 초기에 군벌통치만 있고 손중산이 없었다면 그 시기는 중국문명 발전의 가장 암흑기 중 하나였을 것이다. 손중산은 중화민국의 영감이고 중화민국의 스타이며 중국이 군주제에서 민국으로 전환한 상징적 부호였다. 그러나 그는 겨우 몇 개월간 임시 대총통을 지냈을 뿐이다. 그는 은퇴한 뒤 비록 군벌 집권 시기 민간에서 가장 활약한 정치가였지만 진정으로 어떤 공훈을 세우기는 어려운 일이었다.

1917년에 군벌(겸 총리) 돤치루이가 '장훈복벽(張勛復辟, 장훈이 베이징에서 푸이[溥儀]를 황제로 옹립한 사건)을 평정한 뒤 국회 회복을 거부하자 손중산은 호법운동을 일으켜 광쩌우로 가서 국회 '비상회의'를 열었다. 그 회의에서 그는 해·육·공군 총사령관으로 선출되어 북벌을 준비하였다. 그런데 광동·광시 군벌의 방애를 받아 그는 총사령관 지위까지 박탈당하고 하는 수 없이 상하이로 가서 한동안 세상사에 관계 않고 조용히 살았다. 1923년 1월에 손중산은 상하이에서 소련 외교가 요페(Adolf Abramovich Joffe, 1883~1927)와 회담을 가졌으며 「손문 요페 선언」을 발표하였다. 그 이후부터 손중산은 '적색도시'광쩌우에서 기세 드높은 혁명활동을 전개하기 시작하였다. 중화민국은 새롭게 태어났다. 이로써 중국역사의 새 페이지에 두 건의 큰 사건이 쓰여 졌다. 한 건은 새로운 중국국민당의 창설이고, 다른 한 건은 광쩌우에 황푸군학교(黃埔軍校)를 설립하고 진보적 사상을 갖추고 또 작전능력까지 갖춘 인재들을 양성한 것이다. 이 두 큰 사건에서는 또 손중산의 '러시아와 연합하고 공산당과 연합하는'정책을 관철시켜 국민당이 중국의 공산주의자들을 국민당에 가입시켜 제1차 '국공합작(국민당과 공산당의 합작)'을 이루게 하였다.

1923년 10월 소련의 미하일 보로딘(Mikhail Markovich Borodin) 고문이 광쩌우에 와서 중국국민당이 조직한 '훈련관'을 담당하였다. 손중산은 소련의 도움으로 대원수 관저를 재건하였다. 1924년 1월 손중산이 광쩌우에서 중국국민당 제1차 전국대표대회를 열었다. 대회에 출석한 정식 대표 165명 중에는 천두슈(陳獨秀, 1879~1942) · 리다자오(李大釗, 1889~1927) · 마오쩌동(1893~1976) · 린주한(林祖涵, 린보취[林伯渠], 1886~1960) · 취츄바이(瞿秋白, 1899~1935) · 탄핑산(譚平山, 1886~1956) 등 24명의 중국 공산주의자도 포함되어 있었다.

손중산은 총리의 신분으로 대회의 주석을 맡았다. 대회 주석단은 후한민(胡漢民, 1879~1936) · 왕징웨이(汪精衛, 1883~1944) · 린썬(林森, 1868~1943) · 셰츠(謝持, 1876~1939) · 리다자오 등 으로 구성되었다. 소련 보로딘 고문(그 역시 대회에 출석한 정식 대표임)이 설계를 맡았기 때문에 그 대회의 조직과 순서는 전적으로 소련공산당대표대회의 방식에 따랐다. 대회에서는 「국민정부의 조직에 필요한 사안」「중국국민당 제1차 전국대표대회선언」「중국국민당 규약 초안」「출판 및 신진문제 사인」 등의 의안을 통과시켰으며, 중앙집행위원회와 감찰위원회를 선출하였다.

중앙집행위원과 후보위원으로 선출된 41명 중에는 중국공산당원인 리다자오 · 탄핑산 · 위수더(于樹德, 1894~1982) · 마오쩌둥 · 취츄바이 · 린주한 등 10명도 포함되었다. 대회가 열린 뒤 중앙집행위원회는 탄핑산을 조직부장에, 다이지타오(戴季陶, 1891~1949)를 선전부장에, 랴오중카이(廖仲愷, 1877~1925)를 노동자부장에, 린주한(린보취)를 농민부장에, 쉬충즈(許崇智, 1887~1965)를 군사부장에, 쩌우루(鄒魯, 1885~1954)를 청년부장에, 쩡싱(曾醒, 1882~?)을 여성부장에, 린썬을 해외부장에 각각 임명하였다.

1924년에 광쩌우에서 중국국민당 제1차 전국대표대회가 열린 것은 중국이라는 잠자던 사자가 깨어났음을 상징하며 4분의 1세기 뒤에 중화인민공화국 창립의 전주곡이었다고 필자는 생각한다. 대회에서 통과된 「제1차 전국대표대회선언」에서는 "모든 불평등조약, 예를 들어 외국인조계지 · 영사재판권 · 외국인관리 관세권 및 외국인이 중국 경내에서 행사하고 중국 주권자에게 해를 끼칠 수 있는 모든 정치권력 등은 모두 폐지해야 하며, 양자 간에 평등하고 서로의 주권을 존중하는 조약을 새롭게 체결해야 한다."라고 외쳤다. 이는 바로 중국이라는 이제 막 잠에서 깬 사자의 첫 울부짖음이었던 것이다. 물론 그 울부짖음은 중국 남방의 제일 끝에 가까운 광쩌우에서 울린 것이어서 그때 당시 중국 경제중심이었던 경호(京滬, 그때 당시 국민당 정권 수도였던 난징과 상하이 일대를 가리킴)와는 거리가 멀었으며, 그때 당시 중국의 정치중심이었던 베이징과는 더욱 거리가 멀었기 때문에 별로 큰 충격을 주지는 못하였다. 손중산도 이에 대해 인식하고 있었다. 마침 그때 소련의 도움으로 강대한 서북군을 조직할 수 있었던 직계 군벌 펑위샹(1882~1948)이 1924년 10월 베이징에서 정변을 일으켜 북양군벌정부를 무너뜨리고 군대 이름을 국민당으로 개칭한 뒤 손중산에게 베이징으로 와 국가대사를 의논하자고 요청하는 전보를 쳐왔다. 손중산은 그 즉시 광쩌우를 떠나 일본을 거쳐 베이징에 당도하였으나 애석하게도 도착하자마자 몸져누웠으며, 1925년 3월에 세상을 떠나고 말았다.

손중산은 '중국의 꿈'이라는 불씨에 불을 붙였으며 중국 전역이 그로 인해 크게 고무되었다. 그는 「유서」에 "나의 모든 동지들이 반드시 내가 쓴 『건국방략(建國方略)』 『건국대강(建國大綱)』 『삼민주의』 『제1차 전국대표대회선언』에 따라 계속 노력하며 관철하기를 바란다."라고 썼다. 필자는 초등학교와 중학교를 다닐 때 매주 조회 때마다 이 구절을 읽곤 하였는데 수십 년이 지났어도 잊을 수 없다. 필자는 어렸을 때 손중산의 이름만 들으면 존경하는 마음에 숙연해지곤 하였다. 필자가 그를 공경하고 우러러보는 것은 그의 '중국의 꿈'의 불꽃이 나의 '중국의 꿈'에 불을 붙였기 때문이다. 필자가 어렸을 때 꾸었던 '중국의 꿈'은 매우 단순했다. 오직 태평한 삶을 살 수만 있었으면 하는 것이었다. 만약 손중산이 세상을 떠나지 않는다면 반드시 중국에 태평스러운 삶을 가져다줄 수 있었을 것이라고 필자는 굳게 믿고 있었다.

그때까지도 필자는 『건국방략』과 『건국대강』을 단 한 번도 제대로 읽어본 적이 없었다(『삼민주의』는 읽었음). 지금은 읽어보았지만 어렸을 때 손중산에게 느꼈던 공경심과는 거리가 먼 느낌이었다. 예를 들면 『건국대강』 중 "건국대강 제정 선언"에는 이런 말이 있다.

> 신해혁명이 일어나 수개월 만에 4천여 년 간 지속되던 군주전제의 정치제도를 뒤엎고, 260 여 년간 이어오던 만주족 통치의 역사를 끝냈나. 그 파괴력이 그야말로 막대하다고 할 수 있다. 그러나 오늘날에 이르러 삼

> 민주의를 실행함에 있어서 망연해서 갈피를 잡지 못하고 있는 것은 파괴를 거친 뒤 처음부터 예정된 절차에 따라 건설을 진행하지 못하였기 때문이다. 대체로 군정시기(軍政時期)를 거치지 않으면 반혁명세력을 궤멸시킬 길은 없다. 또한 혁명의 주의도 대중들에게 선전할 길이 없기 때문에, 그들의 연민과 믿음을 얻을 수 없게 된다. 훈정시기(訓政時期)를 거치지 않으면 오랜 세월동안 속박 속에서 살아온 대다수 인민들이 갑자기 해방되어 처음에는 활동하는 법을 몰라 책임을 포기하는 옛 습관을 고수하지 않으면 다른 사람에게 이용당해 반혁명분자로 전락하고도 스스로 인식하지 못하게 된다. 전자의 폐단은 혁명의 파괴에 대해 알지 못하는 것이고, 후자의 폐단은 혁명의 건설을 진행할 수 없는 것이다.

필자는 읽고도 그 뜻을 알 수 없었다. 손중산이 혁명을 일으켰는데 그 혁명의 대상은 도대체 누구였나? 그가 세우려는 나라는 도대체 어떤 나라였나? 그는 중국의 "4천여 년의 군주전제 정치제도"를 뒤엎고자 하였는데, 그 "4천여 년"의 문명은 지키려는 것인지 버리려는 것이었는지? 중국 인민은 "해방 되었지만"여전히 "책임을 포기하는 옛 습관을 고수하거나", 혹은 "반혁명"에 이용당하게 된다고 하였다. 그의 눈에 비친 '중국 인민'은 너무 한심했던 것은 아닌지? 정말로 그렇다는 말인가? 손중산이 숭배하는 일본도 군주전제 정치제도를 실행하고 있지 않은가? 근대 들어 군주전제 정치제도를 실행하지 않는 강국들이 모두 중국을 침략하였다. 그런데도 손중산은 그들의 지지를 얻을 수 있기를 바랐으며(중국 인민에 대해서는 오히려 실망함), 중국을 서양 국가들과 같은 나라로 개조하려는 생각이 절박하였다. 그런 그가 어찌 성공할 수 있었겠는가?

손중산의 '삼민주의'를 구성한 유기적인 세 부분은 '민족주의''민권주의''민생주의'이다. 그는 「민족주의」의 끝부분에서 이렇게 썼다.

이제 남은 최강국은 오직 영국 · 미국 · 프랑스 · 일본 · 이탈리아뿐이다. 영국 · 프랑스 · 러시아 · 미국은 모두 민족주의에 의해 세워진 나라이다. 발달한 영국에서 중심이 되는 민족은 '앵글로 색슨(Anglo-Saxon)' 족이고 – 중심이 되는 지역은 잉글랜드와 웨일스이며 – 인구가 3천 8백만밖에 안 되지만 순수 영국의 민족이라고 할 수 있다. 이런 민족이 현 세계에서는 가장 강대한 민족이며, 그 민족이 세운 나라는 세계에서 가장 강대한 나라이다.

위에서 필자는 손중산에게 중국 '4천여 년'의 문명을 지키려는 건지, 버리려는 건지를 묻고 싶었다. 그런데 상기의 구절이 어쩌면 부정하는 대답을 해준 것인지도 모른다. 손중산은 분명 중국문명을 영국 · 프랑스 · 러시아 · 미국(사실 미국은 손중산이 말하는 '민족주의에 의해 세워진 나라'가 아님)과 같은 '민족국가'로 바꾸고 싶어 하였다. 이는 중국의 발전을 잘못된 길에 들어서게 할 수 있을 것이라고 필자는 생각한다.

여기까지 써내려오고 보니 필자는 또 예전에 보았던 글이 생각난다. 1897년 8월에 손중산이 일본인 벗인 미야자키 도텐(宮崎滔天/Touten Miyazaki, 1871~1922)에게 쓴 편지에는 이런 내용이 있다. "만주족 오랑캐가 3백 년간 집권하면서 한인(漢人)을 우롱하는 것을 궁극적인 진리로 삼고 한인의 고혈을 짜내고 한인을 속박하였다네……오늘날 세계문명이 갈수록 발전하고 있고, 나라들이 모두 자주적이 되었으며 사람들이 모두 독립하고 있지만, 오직 우리 한족(漢種)만이 날이 갈수록 뒤처지고 있다네……"[65] 상기의 편지는 19세기말에 쓴 것이나. 그 후 수십 년간 손중산

65) 장이화(姜義華), 『중화문명의 뿌리』, 2012년, 상하이, 상하이인민출판사, 20쪽.

의 사상이 크게 진보하였다. 그렇기 때문에 우리는 상기의 내용을 손중산의 불변의 사고방식으로 보아서는 안 된다. 필자가 지적하고 싶은 것은 위에 인용한 구절에서 매우 대표적인 몇 가지 그릇된 관점이다.

첫째, 손중산의 사고방식에는 중국 5천년 문명의 진화라는 거시적인 관점이 애초에 존재하지 않는다. 위의 인용문에서 묘사한 3백년 청나라 통치와 이 책의 앞 장절에서 지적한 문명의 전체적인 각도에서 청나라 역사에 대해 평가한 내용 사이에는 매우 큰 차이가 존재한다. 차분하게 생각해보면, '강건성세'의 통치자들이 "한인을 우롱하는 것을 궁극적인 진리로 삼은 것"이라고 말할 수 있겠는가? 이는 사실에 어긋나는 것임이 분명하다. 둘째, 인용문에서 "오늘날 세계문명이 갈수록 발전하고 있고, 나라들이 모두 자주적이 되었으며, 사람들이 모두 독립하고 있지만, 오직 우리 한족만이 날이 갈수록 뒤처지고 있다네"라고 하였는데 이는 중국의 '자주'와 '독립'권리를 박탈한 일본을 포함한 서양 열강을 책망한 것이 아니다. 이로부터 "중국문명에 가져다준 바다의 준엄한 시련"에 대해 손중산은 애초에 깨우치지 못하였으며, 오로지 깊이를 알 수 없고 위험이 잠복해 있는 해상 '민족국가'세계에 대한 환상만 품고 있음을 설명한다. 이러한 사고방식이 오늘날의 중국에도 여전히 매우 보편적으로 존재한다고 필자는 생각한다. 셋째, 인용문 중 협애한 '한족(漢種, 사실 애초에는 존재하지도 않았음)'관념은 마땅히 지양해야 한다. 이에 대해서는 앞 문장에서 이미 서술한 바 있기 때문에 여기서 길게 말하지 않겠다.

전국을 휩쓴 새로운 사조(思潮)

어쨌든 신해혁명과 중화민국의 등장은 중국문명 5천 년의 이정표이며, 중국이 사상적으로 참신한 시대에 들어섰음을 의미한다. 앞에서 손중산이 중국 '4천여 년'의 문명을 지키려는 건지 버리려는 건지에 대해 토론하였는데, 사실 이는 비합리적인 명제이다. 5천년 중국문명은 항상 그 자리에 존재하는 것이기에, 지키든 버리든 항상 그 자리에 존재하면서 계속 앞으로 발전하고 있으며, 아무도 막을 수 없는 것이다. 손중산이 바로 중국문명이 발전을 이어온 구체적인 표현이며, 신해혁명과 중화민국이 바로 중국문명이 발전을 이어온 구체적인 표현이다. 중국 각성의 첫 순서가 눈을 뜨고 세계를 바라본 것이다. 자신과 세계의 차이를 보았고, 세계와 자신에 대한 과거인식에 존재하는 오류를 본 것이다. 중국은 자신과 세계의 차이를 발견하고 세계와 연결해야 하는 절박감을 느꼈다. 이것이 바로 각성이다.

먼저, 세계의 과학정신이 중국을 감화시켰다. 천두슈는 1915년에 '싸이 선생'(그리고 또 '더 선생')이 중국에 오는 것을 환영한다는 구호를 외쳤다. '싸이 선생'은 과학(science)을('더 선생'은 '민주/democracy') 가리킨다. 과학정신을 제창한다고 하여 반드시 실험실에 들어가 과학실험을 할 것을 요구하는 것이 아니라, 진리를 추구하고 진실을 추구하는 것을 가리킨다. 사실 중국문명은 오래 전부터 과학정신을 갖추어야 하고, 진리를 추구해야 하며, 진실을 추구해야 한다는 이치를 깨달았다. '진선미(眞善美/satyam, shivam, sundaram)'는 힌두교도들이 매일 기도할 때 외우는 단어이다. 이 세 개의 산스크리트어 단어의 출처는 『오의서(奧義書)』(우파니샤드[Upanishads])이다. 이 세 단어 최초의 중문 번역은 수나라 고승 지의(智顗, 538~597)가 쓴 『법화현의(法華玄義)』에서 찾아볼 수 있다. 그 책에서는 '진선묘색(眞善妙色)'이라고 번역하였다. 그 '묘색'은 고대인이 보살의 형상에 대해 형용한 말이다. 그렇게 되면 그 한어 번역은 『오의서』의 '진선미(眞善美)/satyam, shivam, sundaram'의 본뜻에 부합된다.

'진'이라는 개념은 최초에 불교를 떠받드는 진(晉)나라 도연명(陶淵明, 365?~427)이 『노자』의 "소박하고 순결한 본성을 살리고 사리사욕과 잡념을 줄여야 한다(見素抱樸, 少私寡欲)"는 관점에서 발전되어 나온 것이다. 그는 첫 번째 시 「권농(勸農)」에서 "아득히 먼 옛날 인류의 선조들은 먹을 것과 입을 것이 풍족해 구속을 모르고 자유롭게 살면서도 소박하고 심성이 솔직하였다(悠悠上古, 厥初生民。傲然自足, 抱樸含真)"라고 썼다. 여기서 "심성이 솔직하다(含真)"라는 말에는 '과학정신'으로 충만 되어 있다. 과학정신은 1600년간 중국문명 속에 깃들어 있었다. 그렇기 때문에 천두슈가 서양의 "싸이 선생"을 중국으로 초청할 수 있었던 것이다.

도연명과 같은 시기 사람이었던 불교의 고승 승조(僧肇, 384~414)가 자신의 저작 『조론(肇論)』에서 최초로 '진제(眞諦)'과 '성심(聖心)'에 대해 논술하였는데, 이는 '진(眞)'과 '선(善)'에 대한 최초의 탐구라고 할 수 있다. 사실 도교의 '진인(眞人)'도 승조의 '진제''성심'과 서로 맞물린다. '진인'의 기원은 『황제내경 · 소문(黃帝內經 · 素問)』으로 거슬러 올라간다. 그 고서에는 다음과 같은 구절이 있다. "머나먼 옛날 진인이라는 자가 있었는데, 그는 천지자연의 변화시기를 알고 음양 성쇠의 요점을 장악하고 있었으며, 낡은 것을 뱉어내고 새로운 것을 받아들여 정기를 보양하고, 심신을 단정히 하여 홀로 초연하며, 근육과 형체가 영원히 변하지 않기 때문에 하늘땅과 같이 영원히 살 수 있었다(上古有真人者, 提挈天地, 把握陰陽, 呼吸精氣, 獨立守神, 肌肉若一, 故能壽敝天地, 無有終時).

『황제내경』은 사람들이 서로 다른 시기 옛날 사람들의 저작을 책으로 편성한 것이라는 사실을 우리는 알고 있다. 그러고 보면 도교에서 '진인'을 제창하는 것을 인도에 호응하여 '진선미'정신을 제창하는 것으로 볼 수 있다.

천두슈는 세 차례에 걸쳐 일본유학을 다녀왔으며, 영어와 프랑스어, 유럽문학에 대해 배웠다. 그가 초청하고자 한 '싸이 선생'은 필시 파란 눈에 오뚝한 코를 가진 서양인이었을 것이다. 그는 중국문명의 고유하고 우수한 전통에 대해 아는 것이 너무 적었다. 상기의 토론내용은 중국현대의 각성에 대한 천두슈의 기여에 대해 폄하하려는 동기가 추호도 없음을 밝히는 바이다. 중국의 현대 각성에서 중국문명의 개명한 전통 유산을 의식적으로 계승하였는지 여부에 대해 독자들이 스스로 판단할 수 있을 줄로 안다.

천두슈는 후스(胡適, 1891~1962) · 루쉰(魯迅, 1881~1936) 등의 진보적인 사상가들을 이끌고 신문화운동을 일으켜 고문을 폐지하고 백화문을 제창하였다. 이는 중국에서 '문예부흥'운동을 전개한 것과 같다. 그 신문화운동과 중화민국 초기 각지 신식 학교의 흥기, 그리고 신문의 발행이 결합되어 궁벽한 벽촌까지 지식과 문화가 보급되었으며, 억을 헤아리는 문맹과 반문맹이 지식인 대오에 가입할 수 있게 되었다. 사람들은 비록 문언문(고문)을 쓰지 않았지만 여전히 고문으로 된 문학작품(특히 고문 시가)을 즐겨 읽었으며, 여전히 훌륭한 고문 시와 사를 지어낼 수 있었다. 중국문명에 새로운 피가 주입되었을 뿐 아니라 더 한층 발전하였다.

필자는 중국의 새로운 사조가 서양 '민족국가'의 영향을 주로 받았다는 사실과 본 장 첫 부분에서 언급한 '구세계'도 방해 역할을 하였다는 사실에 대해 짚고 넘어가고자 한다. 필자가 제1장에서 언급하였다시피 중국문자는 비(非)표음문자(사람들은 '네모자[方塊字]'라고 부름)로서의 특성을 갖추었고, 또 언어부호로서의 시각부호 기능을 갖춘 것 외에도 문화건설 기능도 갖추고 있다. 이러한 특별한 문자가 있었기 때문에 중국은 비로소 '민족국가'발전 선율의 간섭을 받지 않을 수 있었다. 그런데 중화민국이 창립되자 수많은 중국 지식계 엘리트들은 중국 문자를 표음문자로 개조할 것을 제창하였다. 1923년 1월 『국어월간(國語月刊)』 제7호는 '한자 개혁'특별호를 펴냈는데, 후스 · 차이위안페이(蔡元培, 1868~1940) · 쳰쉬안퉁(錢玄同, 1887~1939) · 리진시(黎錦熙, 1890~1978) · 자오위안런(趙元任, 1892~1982) · 푸쓰녠(傅斯年, 1896~1950) 등의 글을 게재하였다. 그들은 거의 이구동성으로 중국의 네 모자가 이른바 '봉건문화'의 유산이라면서 폐지하거나 개혁해야 한다고 주장하였다. 진보적인 문화인들은 한자의 '라틴화'를 극구 제창하였다. 1950년대에 중화인민공화국정부가 문자개혁을 진행하여 한자를 간소화하고 가로 쓰기를 널리 시행하였다. 그러나 네 모자를 폐지하지는 않았다. 한자의 간소화는 비록 처음 한자를 배우는 초학자들에게 어느 정도 편리를 제공하였으나, 고서를 읽는 데 어려움을 초래하였으며, 여전히 번자체를 사용하는 지역과의 소통에 걸림돌이 되었다. 오늘날 정보사회가 '디지털화'된 문화환경 속에서 중국문자의 특수한 지위가 보호 받게 됨에 따라 문자 개혁은 그 의미를 잃어버렸다.

더 불행한 것은 그 시기 신문화운동이 문언문을 뒤엎었을 뿐 아니라 전통과 유교까지도 뒤엎었다는 것이다. 그 반(反)유교운동은 사상이 혼란하였으며 맹목적으로 진행되었다. 공자와 맹자는 유교의 상징 부호이다. 그들은 2천여 년 전의 사상가로서 2천여 년 간 중국사회에 나타난 낙후한 습속과는 아무런 관계가 없음에도 투쟁의 대상이 되어버린 것이다.

이쯤에서 서양의 침략과 도발에 대한 중국과 인도의 지식계 엘리트들의 전혀 다른 반응에 대해 비교해보고자 한다. 두 나라 모두 서양의 유린을 받았지만, 인도가 전통문화에 대한 사랑을 더 강화하면서 서양문화의 장점을 받아들인 반면에, 중국은 '전면 서구화'를 시도하여 5천년 문명의 전통을 모조리 포기하려 하였다(맥락도 모르고 덩달아 일본을 본받는 추세가 있었음) 루쉰은 중국의 젊은이들에게 중국책을 읽지 말라고 하였으며, 후스는 중국의 혁명이 미국 대학생 기숙소에서부터 시작되었다고 말하였다. 이런 말은 물론 극적으로 과장된 것이지만 중국 지식계 엘리트들의 머릿속에 '서양인보다도 더 서구화된'유전자가 들어 있음도 볼 수 있는 것이다.

필자가 이렇게 말하는 것은 루쉰 · 후스 등 이들의 애국심을 의심해서가 아니다. 그들을 포함해서 서구화를 주장하는 수많은 지식인 엘리트들은 모두 애국 열정에서 출발해 '문화혁명'을 제기하였던 것이다. 그들은 중국 국민들이 후스가 말한 '문화적 타성'을 버리고 외부에서 온 새로운 사상을 받아들임에 있어서 역사 전통의 제한을 받지 않기를 바랐다. 그 이유는 나무랄 데가 없다. 그러나 공자가 말했다시피 "군자의 덕행은 바람과 같은 것이고, 백성의 덕행은 풀과 같은 것이어서, 풀 위로 바람이 불게 되면, (그 풀은) 반드시 바람 부는 대로 기울어지게 된다(君子之德風, 小人之德草, 草上之風必偃)"(『논어 · 안연[論語 · 顔淵]』) 신문화 기풍은 중국의 광범위한 지식계에 '맹목적으로 서양을 숭배하는'쪽으로 기우는 경향이 나타나게 하였으며(이것이 바로 "풀이 바람 부는 대로 기울어진 것"으로서 광범위한 대중들이 지식인 엘리트들을 따라 '서구화'로 기울어지게 함) 이는 중국문명의 건전한 발전이 아니었다.

서양문명에는 자산계급이 제창하는 자유주의와 마르크스가 제창하는 사회주의 두 가지 흐름이 존재하였다. 그 시기 중국은 서양 제국주의 압박을 받는 사회에서 완전히 벗어나지 못하였기 때문에, 자연스레 마르크스주의 사소를 받아들였던 것이다. 신문화운동의 선두주자로 나신 이들 중 대다수가 '좌'파 문인이며 그들 중에서 1921년에 창설된 중국공산당

구성원이 된 이가 매우 많다(천두슈는 더욱이 중국공산당 중앙국 겸 중앙국 집행위원회 위원장 및 중앙 총재로까지 선거됨). 1927년에 장제스(1887~1975)가 중국공산주의자들을 국민당에서 숙청해내고 자신이 중화민국의 통치자가 되었다. 그러나 문화와 문예를 담당하는 진지(陣地)는 중국공산주의자와 그 동반자의 통제 하에 있었으며, "민심을 잃은 자가 천하를 잃는"국면이 형성되었다.

일본 군국주의가 잠자는 사자의 코털을 건드리다

일본 군국주의에 대해 논하려고 하니 필자의 부친인 탄윈산(譚雲山, 1898~1983)이 늘 식구들 앞에서 언급하곤 하였던, 그의 가까운 벗인 다이지타오(戴季陶)의 평어 "중국이 강하면 일본은 첩이 되고, 중국이 약하면 일본은 도적이 된다"라는 말이 떠오른다. 다이지타오는 젊은 시절에 일본유학을 갔으며, 손중산의 비서(후에는 장제스의 두뇌 역할을 함)였다. 필자는 위의 다이지타오의 말이 지극히 지당한 명언이라고 생각한다. 중국이 번영 발전하고 강대하며 단합이 되면, 일본은 고분고분하고 본분을 지킬 것이고, 그렇지 않으면 일본은 본분을 지키지 않을 것이다. 다이지타오의 말이 지극히 지당한 명언이라고 한 데는 두 가지 이유가 있다. 첫째, 현재 중국에는 일본 군국주의가 부활하여 중국의 장기적인 안전에 위협이 될까 우려하는 사람이 많다. 사실 이는 기우이다. 중국이 일본 군국주의 부활의 위협을 받지 않을 수 있는 가장 강대한 보장은 중국이 자국의 일을 잘 처리하여 영원히 건전하고 안정적이며, 번영하는 문명국가로 세계에 우뚝 서는 것이다. 그리 되면 일본의 군국주의가 머리를 쳐들지 못할 것이며, 중국의 '첩'(이 말은 너무 형상적이다. 물론 일본인 친구들에게는 다소 불경스러울 수 있지만)으로서 일본의 태도는 영원히 바뀌지 않을 것이다. 둘째, 오늘날 그리고 앞으로 세계가 갈수록 상부상조하는 방향으로 발전하고 있는 상황에서 중국이 건전하고 안정적이며 번영하는 문명국가로 발전하게 되면, 일본의 문명과 평화적인 발전을 도울 수 있어 일본인의 심리가 '아시아 탈출'에서 '아시아 복귀'로 바뀔 수가 있다. 반대로 만약 중국이 '민족국가'의 잘못된 길로 들어서서 세계무대에서 굴기 - 전성기 - 쇠퇴의 3부곡을 연주한다면, 스스로를 해칠 수 있을 뿐 아니라 일본의 발전도 해치게 되므로, 그 과정에서 일본은 또 다시 군국주의로 나아갈 수 있기 때문에, 결국은 훼멸에 이르게 될 것이다. 만약 일본인 친구들이 필자가 쓴 이 책을 보고 필자의 의견에 찬성한다면, 그들은 앞으로 중국문명국의 발전을 일본의 운명을 결정짓는 선결조건으로 삼을 수 있을 것이며, 그리 되면 중국 국민들과 함께 동아시아 운명공동체를 건설할 수 있게 될 것이다.

앞에서 1915년 일본 군국주의가 흉악한 모습을 드러내고, 위안스카이를 핍박해 「21조」를 체결한 사실에 대해 언급하였었다. 그 뒤로 일본 군국주의는 중국에서 더 흉악한 모습을 드러냈으며 기세등등하게 한도 끝도 없는 욕심을 드러냈다. 1927년 7월 다나카 기이치(田中義一) 일본내각총리가 천황에게 세계적으로 이름난(악명 높은) 「다나카 상소문」을 올렸다. 그 상소문에는 "세계를 정복하려면 먼저 아시아부터 정복해야 하고, 아시아를 정복하려면 먼저 중국부터 정복해야 하며, 중국을 정복하려면 먼저 만몽(滿蒙)부터 정복해야 한다"고 적혀 있었다.

오래 전 「신축조약」을 체결한 뒤부터 일본 군국주의는 베이징~톈진 일대에 대병력을 주둔시켰다. 1905년에 일본은 청나라 정부를 강박해 「동삼성사의조약(東三省事宜条約)」을 체결하였다. 같은 해 러일전쟁이 일어났으며, 일본이 러시아를 전패시켰다. 1907년에 「러일협정」과 「러일밀

약」이 체결된 뒤, 중국의 동북지역과 네이멍구(內蒙古)가 실제상에서 일본 군국주의 세력범위로 바뀌었다. 1928년 6월 일본의 사주를 받은 자가 남만(南滿)철도 황구툰(皇姑屯)역에 폭탄을 묻어 전용열차를 탄 동북의 철권 통치자 장쭤린(張作霖, 1877~1928)을 폭사시켰다. 장쭤린의 아들 장쉐량(張學良, 1901~2001)이 동북군을 이끌고 장제스가 통솔하는 국민혁명군에 넘어갔다.

일본은 제지시키려 하였으나 소용이 없자 1931년에 9.18사변을 일으켜 동북삼성을 점령하고 위만주정부를 설립하였으며, 중국의 동삼성에 대한 '망국멸종'정책을 펴기 시작하였다(예를 들면, 아동을 일본으로 송출시켜 일본 교육을 받게 함으로써 그들을 중국문화와 격리시킨 것). 1937년 7월 7일 밤 일본은 노구교(盧溝橋)사변(7.7사변이라고도 함)을 일으켰다. 일본은 훈련 중에 한 병사가 '실종'되었다는 것을 빌미로 해서 베이징 인근의 완평(宛平) 현성에 들어가 수색하겠다는 요구를 제기하였다가 성을 지키고 있던 국군 제29군의 거절을 당했다. 이로써 본격적인 중국에 대한 침략전쟁이 시작되었다. 그때부터 시작해 1945년 일본이 항복할 때까지의 8년을 '8년항일 전쟁시기"('8년항전'으로 약칭)[66]라고 부른다. 중국은 역사상에서 가장 흉악하고 가장 인간성이 없는 적과 맞닥뜨렸던 것이다. 그 시기는 중국 역사상 가장 곡절이 많고 가장 비참하며 가장 어려운 시련을 겪었던 시기였다. 독자들 중에도 필자와 마찬가지로 그 시기를 겪은 이

---

66) 최근 몇 년간 중국 역사학계에서는 중국 항일전쟁의 시작 문제를 둘러싸고 상당 규모의 토론을 전개하였다. 주요하게 '8년 항전'의 설에 대해 '14년 항전' 개념을 제기한 것이다. 사실 8년 항전과 14년 항전은 항일전쟁의 국부적 항전에서 전국적인 항전에 이르는 과정과 관련된 두 개의 개념이다. 8년 항전은 1937년에 시작된 전국적인 항전을 가리키고 14년 항전은 1931년에 시작된 국부적인 항전을 포함한 일본 군국주의 침략에 저항해 펼친 전반 투쟁 기간을 가리킨다. - 편집자 주

가 있을 것이라고 생각한다.

장쭤린은 봉계군벌(奉系軍閥)로서 30만 명에 이르는 해・육・공 정예 부대를 갖추고 있었다. 장쉐량은 그 아버지의 재산과 탄약이 충족했던 무장 세력을 물려받아 국민혁명군 동북변방군(동북군으로 약칭)에 편입되었다. 그 시기 국민혁명군 총사령관 장제스는 "외적을 물리치려면 우선 내치부터 잘해야 한다(安內讓外, 우선 공산당부터 궤멸시킨 뒤 일본의 침략에 저항한다는 전략)라는 전략을 실행하였다. 9.18사변이 일어났을 때 장쉐량은 저항하려고 하였다. 그런데 장제스가 그에게 군대를 열하(熱河)와 관내(關內)로 철수시킬 것을 명하였다. 민간에 전해지고 있는 노래 가사처럼 "썬양(沈陽)성을 공손하게 들어 바치라는 것"이었다.

9.18사변이 일어난 뒤 중국 전역이 분노로 들끓었다. 1935~1938년 필자가 후난성의 창사에서 초・중학교를 다닐 때, 사회적으로 「쑹화강에서(松花江上)」라는 노래가 크게 유행했다. "나의 고향은 동북의 쑹화강이라네……"처음에 학교에서 그 노래를 가르치기 전이어서 필자는 사회에서 배웠다. 그 노래를 부르노라면 마음이 설레곤 하였다. 특히 마지막 가사 "아버지 어머니, 아버지 어머니 언제 가야 다시 만날까요?"라는 대목을 부를 때면 마음이 쓰리고 눈물이 쏟아지곤 하였다.

필자는 인터넷을 통해 그 노래를 작곡한 장한훼이(張寒暉, 1902~1946)가 1936년에 시안(西安)의 성립(省立)제2중학교에서 28급(1939년 졸업) 담임을 맡고 있으면서 국문과 교사들과 함께 이 노래를 창작하였을 때, 당시 그가 학생들과 함께 눈물을 흘리는 정경을 보고[67] 중국문명이 항전시기에 들어섰을 때의 슬픈 감정을 느낄 수 있었다.

---

67) "장한후이가 눈물을 머금고 「쑹화장에서」를 창작하다", 중국공산당신문망-인민망 cpc.people.com. cn, 중국공산당 뉴스, 돌이켜보는 역사, 2016년 2월 21일 검색 열람.

장제스는 장쉐량의 부대를 시안으로 파견해 공산당 토벌의 주력을 맡게 하였으며, 1936년 12월 7일에는 또 시안으로 가 장쉐량과 서북군 총지휘관 양후청(楊虎城, 1893~1949)에게 공산당의 산간닝(陝甘寧)혁명근거지를 적극 공격하도록 독촉하였다. 12월 9일 시안의 학생들이 집회를 열고 12.9운동을 기념[68]한 뒤 장제스의 처소인 린퉁(臨潼)으로 가서 항일할 것을 요구하면서 청원하였다. 그 과정에서 침통한 목소리로 노래 「쑹화강에서」를 불렀다. 원래 장쉐량은 명령을 받고 군사들을 이끌고 학생들을 해산시키려고 달려왔던 것이다. 그런데 학생들이 부르는 「쑹화강에서」라는 노래 가사가 구구절절 그의 마음속의 말(그의 신변에 있던 동북군 병사들은 모두 그 노래에 감동되었다)이어서 그의 마음의 내면에서 치열한 투쟁심이 일어나게 되었던 것이다.

장쉐량은 항의하는 학생들에게 폭력을 행사하지 않았다. 그는 감동 어린 목소리로 그들에게 "여러분 나를 믿어주시오! 나는 항일을 하려고 합니다…… 일주일 안에 사실로써 그대들에게 답을 할 것입니다."라고 말하였다. 그로부터 사흘 뒤 장쉐량과 양후청이 '시안사변'을 일으켰다. 「쑹화강에서」라는 노래 한 수의 위력이 어쩌면 그렇게 대단할 수 있었던가? 그러기에 그 뒤 마오쩌둥은 그 노래가 "두 개 사단(師)의 병력을 감당했다"라고 말했던 것이다.[69] 그 「쑹화강에서」라는 노래가 얼핏 들으면 슬픔이 어린 노래 같지만 사실은 중국이라는 잠자던 사자의 분노의 울부짖음이었던 것이다.

---

68) 12.9운동은 1935년 12월 9일 베이징의 학생들이 내전을 끝내고 공동으로 외래의 일본 침략에 대응할 것을 당국에 요구하며 시위행진을 조직한 것을 가리킴.

69) "장한후이가 눈물을 머금고 「쑹화강에서」를 창작하다", 중국공산당신문망-인민망 cpc.people.com. cn, 중국공산당 뉴스, 돌이켜보는 역사, 2016년 2월 21일 검색 열람.

필자가 어렸을 때 "총구는 외적을 겨누고 발걸음 나란히 앞으로 나아가자. 백성은 해치지 말고 자기편은 쏘지 말자……"라는 노래를 부를 줄 알았는데, 이제 와서야 그 노래 제목이 「구국군가」임을 알게 되었다. 그 노래를 작곡한 작자는 유명한 애국 음악가 셴싱하이(冼星海, 1905~1945)이고, 가사는 동북에서 항일유격대에 참가하였던 상하이 문예종사자 천닝츄(陳凝秋, 필명은 '새극[塞克]', 1906~1988)가 1935년에 창작한 것이었다.

그 노래는 1930년대에 중국의 초・중학생들이 즐겨 불렀던 노래이다. 그때는 7.7사변이 일어나기 전이었는데 중국 민간에서는 이미 "내전을 하지 말자('총구는 외적을 겨누자')"고 외치는 소리가 갈수록 높아갔다. 먼저 1935년에 중국 전역에 '총구는 외적을 겨누자'는 노래 소리가 울려 퍼졌고, 다음은 1936년에 불려진 「쑹화강에서」가 장쉐량을 감동시켜 시안사변을 일으키게 함으로써 전국 항일의 물결을 일으켰던 것이다. 이는 중국문명에 내재된 힘에 힘입어 중국이 역사적으로 가장 심각한 위기를 극복할 수 있었던 것이다. 앞에서 필자는 "중국이 강하면 일본은 첩이 되고, 중국이 약하면 일본은 도적이 된다"라는 다이지타오의 말을 인용하여 중국이 쇠약하고 단합하지 않으면 일본은 고분고분하게 본분을 지키지 않을 것이라는 결론을 얻어냈다. 그 논리를 거꾸로 중국에 맞춰보면 역시 비슷한 결론을 얻어낼 수 있다. 만약 아무도 중국을 침범하지 않았다면 "오늘 술 생기면 오늘 마시어 취하고, 내일의 근심걱정일랑은 내일로 미뤄두세(今朝有酒今朝醉, 明日愁來明日愁)"라고 생각하는 중국은 '문명의 길'을 걸으면서 '잠에서 깬 사자'가 될 리 없었으며, 더욱이 분노해 울부짖을 리도 없었다. 이로부터 위에서 말한 중국이라는 잠에서 깬 사자의 분노의 울부짖음은 일본 침략으로 수천수만의 중국인 집안을 망하게 만든 결과라는 사실을 알 수가 있는 것이다.

시안사변은 역사의 변곡점

중국문명은 '병변'에 매우 익숙해져 있다. 당나라 '현무문의 변(玄武門之變)'이 영명한 황제 당태종을 만들어냈고, 명나라 '정난의 변(靖難之變)'이 또 중외에 유명한 다른 한 황제 명성조를 만들어냈다. 시안사변은 비록 그런 높은 수준에까지는 이르지 못하였지만 그 성격은 같았다. 시안사변도 역시 역사의 변곡점이었다. 1936년 연말에 일어난 그 병변(더 정확하게 표현한다면 '병간[兵諫, 무력을 써서 군주에게 간함]'이라고 해야 함)은 중외에서 유명하며 다양한 설이 있다. 그 진실과 실질은 여론의 안개 속에 둘러싸여 있다.

시안사변에 대해 필자는 세 가지 견해를 가지고 있다. 첫째, 그 시기 일본 침략자들이 중국에서 한도 끝도 없이 밀고 들어오는 배경에서 잠에서 깬 사자 중국에서는 필연적으로 시안사변이라는 변곡점이 생겨 장제스의 "외적을 물리치려면 우선 내치부터 잘해야 한다"는 전략을 바로잡아야 했다. 그 시기 장제스는 잠에서 깬 사자인 중국과 함께 분노해 울부짖어야 함을 깨달을 정도로 각성하지 못하였다. 시안사변이 일어나기 전에 장제스는 줄곧 "평화에 대해 철저히 절망하기 전에는 절대 평화를 포기하지 않을 것이고, 또한 희생해야 할 최후의 시각에 이르기 전에는 절대 희생이라는 말을 가볍게 입에 담지 않을 것"이라는 원칙을 고수하였다. 그가 여기서 말하는 '평화'는 일본침략자와의 평화를 가리키는 것이며, 공산당과는 끝까지 싸우겠다는 의지를 밝힌 것이다. 장제스의 이러한 전략적 태도는 일본 군국주의가 한도 끝도 없이 탐욕스럽게 밀고 들어올 수 있도록 더욱 부추겼을 뿐이다.

시안사변은 장제스의 국가 최고 지도자의 생애에서 가장 궁지에 빠졌던 순간이었다. 12월 12일 밤 장쉐량 수하의 17로군이 장제스가 묵고 있는 화청지(華淸池)숙박소를 공격하여 장제스의 경위부대를 격파하였으며, 작은 산 위에서(오늘날 관광객들이 관람할 수 있는 '병간정[兵諫亭]', 1986년 이전에는 '장제스를 붙잡은 정자[捉蔣亭]'라고 불렀음) 잠옷 차림으로 창문으로 도주해 틀니마저 잃어버리고 말도 못한 채 차가운 북풍 속에서 벌벌 떨고 있는 장제스를 붙잡아 시안 장쉐량의 관저로 호송해 연금시켰다. 소식이 퍼지자 전 세계가 들썩였다.

그때 당시 중국공산당은 장쉐량과 가까운 관계를 맺고 있었다. 저우언라이와 예졘잉(葉劍英, 1897~1986)이 장쉐량의 고문 역할을 했던 셈이다. 옌안의 공산당 본부에는 장제스를 공개심판하자고 주장하는 이도 일부 있었으며, 심지어 그를 총살하자고 주장하는 이도 있었다. 난징 국민당 측에서도 허잉친(何應欽, 1890~1987) 참모총장이 출병해 장쉐량을 토벌할 것을 주장하기도 하였다(그것은 장제스를 사지로 몰아넣는 것과 같았음). 그러나 잠에서 깬 사자 중국은 이런 주장의 방해를 받지 않고, 시안사변을 조용히 마무리 짓고 내전을 끝내고, 제2차 국(국민당)공(공산당) 합작을 성사시켰으며, 단합해 흉악한 일본 침략자를 물리치기 위해 함께 싸웠다.

둘째, 그때 당시 젊은 나이에 막강한 병력에 풍부한 재력을 갖춘 동북군 통솔권을 물려받아 젊은 최고 지휘관의 자리에 오른 장쉐량에 대한 입소문은 별로 좋지 않았다. 그는 아편을 피우고 계집질을 일삼는 것으로 알려져 있다. 9.18사변이 일어났을 때도 그는 베이징에서 영화배우 후뎨(胡蝶, 1908~1989)와 춤을 추고 있었다고 전해지고 있다. '무저항 장군'이라는 그의 악명은 전국에 퍼진 지 이미 오래였다. 한편으로, 그때 당시 동북군의 실력을 토대로 화북지역에서 유일무이한 지위에 오른 그도 역시 "계란으로 바위 치기 식"으로 일본 침략자와 맞서 자신의 가신을 탕진하면서 싸우는 것을 원치 않았다. 다른 한편으로, 난징정부의 '무저항'

정책은 고향인 동북을 사랑하는 장쉐량의 감정에 저촉되는 것이었다. 그래서 그는 장제스에게 "외적을 물리치려면 우선 내치부터 잘해야 한다"는 정책을 바꿀 것을 요청하였으나 거절당하였던 터였다.

그는 가슴 가득 들끓는 애국 열정에 떠밀려 '병간'을 일으켰던 것이다. '서안사변'은 그가 주도해 일으켰으며, 또 자기 손으로 마무리 지은 사건이었다. 그가 병사들에게 반란을 일으키라고 명해 시안에서 장제스를 인질로 잡아 담판을 주도한 것이며, 또 그가 직접 장제스를 난징으로 호송해 중화민국 지도자로서의 지위를 회복시켜준 것이었다. 만약 시안사변이 성공하게 되면 장쉐량은 공신이요, 아무도 그의 영예를 앗아갈 수 없겠지만, 반대로 만약 실패하게 되면 그는 죄인이요, 그를 대신해 희생양이 될 자는 아무도 없었다. 장쉐량은 장제스를 난징으로 호송한 뒤 군사법정의 재판을 받았으며 실형을 받았다. 장제스는 바로 그를 특사하여 연금형에 처하였다. 후에 그는 장제스를 따라 대만으로 건너갔으며, 마지막에는 미국에서 세상을 떠났는데, 그 때 나이가 100세였다.

장제스의 부인 쑹메이링(宋美齡, 1897~2003)이 시안사변에서 중요한 역할을 하였다. 시안사변이 원만하게 끝맺을 수 있었던 것은 쑹메이링의 공로라고 할 수 있다. 쑹메이링이 개입하지 않았더라면 사건이 그처럼 순조롭게 발전할 수 없었을 것이다. 그녀가 일으킨 역할은 화를 가라앉힌 것이었다. 그녀는 장제스의 화도 가라앉히고 장쉐량의 화도 가라앉혔다. 그녀는 난폭한 기운을 화목한 기운으로 바꾸었으며, 충돌을 조화로 바꾸었다. '병간'이 일어난 뒤 그녀는 즉시 장제스의 개인 고문인 오스트레일리아인 윌리엄 헨리 도널드(William Henry Donald, 1875~1946)를 비밀리에 서안으로 파견해 장제스의 정서를 안정시켰다. 그녀가 도널드를 통해 장제스에게 전한 편지에는 이렇게 썼다. "한경(漢卿, 장쉐량의 자) 등이 항일할 것을 요구한 것에 내 남편(장제스)이 면전에서 거절하였는데, 이는 확실히 마땅치 않은 처사였습니다. 이제 와서 과연 사단이 일어났으니 원만하게 해결되기를 바랍니다. 도널드 선생이 당도하면 그와 여러 면으로 의논하기 바랍니다. 그는 정확하고 투철한 견해를 가지고 있습니다. 나와 쯔원(子文, 쏭즈원[宋子文]) 등도 며칠 뒤 난징을 떠나 진(秦, 산시성과 간쑤성을 가리키며 특히 산시성을 가리킴)으로 갈 예정입니다. 단 도널드 선생의 이번 행차 결과가 어떠할지를 보고 정해야 할 것 같습니다. 현재 난징의 정세는 극 속에 극이 있는 형국입니다."

12월 14일 장제스는 도널드를 만나자 기분이 한결 좋아졌다. 도널드는 즉시 쏭메이링에게 전보를 쳐 장제스의 무사함을 알렸다. 쏭메이링은 그 기회를 타 난징의 분위기를 안정시켜 허잉친의 오만한 기세를 꺾어놓았다. 12월 22일 쏭메이링이 오빠 쏭즈원(1894~1971)과 함께 장제스에게 가자 장제스는 뜻밖의 기쁨에 더욱 기뻐 어쩔 줄을 몰라 하였다. 그 뒤 주로 쏭 씨 남매와 장쉐량 · 양후청, 그리고 저우언라이 등이 3자 회담을 갖고 연합해 항일하는 데 찬성하였다. 장제스는 아무 말도 하지 않았지만, 모두의 의견에 따르겠다는 의사를 묵묵히 밝혔다. 장제스와 쏭메이링 간의 부부의 정은 매우 좋았다. 그리고 또 쏭메이링에게 의지해 외국의 정상들과 접촉하였기 때문에 미국 정계에서 쏭메이링은 어느 정도 위망이 높았다. 시안사변이 어떻게 끝을 맺을지는 쏭메이링에게 결정권이 있었다. 그녀는 또 언니 쏭칭링(宋慶齡, 1893~1981)까지 끌어들였다. 쏭칭링은 손중산의 부인이며 소련과 국제 좌파 영역에서 모두 위망이 높았으며 중국공산주의자들에게 떠받들리고 있었다. 그녀는 국제공산당과 중국공산당 모두와 교류가 있었다. 그녀는 비록 공개적으로 나서지는 않았지만

배후에서 화해역할을 하였다.[70]

시안사변의 담판은 중국문명 전통의 '군자협정'방식으로서 공식적인 협의나 증거가 될 만한 다른 문서가 존재하지 않으며, 각자가 성의를 갖고 모여서 합의한 것이다. 그런 상황에서 장쉐량이 시안사변을 끝맺은 것이다. 장쉐량이 장제스를 난징으로 호송하려 한다는 소식을 들은 저우언라이는 즉시 시안으로 달려가 말리려 하였으나 비행기가 이미 이륙한 뒤였다. 장쉐량은 이미 스스로 희생할 준비를 하였던 것이다. 그는 장제스를 도와 지위를 회복하고 공고히 할 수 있도록 모든 준비를 해놓았다. 장제스도 마음속으로 그에게 고마워하고 있었기에 그를 해치지는 않았다.(그 뒤 대만으로 건너간 뒤 장제스는 장쉐량을 죽이려고 하였으나 쑹메이링이 장쉐량을 특별히 보호하였다고 한다. 장쉐량이 죽은 뒤 남긴 편지 중에 쑹메이링과 주고받은 편지가 가장 많은 것이 그 증거임) 장제스는 원한을 품고 있었던 것이다. 후에 양후청의 관직을 박탈하고 총칭에 감금하였으며, 1949년에 대만으로 철퇴하기 전에 양후청 일가를 모두 죽였다.

셋째, 시안사변은 일본이 7.7사변을 일으키기 6개월 전에 일어났으며, 중국이 전면 항일에 총동원할 수 있도록 정신적으로 도왔다. 장제스는 그래도 신용을 지키고 대국을 중히 여겼다. 그는 자발적으로 "외적을 물리치려면 우선 내치부터 잘해야 한다"는 전략을 바꿔 항일의 기치를 높이 추켜들었으며, 항일전쟁의 최고 지도자가 되었다. 일본 군국주의는 한때 미친 듯이 날뛰며 중국의 침략전쟁에서 승리를 거듭하면서 동남아와 남아시아까지 공격하였다. 1941년에는 진주만을 공격하는 사건을 일으켜 미국이 참전하지 않을 수 없게 만들었다. 제2차 세계대전에서 장제

70) 왕예(王業), 「1936년 서안사변: 쑹메이링 멀리서 남편을 구하다」, 중국개혁망, www.chinareform.net, 사화(史話), 개혁사, 2016년 2월 22일 검색 열람.

스는 동맹군의 극동 작전구역 총사령관직을 맡아 1943년 카이로에서 열린 '4개국 거두 회의'에 참가하여 루스벨트 · 처칠 · 스탈린과 동등한 자격으로 나란히 앉았다. 이는 그 개인의 생애에서 절정기에 오른 것을 말해주는 것일 뿐만 아니라, 중국이 역사적으로 국제 지위에서 최고의 지위에 오른 것이기도 하였다. 만약 시안사변이 일어나 중국 내부의 정치 균형이 조정되지 않았다면 그 모든 것이 실현될 수 있었는지는 여전히 의문이다.

시안사변은 위험이 경각에 처해 있던 중국공산당의 세력을 구원하였다. 심지어 중국공산당을 시안사변의 막후 조종자라고 주장하는 이들도 줄곧 존재해왔다. 또 만약 시안사변이 일어나지 않았더라면 장제스가 "외적을 물리치려면 우선 내치부터 잘해야 한다"는 전략을 완성하여 중국공산당의 무장 세력을 궤멸시키고 결국에는 중화민국의 위대한 지도자가 되었을 것이라고 주장하는 이들도 있다. 그러나 조금만이라도 명석한 두뇌를 갖춘 이라면 그 '만약'이 근거가 없는 말임을 볼 수 있을 것이다. 만약 그때 당시 시안사변이라는 역사적 변곡점이 없었더라면, 흉악한 일본 군국주의가 한도 끝도 없이 밀고 들어오는 상황에서 중국의 운명이 "외적을 물리치려면 우선 내치부터 잘해야 한다"는 전략의 희생물로밖에 되지 않았을 것이며, 장제스는 중화민족의 죄인이 되어 악명만 영원히 남기게 되었을 것이다. 시안사변이 중국공산당을 구원하였다는 말에는 잘못이 없다. 그러나 "시안사변이 장제스를 구원하였다"고 말하는 것이 더 맞는 말일 것이다. 종합적으로 말해서 시안사변은 근대중국 발전의 한 전환점이었다고 할 수 있는 것이다.

항일전쟁, 봉황이 열반에 들다

항일전쟁은 중국 5천년 역사에서 가장 비장한 한 편의 서사시였다. 어떤 사람은 항일전쟁에서 죽었거나 부상당한 중국 군인과 민간인이 총 3500여 만 명(오스트레일리아 · 뉴질랜드 · 태평양 섬나라 총인구를 합친 규모에 해당함)에 이르며, 재산적인 손실은 헤아릴 수도 없을 정도라고 추측하였다. 이런 손실로 인해 중국의 발전은 몇 년이나 후퇴하였는지 모른다. 제2차 세계대전 때 동맹국 유럽 작전구역에서는 프랑스가 전쟁 6주 만에 항복하고, 벨기에 · 네덜란드 등의 다른 소국들은 며칠 안에 독일의 영토가 되었다. 그런데 그처럼 강대한 일본군대는 14년이나 공격하였음에도 취약한 중국을 무너뜨리지 못하였다. 이에 대해 전 세계가 이상하게 여기고 있으며, 또 놀라워하고 있다.

중국 자체를 보면 그 어느 역사시기에도 항일전쟁시기처럼 전국이 동원되어 외적의 침략에 저항하였던 적이 없으며, 또 그 어느 조대에도 항일전쟁시기처럼 중국의 굳센 의지와 적에 맞서 용감하게 싸우는 정신을 보여준 적이 없었다. 민간에서는 대도대(大刀隊)를 조직하고, 아동들이 붉은 술이 달린 창을 추켜든 것은 역사적으로 선례가 없는 일이었다. 일본군의 흉악함과 잔인함 또한 전 인류역사에서 드문 것이었다. 그들은 강력한 무기를 지녔음에도 중국에서 세균무기 실험을 진행하고 실제로 사용하기까지 하였다(동북에 설립한 731부대에서는 생체세균실험을 진행하였으며, 1만 명에 이르는 중국인 · 조선인 · 동맹군 포로를 살해함).[71] 난징대학살은 더욱이 비인도적 · 참혹함의 극치였다. 1937년 11월 13일 일본군이 중화민국의 수도 난징을 점령한 뒤, 미친 악마로 변해 가옥은 닥치는 대

---

71) 「일본 정부의 의지에서 비롯된 일본군세균전 자료선」, news.xinhuanet.com/world/2015.../c_ 128095701.htm, 2016년 2월 26일 검색 열람.

로 태우고 사람은 닥치는 대로 죽였다. 여성은 늙은이나 어린이나 가리지 않고 닥치는 대로 강간하였으며, 강간한 뒤에는 창칼로 찔러 죽였다. 30만 명의 무고한 평민이 살해당하였으며, 2만 명 여성이 강간당하였다. 난징은 도시의 3분의 1이 폐허로 변하였다. 이처럼 비인간적으로 중국의 유명도시를 피로 물들였으니 일본 군국주의가 저지른 죄는 만 번 죽여 마땅하다고 할 수 있다. 저승의 염라대왕도 그들을 용서하지 않을 것이다. 앞으로 중국에서 난징대학살이 재연되지 않게 하려면 반드시 번영하고 굳세어야 하며 단합해야 한다. 그래야만 일본 군국주의가 다시는 머리를 쳐들지 못할 것이다. 2014년부터 중국은 매년 12월 13일을 난징대학살 희생자 국가 공식 추모의 날로 삼고 활동을 전개하면서 국치를 영원히 기억하고 잊지 말 것을 다짐하고 있다. 이는 중요하면서도 필요한 것이다.

2015년 전 세계적으로 제2차 세계대전 승리 70주년을 기념하는 활동이 전개되었는데, 중국은 수많은 글과 도서 · 드라마 · 영화를 제작해 출품하였다. 이들 작품이 반영한 역사를 통해 예전에 장제스가 항일전쟁을 이끈 사적을 경시해오던 경향을 바로잡았다. 1937년 7.7사변이 일어났을 때, 당시 필자는 8살이었으며, 후난성 창사에서 초등학교를 다니고 있었다. 1945년 일본이 항복하였을 때, 필자는 16살이었으며, 후난성 쉬푸(溆浦)현에서 고등학교를 다니고 있었다. 그렇기 때문에 필자에게는 항일전쟁의 견증인이 될 자격이 있는 것이다. 필자는 자신이 직접 겪은 경험에 따라 세 부분으로 나누어 항일전쟁의 진실한 면모와 역사적 의의에 대해 논하고자 한다.

첫째, 역사를 돌이켜보면 송나라시기 태평성세가 북방에 도사리고 있던 잠재적 위협에 대한 경계를 상실하게 함으로써 몽골족의 침략을 받게 된 것이다. 명나라시기에는 또 송나라의 전철을 밟아 만주족의 침략을 부른 것이다. 민국시기에도 역사의 교훈을 받아들이지 않아 일본의 침략을 받게 된 것이다. 일본 침략의 심각성과 그로 인해 드러난 중국문명의 약점은 전례 없는 것이었다. 중국이 만약 경험 교훈을 잘 종합하지 않고, 송나라와 명나라 시대의 "잠자는 사자"의 상태로 되돌아간다면, 앞으로도 항일전쟁의 고통을 되풀이하지 않을 것이라는 보장은 없다.

앞의 몇몇 장절에서 우리는 대통일을 이룬 중국 운명공동체가 걸어온 '문명의 길'에 대한 토론을 통해 중국 운명공동체가 흉악한 '민족국가'침략자 앞에서 대처할 방법이 없었으며, 반드시 한동안 시련을 겪어야 했음을 알 수 있었다. 1930년대에 중국을 침략한 일본 군국주의는 과거에 비해 몇 배나 더 강대해졌는지 모른다. 중국은 비록 막 잠에서 깬 사자와 같았지만 사자의 위용은 아직 갖추지 못하였다. 게다가 일본 군국주의는 오래 전부터 이미 준비가 되어 있었다. 일본 군국주의는 동북의 철광 · 탄광을 점령하고 군수공업을 발전시켰다. 일본 군국주의는 조선과 중국 대만 · 동북을 점령한 뒤 장정들을 침략군에 편입시키고, 그 후 왕징웨이(汪精衛, 1883~1944) 괴뢰정부가 통솔하는 군대(중국인들은 '괴뢰군[僞軍]'이라고 부름)까지 합쳐 일본군(중국인들은 '꿰이즈[鬼子, 왜놈이라는 뜻)]라고 부름)의 선봉에 세웠다. 항일전쟁에서 중국 군대와 전투를 벌인 '꿰이즈'일본군이 200만에 이르고, 괴뢰군도 200만에 이르는데 위군(僞軍)이 '꿰이즈'일본군보다 조금 더 많았던 것으로 짐작된다. 이처럼 대규모의 중국인이 자기 조국을 파괴하는 전쟁에 참가한 반동현상은 국제 군사역사에서 극히 드문 현상으로서 이는 중국 '문명의 길'발전과정에서 드러난 치명적인 약점이었다.

결과적으로 항일전쟁에서 중국은 일본의 상대가 아니었다. 만약 일본

군국주의가 미국에 도발하는 실수를 범하지 않고 역량을 집중하여 중국을 정복하였더라면, 어쩌면 원나라 · 청나라 역사가 되풀이되었을지도 무른다. 설령 그런 실수를 범하였을지라도 일본은 자기들이 항복한 것은 중국인에게 져서가 아니라, 독일이 패하고 소련이 몸을 빼는 바람에 일본이 중국을 침략해 세운 만주기지가 소탕될 수 있었기 때문이라고 여기고 있다. 그리고 또 미국이 일본 본토를 직접 폭격하기 시작하였기 때문이기도 하다(미국 폭격기는 항공모함에 실려 일본 근해로 운반되어 날아올라 일본 도시 상공에서 폭탄을 투하한 뒤 중국으로 날아와 착륙, 비행사는 중국 국민의 도움으로 미군 대오로 돌아감). 필자는 어렸을 때 창사에 살 때 하마터면 일본 비행기가 투하한 폭탄에 폭사할 뻔하였다(일본 비행기는 푸른 논밭 한 가운데 자리 잡은 유일한 한 채의 집인 필자가 살고 있던 2층 붉은 벽돌집을 겨냥해 폭탄을 투하하였는데 폭탄은 집을 명중시키지 못하고 집에서 백 미터 떨어진 곳에 떨어졌음).

집이 폭격 당할 때 당시 필자와 어머니, 그리고 세 동생은 집 뒤의 작은 산에 있는 방공호 안에 숨어 있었는데, 삽시간에 온 하늘이 캄캄해졌으며 세계가 멸망하는 것 같았다. 필자는 폭격 당하는 느낌이 어떤 것인지를 알고 있다. 그래서 미국의 폭격으로 일본이 겪은 정신적 타격이 어떠하였을지 상상할 수 있는 것이다. 미국은 1945년 8월 6일과 9일에 일본의 히로시마와 나가사키에 핵폭탄을 투하하였으며, 결국 일본은 항복하는 수밖에 없었다. 전반적인 항일전쟁에서 일본 침략자들은 중국인을 업신여겼으며, 중국인을 '바가야로'('멍청이''바보 자식'이라는 뜻)라고 불렀다.

국민정부 통치시대에 필자가 본 중국의 항일전쟁 상황에 대해서는 차마 칭찬할 수가 없다. 국민정부는 한 번도 진실을 말하지 않았다. 중국의 절반이나 되는 영토를 빼앗겼는데도 신문에는 한 번도 '함락되었다'는 소식을 보도한 적이 없었다. 만약 국민당군대가 난징에서 철퇴하게 되었다면 신문에서는 "아군이 난징에서 우회 전진한다."라고 보도하곤 하였다. 이처럼 '우회 전진'이라는 단어로 '함락되었음'을 은폐하는 문자를 다루는 천재성은 오직 '정신적 승리'만을 외치는 '아Q정신'을 갖춘 중국문명만이 만들어낼 수 있는 것이었다. 앞에서는 전 세계 어디에도 본 적이 없는 제2차 세계대전에서 침략자 '꿰이즈'의 사람 수보다도 더 많은 괴뢰군(일본군 제복을 입은 중국인)이 태양기 아래서 중국 동포를 공격하는 수치스러운 현상에 대해 언급하였다.

필자의 인상 속에는 국민정부의 통치하에서 한간(漢奸, 매국노)의 사람 수가 실제로 전쟁에 나가 용감하게 적을 무찌른 장병의 숫자보다 더 많았다고 느낀다. 필자는 어렸을 때 창사에서 매번 공습경보가 울린 뒤이면 먼 산머리에 흰 깃발을 든 한간이 나타나 일본 비행기를 위해 폭격 목표를 가리켜주는 모습을 볼 수 있었다. 어렸을 때 많이 들었고 또 다른 사람에게 전하기도 했던 우스운 이야기가 하나 있다. 일본 병사가 도망치면서 국민당군대의 병사에게 좀 천천히 달릴 수 없겠냐면서 우리는 군화를 신어서 따라잡을 수가 없다고 말했다고 한다. 국민당군대가 전선에서 패하여 퇴각하면서 무기도 잃고 옷차림도 단정하지 않은 채 시장을 지나게 되었는데, 물건을 닥치는 대로 빼앗아가는 바람에 백성들이 웃지도 울지도 못할 정도였다고 한다. 항일전쟁시기에 국민당 군대의 장관이 군인의 급료와 지급품을 거짓으로 타내거나(사람 수를 허위 보고함), 군인의 급료와 지급품을 차압하는(그것으로 장사를 하거나 고리대금을 놓음) 등 탐오현상이 보편적으로 존재하였으며, 전과를 거짓 보고하는 것은 더욱 밥 먹듯 흔한 일이었다. 일본 침략군의 전략적 이동을 국민당군대가 '대승을 거둔 것'으로 대대적으로 과장하는 경우도 너무나 많았다. 군단장

(軍長)이라는 자는 자기 부대를 산업으로 간주하였다. 자신을 위해 지위와 영예를 얻을 수 있는 경우에만 용감하게 싸우고, 우군을 원조하여 남이 전공을 세우게 되는 일에는 적극적이지 않았다. 가장 전형적인 사례가 1944년 6~8월 후난 남쪽에 있는 성인 헝양(衡陽) 보위전이었다. 그 전투를 일본 침략군은 전쟁에서 가장 어려운 전투였다고 표현하였다. 항일 영웅 팡셴줴(方先覺, 1903~1983)가 제10군을 거느리고 성을 지키게 되었는데, 국민당군대가 대량의 지원군을 파견해 그들을 곤경에서 구원하도록 하였다. 그런데 함께 성을 지켜야 할 지원군이 기차역까지 와서는 성안으로 들어가려 하지 않았다. 결국 팡셴줴의 부대는 거의 전멸 단계에 이르고 탄약이 다 떨어지자 하는 수 없이 일본의 조건을 받아들여 항복하고 말았다.

둘째, 중국은 대통일의 운명공동체로서 면적이 크고 인구가 많아 작은 일본이 쉽게 집어삼킬 수 있는 것은 아니었다. 속전속결할 수 없게 되니 장기적인 소모전으로 비화되어 진흙탕 속에 빠져들게 되었다. 일본군은 전선을 길게 늘이는 바람에 도처에서 공격을 당하게 되었다. 특히 공산당이 이끄는 팔로군(八路軍)과 신사군(新四軍)은 일본 통치지역의 내부전선에 들어가 유격전을 벌이곤 하였는데, 일본의 후방을 바람 잘 날이 없게 만들었다. 일본군의 중국 침략전쟁 전방에서는 갈수록 치열한 격전이 이어졌다. 국민당군대는 장비가 갈수록 좋아졌으며 공군까지 생겨(거기에 미국과 소련, 그리고 다른 나라 공군의 원조까지 가세함) 일본은 공중에서의 우세를 잃었다. 마지막 2년간 후난성의 창더(常德) 전투와 창사 전투 · 샹시(湘西) 전투에서 일본인은 모두 이득을 얻지 못하였다. 일본군은 줄곧 후난성을 지날 수가 없었으며 따라서 제2의 수도 충징(重慶)을 위협할 수가 없었던 것이다.

셋째, 일본은 '민족국가'이고 중국은 '문명국가'이다. 문명의 거시적 각도에서 보면 중국은 문명의 측에 섰던 것이고, 일본은 문명이 아닌 측에 섰던 것이며, 중국은 정의로운 측에 섰 던 것이고, 일본은 정의롭지 않은 측에 섰던 것이다. 맹자는 "도(道)에 맞으면 도와주는 사람이 많고, 도에 어긋나면 도와주는 사람이 적다(得道者多助, 失道者寡助。)"(『맹자 · 공손축하[孟子 · 公孫丑下]』)라고 하였다. 국제 여론은 중국을 지지하고 일본의 침략에 반대했다. 1938년에 인도의 대문호 타고르와 그의 일본인 친구인 노구치 요네지로(野口米次郎, 1875~1947) 사이에서 있었던 공개 변론이 전 세계에 널리 알려져 있다. 타고르는 노구치의 시를 읽은 적이 있으며, 노구치와는 오래 동안 친구로 지냈다. 노구치는 인도의 서벵골주 산티니케탄(Santiniketan)에 위치한 타고르의 국제대학을 방문하여 타고르의 열렬한 환대를 받았었다. 일본 군국주의는 그들 사이의 이런 정분을 이용해 노구치에게 러일전쟁 당시 일본을 열성적으로 지지하였던 동방의 대문호 타고르의 지지를 얻어내게 하였다. 먼저 노구치가 1938년 7월 23일 타고르에게 편지를 보냈고, 타고르가 9월 1일 답신을 보냈다. 노구치가 그 편지를 받은 후 10월 2일 두 번째 편지를 타고르에게 보냈고, 타고르가 또 10월(날짜는 분명하게 밝히지 않음) 두 번째 답신을 보냈다.

타고르는 첫 번째 답신에서 일본이 "서양으로부터 죽음에 이르는 모든 방법을 본받아""중국인(Chinese humanity)'을 상대로 전쟁을 발동한 것은 "문명의 모든 도덕 원칙에 어긋나는 짓"이라고 썼다. 노구치의 편지에서 일본의 침략행각을 숨기려는 시도에 대해 타고르는 일본이 "아시아를 위해 중국을 구제하려는 것은 곧 여성과 어린 아이에게 폭탄을 던지는 것과 옛 사찰과 대학을 더럽히는 것"이라고 유머러스하게 표현하였다. 타고르는 편지에 이렇게 썼다. "일본 국민을 생각하면 마음이 너무 아프네. 자네 편지가 내 마음의 깊은 곳을 찔러 다치게 하였네. 언젠가는 그대의 국민들이 철저히 실망할 것을 나는 알고 있네. (앞으로) 어려운 세기에 그들은 군벌이 미친 듯이 제조해낸 일본 문명의 폐허를 깨끗이 치워야 할 것일세." 두 번째 편지에서 타고르는 비통한 심정으로 이렇게 썼다. "나는 큰 고통을 느끼고 있네. 중국 국민이 재난을 당하고 있다는 소식이 내 마음을 아프게 하고 있을 뿐 아니라, 더 이상 자랑스럽게 일본이 위대하다는 실례를 들 수 없게 되었기 때문이네."[72]

타고르는 멀리 내다보는 안목을 갖추고 있었다. 일본이 중국을 침략한 역사는 한 세기가 넘었다. "군벌이 미친 듯이 제조해낸 일본 문명의 폐허"는 아직까지도 깨끗이 다 치우지 못하고 있다(아마도 일본국민도 어떻게 해야 깨끗이 치울지 모르고 있는 것 같다).

앞에서 중국문명이 '자재(自在, in itself)'에서 '자위(自爲, for itself)'로 전환하였다고 논하였다. 필자는 일본민족이 세계에서 가장 '자위'적인 민족이라고 생각한다. 일본민족은 구심력이 강하고 기율성이 강하며, 국민은 "신용을 지키며 의좋고 화목하게 지내는 것"을 추구한다. 일본의 전통 가옥은 미닫이문을 단다. 미닫이문에는 빗장도 없고 잠금 장치도 없다(절도행위가 없기 때문임). 『예기 · 예운 · 대동(禮記 · 禮運 · 大同)』의 "밤에 집 문을 잠그지 않아도 되는 대동사회(故夜戸而不閉, 是謂大同)"를 이미 오래 전에 실현한 것이다. 만약 일본이 '민족국가'의 '침략의 길'을 걷지 않았다면 일본은 분명히 세계문명의 본보기가 되었을 것이다. 이처럼 훌륭

---

72) 탄종, In the Footsteps of Xuanzang; Tan Yun-shan and India[현장(玄奘)의 발자취를 따라: 탄윈산(譚雲山)과 인도], 1998년, 뉴델리, 인디라 간디 국립예술센터(Indira Gandhi National Gentre for the Arls와 과학출판사 Gyan Publishing House, 207~215쪽.

한 일본문명을 지닌 나라가 어찌 중국에 와서 짐승과 같은 침략자가 되었을까? 앞에서 필자가 인용한 "중국이 강하면 일본은 첩이 되고, 중국이 약하면 일본은 도적이 된다"라는 다이지타오의 말이 정곡을 찔렀다고 할 수 있는 것은, 그 말이 일본이 좋은 방향으로 발전할 지 나쁜 방향으로 발전할지 하는 것을 중국의 발전과 연결 지었기 때문이다. 제3장에서 필자는 당나라시기에 중국 · 인도 · 조선 · 일본을 '문명공동체'로 이어놓았다고 언급하였다. 이는 중국과 일본이 장래에 '운명공동체'로 변화할 수 있음을 설명해준다. 그 선결 조건은 양국 모두 반드시 '민족국가' 발전의 선율에서 멀어져야 하는 것이다.

우리는 항일전쟁을 기념함에 있어서 중국이 일본의 발전(과거와 현재 · 미래를 포함함)에 대해 도의적인 지도역할을 짊어져야 한다는 점을 반드시 인식하여야 한다. 만약 당나라가 영원히 사라지지 않고 감진법사(鑒眞法師)의 일본 '국사'로서의 지위가 영원히 유지될 수 있었다면, 일본이 중국을 침략하는 일은 절대 일어나지 않았을 것이고, 항일전쟁도 일어나지 않았을 것이며, 일본이 일본에 대한 타고르의 그처럼 소중한 공경과 우러르는 마음을 잃는 일도 없었을 것이고, 오늘날 일본이 국제 도의의 비난에서 벗어나지 못하는 일도 없었을 것이다. 오늘날 중국은 봉황이 열반에 들어 불 속에서 다시 태어났으니, 마땅히 일본에 연민의 손길을 뻗어 같은 문자를 쓰는 같은 종족인 두 문명국가가 함께 '천하 대동'의 미래를 향해 나아갔으면 한다. 바로 앞에서 일본이 중국을 침략한 사실이 타고르에게 "깊은 고통을 느끼게 하였다"고 언급하였다. 그것은 그가 더 이상 일본을 공경하고 우러러 볼 수 없게 되었기 때문이다. 손중산은 타고르보다 일본을 더 공경하고 더 우러러 보았었는데, 만약 1930~40년대에 그가 살아 있었다면 어떤 느낌이었을지 짐작할 수가 없다. 그는 생전에 9.18사변과 7.7사변 · 난징대학살과 같은 일이 일어날 것이라고는 생각도 못하였을 것이다. 그리고 또 그가 상상조차 못하였던 발전이 있을 줄도 생각지 못했을 것이다. 그는 공산주의가 중국에 맞지 않다고 주장하였다. 1923년에 발표한 「쑨원 요페 선언」에서는 이 부분에 대해 특히 강조하였다. 그런데 항일전쟁을 거쳐 공산주의를 신앙하는 중화인민공화국이 탄생하게 되었다. 중화인민공화국 주석과 1949년 10월 1일 중화인민공화국 개국대전 의식의 진행을 맡은 사람은 다름이 아니라 1924년 중국 국민당 제1차 전국대표대회에서 선출된 중앙집행위원인 마오쩌둥과 린주한(林祖涵, 즉 린보취[林伯渠])였다.

2. 중화인민공화국, 문명의 대로로 복귀

"제국주의가 존재하면 전쟁이 존재한다." 1950년대에 필자가 중국에 있을 때 사람들은 항상 다음과 같은 개념을 강조하였다. 즉 "제1차 세계대전을 거쳐 소련이 탄생하였고, 제2차 세계대전을 거쳐 중화인민공화국이 탄생하였으니, 만약 제3차 세계대전이 일어난다면 전 세계가 모두 사회주의 길을 걸을 수 있게 될 것이다."라는 말이었다. 최근 20년간 미국 및 서양 학술계에서는 제2차 세계대전 뒤의 '냉전'이 곧 제3차 세계대전이고, 9.11사건 및 그 뒤 미국 아들 부시 대통령이 일으킨 '세계 테러 척결 전쟁'(world war on terror)이 제4차 세계대전이라고 주장하는 이들이 있다. 이런 발전은 갈수록 예측하기 어려우며 중국과도 갈수록 멀어지고 있다. 이런 발전 법칙에 따라 제3차 세계대전에서는 아무 것도 단생하지 않았으며, 오히려 소련이 사라졌다. 필자는 "제국주의가 존재하면 전쟁이 존재한다."라는 말은 정확하지 않다고 본다. "민족국가가 존재하면 전쟁이 존재한다."라고 해야 할 것이다. 오늘날 전쟁이 갈수록 중국과 멀어지는 것은 중국의 발전이 '민족국가'발전 선율에서 갈수록 멀어지고 있는 것이 원인이다.

2014년 3월 시진핑 주석이 파리에서 '잠에서 깬 사자의 노호'라는 나폴레옹의 명언을 인용한 것은 1949년 10월 1일 마오쩌동 주석이 텐안먼(天安門) 성루 위에서 중화인민공화국 창립을 선포하면서 "중국 인민이 일어섰다"라고 한 말의 메아리였다. 그날을 시작으로 독자들이 이 책을 읽고 있는 60여 년간 어느 외래 '민족국가'침략자든지 감히 중국의 대문을 두드리지 못하였다. 과거 '동아시아의 약골'로 불렸던 중국의 이미지는 영원히 사라졌다. 2016년 9월 중국 항쩌우(杭州)에서 열린 G20정상회담에서 2017년 7월 함부르크 G20정상회담에 이르기까지 국제여론들은 미국에 대한 국제사회의 실망을 대서특필하고 있다. 세계는 중국이 세계를 이끌고 경제의 안정을 회복하는 방향으로 나갈 수 있기를 갈수록 기대하고 있다. 중국 자체의 평화와 안정, 번영 발전, 그리고 중국의 국제지위의 꾸준한 향상은 역사적으로 나타난 참신한 현상이다. 이는 중국이 당・송 시기와 같은 문명의 탄탄대로를 회복하였음을 상징하고 있다.

'일변도'에서 불편부당에 이르기까지

1949년 중화인민공화국의 창립과 1912년 중화민국의 창립을 비교해 보면, 전혀 다른 두 가지 형세임을 알 수 있다.

첫째, 중화민국이 창립된 시기는 청나라 황제가 왕위에서 물러나기 전이었다. 손중산에게는 청나라 황제를 제위에서 물러나게 할 수 있는 능력이 없어 대총통의 직위를 군벌 위안스카이에게 양보하는 것으로 그 목적을 이룰 수밖에 달리 방도가 없었다. 중화인민공화국의 창립은 마오쩌동의 명언을 빌린다면 '총'으로 싸워 얻어낸 것이라고 표현할 수 있다. 마오쩌동이 이끈 중화인민공화국은 강대한 군사력을 갖추었다.

둘째, 중화민국이 창립되었지만 모든 불평등조약을 다 폐지하지 않았다. 외국 열강들이 여전히 중국에 '조계지'를 두고 여전히 '치외법권'을 누렸으며, 여전히 중국 세관을 통제하였고, 중국의 여러 지역에서 외국 선교사들의 세력은 여전히 막강하였다. 중화인민공화국이 창립된 후에는 독립 주권을 전면 장악하였으며, 불평등조약과 외국인이 중국에서 누렸던 모든 특권을 전면 폐지하였다. 그 시기에는 서양 열강(미국 포함)들이 모두 중화인민공화국과 단독으로 왕래하며 관계를 맺기를 원했으나 마오쩌동은 "먼저 집안 청소부터 깨끗이 한 뒤 손님을 맞이할 것"(우선 중국 사회의 친외국 세력을 숙청한 뒤 외국과 관계를 수립할 것이라는 뜻)이라는 의지를 밝혔다. 종합적으로 말해서 중화민국 창립 당시까지도 중국은 잠에서 깬 사자가 아니었다. 중화인민공화국이 창립되어서야 중국은 비로소 진정한 잠에서 깬 사자가 되었던 것이다.

중화인민공화국의 창립은 중국이 세계무대에 등장하였음을 상징한다. 이 세계는 '민족국가'세계로서 국제형세가 매우 복잡하다. 중국은 처음으로 잠에서 깬 사자의 자세로 이 '정글의 법칙'의 세계에 뛰어들었으니 방향을 잃는 것 또한 필연적인 일이다. 예를 들면 마오쩌동이 1949년 6월 30일 당의 생일 전야에 발표한 「인민민주독재를 논함」이라는 글에서 '일변도'(사회주의 쪽으로 치우쳐야 하고, 제국주의 쪽으로 치우치지 말아야 한다) 관념을 제기하였다. 그 '일변도'는 그 후 한 때 중화인민공화국 외교정책의 잠재된 규칙이 되었다. 필자의 아버지 탄윈산은 젊은 시절 칭사에서 학교를 다닐 때, 마오쩌동의 '팬'(마오쩌동이 제1사범학교를 다녔기 때문에, 그도 따라서 제1사범학교에 입학하였고, 촨산서원[船山書院]에 들어간 마오쩌둥을 본받아 그도 촨산서원에 들어감)이었는데, 1950년에 인도에서 오랜 벗에게 보낸 편지에 '한족으로 치우지지 말 것'을 건의하였다. 1956년에 마오쩌둥은 베이징 중난하이(中南海)에서 탄윈산을 접견하면서 세계 2대 진영의 형세에 대해 상세하게 분석하고, 중국은 '한쪽으로 치우칠 수밖에'없으며, 다른 선택을 할 여지가 없다고 설명하였다. 사실 그때 중국과 '맏형'소련과의 사이에는 틈이 서리기 시작하였으며 다만 공개하지 않았을 뿐이었다.

소련은 국제 무산계급혁명운동의 요람 속에서 태어났다. 그런데 스탈린의 지도하에 '민족국가'발전의 길을 걸었으며, 결국 '민족국가'의 '굴기 - 전성기 - 쇠퇴'3부곡 연주를 끝으로 1991년 연말 지구상에서 사라져버렸다. 제2차 세계대전 후 소련과 미국은 세계 각국의 운명을 주재하려 하였으며, 창장을 분계선으로 삼아 중국을 남북 양국(남중국은 국민당에게, 북중국은 공산당에게 귀속시키려고 계획함)으로 나눌 계획까지 세우고 있었다. 마오쩌둥은 스탈린과 국제공산당의 압력을 이겨내고 "혁명을 끝까지 진행하자"는 구호를 외쳤다. 그때 당시 스탈린은 마오쩌둥에게 불만을 품었지만, 마오쩌둥이 중국공산당을 이끌고 그렇게 큰 사회주의 새 중국을 창립한 것을 보고 이해득실을 비교하고 따져본 뒤, 새 중국이 세계 2대 진영 중 공산주의집단에 가입하여 미국이 이끄는 서양 자본주의집단('자유주의집단'이라고 부름)에 대처하는 것에 환영을 표하였다. 그때 당시 국제형세에서 마오쩌둥이 '일변도'관념을 제기한 것에 대해서는 크게 비난할 것 없다(단어 선택에서 물론 조금은 함축적이었으면 더 좋았을 것임).

'일변도'는 신생의 중국문명공동체가 '민족국가'세계에 들어갈 때 소지

해야 할 여권이었다고 말할 수 있다. 그때 당시 중국인민해방군 수는 1천여 만 명으로 세계에서 가장 방대한 규모였다. 그때 당시 중국은 이미 중요한 지위에 있었으며, 상당한 영향력을 갖추고 있었다. 1950년 마오쩌둥은 이웃 형제국가에 대한 배려와 관심에서 출발해 정의를 위해 용감하게 나서 항미원조(抗美援朝, 중국인민이 조선인민을 도와 미국의 침략에 저항한 운동)운동을 일으키기로 결정하였다. 중국인민지원군은 야루장(鴨綠江)을 건너 조선으로 진군하였으며, 중미 간 군사대결이 조선 국토에서 펼쳐졌다. 미군은 장비에서 우세했을 뿐 아니라 제공권까지 장악하고 있었다(중국이 소련에 공군을 파견해 지원할 것을 요구하였으나 스탈린은 감히 허락하지 못함). 중국은 사람 수와 전략에서 우세를 차지하였다. 그 전쟁은 비긴 것이나 다름없었지만 미국의 여야는 새 중국을 새로운 안목으로 대하게 되었다.

미국은 한국전쟁을 통해 중국 군대의 위력을 제대로 맛보았으며, 마오쩌동이 『손자병법』의 유산을 물려받았다고 생각하게 되었다. 펜타곤(미국국방부)은 『손자병법』을 번역해 전 군에 발급해 배우게 하였다. 오늘날까지도 『손자병법』은 여전히 미국 군사훈련의 중요한 교과서가 되고 있다. 손자가 말한 '지피지기'정신에 따라 미국 여러 대학에서는 '지역연구'(area studies) 학과(그중에서 '동아시아연구'가 압도적임)를 잇달아 개설하였다. 중국계 미국인 고 후창두(胡昌度, 1920~2014) 교수는 1960년대에 필자에게 이런 사실을 알려주었다. 중국이 항미원조운동을 하기 전에는 미국에 유학을 간 중국인이 성적이 아무리 우수하고 학위를 많이 받았어도 좋은 일자리를 구하기 어려웠다(취직이 쉬운 곳은 오직 '삼관[三館]', 즉 도서관 · 식당 · 세탁소뿐이었음). 그런데 한국전쟁이 끝난(1953년 7월) 후에는 미국의 '지피지기'를 위한 중국 연구가 우후죽순처럼 생겨난 덕분에 그와 같은 학자가 각광을 받기 시작해 대학 교수직에까지 오르게 된 것이라고 했다.

마오쩌동은 원칙성이 강하고 성격이 억세며 심사숙고를 거친 뒤에는 대담하게 모험하는 지도자이다. 중국의 주권을 수호하기 위해서(중국 영토에 군용 장파 무선방송국을 설립하고 소-중 '연합함대'를 구축하자는 소련의 제안을 거절함) 그는 소련과 거리를 두기도 하였다. 1969년에는 심지어 전바오다오(珍寶島)전투까지 벌였다. 중국은 전쟁의 위협을 의식하게 되었다. 1972년에 마오쩌동은 "땅굴을 깊이 파고 식량을 많이 저장하며 패권을 부르짖지 않을 것"을 제기하였다. 전국의 여러 도시들마다 모두 지하 방공시설을 건설하고, 소련이나 미국의 (혹은 양국이 연합해) 습격을 방비할 준비를 해두었다.

당시 마오쩌동은 세계 2대 초강대국에 동시에 도발하였다가 앞뒤로 적을 맞는 형국이 일어날 수 있다는 것을 의식하였다. 이는 병가에서 기피해야 할 금기였다. 그때 당시 '4인방'극 '좌'사조가 만연하고 있었으나 마오쩌동은 명석한 두뇌를 유지하였다. 1969년에 그는 천이(陳毅, 1901~1972) · 예젠잉(1897~1986) · 쉬샹첸(徐向前, 1901~1990) · 녜룽전(聶榮臻, 1899~1992) 4대 원수를 청해 단체로 국제형세에 대해 분석하였다. 이 원수 레벨의 연구팀은 「전쟁형세에 대한 초보적인 예측」과 「당면 형세에 대한 견해」 2건의 보고서를 제시하였다. 연구팀은 중-소의 모순이 중-미의 모순보다 크고, 미-소의 모순이 중-소의 모순보다 크며, 미국 · 소련이 (단독으로 혹은 연합하여) 중국을 상대로 대규모 전쟁을 일으킬 가능성이 크지 않다는 결론을 얻어냈으며, 중-미 관계의 대문을 열어젖힐 것을 제안하였다. 마오쩌동은 닉슨(Nixon, 1913~1994) 미국 대통령과 키신저(Kiesinger, 1923~) 미국 국가 안보고문(훗날 국무 장관직에 오름)이 대중국 정책을 전환하는 기회를 틈타 '반미'곤경에서 벗어났다.

마오 주석이 서거한 뒤 중국은 독립 자주의 외교정책을 실행하였다. 레이건 대통령 집권 시기에 미국이 중국을 '아시아의 북대서양조약 동맹국'으로 삼으려고 하였으나 중국은 받아들이지 않았다. 중국의 입장은 국제교류에서 "우리는 미국을 이용하지 않을 것이며, 미국이 중국을 이용하는 것 또한 원하지 않는다."라는 것이었다. 그 후 소련 지도자 고르바초프가 자발적으로 중국과의 친선을 원한다고 밝히면서 중-소 관계가 완화되었다.

장기간 쇄국정책을 실행해오던 중국은 중화인민공화국이 창립된 후 돌연 세계무대의 앞자리에 서서 세계 강국들과 동등한 지위에서 간계가 많은 열강들에게 좌지우지당하지 않게 되었으며, 수천 년 중국문명 역사의 새로운 장을 열었다. 쩌우언라이 · 천이는 모두 유럽에서 공부를 한 정치가로서 외교사무를 관리함에 있어서 청나라와 군벌시대처럼 유치하고 무능하지 않았다. 중국에도 지자오딩(冀朝鼎) · 챠오관화(喬冠華) 등과 같이 외국상황을 잘 알고, 외국어에 능통한 공산당 지식인이 많이 나타나 중국의 외교적 기능을 발전시키는 데 기여하였다. 세계 2대 공산주의국가 중의 하나인 중국(한때는 "소련의 오늘은 우리의 내일"이라고 외쳤던 중국)은 80년대 말에 소련이 해체되어 사라진 뒤에도 여전히 사회주의 기치를 높이 치켜들고 서양 국가들이 통치적 지위를 차지한 글로벌화 된 세계에서 일거수일투족이 중대한 영향을 끼칠 정도로 중요한 지위를 차지하게 되었다. 이 또한 중국이 걷고 있는 '문명의 길'의 뛰어난 점이다.

중국사회의 개조

유구한 역사를 가진 중국문명은 중국공산당의 지도하에 계속 앞으로 나아가면서 정부의 행정적인 힘을 이용해 대중운동을 일으켜 2천 년 전통 사회구조에 대한 개조를 진행하였다. 마오쩌동은 중화인민공화국의 창립이 '조대가 바뀐 것'이 아니라 '천지개벽의 변화'라고 주장하였다. 그는 중국 2천 여 년간 이어온 '조대의 교체'라는 기현상에서 벗어나 중국을 새로운 시대에 들어설 수 있게 하려는 포부를 품었다. 그래서 그는 중국사회의 구조를 개조하는 일에 심혈을 다 쏟아 부었다. 국제 학술계에서 마오쩌동 연구에 종사하는 전문가들은 모두 마오쩌동이 비록 마르크스 레닌주의의 계급적 사고방식으로 중국의 사회구조를 바라보았지만 농촌의 '빈농(貧農)과 고농(雇農, 후에는 '빈하중농[貧下中農]'이라고 함)에서 출발하였다고 주장하고 있다.

마르크스의 기본 대중이 도시의 무산계급인 것과는 달리 마오쩌동의 기본 대중은 빈하중농이었다. 빈하중농의 개념은 바로 농촌인구를 착취자에 속하는 지주와 부농(富農), 피착취집단에 속하는 빈농과 하중농(下中農, 그밖에 나머지 상중농[上中農]은 중간 부류에 속함)으로 분류한 것이다. 1950년대에 전국 각지에서 일어난 토지개혁운동을 거쳐 농촌의 착취층(지주와 부농)이 소멸되고 농촌의 피착취층(빈농과 하중농)이 해방되어 주인이 되었다.

우리가 앞의 몇 장에서 2천여 년간 막강한 파괴력을 갖춘 농민봉기란 바로 온갖 압박과 착취를 받아온 중국 빈하중농이 들고 일어나 일으킨 것이었다. 만약 그 문제를 해결하지 않는다면 중국은 문명의 길을 제대로 갈 수가 없다. 중화민국시기에 비록 군주제가 폐지되었지만 빈하중농은 여전히 가혹한 착취를 받고 있었으며 따라서 새로운 사회가 형성될 수 없었음을 알 수 있다. 중국은 50년대에 '천지개벽'의 토지개혁을 거치면서 비록 진통도 겪었지만 결국 새로운 사회가 고성을 울리며 탄생할 수 있었다. 이로써 중국의 수천 년간 발전과정에 줄곧 존재해온 큰 난제를 드디어 해결한 것이다. 중국에서 더 이상 농민봉기는 일어나지 않을 것이다. 이 점에서 마땅히 마오쩌동의 큰 공로를 인정해주어야 한다.

마오쩌동 시대에 이룬 '천지개벽'과 같은 사회 개조의 중요성에 대해 국제 평론가들은 경시 하고 있다(지금은 이미 잊어버림). 많은 사람들이 '번신(翻身)'의 의미에 대해 알지 못하고 있다. 필자가 어렸을 때 후난 지역의 어린이들이 싸움을 할 때면 모두 땅 위에서 뒹굴곤 하였다. 이긴 아이가 진 아이를 누르고 그 위에 올라타곤 하였다. 마오쩌동은 '번신'이라는 단어로 아래 눌렸던 자가 위에 올라탔음을 표현하였다. 1950년대에 중국 빈하중농 인구가 3억 명이 넘었다. 그들은 마오쩌동 시대의 토지개혁과 또 다른 여러 가지 사회운동을 거쳐 수천 년간 남에게 억눌려 있던 상황에서 '번신'하여 사회의 주인 위치에 앉게 되었다. 이는 얼마나 엄청난 사회 개조인가? 인도에도 토지개혁이 있었지만, 이처럼 엄청난 사회 밑바닥 농민의 번신이 일어나지는 않았었다.

마오쩌동 시대에 맹렬하고 신속하게 이루어진 사회 개조(그때 당시에는 '사회주의 개조'라고 부름) 과정에 일련의 폭풍과도 같은 대운동이 일어났다. 그때 당시 세계의 다른 공산주의국가와 비교해 볼 때 중국의 개혁이 가장 거셌고 가장 철저하였다. 개혁 결과는 위에서 언급한 바와 같이 2천년 역사 속에서 일어난 농민무장봉기의 화근을 철저히 제거한 것 외에도 중국사회에 세 가지 새로운 상황이 나타나게 되었다.

첫째, 중국 인민 내부의 모순이 완화되었으며 전통적인 계급모순이 완화되었다(심지어 녹아 없어짐). 어떤 의미에서 중국에 사회주의 생산관계가 이미 형성되었다고 할 수 있다. 지주 · 자본가 계급이 없어졌다(기업의 절대다수가 국영 기업임). 바꾸어 말하면 중국 운명공동체 구성원들 간 단합의 밀접한 정도가 그 어느 역사시기보다도 컸다. 이 점을 분명하게 보는 것이 중국의 발전을 이해하는 데 매우 중요하다.

둘째, 정치체제에서 정책 결정자와 정책의 수혜자가 한 마음 한 뜻이 되었다. 바꾸어 말하면 정치적 통치 엘리트와 사회적 통치 엘리트가 일치하는 추세가 나타나 공산당 조직이 전례 없이 확대되었으며, 공산당을 지지하는 근거지가 전례 없이 확대되었다. 이것이 바로 중국의 발전과 소련 및 동유럽 다른 공산주의 국가 간의 거대한 차이이며, 후자는 사라졌지만 중국공산당이 이끄는 정권이 갈수록 탄탄해지고 있는 주요 원인이다.

셋째, 사회 밑바닥 인민에 대한 속박이 해제되었으니 사회 유동의 빈도가 필연적으로 증가할 것이며, 사회의 개방 정도가 필연적으로 확대될 것이다. 따라서 전국 각지에서 '농민이 노동자로 전환하는'보편적인 현상이 나타났다. 바꾸어 말하면 다양한 업종 종사자의 원천이 크게 확대된 것이다. 1950년대에 억만을 헤아리는 '번신'한 농민의 후대들이 오늘날 중국의 재부를 창조하는 대군이 되었다. 인도 · 일본 · 유럽연합국가들, 심지어 미국까지도 경제발전에서 왜 중국을 당할 수 없을까? 그것은 이들 국가들이 중국처럼 5억 이상의 '번신'한 농민의 후대들로 구성된 재부를 창조하는 대군이 없기 때문이다.

다른 각도에서 보면, 그 수억을 헤아리는 '번신'한 농민의 후대들로 구성된 재부를 창조하는 대군이 중국 케이크를 갈수록 더 크게 만들고 있으며, 그들은 또 케이크를 나눠 먹는 대중의 대오에 갈수록 적극적으로 동참하고 있다. 그들은 관직에 오르거나 대학에 들어가 학위를 따거나 외국으로 유학을 가거나 하여 부유해졌다. 그들은 집을 사고 자동차를 사고 주식을 샀다. 오늘날 중국의 대도시에서 교통 체증을 가져오는 자,

큰 병원을 거의 도산의 변두리까지 몰아붙이는 자, 중점 학교 문턱을 평지처럼 낮춰놓는 자, 깊은 밤에 유치원 문 앞에 길게 줄을 서서 아이를 그 유치원에 입학시키고자 하는 자, 비행기를 타고 외국으로 가서 사치품이며 분유며 변기뚜껑을 싹쓸이하는 자, 황금연휴에 유명 관광지에 우르르 몰려들어 인산인해 현상을 연출하는 자(결국 휴가를 즐기려는 목적은 이룰 수 없음), 유명 호텔이 터질 정도로 몰려들어 정상적인 영업이 불가능할 지경으로 만드는 자…… 이들 중 절대다수가 '번신'한 농민의 후대들이다. 이는 중국역사에 선례가 없는 일이며 외국에서는 들어본 적도 없는 일이다.

'정치 우선'에서 '경제 우선'으로

1949년 중화인민공화국이 창립되고서부터 1976년 마오쩌동이 서거하기까지는 영락없는 마오쩌동 시대였다. 마오쩌동 시대의 2대 주류 중 하나는 앞에서 언급하였던 사회주의 개조이고, 다른 하나는 경제발전에 초점을 맞춘 사회주의 건설이었다. 마오쩌동 시대의 사회주의 개조는 수천 년 중국문명 공동체와 운명공동체의 '입인의 도리(立人之道)'를 계승 발양하고 혁신한 것이다. 마오쩌동 시대의 사회주의 건설은 수천 년 중국 문명공동체와 운명공동체의 '입천의 도리(立天之道)'와 '입지의 도리(立地之道)'를 계승 발양하고 혁신한 것이다.

그 시기 중국은 '천지개벽'의 변화를 이루었을 뿐 아니라 여러 분야의 발전에서 세계가 괄목할 만한 성과를 거두었다. 작은 분야에서 보면, 중국은 더 이상 '동아시아의 약골'이 아니라 국제 스포츠 경기장에서 우승을 거두고 금메달을 따내기 시작하였으며, 큰 분야에서 보면, 중국은 핵무기와 미사일 기술을 자주적으로 확보하였을 뿐 아니라, 우주에서 「동방홍(東方紅)」이라는 노래를 큰 소리로 부르며 비행하는 인공위성까지 확보하였다. 소련의 도움으로 중국은 중공업기지를 건설하였으며, 경공업과 농업은 자체의 노력에 의지해 발전하고 있는데 소련보다 훨씬 더 발전한 수준이었다.

1975년 1월에 열린 제4기 인민대표대회 제1차 전체회의에서 저우언라이 총리는 이미 여러 해 동안 계획해온 2단계에 걸쳐 중국 '4가지 현대화'(농업 현대화, 공업 현대화, 과학기술 현대화, 국방 현대화) 목표를 실현하는 발전 방안을 정식으로 제기하였다. 제1단계는 완벽한 중국 본토의 공업체계를 형성하는 것으로 1980년에 완성키로 한다. 제2단계는 1990년 말에 이르러 중국이 공업과 농업 · 국방과 과학기술 등 분야에서 모두 '세계의 앞자리에 서는 것'이다. 이는 마오쩌동 시대가 후세 사람들에게 맡겨준 목표로서 완벽하게 실현하였을 뿐 아니라 초과 완성하였다.

마오쩌동 시대에는 "더 깊이 연마하고"최고의 경지를 추구하는(그러나 서양의 이른바 "maximization of power/강력한 힘을 무제한 키우는 것"과는 다름) 중국문명 전통을 재가동하였다. 중국정부는 1990년 후반기에 '세계의 앞자리에 서려면'핵무기를 갖추지 않으면 안 된다는 사실을 깨달았다. 그 문제에 대한 마오쩌동의 인식은 점차적으로 발전하였다. 오래 전인 1946년에 마오쩌동은 옌안(延安)에서 안나 루이스 스트롱(Anna Louise Strong, 1885~1970) 미국 기자에게 "원자탄은 종이범"이라고 말한 적이 있다. 그런데 50년대에 이르러 그는 원자탄이 없으면 중국의 말이 제대로 먹히지 않을 것(요즘 용어로는 "발언권이 없다"라고 함)이라고 말하였다. 비록 이는 핵무기를 갖춤으로써 얻게 될 정치적 기능을 강조하는 말이기는 하지만 과학기술의 정상에 오르고자 하는 뜻을 대표하는 말이기도 하다.

100여 년간 서양세계에서는 아무런 거리낌도 없이 중국인은 "무능하다"고 떠들어 댔다. 이를 불식시키기 위해서는 오직 핵무기를 손에 쥐어야만 그러한 견해를 바로잡을 수 있었다. 그때 당시 중국 지도자의 사고방식은 체면을 세우려면 "체면탄(爭氣彈)"을 만들어내야 한다는 것이었다. 1955년에 국무원은 과학기획위원회를 설립하고 수백 명의 과학자를 집결시키는 한편, 16명의 소련 유명 과학자를 중국으로 초청해 「12년(1956~1967) 과학기술계획」을 제정하여 57개의 중대 과학기술발전과제를 제기하였다.

그중에 원자탄 프로젝트가 포함되어 있었다. 1960년 이전에 소련에서 온 1000여 명의 전문가(설계도까지 가지고 옴)의 대다수가 국방공업 분야에 집중되었었다. 흐루시초프는 원자탄 실물을 중국에 제공해 모델로 삼을 수 있도록 하겠다고 약속까지 하였다. 그 후 중-소 관계가 악화되어 소련은 원자탄 실물을 중국에 선물하기는커녕(혹은 팔기는커녕) 1960년에는 중국에서 전문가 전원을 철수시켰으며 중요한 설계도 자료까지 가져가버렸다. 그 때문에 200여 개 과학기술 합작 프로젝트가 중단되고 말았다. 중국 핵공업 분야에서 근무하던 233명의 소련 전문가(예를 들어 베이징 핵프로젝트 설계원의 소련 전문가 8명, 란쩌우[蘭州] 농축우라늄공장 현장에서 설치 업무를 맡았던 소련 전문가 5명)를 갑자기 철수시킨 뒤 소련정부는 중국인이 원자탄을 만들어내지 못할 것이라고 단정 지었다.

그들은 "그 쓸모없는 고철무더기를 어떻게 처리하는지 두고 볼 것이다. 우리가 없으면 너희들은 20년이 걸려도 해내지 못할 것이다."라고 말하였다. 흐루시초프는 심지어 중국인이 원자탄을 만드느라고 "입을 바지조차 없게 될 것"이라고 하며 비웃기까지 하였다. 그 말에 천이 중국 외교부 부장은 "바지를 벗고 다니는 한이 있더라도 원자탄을 만들어낼 것이다."라고 맞받아쳤다.[73] 이로부터 중국문명의 존엄과 영예가 도전을 받게 됨으로 말미암아 '마오쩌동 시대'에 온갖 곤란과 위험을 아랑곳하지 않게 된 것임을 알 수 있다. 1964년에 중국은 자력갱생하여 첫 원자탄을 제조해냈으며, 중국은 세계 '핵클럽'에 가담하게 되었다. 마오쩌동은 흐루시초프에게 감사해야 한다면서 그에게 무게가 1톤에 달하는 훈장을 줘야 한다고 말하였다.

개발도상국가가 선진국가로 발전하려면 두 가지 방법이 있다. 한 가지는 선진국가로부터 선진 기술과 기계 설비를 구매하는 것, 더욱이 외국 전문가를 고가로 고용해 과학기술 부서를 관리하게 하는 것이다. 중동의 일부 석유 부국들이 바로 그렇게 하였다. 다른 한 가지 방법은 자력갱생이다. 이 방법은 힘이 많이 들며 시간도 오래 걸릴 수 있다. 1950년대에 중국은 첫 번째 방법을 채용하여 소련의 지원에 크게 의지하였었다. 소련이 전문가들을 철수시킨 뒤에는 큰 힘을 들여 자력갱생하였는데 전화위복이라고 할 수 있다. 시간도 별로 오래 걸리지 않았다. 객관적으로 말하면 흐루시초프가 중국의 자력갱생을 추진한 강력한 조력자 역할을 한 것이다. 물론 조력만 있고 주력이 없었다면 일을 성사시킬 수 없었음은 말할 나위도 없다. 그때 당시 중국에는 이미 세계 일류 핵에너지 분야의 전문가 쳰싼챵(錢三强, 1913~1992)과 로켓 전문가 쳰쉐썬(錢學森, 1911~2009)이 있었으며 해외 유학을 마치고 귀국하였거나 국내 토박이 과학기술인원도 매우 많았다. 그들은 모두 중국의 "양탄일성(兩彈一星, 원자 폭탄과 수소 폭탄 및 인공위성)"의 연구 제조에 공헌한 이들이었다.

마오쩌동 시대에 사회주의 건설에서 자력갱생한 것에 대해서는 칭송

73) 「꼭 '체면탄'을 만들어낼 것이다」, dangshi.people.com.cn, 중국공산당신문망, 당사채널, 2016년 3월 2일 검색 열람.

이 자자하다. 그러나 실제에 맞지 않는 '급진'적인 사례도 있었다. '대약진(大躍進)'시기(1958~1960)의 2대 전략은 농업분야에서는 "식량을 기간산업으로 삼는 것"이고, 공업분야에서는 "철강 생산을 기간산업으로 삼는 것"이었다. 그 "철강 생산을 기간산업으로 삼아야 한다"는 구상은 스탈린 시대 소련 발전전략을 오도한 것이었다. 그 시기 소련은 경제발전의 상징은 중공업의 발전이라고 여겼으며 특히 철강공업의 발전이라고 여겼다. 미국의 철강 생산량은 1억 톤에 이른다. 그렇기 때문에 경제가 가장 발전한 국가가 될 수 있은 것이라고 생각하였다. 오늘날 중국 철강 생산량은 7억 톤에 육박하며 세계 철강 생산량의 절반을 차지하고 있다. 중국을 제외하고 철강 생산량이 1억 톤에 달하는 나라는 없다. 그러나 이 비례가 세계 경제발전 형세를 반영하지는 못한다. 따라서 그때 당시 소련 이론에 매우 큰 결함이 존재하였음을 설명한다. 그 그릇된 이론을 지도로 마오쩌동 시대에 '대약진'운동을 일으켰으며 전 국민이 대대적으로 철강을 제련하는 운동을 일으켰던 것이다.

그 시기 마오쩌동의 의도는 "전 국민이 철강을 제련하고 철강이 전 국민을 단련시킨다는 것"이었다. 뒤의 구절은 일종의 정치적 전략으로서 그 운동을 통해 전국 인민을 더 긴밀하게 단합시키려는 의도였다. 의도는 좋으나 방법은 크게 잘못되었다. 그 시기 중국에서 뜨거운 열기로 대대적으로 철강을 제련하는 드높은 기세에 대해 우리가 방관자적 자세로 차분하고 냉담하게 논하는 것은 마땅치 않다고 생각된다. 그 시기에는 확실히 전 국민이 한 마음 한 뜻으로 기세 드높게 세계를 개조하는 운동에 뛰어들었기 때문이다. 그 시기 널리 전해졌던 가요 한 곡이 이에 대해 잘 설명해주고 있다.

작은 용광로는 보물 샘이라네. 철물이 콸콸 흘러 나와 강을 이루네.

작은 용광로는 붓이라네. 철물에 붓을 적셔 낙원을 그린다네.

작은 용광로는 참으로 예쁘다네. 광산을 삼키고 철산을 토해내네.

작은 용광로는 전 국민이 세웠다네. 전국에 수천수만 개나 세워졌다네.

(小高爐，像寶泉，鐵水源源匯成川。

小高爐，像筆桿，蘸著鐵水畫樂園。

小高爐，真好看，吞下礦山吐鐵山。

小高爐，全民辦，全國豎起千千萬。)

상상력이 풍부한 최고 지도자 마오쩌동이 전 국민이 한 마음이 되어 기적을 창조할 것을 호소하였다. 전 국민은 더 풍부한 상상력으로 '작은 용광로'를 이용해 재래식 방법으로 철강을 제련하는 것을 "철물에 붓을 적셔 낙원을 그린다"고 표현하였다. 참으로 중국문명다운 발상이었다.

철강을 제련하는 것은 과학정신을 지도로 물리적 원칙에 따라 화학작용을 일으켜야만 결과를 얻어낼 수 있다. 그 시기 전국의 6분의 1 인구 총 1억 명(절대다수가 '과학맹'이었음)이 그 운동에 벌떼처럼 우르르 몰려들어 몇 개월 안에 중국 철강공업의 400만 톤이던 생산량을 1000여 만 톤 수준으로 끌어올리려고 하였다. 수 백 만 개에 이르는 '재래식 용광로'가 우후죽순처럼 생겨났다. 수많은 대중들이 철광 원료를 찾지 못하게 되자 집에서 쓰던 쇠솥과 기타 쇠그릇들을 용광로 안에 집어넣어 (멀쩡한 쇠그릇을 고철로 만들었을 뿐 아니라) 연료도 대량 낭비하였다. 결국 1958년 12월에 전국 철강 산량이 800만 톤(그중 300여 만 톤은 폐품임)에 달했다. 전 국민이 제련한 고철은 전 국민의 열성을 잿더미로 만들어버렸다.

물론 마오쩌동 시대의 모든 경제건설이 다 그렇게 진행된 것은 아니다.

가게를 개점하고 공장을 설립하는 것은 중국에서 수천 년간 효과적으로 실행해온 일이다. 마오쩌동 시대에 설립된 철강 · 기계 · 화학공업 등 공장은 모두 규칙에 따라 실행된 것이며 운영도 잘되었다. 또 다칭(大慶)유전도 개척하였다. 그러나 마오쩌동 시대에는 모든 것을 정치적 입장에서 고려하였기 때문에 '정치 우선'이라고 하였다. 경제건설은 '정치 우선'의 큰 환경 속에서도 매우 큰 발전을 이루었다. 마오쩌동 시대 말기에 이르러서는 중국의 공업 분야에서 사용되는 선반, 교통운수에 사용되는 기관차와 선박 모두가 자국에서 제조된 것이었으며, 수입한 제품이 극히 적었다. 마오쩌동 시대는 확실히 '정치 우선'의 시대였다.

그 뒤에 이어진 '덩샤오핑(鄧小平)시대'(1980년대부터 시작해 1997년 덩샤오핑이 서거하기까지)에는 '경제 우선'으로 대전환을 이루었다. 덩샤오핑의 경제 발전을 강조하였다. 그는 "발전만이 확실한 도리이다."라고 말하였다. 국제상에서 가장 선호하는 덩샤오핑의 어록은 "흰 고양이든 검은 고양이든 쥐만 잡으면 그만이다."라는 말이다. 그의 사고방식을 지도로 삼아 중국은 수심이 깊은 구역에 들어서서 "돌다리도 두드려 보고 건너는 심정으로"아주 신중하게 나아가고 있다.

마오쩌동 시대와 덩샤오핑 시대 사이에는 4년 여 동안 화궈펑(華國鋒) 주석이 정무를 주관하던 시기가 있었다. "자네가 하는 일이라면 믿을 수 있네"라는 마오쩌동의 친필 지시를 소유하고 마오쩌동의 임시 후계자가 된 화궈펑은 "두 가지 무릇"("무릇 마오 주석이 내린 정책 결정이면, 우리는 모두 확고하게 수호할 것이다. 무릇 마오 주석의 지시라면 우리는 모두 시종일관 따를 것이다.")을 방패로 삼아 자신의 지도자 지위를 공고히 하였으나 결국 "실천은 진리를 검증하는 유일한 기준"이라는 이론 앞에서 무너지고 말았다. 화궈펑 시기에 '양약진(洋躍進, 1977년-1978년간에 이루어진 화궈펑의 수입설비 의존적 경제발전 전략을 풍자하는 명칭)'이 나타났으며 상하이 바오산(寶山) 철강공장의 설립에 영향을 미쳤다.

오늘날에 이르러서도 여전히 그 시기 설립된 상하이 바오산 강철공장이 국내 철광 · 탄광과 멀리 떨어진 해변가에 자리 잡아 전적으로 수입된 원료에만 의지해야 하는 것이 결함이라고 주장하는 이들도 있다. 현대 발전의 안목으로 보면 이는 큰 잘못이라고 할 수 없다. 운수 비용이 크게 하락하였기 때문에 기업이 원료 기지와 멀리 떨어져 있다고 해도 크게 지장이 없었다. 현대 기업의 위력은 주로 선진적인 생산기술과 관리방법, 그리고 막힘없는 시장 진출에서 생긴다. 바오산 철강공장은 교통요충지에 자리 잡았으며, 국제 교통 대동맥 위에 위치한 것이 오히려 장점이 되었다. 바오산 철강공장은 중국 상공업 중심인 상하이에 자리 잡았기 때문에 그 우세가 더욱 확대되었다. 바오산 철강공장은 설립되자 여러 방면의 반대에 직면하였으나 여전히 지속적으로 발전하였으며 중국 철강공업의 모범이 되었다. 이로부터 바오산 철강공장은 지리적 위치에서 장점을 갖추었음을 설명해준다. 바오산 철강공장이 설립된 후 중국도 일본처럼 종이처럼 얇은 강판을 냉연 가공해낼 수 있어 자동차 · 비행기 · 전자제품 · 소형 제품의 제조에 원자재를 제공하게 되었으며, 중국 현대화 발전의 부족함을 메울 수 있게 되었다.

바오산 철강의 건설로 인해 한때 전국 여러 지역에서 철강을 중복 건설하게 되면서 여러 큰 철강 생산기지들 사이에는 서로 경쟁하는(현재는 서로 연합하기 시작함) 상황이 나타났다. 이는 마오쩌둥 시대에 '철강생산을 기간산업으로 삼는'발전전략의 연속을 상징한다. 전 세계 발전의 상황을 놓고 보면 중국은 현재 비록 철강 생산의 거인이 되었지만 철강공업은 이미 사양산업으로 간주된 지 오래며, 그 어느 나라도 중국과 우승의 보좌를 두고 다투려고 하지 않는다. 현재 중국은 조잡한 일반 철강 생산능력은 과잉 수준인 반면에 특수한 고급 철강은 여전히 수입에 의지해야 하는 실정이다. 그렇기 때문에 반드시 생산량을 줄이고 품질을 높여야 한다. 철강공업은 또 환경오염의 원흉으로서 현지 주민들의 환영을 받지 못한다. 앞으로 중국 철강공업이 어떻게 부족함을 극복하고 국가와 사회에 이롭게 할 수 있는지가 큰 문제이다.

3. 중국 개혁개방의 새로운 국면

'마오쩌동 시대'의 27년은 중국에 '천지개벽'의 변화를 가져다주었다고 말할 수 있다. 만약 1949년 10월 1일에 창립된 중화인민공화국을 희망에 찬 문명의 거인으로 생각한다면 마오쩌동과 그의 지도집단이 이룬 정치 업적은 평범하지 않은, 천진난만하면서도 성숙한 어린이에 비유할 수 있다. 새 중국은 그러한 동년시대를 거친 뒤 또 30여 년간 발전의 길을 걸었다. '대약진''급진'과 같은 표현은 더 이상 들리지 않았지만, 그 대신 전 세계가 공인하는 '쾌속도로'위에서의 발전이 있었다. 필자는 90년대에 인도 외교부 주최로 뉴델리에서 열린 사교파티에 참가했던 기억이 있다. 회의에서 중국 정부 관원이 중국의 '쾌속도로'위에서의 발전에 대해 언급하였다. 필자가 그의 말을 인도정부의 한 경제 고문에게 통역해 주었다. 그(그의 이름이 'Ar-jun Sengupta'였던 것으로 기억함)는 몹시 놀라워하면서 또 흠모하는 표정을 지으며 구체적인 내용에 대해 듣고 싶어 하였다. 이제 와서 돌이켜보면 중국 개혁개방시기에 창조한 빠른 경제성상이 마치 단번에 놀랄 만한 성과를 거둔 것 같지만, 실제로는 여러 방면의 다양한 요소가 점차 누적되고 조건이 성숙되어서 자연스럽게 성사된 것이다.

1980년부터 시작해 현재까지의 37년 동안 중국은 '탈태환골'하였다고 말할 수 있다. 이 두시기 모두 중국은 전례 없는 변화를 이루었다. 뒤의 한시기의 변화는 별도로 처음부터 새로 시작된 변화가 아니라 앞의 한 시기를 토대로 이루어진 것이며, 앞의 한시기의 경험과 교훈을 받아들인 결과인 것이다. 종합적으로 말해서 지난 60여 년간 중국의 발전 형세는 도약식이 아니라 구르기를 거듭하면서 앞으로 굴러온 것이다. 이제는 더 이상 구르지 않을 수 있게 되었다. 성숙되고 발걸음도 의젓해졌으며 발전 전망에 대해 낙관적이며 자신감으로 가득 찼기 때문이다.

중국이 국제발전의 대 흐름 속에 융화되다

'덩샤오핑 시대'에 개혁개방을 추진하였다. '개혁'은 국내에 대한 것이고, '개방'은 국제에 대한 것이다. 이른바 '개혁'도 앞 한 시기처럼 기세가 막을 수 없을 정도로 세차지 않고 온건하고 부드럽게 '마오쩌동 시대'의 인민공사를 폐지하였다(그러나 여전히 일부 농촌에서 자발적으로 공사 혹은 대대의 조직형태를 유지하고 있어도 정부는 반대하지 않음). 광범위한 농민들이 토지사용권을 보유(농촌의 토지소유권은 집단에 속함)한 한편 생산활동과 근무지를 자유롭게 선택(더 이상 앞 한 시기처럼 인민공사 · 생산대대 · 생산대의 3중 지도를 받지 않게 됨)할 수 있게 되었다.

'덩샤오핑 시대'의 기조는 '치부(致富)'였다. 일찍 '마오쩌동 시대'에 덩샤오핑이 저우언라이의 후임으로 당정의 일상 사무를 책임지고 있을 때 당시부터 그는 극'좌'파 '사인방(四人幇)'과 첨예하게 대립하였다. '사인방'은 가난이 두렵지 않다면서 자본주의식으로 부유해지는 길은 절대 걸으면 안 된다고 주장하였다. 장췬챠오(張春橋)는 "사회주의의 풀을 원할지

언정 자본주의의 싹은 원치 않는다."라고 말하였다. 그 말에 덩샤오핑은 "가난은 사회주의가 아니다."라고 맞받아쳤다. 그는 사회주의의 목적은 치부하는 것이며 "다 함께 치부하는 것"이라고 강조하였다. 덩샤오핑은 또 사회주의는 바로 경제를 빠르게 발전시키는 것이라면서 경제발전이 더디면 역시 사회주의라고 할 수 없다고 말하였다.

중국은 1960년대에 이미 시작된 동아시아 발전 패턴을 거울삼기 시작하였다. 최초에는 일본이 해외무역에 대대적으로 투입하여 제품의 판로를 세계로 확장함으로써 몹시 빠르게 부유해졌다. 그 후 '4마리의 작은 용/호랑이'(중국의 대만 · 한국 · 싱가포르 · 중국의 홍콩)가 궐기하였다. 1980년대는 바로 미국 및 다른 선진국들의 경제체제 전환시기로서 자본과 산업 수출("outsourcing/외주")정책을 폈으며, 중국은 두 팔을 벌려 환영하였다. 국내에서 "둥지를 틀어 봉황을 끌어들이는 운동"이 일어났다. '봉황'은 곧 외자이고, '둥지를 튼다'는 것은 현대화한 인프라 시설을 건설하는 것을 가리킨다. 그때 당시 "치부하려면 길부터 닦으라."라는 말이 유행이었다.

덩샤오핑의 대외개방전략은 목표성이 매우 강했다. 먼저 중국 홍콩 · 마카오 · 대만의 맞은 편에 4개의 경제특구(선전[深圳]은 홍콩과 마주 보고 있고, 주하이[珠海]는 마카오와 마주 보고 있으며, 샤먼[廈門]과 산터우[汕頭]는 대만과 마주 보고 있음)를 건설한 다음, 또 하이난다오(海南島)에 성(省)을 설치하여 경제특구로 만들었다. 정부는 이들 특구에 우대정책을 펴 기업의 발전을 독려하고 외자의 유치를 반겼다.

'덩샤오핑 시대'의 대외개방경제는 무에서 유를 창조하고 작던 데서 큰 것으로 발전하였다. 최초에는 "삼래일보(三來一補)"형태를 취했다. "삼래"란 원료를 수입해 가공하고, 샘플을 수입해 가공하며, 부품을 수입해 조립하는 것을 가리키는 것이고, '일보'는 보상무역(먼저 대출방식으로 자본과 장비 · 기술을 도입하여 생산한 뒤 제품 혹은 현금으로 대출금 본금과 이자를 상환하는 것)을 가리킨다. 그렇게 설립된 기업은 마치 우화 속의 알을 낳는 황금거위와 같았다. 중국은 자국 땅에 황금거위를 도입해 황금알을 얻은 한편 공장과 노동력을 제공하는 대가를 치렀다. 1980년대에 미국 나이키/Nike회사가 미국시장에서 수십 달러에 판매되는 운동화 한 켤레를 중국 공장에서 가공했는데, 중국 공장은 고작 1달러를 얻을 수 있을 뿐이었다. 이 대목에서 1950년대에 중국이 콩 1톤으로 소련의 중형 기계 1톤을 바꿨던 역사를 떠올리게 된다. 소련의 그 육중한 중형 기계 한 대 무게가 1000톤에 달하였는데, 중국이 1000톤의 콩을 수확하려면 얼마나 많은 농민이 피땀을 흘려야 했을까? 중국이 미국 나이키회사에 운동화 한 켤레를 가공해주는 데도 중국 노동자의 수많은 노동시간이 소요되었을 것이다. 너무 싼 중국의 노동력이 아니었던가? 그런데 중국이 미국으로부터 보잉 여객기 한 대를 구입하려면 적어도 2~3억 달러를 지불해야 하였다. 이로부터 중국 치부의 길이 얼마나 험난하였는지를 알 수 있을 것이다.

30여 년간 미국을 비롯해 세계의 모든 국가(선진국과 개발도상국가 포함) 시장에서 거래되는 상품에 "중국 제조/Made in China"라는 표시가 있어 충격을 일으켰다. 수많은 미국 유명 브랜드 제품가격이 대폭 하락해 미국 소비자들이 혜택을 보았다. 몇 년 전에 미국 ABC텔레비전방송국이 미국인의 "중국 제조/Made in China"표시 상품 불매운동을 일으켰으나 결국 성공하지 못하였다. 사실 미국이 제멋대로 떠들어대는 "중국 제조/Made in China"현상의 절대다수는 중국의 '국산'이 아니라 중국의 저가 노동으로 가공된 미국 유명 브랜드 제품이다. 그중 많은 상품은 이제는 미국 공장에서 제조하지 않고 있으며, 중국 제조를 허용하지 않을 경우 또 다른 개발도상국가를 찾아 가공해야 한다. 중국으로 말하면 현재 "중국 제조"가 중국에 영예로운 일은 아니다. 2015년에 리커창(李克强) 중국 총리가 "중국 창조"를 거듭 강조하였다. 신화사(新華社)의 신화시점(新華視點) 웨이보(微博)에 게재된 소식에 따르면 리커창 총리가 5월 7일 중국 과학원 물리연구소에서 모든 "중국 제조/Made in China"상품을 모조리 "중국 창조/Created in China"로 바꿔야 한다고 강조하였다.

2016년을 시점으로 하는 중국 "제13번째 5개년 규획"(2016~2020)이 중국의 발전에 지극히 중요한 상징적 의미를 지닌다. 그 계획으로 인해 중국의 첫 번째 滋년 중국의 꿈"(2021년이 되면 중국공산당 창당 100주년이 되는 해임)을 실현할 수 있기 때문이다. '13.5규획'시기에 중국은 "중국제조 2025"계획을 가동하였으며, 세 단계에 거쳐 완성하기로 하였다. 첫 번째 단계는 2020년까지 중국이 제조대국으로 부상한 뒤, 또 2025년에 이르러서 한 걸음 더 나아가 공업강국으로서의 경쟁능력을 갖추게 되는 것이고, 두 번째 단계는 2035년까지 중국이 세계 공업강국 진영의 중등 수준에 이르는 것이며, 세 번째 단계는 중화인민공화국 창립 100주년(2049)이 될 때 중국이 세계 공업제조 강국의 앞자리에 올라서는 것이다. 그리 되면 두 번째 滋년 중국의 꿈"이 실현되는 것이다.

"이 세상에 나를 알아주는 벗이 있다면, 아무리 멀리 떨어져 있어도 가까이 있는 것과 같다(海內存知己, 天涯若比鄰)"(왕발[王勃] : 「촉주로 부임하는 두 소부를 송별하며(送杜少府之任蜀州)」)라는 구절은 중국문명이 수천년간 '천하'에 속해 있다는 지조를 반영한 말이다. 그러나 여기서 말하는 '천하'['온 세상(海內)']는 장장과 황허가 그어놓은 윤곽을 크게 벗어나지 못하였다. 개혁개방 30여 년을 거치면서 중국은 비로소 지구의 아득히 먼 곳까지 끌어안을 수 있게 된 것이다. "중국 제조"상품이 보급됨에 따라 중국인도 세계 각국을 점차 알게 되고 접촉하게 되었다. 중국과의 교류가 밀접하면서도 국제적으로 보조가 일치하며 함께 발전을 모색하는 '브릭스/BRICS 5개국'(B[브라질] · R[러시아] · I[인도] · C[중국] · S[남아프리카공화국])은 북으로 북빙양(北氷洋)을 잇고 남으로는 남미주와 아프리카 남부까지 이어진다. 브릭스 5개국과 상하이협력기구가 '하늘이 내린' 히말라야 권을 더욱 새롭게 공고히 하였다.

2015년 12월 상하이협력기구 총리회의가 허난(河南)성의 성도인 정쩌우(鄭州)에서 열렸다. 이는 개혁개방의 정책 하에서 만 가지 꽃이 일제히 활짝 피어나 그 꽃잎들이 중국문명의 발원지인 중원으로 또 다시 날아 돌아왔음을 상징한다. 중국이 발전시키고 있는 '문명의 길'과 전 세계의 발전 궤적이 '민족국가'발전 선율의 간섭을 받는 것은 불가피한 일이다. 그러나 이는 소극적인 관점일 뿐이다. 브릭스 5개국과 상하이협력기구가 발전을 이루고 있는 경험에 비추어 보면, 국가 간에 공동의 이익을 위해 서로 단합하고 합작하는 것은 가능성이 있을 뿐 아니라, 그 길 또한 갈수록 넓어지게 되며, 운명공동체의 방향으로 발전할 가능성이 매우 크며, '민족국가'세계의 질서를 바꾸는 역할도 할 수 있다는 결론을 얻어낼 수 있다.

중국이 세계 발전의 대 흐름 속에 융화됨에 있어서, 한편으로는 경제적으로 융화하는 것이고, 다른 한편으로는 외교적으로 연합하는 방법을 취하는 것이다. 경제적 융화는 '중국 제조'에 의지해야 할 뿐 아니라, 또한 금융수단에 의지해야 한다. 중국과 일본은 현재 세계 2대 채권 국가이다. 중국은 정부에도 돈이 많고, 기업에도 돈이 많다. 중국의 대외 투자 추세는 갈수록 확대되고 있다. 중국은 또 다른 나라를 도와 경제의 안정을 이루는 역할도 할 수 있다. 세계 최대 무역국가로서 중국은 자국과 밀접한 무역관계를 맺은 국가들에 대해 중요한 역할을 한다. 그리고 또 위안화가 이제 곧 세계 자유태환 통화로 될 것인데, 그리 되면 중국경제가 세계에 주는 영향력이 더 한층 커질 것이다. 2016년 9월 4~5일, 중국은 최초로 주최국이 되어 20개국 집단 지도자 제11차 정상회담을 주최하였다. 중국은 경제실력이 강대해짐으로 인해 대회에서 발언권을 충분히 행사할 수 있음을 이틀간의 정상회담을 통해 보여주었다.

사회주의와 자본주의 경계선이 모호해지다

1970년대에 필자가 인도 델리대학에 있을 때의 동료였고, 80년대에는 미국 캘리포니아대학 버클리분교로 전근된 국제적으로 유명한 인도인 경제학자인 프라납 바단(Pranab Bardhan, 그의 영문 명작 『진흙 발 거인의 각성: 중-인 경제의 굴기에 대한 평가/Awakening Giants, Feet of Clay: Assessing the Economic Rise of China and India』 은 중국 학술계에 널리 알려져 있음)이 그가 나서 자란 인도 서부 벵골주에 마르크스 레닌주의를 신앙하는 지식인이 매우 많다는 흥미로운 국제현상에 대해 말한 적이 있다. 그는 자신이 인도에 있을 때는 사람들이 모두 중국의 사회주의 성과가 인도보다 크다고 칭찬하는 말을 들었었는데, 후에 그는 미국에 살면서 중국의 자본주의 성과가 인도보다 크다고 칭찬하는 말을 들을 수 있었다고 말하였다. 국제상에서는 중국이 개혁개방 정책을 실행한 뒤 이룩한 비약적인 발전을 두고 "사회주의 중국이 자본주의 길을 걸음으로써"기괴한 성적을 이루었다고 평가하고 있다. 인터넷에 올라온 글들을 보면 수많은 중국계 미국인들도 중국사회를 오로지 돈밖에 모르는 사회로 보고 있으며, 돈만 있으면 귀신도 부릴 수 있지만, 돈이 없으면 한 걸음도 내디딜 수 없,고 심지어 생존할 수 없다고 여기고 있음을 알 수 있다. 이런 관점에는 모두 현실적 근거가 있으며 모두 일리가 있다.

자본주의와 사회주의를 물과 불처럼 서로 용납할 수 없는 두 개의 대립면으로 보는 것은 19세기의 개념이다. 19중엽부터 유럽의 많은 나라들에서 사회민주당(영국노동당도 포함)이 집권하는 정권이 등장하였지만, 여전히 자본주의식 경제 발전을 이어가고 있다. 유럽의 국가 중 사회복지가 사회주의를 치켜세우는 소련보다 월등한 나라가 매우 많다. 이 모든 것은 마르크스와 레닌 등의 마음속에서 잔인무도하게 노동자계급을 압박하고 착취하던 자본주의시대가 이제는 점차 역사의 뒤안길로 사라지고 있음을 설명해 준다.

사람들은 현대의 경제발전에 대해 논하면서 '4차 산업혁명'(혹은 '산업 4.0/Industry 4.0')이라는 개념을 제기하였다. 이는 새 세기의 사고로서 마르크스와 레닌 등 혁명 선배들은 이해할 수 없는 개념이다. 그 4차례의 산업혁명은 각기 다른 생산기술 수준에 따라 구별된다. 영국인 와트(1736~1819)가 증기기관을 발명하게 되어 1차 산업혁명이 일어났고, 미국인 에디슨(1847~1931)이 전기를 발명함으로써 2차 산업혁명이 일어났으며, 1990년대 말의 전자 설비와 정보기술의 결합으로 세계는 3차 산업혁명시대에 들어섰다. 4차 산업혁명의 개념은 '지능 공장'(Smart Factory)을 세우는 것인데, 기계 · 인원 · 공정 · 자료를 한데 결합시켜 공업 응용과 공정에 소요되는 인력과 시간 · 조작의 중복성과 복잡성을 낮추기 위한 것이다. 이런 사고방식에 따르면 인류발전의 추세는 대연합이다. 즉 과학실험과 기계 조작의 연합, 공업과 상업 서비스업의 연합, 생산과 소비의 연합, 지력노동과 체력노동의 연합, 정보와 행동의 연합, 개인과 단체의 연합, 일과 휴식의 연합, 집에 있는 것과 여행하는 것의 연합 등 수도 없이 많다. 앞으로 이런 연합 속에서 자본가와 노동자의 차이가 사라질 것이며, 자본주의와 사회주의 등이 모두 무의미한 개념으로 바뀔 것이다.

오늘날 현실 속에서 중국문명은 낡은 사고방식을 이미 포기하기 시작하였다. 예를 들면 2002년 중국공산당 새 「당 규약」에는 "중국공산당은 중국 노동자계급의 선봉대인 동시에 중국 인민과 중화민족의 선봉대이며 중국 특색의 사회주의사업의 지도핵심으로서 중국 선진생산력의 발전 요구를 대표하고 중국 선진문화의 발전방향을 대표하며 중국의 가장 광범위한 인민의 근본이익을 대표한다.", "중국 노동자계급의 선봉대"라는 것은 전통적인 정의이지만 "동시에 중국 인민과 중화민족의 선봉대"라는 것은 혁신적인 것이다. 이는 즉 중국공산당에 가입하게 되면 더 이상 계급 요소에 대해 논하지 않는다는 의미이며, 당이 사회 각계에 대문을 활짝 열어젖혔음을 의미한다. 현재 중국공산당 당원이 8,700여 만 명에 이르는데 이는 중국 인구의 6%밖에 안 된다. 중국 민영기업가 들 중 40%가 중국공산당 당원인 것으로 집계되었으며, 그 비중이 꾸준히 늘어나고 있는 것으로 알려졌다.

중국공산당원 중 일부는 대중들을 이끌고 '샤오캉(小康)사회를 향해 나아가는'과정에서 민영기업가 행렬에 들어선 것이다. 그들은 거의 다 개혁개방에 기여한 사회주의 활동가들로서 많은 지역과 국민을 부유해지게 하였을 뿐 아니라 자신도 부유해졌다. 장쑤(江蘇)성의 우런바오(吳仁寶, 1928~2013)가 바로 전형적인 실례이다. 그는 1954년에 국가 간부로 근무하게 되었으며 중국공산당에 입당하였다. 1961년부터 장쑤성 장인(江陰)현 화스(華士)공사 화시(華西)대대 당지부직을 맡았다. 개혁개방 후 전국의 절대다수 인민공사가 폐지되었지만, 우런바오가 이끄는 화시 대대는 여전히 단합하여 함께 치부의 길을 걸었으며 성공을 거두었다. 1987년에 화시 그룹회사를 설립하고, 그는 지도자 직무를 맡아 신흥 기업가가 되었다. 실제로 그는 줄곧 촌급 · 현급 당의 지도인물이었다.

2010년에 화시촌 인구 당 소득은 8만 5천 위안(그때 당시 상하이보다 한 배 높은 수준이었음)에 달하였다. 우런바오와 화시촌은 본 마을과 주변 마을을 가난하던 데서 샤오캉 수준으로 이끈 전형적인 사례로서 전국 여러 지역들에서 본받는 본보기가 되었다. 산동(山東)성 룽커우(龍口)시는 화시촌을 본받아 집단경제를 발전시킴으로써 단체로 치부한 또 다른 성공 사례이다. 현지 농민들은 "하룻밤 사이에 소농에서 샤오캉으로 바뀌었다"라고 말하거나, 또 "한 걸음에 천당에 올랐다"라고 호언장담하였다. 이외에도 스라이허(史來賀, 1930~2003)가 이끄는 허난(河南)성 신샹(新鄉)현 류좡(劉莊)촌도 "사회주의 길을 걸어 단체로 치부한"유명한 범례 중의 하나이다. 중국에는 현재 이처럼 단체로 치부한 '홍색(紅色) 농촌'마을이 8천~1만 개에 이른다. 그 마을들의 치부방법은 다양하지만 주로는 전국 경제발전의 거센 물결 속에 뛰어들어 부지런히 일해 본 마을의 잠재력을 살려 농업 · 공업 · 원림 · 관광 등 분야에서 성적을 거둔 것이다. 이들 농촌은 사회주의와 자본주의의 경계선을 모호하게 만들었다.

이제 프라납 바단이 반영한 "중국은 사회주의와 자본주의 길을 걷는데 모두 능하다"라고 한 대중의 반응을 돌이켜보면, 그 속에는 분명 사회주의와 자본주의가 물과 불처럼 서로 용납할 수 없다는 '민족국가'의 그릇된 인식적 사고방식이 존재한다. '민족국가'사고방식으로는 종적인 발전은 볼 수 없고 횡적인 발전만 볼 수 있을 뿐 이다. 마르크스주의는 자본주의의 잘못을 찾아내 자본가가 노동자의 '잉여가치'를 착취한다는 이론을 얻어냈다. 그 이론은 자본가가 횡적으로 다른 사람의 잉여 노동 가치를 빼앗은 사실만 발견하였을 뿐, 문명의 종적인 발전 능력은 발견하지 못하였다. 에디슨은 인류의 재부 창조능력을 대대적으로 키워준 기업가이지 잉여가치를 착취한 자본가가 아니다. 빌 게이츠는 인류의 생산능력과 생활방식을 개선한 기업가이지 잉여가치를 착취한 자본가가 아니다. 중국에 나타난 다양한 치부 방식은 잉여가치를 착취하는 자본주의와는 아무런 관련도 없다. 그렇기 때문에 사회주의 집단경제는 취할 수 있는 것이다. 바꾸어 말하면 중국은 문명의 길을 걷는 과정에서 전통적 사고방식 중에 존재하는 사회주의와 자본주의를 물과 불처럼 서로 대립적인 것으로 생각하는 그릇된 인식을 꾸준히 제거하고 있고, 또 앞으로도 제거해나가야 한다.

만약 우리의 사고방식이 과거 두 세기 남짓한 세월동안 서양문명이 경제영역에서 획분한 '자본주의'와 '사회주의'의 경계를 뛰어넘어, 중국이 수천 년간 강조해온 "천지자연이 가진 위대한 능력은 만물을 생성시키는 것(天地之大德日生)"(『역경 · 대서[易經 · 大序]』) 높은 차원으로 돌아가 계책을 내놓거나, 자금을 대거나, 힘을 내거나 등 각기 다른 태도와 방식을 한데 집결시켜 사회의 재부를 창조하는 것을 차별시하지 않고 긍정해준다면 위에서 탐구한 현상은 칭찬 받아 마땅하다. 이는 중국문명의 길이 갈수록 넓어지고 있음을 설명한다. 물론 맹자가 "윗사람이나 아랫사람 모두가 서로 이익만 취하는 것(上下交征利)"을 극구 반대하면서 '이로움(利)'은 반드시 '의로움(義)'와 결합되어야만 비로소 정도라 할 수 있다고 강조한 것과 같다. 모든 것은 반드시 '입천''입지''입인'의 도리를 대대적으로 계승하고 발양시켜야 한다. '아(我)'에는 '대아(大我)'와 '소아(小我)'두 가지 내용이 있다. 중국 빈산의 "십난이익을 위하여 돈을 버는 것(對我生財)"은 강력한 창조력이다. 앞에서 언급하였던 우런바오와 스라이허의 사례도 "집단의 이익을 위하여 돈을 번 것"이며 '대아'를 위해 돈을 번 것이기 때문에 본보기가 될 수 있었다. 그렇기 때문에 우리는 중국문명 발전의 각도에서 문제를 보아야 하는 것이다.

중국 인구의 성장을 조절

세계적으로 유일무이한 창장과 황허가 중국의 드넓은 영토의 윤곽을 형성하였으며, 또 진 · 한 시기부터 형성되기 시작한 대통일의 중국 운명공동체를 형성하였다. 수천 년간 중국은 줄곧 세계의 슈퍼 인구대국이었으며, 인류 인구 총수의 6분의 1(가장 많았을 때는 인류의 3분의 1을 차지하였음)보다 적었던 적이 단 한 번도 없다. 중국의 발전 패턴에 대해 토론하면서 이 부분에 대해 반드시 강조해야 한다. 이는 인도를 제외한 그 어느 국가도 모방할 수 없는 부분이다. 슈퍼 인구대국은 그 장점을 가지고 있다. 재부는 사람이 창조하는 것이다. 사람이 많을수록 힘이 세며 재부의 창조력도 강하다. 중국은 인구가 많을 뿐 아니라 총명하고 부지런하여 한 마음으로 단합하면 그야말로 "많은 사람이 합심하여 협력하면 성을 이룰 수 있다"고 표현할 수 있다. 역사적으로 오로지 중국이라는 슈퍼 인구대국만이 만리장성을 쌓을 수 있었다. 2008년 베이징 올림픽 때 100여 만 명의 지원자(지원자 신청 인수는 207만 명에 달하였음)가 나타났다. 올림픽 기간에 베이징은 밤에도 대낮처럼 밝았다. 전국 여러 현에서 파견된 전기 기술자들이 분담구역을 나누어 책임지고 가로등 하나도 불이 꺼지는 일이 없도록 보장하였기 때문이다. 이러한 현상은 세계 다른 인구대국에서는 상상조차 할 수 없는 일이다.

손중산은 '민족주의'이론에 대해 논술하면서 중국 인구가 점점 줄어들어 '민족국가'의 적자생존의 치열한 경쟁 속에서 도태될까봐 우려하였었다. 중화인민공화국 창립 초기에 유명한 인구학자인 마인추(馬寅初, 1882~1982) 베이징대학 교장은 중국은 인구성장이 너무 빠르기 때문에 계획출산정책을 펼 것을 제안하였다. 그의 제안에 마오쩌둥은 그가 맬서스(Thomas Malthus, 1766~1834) 인구론을 퍼뜨리고 있다고 비평하였다. 중국의 인구 출생률이 1973년에 매 1천 명 당 27.93명에 달하였다. 1980년대부터 정부는 계획출산정책을 실행하기 시작하였으며, 1982년에 계획출산 관련 내용을 수정된 「헌법」에 포함시켰다. 2000년 중국 인수 출생률이 매 1천 명 당 13.18명으로 줄어들었다. 2001년 전국인민대표대회에서는 「중화인민공화국 인구 및 계획출산법」이 통과되었다.

중국 계획출산은 한 쌍의 부부가 아이 한 명만 낳는 외동 자녀정책을 폈는데 일반적으로(도시와 도시의 교외 지역) 엄격히 실행되었으나 특별한 상황에서는 어느 정도 완화 조치를 취하기도 하였다. 만약 부부 쌍방이 모두 외동 자녀인 경우에는 둘째 아이를 출산하도록 허용하였다. 또 한 가지 정책은 어려움이 있는 농촌 부부를 배려하여 첫 아이가 여자아이인 경우 둘째 아이를 낳을 수 있도록 허용하였다. 이 정책이 적용된 인구 비중은 53.6%이다. 윈난(雲南)과 칭하이(青海)는 농촌의 가정형편이 어려운 가정에서 둘째 아이를 출산하도록 허용하였다. 하이난(海南) · 닝샤(寧夏) · 신장(新疆)에서는 둘째 아이 출산을 보편적으로 허용하였다. 신장과 시짱(西藏)의 상기 민족 농목지역의 경우는 정책을 더 완화시켜 일반적으로 아이가 셋을 초과하지 않도록 규정하였다.

중국에는 『효경(孝經)』이라는 고전이 있다. 그 고전에는 "불효에는 세 가지가 있다. 그중에서 대를 잇지 못하는 것이 제일 큰 불효이다(不孝有三, 無後爲大)"(『맹자 · 이루상[孟子 · 離婁上]』)라고 하였다. 모는 집안에서는 대를 이어야 했다. 딸은 출가외인이기 때문에 아들이 없으면 대가 끊기는 일이라 불효자라는 불명예를 안게 된다. 그래서 중국의 외동 자녀 계획출산정책은 문화전통과 모순되었다. 그 정책이 비록 인구 통제 면에서는 효과적이었지만 부정적인 영향도 많았다. 아이가 태어난 뒤 함께 놀 형제자매가 없이 부모 2명에 할아버지 세대 4명(조부모와 외조부모)의 총애를 받고 보니 '꼬마 황제'가 되어갔다. 부유한 가정에서는 더욱이 아이를 애지중지하고 있어 아이는 향락만 누리고 고생을 두려워하며 공부도 잘하지 않고 있으니 중국의 미래가 심히 걱정된다.

중국은 '남존여비'사상의 뿌리가 깊은 국가이다. 임신한 뒤 여아라는 것을 알고 임신 중절수술을 받는 사람도 많다. 법률 규정에 따라 중국에서 태아의 성별을 감별하는 것은 불법이다. 그럼에도 일부 재물을 탐내 도덕을 어기고 정보를 흘리는 의사들도 있다. 그리고 또 '혈액을 채취해 해외로 보내 태아의 성별을 감별하는'수단도 있다. 개인 병원을 통해 임산부의 혈액을 채취해 냉장보관해서는 홍콩이나 외국으로 보내 태아의 성별을 감별하는 방법이다. 이런 현상을 두고 "돈만 있으면 귀신도 부릴 수 있다"라고 표현하는 것이다. 하버드대학의 인도인 교수이며 노벨상 수상자인 아마르티아 센(Amartya Sen)을 비롯한 국제 평론가들은 '남존여비'전통을 폐지할 것을 중국에 호소하면서 인구의 성비가 균형을 잃는 것을 막아야 한다고 호소하였다. 그런데 과거 중국 농촌에서 실행하였던 '1.5자녀(一胎半)'정책(첫 아이가 여아일 경우 둘째 아이 출산을 신청할 수 있음)은 공교롭게도 그 전통에 타협하였다. 2012년 세계은행의 통계에 따르면 중국의 신생아 남녀 성비가 119:100으로서 전 세계에서 차이가 가장 큰 것으로 나타났다. 성비 차이가 177:100에 달하는 지역도 일부 있었다. 그러기에 아마르티아 센 등이 큰 소리로 질책했던 것이다.

미국 위스콘신 대학교의 중국인 연구원 이푸셴(易富賢)은 중국인구와 경제발전 문제에 대한 연구를 대대적으로 진행하였다. 그는 2007년에 『대국의 빈 둥지(大國空巢)』라는 책을 홍콩에서 출판하였다. 책의 정식 제목은 『대국의 빈 둥지: 잘못된 길에 들어선 중국 계획 출산(大國空巢: 走入歧途的中國計劃生育)』이다. 2013년에 국무원 발전연구중심 직속 중국발전출판사에 의해 국내에서 『대국의 빈 둥지: 잘못된 길에 들어선 중국 계획 출산(大國空巢: 反思中國計劃生育政策)』이라는 새로운 제목으로 출판되었는데 책의 내용도 일부 수정을 거쳤으며 큰 인기를 얻었다. 이푸셴 연구원은 국내 각 계에 책을 대량으로 증송하는 한편 또 귀국하여 강좌도 개최하였다. 그는 중국이 '한 자녀'출산 정책에 대해 반성할 수 있도록 큰 추진역할을 하였다. 이푸셴은 '한 자녀'출산정책이 중국 사회발전에 매우 불리하다고 주장하였다.

그리고 또 '한 자녀'출산정책으로 인해 '인구 순익'이 사라진 문제도 존재한다. 중-인 양국의 발전에 대해 비교를 진행한 수많은 전문가들은 중국의 계획출산 정책으로 인해 인구가 매우 빠르게 노화되고 있다고 지적하였다. 사회적으로 공인하는 노동인구는 15~64세 사이이다. 2010년 중국 노동 적령 인구가 72%를 차지해 절정에 이르렀다. 만약 '한 자녀'계획출산정책을 계속 실행해나간다면 그 비중이 떨어질 것이다. 인도는 2010년 노동 적령 인구가 65%를 차지하였으며, 2030년에 이르러서는 68%에 달해 중국을 추월할 것으로 추산된다. 그리 되면 중국보다 더 많은 '인구 순익'을 누릴 수 있으며 인구생태 발전에서 우위를 점할 수 있다.

중국사회 특히 지식계층이 인구의 급증을 대대적으로 통제하려는 정부의 결심에 대해 적극 지지하고 있음을 보아야 한다. 도시에서 '한 자녀' 출산정책의 실행은 순조로웠다. 외동딸을 둔 수많은 가정들이 즐겁게 살아가고 있다. 그들은 딸을 보배처럼 여기며 "딸이 봉황으로 자라기를 바라는 마음"이 "아들이 용으로 자라기를 바라는 마음"에 못지않다. 최근 수십 년간 중국에는 '음성양쇠(陰盛陽衰, 여자가 강하고 남자가 약하다)'현상이 나타났으며, '한 자녀'출산정책으로 그 잠재력이 더 강화되었다. '음성양쇠'설에도 사실은 '남존여비'사상의 요소가 들어 있다. 남자와 여자는 마땅히 평등해야 한다. 중국에 여자 법관 · 여자 가수 · 여자 배우 · 여자 박사 · 여자 외교관 · 여자 강자 · 여자 기업가 · 여자 부호…… 등이 나타나는 것은 매우 정상적인 현상으로서 '양쇠'라고 말할 수 없다.

2014년 상하이에 있는 후룬(胡潤) 연구원이 발표한 보유자산이 10억 달러 이상에 이르는 '세계 자수성가 여자 부호 리스트'에 오른 이들 중 중국인 수가 가장 많았을 뿐 아니라 앞 자리의 3위까지 독점하였다. 세계 스포츠경기 중에서도 중국 여자 선수들은 성적이 뛰어났으며 메달 획득 수가 남자 선수들보다 많았다. 이런 현상은 또 중국 여성들이 국제적으로 많은 나라 여성들보다 지위가 높고 해방 정도가 높음을 반영한다. 여성들이 중국에서 '절반의 하늘'을 떠메고 있는 것이 사실이다. 이는 수많은 개발도상국가들에서 이룰 수 없는 일이다.

중국 여성들이 가진 또 하나의 장점은 가정 관념을 중히 여긴다는 것이다(인도를 제외한 다른 나라들은 비교할 수도 없다). 비록 남녀평등의 실현으로 그녀들에게 높고도 멀리 날 수 있는 조건을 마련해주었지만 그녀들 절대다수는 여전히 전통적인 현모양처의 본색을 유지하고 있다. 어떤 여성은 자신이 맡은 바 업무의 발전에도 노력하는 한편 내조도 잘해 남편이 사업에서 성공을 거둘 수 있도록 돕곤 한다. 중국의 어머니들은 자식 양성에도 많은 심혈을 기울인다.

2015년 10월 중국공산당 제18기 5중 전회에서 인구의 균형적인 발전을 추진할 것을 제기하였다. 이에 따라 계획출산이라는 기본 국책을 유지하면서 인구 발전전략을 보완하여 한 쌍의 부부가 둘째 아이를 출산할 수 있도록 하는 정책을 전면 실행하여 인구의 노령화 대응 행동을 적극 전개할 것을 제기하였다. 같은 해 12월 전국인민대표대회 상무위원회가 국무원의 「중화인민공화국 인구와 계획출산법 수정안(초안)」을 비준하였으며 2016년부터 전국적으로 '둘째 아이 출산'을 보편적으로 허용하였다. 이러한 개혁 조치는 광범위한 국민의 환영을 받았다. 많은 청장년 모친들이 모두 둘째 아이의 출산을 준비하였으며 40세가 넘은 여성은 '늦었다'고 한탄하였다. 앞으로 2~3년 안에 출산 붐이 나타날 것으로 예측된다.

농촌 개조와 도시 건설

산업화와 도시화는 현대 경제발전의 쌍둥이 자매이다. 중국은 개혁개방시기에 도시화에 전력투구하였는데 농업인구가 비농업산업으로 빠르게 이전하였다. 이와 동시에 중국의 발전과정에서 자연스럽게 초대형 도시가 나타났으며 도시군이 형성되는 추세가 나타났다. 가장 전형적인 것이 상하이 · 난징(南京) · 항쩌우(杭州)를 핵심으로 하는 도시군이다. 그 도시군은 중국에서 가장 번영하고 가장 발달하였으며 가장 앞선 지역이다. 그 지역은 교통운수가 가장 발달하고(상하이에서 난징까지 고속철을 이용하면 1시간 반밖에 걸리지 않고 상하이에서 항쩌우까지 고속철을 이용하면 1시간밖에 걸리지 않는다) 세계 여러 지역과의 연결도 가장 밀접하다. 상하이는 중국 최대 상공업중심일 뿐 아니라, 세계경제에서 높은 영향력을 지닌 고지가 되겠다는 목표를 향해 발전하고 있다. 앞으로 '상하이 품질' · 과학연구실험 · 공업혁신 등 여러 분야에서 세계의 모범이 될 것이다. 2050년에 이르러 상하이는 '세계의 문명도시'로 발전하게 될 것이다. 이는 상하이가 19세기의 런던, 20세기의 뉴욕처럼 21세기 후반기(2050년 이후)에는 세계 도시의 리더와 모범이 될 것임을 의미한다. 그러나 우리는 또 머리를 돌려 중국이 수천 년간 문명의 길을 걸으면서 발전시킨 황허와 창장유역 안팎의 '농업을 본위로 하는'대 면적의 공간을 보아야 한다. 그 공간은 새 중국 · 새 시대 · 새 경제 · 새 문화의 종합적인 형세 속에서 상대적으로 중시를 받지 못하였다.

수십 년간 매년 1월 1일이면 중공중앙과 국무원이 연합으로 발표하는 첫 번째 문서에서는 언제나 '삼농(三農)'문제를 어떻게 해결할 것이냐는 토론을 벌이곤 한다. 이는 '삼농'문제의 해결이 줄곧 난제가 되어 왔음을 설명한다. 이른바 '삼농'이란 농업 · 농촌 · 농민을 가리킨다. 미국은 세계에서 가장 발달한 농산물국가로서 농업생산에서 최대 규모, 최고 수준, 최대 산량을 자랑하지만 농업인구는 매우 적다. 미국에는 중국에 존재하는 것과 같은 '농민'(Peasants))이 없다. 미국의 이른바 'farmer/농부'는 실제상에서 농장의 주인이며, 농번기에는 라틴아메리카에서 불법 입국한 노동자들이 임시로 농사를 돕곤 한다. 미국에는 또 '농촌'도 없고 중국식의 '향진(鄕鎭)'도 없다. 이로부터 중국 농촌문제의 특수성이 반영되고 있음을 알 수 있다. 중국의 농촌은 수천 년간 농민이 대대로 집단 거주하는 곳으로서 그들은 논밭 옆에 흙벽으로 된 초가집을 짓고 산다. 중화인민공화국이 창립된 후 농민의 흙벽으로 된 초가집은 대다수가 벽돌기와집으로 개선되었다. 개혁개방 후 농민의 생활이 한 층 더 개선되어 농촌에 층수가 있는 집들이 들어섰다. 앞에서 언급하였던 화시마을과 난산마을 등 농민이 거주하는 연립주택은 미국의 부유한 중산계급의 집들과 같은 수준이다.

전체적으로 보면 중화인민공화국 창립 60여 년간 농촌의 빈곤현상을 제거하는 면에서는 뚜렷한 성과를 거두었다고 볼 수 있다. 이는 국제 평론가들의 칭송을 받는 부분이다. 1981년에 중국 농촌 빈곤인구(하루 평균 소득이 1달러 미만)가 총 7억 3천만 명에 달하였으나 2008년에는 1억 명 미만으로 하락하여 27년간 6억 3천만 명이나 줄었다. 많은 사람들이 이는 기적이라고 생각한다. 이는 중국정부가 '삼농'문제를 해결하고 투자를 꾸준히 늘린 것과 떼어놓을 수 없다. 2003년 정부가 빈곤퇴치에 쓴 비용이 2,144억 위안(위안화)에 달하였고, 2004년에는 2,626억 위안으로 늘어났으며, 2005년에는 2,975억 위안으로, 2006년에는 3,397억 위안으로, 2007년에는 3,917억 위안(600여 억 달러에 해당함)으로 늘어났다.

몇 년 동안 정부는 빈곤 농촌지역에 이주민마을, 문명마을, 관광마을 등 시범마을을 대거 건설하였으며, 과학적인 양돈(가공하지 않은 사료를 먹이던 데서 삶아 익힌 사료를 이용하는 사육방법으로 바꿈), 메탄가스 탱크 건설, 특산물 수출 개발 등을 널리 실행하였다. 한편 이들 시범지역에서 농촌 인프라 건설을 발전시켜 현대화 도로를 건설하였을 뿐 아니라, 농민 주택들은 위생적인 돼지우리를 갖추었으며, 실내 욕실과 화장실까지 갖추었고, 심지어 주차장까지 갖추게 되었다. 정부가 제기한 새 농촌 건설 방침은 "발전한 생산, 넉넉한 생활, 현대적인 시골 풍속, 청결한 마을 모습, 민주적인 관리"이다. 이런 시범마을은 화시마을을 모델로 삼았다. 이들 시범마을과 화시마을의 구별점이라면 화시마을은 마을주민 자체의 힘으로 발전한 반면에, 이들 시범마을은 정부가 농민들에게 주입시킨 패턴으로서 농민들의 자발적인 창조가 부족하며, 따라서 효과가 별로 좋지 않고 널리 시행하기가 쉽지 않았다.

개혁개방 이래 중국의 비약적인 발전은 주로 농부지역에서 이루어졌다. 연해 도시들에서 인프라 시설을 대대적으로 개선하고 제조공업을 대대적으로 건설하면서 인근 농촌의 경제발전도 이끈 것이다. 화시마을 · 난산마을 및 동부의 수많은 농촌들은 모두 이런 발전의 혜택을 보았다. 그러나 중부와 서부(특히 서부)의 광범위한 지역은 중국발전의 주류에 들어서지 못하였다.

이처럼 동부와 연해지역을 집중적으로 발전시키고, 중서부지역을 경시하는 대추세로 인해 중서부의 젊은 농민들이 농민공(農民工, 중국에서 농사일을 그만두고 도시로 이주하여 임시로 노동에 종사하는 사람을 지칭함) 대군을 구성해 동부도시로 몰려들게 하였고, 중서부의 수많은 농촌에는 노인과 여성과 아동들만 남아 농업생산을 겨우 유지하는 현상을 초래하였다. 많은 지역에서 농촌에 남은 노인을 돌볼 사람이 없고, 아동교육에 대한 관심이 부족한 상황이다. 이에 따라 중국의 전면적인 발전과정에서 빈부의 격차가 커지는 현상이 나타났다. 동부 도시는 갈수록 부유해지고 현대화로 발전하는 반면에 중서부의 수많은 농촌지역은 가난하고 낙후한 상태에 머물러 있다. 중국의 수많은 도시들이 유럽으로 변한 반면에 수많은 농촌은 아프리카로 변하였다고 비유하는 사람도 있다.

"중국의 농촌교육은 단점이다."정부는 방법을 강구하여 만회하려고 있다. 2015년에 국무원이 「농촌교사 지원계획」을 발표하였는데 그 내용이 매우 전면적이며 여러 지역의 농촌에서 널리 실행되고 있다. 그 조치에는 농촌 교사자질에 대한 양성을 강화하고(사범학교 학생에 대한 학비 · 잡비 면제 등), 농촌 교사의 대우를 높여주며, 농촌 교사를 현급 정부에서 초빙 임용한 뒤 다시 농촌학교로 배치하고, 농촌교사와 학생 인수비례에 대해 도시학교와 동등한 기준을 적용하며, 도시의 훌륭한 교사들이 돌아가면서 농촌에 내려가 교류를 행하는 등의 내용이 포함되었다. 정부와 사회의 대대적인 지지에 힘입어 농촌문화와 교육수준은 반드시 점차 올라갈 것이다.

2015년 10월 중국공산당 제18기 5중전회에서는 2020년에 이르러 전국의 모든 '빈곤현'이 딱지를 떼어버릴 수 있게 함으로써 전국 7000여 만 명 인구를 빈곤에서 벗어나게 한다는 계획을 발표하였다. 구체적으로 말하면 빈곤인구 모두가 먹고 입는 걱정을 하지 않을 수 있게 되고 의무교육과 기본 의료가 보장되며, 하루 생활비용이 8위안에 달할 수 있도록 하는 것이다. 단 하나의 빈곤 가정도 빠뜨리지 않고 농촌에 남은 아동과 여성, 노인을 배려하는 봉사시스템을 구축하고 보완하며, 고등학교 단계의 교육을 보급하는 등의 내용도 포함되었다. 이렇게 위에서부터 아래로 정신적인 관심과 물질적인 지원을 '빈곤현'의 발전에 맞춰 실행한다면 5년 안에 성과를 이룰 수 있을 것으로 믿어 의심치 않는다.

중국 개혁개방 이래 동부와 연해도시의 집중적인 발전으로 인해 중서부 농촌의 농민공이 동부도시로 몰려든 것과 같은 현상은 세계 다른 나라에 존재하지 않는다. 농민공 인수는 총 1억 5천 만 명으로 집계되고 있으며, 그중 60%는 1990년 말과 21세기 이후에 도시에 들어와 노무에 종사하기 시작한 이들로서 '신세대 농민공'으로 불리고 있다. 그들은 지난 세대 농민공의 생각처럼 도시에 진출해 돈을 벌어 고향으로 부쳐 보내려는 동기도 갖고 있지만, 그밖에 도시에 정착하려는 생각도 가지고 있다. 이는 다른 나라에서는 별문제가 되지 않지만 천여 년간 호적관리 제도를 실행해온 중국에서는 문제가 되고 있다. 중화인민공화국이 창립된 후 지방의 호적관리가 더 엄격해졌다(1958년 전국인민대표대회 상무위원회가 「중화인민공화국 호적관리조례」를 발표함). 호적에 올라 있으면 현지 취업기회 · 개업 수속 · 복지 혜택 등 면에서 모두 문제가 되지 않는다. 그러나 호적에 올라 있지 않는 주민은 그런 복지를 누릴 수 없다. 2015년 통계에 따르면 중국 도시 거주 인구가 전국 인구의 56.1%를 차지하지만, 그들 중 도시 호적을 가진 인구가 전국 전체 인구 중에서 차지하는 비중은 37.5%뿐이며, 대규모의 도시 주민은 여전히 농촌에 호적을 두고 있다. 도시로 우르르 몰려든 농민공은 농촌 호적을 도시로 떼어갈 수 없으니 그들은 도시에서 '비주류화'되어 주택 마련, 부동산 구매, 의료보건 등 모든 면에서 어려움을 겪게 된다. 지난 세대의 농민공들은 대다수가 이런 상황을 참고 견뎠지만 '신세대 농민공'들은 참고 견디려고 하지 않기 때문에 사회 모순은 커져만 가고 있다.

2014년부터 중국은 호적제도개혁을 가동, 여러 지역들이 점차 규제를 완화하기 시작하였다. 조건이 좋고 공무에 힘쓰고 법을 잘 지키는 외래 인구에게 주민증을 발급하여 그들과 가족들이 도시사회에 융합할 수 있도록 하였다. 도시들마다 각기 다른 '낙적(落籍)문턱'기준을 제정하고 있지만 이미 대문은 열렸다. 호적 개혁의 최종목표는 전국적으로 통일된 도시 호적 등기제도를 실행하여 농업과 비농업 호적 간 성격의 차이를 없앰으로써 중국을 구미 국가들처럼 자유로운 인구 유동이 가능한 국가로 건설하는 것이다.

중국의 역사발전을 보면 위에서 논한 중국 개혁개방시기의 도시와 농촌의 발전은 새로운 의미를 띠고 있다. 아래 4가지로 나누어서 분석하고자 한다.

첫 번째, 역사적으로 보면 도시발전에서 중국은 대선배로서 유럽대륙과 잉글랜드보다 훨씬 많은 세기를 앞섰다. 중국 역사상에서 도시는 전국의 경제발전을 이끄는 중추역할을 하였다. 중국은 이 방면에서 오래전에 이미 경험과 지혜를 많이 쌓았을 뿐 아니라 현재는 또 외국의 선진사례를 본받는 데도 주의를 기울이고 있다. 2017년에 중국은 베이징과 톈진(天津) 옆에 미래식 신형도시 숑안(雄安)을 건설하기로 결정했다. 5년, 10년 뒤이면 그 선진성이 서서히 드러날 것이다. 더 중요한 것은 지금은 중국 스모그 중점 피해지역인 베이징과 톈진 · 허베이(河北) 일대가 앞으로 맑고 푸른 하늘 아래서 푸른 지구의 본 모습을 드러낼 것이다. 숑안 신구가 준공되는 날이면 베이징과 톈진이 완전 새로운 모습으로 탈바꿈하는 시각이 올 것이며 중국이 문명의 탄탄대로로 돌아오는 찬란한 앞날을 볼 수 있을 것이다. 물론 그 이상을 실현하려면 대량의 재력 · 인력 · 물력 · 지력을 소모해야 한다. 숑안은 그저 중국의 한 점에 불과할 뿐 중국 전체로 변할 수 없다. 그러나 숑안의 성공 경험이 미래 중국 도시의 발전에 적극적인 역할을 하게 될 것이다. 현재 국외에서는 식물의 생장에 필요한 빛과 수분 · 비료만 있으면 흙이 없어도 생장이 가능할 수 있도록 한다는 발상을 하고 있다. 그렇게 되면 도시 건물 위에다가도 농업을 발전시킬 수 있을 것이다. 숑안 혹은 중국의 어느 도시에서 그 발상을 현실로 이룰 수 있다면 인류 발전사에서 일대 혁명을 일으키는 일이 될 것이다.

두 번째, 중국은 더 이상 역사상의 중국이 아니라 영국의 대문호 셰익스피어가 형용한 바와 같이 "용감한 신세계"(brave new world)이다. 중국 역사문화에 대해 연구하는 인도인 친구가 처음 중국을 방문하였는데, 상하이와 베이징 공항에서 비행기에서 내려서부터 시내 거리를 지나면서 자기 눈을 의심할 지경이라는 듯 "여긴 미국이다."라며 연신 감탄하였다. 어떤 사람이 상하이에 있는 35층 이상 고층 빌딩의 수가 미국 전역을 추월한다고 말하였다. 온종일 상하이 고층빌딩의 오피스텔에서 생활하는 작가가 만약 외지에 여행을 다녀오지 않는다면 당나라 시인 왕지환(王之渙, 688~742)의 "황하는 멀리 흰 구름 사이를 오르고, 외로운 성 한 채

가파른 산 위에 지어져 있네(黃河遠上白云間, 一片孤城万仞山)"라는 시구와 같은 심경이 반영된 작품을 절대 써낼 수 없을 것이다. 현재 중국의 건설은 대도시의 좁은 공간에 집중되어 하늘을 향해 발전하고 있다. 이것이 창장과 황허가 지구상에 중국의 윤곽을 그어놓은 애초의 목적일 리 없으며 땅이 넓고 물산이 풍부한 중국의 나라 정세와도 어울리지 않는다.

세 번째, 오늘날 중국이 대도시를 집중적으로 발전시키는 것으로 농촌의 발전을 이끄는 방법은 중국 스스로가 선택한 것이라고 말할 수 있다. 그러나 또 오늘날 중국의 이런 발전은 달리 선택의 여지가 없었다고도 말할 수 있다. 이는 당면한 세계정세의 압박에 따른 결과이다. 마땅히 중국의 정세에 따라 적절한 시기에 멈추고 발전의 중점을 가장 발전이 필요한 서부의 황토고원 · 논밭 · 사막으로 돌려야 한다.

네 번째, 장기적인 안목으로 볼 때, 중국 발전의 '넓은 세상'은 도시가 아닌 농촌에 있다. 영국과 유럽대륙은 도시발전의 본보기라고 할 수 있다. 이들 지역이 이제는 정상에 이르러 한 걸음이라도 더 개척하는 것은 너무 어려우며 반 정체상태에 처해 있다. 이들 지역에는 농촌이 없기 때문에 발전방식을 전환할 수가 없다. 중국은 도시발전에 전력을 기울이는 한편 마땅히 유럽을 거울로 삼아야 한다. 만약 농촌을 경시한다면 중국의 발전은 방향이 기울어지게 된다. 마땅히 적절한 시기에 힘껏 머리를 돌려 "황하는 멀리 흰 구름 사이를 오르고, 외로운 성 한 채 가파른 산 위에 지어져 있네"라는 시적 경지 속에서 '입천', '입지', '입인'의 도리를 행하면서 오래오래 '문명의 길'을 따라 걸어야 할 것이다.

중국 정치체제의 독특성

여러분들은 필자가 "'문명국가'는 '민족국가'보다 더 문명적"이라고 주장하는 것은 중국을 어느 정도 높은 차원에 올려놓은 한편 현 세계에서 명성이 자자한 일부 국가들의 찬양할 수 없고 치켜세울 수 없는 단점을 꿰뚫어보았기 때문이라는 것을 이미 분명하게 보았을 것이다. 여러분들은 필자가 맹목적으로 외국을 숭배하지 않는다는 것을 분명 느꼈을 것이다. 그렇다. 바로 그러하기에 필자는 반세기 남짓 해외에 거주하면서도 맹목적으로 외국을 숭배하지 않고 있는 것이다. 그러나 필자는 또 중국 문명이 어떻게 찬란하고 휘황하다고 맹목적으로 떠벌이지도 않는다. 중국의 지식계 엘리트들은 20세기부터 현재까지 서양 국가체제에 존재하는 수많은 장점이 중국문명 전통에 존재하는 결함을 굴절시켜 보여주고 있음을 발견하였다. 중국 정치가들은 이에 비추어 중국의 체제를 꾸준히 개혁해오고 있다. 이 모든 것은 세상이 다 알고 있는 사실이다. 현재 중국이 선택한 정치체제는 중국의 국정에 부합되는 것으로서 국외의 경험에 비추어 새로운 것을 받아들이고 낡은 것을 버리면서 상당한 안정성을 유지하고 있다. 물론 모든 것이 나무랄 데 없이 완전무결한 것은 아니다. 모든 것이 뜻대로 될 수는 없다. 실제로 중국은 인구가 많고 판도가 넓으며 문제가 복잡한 데다 정보화시대에 중국의 일반 국민들이 또 모두 눈치가 빠르고 총명한 것 등 여러 가지 요소로 인해 '완전무결한'정치체제를 수립하는 것은 아예 불가능한 일이다.

속담에 "물품을 볼 줄 모르는 것은 두렵지 않으나, 다만 물품과 물품을 비교하는 것이 두렵다(不怕不識貨, 就怕貨比貨)"라는 말이 있다. 비교해보면 중국 정치체제의 장 · 단점이 드러난다. 서양의 democracy라는 개념에서 demo의 뜻은 '인민대중'이고, cracy의 뜻은 '권력'으로서 대중이 집권의 권력을 빼앗았음을 가리킨다. 손중산은 그 'demo/인민대중+cracy/권력'을 '민권'('민주'가 아님)으로 번역하였는데, 이는 더할 나위 없이 적절한 번역이었다. 서양 민주의 주요 선율은 바로 집권의 권력을 빼앗는 것이지 인민이 나라의 주인이 되는 것은 아니다. 미국 대통령 선거가 이 점을 충분히 설명하였다. 오바마 전 대통령은 아프리카계이지만 그가 집권한 7년간 미국 아프리카인의 지위를 높이지 못하였다. 영문 속담에 "카이사르 부인은 의심을 살 만한 일은 피해야 한다/Ceasar's wife must be above suspicion."라는 말이 있다. 오바마는 자신의 지위를 지키기에만 급급해 의심을 살 만한 일을 피했기 때문에 그에게 투표를 한 90% 이상의 미국 아프리카인을 실망시켰다.

중국의 전통적인 정치 이상은 "고상한 인품과 덕성을 갖추고 능력이 있는 인재를 선발해 성실함을 추구하며 화목한 분위기를 양성하는 것(選賢與能, 講信修睦)"이다. 중국은 개혁개방 이후 당 대표대회를 통해 중공 중앙정치국상무위원회 위원을 선거하고 당과 국가 최고 지도자를 선출하며 임기는 5년(한 기를 더 연임할 수 있음)이고, 그 다음 같은 절차를 거쳐 후임 지도자를 선출하는 제도를 수립함으로써 중국 역사상 가장 모범적인 "고상한 인품과 덕성을 갖추고 능력이 있는 인재를 선발하는" 체제를 창조하였다. 이로써 중국은 비약적인 발전을 거둘 수 있었으며 조화롭고 안정적인 국면을 이룰 수 있었다. 만약 서양의 민주제도를 맹목적으로 본받아 '민주'를 위해 '반대당'을 만들어낸 다음 무대를 설치하고 두 당이 서로 짜고 연극을 하였더라면 이처럼 빠른 발전과 단합되고 안정된 국면이 형성되지는 못하였을 것이다.

중국의 정치체제가 미국 · 인도와 구별되는 것은 자유와 독재의 구별이 아니라 중국의 독특한, 중국공산당이 이끄는 다당합작제 · 정치협상 제도와 미국의 양당제나 인도의 다당제와의 구별이다. 표면적으로는 미국의 양당제가 중국보다 더 민주적인 것처럼 보이지만 실제적으로는 미국 양당이 번갈아가며 집권한다고 하여 중대한 변화가 생기는 것을 뜻하지는 않는다. 민주당 대통령이 집권할 때나 공화당 대통령이 집권할 때나 미국은 별로 다를 바 없으며 여전히 세계 패권를 누리는 미국, 다른 나라 내정을 간섭하는 미국, 전쟁을 발동하는 미국, "그에 비할 데 없는"(peerless) 미국, 중국을 경쟁 대상으로, 잠재적인 적으로 간주하고 있는 미국이다. 미국의 양당은 중국의 마술 공연과도 같으며, 옷을 갈아입기 좋아하는 사람과도 같다. 이에 비해 하나의 당이 집권하는 중국은 끊임없이 시대의 흐름에 순응하며 정책을 개혁하고 체제를 개혁하고 있다.

인도는 최근 수 십 년간 집권당이 연합하여 집권하고 있다. 비록 다당제이긴 하지만 하나의 핵심 정당(국민회의당 혹은 인도인민당)을 위수로 하고 있어 중국과 비슷한 상황이다. 네루 개국총리 시대(1947~1964)에는 인도 역시 국민회의당 일당 집권제를 실행하였다. 후에 국민회의당이 쇠락하는 바람에 다당 집권 현상이 나타난 것이다. 만약 집권당이 영원히 젊은 활기로 차 넘쳤다면 인도의 정치체제가 다당 집권으로 바뀌지 않았을 수도 있다(비록 민주체제가 허용할지라도). 인도의 국민회의당에 비해 중국공산당은 자아갱신과 자아보완의 기능을 갖추었다. 장쩌민(江澤民)이 당정 사무를 리드한 뒤로 두 차례 지도진영 교체(후진타오[胡錦濤] 지도진영이 장쩌민 지도진을 교체하고, 시진핑 지도진이 후진타오 지도진을 교체함)를 거치면서 중국공산당의 집권 수준이 갈수록 높아져 갈수록 복잡해지고 있는 국내와 국제 형세 앞에서 갈수록 성숙하게 대처해 나가고 있다. 리커창 총리는 2016년 3월 5일 제12기 전국인민대표대회 세4차회의에서 정부업무보고를 통해 "모든 가정의 걱정과 기쁨을 마음에 담아두고 인민이 만족스러워하는 법치 정부, 혁신 정부, 정렴한 정부와 서비스형 정부를 건설할 것"과 "법에 따라 동급 인민대표대회 및 상무위원회의 감독을 받고 자발적으로 인민정협의 민주적인 감독을 받으며 사회와 여론의 감독을 받고 권력이 투명하게 운행되도록 할 것"을 각급 정부에 요구하였다. 이 책 제3장에서 언급하였던 당태종의 치국이론의 풍격이 드러난다.

'덩샤오핑 시대'에는 개혁개방의 국내개혁정책을 실행하였는데, 주로 인치사회에서 법치사회로의 전환을 실현하는 것으로서 20여 년간의 개혁을 거친 뒤 2004년에 국무원이 「법에 따른 행정의 전면 추진 관련 실시요강」을 발표하여 법에 따른 행정을 전면 추진하였으며 '공권력'(정부의 권력)이 법률의 통제를 받아야 한다고 규정하였다. 그렇게 되니 사회정치질서가 바로잡히고 인민이 즐겁게 일하면서 편안하게 살도록 하는 데 이롭게 되었다. 정부기관은 대중에 정보를 개방하고 공정하게 사무를 처리하며 성실하고 신용이 있게 업무를 처리하기 위해 애썼다.

현재는 정보기술시대이다. 최근 10여 년간 중국 민간의 컴퓨터 소유 규모와 인터넷 접속 인구가 세계 1위로 상승하였다. 오늘날 중국 13억이 넘는 인구가 도시와 농촌에 대체로 절반씩 분포되어 있다. 농촌인구가 6억 5천만 명 미만이고 도시 인구가 7억 여 명에 달한다. 중국 도시의 4분의 3 인구가 모두 컴퓨터 혹은 휴대폰을 이용해 인터넷에 접속하고 있으며(5억 여 명 규모의 네티즌 인구를 보유하고 있음을 의미함) 농촌 네티즌 인구는 대체로 전체 인구의 약 4분의 1(이 부분의 인구도 약 1억 5천만 명 이상에 달함)를 차지하고 있다. 중국은 6억 여 명의 네티즌 인구를 보유하고 있는데다 중국국민은 국가대사를 적극 관심하고 있어 전례 없는 민의 네트워크가 형성되었다. 중국의 정치전통은 "민심을 얻는 자가 천하를 얻는다(得民心者得天下)"는 법칙으로 일관되어 있다. 현재 강력한 민의가 여러 계층의 '사람을 다스리는 자'들을 인민대중과 대면하도록 요구하고 있다. 공자가 말했던 "백성들에게 어떤 행동방식(도리)을 좇게 할 수는 있으나 그것을 이해시킬 수는 없다(民可使由之, 不可使知之)"[『논어 · 태백』(論語 · 泰伯)]라는 말과 같은 그런 사회질서는 이제는 다시는 돌아오지 않을 지난 역사로 되었다.

앞에서 제기하였던 것처럼 중국정부는 권력이 막강하고 중국 발전의 주요 동력은 위에서 아래로의 방향으로 운행되고 있다. 이는 중국 정치의 결함이면서도 또 중국의 빛나는 부분과 장점이기도 하다. 중국은 2천여 년간 대 통일을 이룬 운명공동체로 존재하였으며 인구와 국토가 모두 세계의 5분의 1을 차지하고 있다. 이는 중국정부가 강대해야 하는 필요성을 결정짓는 요소이다. 흥미로운 것은 세계에서 10억 명 이상의 인구를 가진 2대 대국인 중국과 인도 중 중국은 강대한 정부이지만, 인도는 정반대이며, 인도는 아래에서 위로 향하는 동력이 강대하지만, 중국은 정반대이다. 두 나라가 서로 장점을 취하여 단점을 보완한다면 가장 이상적이라고 할 수 있겠다.

위에서 아래로 향하는 동력과 아래에서 위로 향하는 동력 사이의 균형을 어떻게 이룰 것이냐 하는 것은 줄곧 중국 2천년 발전의 최대 관심사였다. 송나라 유학자 범중엄(范仲淹)의 "조정의 높은 자리에 있을 때는 백성들을 걱정하고, 벼슬이 낮아져 조정에서 멀리 떨어진 곳에 있을 때면 임금을 걱정한다(居廟堂則憂其民, 處江湖則憂其君)"라는 글귀가 높은 벼슬자리에 앉은 소수의 통치자와 광범위한 민초 대중 사이의 유기적인 상호작용 관계에 대해 개괄한 것이다. 2천 여 년 전에 맹자가 중국정치의 대립적인 통일법칙에 대해 밝힌 바 있다. "정신노동을 하는 자는 남을 다스리고, 육체노동을 하는 자는 남에게 다스림을 받는다. 남에게 다스림을 받는 자는 남을 먹여 살리고, 남을 다스리는 자는 남의 공양을 받는다.(勞

心者治人, 勞力者治於人。治於人者食人, 治於人者食於人。)"[『맹자 · 등문공장구상(孟子 · 滕文公章句上)』]라고 하였다. 현대말로 표현하면 "남을 다스리는 자"는 관직에 있는 자를 가리키고, "남에게 다스림을 당하는 자"는 백성을 가리킨다. "남을 다스리는 자는 남의 공양을 받는다"는 말은 바로 관직에 있는 자를 백성이 공양함을 가리킨다.

당태종은 한 걸음 더 나아가 "백성이 즐거움을 느낄 수 있도록 하려면 관료들이 수고해야 하고, 관료들이 즐거우면 백성이 고생하게 된다(民樂則官苦, 官樂則民苦)"라는 관점을 제기하면서 지도자와 관료들이 범중엄이 말한 바와 같이 "세상 사람들이 걱정하기에 앞서 걱정하고, 세상 사람들이 모두 기쁨을 누린 뒤에 기뻐할 것"을 요구하였다. 중화인민공화국 창립 60여 년간 확실히 그런 지도자와 그런 관료들이 있었다. 현재 시진핑 지도진영(시진핑을 핵심으로 하는 당 중앙)도 이를 특별히 강조하고 있으며 탐오 부패를 척결하는 데 큰 심혈을 기울이고 있다. 큰 탐관오리는 '호랑이', 작은 탐관오리는 '파리'라고 부르고 있다. 과거 정부의 부패척결을 두고 "파리만 잡고 호랑이는 잡지 않는다"는 것이 대중들의 보편적인 반영이었다. 그러나 현재 부패척결의 구호는 "호랑이와 파리를 함께 잡는다"는 것이다. 인민대중 주변의 탐오현상과 부정기풍을 실질적으로 제거할 뿐 아니라 깊이 숨어 있는 배후의 탐오 보호 세력을 잡아낸다는 것이다. 탐오현상은 인도에도 매우 심각하여 민간에서 지도자의 탐오와 관련된 웃기는 이야기까지 떠돌고 있다(대부분은 헛소문임). 2011~2012년에 안나 하자레(Anna Hazare)가 주도한 부패척결 대중운동이 인도 전국을 들썩이게 하였으며, 그로 인해 신흥 '보통사람당/Aam Aadmi party'까지 생겨났다. 그러나 아래에서 위로 향한 그처럼 강대한 부패척결은 효과적인 성과를 거두지 못하였다. 이에 비해 중국의 위에서 아래로 향한 강대한 발전 동력이 성과를 거둘 것임을 간접적으로 보여주었다.

구미지역의 성숙한 민주체제 국가들은 모두 일련의 정부 일상 업무 운행제도를 갖추고 있어 일반 민중들은 그 제도들과 접촉할 뿐 그 제도를 다루는 사람과 관계를 맺거나 '인정'을 논하지 않는다. 마땅히 처리해야 할 일은 제도적으로 반드시 처리하도록 되어 있기 때문에 그 어떤 '뒷거래'도 할 필요가 없다. 그리고 법에 어긋나는 일은 제도적으로 당연히 거부하도록 되어 있기 때문에 '뒷거래'를 할 여지가 없다. 중국과 인도에는 이처럼 성숙된 제도가 형성되지 않았기 때문에 '인정'적인 요소가 여전히 존재한다. 이 또한 탐오현상이 근절되지 않고 있는 주요 원인 중의 하나이다. 중대한 정책 결정의 경우에는 중국이나 미국이나 모두 결정에 참가한 당사자의 개인의향에 의해 결정된다. 예를 들어 대만은 장제스 시대부터 이미 미국 국회의원들에게 뇌물을 주는 수법을 대거 행하였다. 뇌물을 받은 미국 상원의원과 하원의원들은 본인은 물론 처와 자식 · 비서가 대만을 방문해도 환대를 받았다. 미국은 이런 변칙적인 부패에 대해서는 금하지 않았다. 현재 미국 사법기관이 2016년 러시아의 미국대통령 대선 관여 사건을 조사 중인데 더욱이 '외국과 내통한' 문제를 많이 발견하였다.

사람들은 중국의 정치체제 문제에 대해 논하면서 흔히 직접선거에 대해 언급하곤 한다. 직접선거는 물론 그 장점이 있다. 지도자가 전국 선거민의 투표를 거쳐 선출되기 때문에 광범위한 국민들 사이에서 친밀감을 늘릴 수 있다. 문제는 중국이 어떻게 해야만 직접선거제도를 적절하게 실행할 수 있느냐는 것이다. 마구 호언장담을 하는 식의 미국 대통령선거는 갈수록 중국의 부정적인 본보기가 되고 있으며, 본받을 비기 안 된다. 특히 2016년의 미국 대통령대선은 더욱 엉망이었다. 현재 미국의 수많은 정치평론가들이 미국은 "United States of America 아메리카합중국"이 아니라 "Divided States of America 아메리카분열국"이라고 표현하고 있다. 미국 신임 대통령은 국내와 국제에서 모두 인심을 얻지 못해 대통령 직을 계속 이어가기가 어려울 정도이다. 미국의 수많은 정치 평론가들이 미국의 '대선 민주'가 실패했다고 보고 있다.

서양(특히 미국)은 아직도 중국의 '인권'을 약점으로 잡기 좋아한다. 미국은 매년 중국 인권 관련 백서를 발표하고 있다. 이에 대해 중국도 눈에는 눈, 이에는 이 식으로 「미국인권백서」를 발표하고 있다. 미국은 도의적인 면에서 잇속을 챙길 수 없다. 인권을 명분 삼아 반중활동을 벌이는데 한 결 같이 열심인 사람들(그중에는 일부 중국인도 포함됨)은 창피를 자초하는 것이다. 인권에는 행복하게 생활할 수 있는 권리와 인신안전권이 포함된다. 미국은 현 세계에 존재하는 모든 대국 중 인신안전이 가장 보장되고 있지 않은 나라이다. 뉴욕 · 시카고 등 대도시는 밤이 되면 범죄의 천국이다. 영국 국제 감옥연구중심(International Centre for Prison Studies)의 조사 결과에 따르면 미국은 매 천 명 당 7.37명이 감옥에 수감되어 있고, 러시아는 매 천 명 당 6.15명이 감옥에 수감되어 있으며 남아프리카공화국은 매 천 명당 3.34명이 감옥에 수감되어 있다. 이 세 나라(특히 미국)는 사회 안전이 가장 나쁜 나라들이다. 중국도 매 천 명 당 1.18명이 감옥에 수감 중이어서 영국(매 천 명 당 1.48명) · 오스트레일리아(매 천 명 당 1.25명)와 비슷한 수준이다. 오스트레일리아는 세계에서 인신안전이 가장 잘 보존된 국가 8위를 차지하는 나라이다. 중국도 머지않아 그런 경지에 도달할 수 있을 것이다. 미국은 언제 가야 인신안전감을 느낄 수 있는 나라가 될지 짐작하기 어렵다.

이상의기 토론을 통해 문명 발전의 각도로 문제를 관찰하면서 서양의 일관적인, 스스로 남보다 우월하다고 느끼는 선입견을 지양한다면 중국에 '독재'적인 정치체제가 존재하지 않는다는 사실을 볼 수 있다. 우리는 또 서양의 민주체제는 중국이 본받을 만한 모델이 아니라는 것도 발견할 수 있다. 반세기가 넘는 세월 동안 필자는 중국의 가장 이상적인 사회 정치 환경은 마오쩌동이 1950년대에 말한 바 있고, 또 이미 중국공산당 신 「당 규약」에 써넣은 바와 같이 "집중제도 있고 민주제도 있으며, 기율도 있고 자유도 있으며, 통일된 의지도 있고 개인의 상쾌한 마음도 존재하는" 그런 환경이어야 한다고 줄곧 생각해오고 있다. 오늘날 그 방면에서는 일본이 최고로 잘하고 있다. 중국은 마땅히 본받아야 한다. 5천 년 '문명의 길'의 발전 경험이 있는 중국은 반드시 앞선 일본을 따라잡고 추월할 수 있을 것이다.

중국은 곧 중국 자체이다. 또한 중국 자체여야만 한다. 중국인들은 늘 '중국 특색'이라는 표현으로 국제 변론에서 자신을 변호하곤 하는데 자부하는 정서도 띠고 있다. 외국 친구들은 반드시 중국의 그런 자부심을 이해해야 한다. 그것은 중국이 누가 뭐라던 자기 식대로 하는 것에 대한 서양 국가들의 기세등등한 비난에 대응하기 위함이기 때문이다. 중국은 여전히 중국의 길을 가고 있을 뿐 세계에서 위세를 부리며 패권을 부르짖는 서양대국으로 바뀌지 않았다. 이에 대해 서양세계는 마땅히 기쁘게 생각해야 할 것이다. 한편, 중국이 세계 속에 완전히 융합되어 국제 대가정(comity of nations)의 일원이 되는 데도 시간이 필요하다. 국제 대가정의 특징은 모두가 서로의 가치관념과 제도를 존중하는 것이다. 만약 국제 대 가정이 한 걸음 발전해 중국의 독특성을 존중할 수 있게 된다면, 중국이 국제 대 가정에 융합되는 발걸음도 빨라질 것이다.

4. 중국 발전 전망

필자의 역사 가이드 설명은 끝났다. 이제 과거 훑어보기를 끝내고 실제 현실로 돌아와 미래를 내다보기로 하자. 오늘날 국제 평론의 유행 과제는 "Whither China 중국은 어디로 가야 하나?"라는 것이다. 외국 친구들은 중국에 대해 논할 때 늘 두 가지를 우려하고 있다. 첫 번째는 갈수록 강대해지고 있는 중국이 다른 나라의 안전을 위협하거나, 혹은 다른 사람의 행복에 해를 끼치지는 않을지 하는 우려이고, 두 번째는 중국이 허공에서 추락해 산산이 부서져버리지는 않을지 하는 우려이다. 이런 의론이 나타나는 것은 중국을 이해하지 못하는 것이 요인이며, 거기에 기우나 근거도 없는 얼토당토않은 생각이 섞인 탓일 수도 있으며, 또 누군가는 중국이 어지러워지기만을 바라는 마음에 고의적으로 과장해 사람을 놀라게 하고 여론을 오도하고 있기 때문이다. 일반인의 일반적인 폐단은 '문명맹'이다. 그들의 '민족국가'의 좁은 식견으로는 현재 중국이 수천 년 문명의 탄탄대로에 돌아왔다는 사실을 보아낼 수 없다.

만약 우리가 아편전쟁과 「남경조약」을 문명의 길을 따라 걷는 중국에 대한 바다의 준엄한 시련의 시작(실제로 시련은 오래 전에 이미 시작되었음)으로 간주한다면 근 한 세기를 거쳐 일본이 1945년에 항복하고 1949년에 중화인민공화국이 창립되어 모든 불평등조약을 폐지함으로써 그 시련을 끝냈다고 할 수 있다. 나폴레옹이 묘사하였다시피 중국이라는 잠자던 사자가 잠에서 깨어 분노하여 울부짖은 뒤 자신의 새로운 발전을 배치해 나가고 있다. 본 장에서는 60여 년간 중국의 발전 과정에 대해 토론하였는데, 다음과 같은 두 가지로 종합할 수 있다.

첫째, 국제형세의 큰 변화(냉전이 끝나고 세계는 평화와 발전을 취지로 삼고 있음)와 중국이 꾸준히 향상시킨 지피지기의 과정(세계에 비추어 자신의 장단점을 분석함)을 거쳐 중국은 자신의 문명의 길을 포기하지 않고 '민족국가'가 주류인 국제 대가정에 융합될 수 있는 길을 선택하였다.

둘째, 그 과정에서 중국은 자체의 발전 잠재력을 보여주었으며, 또 세계 여러 나라(특히 미국을 위수로 하는 발달한 자본주의국가)와 호흡을 맞춰 경제의 빠른 발전을 이루는 방법도 장악하게 되었다. 중국은 수천 년간 줄곧 세계에서 경제가 가장 발달한 국가였다. 중국은 슈퍼 인구대국으로서 현재 경제 총생산량이 세계 2위로 발전하였으며, 세계 최대 제조업대국으로 부상하여 많은 생산분야에서 생산량이 1위를 차지하였다(예를 들면, 철강 · 시멘트 · 가전제품 · 방직품 의류 · 쌀 · 차 · 돼지고기 등). 소비분야에서 중국은 세계 최대 자동차 · 스마트폰 · 석유시장이다. 이런 현상은 땅이 크고 물산이 풍부하며 인구가 많고 역사가 유구한 중국의 배경을 놓고 볼 때, 기적이 아니라 당연한 이치라고 해야 할 것이다. 사람들은 2025년에 이르러 중국의 경제 총생산량이 미국을 추월할 것으로 내다보고 있다. 그것 또한 신기할 것 없는 일이다. 중국 인구가 미국 인구의 4배에 이르는 만큼 중국 경제 총량도 미국의 4배여야 비로소 진정한 1위라고 할 수 있는 것이다.

필자가 신기할 것 없는 일이라고 한 것은 최근 몇 년간 중국이 이룬 성과를 폄하하려는 것도 아니고 일부러 겸허함을 나타내려고 한 것도 아니라, 제2장에서 류옌동 부총리의 말을 인용해 "중국의 5천여 년 문명사는 자강불식하는 분투의 역사이고, 평화를 추구하는 발전의 역사이며, 서로 본받는 교류의 역사"라는 각도에서 출발해 종합적으로 문제를 대하기 위함이다. 그러나 우리는 오늘날 중국의 발전에 대해 논하면서 어쩔 수 없이 서양 사고방식의 간섭을 받게 된다. 예를 들면 현재 중국의 일부 '2위'겸 '1위'는 "기를 쓰고 필사적으로 덤벼"이룬 것이다. 따라서 얼마나 많은 어려움을 겪고 얼마나 큰 대가를 치렀는지 모른다. 어떤 대가(예를 들면 환경오염과 도시 스모그)는 여전히 중국을 괴롭히고 있다. 그러나 서양의 일부 사람들은 "중국의 '굴기'를 진실로 받아들일 필요가 없다"고 입에서 나오는 대로 거침없이 지껄이고 있다. 현재 중국은 당・송시기 태평성세의 문명의 길에 다시 돌아왔으며, 자국의 안보에 주의를 기울이는 한편 전 세계의 우호적인 나라들과 "서로 멀리 떨어진 곳에 있어도 이웃에 있는 듯" "천리 밖에 서로 떨어져 있어도 함께 달을 감상하듯" 왕래하고 있다. '굴기'라는 '민족국가'세계의 비행기 태우기 식 표현이 중국에는 어울리지 않는다.

'투키디데스의 함정'에 대한 공포

세계에 중국을 소개하려면 우리는 우선 현재 중국은 어떤 상황인지 분명하게 안 뒤에 국제 친구들에게 소개해야 한다. 현재 중국은 '민족국가' 세계 대 가정의 일원으로서 '문명국가'의 요소를 세계에 도입시켰다. 마치 현장과 이백이 말하였던 '밝은 달빛'이 어두운 밤을 밝게 비추는 것과 같다. 중국은 비록 '문명국가'의 길을 2천여 년이나 걸어왔지만 지금도 여전히 추구하는 이상을 추구하는 단계에 처해 있다. 중국이 '문명국가'의 이상을 추구하는 실천과정을 참답게 정리하여 외국 친구들에게 알려준다면 많은 사람들이 좋다고 여겨 그 이상을 추구하는 대열에 가담하게 될 것이다.

20세기에 일어난 두 차례의 세계대전은 주로 독일과 영국이 그 3부곡을 서로 다투어 연주하면서 발생한 것인데 결국 양국 모두 손실을 입고 미국이 어부지리를 챙긴 것이다. 소련이 미국과 다투어 연주한 3부곡은 절정에 이르기도 전에 소멸되었다. 마지막에 쇠퇴가 아니라 멸망해 버린 것이다. 중국의 굴기에 대해 말할 것 같으면 그것은 황허와 창장이 지구상에서 중국의 윤곽을 그려놓은 뒤 지금으로부터 4천 년 이전에 나타난 현상이다. 로마제국이 굴기하기 전에 한무제가 유라시아대륙에 발자국을 깊게 남겼다. 한무제 때부터 현재까지 중국은 문명의 길을 따라 2천여 년이나 걸어왔다. 중국은 대국으로 이미 2천 여 년간 존재해왔다. 중국이 현재 '굴기한다'고 말하는 것은 역사에 어긋나는 표현이다.

1990년대 말엽에 중국경제가 빠르게 발전함에 따라 한때 '중국위협'이 나타났었으나 최근 10여 년간 나타났다가 스스로 사라져버렸다. 중국이 다른 사람을 위협하지 않는데 '늑대가 왔다'고 아무리 소리쳐봤자 늑대가 없으니 당연히 그 소리가 울려 퍼질 리 없는 일이다. '민족국가'세계에는 '평화 공존'을 믿지 않는 자체적 맹점이 존재한다. 그렇기 때문에 중국과 같은 천년 문명대국에 대해 당분간은 명확한 인식을 갖기가 어렵다. 서양인이 흔히 우려하는 것은 서양 정치 전통에 존재하는 '투키디데스의 함정'(Thucydides Trap)이론이다.

투키디데스는 고대 그리스의 역사학자이다. 그는 『펠로폰네소스 전쟁사』라는 제목의 역사 명작을 썼다. 그 저작에 굴기 중인 아테네와 그때 당시 기존 강대국 스파르타 간에 있었던 기원전 432년에 시작되어 장장 10년에 걸친 전쟁에 대해 서술하였다. 그 전쟁은 결국 그 두 나라의 멸망을 초래하고 말았다. 그래서 기존 강대국과 신흥 강대국은 필연적으로 충돌하게 된다는 투키디데스의 관점은 '투키디데스의 함정'이라고 불리게 되었다. 하버드대학 벨퍼 과학 국제문제연구소(the Belfer Center for Science and International Affairs)가 과거 500년간 신흥 강대국이 기존 강대국에 도발한 16건의 사건에 대해 연구를 진행하였는데 그중 12건이 전쟁을 유발하였음을 발견하였다. 그런 이론이 바로 중국인이 말하는 "한 산에 두 마리의 호랑이가 살 수 없다"는 것이다. 이제 '투키디데스의 함정'의 우려는 중국 굴기가 미국이라는 슈퍼 대국에 위협이 되고 있다고 연관 짓고 있다. 2012년 미국 하버드대학의 그린햄 앨리슨(Graham T. Allison) 교수가 '투키디데스의 함정'이 중국과 미국 사이의 형세가 될 수도 있다고 명확하게 지적하면서 양국이 스파르타와 아테네의 전철을 밟지 말기를 희망하였다.

이른바 '투키디데스의 함정'의 공포는 바로 앞으로 중미 양국이 슈퍼 대국의 지위를 쟁탈함으로써 전쟁이 일어나는 국면을 초래하는 것을 가리킨다. 고대 그리스의 투키디데스는 스파르타와 아테네가 함정에 빠져 둘 다 함께 망하였다고 표현하였다.

오늘날 중미 양국은 그 함정에 빠져 양국 다 손실을 입었으며 중국은 최근 수십 년간 이룩한 건설성과가 수포로 돌아갈 수도 있다. 그 위험에 대비하여 2013년 6월 시진핑 주석은 미국 캘리포니아주 서니랜즈에서 오바마 대통령과 '신형대국관계'를 수립하기로 공동인식을 달성하였던 것이다. 그것은 바로 '투키디데스의 함정'에 대한 공포 심리에 대비한 것이다. 최근에 불행하게도 별세한 유명한 중국 외교 이론가 우젠민(吳建民, 1939~2016)이 위에서 언급한 바 있는 그린햄 앨리슨과 함께 지난 2012년 5월에 베를린에서 열린 국제회의에 참가하였다. 우젠민은 회의에서 중국의 평화발전전략에 대해 설명하였다.

그 뒤를 이어 발언한 앨리슨은 "만약 오 대사가 설명한 평화발전전략이 중국 주류사회의 주장이라면 안심할 수 있다"면서 "중국이 평화발전전략을 실행하는 것은 중국에 대해서도 세계에 대해서도 모두 좋은 소식"이라고 말하였다. 중국은 반드시 모든 방법을 동원해 미국을 '안심'시켜야 한다. 중국이 꾸준히 발전해 후발주자가 선발주자를 따라잡을 추세를 보여도 오늘날 미국의 지위를 위협하지 않을 것임을 미국이 느낄 수 있게 해야 한다. 그러면 '투키디데스의 함정'은 나타나지 않을 것이다. 최근 몇 년간 중미관계가 매우 화목한 관계를 유지해오고 있다. 오바마 대통령은 첫째, 중국이 안정되면 전 세계에 이로울 것이고, 중국에 문제가 생기면 전 세계에 불리할 것이라는 점과, 둘째, 미국은 중국이 평화적으로 굴기할 수 있도록 적극 도와야 한다는 점을 거듭 강조하였다. 중국의 지도자들은 미국과 좋은 사이를 유지할 수 있도록 관심을 쏟고 있다.

'민족국가'세계에서 잠재적 '위협'에 대한 두려움은 매우 위험한 심리이다. 제1차 세계대전이 일어나기 전에 영국 국왕과 독일 국왕은 친척 사이였다. 독일은 영국에 대해 그 어떤 도발행위도 하지 않았지만 해군과 육군을 대거 확대함으로써 '투키디데스의 함정'이 나타나는 것을 부추겼던 것이다. 이는 제1차 세계대전이 일어나게 된 간접적인 원인이기도 하다. 이 점은 중국의 중시를 불러일으켜야 한다. 국제적으로 중국인이 숫자를 허위보고하고 성과를 과장하기 좋아한다는 관점이 존재한다. 만약 그것이 사실이라면 마땅히 즉각 바로잡아야 한다. '투키디데스의 함정'의 각도에서 보면, 중국이 자신의 성과를 확대할수록 미국의 공포 심리를 더욱 부추기게 된다. 중국은 반드시 『노자(老子)』에서 말한 "첫 번째는 자애로움이고, 두 번째는 검소함이며, 세 번째는 세상사람 앞에서 나서려 하지 않음이다(一曰慈, 二曰儉, 三曰不敢為天下先)"라는 말을 명심해야 한다. 덩샤오핑 집권 시기에 실행한 국제정책이 바로 이 세 마디였다. 이러한 국제정책의 실행으로 '냉전'이 끝나가는 단계(소련이 해체되기 전과 후)에 중국이 직면한 난관을 헤쳐 나올 수 있었으며, 서양 국가들로부터 양해를 얻을 수 있었다.

‘투키디데스의 함정’이론은 ‘민족국가’사유 중 대외 확장 발전에 대한 선입견을 반영하였다. 이른바 ‘제로섬 게임’이 바로 세계를 제한된 공간으로 보고 어느 일방이 영역범위를 확장하게 되면 그 이외의 국가들은 발전 공간이 줄어들게 되기 때문에 충돌이 일어나는 것이다. 사실 세계 발전의 공간은 무한하다. 과거 30년간 미국이 정보기술을 집중적으로 발전시킴에 따라 매우 큰 제조업공간을 내주었지만, ‘중국 제조’가 미국 유명브랜드 제조를 지원함으로써 미국은 여전히 세계시장을 점령할 수 있었다. 이로써 중미 양국 모두 이익을 얻을 수 있었다. 오늘날 중국이 역량을 집중해 ‘중국제조’를 발전시키는 것은 바로 종적인 발전의 새로운 추세이다. 오늘날 중국이 제기한 ‘혁신 · 조화 · 녹색 · 개방 · 공유’의 새로운 발전이념은 정확한 것으로서 이런 이념은 ‘투키디데스의 함정’을 피하는 데 도움이 될 것이다.

중미 양국이 ‘투키디데스의 함정’에 빠지지 않을 수 있는 절대적인 보장은 바로 중국이 문명의 길을 걷는 것이다. 공자는 “사람이 타고난 천성은 원래 별로 큰 차이가 없으나, 습관에 따라 큰 차이가 생긴다.(性相近也, 習相遠也。)”라고 하였다. 즉 “사람은 천성에 따르면 모두가 서로 사이좋게 지낼 수 있지만 세상에서 사람들 사이가 서로 멀어지는 것은 사회 행위습관이 작난을 부리기 때문이다.”라는 것이다. 우리는 공자의 말을 바꿔서 “중미 양국의 천성은 원래 별로 큰 차이가 없으나, 민족국가의 습관에 따라 큰 차이가 생긴 것이다(심지어 ‘투키디데스의 함정’의 위기가 생긴 것이다)”라고 표현해 볼 수 있다. “사람의 천성은 원래 별로 큰 차이가 없다”는 말은 바로 세계에서 서로 다른 국가 · 인종 · 언어 · 종교를 가진 사람들은 모두 서로 사이좋게 지낼 수 있다는 말이다. 가장 훌륭한 예가 바로 미국 핵과학자 한춴(寒春, 1921~2010)이다. 그녀의 미국 이름은 Josn Hinyon이다. 1945년에 미국이 히로시마와 나가사키에 핵폭탄을 투하한 뒤 그녀는 화가 나서 미국 국가기관에서 퇴출하였다. 1948년에 한췬은 오빠 한딩(韓丁, William Hinton, 1919~2003, 장기간 중국에서 일하면서 거주한 국제 사회주의 우호 인사이며 『번신 – 중국의 한 마을의 혁명 실록(［飜身 – 中國一个村莊的革命紀實］』)의 영향을 받아 중국에 왔으며, 2010년 세상을 떠날 때까지 줄곧 중국에서 살았다. 1949년에 그녀는 옌안 농장으로 와서 일하면서 지내다가 미국인 양자오(陽早, Erwin Engst, 1919~2003)와 결혼하였다.

한춘 · 양자오 부부는 마오쩌둥 시대의 정치운동에 적극 동참하였으며 확고한 사회주의자가 되었다. 그들은 여행의 편리를 생각하여 미국 국적을 보유하고 있지만, 중국에서 가장 먼저 '그린카드'를 취득한 외국의 우호인사들이다. 그들은 중국이 기세 높게 '사회주의 개조'를 진행하던 시대를 매우 그리워하였으며, 개혁개방의 일부 조치에 불만도 있었다. 그러나 그들은 여전히 중국에서 적극적으로 일하면서 평생을 보냈다. 그들은 많은 중국인들보다도 더 중국을 사랑하였고 중국의 대다수 사람들보다도 더 중국의 사회주의를 사랑하였다고 말할 수 있다. "양자오가 그립다. 한췬이 그립다. 위대하면서도 평범한 한 쌍의 부부, 일종의 이상주의가 막이 내린다. 그들은 신앙을 위해 왔으며, 고요함 속에서 고별한다."이는 중국 민간에서 그들에 대한 평가이다. 오늘날 한췬 · 양자오 부부의 장자, 중국에서 태어나 자란 '양허핑(陽和平, 이 이름은 쑹칭링이 지어준 이름이며, 그의 미국 이름은 Fred Engst임)도 또 중국의 가장 친절한 미국인 우호인사가 되었다. 그들 본보기가 '투키디데스의 함정'의 공포는 터무니없는 생각임을 설명해주고 있다.

문득 1843년 7월 12일 존 타일러(John Tyler, 1790~1862) 미 대통령이 중

국의 도광(道光) 황제에게 보낸 편지가 떠오른다. 편지에는 이렇게 썼다

> 해 뜰 무렵이면 햇살이 중국의 높은 산과 큰 강을 비춥니다. 해질 무렵이면 햇살이 또 마찬가지로 높은 산과 큰 강을 비춥니다. ……제가 말씀드리고 싶은 것은 우리 두 위대한 나라의 정부가 평화롭게 공존해야 한다는 것입니다. 하늘의 뜻에 따라 서로 존중하며 현명하게 처사해야 합니다……[74]

흥미로운 것은 타일러 대통령이 중국의 심리에 맞춰 "하늘의 뜻에 따라"(according to the will of Heaven)라고 표현하였으며, 중미 양국 정부가 "현명하게 처사"(act wisely)하고 "서로 존중"(respect each other)하여 평화를 확보해야 한다고 한 것이다. 애석하게도 그 편지가 전해지지 않아 미국 대통령과 중국 황제 사이에서 어떤 대화가 더 전개되었는지를 모른다는 것이다.

오늘날 중미 지도자 간에는 진지한 대화가 오가고 있다. 2015년 9월 22일 시진핑 주석이 시애틀 워싱턴주(州)정부 및 우호단체가 마련한 환영 만찬회 연설문을 다음과 같이 인용한다.

> …… 서로 간 전략적 의도를 정확하게 판단해야 합니다. 미국과 함께 신형 대국관계를 구축하고 쌍방 간 충돌과 대립이 없이 서로 존중하고 협력하여 공동의 번영을 이루는 것은 중국 외교정책의 우선 방향입니다. 우리는 미국과 함께 서로의 전략적 방향과 발전방향에 대해 더 깊이 이

---

74) 탄종 Tan Chung, 바다의 신과 용(Triton and Dragon), 368쪽, 미국 페렐 Rober J. Ferren 저, 미국 외교 기본 문서(Foundations of American Diplomacy, 1775~1872), 1968년, 미국 사우스캐롤라이나 주(州)대학출판사, 219~220쪽.

> 해하고 이해를 넓히고 간격을 좁히며, 믿음을 늘리고 시기는 줄여 전략적인 오해와 오판을 방지할 수 있기를 희망합니다. 세 사람만 우겨대면 없는 호랑이도 만들어 낼 수 있다고 하였습니다. 우리는 확고부동하게 사실에 의거해야 하며 주관적인 선입견을 버려야 합니다. 색안경을 끼고 상대를 관찰하여서는 안 됩니다. 세상에는 원래 '투키디데스의 함정'이 존재하지 않습니다. 그런데 대국 간에 전략적 오판이 반복되면 스스로 '투키디데스의 함정'을 만들 수 있습니다.[75]

우리는 시진핑 주석의 평어를 한 세기 반 이전에 미국 대통령이 보낸 편지에 대한 회답으로 볼 수 있다. 더 중요한 것은 시진핑 주석이 중미 대화, 특히 타일러 대통령이 제기한 "현명한 처사"(act wisely), "서로 존중"(respect each other)으로 평화를 보장해야 한다는 점을 강조함으로써 '투키디데스의 함정'이 중미 사이에 나타날 가능성을 제거한 것이다.

중국 미래의 문명의 길

중국의 '문명의 길'은 대체 어떤 특징을 갖추었는가? "군자는 시세를 잘 살펴 취사선택을 해야 한다. 중요하고 반드시 해야 할 일은 하고 하지 말아야 하거나 잠시는 하지 않아도 되는 일은 하지 말아야 한다.(君子有所爲而有所不爲)"[『맹자』권8 · 이루장구하(『孟子』卷八 · 離婁章句下)]라는 군자의 말로써 설명할 수 있다. 중국 '문명의 길'에서 "중요하고 반드시 해야 할 일을 하는 것(有所爲)"은 합할 '합(合)', 날 '생(生)', 화할 '화(和)' 세 글자로 개괄할 수 있다. '합'은 바로 중국 '운명공동체'이다. 만약 '공동체'가 없다면 중국의 '문명의 길'이 아니다. '생'은 바로 『역경 · 계사

75) 신화사 · 중국신문사 · 『인민일보』 2015년 9월 23일자 보도.

(易經 · 系辭)』에서 말하는 "하늘과 땅의 가장 큰 덕행은 만물이 끊임 없이 생장하고 번성하게 하는 데 있다(天地之大德曰生)", "낳고 또 낳음을 변화라고 한다(生生之謂易)"라는 것이다. 만약 우리가 가치가 없는 일에 끝까지 매달리는 것이 아니라면, '낳고 또 낳음(生生)'은 바로 '낳음(生)'에 대한 강조와 개괄로서 생명 · 생활 · 생산 및 기사회생이 포함되며 이는 중국문명의 특별한 정신이다. '화'는 바로 조화 · 평화 · 대동의 개념이다. 역사적으로 수 · 당 · 송 시기의 주류와 오늘날의 개혁개방은 모두 그 '합', '생', '화'석자의 동력이 가득 찼다. 중국 '문명의 길'의 "하지 말아야 하거나 잠시는 하지 않아도 되는 일은 하지 않는 것(有所不爲)"은 위세를 부리지 않고 패권을 잡지 않으며 횡적인 대외 확장 발전으로 다른 나라의 이익을 침해하지 않는 것이다.

"횡적인 대외 확장 발전으로 다른 나라의 이익을 침해하지 않는 것"이 매우 중요하다고 필자는 생각한다. 앞에서 이미 언급하였다시피 횡적인 대외 확장 발전은 바로 '제로섬 게임'을 의미한다. 종적인 발전만이 공동번영을 이룰 수 있다. 중국을 원료와 시장을 두고 다른 나라와 쟁탈하는 나라로 발전시키는 것은 절대 안 된다. 중국이 패하게 되면 스스로 괴로울 것이고 중국이 우세를 점하게 되면 다른 사람이 괴로워질 것이기 때문이다. 이는 마땅히 피해야 한다. 공업발전 초기에 중국은 불가피하게 먼저 다른 나라 제품을 모방하거나 같은 제품을 만들어 품질은 좋으나 저렴한 가격으로 다른 나라 제품을 국제시장에서 밀어냈었다. 이러한 발전방식은 상책이 아니다. 중국은 마땅히 꾸준히 신제품을 제조해 국제시장을 개척해야 한다. 혁신은 큰 것도 되고 작은 것도 된다. 평범하고 작은 곳에서도 혁신이 가능하다. 예를 들면 어떤 수도관은 평소에는 수축되어 체적이 작고 가벼우며 자리도 별로 차지하지 않지만, 수도꼭지에 연결시키면 수 십 길이 넘게 늘어날 수 있다. 그리고 또 같은 원리로 만든 신축 형 신발 끈은 늘려서 신에 꿰기만 하면 되어 매듭을 지을 필요가 없다. 이러한 혁신도 생활개선에 도움이 되기 때문에 고객의 환영을 받는다. 더 중요한 것은 반드시 중국문명이 수천 년간 이어온 '입천' '입지' '입인'의 도리에서 출발해 혁신 방향과 목표를 제정하는 것이다. 혁신의 목표는 인민의 생활을 더 완벽하고 더 합리적이며, 더 편리하고 더 부유해지게 하는 것이다. 한편으로는 훌륭한 방법을 생각해내 수재 · 가뭄 · 병충해를 예방하고 제거하며, 지진의 파괴력과 살상력을 줄여야 한다. 다른 한편으로는 광범위한 인민의 생활에 부족함이 없도록 해야 한다. 예를 들면 현재 의료보건소에 필요한 기기와 의약품이 갈수록 많아지고 갈수록 복잡해지고 있는 상황에 비해 현재 중국의 생산은 거리가 크다. 반드시 그 공백을 메우는 데 큰 힘을 들여야 한다. 중국문명의 길에서 공업발전은 마땅히 먼저 자국이 필요로 하는 제품을 발명하고 생산하여 중국국민의 생활을 개선할 수 있게 한 다음에 국제시장에 널리 보급하는 것이다. 그러면 당면한 국제시장의 불경기로 인해 중국의 제조업에서 감산과 감원을 해야 하는 상황을 피할 수가 있다. 현재 중국에 절박하게 필요한 것은 가격이 저렴하고도 효과가 좋은 의약품과 보건품이다. 이는 연구제조와 생산주기가 긴 산업으로서 많은 투자가 필요하며 과학과 임상실험을 대대적으로 늘려야 한다. 그리고 또 개인과 외국투자를 장려해야 한다. 신에너지개발도 중국에 매우 중요한 산업으로서 앞으로 중국 공업발전의 중점이 되어야 한다. 중국은 판도가 크고 일조가 풍부한 만큼 태양에너지 이용을 가장 중요한 산업으로 삼아야 한다. 중국은 산이 많고 산과 강이 얼기설기 얽혀 분포되어 있으며, 기류가 활발해 풍력에너지가 무궁무진한 나라이다. 태양에너지와 풍력에너지의 발전으로 수천 년간 이어온 '입천의 도리(立天之道)'와 '입지의 도리(立地之道)'에 새로운 내용을 추가할 수 있는 것이다.

2016년 9월에 중국 항쩌우에서 열린 G20정상회의에서 의장국인 중국이 제기한 '혁신 · 활력 · 연계 · 포용적인 세계경제 건설'주제는 여러 나라 정상들 속에서 공명을 불러일으켰으며, 또 「G20 혁신성장 청사진」을 통과시켰다. 그 중에 "우리는 기술적 돌파가 세계경제성장에 가져다 준 역사적 기회를 잘 포착해야 한다. 우리는 혁신성장을 통해 중장기 성장 잠재력을 높일 것을 다짐한다."라는 두 마디가 있는데 중국 지도자의 뜻이면서 다른 나라 정부의 찬성을 받은 말이다. 그 청사진은 항쩌우의 채색 견직물과 같은 것으로 회의가 끝난 뒤 다른 나라들은 참답게 관철시키지 않을 수도 있다. 그러나 그런 의견을 제기한 중국은 진지하였으며, 솔선수범하여 성과를 올릴 것이다. 전 세계는 좋은 소식을 기다려야 한다.

항쩌우 정상회의에서 "기술적 돌파"로 경제성장을 이루어야 한다는 정신은 위에서 논한 바 있는 경제의 종적인 발전과 일치한다. 그 새로운 사고방식은 중국 실제 국정과 밀접히 결합되어야 한다. 전통적인 '입천의 도리' '입지의 도리' '입인의 도리'가 시대의 발전에 따라 발전하여 현대 환경 속에서 천시 지리 인화를 개선시키려면 반드시 광활한 중서부 산지와 공지를 대대적으로 발전시켜야 한다. 오늘날 일부 지방에서 기름진 논밭을 행정구역과 문화교육구역으로 바꾸는 발전은 취할 바가 아니다. 쿤밍(昆明) 시에 새로 건설된 위성도시 청꿍(呈貢)[윈난(雲南)대학의 특별히 널찍한 새 캠퍼스가 포함됨]이 대면적의 기름진 농지를 훼손해 버린 것을 필자는 두 눈으로 직접 보았다.

중국의 넓은 땅 위에서 평원의 면적은 겨우 12%밖에 안 된다. 현대 기계화된 지상 교통수단은 모두 바퀴가 달려 있어 평탄한 길 위에서만 편리한 교통 운송이 가능하다. 이처럼 바퀴가 달리고 평탄한 도로에 의지하는 현대 교통운송 방식은 국토의 절대다수 지역이 평원이고 전 세계 평원의 10분의 1을 차지하는 미국이 가장 잘 어울린다. 그렇기 때문에 미국에는 도로가 많고 자동차가 많다. 현재 중국은 미국을 본받아 도로를 대대적으로 건설하고(중국의 원기를 대대적으로 소모함) 자동차산업을 대대적으로 발전시켜 세계 최대 자동차시장으로 부상하였다.

매일 중국 거리를 달리는 자동차들을 보면 세계 자동차들의 유동 박물관을 방불케 한다. 그런데 아무도 그런 박물관을 좋다고 여기지 않는다. 중국 대・중 도시의 공기 오염과 교통 체증을 초래하기 때문이다. 교통 체증을 완화시키기 위해 차량의 운행을 반드시 제한해야 한다. 따라서 중국 도시의 억만 대에 이르는 자동차가 1년 중 많은 시간은 차고에 갇혀 있어야 한다. 이는 엄청난 낭비이다. 그렇게 낭비하는 자금과 자원으로 아무도 관심을 갖지 않는 가난하고 편벽한 산골을 개발하는 데 사용하면 얼마나 좋을까? 지적해야 할 점은 중국 현대의 도시는 차량이 너무 많아 화가 되는 반면에, 중서부지역에서는 도시에서 거리가 먼 곳일수록 자동차가 적으며 심지어 편벽한 시골에서는 자동차 그림자조차 찾아보기 어렵다. 이런 현상은 수천 년 동안 이어온 전통적인 '입천의 도리' '입지의 도리' '입인의 도리'에 어긋나는 것이다.

중국이 계속하여 자체의 문명의 길을 걷고, 또 그 길을 넓혀가려면, 반드시 현대 교통운송수단의 혁명을 진행해야 한다. 필자는 자동차에 반드시 바퀴가 달려야 하는 것은 아니라고 생각한다. 사람 혹은 개나 파충류의 발모양을 본뜬 설비로 바꿀 수도 있다. 그렇게 되면 산을 오를 수도 있고 울퉁불퉁한 산길에서도 달릴 수 있다. 그러면 적어도 도로에 대한 요구가 그다지 높지 않아 대량의 자금과 인력 · 자원을 절약할 수 있으며, 가난하고 편벽한 산간지역의 교통운수도 발전시킬 수 있다. 그리고 집을 지을 때도 먼저 터를 다질 필요가 없고, 또 철근과 시멘트 · 벽돌 · 기와를 사용하지 않아도 된다. 기차간 모양으로 만들어 운반이 가능하게 하거나 혹은 중국의 정자식 건물을 개조해 여름에는 시원하고 겨울에는 덮개를 씌워 몽골 파오로 개조할 수도 있다. 그렇게 되면 산간지역에 대량의 주민 거주지역과 도시를 조성할 수가 있다. 산을 오를 수 있는 현대 교통운수 수단과 간편하고 옮기기 쉬운 가옥을 지을 수 있게 된다면, 중국은 현대화 발전을 대면적의 가난하고 편벽한 산골까지 연장시킬 수가 있다. 그렇게 되면 현대화 경제와 도시문화가 산이 높고 물이 맑은 드넓은 새 천지에 고루 분포되어 연해 대도시에 대한 압력을 크게 줄일 수 있다. 다음에 G20 정상회의가 또 중국에서 열리게 되면, 중국은 외국 친구들을 중국의 '시골'로 청해 참관시킬 수도 있다. 그래서 지난 항쩌우 정상회의에서 통과된 「G20 혁신 성장 청사진」이 탁상공론에 그치지 않았음을 증명할 수 있는 것이다.

얼마 전에 고인이 된 필자의 인도인 벗인 번크(A.P.Venkateshwar, 1930~2014) 외교관은 1980년대에 주중 인도대사 및 외교비서(외교부 상무부부장에 해당함)를 지낸 바 있는데 그때 당시 중국에서 유행이었던 "만천하에 우리 벗이 있다"는 구호를 언급하면서 이는 중국 자신만 고려한 구호라면서 "우리는 온 천하 사람의 벗이다"라고 바꾸면 더 훌륭할 것 같다고 자주 말하곤 하였다. 주지하다시피 중국 소승(小乘)불교 수련의 최종 목표는 나한이 되는 것이고, 대승(大乘)불교의 최종 목표는 부처가 되는 것이다. "지옥이 비기 전에는 맹세코 성불하지 않으리. 중생을 모두 제도하여 정각을 이루리라"라는 것은 '보살정신'으로서 인도문명 전통 중

"나는 세계의 노복이기를 원하며, 세계의 벗이기를 원하노라. 나는 인류 해방을 위해서라면 지옥이라도 기꺼이 가리라"라는 정신을 전파하고 있다. 번크(A.P.Venkateshwar) 대사는 바로 이런 정신으로 중국의 벗들에게 자기 자신으로부터 출발할 것이 아니라 세계에 초점을 맞출 것을 권하였던 것이다. 사실 '나를 우선으로 하는 것'은 '민족국가'의 문명사상이지 '문명국가'의 문명사상은 아닌 것이다. 앞으로 "우리는 전 세계의 벗이다." 라고 하는 중국의 목소리를 들을 수 있기 바란다. 이것이야말로 문명의 길을 걷고 있는 중국이 세계를 포용하는 것이며, 세계 대가정의 일원이 되고자 하는 진정한 정신이다.

중국 발전의 시간표는 바로 2021년(중국공산당 창립 100주년)에 첫 번째 '백년 꿈'을 실현해 '샤오캉사회'의 전면 건설 목표를 완성하는 것이다. 그러나 중국문명의 이상은 '샤오캉사회'실현이 아니라 '대동사회'를 실현하는 것이다. '대동사회'는 어떤 모습일까? 우리는 『예기 · 예운 · 대동편(禮記 · 禮運 · 大同篇)』에서 그 윤곽을 찾아볼 수 있다.

> 고로 사람들은 오로지 자기 친인만 친인으로 생각하는 것이 아니고, 오로지 자기 자녀만 자녀로 생각하는 것이 아니다. 따라서 노인은 모두 만년을 편안히 보낼 수 있고, 청장년은 모두 직업이 있으며, 어린이는 모두 건강하게 성장할 수 있고, 홀아비와 과부 · 고아 · 독거노인 · 장애가 있거나 아픈 사람은 모두 사회의 보살핌을 받을 수 있다. 남자는 모두 직업이 있고, 여자는 모두 제 때에 시집을 갈 수 있다. 사람들이 재물을 건사하는 것은 그저 땅에 버려두기가 싫어서일 뿐 반드시 자기 집에 숨기고자 함은 아니다. 사람들은 힘을 쓸 일이 있으면 자기 몸에 있는 힘이 쓰이지 않을까 하고 걱정할 뿐 반드시 자신을 위함은 아니다. 그래서 아귀다툼은 존재할 시장이 없으며, 강탈과 도둑질 · 반란, 그리고 사람

을 해치는 현상은 자취를 감추어 버린다. 따라서 집집마다 문은 닫아만 놓고 잠그는 일이 없다. 이를 가리켜 대동이라고 한다.

(故人不獨親其親, 不獨子其子。使老有所終, 壯有所用, 幼有所長, 鰥、寡、孤、獨、廢疾者皆有所養, 男有分, 女有歸。貨惡其棄於地也, 不必藏於己；力惡其不出於身也, 不必為己。是故謀閉而不興, 盜竊亂賊而不作, 故外戶而不閉, 是謂大同。)

이러한 이상적인 '대동사회'는 세 개의 방면이 포함된다. 첫 번째 방면은, 중국문명 이상 속의 '대동사회'는 모든 인민이 행복하게 살 수 있어야 하며, 세상에 더 이상 고통이 존재하지 않는 것이다. 서양문명의 표현을 인용하면 전 인류의 눈물을 닦아준다(wipe away all tears rom the human eyes)라는 것이다. 두 번째 방면은, '대동사회'는 물질생활이 풍부할 뿐 아니라 정신도 고상하다는 것이다. "사람들이 재물을 건사하는 것은 그저 땅에 버려두기가 싫어서일 뿐"이라고 한 것은 땅 위에 돈이 널려 있어 그냥 주울 수 있을 정도임을 가리키며, 사람들이 개인적으로 부자가 되려는 생각을 갖고 있지 않음을 뜻한다. 모두가 ("사람들은 힘을 쓸 일이 있으면 자기 몸에 있는 힘이 쓰이지 않을까 걱정할 뿐") 대중의 행복을 위해 부지런히 일하려고 노력한다. 세 번째 방면은, '대동사회'에는 나쁜 일을 하는 나쁜 사람이 없고, 도둑질을 하지 않으며, 밤에도 문을 잠그지 않고 잠을 잔다. 이는 비록 원대한 이상이지만 텅 빈 지나친 욕망이 아니라 실현 가능한 것이다.

중국과 다른 나라 간 '운명공동체'결성의 장래성

진・한과 수・당・송 시기 세계 속의 중국의 생존 발전과 비교해 볼 때, 오늘날은 형세가 크게 바뀌었다. 앞 몇 장에서 일부 표현과 연구 토론에 대해서는 반드시 바꿔야 한다. 예를 들면 중국을 옆에서 게걸이 든 고양이가 호시탐탐 노리고 있는 큰 어항에 비유하였는데, 그러면 오늘날 중국이 '문명국가'의 신분으로 '민족국가'세계 대가정의 일원이 된 형세에 대해 정확하게 묘사할 수가 없다. 한편으로, 중국은 철통같은 국방능력을 갖추었기 때문에 더 이상 유리 어항처럼 쉽게 깨지지 않을 것이다. 다른 한편으로는 중국이 외교작업만 잘 펼친다면 역사상에서처럼 중국 국경과 인접해 있으며, 기회를 틈타 소란을 피우거나 중국으로 거침없이 쳐들어오는 사나운 이웃이 더 이상은 존재하지 않을 것이다. 국방과 외교는 상부상조하는 것이다.

국방이 공고하면 다른 나라들도 감히 경거망동하지 못할 것이며, 그러면 다른 나라가 중국을 존중하지 않는 문제도 존재하지 않을 것이다. 중국의 주권이 존중을 받게 되면 외교작업도 쉬워진다. 외교관계가 양호하면 중국은 대량의 재력 · 인력 · 물력을 허비해 전쟁에 대비할 필요가 없게 된다. 수천 년간 중국은 줄곧 전쟁을 싫어해왔다. "오늘은 흠뻑 취할 것이라네. 취해서 전쟁터에 쓰러져도 그대여 웃지 말지어다. 자고로 전쟁터에 나갔다 살아서 돌아온 이 몇이던가?(醉臥沙場君莫笑, 古來征戰幾人回)" 서양문명에는 군신이 있지만 중국문명에 존재하는 미륵 미래불은 만면에 웃음을 띠고 있으며, 온 몸 가득히 지방이 쌓여 외국의 벗들은 절대 두려워할 필요가 없다. 중국 전통에는 '무사도'정신도 존재하지 않는다. 중국인이 권술을 연마하는 것은 주로 몸을 단련하기 위해서이지(때로는 무대에 올라 무술 표현도 함) 싸움을 하기 위해서가 아니다. 아무리 꾸준히 훈련해도 중국은 상대 선수들과 반드시 몸싸움을 해야 하는 구기 시합(예를 들어 축구 · 농구 · 필드 하키 · 수구 · 아이스하키)에서는 세계 앞자리를 차지하기가 어렵다. 그것은 중국 구기선수들에게 강한 성격이 부족하기 때문이다. 이는 수천 년 중국문명 역사에서 학문을 중히 여기고 무예를 가볍게 여기며, "군자는 말로써 상대를 설득하지 폭력을 쓰지 않는다(君子動口不動手)"는 전통과 관련된다. 중국이 화약을 발명한 것도 공연을 보여주기 위한 것이었다. 오늘날 전 세계가 불꽃놀이에 사용할 불꽃을 모두 중국에서 사가고 있다. 이 모든 것이 '문명국가'인 중국이 띠는 특성이다.

중국이 '민족국가'세계 대 가정에 가입한 후 중국이 실행해오고 있는 외교정책은 모든 국가와 평화적으로 공존하는 우호관계를 유지하면서 선택적으로 연합하되 결맹은 하지 않는 것이다. 연합에는 두 가지 방식이 있다. 한 가지는 일부 국가(예를 들면 파키스탄)와 친밀한 동반자관계를 발전시키는 것이다. 다른 한 가지는 '상하이협력기구'와 '브릭스 5개국'과 같은 연합체를 결성하는 것이다. 이러한 연합체는 정기적으로 정상회담 및 부장급 회담을 개최하는 한편 구체적인 연합행동 프로젝트도 진행한다. 그 연합체가 서서히 일종의 공동체를 형성할 것이라고 말할 수 있다. 이러한 공동체의 초기형태가 형성된 후에는 더 이상 게걸 든 고양이가 중국이라는 큰 어항 옆에서 호시탐탐 노리면서 지키지 않을 것이다.

앞에서 항쩌우 G20 정상회담에 대해 언급한 바 있다. 그 20개 국가의 인구는 전 세계 인구의 3분의 2를 차지하고, 영토는 전 세계의 60%를 차지하며 GDP는 전 세계의 85%를 차지한다. 당면의 세계 단합과 연결의 총적 추세로 미루어볼 때, 앞으로 머지않아 하나의 방대한 세계 '공동체'가 나타날 수 있다. 그 과정에서 중국도 갈수록 적극적인 역할을 발휘하게 될 것이다. 중국이 "혁신 · 활기 · 연동 · 포용적인 세계 경제 구축"의 향을 자발적으로 제기한 것은 중국이 세계에 '중국 제조'의 '운명공동체'

관념을 어필하기 시작하였음을 설명한다. G20 국가 중 다른 19개 국가는 당연히 중국이 제창하는 '운명공동체'에 바로 가입할 수 없겠지만 이들 국가가 대립되는 정서는 느끼지 않고 있다. 모든 일은 첫 시작이 어렵다고 중국이 집념을 갖고 사고방식 면에서, 감정적으로, 구체적인 국제관계에서, 경제와 문화교류에서 꾸준히 선전하고 설득한다면 진전이 있을 것이다. 중국이 다른 나라들과 '운명공동체'를 형성할 수만 있다면, 앞에서 언급하였던 게걸 든 고양이가 큰 어항 옆에서 지켜보는 형세가 다시는 나타나지 않을 것이다.

중국문명은 수 천 년간 일종의 '운명공동체'문화를 축적하였다. '천하대동'이 바로 이런 '운명공동체'문화의 간판이다. '천하'와 '사해(四海)'는 같은 말이다. 공자는 "세상 사람은 다 형제이다.(四海之內皆兄弟也。)"[『논어 · 안연(論語 · 顔淵)』]라고 말하였다. 이는 공자가 '천하/사해'를 하나의 대 가정으로 간주하였음을 의미한다. 공자는 "온 천하가 한 집안(天下一家)"이 될 것을 제창한 것이다. 중국 '동포'(동일한 부모에게서 태어난 형제자매)의 개념이 협의적으로는 형제자매를 의미하고, 광의적으로는 모든 중국인을 의미한다. 모든 중국인은 '동일한 부모에게서 태어났다'고 하는 '동포'의 개념은 바로 '운명공동체'개념이다. 중국에는 '생사를 같이하다(同生共死)', '동고동락하다(同甘苦, 共患難)', '마음 맞는 사람은 저절로 한데 모인다(同心相印, 同氣相求)', '모든 사람이 한 마음이다(萬衆一心)', '많은 사람이 한 마음 한 뜻으로 합심하여 협력하면 성을 이룬다(衆志成城)', '의기투합하고 지향하는 바가 같다(志同道合)'...... 등등 표현이 있다. 중국에는 또 '원앙'문화가 있다. 원앙은 원래 신화 속의 새인데, 지금은 동물계에서 오리 과에 속하는 조류이다. 전설에 이런 새는 암컷과 수컷이 '생사를 같이 할'만큼 특별히 감정이 깊다는 설이 있다. '원앙'은 서로 사랑하는 남녀 간의 사랑의 상징 부호가 되었다. 중국에는 부부가 검은 머리가 파뿌리가 될 때까지 서로 의지하면서 살아간다(부부에게만 국한되는 것은 아님)는 문화전통이 있다. 중국문화는 '운명공동체'를 극구 창도하는 문화라고 말할 수 있다. 중국에서 부부가 평생의 반려가 되는 감정은 중외 통혼으로까지 뻗어나간다. 새 중국이 창립되기 전에 중국에 거주하던 인도의 일부 시크족이 중국인 아내를 얻었는데, 새 중국이 창립된 후 이들 시크족은 인도의 고향으로 돌아가면서 중국인 가족들도 데리고 갔다. 1962년에 중-인 국경전쟁이 일어나자 인도에 살던 수많은 화교들이 중국으로 강제 송환되었는데 송환자 중에는 화교의 인도인 가족들도 있었다. 이는 모두 '운명공동체'문화에 따른 국제 왕래의 미담으로서 '민족국가'의 경계를 타파한 사례이다.

독자들은 필자가 제3장에서 "중국 · 인도 · 일본 · 고려의 문명공동체"의 범위가 바로 오늘날의 중국 · 조선 · 한국 · 일본을 포함한 '동아시아'와 인도반도의 '남아시아'라고 언급하였던 내용을 기억하고 있을 것이다. 오늘날의 형세에 비추어 봐도 이 일대는 여전히 매우 밀접한 지연 친척관계를 가지고 있다. 우리는 또 공동성을 띤 이 지대를 동남아까지 확대할 수도 있다. 이 지대에서 중국과 파키스탄은 이미 반은 '운명공동체'를 형성하였다. 중국과 조선은 오래 전에 이미 반 '운명공동체'를 이루었다. 중-한 관계는 최근 몇 년 빠른 발전을 보이고 있으며 양국 간 역사문화의 유대는 그 뿌리가 깊다. 현재 양국은 경제적으로 경쟁이 존재하지만 공동 번영 형세가 이미 형성되었다. 중국과 베트남도 반 '운명공동체'였던 적이 있다. 1980년대에 전쟁을 치르면서 감정이 벌어졌다. 베트남은 원래 강경하고 자위(自爲)적인 '민족국가'로서 방대한 중국에 대해 줄곧 자위(自衛)적인 거리를 유지하고 있으며 중국에 점령당할까 두려워하고 있다. 그러나 베트남은 다른 인접국가에 대해서는 다소 지도자적인 욕구를 느낀다. 다른 한 방면으로 보면 중-베 양국은 모두 공산당이 이끄는 정권이다. 호찌민 집권 때부터 시작해 현재까지 베트남 공산당은 중국공산당을 본보기로 삼아 본받아오고 있다. 중국과 미얀마는 가까이 지내면서 자고로 왕래만 있었을 뿐 모순은 없었다. 제2차 세계대전시기 '버마 로드'관련 미담이 전해지고 있으며, 오늘날에 이르러서도 중국과 미얀마 양국은 경제건설에서 양호한 협력을 이어오고 있다. 중국과 싱가포르 사이에는 특별한 감정이 있다. 싱가포르 리콴유(1923~2015) 개국 총리가 작디작은 도시국가를 서양 선진국 대 가정 중의 일원으로 발전시킨 것은 참으로 대단한 일이다. 그러나 그는 중국문명이라는 '본(本)'을 잊지 않고 국제상에서, 특히 아세안국가들 가운데서 중국이 우의와 협력 지대를 넓혀가도록 도왔다. 이렇게 보면 중국이 상기 국가들과 반'운명공동체'를 형성하는 것은 가능한 일이다.

중국과 인도의 관계는 필자가 연구하는 중점일 뿐만 아니라, 필자 평생의 사업으로서 이와 관련해 많은 글을 발표하였다. 중-인 관계에 관심이 있는 독자들이라면 아마 보았을 것이다. 필자는 이 책 앞 몇 장에서도 인도문명이 중국문명의 발전에 일으킨 영향에 대해 언급하였었다. 필자는 "만약 수천 년 중-인 2대 문명의 교류가 없었다면, 중국사회는 오늘날의 모습이 아니었을 것"이라는 지셴린의 말에 크게 공감한다.

요즘 중국의 젊은 세대는 현대 정보를 많이 소유하고 있는 반면에 역사에 대해서는 잊어버리고 있을 수 있다. 따라서 역사에 대한 인식 면에서 보충수업을 할 필요가 있다. 그래서 중-인 양국관계의 전후 맥락을 명확히 보아야 하는 것이다. 여기서 간략하게 개괄적으로 분석하고자 하니 참고하기 바란다.

첫째, 중-인 양국 간에는 강대한 문화적 친족관계를 이루고 있다. 문화적 친족관계가 없이 서로 다른 민족 간에 친밀한 우의를 맺는 것은 매우 어려운 일이다. 말레이반도에 거주하는 중국계와 말레이계가 수백 년간을 함께 지내오고 있으면서도 여전히 전혀 어울리지 못하는 것이 그 일례이다. 아버지 세대부터 시작해 필자와 필자의 가족은 약 한 세기 가까이 '중국과 인도는 한 집안처럼 가깝다'는 느낌을 크게 받아오고 있다. 그 주요 원인은 힌두교와 불교 사이에 밀접한 친족관계가 존재하기 때문이다. 인도 국기의 법륜은 불교정신을 표방한다. 2015년에 모디 인도 총리는 중국을 방문해 "불교가 중국의 DNA"라고 강조한 바 있다. 이는 중-인 단결 경향이 있는 그의 내적 심리상태를 보여준 것이다. 이런 부분은 중국과 인도가 쉽게 '운명공동체'를 결성할 수 있는 토대가 된다. 1950년대에 인도 민간에서는 "Hindi-Chini Bhai Bhai 인도인과 중국인은 형제"라는 노래가 자발적으로 불려졌다. 이는 국제문명교류의 역사에서 보기 드문 일이다.

둘째, 책에서 필자는 복필을 묻어두었다. 지금 정식으로 세계 독자들에게 그 결론을 선포하고자 한다. - 분명히 존재하지만 아무도 관심을 갖지 않는 역사 사실이 있다. 즉 오늘날 중국의 국제 명칭 'China'는 기원전 4세기에 인도의 정치가 카우틸랴/차나키야(Kautilya/Chanakya)가 지은 것이다. (제2장에서 그가 Arthashastra 『실리론』이라는 글에서 'Cina지나'와 'Cinabhumi지나국'을 창조하였다고 언급하였다. 그 'Cina'가 바로 현대 'China'의 출처이다) 오늘날 인도의 국제 이름 'India'는 7세기 '서천으로 불경을 얻으러 갔던' 중국 고승 현장이 지은 것이다. (제3장에서 그가 『대당서역기』에서 산스크리트문 'indu 달'이라고 써 '인도'의 이름을 창조하였다고 언급하였다. 그 'indu'가 바로 현대 'India'의 출처이다) 인도인과 중국인이 서로 상대 국가의 이름을 창조한 것도 세계 교류역사에서 미담으로 전해지고 있다.

셋째, 중국문명은 수 천 년을 이어오면서도 '경계'의 개념이 없었다. 중국이 바로 '천하'이고 '천하'가 바로 중국이라고 여겼다. '하늘가와 바다 끝'만 있을 뿐 '천하'의 경계는 없었다. 고대 인도도 마찬가지였다. 중국과 인도 사이에 '경계'를 확정하려 한 것은 영국 식민주의자들이 수작을 부린 것이었다. 현대세계에 반드시 국계(국경)가 있어야 한다면 미국과 캐나다의 경계를 참조할 수 있다. 필자는 미국의 '자동차도시'디트로이트에서 이 단원을 쓰고 있다. 필자가 묵고 있는 10층 룸의 창문으로 내다보면 강이 보이는데, 그것이 바로 미국과 캐나다의 국경이다. 매일 얼마나 많은 사람들이 그 강과 강 위에 놓인 다리를 거쳐 국경을 거침없이 넘나들고 있는지 모른다. '국경수비군'은 애초에 존재하지도 않는다. 그러니 '국경수비군'의 대치는 더 말할 필요도 없다. 그리고 중국과 인도의 국경은 히말라야산 위에 있으며, 해발 5000미터 이상인 '생명 금지구역'이 많은 구간을 차지한다. 그런 곳에 가서 답사하며 국경을 정하는 것은 국가의 경비와 생명재산을 낭비하는 것 외에 아무런 의미도 없다.

중국과 인도 두 문명국은 앞으로 50~100년 안에 풀 한 포기 나지 않는 그런 지대로 가서 개발을 진행할 필요와 가능성이 전혀 없을 것임을 보아야 한다. 대체적으로 '중-인 국경'이라는 개념만 가지고 있으면 충분하다. 현재 양국이 그렇게 많은 군대를 파견해 그 불모지를 '지키거나''다투면서'이따금씩 분쟁을 일으켜 수십 억 인구가 잠을 편히 잘 수 없게 영향을 끼치는 것은 현명하지 못한 처사이다. 하루 빨리 '국경'분쟁을 해결하고 중 인 양국이 평화적, 우호적, 협력적인 동반자관계를 맺고 공동 번영의 만년조약을 체결하는 것이야말로 상책이다. 그 조약의 체결과 양국 인민의 '운명공동체'사유는 상부상조하는 것이며 닭과 달걀의 논리

관계이다.

넷째, 노자가 말한 "남을 돕는 데 온 힘을 다하는 자는 그 자신이 오히려 더 충실하고 부유하며, 남에게 많은 것을 줄수록 자신이 오히려 더 풍부해진다(既以為人己愈有, 既以與人己愈多)" 라는 현명하고 너그러운 가르침에 대해 중국 지식인들은 모두 잘 알고 있다. 그 도리를 마땅히 오늘날 중-인 무역에 적용하여야 한다. 개혁개방 이래 중-인 무역교류에서 격차가 갈수록 커지고 있다. 1990년대부터 중국 가전제품이 인도로 대거 수입되면서 인도 가전산업은 심각한 타격을 입었다. 현재 중국의 화학섬유산업 발전이 또 인도의 인기산업을 전면적으로 압도하고 있다. 따라서 중국에 줄곧 우호적이던 수많은 인도 친구들마저 '중국 제품 불매'조류에 동참하기에 이르렀다. 이는 상책이 아니다. 양국은 서로 혜택과 이익을 얻는 무역관계를 발전시킬 수 있는 방법을 생각해내 중-인 '운명공동체'의 조속한 실현을 추진해야 한다.

마지막으로 '일대일로'와 관련해 본 도서 제2장에서 최초의 '실크로드'는 쓰촨의 삼성퇴문명(혹은 그 후대)에서 시작해 실크가 윈난과 미얀마를 거쳐 벵골로 운송되었고, 다시 갠지스 강 유역을 거쳐 아프가니스탄 시장에까지 들어간 것이 장건에 의해 발견되었다고 언급하였었다. 그 실크로드의 건설자는 주로 인도상인이며 중국상인은 별로 큰 역할을 하지 못하였다. 다른 한편으로는 인도에서 발전되어온 법보의 길이 지역 간 무역과 문명 교류의 대동맥을 형성하였다. 바로 오늘날의 실크로드이다. 그렇기 때문에 필자는 법보의 길이 곧 실크로드라고 말한다. 우리가 역사발전의 시각으로 '일대일로'에 대해 인식하면서 고대 '일대일로'발전에서 인도의 중요한 공헌을 인정한다면 인도 친구들은 반감을 느끼지 않을 것이라고 생각된다. 당나라시기에 수많은 고승과 정부관원들은 모두 히말라야산맥을 넘어 인도로 갔었다. 오늘날 중국과 인도의 철도가 네팔 혹은 나투라(Nathu La)산 입구를 통과하면서 중-인 양국은 매우 쉽게 연결될 수 있다. 이는 중-인 관계발전의 중점으로서 그 연결은 중-인 국경분쟁을 진일보적으로 해결하는 것과 상부상조할 수가 있다. 이것이 바로 '일대일로'를 발전시키는 지름길이다. 그 지름길이 통하게 되면 중-인 양국이 '운명공동체'로 발전할 수 있는 밝은 전망이 보일 것이다.

당면한 주요 문제는 중-인 양국 사이에서 양국 대립의 심리를 안고 있는 사람(특히 심각한 민족주의 사고방식을 갖춘 사람)이 매우 많은 것이다. 중국은 마땅히 인내심을 갖고 적극적, 주동적으로 나서서 그런 심리를 제거함으로써 대립과 경쟁의 나쁜 기운을 형제 우정의 상서롭고 화목한 기운으로 바꿔야 한다(마치 1950년대 때처럼).). 히말라야 산이라는 장애물을 '일대일로'의 큰길로 바꿔야 한다. 중국은 인도에서 인프라시설 건설과 고속철 경험과 기술을 널리 보급시키고 있다. 윈난 성은 수력발전의 잠재력이 매우 크다. 중-인 양국의 전력망을 연결시켜 인도에 전기가 부족한 난제를 해결할 수 있다. 양국은 공동으로 치부할 수 있는 길을 모색해야 한다. 실제상에서 인도는 이미 혹은 이제 곧 세계 3위 경제체로 될 것이다(마치 중국이 실제상에서 이미 혹은 이제 곧 세계 1위 경제체가 될 것인 것처럼). 앞으로 전 세계 3개의 최대 경제 실체(중국 · 미국 · 인도)가 단합하고 합작한다면 세계의 지속적인 발전에는 적은 자본으로 큰 이익을 얻는 효과를 낼 것이다.

중국과 일본의 관계에 대해 앞에서 이미 중점적으로 논술하였다. 만약 앞으로 중-일 사이에 전쟁이 발생하지 않는다면 중국의 평화는 보장될 수 있다. 역사적으로 중일관계에는 당나라시기처럼 극단적으로 우호석이었던 예도 있고, 20세기 초에 일본이 중국을 침략한 쓰라린 교훈도 있다. 근대에 들어서서부터 일본이 서양을 숭배하기 시작한 반면에 서양은 일본을 멀리 하였다.

중국은 일본의 가까운 이웃이지만 일본은 중국을 얕본다. 유라시아대륙의 아시아부분이 일본의 앞에 버티고 있지만 일본은 멸시하고 있는 것이다. 일본은 과거에 "아시아를 벗어나 유럽세계에 가담하는"전면적 서구화의 꿈을 꾸었던 적이 있다. 지금도 그 꿈을 꾸고 있는지도 모른다. 현재 일본은 여러 분야에서 모두 유럽을 초월하는 수준에 이르렀다. 더 이상 "동시(東施)가 서시(西施)의 눈썹 찡그리는 것을 흉내 내는"격으로 집착하는 것은 이해할 수 없는 일이다. 일본은 "아시아를 벗어나 유럽세계에 가담하는"전면적 서구화의 꿈을 꾸었으나 제2차 세계대전에서는 서양 세계의 최대 적이 되었다. 이상한 일이 아니고 뭔가? 그것은 '민족국가'사고방식의 독을 입은 악과인 것이다. '민족국가'의 치명적인 약점은 바로 오로지 자기 나라 민족만이 피라미드의 정상에 올라서야 한다는 사고방식으로 자신의 행복을 다른 사람의 고통 위에 구축하려는 것이다.

인도의 시인 타고르와 많은 지식인들이 원래는 일본에 매우 탄복하였었다. 그들은 일본인의 분발정신과 조화로운 사회, 부드러운 문화 등에 탄복하였던 것이다. 그러나 일본이 중국에 대한 침략전쟁을 일으키면서 자신의 행복을 중국인의 고통 위에 구축하려는 마귀와 같은 일본의 본모습이 드러남으로써 타고르는 말할 수 없는 고통을 느꼈으며 태양과 같던 일본의 이미지도 바다에 추락해버렸다. 그 일에 대해 중국은 특별히 주의를 기울여 거울로 삼아야 한다.

앞에서 필자는 중일관계에 대해 "일본군국주의의 부활 여부를 결정짓는 관건은 중국"이라고 한 다이지타오의 예리한 언론에 대해 거듭 강조하였다. 많은 독자들이 필자의 이런 제기법에 찬성하지 않을 수 있다(혹은 불만족스러워 할 수도 있다). 그러나 그것은 쓰라린 역사 속에서 종합해낸 결론이다. 지난날 중국의 발전이 뒤처지자 당나라시기 중국에 대한 일본의 공경과 우러름이 사라졌고, 일본은 "아시아를 벗어나 유럽세계에 가담하는"전면적 서구화의 꿈을 꾸게 되었으며, 중국에 대한 침략을 발동하게 되었다. 오늘날 중국은 비록 군사적으로 강대해졌지만 문화적으로는 여전히 많은 약점이 존재하며, 문명사회 발전 면에서도 일본에 뒤처져 있어 일본의 공경하는 마음을 야기할 수가 없다. 게다가 제2차 세계대전 후 일본이 동맹국에 항복하였는데 실제로는 미국에 항복한 것이다.

전후 미국은 일본을 통제하는 한편 경제적으로는 일본을 돕고 있으며, 일본과 미국은 밀접한 동맹국으로 변하였다. 일본이 상징적으로 군대를 파견해 이라크전쟁에 참전한 사실에 대해 일본이 미국의 전차(戰車)를 타고 전 세계에서 열병을 하고 있다고 평론하는 사람도 있다. 미군이 태평양지역에서 중국을 가상의 적으로 삼아 군사훈련을 진행할 때마다 일본은 적극 참가하곤 한다. 비록 별로 대단한 움직임은 아니지만 일본의 미래 발전 의향을 반영하기에는 충분하다. 물론 일본이 미국의 동맹국이 되었지만 고작 조연에 불과할 뿐 모든 것은 미국의 의지에 따라 행해지고 있다. 만약 중국과 미국이 관계를 진일보 발전시켜 중국이 미국과 국제무대에서 어깨를 나란히 할 수 있는 대등한 자격을 갖게 된다면 일본은 한쪽으로 밀려날 수밖에 없다. 일본이 미국의 도움에 의지해 '민족국가' 세계에서 눈에 띄는 지위를 차지하려는 꿈은 실현되기 어려운 것이다. 일본이 만약 중국과 우호적인 관계를 맺고 미국의 조종에서 벗어난다면 오히려 밝은 앞날을 맞이할 수 있다. 이에 대해 일본의 통치자들은 미처 발견하지 못하고 있다. 중국도 일본과의 우의 증진을 서두르지 않고 있다. 중국 민간의 반일 정서도 너무 강렬한 실정이다. 종합적으로 중국이 제창하는 '운명공동체'에 일본이 동참하는 것은 당장 현실로 될 수는 없다. 인내심을 갖고 기다려야 한다.

중국 측에서 보면 이 문제는 원대하면서도 중요한 의미가 있다. '문명모순론'의 장본인인 미국인 헌팅턴이 제기한 가상 세계 속의 전쟁에서는 일본인이 중국과 어깨를 나란히 하고 싸운다고 하였다. 그것은 양국이 동일한 문명공동체에 속하기 때문이라는 것이다. 필자는 헌팅턴의 관점에 전혀 찬성하지 않는다. 그러나 그가 얻어낸 이러한 결론은 중국이 참고할 가치는 있다. '같은 문자를 쓰는 같은 종족'에 속하는 중일 '운명공동체'가 일단 나타난다면, 중국이라는 큰 어항 옆에는 게걸든 고양이가 노리는 상황이 나타나지 않을 것이기 때문이다. 그것은 얼마나 아름다운, 지평선을 비추는 서광이겠는가? 중국의 원대한 발전계획에서는 반드시 이러한 서광을 볼 수 있어야 할 것이다.

결 론

결 론

독자들이 필자와 함께 우주선을 타고 중국문명이 걸어온 5천년 역사에 대해 되돌아보는 순례를 행한 것에 감사한다. 중국은 엄청나게 큰 역사 무대에 수많은 인물, 빈번하게 일어난 사건, 너무나도 복잡한 문제가 존재해왔다. 필자는 약 300쪽 정도 되는 이 책에 중국 5천년의 발전을 개괄해 담아내면서 사소한 것은 포기하고 중요한 것만 놓치지 않으려고 애썼다. 필자의 탐구는 거시적인 것일 뿐 아니라, 정체관(整體觀)적이었다. 서서양문화는 해부에 중점을 두었다. 인체를 머리, 사지, 몸통, 내장으로 나누는 것과 마찬가지다. 해부는 오직 시신에 대해서만 진행할 수 있다. 산 사람을 해부하게 되면 생명을 잃게 된다. 다시 붙인다고 해서 되살아날 수가 없는 것이다.

서양의 현대 역사연구가 바로 해부식 잘못을 저질렀던 것이다. 전문가들은 개별적으로 시기와 인물, 그리고 문제에 대해 깊이 파고들며 탐구한 뒤 사소하고 세부적인 것만 건지고 중요한 것은 놓쳐버렸다. 그래서 전반적인 발전의 큰 추세를 보지 못하고 언제나 역사의 종합적인 성격을 왜곡하곤 했던 것이다. 동양문화는 전체적인 관념을 강조한다. 인도문명은 생명은 오직 하나지만 무수히 많은 사람과 동식물(심지어 광물)에 분산되어 반영된다고 주장한다. 인도의 '불살생'(ahimsa) 관념이 바로 이러한 정체관을 토대로 형성된 것이다(돼지의 목숨을 해쳤다면 자신을 해치는 것과 같다고 여김). 『노자(老子)』의 "도가 하나를 낳고, 하나가 둘을 낳으며, 둘이 셋을 낳고, 셋이 만물을 낳는다"라는 관념과 마찬가지로 전체적인 관념이다. 이 책에서는 바로 전체적인 관념이라는 렌즈를 통해 중국 5천년의 발전을 본 것으로 몇몇 인물과 사건에 대해서만 중점적으로 탐구하였을 뿐, 중국 5천년의 「청명상하도(淸明上河圖)」를 상세하고도 전면적으로 그려낼 수는 없었다.

역사 평론은 어려운 일이다. 지금은 길에서 사고가 나도 흔히 서로 다른 목격자가 나타나 서로 다른 견해가 반영되곤 하여 소송을 하는 경우가 많다. 그러니 수백수천 년 전에 일어난 일의 시시비비를 가리는 것은 더욱 어려운 일이다. 그렇기 때문에 우리는 사소한 것을 놓치지 않으려다가 중요한 것을 놓치는 일이 없도록 해야 한다. 다시 말하면 미시적인 탐구는 거시적이고 전체적인 결론과 맞물려야 한다. 독자들은 이 책에서 진시황 · 한무제 · 당태종 등에 대해 지나치게 찬양하고 그들의 어두운 일면을 덮어 감추었다고 여길 수 있다. 독자들이 만약 이런 견해를 가지게 된다면 그것은 정곡을 찌른 것이다. 필자의 기본 관점은 "금은 완벽한 순금이 없고 사람은 완벽한 사람이 없다"라는 것이다. 단 우리가 서양의 해부식 역사연구 방법을 취하지 않으려면, 반드시 주류와 주체에 중점을 두고 지류를 포기하고, 사소하고 부차적인 세절을 경시하여야 한다. 주체의 관점으로 보면 진시황 · 한무제 · 당태종은 위대한 인물들이다. 그들이 없었다면 중국 5천 년의 지속적인 발전은 없었을 것이다.

또 한 가지 역사적 편견으로 인해 사람들은 중국 발전의 문제를 제대로 보지 못하고 있다. 예를 들면 무측천이 연약한 여자의 몸으로 세계 신화 이상의 '전륜왕'으로 변한 유일한 사례는 대서득필할만한 일이다. 성당(盛唐)에 대한 그녀의 기여는 매우 컸다. 그녀는 중국문화 영역에 매우 깊은 발자국을 남겼다. 중국 역사서에서는 그녀를 황제로 인정하지 않으며, 또 사람들이 그녀의 '음란'한 역사를 들추어내기를 좋아하는데, 그것은 매우 공평하지 않고 반역사관적인 것이다. 중국은 역대로 어느 황제가 '음란'하지 않았으며, 어느 황제가 엄격한 '성인군자'였다는 말인가? 무측천의 사랑에 대한 집념과 이성으로부터 받는 인기를 현 사회에 옮겨놓는다면 엄청났을 것이다. '스타'가 되지 않는 '스타'야말로 이상한 것이 아닐까? 그런데 오늘날 서양 대학에서 중국역사를 가르치는 자들은 그녀의 '음란함'('삼천 궁녀'를 둔 역대 임금들과 비교하면 어찌 '음란하다'고 할 수 있겠는가?)만 강조하고 있는데, 이는 중국문명을 왜곡하는 것이다.

우리가 이 길에서 본 것은 황허와 창장 2대 강 유역 안팎의 독특한 천시(天時), 지리(地利), 인화(人和)이며, 중국의 풍격이 비춰주는 중국의 길이며, 다른 사회 생태환경에서는 볼 수 없는 것이다. 중국인은 이런 독특성으로 인해 득의양양하지 않을 것이지만, 외국 친구들은 반드시 중국의 독특한 성격으로써 중국을 이해해야만 막연한 안개 속에 빠지지 않을 수 있다. 그렇게 생각하지 않는가?

이번 순례 과정에서 우리 앞에 세 개의 서로 다른 단계가 뚜렷하게 나타났다. 첫 번째 단계는 진・한 시기에서 수・당・송에 이르는 1500년 사이에 집중되었다. 본 도서에서 이 단계에 처하였을 때의 중국을 큰 어항이라고 형용하면서 물고기가 어항 안에서 자유롭게 헤엄치고 있고, 어항 옆에는 게걸든 고양이가 호시탐탐 노리고 있다고 표현하였다. 송나라 시기에 이르러서는 게걸든 고양이가 어항에 뛰어들기 시작함으로써 그 단계에서 중국이 처한 향락주의 태평성세를 끝내게 했다. 두 번째 단계는 주로 원나라와 청나라의 이야기였다. 한편으로 중국은 '문명국가'가 '민족국가'발전의 교란을 받은 것이고, 다른 한편으로 중국이 계속 문명의 길을 따라 앞으로 발전한 것이다. 이러한 현상은 설명하기가 어렵지만 사실이다. 세 번째 단계는 신해혁명 이후의 민국시기이다. 이 시기의 가장 중대한 사건은 일본의 중국 침략과 항일전쟁을 거친 뒤 중화인민공화국이 탄생한 것이다. 한편으로는, 중국 국내에 천지개벽의 변화가 일어나 중국의 정치사회 면모가 완전히 바뀐 것이고, 다른 한편으로는 중국이 전통적인 폐쇄적 국면을 타파한 것으로서 먼저 잠자던 사자가 깨어 크게 노하여 한참을 울부짖은 뒤 '문명국가'의 신분으로 '민족국가'세계의 대 가정에 가입한 것이다. 그 현상에 대해 이해하려면 역시 새로운 사고방식이 필요하다.

지난 역사는 역사이고, 오늘의 현실은 현실이다. 양자 사이에는 끊으려 해도 끊을 수 없이 연결되어 있지만 전적으로 동일한 것은 아니다. 작은 예를 하나 들어보자. 제5장에서 중국의 '검은 머리가 파 뿌리처럼 될 때까지 함께 산다(백년해로)'는 문화전통에 대해 언급한 적이 있다. 오늘날에 이르러서도 '백년해로'사상은 여전히 존재하지만 현상은 점차 사라져가고 있다. 중국 노인들(특히 여성들)이 머리카락을 염색하여 '흰 머리'가 '검은 머리'로 바뀌었기 때문이다. 이백의 「장진주(將進酒)」라는 시에서는 "연로한 부모님이 거울을 마주하고 백발이 된 자신의 모습을 보고 슬퍼 한탄하고 있네. 아침까지 검던 머리가 저녁엔 눈처럼 하얗게 세었구나.(高堂明鏡悲白髮, 朝如青絲暮成雪)"라고 하였는데, 이는 생명의 짧음을 표현하고 있다.

오늘날 중국에서 이렇게 표현해서는 안 된다. 검고 윤기 나는 머리를 가진 50세 이상 노인들은 40~50세 장년들보다도 더 '검은 머리'를 가졌기 때문이다. 옛날 "아침까지 검던 머리가 저녁엔 눈처럼 하얗게 세었던 섯"이, 이제는 "아침엔 마른 풀 같던 머리가 저녁엔 까맣게 변해버리는 것"이다.

머리카락을 염색하는 것은 중국의 전통이 아니라 '서양 스타일'이다. 오늘날 중국인은 서양인들보다도 더 '서양 스타일'을 선호한다. 누군가 중국인이 중추절(仲秋節)을 쇨 때 월병(月餠)을 먹는 것을 제외하면 전통문화의 분위기가 전혀 없다면서 차라리 '월병절'을 쇤다고 하는 게 낫겠다고 말하였다. 중국인들이 생일을 쇨 때 케이크를 먹고 촛불을 불며 서양의 생일축하 노래를 부르는 데 특별히 열성적으로 하고 있다. 젊은이들이 선호하는 미국의 밸런타인데이가 유럽에는 존재하지 않는다. 오늘날 중국인의 물질생활 방식(헤어스타일, 옷차림, 음료수 포함)이 서구화되어 가고 있는 정도는 세계 어느 나라에도 견줄 수 있다. 이런 각도에서 보면 현대중국과 고대중국은 전혀 다른 세상 같다.

본 도서에서 불거진 중국을 큰 어항에 비유한 표현도 때에 맞춰야 한다. 중국은 이미 '민족국가'대 가정에 가담한 이상 당연히 큰 어항의 모습으로 세계를 접할 수는 없다. 현재 중국은 개방하여 수많은 외국인 벗들이 중국을 방문해 관광하고 참관하며 회의를 열고 대화를 진행하고 있다. 중국사회에서는 갈수록 폭넓은 교제가 이루어지고 있으며 영어도 보급되고 중국인의 외국인 벗도 갈수록 많아지고 있으며, 중국문화에서 외국의 요소도 많아지고 있다. 중국과 교제하고 있는 세계도 복잡하다. 중국을 가까이 하려는 외국인이 있는가 하면 중국을 배척하는 외국인도 있으며, 태도가 거만하고 제 잘난 체 하는 외국인이 있는가 하면, 탄복하고 우러러보며 친절하고 우호적인 외국인도 있다.

본 도서에서 언급하였던 바와 같이 역사적으로 흉노족, 여진족이 세운 금나라, 몽골족이 세운 원나라, 만주족이 세운 청나라와 같이 게걸든 고양이가 아직까지는 보이지 않으며, 앞으로도 나타날 수 있을지는 미지수이다. 세계의 형세를 두루 살펴보면 참으로 복잡하다. '민족국가'간의 경쟁과 충돌은 준엄하다고 할 수 있다. 필자가 서론에서 언급하였듯이 '웃음 속에 칼을 품은"베스트팔렌 통치/Westphalian Regime'가 실제로 여전히 존재한다. 방심해서는 안 된다.

1960년대에 서양의 일부 인사들이 중국을 '푸른 개미'왕국이라고 악의적으로 표현하였었다. 그때 당시 사람들은 일색으로 남색 중산복(여성들은 남색 레닌복을 입음)을 입었기 때문에 단조로운 느낌이 들었던 것은 당연한 일이었다. 개혁개방 이후 중국은 온통 울긋불긋한 색깔을 띠기 시작하였으며, 오늘날 중국인이 옷차림에 신경 쓰는 정도는 구미 국가들을 추월하고 있다. 중국은 상점들에 아름다운 물건들이 현란할 정도로 가득 차 있으며, 이제는 미국과 어깨를 나란히 하고 있다. 중국 식당 내 식탁 위에서 풍성한 빛깔과 향과 맛의 합주는 세계 모든 국가가 도저히 따라올 수 없는 것이다.

오늘날 중국에서 집을 사고, 자가용을 몰고 다니고, 비행기를 타고 여행을 다니고, 출국하여 외국관광을 다니고, 외식을 하는 사람이 갈수록 늘고 있다. 그들의 소비 수준은 이미 일본과 유럽을 추월하고 미국을 따라잡으려고 하고 있다. 중국에서 서로 경쟁하는 기업이 갈수록 늘어나고 있다. 대학에서 기업을 설립하고 고급 호텔을 운영하고 있으며, 국가출판사와 또 다른 문화기관도 기업그룹을 구성하고 있다. 이윤에 대해 많이 생각하고 있으며, 상업적인 분위기가 짙어졌다. 중국사회가 점점 수・당・송 시기의 먹고 마시고 춤추고 노래하고 놀며 즐기는 "훈훈하고 향긋한 바람이 불어 귀인을 취하게 하는 분위기"를 회복하고 있다. 중국의 케이크가 갈수록 커지고 있고, 상업적인 분위기와 향락을 추구하는 기풍이 어우러져 이익을 추구하고 의리를 가볍게 여기는 요소가 갈수록 강해지고 있어 우려를 자아내고 있다. 중국의 '술문화'가 탐오 및 낭비와 연결되어 있어 다양한 명분을 빌려 공금으로 흥청망청 먹고 마시고 있다. 수십 년간 마셔버린 마오타이(茅臺) · 우량예(五粮液) 등 유명한 술이 시후(西湖)의 물만큼 많을 것이다. 지금은 시진핑 주석를 핵심으로 하는 당 중앙이 공금으로 흥청망청 먹고 마시는 것을 엄히 금지시키고 있어 낭비현상이 다소 수그러들었다.

당 · 송 문화의 황금 시대를 회고하면서 필자는 송나라가 멸망한 뒤 십여 일 사이에 광동 연해에 수십만 구에 달하는 시신이 바다에 둥둥 뜬 비참한 장면에 대해 특별히 부각시켰다. 이는 당 · 송 두 조대의 성과를 폄하하기 위해서 그런 말을 한 것이 아니라 본 도서의 독자들이 역사적 현실을 정시할 수 있기를 바라는 마음에서이며, 그래서 중국역사의 찬란함에 도취되어 쓰라린 역사의 교훈을 잊지 말기를 바라는 마음에서이다. 지난 수십 년간 필자는 나은(羅隱)의 「자견(自遣, 스스로 위로함)」이라는 시를 가장 좋아했다. 지금에 와서 필자는 그 시가 중국의 발전에 불리한 부작용을 일으켰다고 생각하며, 마땅히 다음과 같이 고쳐 써야 한다고 생각한다.

스스로 격려 : 나은의 시 「자견」에 응답하다
- 탄종

뜻을 이뤘건 못 이뤘건 노랫소리가 영원히 그칠 줄 모르고
교만과 낙담을 경계하면서 여전히 유유히 살아가세.
지난 조대의 슬픈 일 잊지 말고
내일의 근심은 오늘 미리 걱정하세.

(自勉：和羅隱《自遣》詩

- 譚中

得失相兼永不休，戒驕戒餒亦悠悠；

莫忘前朝傷心事，明日有憂今日愁。)

위와 같이 고쳐놓으면, 중국 수천 년의 낙관적인 정서를 바꿔놓을 수 있는 것은 아닐까? 필자는 그렇지 않다고 생각한다. 중국의 낙관주의는 뿌리가 깊다. “내일 걱정할 일이 생기게 되면, 내일 가서 걱정하세(明日愁來明日愁)”를 “내일 걱정해야 할 일은 오늘 미리 걱정하세”로 바꿔놓았어도, 다만 낙관적인 정서에 우환의식만 조금 보탠 것일 뿐이다. 이 또한 공자가 말한 “사람이 멀리까지 바라보고 깊은 사려가 없으면 반드시 곧바로 근심이 생긴다(人無遠慮必有近憂)”(『논어 · 위령공[論語 · 衛靈公]』)는 말과 맞물리는 의미이다.

서론에서 필자가 이 책을 쓰게 된 목적은, ‘중국 중심론’(Sinocentrism)이 더 이상 세계인의 사고방식을 통치하지 않도록 하여, ‘민족국가’발전을 초월한 중국 ‘문명의 길’이 중국을 새로운 세계의 패권주자로 만들지 않을 것이라는 사실을 전 세계에 알리기 위함이라고 밝혔었다. 중국을 ‘잠자는 사자’라고 한 것은 나폴레옹의 상상이다. 나폴레옹의 말은 비록 중국이 각성할 수 있도록 고무해주었고, 중국 또한 마오쩌둥 시대에는 확실히 ‘잠에서 깬 사자가 분노해 울부짖기도’하였지만 최근 30여 년의 개혁개방을 거쳐 중국은 이미 전 세계의 평화와 발전의 주류 속에 융합되어, ‘화합을 소중하게 여기고’“세계 대동’이라는 중국의 전통정신으로 다른 나라와 “너 안에 내가 있고, 나 안에 네가 있는”우호적인 관계를 맺고,

더 이상 '분노해 울부짖지'않고 있다.

본 도서에서는 중국 대통일 운명공동체의 2대 적수에 대해 반복적으로 거론하였다. 한 적수는 농민봉기전쟁으로서 파괴성이 너무 커 중국의 원기를 크게 상하게 하였고, 다른 한 적수는 외래 '민족국가'의 침략이다. 오늘날에는 중국 농민들이 변신하여 농촌에 압박계층이 존재하지 않으며, 게다가 전통적인 농촌과 농민이 사라지고 있다. 농촌이 도시로 바뀌고 있고, 농민이 새 시대의 재부의 창조자로 바뀌고 있다. 중국정부의 발전계획에 따르면 2020년에 샤오캉(小康)사회를 전면 실현하는 이상이 이루어지면, 중국 농촌에는 심각한 빈곤현상이 더 이상 존재하지 않게 될 것이다. 역사상의 대규모 농민봉기전쟁은 영원히 역사의 뒤안길로 사라져버릴 것이다. 그러나 우리는 여전히 무감각해지고 경계심을 늦춰서는 안 되며, 때 이르게 중국 운명공동체의 큰 적수 중의 하나가 제거되었다는 결론을 내려서도 안 된다. 중국역사에서 "온 세상에 버려둔 밭이 없지만 농부들은 굶어 죽는 현상"을 초래한 근원이 주로 분배의 불균형과 빈부격차가 갈수록 커진 데 있었다는 사실을 마땅히 보아야 한다. 여러 해 전에 필자는 시카고대학에서 중국의 전문가가 중국 개혁개방의 성과에 대해 논하면서 빈부격차가 현저한 현상이 중국의 발전 전망에 해가 되지 않는다고 주장하는 발언을 들었던 적이 있다. 이런 사고방식이 중국 지식계 엘리트들 가운데서 보편성을 띤다고 필자는 생각한다. 이는 매우 위험한 것이다.

이제 우리는 "제나라는 한번 변하면 노나라와 같은 나라가 되고, 노나라는 한번 변하면 도가 있는 나라가 된다(齊一變至於魯, 魯一變至於道)"라고 말한 공자의 정확한 인식과 투철한 견해로 다시 돌아가 보자. 우리는 '민족국가'가 '제나라'의 단계이고, 운명공동체가 '노나라'의 단계라고 할 수 있다. 오늘날 세계에는 중국 운명공동체가 형성되었을 뿐 아니라, 유럽 운명공동체도 형성되었다. 아세안 · 상하이협력기구 등은 모두 운명공동체 성격과 목표를 갖추었다. 이 모든 것이 전 세계의 진화는 공자가 말한 "제나라는 한번 변하면 노나라와 같은 나라가 되고, 노나라는 한번 변하면 도가 있는 나라가 된다"라는 과정으로 발전하고 있음을 설명한다. 세계에는 운명공동체가 형성됨으로써 오아시스가 나타나게 된 것이며, 따라서 '민족국가'라는 사막을 녹화할 수 있는 것이다. "한 갈래의 선, 하나의 대 면적(一條線, 一大片)"이라는 마오쩌동의 말을 인용해 오늘날 세계 형세를 표현할 수 있다. 즉 중국 운명공동체와 유럽 운명공동체는 '한 갈래의 선'이고, 그 선 위에서 운명공동체인 상하이협력기구가 점차 발전되어 그 '한 갈래의 선'을 공고히 하여 '대 면적'으로 확장할 수 있는 것이다. 앞으로 그 대 면적이 또 아세안과 결합하여 더 큰 '대 면적'을 이룰 수 있다. 그 '대 면적'들이 바로 '민족국가'라는 사막을 녹화할 수 있는 오아시스인 것이다.

우리는 '민족국가'를 사막에 비유하였지만, '민족국가'선율이 오늘날 세계에 가져다준 위기를 발견하지 못하였다. 그 위기는 헌팅턴의 '문명충돌론'에서 기원하였으며, 미국이 일으킨 세계 '반테러전쟁'이 세계를 괴멸의 나락으로 떠밀고 있다. 헌팅턴의 '문명충돌론'과 미국이 일으킨 세계 '반테러전쟁'은 이슬람의 반미 '성전'의 테러운동을 궤멸시켰다. 원래는 미국 본토 및 재외 미국기관과 인원만을 대상으로 하던 데로부터 후에는 파키스탄 · 인도 · 아프가니스탄까지 퍼져나가다가 지금은 영국 · 프랑스 · 벨기에까지 확대되었으며 피해를 입은 절대다수는 무고한 평민들이다. 중국은 이미 한 테러운동의 표적이 되었지만, 중국이 철통같이 방어하고 있기 때문에 아직까지 심각한 사고는 일어나지 않았을 뿐이다. 매우 분명한 것은 '민족국가'세계의 지도자인 미국이 이들 이슬람 반미 '성전'테러운동에 대해서 붙은 불에 키질하는 꼴밖에 되지 않는다는 것이다. 유럽의 여러 국가들도 대처하기 어려운 지경에 처하였다. 그러니 어떻게 해야 할 것인가?

이들 이슬람 반미 '성전'테러운동은 '민족국가'발전선율을 철저하게 파산시킬 조짐으로서 '민족국가'세계의 종말을 알리는 종소리가 될 가능성이 매우 크다. 그러나 이슬람 반미 '성전'테러운동을 이끄는 이들이 모두 사상이 보수적이고, 생명을 살해하는 데 심취되어 있는 자들임을 분명히 보아야 한다. 당면한 맞닥뜨린 난제는 "이슬람 반미 '성전'테러운동이 전 이슬람세계의 진보적 인사의 발언권을 박탈했다"는 것이다. 그러한 현상은 물론 오래 가지 못할 것이지만, 미국이 중간에서 방해를 하고 있는 탓에 문제를 근본적으로 해결할 수 없다는 점이 문제이다. 미국은 폭탄의 위력만 믿고 있다. 수십 년간 부수지 못한 것이 없었던 미국의 폭탄이 그 반면 효과를 유발한 것이다. 이슬람의 반미 '성전'테러운동가들은 '간이폭탄장치'(improvised explosive device, 약칭 IED)를 제조하는 법을 알게 되어, 그것으로 미국 혹은 미국인(그리고 미국인이 아닌 무고한 인민)을 습격하고 있다. 이런 방식에 따라 폭력으로 폭력에 대응하고 원한으로 원한을 갚고 있는 것이다.

종합적으로 말해서 현 세계에서 미국이 비록 여전히 세계의 사유 · 정보 · 지혜 · 문화의 선두주자이긴 하지만, 세계를 이끌어 '민족국가'세계의 위기에서 벗어날 수 있는 새 운동을 일으킬 능력은 없다. 이제 우리의 세계는 '민족국가'발전의 선율을 초월할 수 있는 '문예부흥'이 필요하다. 이런 '문예부흥'운동이야말로 전 세계를 이끌어 지구 인류에 대한 미국의 폭탄과 이슬람 반미 '성전'테러운동의 '간이폭탄장치'의 저주의 악순

환에서 벗어날 수 있다고 생각된다. 그런데 이러한 '문예부흥'운동은 어떤 사람이 창도하고 일으켜야 마땅한 것일까? 사랑하는 독자 여러분! 이 문제에 대해 생각해본 적이 있습니까? 필자는 서론에서 이런 제안을 한 바가 있다. 중국 5천년 '문명의 길'이 앞으로 계속 이어져야 하며, '상하이협력기구 운명공동체"중국-인도 운명공동체"중국-남아시아 운명공동체"중국-동남아 운명공동체"동아시아 운명공동체"브릭스 5개국 운명공동체'등 체제를 시범적으로 수립해야 한다. 그래야만 인류운명이 어두운 밤을 지나 동틀 무렵에 이를 수 있는 것이다.

이제 독자들과 작별할 때가 된 것 같다. 마지막으로 또 한 수의 유명한 당시를 고쳐 지어 독자들에게 작별 선물로 바치고자 한다.

최호의 「도성 남쪽 마을에서」에 응답하다
-탄종

제군 여러분!, 오늘 이 책에서 중국문명이 서로 아름답게 어우러졌다네.
인류의 앞날은 어디로 가야 할까? 뒤돌아보니 복숭아꽃이 봄바람 속에서 웃고 있구려.

(和崔護《題都城南莊》
-譚中

諸君今日此書中，中國文明相映紅；
人類前程何處去？回看桃花笑春風。)

이상 한 중국인이 자신이 잘 알고 있는 나라의 발전에 대해 종합적인 평가를 해보았다. 그중에 자기 나라를 사랑하는 요소가 담겨 있는 것은 불가피한 일이다. 그러나 우물 안 개구리와 같은 자화자탄이 아니라, 바다 개구리와 같은 식견으로 최대한 객관적이고 공정하게 논할 수 있도록 애썼다. 중국에 대해 과장하여 말하지 말아야 한다고 생각한다. 중국은 세계에서 존경받는 나라여야 하지만, 결함도 적지 않으며, 과오도 많이 범하였다. 현재 국제적으로 중국에 대해 많은 평가를 하고 있는데, 이는 좋은 일이다. 중국은 마땅히 허심탄회하게 그 평가들에 귀를 기울여야 하며, 잘못이 있으면 고치고, 없으면 그러지 않도록 더욱 노력해야 할 것이다. 중국인은 마땅히 먼저 자기 나라에 대해 잘 이해하여 장점과 단점에 대해 전면적으로 잘 인식해야만, 외국 친구들에게 중국의 이야기를 잘할 수 있게 되는 것이다.

부록 1

중국문명 논술에 참고한 저자의 저서와 문장

<중문>

1.서적

谭中与耿引曾合著：《印度与中国——两大文明的交往和激荡》

2006年北京商务印书馆出版

谭中与刘朝华、黄蓉合编：《CHINDIA中印大同：理想与实现》

2007年银川宁夏人民出版社出版

谭中著：《文明透镜看万花筒世界》－2006年台北海峡学术出版社出版

谭中著：《从世界窗口看神州返老还童》－2008年新加坡青年书局出版

谭中与王邦维、魏丽明合编：《泰戈尔与中国》－2011年北京中央编译出版社出版

2.문장

谭中：《认清中国文明大国模式》，发扬中国文明内功，吴敬琏、俞可平、谭中等著：《中国未来30年》，2011年北京中央编译出版社出版

谭中：《中国发展的大陆与海洋成分》，新加坡《联合早报》"天下事"版，2015年10月28日

谭中：《"一带一路"应实现"命运共同体"理想》，《联合早报》"天下事"版，2015年9月8日

谭中：《文明道路照耀中国前途》，香港《镜报》月刊，2004年7月号

谭中：《试论中国的"可持续性文明"》，香港《中国评论》月刊，2004年8月号

谭中：《与时俱进地建设小康》，《联合早报》"天下事"版，2003年8月13日

谭中：《看"中国"符号：桃李无言花自红》，台北《海峡评论》，2005年4月号

谭中：《"中国梦"须朗月秋霜方能建大功》，《联合早报》"天下事"版，2013年12月17日

谭中：《中国超载快车式发展有喜有忧》，《联合早报》"天下事"版，2015年7月10日

谭中：《中国不要被繁荣冲昏头脑》，《联合早报》"天下事"版，2002年8月15日

谭中：《和谐世界的三个立足点+》，《中国评论》，2006年1月号

谭中：《中国进入二十一世纪的机遇与挑战》，《中国评论》，2000年5月号

谭中(包菁萍译)：《中国佛教石窟艺术的历史透视》，《敦煌研究》（敦煌研究院期刊），1995 第 4期

<영문>

1.서적

Tan Chung, *Himalaya Calling: The Origins of China and India* (喜马拉雅召唤：中国与印度的起源), 2015, Singapore: World Science Publication Company

Tan Chung and Geng Yinzeng 耿引曾, *India and China: Twenty Centuries of Civilizational Interaction and Vibrations* (印度与中国：两千年文明交往和激荡), 2005, New Delhi: Centrefor Studies in civilizations.

Tan Chung (ed编), *Across the Himalayan Gap: An Indian Quest for Understanding China* (跨越喜马拉雅鸿沟：印度试求了解中国) 1998, New Delhi: Indira Gandhi National Centre for the Arts & Gyan Publication House.

Tan Chung, Zhang Minqiu张敏秋 & Ravni Thakur (eds编), *Across the Himalayan Gap: A Chinese Quest for Understanding India* (跨越喜马拉雅鸿沟：中国试求了解印度), 2013, New Delhi: India International Centre & Knoark Publishers.

Tan Chung (ed编), *Dunhuang Art: Through the Eyes of Duan Wenjie* (敦煌艺术：段文杰的理解) 1994, New Delhi: Indira Gandhi National Centre for the Arts & Abhinav Publications.

Tan Chung, *China and the Brave New World: A Study of the Origins of the Opium War* (1840-42, 中国与勇敢新世界：鸦片战争起因探讨), 1978, Delhi: Allied Publishers & Durham: Carolina Academic Press。

Tan Chung, *Triton and Dragon: Studies on Nineteenth Century China and Imperialism* (海神与龙：十九世纪中国对抗帝国主义探讨) 1986, Delhi : Gian Publishing House

2.문장

Tan Chung, "Chinese Cosmogony: Man-Nature Synthesis"(中国风水：天人合一), in Kapila Vatsyanyan (ed), *Prakriti: The Integral Vision*, 1995, New Delhi : Indira Gandhi National Centre for the Arts & D.K. Printworld.

Tan Chung, "Time in the Cultural Frame of China" (中国文化框架的时间观), in Kapila Vatsyanyan (ed), *Concepts of Time: Ancient and Modern*, 1996, New Delhi : Indira Gandhi National Centre for the Arts & Sterling Publishers.

Tan Chung, "Chinese Concept of Sound" (中国对声音的思维), in S.C. Malik (ed), *Dhvani :Nature and Culture of Sound*, 1999, New Delhi: Indira Gandhi National Centre for the Arts & D.K. Printworld.

Tan Chung, "Chinese Civilization : Resilience and Challenges" (中国文明 : 持续力与挑战), *China Report* (Quarterly journal of the Indian Institute of Chinese Studies, Delhi), vol. 41, no.2 (2005).

Tan Chung, "The Textual Tradition of China"(中国的书本传统), in H.S. Gill (ed), *Structures of Signification*, vol. I, 1990, New Delhi: Wiley EasternLtd.

Tan Chung, "The Britain-China-India Trade Triangle (1771-1840)" (英-中-印贸易三角 1771-1840), *Indian Economic and Social Review* (Delhi), vol. xi, no. 4 (December, 1974).

Tan Chung, "Oh No, No Clash but Clinging Together of Civilization" (不, 不, 不, 文明只抱团, 不冲突), Visva-Bharati Quarterly (Santiniketan), New Series, vol. 8, no. 3 (December, 1999)

Tan Chung, "China Under the Impact of Modern Civilization: Problems for an Endogenous Developmental Model" (现代文明对中国的影响 : 内生性发展模型面临的问题), in Baidyanath Saraswati (ed), *Integration of Endogenous Cultural Dimension into Development*, 1997, New Delhi : Indira Gandhi National Centre for the Arts & D.K. Printworld.

Tan Chung, "Sakyamuni Pollen in the Golden Lotus of Tang Poetry"(释迦牟尼花粉撒入唐诗金莲), in Ayyappa Paniker & Bernard Fenn (eds), *Studies in Comparative Literature*, 1985, Bombay: Blackie & Son Publishers.

Tan Chung, "Indian Source of Tang Golden Culture" (唐朝黄金文化的印度投入), *China Report*, vol. 23, no.2 (1987).

Tan Chung, "Education in China Through Indian Eyes" (从印度看中国教育), in Sabyasachi Bhattacharya (ed), *The Contested Terrain: Perspectives on Education in India*, 1998, New Delhi: Orient Longmans.

부록 2

중국문명 저술에 참고한 기타 학자들의 문헌

<중문>

袁行霈、严文明、张传玺、楼宇烈编：《中华文明史》, 2006年, 北京：北京大学出版社

范文澜：《中国通史简编》(修订本), 1978年, 北京：人民出版社

范文澜、蔡美彪：《中国通史》, 1994年, 北京：人民出版社

钱穆：《中国史大纲》, 1940年, 上海：商务印书馆

翦伯赞：

1.《中国史纲要》, 1961年初版, 2006年新版, 北京：北京大学出版社

2.《中国史论集》, 2008年新版, 北京：中华书局

白寿彝：《中国通史》, 1999年, 上海：上海人民出版社

吕思勉：《中国通史》, 1992年, 上海：华东师范大学出版社

《中国断代史系列》丛书, 2003-2004年,上海：上海人民出版社

1. 王仲荦：《隋唐五代史》

2. 陈振：《宋史》

任继愈主编：《中国佛教史》, 1997年, 北京：中国社会科学出版社

姜义华：《中华文明的根柢——民族复兴的核心价值》, 2012年, 上海：上海人民出版社

<영문>

Allan, Sarah (ed), *The Formation of Chinese Civilization: An Archaeological Perspective* 中国文明的形成, *New Haven: Yale University Press, 2005*

Brook, Timothy, *The Troubled Empire: China in the Yuan and Ming Dynasties*元明时代：受困的帝国, Cambridge, Massachusetts: Belknap Press of Harvard University, 2013

Cambridge History of China series剑桥中国史系列: General Editors: John K. Fairbank andDenis Twitchett, (published by Cambridge University Press)

Volume 1:

*The Ch'in and Han Empires, 221 BC–AD 220*秦汉帝国, (editors: Denis Twitchett and Michael Loewe), 1986

Volume 3, Part 1:

*Sui and T'ang China, 589–906 AD*唐代中国, (editor: Denis C. Twitchett), 1979

Volume 5, Part 1:

*The Sung Dynasty and its Precursors, 907–1279*宋朝及前代, (editors: Denis Twitchett and Paul Jakov Smith), 2009

Volume 5, Part 2:

Sung China, 960–1279 AD宋代中国, (editors: John W. Chaffee and Denis Twitchett), 2015

Volume 6:

Alien Regimes and Border States, 907–1368, (editors: Herbert Franke and Denis C. Twitchett), 1994

Volume 7, Part 1:

The Ming Dynasty, 1368–1644 明朝, (editors: Frederick W. Mote and Denis Twitchett), 1988

Volume 8, Part 2:

*The Ming Dynasty, 1368–1644*明朝, (editors: Denis C. Twitchett and Frederick W. Mote), 1998

Volume 9, Part 1,

*The Ch'ing Empire to 1800*满清帝国, (editor: Willard J. Peterson), 2002

Volume 9, Part 2

*The Ch'ing Dynasty to 1800*满清帝国, (editor: Willard J. Peterson), 2016

Volume 10, Part 1:

*Late Ch'ing 1800-1911*晚清, (editor: John K. Fairbank), 1978

Volume 11, Part 2:

*Late Ch'ing, 1800-1911*晚清, (editors: John K. Fairbank and Kwang-Ching Liu), 1980

Volume 12, Part 1:

*Republican China, 1912-1949*中华民国, (editor: John K. Fairbank), 1983

Volume 13, Part 2:

*Republican China 1912-1949*中华民国, (editors: John K. Fairbank and Albert Feuerwerker), 1986

Volume 14, Part 1:

*The People's Republic, , The Emergence of Revolutionary China, 1949-1965*中华人民共和国：革命中国涌现, (editors: Roderick MacFarquhar and John K. Fairbank), 1987

Volume 15, Part 2:

*The People's Republic, , Revolutions within the Chinese Revolution, 1966-1982*中华人民共和国：中国革命中的革命, (editors: Roderick MacFarquhar and John K. Fairbank), 1991

City University of Hong Kong, *China: Five Thousand Years of History & Civilization*中国五千年历史文明, Hong Kong: City University Press, 2007

Cosmo, Nicola Di, *Ancient China and Its Enemies: The Rise of Nomadic Power in East Asian History*古代中国宿敌：东亚游牧势力, New Zealand, 2002

Ebrey, Patricia Buckley, *The Cambridge Illustrated History of China,* Cambridge, U.K.:Cambridge University Press, 1996

Fairbank, John King费正清

Trade and Diplomacy on the China Coast: The Opening of Treaty Ports (1842-18540) 中国沿海贸易与外交, Cambridge, Massachusetts: Harvard University Press, 1953

*The Chinese World Order: Traditional China's Foreign Relations*中国世界秩序, Cambridge, MA: Harvard University Press, 1968

*China: A New History*中国新史 (Fairbank & Merle Goldman), Cambridge, Massachusetts: Belknap Press of Harvard University, 1992

Gernet, Jacques, *A History of Chinese Civilization*中国文明史, Cambridge, U.K.: Cambridge University Press, 1996

Goodrich, L. Carrington, *A Short History of the Chinese People*中国人民简史, New York: Harper & brothers,1943

Keay, John, *China: A History*中国史, London: Harper Press, 2009

Lewis, Mark Edward,

*The Early Chinese Empires: Qin and Han (History of Imperial China*秦汉帝国史, Cambridge, Massachusetts: Belknap Press of Harvard University, 2007

*China Between Empires: The Northern and Southern Dynasties*中国南北朝, Cambridge, Massachusetts: Belknap Press of Harvard University, 2008

*China's Cosmopolitan Empire: The Tang Dynasty*唐朝都会帝国, Cambridge, Massachusetts: Belknap Press of Harvard University, 2009

Li Feng李峰, *Early China: A Social and Cultural History*早期中国社会文化史, Cambridge, U.K.: Cambridge University Press,2013

Mote, Frederick W., *Imperial China 900-1800*中国帝国时代, Cambridge, Massachusetts: Harvard University Press, 2003

Murowchick, Robert E. (ed), *China: Ancient Culture, Modern Land*中国：现代国土古代文化, Norman: University of Oklahoma Press, 1994

Pomeranz, Kenneth, *The Great Divergence: China, Europe, and the Making of the Modern World*中国和欧洲形成当今世界异端, Princeton, New Jersey: Princeton University Press, 2000

Westad, Odd Arne, *Restless Empire: China and the World Since 1750*一七五零年开始的中国与世界不得安静, New York: Basic Books, 2012

Williams, Samuel Wells, *The Middle Kingdom: a survey of the geography, government, education, social life, arts, and history of the Chinese Empire and its inhabitants*中央之国, London: W.H. Allen, 1883